HEYNE
BÜCHER

Das Buch

Es beginnt mit einem Anruf aus Tokio. Mikio Okami braucht dringend Hilfe. Ein vietnamesischer Killer ist auf den Kaisho angesetzt, der seit vielen Jahren in Venedig lebt. Was Nicholas Linnear nicht weiß, als er dem alten Freund seines Vaters zu Hilfe eilt: Mikio Okami ist der *Kaisho,* der Boss aller Bosse der Yakuza. Obwohl Linnear selbst in Schwierigkeiten steckt und sich wegen angeblichen Landesverrats vor einem Senatsausschuß zu verantworten hat, übernimmt er die brisante Aufgabe, das Leben eines Mannes zu schützen, der zu den Schlüsselfiguren des internationalen Verbrechens gehört. Ein Mann, der in die schrecklichen Geheimnisse der uralten japanischen Kriegskunst eingeweiht ist. Während Linnear nach Venedig fliegt, fällt Okamis mächtiger Verbündeter in den USA, der Mafia-Boss Goldoni, einem bizarren Ritualmord zum Opfer. Ein Fall für Linnears besten und letzten Freund, den Ex-Polizisten Lew Croaker. Gemeinsam jagen sie den Killer, der im Sold einer mächtigen Geheimorganisation mordet – einer tödlichen Allianz, der nicht nur die Mafia und die Yakuza, sondern auch einflußreiche Mitglieder der amerikanischen Regierung angehören.

Tokio, Venedig, Paris, Washington und die geheimisvolle Welt des Orients sind Schauplätze eines atemberaubenden Plots, in dem sich fernöstliche Mystik und organisiertes Verbrechen, politische Intrigen und modernes Big Business zu einem hochexplosiven Gemisch verbinden. Mit *Kaisho* schrieb Eric van Lustbader den perfekten Fernost-Thriller. »Ein vollkommener Lustbader«, wie die NEW YORK TIMES urteilte, »rasante Action, die den Leser bis zur letzten Seite fesselt.«

Der Autor

Eric van Lustbader, in New York City geboren und aufgewachsen, graduierte 1969 an der Columbia University und arbeitete danach fünfzehn Jahre lang in der Musikindustrie, u. a. für Electrola und CBS Records. Er lebt heute als freiberuflicher Schriftsteller in Southampton, New York.

Bisher sind als Heyne-Taschenbuch erschienen: *Der Ninja* (01/6381), *Schwarzes Herz* (01/6527), *Teuflischer Engel* (01/6825), *Die Miko* (01/7615), *Ronin* (01/7716), *Dolman* (01/7819), *Jian* (01/7891), *Der weiße Ninja* (01/8642) *Dai-San* (01/8005), *Moichi* (01/8054), *Shan* (01/8169), *Zero* (01/8231), *French Kiss* (01/8446), *Der weiße Ninja* (01/8642), *Schwarze Augen* (01/8780)

ERIC VAN LUSTBADER

DER KAISHO

Roman

Aus dem Englischen
von Gottfried Röckelein

Deutsche Erstausgabe

WILHELM HEYNE VERLAG
MÜNCHEN

HEYNE ALLGEMEINE REIHE
Nr. 01/9083

Titel der Originalausgabe
THE KAISHO

3. Auflage

Redaktion: Werner Heilmann

Printed in Germany 1994
Umschlagillustration: David Scott
Umschlaggestaltung: Atelier Ingrid Schütz, München
Gesamtherstellung: Elsnerdruck, Berlin

ISBN 3-453-07534-X

Für Mike,
meinen Schwager, meinen Freund,
der viel zu früh verstarb.
Seiner wird hiermit gedacht,
jetzt und für immer.

Ein trügerischer Zauber
dauert nur allzu leicht
ein Leben lang.

W. H. Auden

Ich habe nichts dagegen,
in einer Welt der Männer zu leben,
solange ich mich darin als Frau
fühlen kann.

Marilyn Monroe

PROLOG

Die Unbarmherzigkeit der Erinnerung

Man kann nicht sagen,
daß die Zivilisation keine Fortschritte
macht,
denn in jedem Krieg
bringt man sich auf eine neue Weise um.

Will Rogers

Hollywood / New York

Herbst

Sein Name war Do Duc Fujiru, doch jeder, der ihn in Hollywood im Bundesstaat Florida kannte, nannte ihn Donald Truc, weil all die falschen Papiere, die er benutzte, auf diesen Namen lauteten. Do Duc war ein Mann von einschüchternder äußerer Statur. Er behauptete, daß er seine Muskeln von seinem Vater, einem vietnamesischen Kampfkunstexperten, sein Bewußtsein aber von seiner Mutter geerbt habe. Allerdings zeigte kein Mensch in Hollywood auch nur das geringste Interesse am Bewußtsein des Do Duc oder irgendeines anderen Mitbürgers. Zumindest nicht in der Autowerkstatt, in der er arbeitete. Und überhaupt war Do Ducs Vater auch gar kein Vietnamese.

Mit achtunddreißig war Do Duc der älteste Mechaniker an seinem Arbeitsplatz. Während die jüngeren in ihrer Freizeit alle zum Surfen gingen, trainierte er in einem Sportstudio und Kampfkunst-*dojo*, das zwar, nach seinen Maßstäben, eine jämmerlich dürftige Ausstattung aufwies, doch letztlich besser war als gar nichts.

Bei Do Duc handelte es sich um einen ausnehmend gutaussehenden Mann von dunklem, exotischem Teint, der Frauen faszinierte und anderen Männern Angst einflößte. Er hatte dichtes, blauschwarzes Haar und den unerschrockenen Blick eines Forschers. Die scharf umrissenen Züge seines Gesichts verliehen ihm eine Ausstrahlung, die er noch aus seinem Innern heraus verstärken konnte, wann immer er dies für notwendig erachtete. Was ihn dazu brachte, seine Zeit in einer Autowerkstatt zu vergeuden, blieb ein Rätsel; allerdings hatte er ganz offensichtlich eine deutliche Zuneigung zu Kraftfahrzeugen. Er war in der Lage, x-beliebige Motoren auseinanderzunehmen und so wieder zusammenzubauen, daß sie ihre serienmäßigen Leistungen bei weitem übertrafen.

Die Wahrheit war, daß sich Do Duc deshalb Hollywood ausgesucht hatte, weil er dort unauffällig in dem Vielvölkerbrei untertauchen und ohne größeren Aufwand anonym bleiben konnte. Hollywood in Florida war für ihn nichts anderes als ein gitternetzartig angelegter langweiliger Ort mit einer postmodernen architektonischen Gestaltung, die in endlos langen Einkaufspassagen, nahezu identischen Wohnblöcken und Schnellstraßen entlang der Küste sichtbar wurde.

Seit zwei Jahren war er mit einer hübschen, typisch amerikanischen Frau namens Hope verheiratet. Sie war groß, fröhlich und munter, blauäugig und blond und in Fort Lauderdale aufgewachsen. Zusätzlich zu ihrer Bewunderung für Do Duc liebte sie schnelle Autos, Schnellimbißrestaurants und ein Leben ohne Sorgen und Verantwortung über alles.

Für Do Duc, den man dazu erzogen hatte, die unzähligen Pflichten eines Erwachsenen respektvoll anzunehmen und mit Sorgfalt zu erfüllen, war sie ein reizvolles, fremdartiges, unergründliches Wesen und so etwas wie ein Kuriosum aus einem Zoo, mit dem er so oft ins Bett ging, wie er Lust dazu verspürte. In jenen Augenblick, wo sie in Ekstase laut aufschrie, wo sich ihr starker, straffer Körper in unkontrollierten Zuckungen unter ihm durchbog – in diesen Momenten fand Do Duc das Leben in den Vereinigten Staaten noch am ehesten erträglich.

Allerdings waren diese Momente flüchtig.

Er befand sich im Schlafzimmer seines Bungalows und stieg gerade in seinen öl- und fettverschmierten Overall, als es an der Haustür klingelte. Es war ein klarer, heißer Oktobermorgen und schon so spät am Vormittag, daß das Sonnenlicht für nicht daran gewöhnte Augen von schmerzhaft gleißender Helligkeit war. Er warf zunächst einen Blick auf seine Frau, die inmitten der zerknüllten Bettlaken auf dem Bauch lag und schlief. Ein jähes Gefühl des Ekels stieg in ihm auf, und der Anblick ihres nackten Hinterteils zerstörte bei ihm jede erotische Regung schon im Ansatz.

Diese Gefühlsaufwallung war für ihn nichts Neues. Es war etwa so wie Zahnschmerzen, die man nicht andauernd hat, sondern immer nur dann, wenn man beispielsweise in eine Semmel beißt. Die Haustürglocke ertönte erneut und diesmal hartnäckiger, doch die Frau im Bett rührte sich nicht.

Do Duc stieß fauchend die Luft aus, tappte barfüßig den Flur entlang und durch die Küche und das Wohnzimmer, um die Tür zu öffnen.

Dort stand ein junger Paketbote von *Federal Express*, der ihn bat, auf einem Formular auf seinem Klemmbrett zu unterschreiben, und ihm dann ein kleines Päckchen aushändigte. Dabei erhaschte der Bote einen flüchtigen Blick auf das Bildnis, das auf die Innenseite von Do Ducs linkem Handgelenk tätowiert war. Es war ein menschliches Gesicht. Die linke Seite war fleischfarben und das Auge geöffnet; die rechte war blau eingefärbt, und dort, wo das andere Auge hätte sein sollen, sah man einen senkrechten Halbmond.

Der Paketbote zuckte unwillkürlich zusammen, faßte sich dann aber wieder und machte sich davon. Do Duc drehte das Päckchen um. Er sah, daß es von einer Londoner Firma namens *Avalon Ltd.* kam und lächelte merkwürdig vor sich hin. Die häusliche Umgebung, in der er sich im Augenblick noch aufhielt, war ihm bereits gleichgültig geworden.

Er schloß die Tür hinter sich und packte das Päckchen aus. Es enthielt eine dunkelblaue, mattglänzende Schachtel mit einem Paar Socken, die wiederum in jagdgrünes Seidenpapier eingewikkelt waren. An den Außenseiten schien in die grünweiß gestreiften Socken ein senkrecht verlaufendes Muster eingewirkt zu sein. Do Duc ging in die Küche, wo die Sonnenstrahlen schräg durch das große, nach Osten weisende Fenster hereinfielen.

Und dann sah er die beiden Wörter, die von dem Muster gebildet wurden. Sie waren als vertikaler Streifen auf der Außenseite jedes Sockens eingewebt: PRIMO ZANNI.

Die Verpackung fiel Do Duc aus der Hand, und er spürte das langsame, dumpfe Pochen seines Herzens. Bedächtig setzte er sich auf einen Plastikstuhl mit Aluminiumbeinen und zog die grünweißen Socken an. Dann schritt er durch das Haus, sah sich in jedem Zimmer um und prägte sich alles noch einmal ein.

Schließlich kehrte er ins Schlafzimmer zurück. Er ging zu seinem Kleiderschrank, holte eine verstaubte Reisetasche herunter und schmiß die Sachen aus dem Schrank und den Schubladen hinein, die er benötigte. Er stellte fest, daß es nicht viele waren. Im Bad verfuhr er genauso.

Zurück im Schlafzimmer, warf er einen schnellen Blick auf seine noch immer schlafende Frau, ehe er sein Wäscheschränkchen zur Seite rückte. Er holte ein Taschenmesser aus der Hosentasche, stocherte mit der Klinge unter die freigelegte Teppichkante und löste sie vom Boden ab.

Dann entfernte er zwei Bodenbretter, die er schon bei seinem Einzug in das Haus durchgesägt hatte, noch vor seiner Bekanntschaft mit Hope, und entnahm dem darunterliegenden Hohlraum eine alte, olivfarbene Munitionsschachtel aus Metall. Er öffnete sie, schob die als Schutzpolster hineingelegten Bündel nicht registrierter Geldscheine zur Seite und zog eine Maske heraus, bei der es sich um einen bemerkenswerten Gegenstand handelte. Sie schien alt zu sein und war handbemalt, mit polierter schwarzer Grundfarbe, dazu grüne und goldene Farbtupfer auf den Wangen und über den Öffnungen für Augen und Lippen. Die Maske war aus Pappmaché gefertigt und stellte das Gesicht eines Mannes mit ziemlich großer Nase, hervorstehenden Augenbrauen und Wangenknochen und einer Stirn dar, auf der eine V-förmige Krone aufgemalt war. Ihr unterer Rand endete direkt dort, wo sich der Mund eines Menschen befunden hätte. Do Duc hielt sie so zärtlich in seinen Händen wie einen Säugling.

»Was ist denn das?«

Er schrak zusammen, drehte sich um und erblickte Hope, nackt auf der Bettkante sitzend.

»Was machst du da?«

Sie fuhr sich mit einer Hand durch ihre langen blonden Haare und streckte ihren Körper auf ihre typische, geschmeidige, schlangenhafte Weise.

»Nichts«, sagte er und stopfte die Maske hastig in ihren unangemessenen Behälter zurück.

»Nichts!« sagte Hope und stand auf. »Erzähl mir doch nichts, Donald. Du weißt ganz genau, daß ich Geheimnisse nicht ausstehen kann.« Sie schlenderte quer durch das Zimmer zu ihm hin, der er noch auf dem Boden kauerte.

Er sah, wie die Vormittagssonne die winzigen hellen Härchen entlang ihrer Armbeuge feurig aufleuchten ließ; um sie herum schien die Luft in regenbogenartigen Farbabstufungen zu explodieren. Die Aura, die von ihr ausging, pulsierte offenbar im Gleichklang mit ihrem Herzrhythmus oder dem Feuerwerk der Synapsen in ihrem Gehirn. Do Ducs Lippen öffneten sich ein klein wenig, als wolle er diese Aura mit der Zunge kosten.

Ein verschmitztes Lächeln breitete sich über Hopes Gesicht aus. »Eigentlich hatten wir doch ausgemacht, daß wir einander alles erzählen. Gab es da nicht dieses Versprechen...«

Do Duc stieß Hope die Klinge des Taschenmessers in den Unterleib und trieb sie mit der Kraft, die er sich über seine Fußsohlen aus der Erde zu holen schien, durch Fleisch und Muskeln nach oben, bis sie das Herz erreichte.

Vor intensiver Anspannung zitternd sah er, wie sich Überraschung, Ungläubigkeit, Verwirrung und Entsetzen in Hopes Mienenspiel abwechselten. Es war ein richtiger Mischmasch allerköstlichster Gefühle, an dem sich seine Seele weiden konnte.

Schnell trat er zurück und wich dem Strahl roten Blutes aus, der aus Hopes Körper schoß. Ein übler Geruch machte sich im Schlafzimmer breit.

Stille. Noch nicht einmal ein Aufschrei. Do Duc war in dieser Tötungsart ausgebildet.

Er sah auf den Boden hinab und betrachtete die Eingeweide seiner Frau, die matt im Tageslicht schimmerten. Die schillernden Windungen strahlten für ihn Schönheit aus, sowohl von der Form als auch von der Beschaffenheit des Gewebes her. Sie sprachen zu ihm in einer Sprache, die keine Grammatik kannte und keinen Namen hatte.

Der sich ihm bietende Anblick und der Geruch waren ihm als alte Weggefährten vertraut und erinnerten ihn an das Ziel, zu dem er sich bald aufmachen würde.

Auf dem Flug nach New York hatte Do Duc Zeit zum Überlegen. Er zog den Streifen mit farbigen Paßbildern heraus, die er in einem Fotoautomaten auf dem Weg zum Flughafen von Fort Lauderdale hatte von sich anfertigen lassen. Dann verstaute er sie wieder zusammen mit seinem Ticket, das auf den Namen Robert Ashuko lautete, und schlug eine Ausgabe von *Forbes* auf. Während seine Augen auf dem Text ruhten, reaktivierte er in seinem Gedächtnis jene Informationen, die er sich eingeprägt hatte, kurz nachdem er nach Hollywood gezogen war. Sie waren ihm in einem Buch mit John Singer Sargents Bildern zugeschickt worden, die wegen der außergewöhnlichen Sinnlichkeit der dargestellten Frauen und der üppigen Landschaft sehr bemerkenswert schienen.

Die Information hatte sich auf einer Seite befunden, auf der ein ganzseitiges Foto von Sargents großartigem Gemälde *Madame X* abgebildet war; eine Frauengestalt, die für Do Duc die gebieterische Erotik verkörperte, die in jenen weiblichen Wesen einer anderen Epoche zu brodeln schien.

Er hatte dann die Nachricht entschlüsselt, sie sich eingeprägt, anschließend verbrannt und die Asche die Toilette hinuntergespült. Das Buch hatte er behalten und immer wieder voller Staunen betrachtet. Es war der einzige Gegenstand, den zurückzulassen er bedauerte, doch es war zu groß und einfach zu sperrig, um auf diese besondere Reise mitgenommen zu werden.

Do Duc verließ das Flugzeug auf dem Kennedy Airport und ging unverzüglich zu den Reihen der Gepäckschließfächer im Hauptterminal. Dort zog er einen Schlüssel mit einer eingeprägten Nummer aus seiner Tasche, steckte ihn in das dazu passende Schloß und nahm den Inhalt des Schließfachs heraus, so etwas wie einen kleinen schwarzen Arztkoffer.

Dann mietete er ein Auto. Er benutzte einen gefälschten Führerschein und eine sichere Kreditkarte, die weder zu ihm zurückverfolgt werden konnte noch auf einer schwarzen Liste auftauchen würde. Da er schon einmal eine Zeitlang in New York gelebt hatte, bereitete es ihm keine große Mühe, sich in dem verwirrenden Labyrinth des Flughafens zurecht und hinaus auf den Belt Parkway zu finden. Ein paar Meilen weiter östlich, in Nassau County, mündete die Schnellstraße in den Southern State Parkway.

Es wurde allmählich Abend, und der Verkehr war praktisch zum Erliegen gekommen. Ein mit Schotter beladener *Mack*-Laster, der in Richtung Westen unterwegs gewesen war, hatte die mittlere Leitplanke durchbrochen und zunächst frontal einen *VW*-Käfer, dann einen *Toyota MR2* und schließlich einen *Chevrolet Citation* gerammt. Do Duc hatte nichts gegen das Schneckentempo. Ihm stand genug Zeit zur Verfügung, und außerdem interessierten ihn die einzelnen Komponenten des Unglücks. Vom Ausmaß des durch den Lkw angerichteten Blutbades ausgehend, fing er an, die Geschwindigkeiten der beteiligten Fahrzeuge hochzurechnen. Dann beschäftigte er sich mit der Vorstellung, wie es wohl gewesen sein mußte, im Innern einer der Wagen zu sitzen.

Der Tod, gleichgültig ob schnell oder von qualvoller Langsamkeit, war für ihn wie ein Lebenselixier, und er bekam nie genug davon.

Er hörte mit seinem inneren Ohr ein Heulen, das ihn erfüllte und seinen Verstand überschwemmte, so daß seine Finger in einer seltsamen Frequenz mitvibrierten. Grelle Lichter tanzten ihm vor den Augen umher wie ungebärdige Waldgeister, und jeglicher Bezug zur Zivilisation kam ihm abhanden. Die solchermaßen von allen gegenständlichen Begleiterscheinungen losgelöste Zeit machte einen Sprung und verwandelte sich in seinem Bewußtsein zurück in die Urzeit – und da war Do Duc ein wildes Tier im Wald, furchtlos und allmächtig. Er dachte kurz an Hope, nicht an ihr Leben, sondern an ihren Tod und genoß ihn erneut von Anfang bis Ende und in allen Einzelheiten.

Do Duc nahm die Wantagh State Parkway Ausfahrt und fuhr an weiteren zwei Abfahrten vorbei nach Norden. Danach bog er auf die Old Country Road. Zwischenzeitlich hatte sich die Welt wieder in ihren Normalzustand in der Jetztzeit zurückverwandelt, ausgenommen jene leichte Aura, die er an jeder Person wahrnahm, der er begegnete.

Die Old Country Road führte ihn nach Hicksville und vorbei an dem riesigen *Lilco*-Gebäude zu seiner Rechten. Auf den ersten Blick hätte man es für eine Schule halten können; ein zweistöckiger Ziegelsteinbau. Er hielt am Straßenrand an und entfaltete eine handgezeichnete Skizze des Gebäudeinneren. Alles für ihn Wichtige war deutlich markiert. Er prägte sich den Lageplan ein, hielt ein entzündetes Streichholz an eine Ecke und sah zu, bis das Papier ihm die Fingerspitzen verbrannte. Die Aschereste zerrieb er im Aschenbecher des Wagens. Anschließend stieg er aus und überquerte rasch die Old Country Road.

Innerhalb von sieben Minuten war er drinnen und wieder draußen und hatte ein Paar Stiefel, einen Overall, ein Hemd, einen Werkzeuggurt und, am allerwichtigsten, einen amtlichen Dienstausweis zum Anstecken mitgebracht. Das Foto auf dem Ausweis zeigte Roger Burke, einen Mann, dem Do Duc in keiner Weise ähnlich sah, aber das war ohne Bedeutung.

Fünf Kilometer vom Gebäude entfernt hielt Do Duc und legte die Lilco-Uniform an. In der geräumigen Arzttasche lag für ihn ein scharfes Federmesser bereit, das er benutzte, um die Kunststoffhülle des Dienstausweises zu öffnen. Dann schnitt er eines der Fotos, die er bei Fort Lauderdale im Automaten gemacht hatte, von dem Streifen ab, klebte es über Burkes Gesicht und steckte alles wieder in die Plastikhülle. Das vorliegende Endergebnis würde niemanden lange täuschen, aber Do Duc würde den Ausweis auch nicht lange brauchen.

Er sah auf seine Armbanduhr: kurz nach sieben. Zeit fürs Abendessen. Schnell fand er ein chinesisches Restaurant mit Gerichten zum Mitnehmen, bestellte sich etwas und trug die volle Tragtasche zum Auto zurück. Dann riß er mehrere Pappbehälter auf und streckte Zeige- und Mittelfinger seiner rechten Hand aus. Mittels dieser Werkzeuge schaufelte er kalten, mit einer klebrigen Fischsoße überzogenen Reis in den Mund. Beides spülte er mit großen Schlucken starken schwarzen Tees hinunter. Jetzt fühlte er sich frisch und bereit.

Sein Weg führte ihn zurück zu dem überfüllten Wantagh Parkway, der bald in den Northern State Parkway Richtung Westen mündete. Die erste Ausfahrt war Post Avenue, und er nahm sie und fuhr nach Norden. Kurz nach der Überquerung des Jericho Turnpike befand er sich schon in dem feinen Vorort von Old Westbury, und fuhr unter dem Long Island Expressway hindurch und nach links auf den nördlichen Zubringer. Gleich hinter der Old Westbury Police Station bog er nach rechts in die Wheatley Road ab. Hier konnte man den starken Kontrast zu den Industriekomplexen von Hicksville deutlich sehen; er rollte langsam an großen, altehrwürdigen Luxusgrundstücken mit weißen Backsteinmauern, stattlichen Eichen, gewundenen Auffahrten und massiven Back- oder Sandsteinhäusern mit weißgekalkten Torbögen oder säulenumrahmten Wagenauffahrten vorbei.

Das Haus, nach dem er Ausschau hielt, stand ein ganzes Stück weit weg von der Straße hinter einer drei Meter hohen Ziegelsteinmauer. Es gab ein schwarzes, schmiedeeisernes Tor und eine Gegensprechanlage. Do Duc fuhr hinüber.

»Roger Burke von *Lilco*«, sagte er durch das Gitter des Kästchens und beantwortete damit die Frage einer dünnen, elektronisch verzerrten Stimme. Dazu mußte er Kopf und Schulter aus dem Autofenster beugen, was ihm einen ausgezeichneten Blick zwischen die Torpfosten hindurch und entlang der breiten, geschotterten und halbkreisförmig angelegten Zu- und Abfahrt zu dem weiß und dunkelgrün angestrichenen Haus ermöglichte. Durch die dichten Ligusterhecken hindurch sah er einen großen, schwarzbraunen Rottweiler umherlaufen. Diese gefährlichen Tiere waren vor Jahrhunderten ursprünglich römische Treibhunde gewesen; heutzutage erfreuten sie sich wegen ihrer ungestümen Kraft größter Beliebtheit als Polizei- und Schutzhunde.

Er nannte Burkes *Lilco*-Dienstnummer und sagte etwas von Zuführungskabeln zum Haus, die er überprüfen müsse, da es in der Gegend einen bedrohlichen Stromausfall gegeben habe. Man hatte ihm beigebracht, daß die einfachsten Lügen stets die glaubhaftesten waren, und das Risiko von Stromschlägen ließ selbst die abgebrühtesten Menschen nervös werden. Gleich darauf hörte er elektrische Servoaggregate anspringen, und die Flügel des Tores schwangen langsam nach innen.

Do Duc streifte gepolsterte Handschuhe mit schwarzer, gummierter Außenhaut über, legte den Gang ein und rollte im Schrittempo die Auffahrt hinauf. Er steuerte nur mit der Linken. Die rechte Hand steckte in der offenen schwarzen Arzttasche.

Er sah den bewaffneten Wächter quer über den ausgedehnten, leicht abfallenden Rasen auf sich zukommen und hielt gehorsam an. Ein paar Meter weiter pinkelte der nicht angeleinte Rottweiler nervös an einen gestutzten Buchsbaum und betrachtete dabei Do Duc mit halb geöffnetem Maul.

Der Wachtposten trat näher, suchte Blickkontakt und verlangte Do Ducs Dienstausweis. Er hatte Laufschuhe, Jeans, ein Baumwollhemd und eine Kordjacke an, unter der sich eine Waffe im Schulterhalfter wölbte. Mafia-Fußvolk oder Expolizist, vermutete Do Duc; schwer zu sagen in diesen Zeiten.

Auf jeden Fall war der Mann kein Dummkopf, und Do Duc begann zu handeln, noch ehe der Posten wegen der Hand in der Arzttasche Verdacht schöpfen konnte. Mit der Linken packte er den Mann am Hemd und riß ihn zu sich her. Die Hand des Wächters war schon unterwegs zum Pistolengriff, als Du Ducs Rechte, die eine schmale, lange Stahlklinge umklammert hielt, blitzartig nach oben fuhr.

Die Klinge bohrte sich in das weiche Fleisch der Kehle, und der Körper des Wachmanns zuckte zusammen. Obwohl Do Duc auf diese Reaktion vorbereitet war, riß sich der kräftige Posten dennoch fast von ihm los. Do Ducs stemmte sich aus seinem Sitz und trieb die Klinge durch den Gaumen ins Gehirn seines Opfers.

Ein Zittern durchlief den Körper unter seinen Händen. Es roch unangenehm, als der Schließmuskel des Wächters nachgab. Der Rottweiler stand in Windrichtung, jaulte zunächst und knurrte dann, als sich seine Nasenlöcher mit dem Geruch des Todes füllten.

»Ging nicht anders«, sagte Do Duc zu einem unsichtbaren Begleiter und hörte, wie der Hund schnell auf ihn zurannte. In ein und demselben Bewegungsablauf ließ er die Leiche fallen und öffnete gleichzeitig die Autotür.

Der Rottweiler hatte die Ohren zurückgelegt und die Zähne gefletscht und griff ihn unverzüglich an. Die furchterregende gedrungene Schnauze war weiß vor Schaum. Do Duc streckte die linke Hand aus, stieß sie dem ihn anspringenden Hund zwischen die Kiefer und schleuderte ihn gegen das Dach des Wagens.

Die langen Zähne bissen in den gummierten Handschuh, und während das Tier derart abgelenkt war, packte Do Duc die blutige Klinge und stieß sie dem Rottweiler so ins linke Ohr, daß sie zum rechten wieder herauskam.

Der Beißreflex preßte die Zähne beinahe durch die Handschuhpolsterung hindurch. Do Duc wich dem Blutstrom aus und hielt das zuckende Tier auf Armeslänge von sich. Er ächzte unter dem Gewicht des Hundes, war aber gleichzeitig stolz auf die Kraft seiner Bizeps- und Deltamuskeln.

Schließlich sah er sich doch gezwungen, den Handschuh abzustreifen, da der Rottweiler selbst im Tod seinen Biß nicht lockern wollte. Do Duc beugte sich nieder und zog die Klinge heraus. Er wischte sie am Hosenbein des Wächters ab, stieg dann wieder ins Auto und fuhr weiter die Auffahrt hinauf zu dem massiven Vordach vor dem Hauptportal.

Die imitierten dorischen Säulen ragten hoch vor ihm auf, als er unter das Dach fuhr und den Motor abstellte. Er nahm die Arzttasche vom Beifahrersitz und stieg die Backsteinstufen zum Vordereingang hoch.

»Mr. Goldoni?«

Der gutgekleidete Mann im Eingang schüttelte den Kopf. »Dominic Goldoni ist – äh – nicht da.«

Do Duc legte die Stirn in Falten und blätterte in seinen Papieren auf dem Klemmbrett, Papiere, die mit der Situation nichts zu tun hatten. »Ist dies das Anwesen der Familie Goldoni?«

»Ja«, sagte der Gutgekleidete. Seine großflächigen Gesichtszüge machten ihn auf eine südländisch-mediterrane Art zu einer hübschen Erscheinung. Seine braunen Augen waren feucht und hatten schwere Lider. Er ging deutlich auf die Fünfzig zu und sah exotisch, fast vornehm aus in seinem eleganten *Brioni*-Anzug, dem italienischen Seidenhemd und den tausend Dollar Mokassins. »Sind Sie der Mann von *Lilco*?«

»Richtig«, sagte Do Duc und zeigte kurz seinen Dienstausweis vor, während er über die Schwelle trat.

Der Blick des Mannes folgte dem Plastikkärtchen. »Ich bin Tony DeCamillo, der Schwager von Mr. Goldoni.«

»Yeah, ich weiß«, sagte Do Duc und bohrte seine Faust in DeCamillos Solarplexus. Beinahe sanft hielt er den Mann hoch, während dieser würgte und nach Luft rang. Dann rammte er DeCamillo das Knie unters Kinn und riß ihm den Kopf zurück.

Do Duc ließ den bewußtlosen Körper DeCamillos zu Boden gleiten. Über den Körper des Mannes gebeugt, nahm er sich die Zeit, dessen juwelenbesetzte goldene Ringe, die goldene Uhr, die Manschettenknöpfe und Krawattennadel zu registrieren. Dann packte er den Bewußtlosen unter den Armen und schleppte ihn über den Marmorfußboden des riesigen Foyers zum Garderobenschrank. Do Duc holte ein Elektrokabel aus seiner Tasche und fesselte damit DeCamillo an Hand- und Fußgelenken. Von einer Ablage nahm er einen Schal, knüllte ihn zusammen, stopfte ihn seinem Opfer in den Mund und sicherte den Knebel mit einem Stück Kabel.

Es gab kein Küchenpersonal. Margarite DeCamillo war stolz darauf, selbst eine erstklassige Köchin zu sein. Aber es gab eine Putzfrau, die im Haus wohnte. Do Duc fand sie im Nebenraum der Küche, wo sie sich gerade ihr eigenes Essen zubereitete. Geräuschlos näherte er sich ihr von hinten, warf ihr eine Kabelschlinge um den Hals und zog zu. Sie keuchte, versuchte zu schreien, schlug wild um sich und zerkratzte ihm seinen kräftigen Unterarm, ehe sie erstickte und vornüber in die *Redpack* Tomatendosen kippte. Dort ließ er sie zusammengesunken liegen. Dann ging er hinüber zu dem Wandtelefon neben dem riesigen Einbaukühlschrank und nahm vorsichtig den Hörer ab. Die Leitung war frei. Er wählte eine Nummer und lauschte, während die elektronischen Kontakte und Relais die Zahlenfolge zu einem Anschluß in einem anderen Bundesstaat schickten. Als es läutete, zählte er mit, fünfmal, wie ausgemacht, ehe abgehoben wurde. In das Schweigen hinein gab er Bescheid: »Ich bin drin.«

Zurück im Foyer, stieg Do Duc die breite Mahagonitreppe hinauf. Das Holz war zu solchem Glanz poliert, daß er sich darin spiegeln konnte. Seine Schuhe glitten lautlos über den persischen Läufer.

Margarite DeCamillo lag gerade behaglich ausgestreckt in einem dampfenden Bad im Schlafzimmertrakt des Hauses. Ihr Kopf ruhte auf einem Gummipolster im Nacken, und die Augen hielt sie halb geschlossen, während sie die Wärme durch ihre Muskeln hindurch bis in die Knochen dringen spürte. Dies war ihr die liebste Tageszeit, wenn sie die Welt ausschließen, sich entspannen und ihren Gedanken freien Lauf lassen konnte. Die zusätzliche Verantwortung, die ihrem Mann vor kurzem übertragen worden war, hatten ihn unwiderruflich verändert. Sie wußte, daß er Probleme hatte, mehr als er verkraften konnte, und daß er wahrscheinlich in Schwierigkeiten steckte.

Sie wußte auch, daß sie der einzige Mensch auf der Welt war, der ihm helfen konnte, doch da er Sizilianer war, mußte sie dabei mit Umsicht zu Werke gehen. Es wäre unsinnig gewesen, ihn an die lange Reihe von Persönlichkeiten aus dem Showbusiness zu erinnern, die auf Grund *ihrer* Kontakte zu seinen Klienten geworden waren.

Serenissima, ihre äußerst erfolgreiche Firma für Parfümerieartikel, belieferte viele der größten Stars von Hollywood und New York, und weil sie selbst die Schöpferin ihrer Produkte war, wollten diese Stars sie auch persönlich kennenlernen. Da sie es verstand, die einzelnen Charaktere richtig zu beurteilen, fiel es ihr dann nicht weiter schwer, einige von ihnen an Tony weiterzuvermitteln.

Während sie ihre Gedanken schweifen ließ, erforschten ihre Fingerspitzen unbewußt ihren Körper und drückten jene Stellen, die schmerzten, die zahlreichen Blutergüsse und Prellungen. Das heiße Wasser umfing sie wie ein Meerestier mit seinen Tentakeln und saugte den Schmerz aus ihrem Körper heraus. Sie entspannte sich.

Unweigerlich landeten ihre Gedanken schließlich bei Francine. Mit fünfzehn machte ihre Tochter gerade ein schwieriges Alter durch. Sie war schon zu alt, um noch als Kind zu gelten, aber zu jung, um Pflichten und Verantwortung einer Erwachsenen zu übernehmen. Die Tatsache, daß sie bereits den Körper einer Frau hatte, verschlimmerte das Problem nur noch. Mehrmals, ehe Margarites Bruder Dominic unter das Zeugenschutzprogramm WITSEC gestellt worden war, hatte sie sich gezwungen gesehen, ihn aufzusuchen und um Hilfe dabei zu bitten, Francie aus Schwierigkeiten in der Schule oder mit einem Freund herauszuholen, der viel älter war als sie.

Margarite seufzte. Sie liebte Francie mehr als alles in ihrem Leben, und vielleicht waren es die Resonanzen, die diese Liebe erzeugte, welche sie so überwältigten. Sie hatte zwischen einer beruflichen Karriere und Francies Erziehung, die sie praktisch allein bewerkstelligte, hin und her geschwankt. Daß sie niemals genügend Zeit mit ihrer Tochter verbrachte, war ihr nur allzu schmerzlich bewußt. Doch was sollte sie tun? Sie würde selbst vertrocknen und eingehen, wenn sie ausschließlich ans Haus gekettet wäre. Tony hatte keine Zeit und auch nicht die Geduld für ein Mädchen. Margarite glaubte, daß er es ihr noch immer übelnahm, daß sie ihm nicht den männlichen Erben geboren hatte, den er sich so dringend wünschte. Doch nun war die Zeit vorüber, in der sie ihm ein Kind nach seinem Wunsch hätte zur Welt bringen können, und damit würde Francie das einzige Kind bleiben. Kein Wunder, daß Tony andauernd übellaunig war.

Die übergroße Badewanne war aus einem riesigen Stück schwarzbraunem Onyx geschnitten, eine ovale Schale, die jetzt mit heißem Wasser, Duftsalzen und Margarite DeCamillos üppigen Formen gefüllt war. Der Wassereinlaß war vergoldet, in der Form eines Schwanenkopfes mit kunstvoll gebogenem Hals modelliert, und die ebenfalls vergoldeten Hähne bildeten die Schwingen des Vogels. Die Nische, in die man diese extravagante, in den Boden eingelassene Wanne gebaut hatte, war mit deckenhohen Spiegeln ausgekleidet, die jetzt Do Ducs Spiegelbild reflektierten, als er den feuchten Raum betrat.

Margarite DeCamillo fuhr erschreckt zusammen, setzte sich gleichzeitig aufrecht hin und verbarg ihre nackten Brüste hinter verschränkten Armen. Ihre blauen Augen weiteten sich, ihre vollen Lippen formten ein O.

»Wer sind Sie? Was unterstehen Sie sich, hier herein…«

»Ich bin hier, um Ihnen ein Angebot zu machen.« Do Ducs tiefe Stimme klang weich und sanft. Nichtsdestoweniger verstummte Margarite sofort.

Sie starrte den Eindringling an und fragte mit einer Geistesgegenwart, die Do Duc ein wenig überraschte: »Was haben Sie mit meinem Mann gemacht?«

»Tot ist er nicht«, antwortete Do Duc, »falls Sie das glauben sollten.« Langsam schritt er über die nassen Fliesen auf sie zu. Ihre Augen beobachteten ihn, so wie ein Mungo eine Kobra fixiert, gleichermaßen voller Faszination und Furcht. »Er ist noch nicht einmal schwer verwundet. Er schläft bloß.«

Do Duc stand jetzt am Rand der Wanne und sah auf Margarite hinab. Sie war eine überaus hübsche Frau Mitte Dreißig, hatte hohe Wangenknochen, weit auseinanderliegende Augen und einen direkten Blick, eine hervorstehende Nase und dichtes, gelocktes, dunkles Haar, dessen Spitzen nun feucht waren und in Strähnen an den mit Wasserperlen bedeckten Schultern und dem Hals klebten. Ihr Gesicht vermittelte einen insgesamt aggressiven Ausdruck, doch konnte er sehen, daß sie es verstand, ihre eigenen Gedanken gut zu verstecken. Sie hatte jenen wachsamen, intelligenten Blick, den er schon bei so manchem erfolgreichen Glücksspieler bemerkt hatte. Die anfängliche Angst war von ihr gewichen, und Farbe kehrte in ihre Wangen zurück, während sie ihre Fassung wiedergewann. Do Duc vermutete, daß sie wegen seines Erscheinens nicht so verschreckt war, wie sie es hätte sein sollen.

»Sie sagten etwas von einem Angebot.«

Do Duc nickte und registrierte die Wortwahl ihrer Antwort genauso wie den unterkühlten Ton. »So ist es. Jeder von uns beiden hat etwas, das der andere gerne haben möchte.« Er gestattete sich ein breites Lächeln. »Ich, zum Beispiel, möchte wissen, wo Dominic Goldoni ist.«

Erleichterung spiegelte sich in Margarites Miene wider, und sie lachte. »Dann sind Sie bei mir an der falschen Adresse. Fragen Sie doch das FBI! Ich habe keine Ahnung, wo mein Bruder ist.« Dann schnaubte sie verächtlich durch die Nase. »Und jetzt machen Sie, daß Sie schleunigst von hier verschwinden, Sie windiger Ganove!«

Do Duc ignorierte sie. »Möchten Sie vielleicht wissen, was ich habe, das Sie gerne hätten?«

Sie lächelte süßlich. »Was könnte denn das schon...«

Do Duc war bereits in die Wanne getreten, und das Wasser schwappte geräuschvoll über den Rand. Er legte ihr eine Hand über das Gesicht, die andere auf den Brustkorb und drückte sie so heftig nach unten, bis ihr Kopf in dem heißen Wasser verschwunden war.

Mühelos wich er ihren strampelnden Beinen aus, grub seine Finger in ihr dichtes Haar und zog die prustende und hustende Margarite aus dem Wasser. Ihre Augen tränten, und ihre schweren Brüste hoben und senkten sich. Er erkannte, daß er nunmehr doch ihre uneingeschränkte Aufmerksamkeit gewonnen hatte.

»Also«, sagte er, »sind wir uns jetzt darüber einig, daß wir etwas miteinander zu bereden haben?«

»Scheißkerl«, stöhnte sie. »Scheißkerl, mich so zu behandeln!«

Was du gerade erlebt hast, war noch gar nichts, dachte Do Duc mit einem gebührenden Maß an Befriedigung.

»Ich habe mit Ihnen nichts zu bereden.« Margarite wischte sich die Haare aus dem Gesicht. Sie setzte sich auf den Rand der Wanne und schien ihre Nacktheit völlig vergessen zu haben. »Mein eigenes Leben bedeutet mir nichts. Ich würde meinen Bruder nie verraten, selbst wenn ich wüßte, wo sie ihn verstecken.«

Do Duc entnahm dem Handtuchhalter über seinem Kopf ein übergroßes Badetuch und warf es ihr zu. »Trocknen Sie sich ab«, sagte er und stieg aus der Wanne. »Ich muß Ihnen etwas zeigen.«

Er geleitete Margarite aus dem Badezimmer. Sie hatte sich das Tuch so um den Leib gewickelt, daß es sie vom Brustansatz bis knapp über den Knien einhüllte.

»Wie blöd sind Sie eigentlich? Kapieren Sie denn nicht, daß es völlig egal ist, was Sie mit mir anstellen? Ich weiß gar nichts. Dafür sorgt schon das FBI.«

Er führte sie durch das große Schlafzimmer mit einem Bett, das von einem an vier Pfosten ausgehängten Baldachin überdacht war, und dann durch den niedriger gelegenen Sitzbereich, in dem es ein S-förmig gebogenes Tête-à-tête-Sofa und einen aufwendig gefertigten marmornen Kamin gab, dessen Sims von einem in Stein gehauenen Cherubim getragen wurde. Eine scheußliche Messinguhr tickte vernehmlich mitten auf dem Sims.

Sie waren den Flur zur Hälfte entlanggegangen, als sich Margarites Kehle zusammenzog. Jetzt wußte sie, wohin sie geführt wurde. »Nein«, sagte sie mit kaum hörbarer Stimme. »Oh, bitte, lieber Gott, nein!«

Er gestattete, daß sie sich von ihm losriß und den Rest des Weges durch eine halb geöffnete Tür in eine andere Schlafzimmer-Suite rannte. Do Duc folgte, blieb an der Türschwelle stehen und bückte sich, um das Badetuch aufzuheben, das sich gelöst hatte. Er legte es sich über den linken Arm und betrat einen Raum, der vollständig blaßrosa ausgemalt war. Gerüschte Vorhänge verbargen die Fenster, und eine Anzahl großer, ausgestopfter Tiere saßen oder standen auf dem Bett.

»Francie!«

Do Duc betrachtete die Szenerie: die nackte Mutter, außer sich, tränenüberströmt, die Hände ans Gesicht gepreßt, voller Entsetzen ihre fünfzehnjährige Tochter anstarrend, die, an den Füßen gefesselt, kopfüber von der Deckenbeleuchtung herabhing.

»Oh, mein Gott, Francie!«

Das ovale Gesicht des bewußtlosen Teenagers war vom Blutstau rot, aber völlig ausdruckslos. Die Augen hatte sie geschlossen, die Lippen halb geöffnet.

»Sie ist nicht tot«, sagte Do Duc. »Aber sie wird es sein, falls Sie nicht tun, was ich sage.«

Margarite wirbelte herum. »Ja! Alles! Aber nehmen Sie sie da herunter!«

»Erst wenn Sie tun, was ich verlange.« Do Ducs Ton war sanft. »Ich will ihr wirklich nichts tun, verstehen Sie. Aber Sie sollen wissen, daß sich ihr Leben in Ihren Händen befindet.« Er kam durch den Raum auf sie zu und gab ihr das Handtuch. »Verstehen wir einander jetzt?«

Margarite warf ihm erneut jenen verschlagenen Glücksspielerblick zu, und er wußte, daß sie mit dem Gedanken liebäugelte, ihm einen Brieföffner zwischen die Rippen zu jagen. Er fragte sich, ob sie wohl das Zeug dazu hatte, eine solche nicht wieder rückgängig zu machende Tat zu begehen, eine Handlung zu vollbringen, die ihr Innerstes für immer verändern würde. Als er sie so betrachtete, war dies die Frage, die ihn am meisten beschäftigte, denn jetzt, wo er ihr persönlich gegenüberstand, erkannte er etwas Bestimmtes in ihrem Bewußtsein, das ihn anzog.

»Was wollen Sie also von mir?« fragte sie.

Drunten in der Bibliothek goß er für sie beide Brandy ein. Er hatte ihr erlaubt sich anzukleiden, hatte sie dabei aber genau im Auge behalten. Sie hatte einen kurzen Faltenrock angezogen, dazu eine cremefarbige Bluse und mit Goldfäden besetzte Wildlederslipper. Er war von der Effizienz ihrer Bewegungen und der Würde beeindruckt, mit der sie sich anzog und sich gleichzeitig vor seiner Gegenwart abschirmte.

Zunächst lehnte sie den angebotenen Drink ab.

»Trinken Sie«, insistierte er. »Der Brandy wird Ihre Nerven beruhigen.« Er betrachtete sie aufmerksam. »Er wird Ihnen guttun.«

Sie nahm den Kognakschwenker an und trank in kleinen, langsamen Schlucken.

Do Duc ergriff sein Glas und setzte sich neben sie auf das Plüschsofa. »Nun gut«, sagte er. »Ich verlange von Ihnen folgendes: Wenn Ihr Bruder Sie anruft, denken Sie sich eine Möglichkeit aus, ihn dazu zu bringen, daß er Ihnen sagt, wo er sich aufhält.«

Margarite stellte ihren Schwenker auf dem Couchtisch aus Messing und Glas ab. »Sie sind verrückt. Das wird nie funktionieren. Denn erstens ist telefonieren mit mir oder sonst wem aus seiner Familie, total gegen die Auflagen.«

»Er wird trotzdem anrufen«, sagte Do Duc.

Margarite studierte ihn einen Moment lang und beugte sich dann vor, um sich aus einem filigranem Silberkästchen eine Zigarette zu nehmen. Dabei drückten sich ihre Brüste gegen die Bluse. Dies war die erste provokative Geste, die sie gemacht hatte, und Do Duc wußte, daß sie nun damit begonnen hatte, die Lage zu durchdenken. Das war gut für sie beide. Gefahr erkannt, Gefahr gebannt...

»Sie sind eine hirnlose Bestie! Mein Bruder Dominic steht seit fast einem Jahr unter dem Zeugenschutzprogramm. Er durfte Frau und Kinder mitnehmen; seitdem habe ich nichts mehr von ihm gehört. Seine Mutter ebenfalls nicht. Man hat ihm mit aller Deutlichkeit klargemacht, wie die Auflagen aussehen: Keinerlei Kontakte mit Familie oder Freunden, weil das FBI sonst seine Sicherheit nicht mehr garantieren kann.«

Sie sah ihm zu, wie er das senkrecht gerillte silberne Feuerzeug vom Tisch nahm, um ihr die Zigarette anzuzünden. Sie zögerte nur den Bruchteil einer Sekunde, ehe sie sich nach vorn zu der Flamme hinbeugte; dann inhalierte sie tief und blies den Rauchstrom auf eine Weise aus, die auf ihre Erregung schließen ließ.

»Wissen Sie überhaupt, das es, seit es das WITSEC-Programm gibt, noch nie vorgekommen ist, daß ein geschützter Zeuge aufflog, der sich an seine Auflagen gehalten hat?« Auch während des Rauchens ließ sie ihn nicht aus den Augen. »Der für den Zeugenschutz zuständige stellvertretende WITSEC Marshall hat uns das erzählt. Und bei dem, was Dominic zur Last gelegt wird, bin ich mir sicher, daß er sich das zu Herzen nimmt. Er ist nämlich keineswegs todessüchtig; eher das Gegenteil. Er hat all das, wofür es sich zu leben lohnt.«

Unvermittelt hörte sie auf zu sprechen, und Do Duc wußte, daß sie verzweifelt auf eine Reaktion seinerseits wartete. Es war dies ihr erster Versuch gewesen, in der gegebenen Situation die Oberhand zu gewinnen, und dafür gestand er ihr ein paar weitere Pluspunkte zu. Er sagte nichts.

Margarite rauchte weiter, bis die Zigarette zu Ende war. Dann drückte sie die Kippe in einem Aschenbecher aus. Do Duc erwartete, daß sie nach der nächsten greifen würde, doch erneut überraschte sie ihn mit ihrer Willensstärke. Sie saß einfach mit in den Schoß gelegten Händen da.

»Lassen Sie meine Tochter frei«, sagte sie leise.

»Wir sprechen über Ihren Bruder Dominic.« Do Duc betrachtete mit Interesse, wie sich ein einzelner Schweißtropfen seinen Weg von ihrem Haaransatz über die Schläfe zur Wange bahnte. Auf die gleiche Art, wie er oft bei anderen Menschen deren Aura sehen konnte, nahm er jetzt ihre Anspannung wahr; sie lag für ihn wie ein deutlich vernehmbares Summen in der Luft.

Er registrierte das winzige Beben ihre Lippen, ehe sie den Kopf senkte. »Okay. Mal angenommen, Dominic ruft *tatsächlich* an«, sagte sie und kapitulierte. »Was dann?«

»Vereinbaren Sie ein sofortiges Treffen – ohne seinen WITSEC-Betreuer.«

»Darauf geht er nie ein.«

Er nahm noch eine Zigarette aus dem silbernen Kästchen, zündete sie an und gab sie ihr. »Doch, das wird er, Margarite«, sagte Do Duc. »Ich weiß, daß er Sie früher schon ein paarmal angerufen hat. Das letzte Mal – warten Sie, war das nicht gewesen, nachdem ein anonymer Informant ihm erzählt hatte, was Tony D. mit Ihnen hinter verschlossenen Türen anstellt?«

Margarite stieß einen kleinen Schrei aus. Sie zog die Knie an den Körper, als hätten seine Worte sie körperlich attackiert. Ihr Gesicht war weiß, und sie atmete schwer durch den halb geöffneten Mund.

»Dieses Mal wird Dominic die Information erhalten, daß Ihr Mann Francie geschlagen hat.« Seine äußere Ruhe erweckte den Anschein, als lese er eine Nummer aus dem Telefonbuch vor, und diese kühle Sachlichkeit war das Schrecklichste von allem. »Dann wird er Sie anrufen, Margarite, nicht wahr? Und sobald er das tut, werden Sie Ihre Rolle spielen. Sie werden das gebührende Maß an Hysterie an den Tag legen, und falls Dominic es nicht selbst vorschlägt, werden Sie auf einem Treffen bestehen.«

»Oh, Sie Scheißkerl!« Sie schloß die Augen. *Er macht uns alles kaputt*, dachte sie.

Sie spürte, wie ihr die Selbstbeherrschung entglitt, wie salzige Tränen über ihre Wangen rollten und die Panik ihr Gehirn desorientierte. Angestrengt bemühte sie sich, zusammenhängend zu denken und ihre Gedanken zu ordnen. »Sie wissen, was Sie da von mir verlangen«, flüsterte sie.

Abrupt schlug er seine Handflächen zusammen. Ihr Kognakschwenker hatte sich dazwischen befunden, und er zerplatzte mit einem so lauten Knall, daß Margarite aufsprang. Ihm gefiel das Entsetzen in ihrem Blick, jetzt fühlte er sich eindeutig an das Sargent-Gemälde von *Madame* X erinnert.

»Ich habe Ihren Leibwächter, Ihren Rottweiler und Ihr Hausmädchen getötet«, sagte er. »Zweifeln Sie also keine Sekunde daran, daß ich nicht zögern würde, auch Ihre Tochter umzubringen.« Seine funkelnden Augen ließen die ihren nicht los. »Wie ich schon erläutert habe, liegt das Leben Ihrer Tochter buchstäblich in Ihrer Hand.«

Margarite drückte die Zigarette aus. »Herr im Himmel, wie können Sie bloß nachts ruhig schlafen?«

Do Duc erhob sich. »Eine interessante Frage, die ausgerechnet die Schwester von Dominic Goldoni stellt. Benutzen Sie in Ihrer eigenen Firma nicht Ihren Mädchennamen – den Namen Ihres Bruders? Aber ja doch!« Er schenkte ihr ein winziges, selbstsicheres Lächeln und fuhr fort: »Ich würde gerne wissen, was Tony D. angesichts der Tatsache empfindet, daß Sie als Margarite Goldoni bekannt sind. Kommt vielleicht daher ein Teil der Wut, die er auf Sie hat?«

Sie betrachtete ihn mit einer Art von fasziniertem Entsetzen, das sich haarscharf an der Grenze zum Ekel bewegte. Er ging um das Sofa herum und stellte sich interessiert vor ein großes Gemälde von Henri Martin, das in satten Farben und mit griffiger Textur ein Kornfeld darstellte.

»Margarite, Sie sind intelligent genug, um zu wissen, daß jeder von uns seine eigene Methode hat, das, was er tut, für sich zu rechtfertigen. Dies ist ganz sicher nicht nur die Domäne der Fanatiker und Selbstgerechten.«

Er wartete und verlor sich teilweise in die provenzalische Landschaft, die Martin mit der magischen Kraft eines Zauberers beschworen hatte. Do Duc hätte, seiner Überzeugung nach, liebend gern alles aufgeben, selbst die konstante Nähe zum Tod, die ihn funktionieren ließ und aufrecht hielt, für das Können, das man benötigte, um nur ein einziges Bild dieser Art zu malen. Er selbst hatte keine Kinder, zumindest wußte er von keinen, doch dieses Meisterwerk war besser als ein Kind, weil es wie eine göttlich inspirierte Kopfgeburt direkt der Kreativität des Malers entsprang und exakt so blieb, wie dieser es sich vorgestellt hatte. Einen schöneren Lohn im Leben konnte er sich nicht vorstellen.

»Wie interessant – eine kunstsinnige Bestie«, sagte Margarite neben seinem Ellbogen.

Er hatte sie kommen hören, beziehungsweise, um präziser zu sein, es gespürt, und ihm fiel die Frage wieder ein, die er sich selbst gestellt hatte: Ob sie wohl den Mut aufbringen und mit dem

Brieföffner zustoßen würde? Ohne den Kopf von dem Martin zu wenden, sagte er: »Dominic wird in den nächsten zwei Stunden anrufen. Sind Sie bereit, Ihren Teil unseres Abkommens zu erfüllen?«

»Geben Sie mir noch einen Moment«, erwiderte sie. »Ich habe noch nie zuvor einen Pakt mit dem Teufel geschlossen.«

»Sie vielleicht nicht«, sagte er und drehte sich zu ihr um, »aber ich wette, Ihr Bruder hat das schon getan, und zwar öfter, als er zählen kann.«

Sie wissen gar nichts über meinen Bruder! wollte sie ihn anschreien, fürchtete sich aber entsetzlich davor, daß er ihr mit entsprechenden Einzelheiten nachweisen würde, wie falsch sie lag.

Ihrer beider Blicke verschränkten sich ineinander, und Do Duc erkannte ihre Zerrissenheit, die hinter der offen zur Schau getragenen Feindseligkeit lauerte. Er bezweifelte, daß ihr schon bewußt geworden war, wie sehr sie sich von ihm angezogen fühlte. Und er war sich sicher, daß sie nicht durchschaute, wie er sich jener klassischen Verhortaktik bediente, die zuerst eine menschliche und dann eine vertrauliche Atmosphäre schuf in einem Verhältnis, in dem jedoch die Rollenverteilung von Anfang an starr festgelegt war. Doch sie konnte vielleicht die andere Seite dessen, was er tat, erkennen. Schon vor einigen Jahren war er zu dem Schluß gekommen, daß Frauen eigentlich gar nicht so sehr selbst dominiert werden wollten, sondern daß sie es mehr als die Männer zu schätzen wußten, was eine dominante Persönlichkeit bei anderen Menschen bewirken konnte.

Margarites Zunge glitt heraus und befeuchtete die Lippen. »Haben Sie auch einen Namen?«

»Einige«, antwortete Do Duc. »Aber Sie können mich Robert nennen.«

»Robert.« Sie machte einen Schritt auf ihn zu, so daß sie ganz dicht vor ihm stand. Dann studierte sie sein Gesicht. »Merkwürdig. Ein asiatischer Name ist das nicht; dabei sind Sie aber eindeutig aus Asien.« Sie hielt den Kopf ein wenig schief. »Oder etwa nicht? Welche andere Rasse... Moment mal... Polynesier?« Sie lächelte. »Ich selbst bin Venezianerin, und von daher weiß ich Bescheid.«

»Worüber wissen Sie Bescheid?«

»Was es heißt, ein Außenseiter zu sein.« Margarite trat zurück und ging wieder zum Sofa. »Ich lebe unter Sizilianern. Und da vertraut einem keiner, wenigstens nicht richtig.« Sie setzte sich und schlug die Beine übereinander. »Man wird dauernd mit Situationen konfrontiert, in denen man seine Loyalität erneut unter Beweis stellen muß. Sogar in der eigenen Familie.«

Do Duc lächelte in sich hinein. Er mochte diesen Teil ihres Charakters: die große, raffinierte Strategin. Um sie zu ermuntern, starrte er ihre Beine in ihrer ganzen Länge mit eindeutiger Lüsternheit an, was ihm auch nicht schwerfiel. Daß es sich bei seiner Lüsternheit um ein absichtlich eingesetztes Mittel zum Zweck handelte, brauchte sie ja nicht unbedingt zu bemerken. Er wollte wissen – nein, in Wahrheit *mußte* er ganz einfach wissen, wie weit sie gehen würde, wessen sie unter extremsten Bedingungen fähig wäre. Im Moment wußte er nur eines: Sie würde es ihm gestatten, das herauszufinden.

»Haben Sie Familie?«

Die Frage schnitt ihm wie ein Messer ins Herz, und folglich lächelte er sie an und bezauberte sie mit einer seiner vielen Masken. »Das ist schon sehr lange her.« Doch seine Stimme klang hohl, selbst für seine eigenen Ohren, und Margarite war so clever, sofort einzuhaken.

»Sind Sie als Waise aufgewachsen?«

»Die Keime meines Todes wurden gelegt, als ich noch sehr jung war.«

Margarite hielt seinem Blick stand. »Ein sehr erstaunlicher Satz. Ist das wahr, Sie haben keine Familie?«

Es war die Wahrheit, und so zuckte er nur mit den Schultern, damit sie von diesem Thema abließ. Er war entsetzt über das, was seine Zunge da artikuliert hatte. Stand er im Begriff überzuschnappen?

Er brach den Blickkontakt mit ihr ab, der ihn genauso aufzuwühlen begann, wie es umgekehrt bei ihr der Fall war.

»Was wollen Sie von Dominic?« fragte sie.

»Informationen«, antwortete Do Duc, »die nur er liefern kann.«

»Das vereinfacht die Dinge«, entgegnete sie. »Ich kann sie Ihnen beschaffen, wenn er anruft.«

Do Duc lächelte ein so kaltes Lächeln, daß sie instinktiv begriff, daß auch er nichts weiter als eine Waffe war. »Margarite, ich sage es Ihnen nun zum letzten Mal: Wenn Sie auch nur ein winziges bißchen von unserem vorbereiteten Drehbuch abweichen, wird Francine sterben, und Sie werden es mitansehen.«

»In Ordnung!« Sie erschauderte und barg ihr Gesicht in den Händen. »Bitte – sagen Sie es nicht noch einmal. Bitte, *denken* Sie es nicht einmal!«

Sie sah zu ihm auf, und ihr Blick suchte durch ihre Tränen hindurch den seinen. »Hören Sie – trotz allem, was Dominic getan hat, so hat er doch noch eine Anzahl von Freunden, denen er das FBI erspart hat, und die sind sehr mächtig.«

»Ja, ich weiß, wie mächtig die sind«, sagte Do Duc. »Wer wohl, glauben Sie, hat mich hergeschickt?«

Das Risiko, das er mit dieser Frage einging, war kalkuliert und notwendig, um ihm zu helfen, seine Macht über sie aufrechtzuerhalten.

»O Gott, das meinen Sie doch nicht wirklich!« stieß Margarite alarmiert hervor. »Das wäre ja sein Tod!«

Do Duc zuckte mit den Schultern, während er näherkam und sich neben sie setzte. »Das Leben steckt voller Überraschungen, sogar für mich.«

»Nein, nein, nein«, keuchte sie atemlos, »Sie belügen mich.« Ihr lief es kalt über den Körper. »Ich kenne Dominics Freunde. Die sind absolut loyal. Wenn Sie ihm was antun, dann haben Sie die am Hals. Beunruhigt Sie das nicht?«

»Ich Gegenteil. Ich begrüße es.«

Er sah zu, wie die verschiedenen Gefühlsregungen über ihr Gesicht huschten.

»Mein Gott, wer sind Sie bloß?« flüsterte sie. »Welche Sünden habe ich nur begangen, daß Sie mich heimsuchen müssen?«

»Sagen Sie's mir: Sind Sie so unschuldig, wie Ihr Bruder schuldig ist?«

Sie ignorierte die Tränen, die ihr langsam über die Wange rannen. »Kein Mensch ist völlig ohne Schuld, aber ich… Das ist ja wie das Jüngste Gericht! Egal, was ich tue, an meinen Händen wird Blut kleben.«

»Letzlich sind wir alle Tiere«, sagte er. »Manchmal müssen wir uns schmutzig machen. Jetzt sind eben Sie an der Reihe.«

Sie nahm sich eine weitere Zigarette. »An der Reihe, so zu werden wie Sie, soll das wohl heißen? Nein, niemals!«

»Ich wünschte, es wäre nicht so«, entgegnete Do Duc.

Margarite nahm das Feuerzeug in die Hand, besann sich dann jedoch eines andern. Sie legte die unangezündete Zigarette in das silberne Kästchen zurück.

»Es erschreckt mich, daß Sie im voraus wissen, daß Dominic anrufen wird.«

»Ja, ich weiß.«

»Seine Freunde...«

»Er hat keine Freunde mehr.«

Er tauchte seine Fingerspitze in den klebrigen Rest des verschütteten Brandys und tupfte damit nicht nur den Alkohol, sondern auch einen winzigen Glasscherben auf. Sie beobachtete, wie er den Splitter so lange gegen seine Haut preßte, bis er hindurchdrang und Blut herausquoll. Diese Macho-Geste brachte sie zu dem Schluß, daß Schmerz in der einen oder anderen Ausprägung einen wesentlichen Bestandteil seiner Persönlichkeit darstellte. Sie legte diese Erkenntnis einstweilen in ihrem Gedächtnis ab, da sie sich noch nicht in der Lage sah, deren Nützlichkeit zu beurteilen.

Sie fragte sich, warum er sie nicht attackiert hatte. Er hätte alle nur denkbaren Möglichkeiten gehabt, eine ganze Reihe von einladenden Situationen ausnutzen zu können: während sie nackt im Bad war; während sie sich anzog und er zuschaute; die ganze Zeit über, in der sie sich hier in der Bibliothek aufhielten. Sie hatte ihm wirklich auch jede Gelegenheit dazu angeboten, nachdem sie sich von dem anfänglichen Schock seiner Gegenwart erholt hatte, in dem Wissen, daß er nicht mehr zu klarem Denken fähig sein würde, wenn er erst einmal zwischen ihren Schenkeln gefangen und seine Adern mit Testosteron angefüllt wären.

Irgend etwas mußte sie unternehmen, um sich aus diesem Alptraum zu befreien. Also rutschte sie auf dem Sofa so lange umher, bis ihr der Rocksaum über die Schenkel nach oben glitt. Wie sie bemerken konnte, wechselte sein Blick von dem Blut auf seiner Fingerkuppe zu ihrem Fleisch. Sein Blick hatte ein spürbares Gewicht, als er auf ihr ruhte, und strahlte Hitze aus. Sie fühlte, wie ihre Wangen zu brennen begannen.

»Was sind Sie nur für ein Mensch!« Sie erkannte ihre eigene Stimme nicht wieder.

Do Duc sah sie an. Seine Fingerspitze zeichnete einen roten Halbmond auf die bebende Innenseite ihres Oberschenkels. Er strich höher hinauf bis zu der Stelle, an der es sehr warm war, sogar jetzt. Sie spürte einen Funken überspringen und tat, was sie nur tun konnte, um ihn weiter zu ermutigen, um das Blut in seinen Adern in Wallung zu bringen.

Das harsche Bimmeln des Telefons ließ sie erschreckt zusammenfahren. Sie starrte den Apparat an, als sei er eine tödliche Viper. Er nahm seine Hand fort, und damit war ihre Chance vertan.

»Heben Sie ab«, befahl Do Duc und sah in ihre vor Schreck geweiteten Augen.

Margarite zögerte und zitterte. Schließlich muß es ja nicht unbedingt Dominic sein, redete sie sich ein; es konnte ja irgendwer anrufen. *Bitte, Gott – gib, daß es ein anderer ist!*

Mit verkrampfter Armbewegung nahm sie den Hörer auf, schluckte und sagte dann voller Hoffnung: »Hallo?«

»Margarite, *bellissima*!« drang ihr Dominics Stimme ins Ohr, und langsam schloß sie die Augen.

Erster Teil

Alte Freunde

Jahr um Jahr:
Im Gesicht des Affen
die Maske eines Affen.

Matsuo Basho

1

Tokio / Marine on St. Croix / New York

So früh am Morgen roch Tokio stets nach Fisch. Vielleicht kam das von dem Fluß Sumida, der noch immer das Zuhause von Hunderten von Fischern war, die auf ihm ihrem traditionsreichen Handwerk nachgingen. Oder aber, dachte Nicholas Linnear, war es vielleicht auch der stahlgraue Dunstschleier, der wie ein unersättlicher Dauergast über der riesigen Metropole hockte.

Irgendwo auf dem Land und weit weg erkämpfte sich die Sonne gerade ihre Bahn über die Berggipfel, doch hier im Herzen der City war es noch immer dunkel. Nur die zarte Andeutung der Morgendämmerung verwandelte die Schatten langsam in Perlmutt.

Während Nicholas in dem Non-stop-Aufzug des Aufsichtsratsvorsitzenden das Shinjuku Suiryu Gebäude hinauffuhr, dachte er über das beängstigende Ausmaß an Entscheidungen nach, die ihn bei *Sato International* erwarteten, jenem gigantischen *keiretsu*, dem Industriekonzern, den er zusammen mit Tanzan Nangi leitete.

Nangi war ein gerissener Japaner, ehemaliger Stellvertretender Minister des MITI, Japans allmächtigem *Ministry of International Trade and Industry*, mit dem zusammenzutun sich Nicholas entschlossen und so seine eigene Firma, *Tomkin Industries*, mit Nangis *Sato International* fusioniert hatte.

Es war interessant, daß beide Männer die jeweilige Spitzenposition in ihren Konzernen geerbt hatten: Nangi vom toten Bruder seines besten Freundes, Nicholas von seinem verstorbenen Schwiegervater. Aus diesem und noch zahlreichen anderen Gründen existierte ein einzigartiges Band zwischen den beiden Männern, das bisher allen Belastungen standgehalten hatte.

Nicholas verließ den Lift im zweiundfünfzigsten Stock, ging durch die menschenleere, mit Teak und Chrom beeindruckende Empfangshalle, vorbei an stillen Räumen und verlassenen Arbeitsplätzen in sein eigenes Büro, das – zusammen mit dem Nangis – das gesamte westliche Ende des Gebäudes belegte.

Er begab sich zu einer niedrigen Couch in dem abgestuften Sitzbereich entlang eines riesengroßen Fensters, setzte sich und blickte auf die Stadt hinaus. Der Dunst, bläßlich wie grüner Tee, war eine häßliche Wolke, die ihm seinen geliebten Ausblick auf den Fudschijama verwehrte.

Er wußte, daß er schon sehr bald nach Amerika zurückkehren mußte, nicht nur, um sich mit Harley Gaunt zu treffen, sondern auch, um selbst einmal in den Washingtoner Parlaments- und Regierungszirkeln gegen die zunehmende Woge der Feinseligkeit gegenüber den zugegebenermaßen arroganten Japanern anzugehen. Gaunt hatte einen Mann namens Terrence McNaughton eingestellt, einen berufsmäßigen Lobbyisten, der zwar diesbezüglich in ihrem Auftrag tätig sein sollte, doch war Nicholas immer mehr der Meinung, daß es in diesem rückschrittlichen Zeiten nicht ausreichte, die Vertretung eigener Interessen einem Stellvertreter zu überlassen. Während der vergangenen Jahre hatte es sich Nicholas schon des öfteren vorgenommen, nach Washington zu fliegen, doch stets hatte ihn Nangi von der Notwendigkeit seiner Anwesenheit in Japan überzeugt, damit sie ihren pro-internationalen Standpunkt den Japanern selbst vermitteln konnten.

Und dafür, so hatte Nangi mit unerschütterlicher Logik argumentiert, sei Nicholas auf einzigartige Weise qualifiziert, weil ihn die Japaner nicht als einen *iteki* ansähen, als einen Außenseiter und ungebildeten Barbaren. Nicholas' Vater, der englische Oberst Denis Linnear, hatte noch immer einen Sonderplatz in den Herzen der älteren Generation von Japanern, da er gleich nach dem Ende des Zweiten Weltkriegs an General Douglas MacArthurs SCAP-Hauptquartier abkommandiert worden war. Er war es gewesen, der in seiner Eigenschaft als Verbindungsoffizier sehr erfolgreich mit den höchsten Rängen verhandelt hatte, als MacArthur den besiegten Japanern eine neue demokratische Verfassung verordnete, die bis auf den heutigen Tag überlebte. Als Colonel Linnear starb, war seine Beerdigung ein genauso zahlreich besuchtes und von genauso aufwendiger Berichterstattung begleitetes Ereignis gewesen wie die eines japanischen Kaisers.

Nicholas registrierte das Erscheinen von Tanzan Nangi, noch ehe er ihn sah. Nangi war nun schon ein gutes Stück über die Lebensmitte hinaus. Sein Gesicht war auffallend, doch nicht auf die übliche Art. Das rechte Auge war ein ausdrucksleerer, milchiger weißer Ball hinter einem beschädigten Lid, das in halb geschlossener Stellung erstarrt war. Ansonsten hätte sein Gesicht das eines Spitzendiplomaten sein können, dem die Anforderungen seines beruflichen Umfelds wohlvertraut waren und der wußte, wie man sich zwischen ihnen hindurchlavierte.

Mit dem Ende seines Gehstocks, dessen Knauf als Drachenkopf geschnitzt war, klopfte Nangi an die halb geöffnete Tür von Nicholas' Suite. Je nach Tageszeit, Gesundheitszustand und Wetter bewegte er sich mehr oder weniger steif auf Beinen fort, die während des Kriegs im Pazifik erheblich in Mitleidenschaft gezogen worden waren.

Die beiden Männer begrüßten einander mit Wärme und einem Minimum an Förmlichkeiten. Wäre noch jemand im Raum anwesend gewesen, wäre das Zeremoniell ganz anders ausgefallen.

Sie genossen ihren grünen *macha*-Tee in der Schweigsamkeit vertrauter Gesellschaft und begannen dann mit ihrer allmorgendlichen Beschäftigung, der strategischen Planung von *Satos* Zukunft, eine Tätigkeit, die sie gerne erledigten, ehe die Angestellten eintrafen.

»Ich habe sehr schlechte Nachrichten«, begann Nangi. »Es ist mir nicht gelungen, die Finanzmittel aufzutreiben, die du für so dringend nötig hältst, um nach Vietnam expandieren zu können.«

Nicholas seufzte. »Welch eine Ironie, wo es sich doch um ein so gutes Geschäft handelt. Sieh dir die Zahlen des letzten Quartals an. Die Nachfrage nach dem *Sphynx T-PRAM* übertrifft bei weitem unsere gegenwärtigen Produktionskapazitäten.« Der *T-PRAM* war der erste Computerchip mit dem Markenzeichen von *Sato International* und der einzige mit einem programmierbaren Direktzugriffsspeicher auf dem Markt. »Aus genau diesem Grund müssen wir so schnell wie möglich nach Vietnam expandieren – um dort neue Fertigungsanlagen zu errichten, die unseren Anforderungen entsprechen und gleichzeitig die Produktionskosten niedrig halten. Gewiß ein anstrengender Marathonlauf.«

Nangi schlürfte seinen Tee. »Unglücklicherweise ist *Sphynx* nur *eine kobun* in dem weitverzweigten Netzwerk des *keiretsu*. Nicht alle florieren so gut.« Eine *kobun* stellt eine Tochtergesellschaft innerhalb eines *keiretsu*, des Konzerns, dar.

Nicholas verstand die Anspielung. Anders als *Tomkin Industries* vor er Fusion, hatte *Sato International* stets bis vor kurzem problemlosen Zugang zu Kapital gehabt. Unvermittelt hatten sich jedoch in Japan die Grundregeln geändert: Während früher japanische beziehungsweise amerikanische Firmen für den jeweiligen Partner ein wertvoller Aktivposten waren, wurden sie nun zu einer risikoreichen Belastung. Alle größeren *keiretsu* in Japan waren entweder von Anfang an im Besitz von Handelsbanken oder von diesen, zum Beispiel bei einem Konkurs, übernommen worden. Im Fall von *Sato* handelte es sich um die *Daimyo Development Bank*. Diese bequeme Beziehung innerhalb des *keiretsu* erlaubte es, Geld zur Expansion oder für Forschung und Entwicklung zu niedrigen Zinssätzen und außerordentlich großzügigen Konditionen aufnehmen zu können.

Nun aber wurde Japan von einer wirtschaftlichen Krise durchgeschüttelt, wie sie in diesem Umfang und in dieser Schwere seit den Schreckenszeiten der unmittelbaren Nachkriegsperiode nie dagewesen war. Sie hatte 1988 mit den von irrigen Voraussetzungen ausgehenden Bemühungen der Regierung begonnen, eine Volkswirtschaft, die bereits unter den ersten Auswirkungen eines bei weitem zu starken Yen litt, dadurch zu stützen, daß man künstlich die Nachfrage nach Grundstücken anheizte. Investitionen innerhalb des eigenen Landes, so die Argumentation der damaligen Minister, würden – zumindest teilweise – den Wert des Yen drücken. Und diese Theorie bestätigte sich – bis zu einem gewissen Punkt; doch dann begannen die Marktpreise die Grenzen des Realistischen zu überschreiten. Aber noch immer pumpten japanische Geschäftsleute – reichlich mit flüssigen Mitteln ausgestattet und hochmütig auf Grund ihres scheinbar nicht enden wollenden Erfolgs – Geld in den Immobilienmarkt. Zwangsläufig platzte eines Tages die Seifenblase. Übermäßig verschuldet mit Grundstücken und Objekten, die sie selbst mit horrenden Nachlässen nicht mehr loswurden, gingen viele Geschäftsleute unter und verloren ihre schnell gemachten Vermögen praktisch über Nacht.

Es gab buchstäblich ein Massaker, das – wie die Wellen in einem Teich – immer weitere Kreise zog. Die großen Geldinstitute, die einst munter Kredite für solche Objekte gewährt und verlängert hatten, die sie als goldwerte Immobilien einstuften, standen nun mit zwangsvollstreckten Grundstücken und Häusern da, die ihnen das benötigte Kapital nicht mehr liefern konnten. So waren die Banken gezwungen, selbst Vermögenswerte zu veräußern, um die enormen Verluste aus dem Kreditgeschäft zu kompensieren, und innerhalb eines Zeitraums von nur einem Jahr waren ihre Bilanzen mit jenen roten Flecken übersät, welche die Tropfen des einzigen Blutes darstellen, das ein Bankier fürchtet.

Die *Daimyo Development Bank* bildete da keine Ausnahme. Obwohl weniger schlimm getroffen als einige, die nun ganz aus dem Geschäft draußen waren, hatte die Bank ausgesprochen dornige Zeiten zu überstehen, und ihre Verluste waren erst jüngst zu einem erheblichen Hindernis für einen ausgeglichenen Saldo von *Sato International* geworden. Erst vor einem halben Jahr hatte Nangi den Aufsichtsratsvorsitzenden von *Daimyo* ablösen müssen, und noch immer war das Chaos weit davon entfernt, bereinigt zu sein. Für ihn persönlich stellte dies eine besondere Demütigung dar, denn er war einst selbst Direktor der Bank gewesen.

Risutora lautete die neue und bis dato unerhörte Parole in Japan: industrielle Schrumpfung. Die »Japan AG« mußte sich mit der Frage einer Neuorganisation auseinandersetzen, mit einem schmerzlichen Abbau von Produktionsstätten, Verbrauchsgütern und der kostbarsten Ressource der japanischen Wirtschaft: hervorragend ausgebildeten und absolut loyalen Arbeitskräften. In einem Land, in dem der expansionistische Anspruch, stets »größer und besser« sein zu wollen, der ökonomische Schlüsselbegriff über vier Jahrzehnte hinweg gewesen war, stellte *risutora* in der Tat einen bitteren Retourkurs dar. Glücklicherweise hatten es Nangi und Nicholas nie zugelassen, daß ihr *keiretsu* zu aufgebläht und ineffizient wurde. Und Nicholas' eigene Rolle innerhalb des Großkonzerns war deshalb zunehmend bedeutsamer geworden, weil er mehr Erfahrungen mit massiven Rezessionen hatte als jeder Japaner. Dennoch war die finanzielle Situation bei ihrem Betriebskapital eine eindeutig kritische.

»Trotzdem – irgendwie müssen wir das Kapital beschaffen«, drängte Nicholas. »Falls wir dort nicht umfassend – und rasch – einsteigen, werden die anderen großen *keiretsu* uns einfach überrollen.«

»Ich muß dem Ganzen noch etwas mehr Zeit geben«, mahnte Nangi zur Besonnenheit, nicht zum ersten Mal. »Vietnam hat sich erst vor kurzem westlichen Einflüssen geöffnet, und ich traue der Regierung noch nicht so recht.«

»Was du eigentlich sagen willst ist doch, daß du den Vietnamesen selbst nicht über den Weg traust.«

Nangi versetzte den Blättersatz in seiner Teetasse in wirbelnde Bewegung. Er verabscheute derartige Spannungen zwischen ihnen beiden. Auch als Nicholas vor einigen Jahren selbst nach Saigon gereist war, um diesen Vincent Tinh als ihren Geschäftsführer für Vietnam einzustellen, war Nangi beunruhigt gewesen. Tinh war

Vietnamese, und Nangi wußte, daß Nicholas recht hatte: Er traute den Vietnamesen einfach nicht. In dieses seltsame, neokapitalistische Land hatten sie schon sehr viel Geld investiert, und Nicholas hatte ihn weiter gedrängt, noch mehr zu investieren. Was, wenn die Kommunisten an die Macht zurückkehrten und alle Privatunternehmen verstaatlichten? Dann würden er und Nicholas alles verlieren.

»Für mich ist das ein undurchsichtiges Volk«, sagte Nangi, wandte seinen Blick von den hin- und hertreibenden Hieroglyphen seiner Teeblätter ab und sah hoch.

»Sie sind nur anders.«

Nangi schüttelte den Kopf. »Auch die Hongkong-Chinesen sind anders, und ich mache schon die ganze Zeit mit ihnen Geschäfte. Sie sind zwar verschlagen und hinterhältig, aber ich muß zugeben, daß mir ihre Intrigen Spaß machen. Für die Vietnamesen bringe ich einfach nicht das richtige Verständnis auf.«

»Weswegen es ja auch *ich* bin, der sich ihrer annimmt«, sagte Nicholas. »Werfen wir doch nur mal einen Blick auf den momentanen Saldo. Die Gewinne aus den paar Produkten, die wir gegenwärtig außerhalb von Saigon unter Vinnies Leitung produzieren, sind astronomisch. Stell dir vor, was diese niedrigeren Herstellungskosten für die *kobun* bedeuten würden, deren Profite sich gegenwärtig in einer Spirale nach unten bewegen.«

Selbstverständlich hat Nicholas recht, dachte Nangi. Das hatte er meistens in solchen Dingen. Und zudem war Nangi nicht in der Lage, an der Richtigkeit von Nicholas' Vorhersagen bezüglich wirtschaftlicher Trends herumzukritteln.

Er nickte. »Einverstanden. Ich werde tun, was ich kann und aus irgendeinem Felsen das Kapital herausquetschen, das wir benötigen.«

»Ausgezeichnet«, sagte Nicholas und schenkte Tee nach. »Du wirst deine Entscheidung nicht bereuen.«

»Ich hoffe es nicht«, erwiderte Nangi. »Immerhin werde ich einige von meinen yakuza-Kontakten aufsuchen müssen.«

»Schade, daß du nicht auch den Kaisho kennst«, sagte Nicholas mit deutlichem Sarkasmus.

»Ich weiß, daß du für die *yakuza* nichts übrig hast«, bedauerte Nangi. »Doch andererseits hast du dich überhaupt noch nicht bemüht, sie zu verstehen. Und das finde ich besonders bemerkenswert angesichts der Strapazen, denen du dich unterzogen hast, um wirklich jeden anderen Aspekt des japanischen Lebens kennenzulernen.«

»Die *yakuza* sind Gangster«, sagte Nicholas kategorisch. »Was hätte ich davon, sie zu verstehen?«

»Die Frage kann ich nicht beantworten«, erklärte Nangi. »Niemand kann das, außer dir selbst.«

»Was ich nicht begreifen kann, ist *deine* Verbindung mit ihnen. Überlasse sie doch einfach ihren schmutzigen Geschäften.«

»Das ist etwa so, als ob man sagen würde: Atmen Sie bitte keinen Stickstoff mit Ihrem Sauerstoff ein! Es ist einfach nicht möglich.«

»Du meinst, es ist nicht praktikabel.«

Nangi seufzte. Er wußte, daß er diesen Streit mit seinem Freund nicht gewinnen würde. Das tat er nie.

»Also – dann zieh los und such deinen Kaisho auf«, sagte Nicholas, »oder wer auch immer das ist.«

Nangi schüttelte den Kopf. »Der angebliche Kaisho soll der *oyabun* aller *oyabun* sein. Der Boß aller Bosse der *yakuza*-Familien. Aber ich kann dir versichern, daß er gar nicht existiert. Er ist nur ein Begriff, den sich irgendein cleverer *yakuza* ausgedacht hat, um die Polizei zu beschäftigen.« Das Wort Kaisho bedeutete soviel wie ›geheimnisvoller Oberster Befehlshaber‹. »Solange zwischen uns Außenseitern der Konsens herrscht, daß es da einen quasi legendären Chef aller *oyabun* gibt, solange gibt es eine Ebene der *yakuza*-Hierarchie, die keiner durchdringen kann. Das stützt den Mythos der Vereinigung und vergrößert ihr Ansehen, wann immer die Polizei für die Medien eine Spielhöllenrazzia inszeniert.« Er rutschte auf seinem Sitz hin und her. »Alle meine *yakuza*-Kontakte verneinen jegliche Kenntnis von einem Kaisho.«

Ihre Unterhaltung wandte sich schließlich dem *Hive*-Computer zu, Nicholas' Lieblingsprojekt. Momentan lag es auf Eis, da *Hyrotech Inc.*, die von der US-Regierung zur Entwicklung eines Computers für alle Regierungsstellen ausgewählte Firma, unerklärlicherweise das Abkommen widerrufen hatte, das von Nicholas zur Produktion des Rechners ausgehandelt worden war.

»Das Beunruhigendste an der Geschichte ist, daß niemand bei *Hyrotech* auf die Anrufe von Harley Gaunt reagiert«, sagte Nicholas. »Ich habe ihn angewiesen, jetzt eine Klage wegen Vertrauensbruchs anzustrengen. Zusätzlich habe ich ihn instruiert, er solle die US-Regierung als Mitangeklagten benennen.«

»Die Regierung?« fragte Nangi betroffen.

»Ja. Ich glaube, die stecken hinter der ganzen Geschichte. Das Mauern ist eine beliebte Taktik von *denen,* nicht von *Hyrotech.*«

Dann informierte er Nangi über den neuesten Stand des *Chi*-Projekts. Nicholas hatte die Bezeichnung ausgesucht; *chi* bedeutete »Weisheit, Klugheit«. Es war seine Idee gewesen, eine ganze *kobun* des Unternehmens auf das *Chi*-Projekt anzusetzen. Der *Chi* war eine neue Art von Computer, der keine Software benötigte; er war genauso flexibel wie sein Benutzer und kam nur deshalb ohne Software aus, weil es sich bei ihm um einen neuronal vernetzten Rechner handelte. Der *Chi*-Prototyp arbeitete mit über tausend winzigen »cubes« – Würfeln im Gegensatz zu Chips –, die selbst wiederum aus vierundsechzig elektronischen Neuronen zusammengesetzt waren, deren Schaltungen jene des menschlichen Gehirns zum Vorbild hatten. Der Rechner funktionierte anhand von Beispielen. Eine vom Benutzer als »richtig« eingegebene Entscheidung erzeugte eine bestimmte Art von elektrischem Impuls innerhalb des neuronalen Netzes, eine »falsche« einen anderen. Auf diese Weise lernte der Computer tatsächlich die Funktionen, die von ihm verlangt wurden, und wußte, wie er sie am wirkungsvollsten einsetzen konnte, ohne daß man ihn für unterschiedliche Software-Interfaces figurieren mußte.

»Obgleich es so aussieht, als gelinge es *Ricoh,* als erste mit einem neuronal vernetzten Computer auf den Markt zu kommen«, sagte Nicholas, »bin ich davon überzeugt, daß der *Chi* viel effektiver ist und für uns nach seiner Einführung sehr schnell Marktanteile gewinnen wird.«

Die frühmorgendliche Besprechung war beendet. Nangi erhob sich, nahm seinen Gehstock auf und ging den Korridor zu seinem Büro entlang.

Nicholas verbrachte fast die gesamten nächsten zwei Stunden damit, seine Produktionsleiter in Bangkok, Singapur, Saigon, in Kuala Lumpur in Indonesien und in Guangzhou im Südosten von China anzurufen. Eigentlich hätte das höchstens nur halb solange dauern dürfen, aber die Telefonsysteme an diesen Orten waren stellenweise auf haarsträubende Art funktionsuntüchtig. So mußte er sich damit abfinden, daß in der Vermittlung dauernd das ›Belegt‹-Zeichen ertönte, daß die Verbindung mitten im Satz unterbrochen wurde, daß er plötzlich bei einer völlig anderen Nummer landete. Doch diese Anrufe in Gegenden, die einst abseits gelegene, von keinem Besucher belästigte Provinzen waren, wurden immer wichtiger.

Schließlich war die anstrengende Tätigkeit des Umgangs mit telefonischen Kommunikationssystemen der Dritten Welt dann doch geschafft. Er warf einen Blick auf die Uhr und machte sich daran, eine Kanne grünen Tee aufzubrühen.

Kaum hatte er den kleinen Rührbesen aus Bambus aufgenommen, mit dem man den Tee schaumig schlägt, klingelte der Apparat mit seiner Privatnummer. Er stellte den schweren eisernen Teekessel wieder ab und fixierte das Telefon. Eigentlich ist es viel zu früh am Morgen, als daß dieser Anschluß läuten dürfte, dachte er. Mit einem deutlichen Gefühl kommenden Unheils nahm er den Hörer ab.

»*Moschi-moschi.*«

»Mr. Linnear? Nicholas Linnear?« fragte eine ihm nicht bekannte Stimme.

»Wer spricht dort?«

»Ich vertrete Mikio Okami. Sagt Ihnen der Name etwas?«

Nicholas konnte seinen Puls stark hämmernd in der Kehle spüren. Er kämpfte, um seine Atmung unter Kontrolle zu bekommen. »Woher haben Sie diese Nummer?«

»Mikio Okami läßt seine besten Grüße übermitteln«, sagte die Stimme. »Okami-san kümmert sich um alles.« Eine kurze Pause trat ein, und Nicholas war sich sicher, die Person am anderen Ende der Leitung leise atmen zu hören. »Okami-san möchte gerne…«

»Ich gebe Ihnen jetzt eine Telefonnummer«, sagte Nicholas und leierte monoton acht Ziffern herunter. »Wählen Sie die in zehn Minuten.«

Es dauerte sechzig Sekunden, nachdem er den Hörer aufgelegt hatte, bis sich seine Atmung wieder vollständig beruhigt hatte. Dann praktizierte er fünf Minuten lang *zazen*. Doch selbst diese meditative Übung konnte seinen Geist nicht davon abhalten, einen rasend schnellen Zeitsprung zurück zu machen.

Vor seinem Tod hatte Nicholas' Vater seinem Sohn gesagt, daß Mikio Okami ein Freund von ihm sei – ein sehr besonderer, enger Freund. Der Colonel hatte ihm weiter gesagt, daß er Okami sein Leben verdanke und daß, sollte Okami je mit Nicholas Kontakt aufnehmen, sich dieser dann in einer Lage befinden werde, aus der er keinen anderen Ausweg mehr sehe, als Nicholas um Hilfe zu bitten.

Jetzt, nach all diesen Jahren, hatte ihn der Hilferuf erreicht.

Nicholas verließ sein Büro und schritt den noch immer menschenleeren Flur zu den Aufzügen entlang. Der Lift für den Aufsichtsratsvorsitzenden wartete geduldig wie ein loyaler Bediensteter auf ihn, und doch fragte er sich, während er den Knopf für das Stockwerk mit dem Mezzanin drückte, wohin der Aufzug ihn wohl diesmal befördern würde.

Ende vergangenen Jahres hatten sich Nicholas und Nangi entschlossen, die Mezzanin-Ebene des Shinjuku Suiryu Building zu kaufen, nachdem ein grotesk überteuertes französisches Restaurant darin pleite gegangen war. Danach hatten sie den großen zweistöckigen Raum leergeräumt, neue Zwischenwände eingezogen und mit den Arbeiten für einen luxuriösen Nachtclub begonnen, den sie *Indigo* nannten.

Die Gerüche von Gips, Lack, Farbe und heißgelaufenen Elektromotoren empfingen Nicholas, als er den Aufzug verließ. Der Vorarbeiter kannte ihn sogleich, verbeugte sich und reichte ihm einen Schutzhelm, den Nicholas wortlos aufsetzte. Er begab sich sofort zu einem Telefonapparat an der Wand. Nach nur sechzig Sekunden läutete es.

»Ja, bitte?«

»Mr. Linnear, bitte.«

»Am Apparat.«

»Ah.« In diesem einen, kurzen Ausruf lag eine erhebliche Menge an Gefühl. »Ich nehme an, daß wir jetzt offen miteinander sprechen können und daß die Leitung sicher ist. Ich bin hoch erfreut, daß wir so schnell miteinander in Verbindung treten konnten.«

Nicholas' starrer Blick schweifte in den vor ihm liegenden Raum hinaus, der aus einer Reihe von Podien mit hochgezogenen Kanten bestand, die groß genug waren, daß drei oder vier kleine Tische auf ihnen Platz fanden. Zu jedem der Tische gehörten halbkreisförmige, gepolsterte Sitzbänke, die der Architekt so gestaltet hatte, daß sie den Eindruck erweckten, wie fliegende Teppiche über einer keilförmigen Tanzfläche zu schweben. Der letzteren hatte man mittels Laser-Ätzung die Musterung eines persischen Teppichs verliehen.

»Wer spricht dort?« fragte Nicholas. »Anscheinend kennen Sie mich, aber…«

»Ich bin bei Mikio Okami angestellt. Daher tut mein Name

nichts zur Sache.« Die Stimme wartete einen Herzschlag lang. »Erinnern Sie sich an Ihr Versprechen?«

»Ja, natürlich«, bestätigte Nicholas.

»Okami-san braucht Ihre sofortige Hilfe.«

»Ich verstehe.«

»Er möchte, daß Sie nach Venedig kommen. Ein Erste-Klasse-Ticket auf Ihren Namen liegt am *Air France* Schalter im Narita Airport für Sie bereit. Seien Sie bitte pünktlich und holen Sie es mindestens zwei Stunden vor dem Abflug um einundzwanzig Uhr vierzig ab.«

»*Heute* abend? Ich kann doch hier nicht alles stehen und liegen...« Nicholas hielt inne, als er begriff, daß er mit einer toten Leitung sprach. Die Stimme hatte bereits aufgelegt.

Nicholas hängte den Hörer ein. Gipsstaub schwebte in der Luft und glitzerte im Schein der vielen lichtstarken Wolframlampen der Arbeiter, mit denen jede Kante und jede Krümmung ausgeleuchtet und auch der winzigste Patzer auf der staubüberzogenen Oberfläche der Stukkaturen aufgedeckt werden konnte, die gerade an den größeren senkrechten Flächen angebracht wurden.

Er überlegte, wie wenig ihm sein Vater über den mysteriösen Mikio Okami mitgeteilt hatte. »Es gibt Zeiten im Leben, Nicholas, wo man alle normalen Mittel zur Erreichung seines Ziels bereits ausgeschöpft hat, das Ziel aber dennoch unbedingt erreicht werden muß – um jeden Preis«, hatte Denis Linnear seinem Sohn erklärt, als dieser gerade dreizehn gewesen war. »Du bist jetzt zwar noch zu jung, um das zu verstehen, aber glaube mir, es gibt Situationen, wo der Zweck so überlebenswichtig ist, daß die zu ihm führenden Mittel keine Rolle spielen dürfen. Es mag beklagenswert sein, aber man kann nicht das Leben eines Heiligen führen und muß manchmal Kompromisse eingehen, so schmerzlich und fragwürdig diese auch sein mögen. Und so gibt es Zeiten, in denen man dankbar ist, wenn man einen Menschen wie Mikio Okami kennt.«

Plötzlich, nach dem Telefonanruf, bekamen die Worte des Colonel einen höchst unheilverkündenden Beigeschmack. Nicholas hatte schon damals, vor so langer Zeit, unterstellt, daß es sich bei Mikio Okami um einen *yakuza* handeln müsse. In der Tat schien es in der schwierigen und anspruchsvollen Natur der Aufgabe gleich nach dem Krieg gelegen zu haben, daß sein Vater in den undurchsichtigen Ränkespielen japanischer politischer Kreise unausweichlich mit diesem machtvollen und allgegenwärtigen Faktor der japanischen Gesellschaft in Berührung kommen mußte. Nicholas erinnerte sich, ständig Gerüchte darüber vernommen zu haben, daß sich die oberste Leitung der amerikanischen Besatzungsmacht einzelner *yakuza*-Gruppen bedient hatte, um zwischen 1947 und 1948 gewisse Arbeiterstreiks zu ersticken, von denen es geheißen hatte, sie seien von den Kommunisten koordiniert und finanziert worden. Die brutalen und Angst und Schrecken verbreitenden *yakuza* waren genau die richtigen Fußsoldaten in solch einem für beide Seiten verlustreichen Krieg, da sie im Kern kapitalistisch und loyalistisch und somit bereit und willens waren, für die Freiheit ihres Landes zu sterben, wenn es darum ging, einen politischen Linksruck gewaltsam zu verhindern.

Wenn aber Mikio Okami kurz nach dem Krieg ein *yakuza oyabun*, ein Familienoberhaupt, und damals – großzügig geschätzt – vielleicht dreißig Jahre alt gewesen war, dann müßte er jetzt Ende Siebzig sein, vielleicht sogar schon über achtzig. Zu alt, um immer wieder jenes endlose Konzert neu zu orchestrieren, das nötig war, um die einzigartige Symbiose der *yakuza* mit Polizei, Regierung und Verwaltung lebensfähig zu erhalten? Oder alt genug, um Verstärkung gegen die Ansprüche anderer Clans auf zunehmende Macht und Einfluß zu benötigen? Gleichgültig, was nun zutraf: Nicholas gefiel keine der beiden Möglichkeiten.

Zurück in seinem Büro, diktierte er hastig zwei Memos für seine Assistentin Seiko Ito: das erste, um sie von seiner Reise in Kenntnis zu setzen und Flug- und Hotelbuchung bestätigen zu lassen; ein zweites, das sich auf die acht wichtigsten laufenden Probleme bezog, die ein Nachfassen beziehungsweise Briefe, Telefonate und Faxkopien erforderten. Ein Fax schickte er an Vinnie Tinh ins Saigoner Büro und informierte ihn, daß er seinen geplanten Besuch um mindestens eine Woche verschieben müsse. Dann stellte er eine Liste von Telefonaten zusammen, die er bis nach seiner Visite in Saigon aufschieben wollte.

Als das erledigt war, dachte er über Justine nach. Sie würde selbstverständlich fuchsteufelswild sein. Schlimm genug, daß er es abgelehnt hatte, sie zurück in die Vereinigten Staaten zu bringen. Jetzt ließ er sie auch noch allein in Japan sitzen. Wie war das nur gekommen, überlegte er, daß sie sich eine solche Verachtung gegenüber diesem Land zu eigen gemacht hatte? War es ihre Weigerung, Japanisch zu lernen, oder ihr ewiges Heimweh, oder einfach nur ihre Intoleranz gegenüber den Japanern selbst? Vielleicht war es eine Mischung aus allen dreien. Ausgenommen die Freundschaft mit Nangi, hatte sie in Tokio herzlich wenig neue Kontakte geschlossen und sich folglich damit selbst isoliert, sich auf eine selbst geschaffene Insel Elba verbannt. War das wirklich eine selbst geschaffene Insel? Nicholas grübelte darüber nach, ob er ihr gegenüber unfair urteilte – oder ob er ganz einfach die Nase voll hatte von ihrem andauernden Gejammer.

Natürlich waren sie beide unter den gegebenen Umständen besonderen Belastungen ausgesetzt. Justine war zweimal schwanger gewesen. Beim ersten Mal hatte sie ein Mädchen entbunden, das gleich darauf wieder gestorben war. Beim zweiten Mal hatte sie, vor weniger als einem Jahr, im sechsten Monat eine Fehlgeburt erlitten. Nun schien es für ihren Kummer keinen Trost mehr zu geben.

Nicholas vergrub den Kopf in den Händen; in seiner Erinnerung suchte ihn noch immer der Anblick seiner drei Monate alten Tochter heim, das blauweiße Gesichtchen durch das Sauerstoffzelt hindurch nur verzerrt wahrnehmbar. In seinen Träumen hallten ihre schwachen Schreie wider, und meist hörten sie sich an wie das hektische Schnappen eines Wolfes nach seinen Fersen.

Er vernahm Geräusche auf dem Flur, und die Büros begannen sich mit Menschen zu füllen. Im Moment hatte er keine Lust, irgend jemanden zu sehen, und so schlüpfte er zum Nebenausgang aus seinem Büro hinaus und benutzte die Wendeltreppe ein Stockwerk hinab zum dem komplett ausgestatteten Fitnessraum. Dort zog er sich bis auf Shorts, T-Shirt und Turnschuhe aus und verbrachte die nächsten drei Stunden mit Training. Aerobic zuerst, dann der Unterbauch, danach Circuit-Übungen mit Gewichten und, schließlich, seine über alles geliebten Kampfkünste: Aikido, Kendo und die verschiedenen Teildisziplinen von *akshara,* die so alt waren, daß es in der japanischen Sprache keine Namen für sie gab. Auf diese Weise reinigte er zuerst seinen Körper, dann seinen Geist und zum Schluß auch die Seele von den vielfältigen schädlichen Einflüssen, welche die postmoderne Welt unweigerlich mit sich bringt.

Nicholas hatte äußerst kräftige Muskeln und breite Schultern. Es war augenscheinlich, daß er irgendwie athletisch und sportlich tätig war, doch war es seine persönliche Ausstrahlung – das, was die Japaner *hara* nennen –, die ihn zu einer so außerordentlich respekteinflößenden Gestalt machte. Von der Taille abwärts bewegte er sich, als seien seine Füße Teil des Bodens oder der Erde, auf der sie schritten. Wenn man ihn zum ersten Mal sah, hatte man das eindeutige Gefühl, daß er von der Stelle, an der er stand, gegen seinen Willen nicht wegbewegt werden konnte, nicht einmal mit extremen Mitteln. Er hatte ungewöhnlich schräg liegende Augen, die ein Vermächtnis seiner Mutter waren, und die knochigen, eckigen Wangen, die Nase und das Kinn seines Vaters. Er war gutaussehend eher in einem charismatischen Sinn als nach den Kategorien eines schönen Mannes aus der Plakatwerbung, mit dunklem, gewelltem Haar, hier und da silbergrau gesprenkelt.

Er selbst sah sie nicht, diese auffallende Ähnlichkeit zwischen Vater und Sohn in der Form seines Gesichts, im Profil von Nase und Kiefer; doch jene, die alt genug waren, um Oberst Denis Linnear gekannt zu haben, entdeckten sie. Der Vater, zu dessen Vorfahren weniger die barbarischen Angelsachsen als vielmehr taktierende Romanen und wilde Kelten zählten, hatte jenes außergewöhnlich Talent besessen, Krieger und Staatsmann zugleich zu sein. Von denen, die beide kannten, wurde behauptet, daß auch der Sohn über die Begabung verfügte.

Nicholas' Mutter Cheong war Asiatin, und erst vor ganz kurzer Zeit war es ihm gelungen, das Rätsel ihrer Herkunft zu lösen. Sie war insgeheim eine *tanjian* gewesen, ebenso wie Nicholas' Großvater So-Peng, der sie adoptiert hatte. Auch Nicholas war ein *tanjian.*

Die tanjian, deren Ursprünge bis zurück in das sagenumwobene alte China reichten, waren ein uralter Stamm von kriegerischen Magiern, die in den obskuren, geheimen Künsten des *tau-tau* ausgebildet waren und ein machtvolles und elementares Wissen hegten und ausübten, von dem die meisten Menschen jahrhundertelang ausgeschlossen geblieben waren.

Der Ausgangspunkt von *tau-tau* war *kokoro,* das Herz des Universums. *Kokoro* wurde als die Membran des Lebens angesehen. So wie in der Physik die Anregung eines Atoms außerordentlich intensive Reaktionen von Energie in Form von Licht-, Wärme- und Stoßwellen zur Folge hat, so führte auch die Anregung der kosmischen Membran zu deren eigenen Formen feinstofflicher Energie.

Akshara und *kshira,* der Weg des Lichtes und der Pfad der Finsternis, stellten die beiden hauptsächlichen Richtungen im *tau-tau* dar. Nicholas, der erst jüngst eine Ausbildung in den Grundlagen von *akshara* erfahren hatte, verfügte nichtsdestoweniger auch über einige Erfahrung in der kämpferischen Auseinandersetzung mit jenen, die in der tödlichen Lehre des Schattenreiches versiert waren. Er war vielleicht der einzige Mensch auf der Welt, der eine Konfrontation mit zwei *kshira*-Anhängern bestanden und diese besiegt hatte. Das war ihm teilweise dadurch gelungen, daß er von dem Geschenk Gebrauch gemacht hatte, das ihm von So-Peng weitergegeben worden war: die mit geheimnisvollen Kräften ausgestatteten Smaragde der *tanjian*. Sie waren zu einer Art psychischer Waffe geworden, die selbst Kansatsus *kshira*-Techniken durchdrungen und ihn, auf Nicholas' Befehl hin, vernichtet hatte.

Kansatsu hatte Nicholas in *akshara* unterrichtet, doch war er zur gleichen Zeit heimlich ein Anhänger von *kshira* gewesen, und durch *kshira* wäre Nicholas beinahe ums Lebens gekommen. Eigentlich war Kansatsu selbst durch kshira getötet worden. Er hatte sich für fähig gehalten, die beiden Disziplinen in seinem Innern getrennt von einander zu bewahren. Er hatte sich für stark genug gehalten, *kshira* zu zähmen, es am straffen Zügel zu führen und nur dann einzusetzen, wenn es nötig war – doch er hatte sich getäuscht. *Kshiras* böse Kräfte waren langsam in seine Seele eingesickert, so langsam, daß er nicht in der Lage gewesen war, sie zu erkennen. Sie hatten ihn allmählich vergiftet und ihn vom Guten weg- und zum Bösen hingeführt.

Je mehr Nicholas *akshara* studierte, desto besser verstand er Kansatsus Versuchung, denn es wurde ihm klar, daß der Weg des Lichts in einigen Bereichen eine unvollständige Disziplin darstellte. Schriftliche Aufzeichnungen, die bis in jene Urzeiten zurückreichten, gab es nicht, Nicholas vermutete aber, daß die beiden Lehren in den ersten Tagen des *tau-tau* Teile einer einzigen gewesen waren. Wann oder warum diese ganzheitliche Lehre in zwei Teile zerbrochen war, konnte er nicht sagen. Vielleicht war es so gewesen, daß von einem bestimmten, längst vergessenen Zeitpunkt an das Bewußtsein des Menschen, sogar eines *tanjian*, damit überfordert gewesen war, mit der Beherrschung von *kshira* klug umzugehen. Vielleicht waren die Verlockungen einer enormen Machtfülle selbst für jene alten Magier des Geistes zu groß gewesen.

Jedenfalls war das, was einst zusammengehört hatte, nunmehr endgültig durch einen so tiefen weltanschaulichen Graben von einander getrennt, daß es den Anhängern von *akshara* verboten war, sich mit den dunklen Geheimnissen von *kshira* zu befassen.

Kansatsu hatte einst von *koryoku*, der Kraft der Erleuchtung, mit jener andächtigen Verehrung gesprochen, mit der er sonst nur von Gottheiten sprach. Er war davon überzeugt gewesen, daß – sollte es je einen gemeinsamen Nenner, ob wirklich oder nur in der Vorstellung vorhanden, zwischen *akshara* und *kshira* gegeben haben – dies *koryoku* gewesen sein müsse. Die schmerzhafte Erkenntnis, daß ihm trotz all seines hervorragenden Könnens in *tau-tau* die Kraft der Erleuchtung nie zuteil geworden war, mußte für ihn ein vernichtender Schlag sein, ein so folgenschwerer, daß er niemandem gestattet hatte, eine Ahnung von seinem Scheitern zu bekommen.

Nach Kansatsus Tod war Nicholas im Verlauf seiner Studien zu der Auffassung gelangt, daß *koryoku* ›Der Weg‹ sein könnte, der einem Nadellager gleichende Dreh- und Angelpunkt, von dem aus sich ›Das Ganze‹ wie eine Blume entfalten würde.

Diesem Ganzen hatte er einen Namen gegeben, *shuken*, Autonomie, womit er den Zustand ausdrücken wollte, in welchem ein einziger Geist *akshara* und *kshira*, also beide Hälften des *tuu-tau*, in sich aufnehmen und bewahren konnte, ohne von der Kraft der Finsternis vernichtet zu werden.

Aber *koryoku* war nicht so wie die anderen Bewußtseinsebenen tiefer Meditation. Obgleich wenig darüber bekannt war, schien es klar zu sein, daß man von Geburt an mit einer Art psychischem Schlüssel ausgestattet sein mußte, der einem den Zugang zum ›Weg‹ ermöglichte. Ohne diesen Schlüssel erwiesen sich noch so großer Lerneifer, Konzentration oder Beschwörung von *kokoro* als vergeblich.

Nicholas hatte noch nie jemanden mit *koryoku* getroffen und war deshalb noch nie in der Lage gewesen, die Richtigkeit seiner Theorie zu überprüfen. Er wußte ja noch nicht einmal, ob er selbst jenen Schlüssel zum ›Weg‹ besaß. Das konnte ihm nur ein Mensch sagen, der diese Gabe hatte.

Manchmal, wenn er nachts halbwach dalag, schreckte er auf und stellte fest, daß er geträumt hatte. In dieser Traumwelt existierte er dann in *shuken*, so wie es nach seiner Überzeugung seine Ahnen einst getan hatten, grenzenlos offen für *tau-tau*, alle Möglichkeiten von *akshara* und *kshira* zu seiner Verfügung. Und mit der Gewißheit, wie man sie oft im Traum erlebt, wußte er, daß *koryoku* der einzige Weg zu *shuken* war.

Wenn er dann seinen Theta-Zustand verließ, sich von seinem

Traum verabschiedete, konnte er fast die Hand ausstrecken und *koryoku* berühren, die Tür zum ›Weg‹ – nur noch eine Sekunde, und dann...

Aber sobald er vollständig wach war, lösten sich Erkenntnis und Wissen wieder in Nichts auf. Dann konnte er ein schmerzhaftes Gefühl von Verlust nicht unterdrücken, das ihm die Tränen in die Augen trieb.

Doch er wußte, daß er eine völlig neue Welt erforschen mußte. Das war vermutlich der Hauptgrund für ihn, in Japan zu bleiben, obwohl sich daraus zunehmend Streitigkeiten zwischen ihm und seiner Frau Justine ergaben, die sich danach sehnte, nach Amerika zurückzukehren.

Der Gedanke an Justines Unglück war ebenso schmerzlich wie der Anblick eines benommen dahintaumelnden Sperlings. Er legte die Hand über die Augen und schloß sie. Selbst über diese Entfernung hinweg konnte er ihren Kummer genauso wahrnehmen wie das Schreien eines kleinen Kindes in der Nacht. Und dennoch gab es da eine tiefe Kluft zwischen ihnen, dunkel und unergründlich. Seit wann bestand sie schon? Während er begann, in *tau-tau* hinüberzugleiten, testete er den Geschmack dieses Abgrunds und fand ihn so vertraut wie eine gewohnte Behausung. Erschreckt begriff er, daß die Anfänge ihrer Entfremdung dort lagen, wo er entdeckt hatte, daß er selbst ein *tanjian* war. Schlitterte er immer weiter von jener Welt weg, die die meisten Menschen als ihre ›normale‹ anerkannten? Führten seine Erkundungen des *tau-tau*-Universums zu einem Zustand wachsender Anomie, zu zunehmender sozialer Isolierung und Einsamkeit, aus der er sich nicht mehr selbst befreien konnte? Er glaubte es nicht, aber da gähnte dennoch dieser Abgrund zwischen ihm und Justine.

Manchmal wurde sein Ärger über Justine richtig greifbar. Seit Jahren lebte sie nun schon in Japan, doch hatte sie bisher keinerlei Anstalten gemacht, sich irgendwie anzupassen oder einzugliedern. Eigene japanische Freunde hatte sie keine, Nangi ausgenommen, und diesen auch nur auf Grund von dessen Initiative und Hartnäckigkeit. Noch immer legte sie die typisch erstaunte Verwirrung des westlich erzogenen Menschen an den Tag, wenn sie mit dem komplizierten Netz von Sitten und Gebräuchen, Höflichkeitsformen und Respektsbezeugungen konfrontiert wurde, welche die japanische Gesellschaft bestimmen. Und, was am schlimmsten war, sie begann jetzt, jene ignorante Ungeduld und auch jene offenen Ressentiments gegenüber den Japanern zur Schau zu tragen, deren Zeuge Nicholas schon bei zahlreichen amerikanischen Geschäftspartner geworden war.

So wie Kansatsu es ihm beigebracht hatte, begann er die Reise in sein Inneres, bis er bei *kokoro* angelangt war, dem Herzen aller Dinge. Dann suchte er den richtigen Rhythmus, begann die Membran von *kokoro* im Takt zu schlagen und damit die psychische Resonanz zu erzeugen, die Gedanken in Taten umsetzte.

Im gleichen Maß, wie er sich immer tiefer in *akshara* versenkte und die Rückschwingungen von *kokoro* den Raum um ihn herum erfüllten, erweiterte sich Nicholas' Bewußtsein, bis es zunächst den Übungsraum ausfüllte und schließlich die ihn begrenzenden Mauern durchbrach und verließ. Vor seinem geistigen Auge lag die Stadt ausgebreitet da. Dann, als beschleunige er sich selbst rasend schnell, verschwamm das Bild dieser lärmenden Geschäftigkeit. Die übliche Empfindung von Begrenztheit fiel von ihm ab, und mit einer Eruption psychischer Energie durchbrach er den Schoß der Zeit.

Draußen, in der sternenübersäten Dunkelheit, existierten Vergangenheit, Gegenwart und Zukunft nur als sinnentleerte Begriffe für Vorstellungen, die in der Wirklichkeit gar nicht vorhanden waren. Er kannte seinen eigenen Weg durch diesen Raum noch nicht und wußte auch nicht, wie er sich dessen unendliche Horizonte zunutze machen konnte. Dazu würde er viele Jahre des Lernens aus Fehlern benötigen. Selbstverständlich wäre hierbei ein Lehrer hilfreich gewesen, doch der einzige andere *tanjian*, der qualifiziert gewesen wäre, ihn zu unterrichten, war jetzt tot, von Nicholas' eigenen Händen und den unerbittlichen Kräften des *tau-tau* umgebracht.

Wie lange Nicholas damit beschäftigt war, seine neue Welt zu erforschen, war schwer zu sagen, da der Zeitbegriff, wie ihn ›normale‹ Menschen verwenden, für diesen Zustand nicht anwendbar ist. Man kann sich einen ungefähren Eindruck von dem verschaffen, was es heißt, in Trance die materielle Welt zu verlassen und sich ›hinaus‹ zu begeben, wenn man sich vorzustellen versucht, daß Stunden, selbst Tage, anscheinend in Mikrosekunden komprimiert werden können.

Als er seine Augen wieder öffnete, fühlte er sich erfrischt und gestärkt. Das Gespenst von Justines Leid lag nur noch als schwacher Geruch in der Luft und löste sich bald ganz auf.

Während er seine Übungen absolvierte, hatte das schnurlose Telefon am Ende des Übungsraums mehrere Male geläutet, und obwohl er wußte, daß die Anrufe ihm galten, ignorierte er sie. Seine Mitarbeiter waren seine exzentrische Zeiteinteilung gewohnt und hatten verstanden, daß er, falls er sich nicht meldete, nur im äußersten Notfall gestört zu werden wünschte.

Zuerst duschte er kalt, nahm dann ein Dampfbad, duschte erneut und zog frische Kleider an. Selbst das schreckliche Bild seiner kleinen Tochter, wie sie ihren letzten, keuchenden Atemzug getan hatte, war eine Zeitlang ausgelöscht.

Seiko wartete vor dem Übungsraum auf ihn. Getreu ihrem selbstauferlegten Pflichtbewußtsein hatte sie einige Akten mitgebracht, und während sie auf einer der unteren Stufen der Wendeltreppe saß, trug sie eifrig Notizen, Korrekturen und neue Termine für ihren Chef ein.

»Seiko«, sagte Nicholas.

Sie sprang auf, schlug den Aktendeckel zu, verbeugte sich tief und strich sich dann ihr glänzendes Haar wieder aus dem Gesicht. Ihre Schönheit, die wegen ihrer durchscheinenden Haut so zerbrechlich wirkte, schien in der Zeit, seit sie als seine Assistentin arbeitete, noch größer geworden zu sein.

»Linnear-san«, sagte sie. »Ich habe Faxkopien der Klage erhalten, die unsere Anwälte in New York gegen *Hyrotech Inc.* vorbereitet haben. Ich glaube, Sie sollten einen Blick darauf werfen, ehe Sie verreisen.«

»Haben Sie einen Blick darauf geworfen?« fragte Nicholas, als sie die Stufen zu seinem Büro hinaufstiegen.

»Ja. Ich habe Fragen zu den Punkten 6 a und 13 c.«

»Seiko, ich weiß nicht, wie lange ich wegbleiben werde«, sagte er oben auf dem Treppenabsatz. »Aber Sie müssen sich daran gewöhnen, sich auf Ihre eigene Urteilsfähigkeit zu verlassen. Denken Sie stets daran, daß ich Ihnen vertraue.« Er lächelte sie an und ging ins Büro voraus. »Und jetzt erläutern Sie mir Ihre Bedenken bezüglich der Klageformulierungen.«

Sie kam seiner Aufforderung in klaren, präzisen Sätzen nach, und er erkannte augenblicklich, daß sie eine Begabung dafür hatte, sich durch das geisttötende Juristenkauderwelsch hindurchzuarbeiten.

»Ich stimme Ihnen zu«, sagte er, als sie geendet hatte. »Gerne hätte ich mir angesehen, wie Sie in einer revidierten Fassung die

Probleme zu lösen gedenken, ehe ich heute nachmittag das Büro verlasse. Wenn ich Ihrer Meinung bin, lassen wir das von der Rechtsabteilung in New York über die Bühne bringen.« Ehe sie hinausging, fügte er hinzu: »Und richten Sie Nangi-san aus, daß ich ihn so bald wie möglich sprechen muß.«

Da hocke ich nun hier in diesem vergammelten Motel am Highway 95, dachte Margarite Goldoni. *Was tue ich hier eigentlich? Ich muß den Verstand verloren haben. – Nein, nicht den Verstand,* ermahnte sie sich selbst. *Deine Freiheit hast du verloren.*

Sie waren fünfzehn Kilometer außerhalb von Marine on St. Croix in Minnesota. Diese kleine Stadt hatten die Beamten von WITSEC in ihrer unendlichen Weisheit ausgesucht, um Dominic Goldoni zu verstecken. Sie hatten ihm neue Papiere für eine neue Identität gegeben, ein Haus, zwei Autos und einen Beraterjob, der zu seinem erlernten Beruf als Bauingenieur paßte – das volle Programm also.

Robert hatte darauf bestanden, daß sie Francine mitnahmen, was Margarite naturgemäß in Panik versetzt hatte, aber sie konnte seinen Standpunkt nachvollziehen: Mit ihr und Francine als Geisel würde Tony sich ruhig verhalten.

Selbstverständlich bestand Dominics erste Reaktion in der Drohung, Tony umzubringen. »Und zwar langsam«, hatte er zu ihr gesagt. »Ich werde den Hund so langsam umbringen, daß ihm vor Schmerz die Augäpfel rausspringen.« Eine sehr venezianische Reaktion. Doch dann hatte sie geantwortet: »Wir beide brauchen Tony, Dom«, und da war er still geworden und hatte, höchstwahrscheinlich, über die Themen Haß und Ehrgeiz nachgegrübelt. Und als sie vorgeschlagen hatte, sich ohne Begleiter mit ihm zu treffen, hatte er zugestimmt. Unter diesen Umständen war das sinnvoll, und das wußte er.

Die ganze Fahrt nach Minnesota über hatte sie Robert angefleht, Francine freizulassen. Robert hatte sich nur zu ihr umgedreht und sie angestrahlt, als sei er nicht ihr Gefangenenwärter, sondern ihr Liebhaber.

Wenn sie nur zu zweit gewesen wären, hätten sie vermutlich ein Flugzeug nehmen können, da sie aber Francine mit einbeziehen mußten, hatte er sie ihren BMW fahren lassen. Außerdem, fiel ihr ein, hätte jedes andere Transportmittel eine deutlichere Spur hinterlassen. Im Wagen konnte Robert mögliche Verfolger ausmachen und entsprechende Gegenmaßnahmen ergreifen. Andererseits hatte er sie eine Nachricht an ihren Ehemann schreiben lassen. Darin hatte sie ihm mitgeteilt, daß der Mann, der sie gefangenhielt, Francine sofort töten würde, falls er auch nur den geringsten Verdacht haben sollte, von Tony beschattet zu werden. Ihrer Meinung nach war dies eine Anweisung, die sich Tony, der Sizilianer, mit Bestimmtheit zu Herzen nahm.

In Wirklichkeit hatte sie eigentlich nichts gegen die Autofahrt. Die endlosen Kilometer Autobahn wiegten sie in ein falsches Gefühl der Sicherheit. Hier, auf amerikanischen Straßen, schienen sie losgelöst von aller Zeit, verloren in einer Wildnis von Einkaufszentren, Gemischtwarenläden und Gebrauchtwagenausstellungen, und ihr kam es so vor, als habe sie schon vergessen, daß sie ja ein Ziel vor sich hatten. Sie konnte es in den hintersten Winkel ihres Kopfes schieben, als existiere es nur im Bereich eines Alptraums, der keinen unmittelbaren Bezug mehr zur Realität hatte. Außerdem verspürte sie eine Erleichterung, lebhaft wie ein stechendes Hungergefühl, weil sie jetzt der Einflußsphäre von Tony entzogen war.

Doch dann erreichten sie Minnesota, und die Zukunft rückte unausweichlich näher. In dem miesen Motel neben dem Highway weinte sie bittere Tränen. Das auf- und abschwellende Brummen der vorbeifahrenden Autos wurde zum Gesumm von Insekten. Es spielte keine Rolle mehr, ob sie sich in der Stadt oder auf dem Land befand, denn sie lebte in einer Welt des Zwielichts wie eine in Bernstein gefangene Fliege, ausgelaugt von der Vorahnung dessen, was bald geschehen würde.

Francine hatte die ganze Fahrt über unter dem Einfluß eines Betäubungsmittels gestanden und lag nun auf dem Feldbett, das der Besitzer des Motels zur Verfügung gestellt hatte. Robert saß auf seiner Bettkante und las eine Ausgabe von *Forbes*, ganz so, als sei er ihr Mann Tony. Ihre Tränen schienen ihn nicht zu rühren, doch als sie sich unter die Zudecke verkroch, legte er das Magazin weg und sagte: »Morgen treffen wir uns mit deinem Bruder, und dann ist alles vorbei.«

Margarite zitterte so sehr, daß sie die Decke bis ans Kinn hochzog. »Was wird geschehen?« fragte sie.

Robert gab lange keine Antwort. Sie konnte ihn fühlen, seine Wärme, konnte sein langsames Ein- und Ausatmen hören, seinen eigentümlichen, doch keineswegs unangenehmen Geruch riechen

– aber sie konnte ihn nicht ansehen. Ihn in diesem Zustand anzusehen wäre mehr, als sie aushalten konnte.

»Schlafe jetzt.« Seine Stimme war leise, beinahe sanft, so daß sie sich schließlich doch gezwungen fühlte, den Kopf zu drehen und ihn anzublicken.

Sein Gesicht sah interessant aus in dem Licht, mit dem nordamerikanische Motels des Nachts beleuchtet sind: ein fahles Blauviolett von den Neonröhren und Insektenfallen, das wie Aschenstaub durch die zerschlissenen Vorhänge sickerte. In einer anderen, nur allzu vorstellbaren Wirklichkeit hätte er auch ihr Geliebter sein können, der sich ihr voller Zärtlichkeit zuwenden würde, sobald sie die Nachttischlampe ausmachte.

Sie schloß die Augen und versuchte vergebens, sich eine solche Wirklichkeit vorzustellen – als könne sie dadurch der schrecklichen Falle entkommen, die für sie aufgestellt worden war.

In dieser letzten Nacht ihrer gemeinsamen Fahrt zu einer Begegnung, die sie für immer zu einem anderen Menschen machen würde, dachte sie erneut über die Unwägbarkeiten einer Flucht nach. Natürlich hatte Dom darauf bestanden, daß Francine mitkam. Doch jetzt erkannte Margarite, was Robert schon die ganze Zeit über gewußt hatte: daß nämlich eine Flucht mit dem betäubten Mädchen unmöglich war.

Er wußte, was sie dachte.

Margarite sah sich mit der einen, unabänderlichen Tatsache konfrontiert: Um fliehen zu können, würde sie ihn töten müssen.

Sie wußte nicht, ob ihr das gelingen könnte. Sicher hätte sie den Mut aufgebracht, ihm eine Kugel ins Hirn oder ein Messer ins Herz zu jagen. Sie wußte nur nicht, ob sie gerissen genug war, eine Situation herbeizuführen, in der sie das tun konnte.

Er hatte ein altmodisches Rasiermesser mit einklappbarer Klinge bei sich. In der ersten Nacht, in der sie unterwegs gewesen waren, hatte sie einen flüchtigen Blick auf ihn erhaschen können, wie er sich die Arme rasierte, während sie ans Bett gefesselt war. Sie hatte sich so auf eine Seite gedreht, daß sein Bild teilweise vom Spiegel über dem Waschbecken im Bad reflektiert wurde. Er hatte zwar nur eine spärliche Körperbehaarung, aber anscheinend war er glücklicher ganz ohne.

Das Bad war der einzige Ort, an dem allein zu sein er ihr gestattete. Doch sie durfte die Tür nicht verriegeln, durfte sie nicht einmal ganz schließen. Und während sie auf dem Toilettensitz kauerte, konnte sie stets seinen Atem hören und war sich seiner sehnigen Gestalt bewußt, auch wenn sie ihn nicht sah.

Außerdem machte sie sich wegen Francine Sorgen, die unter der Wirkung des Getränks schlief, das zu schlucken er sie jeden Morgen zwang. Er bewahrte einen Beutel mit Fläschchen und kleinen Dosen in seinem Seesack auf, in dem auch ihr möglicher Retter – das Rasiermesser – ruhte. Jeden Abend verbrachte er ungefähr eine Stunde damit, so etwas wie Wurzeln und Kräuter und nicht identifizierbare getrocknete Dinge in einem Steinmörser zu verreiben, und ab und zu gab er eine Flüssigkeit aus seinen Fläschchen hinzu. Was machte er da nur? Diese alchimistischen Prozeduren, welche nach und nach die stickige Luft in den verlotterten Motelzimmern parfümierten, schienen der bedrohlichste Teil an ihm zu sein. Sie war sich sicher, von ihnen eine seltsame Wärme ausgehen zu spüren, eine Art Kraft, vor der sie sich fürchtete.

Von Natur aus war sie keine abergläubische Person, aber seine beinahe kabbalistische Hingabe an diese Zeremonien im Dunkeln entnervte sie. Es war, als besitze er die Macht, den Inhalt von Alpträumen Wirklichkeit werden zu lassen und gespenstische Schatten zum Leben zu erwecken.

»Licht aus«, befahl er und streckte sich zur Nachttischlampe hin.

»Warten Sie«, hatte sie geflüstert. »Ich muß noch mal ins Bad.«

Das Gesicht vor Angst verzerrt, ging sie durch das Zimmer und schloß die Tür zum Bad gerade so weit, daß sie ihm die Sicht verwehrte. Während sie ihr Nachthemd hochhob, konnte sie hören, wie er aus dem Bett stieg und herüber kam, um sich flachatmend hinter die Tür zu stellen. Ihn zu hören, ohne ihn zu sehen, war in mancher Hinsicht noch schlimmer, da ihre ohnehin überstrapazierte Phantasie seine Gegenwart beschwor, gespenstisch und teuflisch, als besitze er die Fähigkeit, durch feste Gegenstände hindurch dringen, und sie erreichen zu können.

Sie pinkelte geräuschvoll, wischte sich ab und betätigte dann die Spülung. Hinter dieser dürftigen Geräuschkulisse verrenkte sie ihren Körper in Richtung des Waschbeckens und drehte mit der Linken den Wasserhahn auf. Mit der Rechten holte sie das Rasiermesser aus dem offenen Seesack.

Einen Augenblick lang wurde sie von Panik ergriffen, weil sie nicht alles durchdacht hatte. Wo sollte sie das Ding nur verstecken, damit er es nicht sah? Sie konnte sich nur eine einzige Stelle denken, und schnell ging sie in die Knie, machte die Beine breit und führte das Messer in die Wärme ihres Körpers ein. Es war nicht einfach, doch der Schmerz diente ihr als spürbare Bestätigung ihres festen Willens, dieses schreckliche Vorhaben auszuführen.

Mit zittriger Hand stellte sie den Wasserhahn wieder ab und ging nach draußen, wo er im Halbdunkel auf sie wartete.

»Fertig?«

Sie nickte, denn sie war viel zu verängstigt, um zu sprechen. Im Bett zog sie sich die Decke über den Körper und drehte ihm den Rücken zu. Das Licht brannte immer noch. Sie spürte ihn; sie glaubte, sie würde ihn immer spüren: diese merkwürdige Ausstrahlung von Bedrohlichkeit und Erregung, die sie verwirrte und erschreckte.

Dann legte sie die Hand zwischen ihre Schenkel und strich mit ihrem Zeigefinger über das Ende des Rasiermessers. Sie mußte sich zwingen, nicht zu zittern. Mit geschlossenen Augen versuchte sie, das Hämmern ihres Herzens zu unterdrücken, aber es war wohl nur ihre Einbildung, die sie warnte, ihr Puls könne sie verraten.

Dennoch schrak sie zusammen, als sie den Druck seiner Hand auf ihrer Schulter spürte.

»Du zitterst ja.«

Sie stöhnte ein wenig.

Er wußte, was sie dachte.

»Was wollen Sie?«

»Ich kann die Energie sehen, die dich wie Dampf umgibt.«

Sie drehte sich im Dunkeln um und sah ihn an. »Sie können *was* sehen?«

»Ich kann die Aura eines Menschen sehen«, sagte er. »So was gibt es, und ich bin darin geübt.«

»Okay. Sie können also sehen, daß ich Angst habe. Was haben Sie denn sonst erwartet? Ich bin hier ganz allein mit meiner Tochter.« Hatte ihre Stimme kurz versagt? Sie biß sich auf die Lippen und war fest entschlossen, sich besser unter Kontrolle zu halten. Aber sie konnte die kleinen Schweißbäche unter den Armen und an ihrem Gesäß spüren, als ihr der Gedanke kam, er könne die Fähigkeit haben, in ihr Inneres hineinzusehen und ihre Gedanken zu lesen.

»Letzten Endes sind wir alle allein mit unseren Sünden«, sagte er.

Ihr schauderte. »Ich war nie allein. Solange ich mich erinnern kann, war ich in Gesellschaft von Männern: Vater, Onkel, Freunde,

Liebhaber, Ehemann. Wie das wohl ist, wenn man allein ist? Die Freiheit, die man dann…«

»Ich bin immer allein gewesen«, entgegnete er nachdenklich. »Selbst in der übervölkertsten Stadt bin ich isoliert.«

»Haben Sie denn überhaupt keine Familie… keine Freunde?«

»Auf wen kann ich mich denn schon wirklich verlassen«, stellte er die Gegenfrage, »außer auf mich selbst?«

Zum erstenmal glaubte sie, hinter seine beängstigende Fassade blicken zu können, und sie dachte: Er hat einiges durchgemacht und einen Knacks abbekommen.

»Meine Familie ist tot. Zu gefährlich.«

Völlig in seinen Bann gezogen, wandte Margarite sich ihm zu. »Zu gefährlich?«

Er starrte weiterhin die Decke an, die von bleichen, phosphoreszierenden Lichtstreifen überzogen war. »Familie«, sagte er nach einer Weile, »Familie zu haben ist zu gefährlich.«

»Nein, nein. Völlig falsch. Die Familie ist der einzige Trost in einem Leben voller Tragik.«

»Nicht, wenn es die Tragik des Lebens selbst ist, welche die Familie auslöscht, die man hatte«, entgegnete er.

»Was muß Ihnen an Liebe entgangen sein!«

Er hat einen Knacks abbekommen.

»Wir stehen im Morgengrauen auf. Schlaf jetzt«, sagte er.

Sie beobachtete ihn und hatte Angst davor, sich auf die andere Seite zu drehen. »Was um alles in der Welt bringt Sie zu der Annahme, daß ich jetzt schlafen kann?«

Wie das wohl ist, wenn man zusehen muß, wie Mutter, Vater und Geschwister umgebracht werden? fragte sie sich. Schon allein der Gedanke war unvorstellbar. Es wäre vielleicht möglich, wenn sie Schauspielerin in einem Film wäre: ein auf Kommando fließender Tränenstrom; die vor ihr hingestreckten Leichen, mit nie gerinnendem und sich nie braun verfärbtem Blut beschmiert; heulen, bis der Regisseur »Schnitt!« ruft und die Kameras aufhören zu surren. Nur so. Aber im wirklichen Leben? Nein, niemals.

»Komm her«, sagte er mit einer Stimme, die über ihr zu schweben schien wie ein Bussard über einer Schlucht.

Sie brauchte einen Augenblick, bis sie erfaßte, daß er die Arme nach ihr ausgestreckt hatte.

Sie wollte laut loslachen und ihm ins Gesicht spucken, aber sie spürte auch das Rasiermesser in ihrem Körper. Und dann war da noch etwas, ein mysteriöses Gefühl, flüchtig und schwer faßbar wie ein feiner Nebel, das ihr die Lippen verschloß.

Im nachhinein war sie überrascht darüber, daß sie – widerspruchslos wie ein Kind – tatsächlich in seine Umarmung gekrochen war; war sie entsetzt darüber, daß sie sich im Griff jener Umarmung behüteter und sicherer gefühlt hatte, als je zuvor in ihrem Leben.

Was ging da mit ihr vor? Sie fand keine Antwort. War es ihm irgendwie gelungen, sie mit einem seiner Zaubertränke zu betören? Sie dachte nach, wann sie etwas gegessen oder getrunken hatte. Hatte er da heimlich irgend etwas hineingetan? Sie wußte es nicht, und ihr Entsetzen wurde größer.

»Diese Blutergüsse sehen ganz nach seiner Handschrift aus.«

Seine Fingerspitzen fuhren über die dunkelroten Male, und sie brachte keinen Ton heraus. In ihrem Kopf herrschte Leere, und als einziges fühlte sie die von ihm ausströmende Wärme, die dort in ihrem Leib eindrang, wo dieser am meisten schmerzte.

Er löschte die Nachttischlampe. Sein Kopf senkte sich, und seine Lippen legten sich auf jene Prellungen. Dann spürte sie seine Zunge, einen Druck – und danach gar nichts mehr, als seien sogar die Erinnerungen, die in den schmerzenden Stellen gewohnt hatten, wie böse Geister ausgetrieben worden.

Sie erschauerte, als sie seine Lippen an ihrem Hals fühlte, an der empfindlichen Stelle, wo ihre Halsschlagader weich pulsierte. Dann tat er etwas mit seiner Zunge, das Wellen der Begierde durch ihren Körper jagte. Sie bemerkte, wie sich ihre Brustwarzen versteiften und wie sie zwischen den Beinen feucht wurde. Und jetzt griff sie hinab. Das Rasiermesser ließ sich ohne die Schwierigkeiten herausnehmen, die sie beim Einführen gehabt hatte. Es lag in ihrer Hand, unheilschwanger und todverheißend, warm wie etwas Lebendiges.

Margarite schloß ihre schlanken Finger darum, und ihre Lippen öffneten sich zu einem leisen Stöhnen. Sie benutzte den Zeigefinger, um die Klinge aufzuklappen – und war nun bereit.

Seine Zunge glitt zwischen ihre Brüste und zu der Stelle, die schon immer eine Quelle intensiver Erregung für sie gewesen war. *Er kennt mich und weiß alles,* dachte sie.

Die Klinge bewegte sich, als habe sie einen eigenen Willen, als sei sie ein wildes Tier, das danach gierte, Blut zu schmecken und durch Fleisch und Muskeln zu dringen.

Töte ihn jetzt! sagte eine Stimme in ihrem Kopf. *Du willst es doch! Damit befreist du dich aus deiner Falle!*

Mit aller Kraft drückte sie die Augen zu, stöhnte auf vor Anstrengung und bewegte schwungvoll die Hand. Die Schneide der Klinge traf ihn voll, doch anstatt ihn aufzuschlitzen, rutschte der Stahl harmlos auf der Haut seines Unterbauches ab.

In dem schummrigen Licht von draußen konnte sie sein Grinsen sehen, seine großen weißen Zähne, während er mit seiner einen Hand die ihre hochhielt und das geöffnete Rasiermesser mit der anderen umfaßte.

Margarite keuchte, als er seine Finger öffnete. Sie waren unverletzt.

»Faß mal hin«, sagte er. »Die Klinge ist stumpf. Die, die ich verwende, habe ich weggeschlossen.« Sein Grinsen wurde breiter. »Ich habe gespürt, wie du mich beobachtet hast, wie deine Augen der Bahn meiner Klinge folgten, als ich mir die Haare abrasierte. Mit Habsucht kenne ich mich aus, Margarite, und deshalb konnte ich deine Habsucht spüren. Du wolltest mein Rasiermesser haben – und ich habe es dir gegeben.«

»Nein«, sagte sie kläglich und ließ es auf das Bettlaken zwischen ihnen fallen. »Sie haben mir gar nichts gegeben.« Ein bitterer Geschmack von Galle breitete sich in ihrem Mund aus. Sie glaubte, sich übergeben zu müssen.

»Im Gegenteil«, sagte er und nahm sie wieder in die Arme. »Ich habe dir das Allerwichtigste gegeben: ein Gefühl von Rache.« Seine Zunge berührte wieder ihre Haut. »Mich würde interessieren, Margarite, ob das Gefühl so süß war, wie du es dir vorgestellt hast?«

Sie verweigerte ihm eine Antwort und schluckte statt dessen heftig in dem Versuch, den schrecklichen Geschmack aus ihrem Mund zu vertreiben. Und wieder dachte sie: *Er kennt mich und weiß alles.*

»Antworte!« Sein Befehl kam so plötzlich, so barsch, daß sie zusammenfuhr.

Und »Ja« sagte.

»Das habe ich mir gedacht«, meinte er mit einer merkwürdigen Befriedigung, die sie aus der Fassung brachte. »Du hättest mich getötet. Das Zeug dazu hat du.«

Sie konnte seinen Atem riechen, einen Hauch von Gewürznelken, und seinen Herzschlag hören. »Ich muß mir so was nicht anhören.«

»Und was habe ich dir außerdem noch gegeben, Margarite? Muß ich dir das erst sagen? Jetzt weißt du, daß du genügend Willenskraft hast, um – *alles* fertigzubringen.« Er berührte ihre Brustwarzen und versetzte sie in höchste Erregung. »Jetzt wirst du einsehen, daß ich dich besser kenne, als du dich selbst.«

Still auf dem Rücken lag sie da, und das nutzlose Rasiermesser grub sich in eine ihrer Gesäßbacken. Sie versuchte, all ihren Ekel ihm gegenüber zu konzentrieren – was ihr schockierenderweise nicht gelang. Ihr war schwindlig vor einer Sehnsucht, die sie nicht benennen konnte, vor einer Lust, die sie nicht akzeptieren wollte.

Ganz langsam, als sei ihr Körper tausend Pfund schwer, drehte sie sich um, weg von ihm und in die Dunkelheit.

Draußen vor den Fenstern fuhren Autos vorbei und surrten wie Insekten.

Zuhause. Einst stellte es einen Zufluchtsort mit all der Behaglichkeit dar, die er brauchte. Nicholas' Haus stand am Stadtrand von Tokio, und als er es aus dem Nachlaß seiner verstorbenen Tante Itami gekauft hatte, war es außen und innen streng japanisch gestaltet gewesen. Doch im Lauf der Zeit hatte Justine das Innere verändert, hatte Kacheln und Fliesen, Wandverkleidungen, Lampen und Möbel aus den Vereinigten Staaten, Italien und Frankreich kommen lassen, bis er den Ort, den er einmal geliebt hatte, nicht mehr wiedererkannte.

Die Außenarchitektur aus Kampferholzbalken und das umliegende Grundstück waren bis jetzt von ihrem Walten verschont geblieben. Seit kurzem allerdings sprach sie dauernd davon, daß sie die Fläche mit den auf das sorgfältigste gestutzten seltenen Zwergkiefern und Sicheltannen in einen traditionellen englischen Garten mit mehrjährigen Pflanzen umwandeln wollte. Da er ihr verweigerte, was ihr eigentlicher Wunsch war, nämlich die Rückkehr in die Staaten, hatte sich Nicholas gescheut, ihr die kleineren Zugeständnisse hinsichtlich der Inneneinrichtung, die es ihr zweifellos eher ermöglichten, sich in Japan ein bißchen heimisch zu fühlen, nicht zu machen.

Doch nicht nur, daß diese Umgestaltungen nichts dazu beigetragen hatten, ihr grundsätzliches Gefühl der Unbehaglichkeit zu besänftigen; sie hatten im Gegenteil, wie er erkannte, als er die gefährliche Haarnadelkurve in der Nähe seines Hauses nahm, dazu geführt, daß er sich ausgerechnet an dem Ort, an dem er sich früher am wohlsten gefühlt hatte, jetzt immer elender zumute war. Selbst die neue Baustelle zwei Häuser weiter unten in seiner Straße hatte die Liebe für sein Heim nicht schmälern können, doch den letzten Kilometer bis zu seinem Anwesen fuhr er langsamer als sonst. Und das war gut so, denn kurz vor der Einfahrt zu seinem Grundstück kam ihm einer der riesenhaften Bagger entgegen, die man für das Ausheben des Fundaments des Neubaus eingesetzt hatte. Er war gezwungen, in die Einfahrt des Nachbarn auszuweichen, damit das Monstrum sicher vorbeifahren konnte.

Justine wartete schon auf ihn. Er sah sie, während er vom kiesbestreuten Abstellplatz den Pfad aus roh behauenen Steinen hinaufschritt. Ihre haselnußbraunen Augen leuchteten jetzt in jenem Grün, das sie stets dann zeigten, wenn Justine wütend oder gestreßt war; rote Flecken tanzten in der Iris ihres linken Auges.

»Seiko hat mich angerufen«, sagte sie, noch ehe er eine Gelegenheit hatte, ihr einen Begrüßungskuß zu geben. »Du warst wohl zu beschäftigt, um es selbst zu tun?«

Sie machte auf dem Absatz kehrt und ging ins Haus. Er folgte ihr in die Küche.

»Ich war eher zu durcheinander» entgegnete er, »und mußte ein wenig trainieren, um mich zu beruhigen.« Er schob sich an ihr vorbei und schickte sich an, grünen Tee zu kochen.

»Mein Gott, du bist schon genauso geworden wie alle deine japanischen Freunde. Immer dann, wenn man miteinander reden müßte, fängst du an, diesen stinkenden grünen Tee zuzubereiten.«

»Ich rede sehr gern mit dir«, erwiderte er, während er die feingeschnittenen Blätter abmaß und den Bambusbesen zum Umrühren in die Hand nahm.

»Warum hast du Seiko gebeten, mich anzurufen?«

»Habe ich ja nicht«, sagte er. »Sie hat das als ihre Pflicht angesehen und von sich aus getan.«

»Tja, da hat sie wohl etwas falsch gemacht.«

Das Wasser in der Keramikkanne kochte. Er nahm sie und goß bedachtsam Wasser in die Tasse. »Warum kannst du das nicht verstehen? In diesem Land ist berufliche Tüchtigkeit die am höchsten bewertete...«

»Verdammt noch mal!« Justine holte aus und fegte mit der Hand die Tasse quer über den Küchentresen. Sie knallte gegen die Wand und zersprang in tausend Stücke. »Ich bin es leid, mir dauernd anzuhören, was für die *Japaner* wichtig ist!« Sie ignorierte die Rötung an ihrem Handgelenk, wo das heiße Wasser sie verbrüht hatte. »Wie steht's denn eigentlich mit dem, was für diese *Amerikanerin* hier wichtig ist? Warum muß denn immer nur *ich* mich *ihrer* Art und Weise anpassen?«

»Du befindest dich in *ihrem* Land, und du...«

»Aber ich will ja gar nicht hier sein!« Tränen liefen ihr über die Wangen. »Ich ertrage das nicht mehr, dauernd die Außenseiterin zu sein und von ihnen kein anderes Gefühl zurückzubekommen als diese hintergründige Feindseligkeit. Mich lähmt das total! Diese ganzen Sitten, Gebräuche, Rituale, Protokollgeschichten, Formalitäten und Höflichkeitsebenen kann ich mir nicht mehr merken. Ich habe es satt, auf der Straße aus dem Weg gedrängt und beiseite geschoben zu werden, wenn ich eine öffentliche Toilette benutzen will, und auf dem Bahnsteig der U-Bahn dauernd Ellbogen in die Rippen zu kriegen. Wie ein Volk, das zu Hause so unerträglich höflich ist, sich in der Öffentlichkeit dermaßen rüpelhaft benehmen kann, ist mir ein Rätsel.«

»Das habe ich dir doch schon erklärt, Justine. Wenn ein Raum, wie beispielsweise ein öffentlicher Platz, nicht einem einzelnen Individuum gehört, dann sehen die Japaner dort keinen Grund für Höflichkeiten.«

Justine zitterte und weinte gleichzeitig. »Die haben doch alle eine Macke, Nick!« Jetzt attackierte sie ihn direkt. »Wenn du mich schon allein mit diesen Verrückten lassen wolltest, dann hätte ich das wenigstens vorher von dir erfahren sollen!«

»Es tut mir leid.« Sie sagte nichts. »Justine, Seiko hat nur ihren Job getan.«

»Na, und sie ist wirklich tüchtig!«

»Wie kannst du sie beschimpfen, nur weil sie tüchtig ist?« Er sah abwartend zu Justine hin und war entsetzt darüber, wie fremd ihm dieses Haus geworden war. Es war wie mit einem Anzug, den man im Laden gut fand, aber bei Tageslicht nicht mehr. »Es geht doch hier in Wirklichkeit nicht um Seikos Anruf, oder?«

Sie wandte sich ab, stützte die Hände flach auf die Arbeitsplatte und machte die Arme steif wie Holzpfähle. Ihre langen, dunklen Haare hingen wirr herunter, ihr Körper war beinahe unansehnlich dünn. »Nein«, sagte sie mit erstickter Stimme. »Aber es geht *doch* um Seiko.«

Ihre hochgezogenen Schultern und ihre breitbeinige Haltung drückten die ungeheure Spannung aus, unter der sie litt. Unbewußt hatte sie das Aussehen eines Rowdys angenommen, der auf Streit aus war.

Nicholas wollte etwas sagen, besann sich dann aber eines besseren, da er intuitiv ahnte, daß sie alles, was er jetzt äußerte, nur als weitere Provokation werten würde.

Justine drehte sich um, das Gesicht dunkelrot vor Zorn, vor Wut, die sich schon viel zu lange aufgestaut hatte. »Hast du ein Verhältnis mit Seiko?«

»Was redest du denn da?«

»Sag mir die Wahrheit, verdammt noch mal! Alles ist besser als dieser grauenhafte Verdacht.«

Er machte einen Schritt auf sie zu. »Justine – Seiko ist meine Assistentin. Basta.«

»Ist das die volle Wahrheit? Du solltest vielleicht lieber erst einmal in dich gehen, ehe du antwortest.«

»Warum zweifelst du bloß an mir?« Ihr leidvolles Gesicht brach ihm das Herz. »Justine…«

»Du bist so oft mit ihr zusammen.«

»Das war notwendig.«

Ihre Schultern bebten. »Du hast sie mit nach Saigon…«

»Sie kennt Vietnam weitaus besser als ich oder Nangi. Ich hätte ohne sie meine Geschäfte in Saigon nicht abschließen können.« Er ging zu ihr hin und nahm sie in die Arme.

»O Gott, Nick, es tut mir leid. Ich weiß ja selbst nicht, was…«

Unter seiner Berührung verließ alle Anspannung ihren Körper; eine Hitzewelle durchströmte sie und griff auf ihn über. Seine Lippen legten sich auf ihren Mund, der schon geöffnet war, und ihre Zunge spielte hungrig mit der seinen. Ihre Wärme durchflutete ihn und wärmte auch seinen Körper, der anscheinend unter der Bitterkeit ihrer Vorwürfe kalt geworden waren.

Er wußte, daß es unfair von ihr gewesen war, ihn derart zu verdächtigen. Genauso war er sich aber dessen bewußt, daß es auch unfair von ihm war, sie weiterhin hier in einem Land festzuhalten, das sie verachtete und niemals verstehen würde.

Er öffnete ihr Hemd und hielt ihre Brüste in seinen Händen, bis die Brustwarzen steif und heiß wurden. Ihre Lippen lösten sich nicht von den seinen, und er schob seine Hände weiter nach unten, machte den Gürtel auf und zog ihr die Jeans über die Beine.

Bereits erregt drängte er sich ungestüm gegen sie, doch sie schob ihn mit überraschender Stärke zurück und ging vor ihm in die Knie. Mit geübten Griffen zog sie seine Hose herunter.

»Justine...«

Ihre Hand legte sich um seinen Penis, während ihr heißer Mund über die Eichel glitt. Vergeblich versuchte er, sie weg- und zu sich hochzuziehen. So wollte er es jetzt nicht haben, sie nicht in dieser unterwürfigen Position vor sich sehen, so voller Angst, ihn zu verlieren, daß sie alles tun würde, damit er bei ihr bliebe. Er wollte nichts weiter, als sich in ihr zu verlieren und alles andere auszuschließen, ihre Zweifel an ihm und an einem Leben mit ihm in einer liebevollen Vereinigung vergessen zu machen. Doch schließlich siegten ihre flinke Zunge und die heißen Lippen über seinen Vorsatz, und er grub seine Finger in ihr dichtes Haar und spürte, wie sie ihren Kopf hin- und herbewegte.

Zum Schluß fand er doch noch die Kraft, sie hochzuziehen. Er hob sie auf, als sei sie ein kleines Kind, und sie legte ihre Beine um ihn. Ihr Mund traf den seinen, und er fand sie offen und erwartungsvoll. Mit einem tiefen Aufstöhnen nahm sie ihn tief in sich auf. Sie war so wild, daß ihm nichts anderes übrig blieb, als ihr die Kontrolle ihrer Bewegungen zu überlassen. Er konnte nur versuchen, mitzuhalten. Ihr Bauch klatschte gegen den seinen, und ihre Brüste wippten hin und her. Er spürte das Zittern ihrer Muskeln an den Innenseiten der Schenkel und die Vibrationen ihres tiefen, atemlosen Stöhnens in seinem Mund.

Es gab keinen Rhythmus, nur ein sich Festklammern, eine animalische Erwiderung von Lust und auch von Schmerz, als sie ihn so heftig biß, daß es blutete. Dann begannen die konvulsivischen Zuckungen der Ekstase in ihren Leisten und breiteten sich über den ganzen Körper aus, bis sie zitterte und bebte, als werde sie von einem Fieber durchgeschüttelt. Sie schrie laut auf, und die Tränen rannen ihr aus den fest geschlossenen Augen. Die Fülle ihrer Haare flog vor seinem Gesicht, während er spürte, wie ihre Bewegungen immer heftiger wurden, während sie in einer Reihe von Orgasmen immer wilder stöhnte, bis auch er kam. Er spürte, wie ihre Finger seine Hoden zusammendrückten, gleichzeitig stammelte sie Unzusammenhängendes in sein Ohr. Sie fest in den Armen haltend, ließ er sich mit ihr auf den Fußboden gleiten.

Sie weinte hemmungslos, und er küßte sie auf Lippen, Wangen, Augen, Stirn und Schläfen.

»Justine, Justine... Sobald ich aus Venedig zurück bin, fahren wir nach New York.«

Lange Zeit sagte sie nichts, vergrub nur das Gesicht an seiner Schulter und kostete mit halb geöffnetem Mund seinen Schweiß und sein Blut. Als sie endlich den Kopf hob und ihn ansah, erschrak er vor der Verzweiflung, die er in ihren Augen erkannte. »Bitte, fahr nicht weg, Nick.«

»Ich... Justine, ich habe keine andere Wahl.«

»Ich flehe dich an: Bleib hier bei mir, nur ein paar Tage. Nimm dir frei und vergiß die Arbeit und alles andere. Laß uns wegfahren, aufs Land – nach Nara und in das *ryokan*, das dir so gut gefällt.«

»Das klingt herrlich, aber diese Reise nach Venedig ist nicht meine Idee. Ich kann nicht...«

»Dann erkläre mir, was in Venedig so wichtig ist, und ich schwöre dir, ich werde mich bemühen, es zu verstehen.«

»Ein alter Freund meines Vaters braucht meine Hilfe.«

»Wer ist er?«

»Ich bin mir nicht sicher.«

»Das heißt, du kennst ihn nicht?«

»Justine, kurz bevor mein Vater starb, habe ich ihm mein Wort gegeben. Es handelt sich um eine Verpflichtung.«

Sie schüttelte den Kopf, und erneut rannen Tränen über ihre Wangen. »Oh, jetzt kommen wir zum Thema! Du hast da eine Verpflichtung. Hast du nicht auch eine mir gegenüber?«

»Bitte, versuch doch zu verstehen.

»Gott weiß, daß ich mich bemüht habe. Aber diese japanische Auffassung von *giri*, von gegenseitigen Verpflichtungen und Ehrenschulden, verstehe ich mit absoluter Sicherheit *nicht*. Und weißt du was? Ich bin in der Zwischenzeit so weit, daß ich nicht mal mehr den *Versuch* unternehmen will, etwas zu verstehen.« Sie erhob sich unsicher und sah auf ihn hinab.

»Zuerst war es dein Geschäft, dann deine Freundschaft mit Nangi, danach deine Reisen nach Saigon mit Seiko. Und jetzt noch das: eine Verpflichtung gegenüber deinem Vater, der schon seit Jahren tot ist, um jemandem zu helfen, *den du noch nie gesehen hast*. Gott im Himmel, du bist genauso übergeschnappt wie alle anderen von hier auch!«

»Justine...«

Er streckte den Arm nach ihr aus, aber sie hatte sich bereits abgewandt und floh in den Korridor. Gleich darauf hörte er eine Tür zuschlagen, machte aber keine Anstalten, ihr nachzugehen. Was hätte das für einen Sinn gehabt?

Traurig stand er auf und zog sich langsam und mit steifen Fingern an. Lautlos ging er zur Hintertür hinaus und durch die flüsternden Sicheltannen in den Garten. Der Himmel war grau verhangen, glich einer durch wirbelnde Wolken eingedickten Masse, von der einzelne Fetzen herabhingen wie die Gewänder von gespenstischen *daimyos* aus vergangenen Zeiten. Er schlenderte über das Grundstück, und ehe er sich's versah, stieg er schon den Hang hinauf, der mit einem Wäldchen von sorgfältig angeordneten Ginkobäume bepflanzt war, jenen urältesten der ältesten Bäume, deren weiße Stämme wie Wachtposten dastanden; die verwelkten Überreste ihrer kupferfarbigen, zweiteilig gelappten Blätter wakkelten wie die Finger eines Orakels.

Eigentlich war er plan- und ziellos den Abhang hinaufgewandert, bis er oben angelangt war und den See vor sich sah. Das Wasser blieb unsichtbar unter der gekräuselten Schicht perlmuttfarbigen Dunstes.

Vater, dachte Nicholas.

Er kauerte sich an dem sumpfigen Ufer des Sees nieder und sah in den Dunst hinein, als sei er der Spiegel eines Alchimisten, mit dem man die Barriere der Zeit durchbrechen konnte. Und in diesem Spiegel sah er den Colonel und sich selbst, noch jung und naiv, als ihm der Vater gerade *Iss-hogai* zum Geschenk machte, ein *dai-katana,* ein langes Samurai-Schwert, das Nicholas viele Jahre später in diesen See geschleudert hatte.

Jetzt konnte er *Iss-hogai* spüren, so wie er damals gesehen hatte, wie es auf dem Wasser aufgeschlagen und auf den Grund gesunken war. Und jetzt, da Vergangenheit und Gegenwart aufeinanderzuprallen schienen, empfand er seine Nähe so täuschend echt, daß er glaubte, die Hand ausstrecken und es berühren zu können.

Damals war er der Meinung gewesen, einen Schlußstrich gezogen zu haben und der todbringenden Macht des Schwertes nicht mehr zu bedürfen. Doch wie in der Vergangenheit mit seinem Vater und in der Gegenwart mit Justine gab es da noch ein wesentliches Element, etwas Unbekanntes, Ungeschriebenes, Ungelöstes.

Der Colonel, den Nicholas geliebt und verehrt hatte, hatte nichtsdestoweniger ein geheimes Leben völlig abseits von Nicholas und Cheong geführt. Jahre nach dem Tod des Colonel hatte Nicholas herausgefunden, daß er einen gefährlichen radikalen Politiker namens Satsugai ermordet hatte. Der war der Mann von Nicholas' Tante Itami gewesen, und obwohl sie ihn verachtet hatte, war sie doch immerhin seine Ehefrau. Die Tat des Colonel zeitigte schwerste Auswirkungen auf Nicholas' eigenen Leben, als Satsugais Sohn Saigo den Versuch unternahm, aus Rache Nicholas umzubringen.

Von dem Telefonanruf Mikio Okamis waren Wasser aufgewühlt worden, die lange Zeit still geruht hatten.

Das geheime Leben des Colonels... Was hatte er mit Mikio Okami vorgehabt? Warum hatte er mit einem *yakuza oyabun* Freundschaft geschlossen? Nicholas wußte keine Antworten auf diese Fragen. Er wußte nur, daß er bei seiner Suche nach Antworten wieder einmal zu seinem Vater hingezogen wurde – und zu einer unbekannten Vergangenheit.

Schließlich stand er auf, ging so geräuschlos, wie er gekommen war, durch Wald und Sumpf, an Gärten vorbei und auf Steinpfaden, die vor Jahrhunderten angelegt worden waren, zurück in die Küche seines Hauses.

Sehr lange stand er da und sah zum Fenster hinaus auf die Sicheltannen und die gestutzten Zierahornbäume, deren Zweige im Wind schwankten, den er erst kurz zuvor auf seiner Haut gespürt hatte.

Danach begab er sich zum Küchentresen, holte eine Tasse heraus und maß die *macha* ab, die feingeschnittenen grünen Teeblätter.

Er nahm den Bambusbesen in die Hand und wartete, daß das Wasser kochte.

Harley Gaunt befand sich gerade inmitten einer Krise von gargantuesken Ausmaßen. Schlimm genug, daß *Tomkin-Sato Industries* Kunden verlor, die zweifellos von ängstlichen Demokraten unter Druck gesetzt worden waren, welche mit dem fanatischen Eifer von Wiedertäufern für eine gefährliche isolationistische Wirtschaftspolitik eintraten. Dazu kam jetzt noch, daß der Hauptsitz der Firma hier in Manhattan von Konsumenten buchstäblich belagert wurde, die über das aufgebracht waren, was Plakate drunten auf der Straße fälschlich als »Kumpanei mit dem Feind« bezeichneten.

Alles, was schiefgehen kann, geht auch schief, dachte Gaunt, während er düsteren Blicks von seinem Bürofenster aus die sich formierende Demonstration beobachtete. Wie ein Adler aus seinem Horst sah er zu, wie ein Übertragungswagen von CNN herangefahren kam. Minuten später waren auch die örtlichen Fernsehsender vertreten, und dann, wie üblich als allerletzte, die Radiostationen.

Guter Gott, dachte er, Nicholas muß sofort hierherkommen. Wir haben durch die Fusion mit *Sato International* unsere Firma wie den Wagen einer Achterbahn bis hinauf auf den Scheitelpunkt getrieben, und von dort, wo ich sitze, sieht die Talfahrt unheimlich gruselig aus.

Seine Gegensprechanlage summte, und er meldete sich kurzangebunden: »Suzie, ist jetzt Mr. Linnear am Apparat?«

»Leider nein, Mr. Gaunt«, ertönte die dünne Stimme seiner Sekretärin, »aber Ihre Verabredung für zehn Uhr ist hier.«

»Was für eine Verabredung?«

»Sie wissen doch, er rief gestern noch kurz vor Dienstschluß an. Ich habe Ihnen, kurz ehe ich heimging, gesagt, daß ich den Termin in Ihren Kalender eintragen werde.«

»Ich weiß nicht mehr…« Doch Gaunt hatte sich bereits von der Magenschmerzen verursachenden Szene vor seinem Fenster abgewandt, und sein Blick fiel auf die hastig in seinen Terminkalender gekritzelte Notiz.

»Wer zum Kuckuck ist Edward Minton?«

»Er ist aus Washington«, sagte Suzie, als ob dieser Hinweis das Rätsel lösen würde, »und kam heute schon in aller Frühe mit dem Pendelflieger herüber, um sich mit Ihnen zu treffen.«

Gaunts Magen krampfte sich zusammen. Was er da hörte, gefiel ihm gar nicht. Diese Demokraten auf dem Capitol Hill in Washington waren nichts weiter als Brandstifter, wenn es um die Japaner ging. Nach ihrer Meinung braute sich ein Handelskrieg zusammen, und alle Amerikaner benötigten nun dringend den segensreichen Schutz der Demokratischen Partei, um jene imaginären wirtschaftlichen Demütigungen abzuwenden, die angeblich in irgendeinem muffigen Kellergewölbe des Kaiserpalastes in Tokio ausgebrütet wurden.

General Tojo lebt! hätte ihr Schlachtruf lauten können, und allmählich sah man immer mehr Plakate, die wie schädliche Pilze in einem feuchten Klima aus dem Boden schossen und das kaiserliche Emblem der aufgehenden Sonne Japans zeigten, die von einem roten Kreis umgeben und von einer roten Linie durchkreuzt wurde.

Für Gaunt war dies nichts weiter als ein Symbol für die moralische Bankrotterklärung seines eigenen Landes: der Traum eines jeden Werbefritzen, der darin bestand, daß man komplizierte Sachverhalte auf gräßlich vereinfachende Abziehbildchen reduzierte.

Gaunt schloß für einen Moment die Augen. Er war ein großer, kräftiger Mann mit genauso viel Fett wie Muskeln, dreifacher Hochschulsportmeister in Leichtathletik, der von der Annahme ausging – typisch für diese Leute – daß ein früher einmal über längere Zeit hinweg durchgeführtes hartes körperliches Training nicht fortgesetzt zu werden brauchte, um in Form zu bleiben. Einst war er ein stämmiger Fänger in Baseball gewesen und hatte so manchen gemein angeschnittenen Slider so geschickt gefangen, daß dem Gegner Hören und Sehen vergangen war. Nur die Tatsache, daß er von einem heimtückischen Ball an der Schulter getroffen wurde, hatte ihn von einer Karriere als Profispieler abgehalten. Zweifellos Glück für ihn, denn in dem Maße, in dem sein Bankkonto angewachsen wäre, hätte sich auch sein Gehirn zurückgebildet. Gaunt besaß nämlich eine Art von Intelligenz, die in seinem Beruf selten war. Er konnte jenes blitzartige Verständnis von Sachverhalten an den Tag legen, das normalerweise die Arbeitsweise von genialen Programmierern oder ehrgeizigen Jungunternehmern kennzeichnet. Und so war Nicholas Linnear auf ihn aufmerksam geworden und hatte ihn zum Geschäftsführer von *Tomkin-Sato Industries* für Nordamerika gemacht.

Diese intuitive Gabe war es auch, die Gaunt sagte, daß sein Zehn-Uhr-Termin einer von der gefährlicheren Sorte war. Er legte die Finger an die Stirn und schloß einen Moment lang die Augen, als könne er durch bloße Willenskraft Edward Minton verschwinden lassen.

»Mr. Gaunt?«

»Ja, Suzie?«

»Es ist zehn Uhr fünfzehn.«

Gaunt stöhnte. »Wenn das so ist, dann schicken Sie Mr. Minton herein.«

Wenn Gaunts Körper auch jene athletische Kantigkeit aus der Zeit im College verloren hatte, so war sie in seinem Gesicht doch noch vorhanden: eine markante Kieferpartie ohne Schwabbelfett unter dem Kinn, wie er das – beim letzten Klassentreffen – bei vielen seiner ehemaligen Jahrgangskommilitonen festgestellt hatte. Zwar zeigten sich in seinem noch immer dichten Haar die ersten grauen Strähnen, doch paßten die zu den Einsprengseln gleicher Farbe in seinen braunen Augen. Die wenigen Falten in seinem Gesicht sahen aus wie von einem geschickten Bildhauer gemeißelt: Sie schienen einfach dort hinzugehören, ja sogar schon immer dort gewesen zu sein als Ausdruck einer bulligen Kraft und einer unheimlich schnellen Auffassungsgabe.

Im Gegensatz dazu war Edward Minton aus gänzlich anderem Holz geschnitzt. Groß und hager, hatte er die krummen Schultern eines Menschen, der sich seiner ungraziösen Körpergröße schon in einem frühen Alter bewußt geworden war. Der wachsfarbene Teint bestätigte außerdem Gaunts schlimmste Befürchtungen: ein Regierungsbürokrat, der zum jetzigen Zeitpunkt ein genauso böses Omen darstellte wie eine Krähe im Kornfeld.

Minton trug einen dreiteiligen Anzug von unbestimmbarer Farbe und Qualität, der an den Ellbogen glänzte und im Schritt und an den Ärmeln zerknautscht war. Bestimmt aus feuerfestem Material gefertigt. Über einer geraden Nase und dünnen Lippen thronte ein stählerne Brille. Dahinter blitzten die klaren blauen Augen eines Greifvogels. Gaunt war keineswegs überrascht, von der Uhrkette seiner Westentaschenuhr das Abzeichen der elitärsten Studentenverbindung, Phi Beta Kappa, baumeln zu sehen. Politiker sind wie die Hunde, dachte Gaunt bei sich. Sie legen sich am liebsten zu ihresgleichen.

»Mr. Minton«, sagte er und ließ ein Lächeln seine Lippen umspielen, »möchten Sie nicht Platz nehmen? Was kann ich für Sie tun?«

Minton, der mit einer Woge unangenehm riechender Körperausdünstungen hereinmarschiert war, setzte sich in einen Chrom- und Ledersessel vor Gaunts alten, zerkratzten Mahagonischreibtisch.

»Dort drunten haben Sie eine ganz schöne Menge Leute auf die Beine gebracht«, sagte er mit der schrillen Stimme einer keifenden Mutter.

»Das legt sich schon wieder«, konterte Gaunt. »Spätestens morgen nachmittag wird auf den Titelseiten wieder über den Krieg in Jugoslawien berichtet.«

»Dieses Mal vielleicht nicht«, erwiderte Minton. Beim Reden tätschelte er das Abzeichen seiner Studentenverbindung auf jene auffällige Art, wie es gewisse Männer tun, wenn sie eine schöne Frau beeindrucken wollen, deren Dienste sie für den Abend gekauft haben. »Wir gehen in Amerika schweren Zeiten entgegen, und die Bevölkerung ist aufgebracht.« Seine Brillengläser blitzten im Licht, als er den Kopf ein klein wenig drehte. Er tat dies auf eine so geübte Weise, daß Gaunt erkannte, wie gut geschult er in der Kunst der Einschüchterung war. »Ich glaube, wir werden gerade Zeuge, wie in einer Lokomotive mit einem unberechenbaren Leistungspotential der Kesseldruck immer stärker wird.« Tätschel, tätschel Phi Beta Kappa. Gaunt war bereit, jede Wette darauf abzuschließen, daß dieser Scheißkerl wußte, daß er selbst nie einen Uni-Abschluß gemacht hatte. »Und wenn die erst mal Fahrt aufnimmt, Mr. Gaunt, dann bedauere ich jetzt schon die Person – oder die Firma, die ihr im Weg steht.«

Gaunt räusperte sich, sagte aber nichts. Er kam sich ein bißchen wie Marie Antoinette vor. So muß es gewesen sein, dachte er, wenn man darauf wartet, daß das Fallbeil heruntersaust.

»Wir am Capitol Hill haben den Puls der wachsenden Unruhe in Amerika gefühlt und sind fest entschlossen, schnell und effizient auf das zu reagieren, was das Volk wünscht.«

»Wohl eher doch so, wie *Sie* es wünschen«, knurrte Gaunt vor sich hin.

»Wie bitte?« Minton beugte sich mit jäh erregter Wachsamkeit vor wie ein Terrier, der Beute riecht. »Was haben Sie da gesagt?«

»Ich habe mich nur geräuspert.«

Eine gewisse Steifheit war in Mintons Rückgrat gefahren. »Was das Volk der Vereinigten Staaten wünscht, ist das Verschwinden der Japan-AG aus Amerika. Und der Kongreß der Vereinigten Staaten hat vor, dem Volk genau diesen Wunsch zu erfüllen.«

Er klatschte ein zusammengefaltetes Blatt Papier auf den Schreibtisch. »Ich bin vom Senat bestellter Ankläger im Büro des Generalstaatsanwalts der Vereinigten Staaten. Und ich bin hier, um Sie davon in Kenntnis zu setzen, daß Sie, Harley Gaunt, als Geschäftsführer von *Tomkin-Sato Industries*, und ein gewisser Nicholas Linnear, Aufsichtsratsvorsitzender und leitender Angestellter von *Tomkin-Sato Industries*, hiermit vom Senat der Vereinigten Staaten von Amerika unter Strafandrohung vorgeladen werden. Des weiteren muß ich Sie informieren, daß gegen Sie vom Strategic Economic Oversight Committee des Senats ermittelt wird, und zwar auf Anordnung von Senator Rance Bane. Sie werden hiermit aufgefordert, am Donnerstag in einer Woche, pünktlich um zehn Uhr morgens, vor dem Ausschuß zu erscheinen.«

Senator Rance Bane, wiederholte Gaunt im stillen. Nachdem dieser Name gefallen war, hatte er irgendwie aufgehört, dem restlichen wichtigtuerischen Amts-Blabla Mintons zuzuhören.

Bane war ein Demokrat aus Texas, der seinen Blick fest aufs Weiße Haus gerichtet hielt, wo es ganz so aussah, als werde der in Jahrzehnten angehäufte Schuldenberg um keinen Deut kleiner, gleichgültig, ob nun ein Demokrat oder ein Republikaner auf dem Heißen Stuhl saß.

Rance Bane war Opportunist. Er entstammte dem Kernland von Amerikas Südwesten, kam aus einem Staat, den möglicherweise ein paar wirtschaftliche Probleme beutelten, der aber noch immer verklärt wurde als die Geburtsstätte der Menschen, die in Amerika etwas bewegten und vorantrieben, von den Cowboys über die Texas Rangers bis hin zu den Hau-ruck-Senatoren. Und genau das war Rance Bane: der erbittertste Gegner des Präsidenten und einer, der sich gern als der aufrechteste Verbündete all jener sah, die seinem Slogan folgten: »Amerika und die Amerikaner über alles.« Doch letztendlich war Bane auch ein schlauer, telegener Angehöriger jener Bruderschaft der ›old boys‹, die sich gegenseitig zu helfen pflegten – zum eigenen Nutzen. Er verstand etwas von moderner Machtpolitik und wußte, wie man sich deren Ministranten, nämlich der Werbung und der Medien, am besten bediente. Sein Heimatstaat war, wie andere Staaten aus dieser Region auch, in der Wirtschaftspolitik streng protektionistisch geworden. Arbeitsplätze an die Japaner zu verlieren – da hörte der Spaß auf, und der gerissene Psychologe Bane hatte sich des Themas der wirtschaftlichen Ängste angenommen und es zu einem Feuerwerk der Paranoia werden lassen. Das Schlimmste an der Sache war, daß er damit nicht allein dastand.

Banes ungewöhnlicher Vordenker- und Mitarbeiterstab speiste sich aus solch gegensätzlichen amerikanischen Orten wie Hollywood, Detroit und New York. Es überraschte niemand, daß die Männer, die Bane auswählte, um sich von ihnen der Öffentlichkeit präsentieren zu lassen, selbst zu einem großen, funktionierenden Ganzen verschmolzen. Gaunt war sich sicher, den Grund dafür zu kennen: Ihr gemeinsamer Nenner war, daß sie sozusagen auf dem Marktplatz lebten und starben. Sie wußten, wie man etwas verkauft, ob auf der Leinwand, auf den amerikanischen Straßen oder in der Wall Street und der Madison Avenue.

Und wie sie Bane verkauften! So wurde er das, was er heute war: der große, strahlende Hoffnungsträger der Politik für einen Wiederaufschwung – nach all Jahren eines ständig wachsenden Desinteresse und schließlich offen zur Schau getragener Feindseligkeit der amerikanischen Bevölkerung gegenüber den Politikern.

Fast täglich erschien dieses Gesicht mit der magnetischen Anziehungskraft im Fernsehen oder in den Zeitungen: rötliches, gekräuseltes Haar, breite Stirn, flinke Augen, gewinnendes Lächeln, kräftiger Händedruck. Ein grobknochiger, langgliedriger Mann, dem jungen L. B. Johnson nicht unähnlich, aber ohne dessen volle Lippen. Ein Mann, bei dem man nicht nur an Öl, sondern auch an Vieh dachte, und so bildeten Farmer und Ölmagnaten eine bedrohliche, an ihren speziellen Interessen ausgerichtete Basis, die ihre Stimmen nicht nur aus einer traditionell demokratischen Wählerlandschaft bezog, sondern auch auf republikanischem Territorium wilderte.

Eine neue Erscheinungsform von McCarthyismus – jetzt unter dem Vorwand, das Land gegen eine japanische Infiltration schützen zu müssen – erhob ihr Haupt, dieses Mal im Gewand des Liberalismus und einer Rückkehr zu den guten alten amerikanischen Werten.

»Was zum Teufel ist dieses Strategic Economic Oversight Committee eigentlich?« fragte Gaunt, obwohl er den Verdacht hatte, daß er die Antwort bereits wußte.

»Dieser Ausschuß ist eine ins Leben gerufene Institution«, unkte Minton wie eine Kröte. Seine unverhüllte, selbstgerechte Bewunderung für Bane war widerlich. »Er hat sich etabliert, um all jene Firmen zu durchleuchten, deren Geschäfte mit den Japanern mehr als fünfzig Prozent der jährlichen Bruttoeinnahmen ausmachen oder die Geschäftsverbindungen irgendwelcher Art mit Firmen eingegangen sind, die Japanern gehören.«

»Warum?« Es war dies vielleicht eine unnötige Frage, wenn man davon absah, daß Gaunt den ganzen Wahnsinn explizit und von Anfang bis Ende von Minton höchstpersönlich hören wollte.

»Senator Bane ist in den Besitz gewisser Informationen gekommen, daß einige dieser Transaktionen vielleicht mit den Interessen der nationalen Sicherheit kollidieren.«

»Nationale Sicherheit?« Gaunt lachte Minton fast ins Gesicht.

»Sie machen wohl Witze.« Doch konnte er der Miene des Anwalts entnehmen, daß weder er selbst noch sein frisch gesalbter Champion Rance Bane zum Scherzen aufgelegt waren. »Was für Informationen?«

»Ich bin zu diesem Zeitpunkt nicht befugt, darüber Auskunft zu erteilen.« Minton erhob sich unvermittelt, als hege er Befürchtungen, daß ihn ein weiterer Aufenthalt in dieser Firma einer heimtückischen Vergiftung aussetzen würde.

»Hiermit sind Sie vorgeladen worden, Mr. Gaunt.« Minton tätschelte weiterhin sein Phi Beta Kappa-Abzeichen, protzig und hochnäsig bis zum Schluß. »Der Ausschuß erwartet, Sie zum genannten Zeitpunkt zu sehen.«

»Was ist mit Nicholas Linnear? Er hält sich gegenwärtig im Ausland auf.«

»Eine offizielle Aufforderung zu erscheinen wurde Ihrem Büro in Tokio fristgerecht zugestellt.« Minton entblößte die gelblichen Zähne eines Hundes. »Wir haben *Sie* gekriegt, und wir werden auch *ihn* kriegen.«

Nach einem kurzen Nicken war Edward Minton verschwunden. Den leicht ranzigen Geruch hatte er mitgenommen, eine unappetitliche Mischung aus abgestandener Suppe und mehrere Wochen alter Socken. Doch zurückgelassen hatte er etwas, das sich wie Rauhreif über alles legte: die feinen Fäden einer erbarmungslosen Macht.

Gaunt, der noch mit den Turbulenzen dieser gottgleichen Visite zu kämpfen hatte, war das Lachen vergangen. Vielmehr verspürte er das Übelkeit erregende Gefühl, von den Kieferbacken einer riesenhaften Maschine gepackt worden zu sein, die nichts anderes wollte, als ihn zu zermalmen und wieder auszuspucken. Ein noch schlimmerer Alptraum, der ihn einholte und verschlang, war für ihn der, innerhalb der nächsten Monate die erste amerikanische Person zu werden, die einfach »verschwand«, wie das im argentinischen Spanisch hieß, weil sich in der Neuen Welt entlang der Kontinentalverschiebung nach Norden faschistische Praktiken ausbreiteten wie unbekannte Viren.

Seiko traf sich mit Nicholas in Narita; er sah sie gleichmütig durch die schwatzende Menschenmenge schreiten, die den Terminal des Flughafens füllte. Sie lächelte, verbeugte sich und kam zu ihm;

dann übergab sie ihm einen schmalen Aktenkoffer. Nicholas hatte gerade am Check-in-Schalter für die Erste Klasse der Air France gestanden und verließ mit ihr die Warteschlange.

»Ich habe Ihnen ein paar Schriftstücke zum Durchsehen während des Fluges mitgebracht«, sagte sie. »Darunter ist ein kodiertes Fax von Vincent Tinh.«

Schon wieder Saigon, dachte Nicholas. Tinh, *Satos* Geschäftsführer in Vietnam, hatte dort große Pläne für die Firma, doch manchmal neigte er dazu, mehr tun zu wollen als er schaffen konnte und als seine körperlichen Kräfte ihm zugestanden. Er war es gewesen, der Nicholas gedrängt hatte, in ihre dortigen Einführungsmaßnahmen mehr Startkapital zu investieren. »Danke, Seiko-san.«

Sie erkannte den Kummer in seinem Blick, aber ihr Charakter verbot es ihr, einen offenen Kommentar dazu abzugeben. Statt dessen fragte sie: »Haben Sie an Ihren Paß gedacht?«

»*Hai.*« Ja.

»Wir haben noch ein bißchen Zeit, ehe Sie abfliegen«, meinte sie.

Nicholas erkannte einen zarten Wink, wenn er gegeben wurde. »Warum gehen wir dann nicht dort hinüber und trinken noch einen Tee?«

Seiko nickte. Sie bahnten sich ihren Weg durch die vielen Menschen und stellten sich an eine halbkreisförmige Theke, wo ihnen grüner Tee in Pappbechern serviert wurde.

Der Geruch nach Fisch war ziemlich stark. Nicholas sah auf seinen Tee hinab und wurde an Justines Ekel vor dem japanischen Nationalgetränk erinnert, welches, wie sie sagte, nach Fisch schmeckte.

»Diese Reise«, begann Seiko stockend, »ist für Sie sehr wichtig.«

»Ja.«

»Ihren Vater auf solche Weise zu ehren ist sehr... japanisch.«

»Vielen Dank.« Seiko, die selbst in kritischen Situationen meist gelassen reagierte, schien voll merkwürdiger Unruhe zu sein. »Seiko-san, was ist los?«

»Ich hatte...«, sie hielt inne und fuhr sich mit der Zunge über die Lippen, »ich hatte eine Vorahnung. Es war... erinnern Sie sich, daß ich alles über Vincent Tinh wußte? Auch das war teilweise eine Vorahnung. Und als wir ihn dann persönlich trafen, war alles genauso, wie ich Ihnen vorhergesagt hatte – und sogar noch besser, wenn wir die Zahlen betrachten, die uns aus Saigon erreichen.«

Ihre kleine Hand umklammerte den Pappbecher so fest, daß grüner Tee über den Rand schwappte. »Ich hatte damals recht und ich... Diese Reise wird sehr gefährlich werden. Ich bitte Sie, vorsichtig zu sein.« Jetzt sprach sie sehr schnell, und die einzelnen Wörter überschlugen sich fast, als wüßte sie, daß sie ihr geheimes Wissen loswerden mußte, ehe sie die Chance hatte, es zurückzuhalten und zu unterdrücken. »Vielleicht sehe ich Sie nie wieder. Und selbst wenn ich Sie wiedersehe, dann habe ich das Gefühl, daß alles anders sein wird. Ich werde nicht mehr dieselbe sein, und Sie werden sich ganz bestimmt verändert haben – so sehr, daß Sie niemand mehr wiedererkennt.«

Trotz seines westlichen Impulses, über ihre melodramatischen Worte zu lachen, verspürte Nicholas einen unangenehm kalten Schauer sein Rückgrat laufen, als er sich an sein eigenes Gefühl kommenden Unheils erinnerte, das ihn heimgesucht hatte, als ihn der Telefonanruf Mikio Okamis erreichte.

»Selbst wenn das, was Sie sagen, zutrifft, muß ich hinfliegen. Es gibt da eine alte Schuld meines Vaters zu begleichen.«

Seiko trank schnell einen Schluck von ihrem Tee und erstickte beinahe daran.

Nicholas legte ihr die Hand mitten auf den Rücken und massierte die verkrampften Muskeln, während sie hustete. Sie drehte ihm den Kopf zu, und ihr Gesicht war nicht nur wegen des Hustenanfalls rot, sondern noch wegen etwas anderem.

Es gehörte sich nicht, daß er sie in aller Öffentlichkeit berührte, noch nicht einmal auf so harmlose Weise. »Entschuldigen Sie, bitte«, sagte er und zog hastig seine Hand zurück.

Sie wandte den Kopf wieder ab und widmete sich weiter andächtig ihrem Tee. Nicholas wurde der intensiven Angst gewahr, die von ihr ausging.

»Seiko-san, was ist los?«

Ihre Hände lagen fest zusammengefaltet auf dem Tresen, als fürchte sie, sie nicht länger unter Kontrolle halten zu können. »Ich bin eine böse, selbstsüchtige Frau.«

»Seiko-san...«

»Bitte, lassen Sie mich ausreden.« Sie atmete tief ein und aus. »Seit Nangi-san mich Ihnen als Assistentin zugeteilt hat, weiß ich, daß ich ein – besonderes Gefühl für Sie habe.«

Nicholas' Bewußtsein befand sich jetzt in einem Minenfeld, das teils einer elektrisierenden Gegenwart zugehörte und teils der jüngsten Vergangenheit, in der er wieder und wieder Justines Beschuldigungen vernahm.

Schließlich sah Seiko ihn mit einer Direktheit an, die er nicht ignorieren konnte. »Ich habe mich gegen meinen Willen in Sie verliebt. Ich wußte, daß Sie verheiratet sind, wußte, daß ich Sie nie würde kriegen können. Doch das alles hat nichts genützt. Ich fürchte, daß in Herzensangelegenheiten Vernunft und Logik keinen Platz haben.«

Eine Stille trat zwischen ihnen beiden ein. Jetzt, da die schreckliche Wahrheit heraus war, sank Seiko wie erschöpft in sich zusammen. »Ich hätte es Ihnen nie gesagt – nie, nie, nie. Aber dann kam diese Vorahnung... Ich wußte, daß ich dieses Geheimnis nicht für mich behalten könnte, wenn ich Ihnen von meiner Ahnung erzählen würde. Dafür bin ich nicht stark genug, verstehen Sie?« Sie biß sich auf die Lippen. »Ich entschuldige mich, obwohl jede Entschuldigung, die ich vorbringe, unangemessen ist. Ich bin schwach und maßlos. Meine Liebe hätte mein ganz persönlicher Schmerz bleiben müssen.« Sie legte den Kopf auf den Tresen. »Jetzt sehen Sie, wie Ihnen Freundlichkeit vergolten wird. Aber ich bin machtlos dagegen. Ich liebe Sie, Nicholas.«

Nichts von alldem, was sie zuvor gesagt hatte, hätte ihn auf die Wirkung vorbereiten können, die die Nennung seines Vornamens durch sie auf ihn hatte. Ihm kam es vor, als habe er plötzlich den festen Grund unter den Füßen verloren und sei in Treibsand getreten, aus dem er nicht wieder herauskam.

Mein Gott, dachte er, Justine muß es gewußt haben, muß dieses schlimme Geheimnis aus Seikos Miene gelesen haben. Kein Wunder, daß sie so auf ihn losgegangen war. Ein Teil von ihm wollte nach Hause in Justines Arme stürmen und ihr sagen, daß er sie liebte und sie nie wieder alleinlassen würde. Statt dessen saß er wie angewurzelt hier in einer neonbeleuchteten Cafeteria inmitten einer Menschenmenge im Narita Airport, zusammen mit einer hübschen jungen Frau, die behauptete, ihn zu lieben. Und zum ersten Mal akzeptierte er bewußt, was er insgeheim von dem Augenblick an gewußt hatte, in dem Mikio Okamis Name ins Spiel gekommen war: daß er sich auf einem Kollisionskurs mit der Zukunft befand, den er nicht unbeschädigt überstehen würde.

Sie werden sich verändern – so sehr, daß Sie niemand mehr wiedererkennt, hatte sie zu ihm gesagt, und jetzt schauderte ihn, weil er die

Wahrheit dieses Satzes zu erahnen begann, obschon er keine Vorstellung von dem hatte, was er bedeuten konnte.

»Bitte, sagen Sie nichts«, flüsterte Seiko. »Es spielt keine Rolle, wenn Sie mich nicht genauso lieben wie ich Sie. Es käme ohnehin nichts dabei heraus. Sie sind verheiratet und lieben Ihre Frau. Ich habe mich von meinem Herzen täuschen lassen, und ich erwarte jetzt auch gar nicht mehr, daß Sie mich weiterhin als Ihre Assistentin behalten.«

»Sollten Sie annehmen, daß ich Sie jetzt wie ein unfolgsames Kind fortschicken werde, dann haben Sie sich getäuscht«, entgegnete Nicholas. Er wußte zwar selbst kaum, was er zu alldem sagen sollte, was sie ihm anvertraut hatte, aber er wußte mit Sicherheit, daß er die beste Assistentin nicht verlieren wollte, die je für ihn gearbeitet hatte. »Was immer Sie mir gegenüber empfinden ist jetzt unwichtig. Sie lernen so schnell und sind so gut in allem, was ich Ihnen auftrage, daß Sie vermutlich innerhalb eines Jahres über Ihren Job hinausgewachsen sein werden. Und dann werden wir über eine Beförderung und eine Gehaltserhöhung sprechen müssen.« Er schüttelte den Kopf. »Ob Sie das nun selbst erkennen können oder nicht, Seiko: Sie sind bei *Sato International* auf der Karrierespur. Sind sind für mich viel zu wertvoll, als daß ich es riskieren würde, Sie zu verlieren. Sie arbeiten weiterhin für mich, und dabei bleibt es. Basta.«

Seiko neigte den Kopf zu einer kleinen Verbeugung. »Ich danke Ihnen noch einmal für Ihre unendliche Güte, Linnear-san. Es ist für mich unvorstellbar, wie mein Leben ohne Sie aussehen würde.« Sie warf einen Blick auf ihre Uhr und glitt dann vom Barhocker herunter. »Es ist Zeit für Sie, durch die Paßkontrolle zu gehen. In fünf Minuten werden die Passagiere für Ihren Flug aufgerufen.«

Sie begleitete ihn, so weit sie konnte. Dabei sah sie recht gefaßt aus, sogar ruhig, nachdem der Sturm der Gefühle vorbeigegangen war.

»Haben Sie eine Kontaktnummer für mich, während Sie in Venedig sind?«

Nicholas öffnete den dicken gelbbraunen Aktendeckel, der am Air France Schalter für ihn bereitgelegt worden war. »Ich wohne in einem Hotel namens ›Il Palazzo di Maschere Veneziane‹.« Er zeigte ihr die auf der Buchungsbestätigung des Hotels ausgewiesenen Telefon- und Faxnummern. Seiko schrieb sie in das winzige lederne Notizbuch, das Nicholas ihr an ihrem ersten Arbeitstag zum Geschenk gemacht hatte.

»Ich glaube, das wär's dann«, sagte er, als sie das Ende der Warteschlange vor Paß- und Sicherheitskontrolle erreicht hatten. Er betrachtete sie, wie sie so abseits dastand und so wunderschön und einsam aussah. Sie schien so voller Schmerz zu sein, daß ihm das Herz überging. Er wollte schon etwas sagen, aber sie legte den Zeigefinger an ihre Lippen.

»Keinen Abschied«, sagte Seiko. »Wir werden uns wiedersehen.«

Jenseits der Absperrungen benutzte Nicholas die wenigen Minuten, in denen die Passagiere einstiegen, um Justine anzurufen. Er ließ das Telefon neunmal klingeln, doch niemand hob ab. Jetzt wünschte er sich, er könnte die letzten Stunden mit ihr noch einmal erleben. Erst in diesem Moment überfiel ihn die Wirklichkeit des körperlichen Sichentfernens. Er sehnte sich danach, mit ihr zu reden, ihr zumindest zu sagen, wie sehr es ihm leid tat. Aber als er zum Abflugausgang ging, tröstete er sich mit dem Gedanken, daß man Entschuldigungen besser persönlich vorbrachte. Und dafür war ja nach seiner Rückkehr jede Menge Zeit.

Tanzan Nangi diktierte gerade seiner Assistentin Umi einige Briefe, als Seiko hereinkam. Er brach ab und sah kurz und schweigend einen Moment auf. Dann fragte er: »Welche Neuigkeiten bringen Sie?«

»Keine guten«, sagte sie. Sie öffnete einen Aktendeckel und übergab ihm mehrere maschinegeschriebene Blätter. »Wir haben soeben eine offizielle Aufforderung des Senats der Vereinigten Staaten erhalten. Linnear-san soll vor dem Strategic Economic Oversight Committee erscheinen und Fragen wegen der Fusion von *Tomkin Industries* mit *Sato International* beantworten.«

»Guter Gott«, sagte Nangi, »das riecht ganz nach einer amerikanischen Hexenjagd.« Er überflog die Schriftstücke. »Ich habe die Artikel über diesen Senator Bane gelesen. Seit kurzem taucht er dauernd in den Auslandsnachrichten auf. Ich sah auch ein Interview mit ihm auf CNN. Und *Time* hat in der letzten Ausgabe ein Feature über ihn gebracht.« Er deutete mit dem Finger auf die Papiere. »Ist diese Vorladung mit der Post gekommen?«

»Nein«, sagte Seiko mit offenkundigem Unbehagen. »Sie wurde

von jemandem von der Amerikanischen Botschaft überbracht. Man sagte mir, sie sei heute morgen mit der Diplomatenpost eingetroffen.«

Nangi faltete die Blätter sorgfältig wieder zusammen und gab sie an Seiko zurück. »Tja – wenn wir nicht wissen, wo sich Nicholas im Moment aufhält, können wir ihm diese Papiere wohl schlecht übergeben. Seiko, setzen Sie ein Antwortschreiben an den Ausschuß auf, in dem Sie ihnen die nackten Tatsachen der gegenwärtigen Situation skizzieren. Das Übliche, Sie wissen schon: Linnear-sans dringende Geschäfte irgendwo in Europa, momentan keine Verbindung zum Büro, und so weiter.«

»Ja.«

Doch nachdem sie hinausgegangen war, nahm er sein Briefdiktat nicht gleich wieder auf. Seine Gedanken weilten bei Senator Bane und seinem Ausschuß. Seit Banes Position und Prestige eine so unwahrscheinliche Aufwertung erfahren hatten, war etwas ähnliches zu befürchten gewesen. Irgend jemand mußte den Prüfstein für den Zorn des Gerechten abgeben, und *Tomkin-Sato* war dafür der logische Sündenbock.

Die Wirklichkeit sah so aus, daß Nicholas verwundbar war. Er war als Außenseiter in die Firma eingestellt worden, weil sein Schwiegervater darauf bestanden hatte, nachdem Tomkin unverhofft verstorben war. Nangi vermutete, daß es Bane nicht weiter schwerfallen dürfte, ein Verfahren gegen Nicholas anzustrengen, der in den Reihen der Firmeninhaber als Neuling galt und sich zu sehr für die japanische Seite der Fusion engagierte. Zum Teufel, dachte Nangi, und das stimmte ja auch. Man brauchte sich doch nur mal anzusehen, wo Nicholas während der vergangenen acht Jahre gelebt hatte: in Tokio, nicht etwa in New York.

Jetzt wurde Nangi von Schuldgefühlen überwältigt. Im nachhinein machte er sich selbst Vorwürfe, daß er Nicholas die Absicht ausgeredet hatte, in die Staaten zurückzukehren, um dort zugunsten des Konzerns Stimmung zu machen. In Wahrheit war Nangi nur egoistisch gewesen, nicht nur in geschäftlichen Dingen, wo Nicholas' Anwesenheit die erstaunlichsten Ergebnisse sowohl in der Forschung als auch in der Neuorganisation zustande brachte, sondern auch, weil er Nangis bester Freund war.

Was habe ich nur angerichtet? fragte er sich, während er reglos in seinem Büro saß. *Indem ich Nicholas an meiner Seite festgehalten habe,* verdammte ich vielleicht ihn – und uns – zum Untergang.

2

Marco Island / Venedig / Tokio / Marine on St. Croix

Lew Croaker schielte durch das Licht der gleißenden Tropensonne und fluchte verhalten, doch herzhaft vor sich hin. Der Kutter der Küstenwache war soeben aus dem Hitzedunst aufgetaucht und fuhr direkt auf ihn zu.

Er befand sich an Bord seines schnittigen Bootes, der *Captain Sumo,* die er in den besten Fischgründen für Sportangler an Floridas Westküste zu exorbitanten Preisen vermietete. Im Moment lag er eineinhalb Meilen vor Marco Island und hatte keinen Charakterkunden. Er war aus dem Hafen ausgelaufen, weil er nicht nur vor ein paar Erinnerungen ausreißen wollte sondern auch, um Frieden und Stille zu suchen. Das Allerletzte, was er jetzt gebrauchen konnte, überlegte er säuerlich, während er die Motoren drosselte und beidrehte, war ein weiterer, halb offizieller Besuch durch die Küstenwache.

Croaker war ein ehemaliger Kriminalbeamter des New York Police Department. Er hatte sich hier unten mit Alix Logan zur Ruhe gesetzt, einem ehemaligen Model, die sich – sehr zu seiner Überraschung und Freude – in ihn verliebt hatte. Jetzt hatte sie ihn verlassen und war zu dem glitzernden Highlife zurückgekehrt, das sie stärker anzog, als es ihrer Liebe zu Croaker gut tat. Im Moment war sie in New York – oder war es Paris? Er kam da nicht mehr mit. Und obwohl sie ihn regelmäßig anrief, hatte er bezüglich des Fortbestands ihrer Treue ihm gegenüber keine Illusionen. Die Verlockungen ihres früheren Lebens – und all die Vergünstigungen, die es mit sich brachte – waren bei weitem zu stark. Wie hatte er nur je annehmen können, daß sie sich mit ihm zufrieden geben könnte, mit einem breitschultrigen Mann von fünfundvierzig, der das leicht eingedellte, wettergegerbte Gesicht eines Cowboys hatte? Nicht einmal er selbst hätte sich als gutaussehend bezeichnet, und obwohl sein Haar noch immer dunkel und dicht war, trug er es eben nicht gestylt und nach hinten geklatscht wie ihre ehemaligen und neuen männlichen Model-Kollegen. »Du erinnerst mich an Robert Mitchum«, hatte ihm Alix zu Beginn ihrer Beziehung gesagt. »Da spricht soviel Charakter, soviel Erlebtes aus deinem Gesicht.«

An dem Abend, an dem sie gegangen war, hatte er hinter dem Steuer seines Oldtimers gesessen, eines 69er flamingorosa und weiß lackierten *Thunderbird*, der vollständig und liebevoll von ihm restauriert worden war. Er hatte zugesehen, wie ihr Flugzeug in die letzten Strahlen eines lang andauernden trägen Sonnenuntergangs gestartet war. Verzweiflung hatte ihn überfallen, und sein erster Gedanke war gewesen, seinen Freund Nicholas Linnear anzurufen, mit dem zusammen er schon so viele Gefahren gemeistert hatte. Aber es war nicht Croakers Art, sich hinzusetzen und in sein Bier zu weinen, selbst zusammen mit einem so engen Freund wie Nicholas nicht. Schließlich war er in dem kriminellen Hell's Kitchen Bezirk von Manhattans Westside aufgewachsen und hatte mit angesehen, wie sein Vater, ein Polizist, in einer schmalen Gasse niedergeschossen worden war und wie seine Mutter daran zerbrach. Er hatte auf die brutale Art lernen müssen, wie man ein zäher Bursche wird und überlebt. Auch heute noch – für ihn gab es kein Zurück.

Der Kutter der Küstenwache hatte die Fahrt verlangsamt, und Croaker legte bei seinem Boot den Leerlauf ein und stellte dann die Motoren ganz ab. Er betätigte die elektrisch betriebene Ankerwinsch und hörte, wie der Anker auf das Wasser klatschte.

Während er Vorbereitungen traf, damit die Beamten an Bord gehen konnten, dachte er darüber nach, welcher Teufel ihn wohl geritten haben mochte, als er in einem Anfall von Menschenfreundlichkeit das Angebot der Küstenwache angenommen hatte, ihnen ab und zu bei der Überwachung des Drogenhandels zu helfen, der sich wie eine Seuche entlang von Floridas schier endloser Küste ausbreitete. Vielleicht hatte er die Polizeiarbeit doch noch nicht so endgültig aus seinem Kopf und seinem Herzen verbannt, wie er sich das eingeredet hatte, als er hier heruntergezogen war.

Auch der Kutter machte nun keine Fahrt mehr und schaukelte im Seegang. Croaker zurrte die ihm aus dem kleinen Beiboot zugeworfenen Leinen fest und sah von oben auf die drei Männer hinab, die die Leiter heraufkletterten, die er für sie hinabgelassen hatte.

Lew Croaker hatte erwartet, seinen Freund Lieutenant Mark McDonald wiederzusehen, der sein Verbindungsmann zur Küstenwache war. Statt seiner kamen zwei junge Marine-Fähnriche mit Dienstrevolvern an den Hüften. Sie sahen beide ernst drein und flankierten einen Mann, den Croaker noch nie zuvor zu Gesicht bekommen hatte. Er war groß, gertenschlank und hatte dunkle Brauen und gerötete Wangen. Während er an Bord kletterte, fiel Croaker die Intensität seiner klaren blauen Augen auf. Obwohl Croaker ihn so um die Fünfzig schätzte, hatte er ein eindeutig jungenhaftes Aussehen. Er trug einen Aktenkoffer bei sich, der aus mattgrauem Polycarbonat zu bestehen schien.

Die beiden Fähnriche verhielten sich sehr förmlich. Sie salutierten vor Croaker und bauten sich dann in Rührt-euch-Stellung neben der Leiter auf.

»Mr. Croaker«, sagte der Mann und streckte seine Hand aus. »Schön, Sie kennenzulernen. Ich bin Will Lillehammer.« Seine Augen waren von Lachfältchen umgeben, doch der Mund weigerte sich zu lächeln. »Sehr freundlich von Ihnen, uns an Bord zu lassen.« Die blauen Augen waren wie ein Röntgengerät und taxierten alles. »Ich bin mit einem Sonderauftrag des Präsidenten der Vereinigten Staaten unterwegs.« Er sagte nicht, welcher Institution oder Organisation er angehörte. Obwohl Lillehammer die Uniform eines Lieutenants der Coast Guard trug, hielt Croaker ihn nicht für einen Angehörigen der Küstenwache. Er sprach mit einem schwachen, doch deutlich erkennbaren britischen Akzent. »Können wir uns irgendwo ungestört unterhalten?«

Croaker sah sich um. Außer dem beigedrehten Kutter waren noch ein Fischerboot zu sehen, zwei Segelboote, die gerade eine Wende machten, und ein schlankes Rennboot, das zurück zur Küste brauste. Alle waren sie ein ganzes Stück weit entfernt. Er breitete seine Arme aus.

Jetzt lächelte Lillehammer, bot damit aber keinen angenehmen Anblick. In seinen Mundwinkeln wurde ein Spinnennetz blasser Narben sichtbar. »Sie wären erstaunt über die Fortschritte bei der elektronischen Lauschüberwachung, seit Sie aus dem aktiven Dienst ausgeschieden sind«, sagte er.

Also weiß er über meine Laufbahn als Polizist Bescheid, dachte Croaker, während er Lillehammer in die Kabine führte. Er holte eisgekühltes Bier, und sie setzten sich auf eine mit Vinyl überzogene Sitzbank. Lillehammer hob seine Flasche, sagte »Prost!« und nahm dankbar einen Schluck. Dann legte er den Aktenkoffer auf die Bank, schloß ihn auf und hob den Deckel hoch. Croaker sah darin Bauteile, die wie das Innenleben eines Computers aussahen, nur daß die Tastatur fehlte. Lillehammer steckte einen merkwürdigen Schlüssel hinein, und drehte ihn zuerst nach links und dann nach rechts.

Croaker verzog das Gesicht.

»Sie haben leichte Kopfschmerzen, stimmt's?« sagte Lillehammer und streckte die Hand aus. »Hier, schlucken Sie die.«

Croaker nahm die winzige weiße Tablette und spülte sie mit Bier hinunter. Augenblicklich wurde sein Kopf wieder klar. »Was zum Teufel war das?« fragte er.

»Die Möglichkeiten elektronischer Überwachung sind in so kurzer Zeit derart raffiniert geworden, daß wir zu Gegenmaßnahmen greifen müssen, die selbst noch nicht hundertprozentig ausgereift sind.« Er deutete auf sein Köfferchen. »Dieses Baby hier erledigt zwar brav seinen Job, aber es geht einem noch ganz schön auf den Kopf. Hat mit der Frequenz der Schwingungen zu tun, die es aussendet.« Er betrachtete den Koffer beinahe zärtlich. »Sieht ganz so aus, als hätte ich mich an das Miststück gewöhnt. Vermutlich hat es meinen Ohren nicht mehr viel zu sagen.«

Er trank sein Bier aus und schmatzte mit den Lippen. »Viele Grüße von Lieutenant McDonald, übrigens. Ich bin mir sicher, daß es ihm leid tut, daß ich ihm in seinen Job hineinpfusche.«

»Noch ein Bier?«

»Untertags trinke ich immer nur eines«, sagte Lillehammer. »Trotzdem vielen Dank.«

»Wie britisch sind Sie eigentlich?« fragte Croaker und machte noch eine Flasche für sich auf.

»Eigentlich sehr«, lachte Lillehammer. »Aber in der Zwischenzeit habe ich mich dort, wo ich arbeite, so an das Amerikanische gewöhnt, daß ich mir manchmal schon Sorgen mache, ob der englische Teil von mir bereits völlig verschüttgegangen ist. Ich fürchte aber, daß ich außerhalb der Dienststunden eine erschreckende Neigung habe, ein passionierter Brite zu sein. Das kommt dabei heraus, wenn man mit einer englischen Mutter und einem amerikanischen Vater gestraft ist.«

»Wo haben Sie eigentlich Ihr Büro?«

»Ich habe keines.«

»Sie haben keines?«

Lillehammer hob einen Zeigefinger. »Sobald man ein Büro hat, weiß bald jeder, was das für eine Arbeit ist, die man verrichtet. Um zu dieser Erkenntnis zu kommen, hat die CIA jahrzehntelang nachdenken müssen.«

Croaker sah, wie die Röntgenaugen seine linke Hand fixierten. Er streckte die gekrümmten Titan- und Polycarbonatfinger gerade. »Vermutlich sind Sie so neugierig wie alle anderen auch, was das zu bedeuten hat.«

Lillehammer nickte respektvoll. »Wenn es Ihnen nichts ausmacht…«

»Ich bin schon seit langem nicht mehr so empfindlich deswegen wie früher.« Er legte die künstliche Hand offen hin, die ein Team von Biomechanikern und Chirurgen in Tokio an den Stummel seines linken Handgelenks angepaßt und angeschlossen hatte.

Sie machte insgesamt eher den Eindruck eines Kunstwerks: vier fingerähnliche Gliedmaßen und ein ihnen gegenüberstellbarer Daumen, die alle an den Stellen gegliedert waren, wo sich menschliche Gelenke oder Knöchel befinden würden. Sie waren titan- und boronverstärkt, mit einer Schutzschicht aus mattschwarzem Polycarbonat überzogen und an einer Hand aus rostfreiem Stahl und blau angelaufenem Titan befestigt: Handfläche, Handrücken, Handgelenk, alles war da.

»Ich verstehe auch nicht ganz, wie das Ding funktioniert«, sagte Croaker, »aber die wichtigsten Servomechanismen sind irgendwie mit meinen eigenen Nerven verknüpft. Außerdem bezieht die Hand Strom aus zwei speziellen Lithiumbatterien.«

Lillehammer beugte sich vor und studierte die Hand wie ein Archäologe einen historischen Fund. »Hätten Sie etwas dagegen, mir zu erzählen, wie es dazu kam?«

Croaker argwöhnte zwar, daß sein Gesprächspartner dies schon wußte, antwortete aber dennoch: »Ich hatte einen offenen Kampf mit einem sehr gerissenen Scheißkerl. Er war Sumo-Meister und außerordentlich kräftig. Zudem war er Experte in *kendo,* wenn Sie wissen, was das ist. Japanischer Schwertkampf.«

Lillehammer nickte. »Ich hatte das Glück gehabt, einige *katana*-Exemplare aus der Nähe betrachten zu können.«

»Dann wissen Sie auch, wie scharf diese Klingen sind. Bei den besten wird die Schneide der Klinge so fein geschliffen, daß sie fast unsichtbar ist. Mit so einem Ding hat mir der *sumo* die Hand abgetrennt.«

»Und wie gut funktioniert jetzt diese?« wollte Lillehammer wissen und tippte auf einen der langen, gegliederten Finger.

Croaker machte eine Faust, sehr langsam, und ließ dann die Finger sich wieder strecken, wobei die bläulich schimmernde Titanhandfläche sichtbar wurde. »Das hier ist das zweite Modell – neu und verbessert. Der Prototyp war schon erstaunlich genug, aber die hier…«

Er stand auf, um eine der leeren Bierflaschen aufzunehmen, hielt sie in der Rechten und drückte die Spitze eines künstlichen Fingers gegen das Glas. Es gab ein seltsames Geräusch, als zerreiße ein Gewebe. Die rasiermesserscharfe Fingerspitze fuhr die Flasche entlang nach unten, dann über den Boden und die andere Längsseite wieder hinauf. Eine Sekunde später zerfiel die Flasche in zwei offene Hälften.

»Eine bemerkenswerte Kombination von Kraft und Feingefühl«, stellte Lillehammer fest.

Croaker kam zurück und setzte sich wieder. Er deutete auf den Aktenkoffer, den Lillehammer mit an Bord gebracht hatte. »Woraus ist der gemacht?«

»Weiß ich nicht genau. Irgendwelches Plastikzeug aus der Raumfahrt, zäher und leichter als Stahl. Jedenfalls ist das Ding so gut wie unzerstörbar. Bei Schießversuchen im Labor hat der nicht mal ne Delle abgekriegt. Und noch nicht mal mit Plastiksprengstoff haben wir ein Loch reinbekommen.«

Croaker hielt Lillehammer seine Hand zur Begutachtung hin und zog behutsam die langen Finger um mehr als die Hälfte ein. Dann beugte er sich vor und nahm eine Ecke an der oberen Schmalseite des Aktenkoffers zwischen seinem Daumen und dem verkleinerten Zeigefinger in die Zange. Er drückte sie zusammen.

Knirsch.

Durch das kleine Loch, das sie durch das Material gebohrt hatten, klickten seine Finger zusammen.

Lillehammer saß da und starrte auf das, was Croaker mit seinem ehemals unzerstörbaren Koffer angestellt hatte. »Ich denke, daß ich jetzt doch noch gern ein Bier trinken würde. Recht herzlichen Dank«, sagte er leise.

Dann saß er lange schweigend da und beschäftigte sich mit seinem Bier. Croaker registrierte, wie die Sonnenstrahlen allmählich über das Kabinendach wanderten und sich das Licht veränderte, als der Wind drehte. Wir kriegen Sturm, dachte er und schnupperte in die Luft. Aber wir haben noch Zeit. Wofür? Geduldig wartete er darauf, daß Lillehammer ihm erzählen würde, weswegen er gekommen war.

Die Wellen klatschten jetzt kurz und unregelmäßig gegen den

Rumpf, und das Boot ruckelte beträchtlich an der Ankerkette. Croaker fühlte sich ausgesprochen unwohl. Abrupt stand er auf, verließ die Kabine und beugte sich über die Reling gegenüber der Seite, wo die jungen Fähnriche noch immer Wache hielten; dort übergab er sich.

»Tut mir leid«, sagte Lillehammer, als er zurückgekehrt war. »Ich fürchte, diese Pillen sind auch noch nicht das Gelbe vom Ei.«

»Tun Sie mir einen Gefallen und behalten Sie beim nächsten Mal den Scheißdreck für sich«, sagte Croaker und spülte sich den Mund mit Bier aus. »Die Kopfschmerzen sind mir dann lieber.«

»Verstehe ich vollkommen. Bitte nochmals um Entschuldigung.«

»*De nada*«, sagte Croaker.

Lillehammer stellte sein Bier ab, rückte näher an ihn heran und fragte ruhig: »Sagt Ihnen der Name Dominic Goldoni irgend etwas?«

»Klar. Mafiaboß, hat wie eine ganze Vogelschar gesungen, so daß das FBI zwei seiner führenden Rivalen hopnehmen konnte mit allem Drumherum. Dafür haben Sie ihn nicht gegrillt, sondern in das WITSEC-Programm aufgenommen und in einem sicheren Versteck untergebracht. Von wo aus er, wie ich gehört habe, seinen ganzen Apparat an der Ostküste über seinen Schwager steuert, den ehrenwerten Anwalt Anthony DeCamillo, unter Freunden auch als Tony D bekannt. Weiterhin höre ich, daß Goldonis noch übriggebliebener Erzrivale, der Muschelmann...«

»Sie meinen Caesare Leonforte.«

»Ganz recht. ›Miese Muschel‹ nennen sie ihn. Jedenfalls scheint es so zu sein, daß der Muschelmann die Gunst der Stunde nutzen und sich Goldonis Revier unter den Nagel reißen will, was er schon die ganze Zeit vorhatte.«

Lillehammer nickte. »Sehr brav! Sie kennen Einzelheiten, die noch nicht allgemein bekannt sind. Dennoch kann die Verbindung zwischen Goldoni und dem ehrenwerten Anwalt Anthony DeCamillo in keiner Weise nachgewiesen werden. Ich weiß es. WITSEC hat es versucht.« Er sah Croaker von der Seite an, was den Effekt hatte, daß der Blick seiner außergewöhnlichen Augen noch intensiver wurde. »Ich sehe, Sie haben Ihre Kontakte gepflegt.«

»Ein paar davon«, sagte Croaker. »Die anderen kann ich mir nicht mehr leisten.«

Lillehammer lächelte wieder jenes schreckliche Lächeln. »Ich schätze Ihren Humor, Mr. Croaker. Trocken und klar, wie guter Wein.«

»Aber nicht halb so nuanciert«, gab Croaker zurück und ging auf die Sticheleien des Mannes ein.

Lillehammers Lächeln wurde breiter, und jetzt konnte Croaker die winzigen Kreuzschattierungen der Nähte an den bleichen Narben sehen. Es war wohl eine übereilte Operation gewesen, in einem Krisenherd irgendwo weit abseits jeglicher Hightech-Zivilisation, der *Croaker* seine bemerkenswerte Verunstaltung zu verdanken hatte. Doch die Tatsache, daß sich die Narben auf *beiden* Seiten von Lillehammers Mund befanden, schloß einen Unfall oder eine Verwundung bei der Verfolgung eines versteckten Feindes aus. Sie machten eher den Eindruck eines absichtlich angebrachten Gütesiegels eines Folterers. In ihnen trat ein Sadismus zutage, der sich sowohl auf die beabsichtigte Wirkung der Schnitte als auch auf die Existenz der Narben selbst erstreckte.

»Ich wollte damals nicht reden, und so haben sie versucht, mein Schweigen dauerhaft zu machen«, sagte Lillehammer, als könne er Croakers Gedanken lesen. Was er natürlich nicht konnte; er hatte nur die Richtung von Croakers forschendem Blick gespürt. »Vermutlich hätten sie mir auch die Kehle aufschlitzen und sich damit zufriedengeben können, doch das entsprach nicht ihrem Naturell. Ich hatte sie frustriert, und so wollten sie, daß ich mit dem weiterleben muß, was sie mir antun wollten. Sie versuchten, die Muskeln zu durchtrennen, die meine Lippen bewegen, haben es aber nicht geschafft, weswegen ich mich jetzt glücklich schätze.«

Croaker wollte ihn schon fragen, wer *sie* gewesen waren, begriff dann aber, daß das wirklich keine Rolle spielte. Außerdem hatte er in seiner Dienstzeit vielleicht genauso viele von *denen* getroffen wie Lillehammer. Es sah ganz so aus, als hätten er und dieser Tommy eine Menge gemeinsam.

Lillehammer befingerte seine Oberlippe. »Zu schade, daß ich mir keinen Schnurrbart wachsen lassen kann. Das, was sie mit mir gemacht haben, hat die Haarfollikel abgetötet.«

Er hob die Schultern. »Na gut.« Dann rieb er munter die Hände gegeneinander. »Wir fangen am besten mal an. Der Wind hat sich gedreht und frischt auf. Das heißt, wir werden eine stürmische Heimfahrt haben.« Er spähte durch die Kabinenfenster; die beiden Segler hatten umgedreht und strebten eilends dem Schutz von Marco Island zu. Es schienen sich keine weiteren Boote mehr in der Gegend aufzuhalten. »Zurück zu Dominic Goldoni. Was den angeht, so treffen Ihre Informationen haargenau zu. Außerdem ist folgendes passiert: Gestern hat Goldoni unerklärlicherweise und abrupt sein Abkommen mit der Bundesregierung der Vereinigten Staaten abgebrochen.«

»Was hat er getan?«

»Was er getan hat? Er hat sich praktisch selbst umgebracht«, sagte Lillehammer.

»Dominic Goldoni ist tot?« staunte Croaker. »Klingt unglaublich.«

»Er hat sich nicht nur umbringen lassen«, fuhr Lillehammer fort, »sondern hat dies auf eine Weise bewerkstelligt, daß die besten Leute bei WITSEC völlig ausgerastet und aus dem Häuschen geraten sind.«

»Können Sie mir den Grund sagen?«

»Tja, also – kommt drauf an«, sagte Lillehammer, »ob Sie mit mir zusammen den Fall bearbeiten wollen.«

Croaker überlegte kurz. »Warum zum Teufel brauchen Sie *mich* dafür? Sie sind offensichtlich Bundesbeamter in einer hohen Position innerhalb der Bürokratie und können sich zig-Millionen Kandidaten aussuchen, die jünger und auf dem neuesten Stand der Technik sind.« Er machte eine Handbewegung zu dem Anti-Abhörkoffer. »Ich, zum Beispiel, hatte keine Ahnung, daß es solche Geräte wie das da überhaupt gibt.«

Lillehammer schüttelte den Kopf. »Jetzt kommen Sie mir aber bitte nicht mit der Litanei vom ausgedienten Schlachtroß. Die verfängt nämlich bei mir nicht. Ich habe Ihren Namen in unseren Computern gefunden. Sie haben vor einigen Jahren mit Nicholas Linnear zusammengearbeitet, als der von C. Gordon Minck eingestellt wurde, welcher wiederum der damalige Chef unserer *Red Station* war, der Dienststelle für sowjetische Angelegenheiten. Sie und Linnear haben einen sehr üblen Maulwurf in Mincks Hühnerstall ausgeräuchert.« Er runzelte die Stirn. »In Wahrheit sieht es so aus, daß ich bei uns keinem einzigen mehr trauen kann. Jedenfalls nicht so lange, bis ich herausgefunden habe, wie jemand an Dominic Goldoni herangekommen ist, einen Mann, den man angeblich vor allen Gefahren in Sicherheit gebracht hat. Reden wir nicht drum herum: Ich brauche Hilfe«, fuhr Lillehammer nach einer Pause fort. »Goldoni hatte strikte Anweisung, von seinem Haus aus mit keiner Menschenseele zu telefonieren, damit man nicht die

Leitung am anderen Ende anzapfen konnte. Und er durfte sich mit niemandem treffen, ohne daß sein WITSEC-Betreuer davon wußte. Wie also ist das passiert? WITSECs Liste von Schützlingen, die sich an ihre Auflagen hielten, war bis zu diesem Vorfall makellos.«

»Also ist irgend jemand auf irgendeine Weise zu ihm durchgedrungen.«

Lillehammer sah lange in die andere Richtung. Dann drehte er den Kopf wieder zu Croaker hin und fixierte ihn mit seinen durchbohrenden blauen Augen. »So wie ich die Sache sehe, hat ihn ein Insider verraten, einer, dem er vertraute. Ich sage Ihnen, die Sicherheitsmaßnahmen für ihn waren hundertprozentig, solange er die WITSEC-Vorschriften nicht mißachtete.«

Croaker wälzte das Problem erst einige Zeit im Kopf hin und her, ehe er sagte: »Es leuchtet ein, daß Sie Hilfe brauchen, aber ich bezweifle, daß ich dafür der Richtige bin. Ich bin ein eigenwilliger Einzelgänger – und war noch nie gut im Auswendiglernen von Vorschriften. Ich gehe immer meinen eigenen Weg.«

Lillehammer sah ihm direkt ins Gesicht. »Sind Sie neugierig genug, um mein Kompagnon zu sein, oder leben Sie lieber Ihre beschauliche Existenz hier weiter und schippern Bier saufende Geschäftsleute in diesem Weiher herum?«

Croaker lachte. »Sie verstehen sich wirklich auf originelle Formulierungen, Mr. Lillehammer.«

»Sagen Sie Will zu mir.«

Croaker sah zuerst hinab auf die ihm hingestreckte Rechte, ehe er sie in die seine nahm und drückte. »Können *Sie* sich vielleicht denken, warum ich mir jetzt gerade wie jener Ishmael vorkommen, der von Kapitän Ahab angeheuert wird?«

Lillehammer lachte herzhaft, und dieses Mal verschwanden seine Narben in den Falten seines sonnengebräunten Gesichts. »Unsere Beziehung macht mir immer mehr Spaß, Lew. Darf ich Sie Lew nennen? Das wird auch das letzte Mal sein, denn für jede Form von nicht abhörsicherer Kommunikation hat man uns Tarnnamen verpaßt – was unter den gegebenen Umständen heißt: für dauernd. Ishmael – darf ich Ihnen Kapitän Ahab vorstellen? Wir beide geben wirklich ein bombiges Team ab!«

Aber nachdem der Kutter der Küstenwache den mysteriösen Kapitän wieder mitgenommen hatte, blieb Croaker weiterhin draußen auf dem Meer, wartete auf den Sonnenuntergang und fragte sich, welcher Teufel ihn da ritt, daß er sich schon wieder mit dem

FBI einließ. Er hatte einen Chartervertrag für eine ganze Woche, der früh am nächsten Tag beginnen sollte, und zwar mit dem venezolanischen Magnaten Maracay, zu dessen Unterhaltung Croaker drei- bis vierhundertmal jährlich beitrug. Maracay hatte sich seinen enormen Reichtum aus der Erde geholt, aus der er Unmengen von Eisen und Diamanten förderte. Er war ein geselliger Mensch mit einem ungeheuren Appetit auf die Genüsse des Lebens, und außerdem ein ausgezeichneter Angler, der das Geld mit vollen Händen hinauswarf und großzügige Trinkgelder verteilte. Ganz zu schweigen von dem Harem williger junger Damen, die ihn auf seinen Ausflügen begleiteten und die er gerne mit anderen teilte.

Croaker spürte die Sonne auf seinem Rücken brennen, als er sich über die Seite der *Captain Sumo* beugte. Er entdeckte Treibgut, das an der Wasserlinie entlang trieb, holte den Bootshaken und stocherte es vom Schiffsrumpf weg. Vielleicht brauchte das Boot auch mal wieder eine gründliche Reinigung der Außenhaut.

›So ist's recht‹, redete er sich selbst gut zu. ›Du darfst an alles denken, bloß nicht an Alix.‹ Möglicherweise war Lillehammers Angebot der Auslöser für das hohle Gefühl von Übelkeit in seinem Innern gewesen, das sich so aufdringlich bemerkbar machte, als habe er tagelang nichts mehr gegessen. In Wahrheit fehlte ihm Alix. Und es ärgerte ihn, daß sie ihn hier wie einen Schiffbrüchigen mit einer Diät aus Meerwasser und Schnaps zurückgelassen hatte, während sie selbst davonflog in ihr glamouröses früheres Leben in den Glitzermetropolen der westlichen Welt.

Er hatte ihr Gesicht vor Augen, dunkelbraun vor dem flammenden Sonnenuntergang Floridas, während sie draußen vor dem Terminal des Miami International Airport standen. Keiner von beiden hatte ›Auf Wiedersehen!‹ sagen wollen.

Was hast du deiner Meinung nach hier unten eigentlich noch zu suchen? hatte sie mit sanfter Stimme gefragt. *Dir macht ja sogar* dieses *Leben keinen Spaß mehr.*

Vehement hatte er es abgestritten, doch sie hatte selbstverständlich recht gehabt. Jetzt, da er an Maracay und sein schwimmendes Bordell dachte, begriff Croaker, was sie ihm hatte sagen wollen. Er war hier hergekommen, weil er eine Leiche zuviel gesehen, sein Leben in einer heruntergekommenen Straße einmal zu oft aufs Spiel gesetzt hatte. Den Gestank von Korruption, Macht und allgegenwärtiger Unmenschlichkeit hatte er zur Genüge gerochen, und es war ihm schließlich kotzübel geworden. Also war er ausgestiegen und nach Süden gewandert... nur um dort einer anderen Art von Tod zu begegnen.

Zwar liebte er Alix, doch was nützte ihm das? Sollte er sie heiraten und sie damit von dem Leben fernhalten, das sie so liebte? Oder sollte er sie heiraten und die langen Trennungen ertragen, die ihr Job ihnen abverlangen würde? Beides waren unannehmbare Lösungen, und so hatte er sie ziehen lassen und war hier inmitten des Seetangs und der morschen Palmen geblieben.

Er drehte den Bootshaken und sah zu, wie sich das Treibgut löste und als dunkler Fleck auf dem sonnenbeschienenen Wasser davontrieb. ›Wenn ich hier nur noch einen Tag länger bleibe‹, dachte er, ›dann komme ich mir genauso nutzlos vor wie dieses Zeug da.‹

Dann verstaute er den Bootshaken, stieg ins Steuerhaus und holte den Anker ein. Er brachte die Maschine auf Touren, wendete das Boot und fuhr zurück nach Marco Island. Sein Blut hatte begonnen zu singen. Es tat gut, wieder ein Ziel vor Augen zu haben, sich von Geheimnissen und Rätselhaftigkeiten gefangennehmen zu lassen und einen Mordfall vor sich zu haben, der der Aufklärung harrte.

›Zum Teufel damit‹, dachte er. ›Ich spiele doch nicht mehr den Babysitter für die Reichen und Kaputten! Zeit, wieder ins Leben zurückzukehren.‹

Unter der aufgedunsenen roten Sonne eines späten Herbstnachmittags lagen Venedigs Kuppeln und Türme wie ein grün und golden schimmernder See da.

Nicholas war noch nie zuvor in Venedig gewesen und wußte deshalb nicht, was ihn erwartete. Es sei eine verkommene und verfallende Stadt, die – wie Atlantis – allmählich in den Lagunen versinke, die sie umfingen wie die beschützenden Arme der uralten Erdmutter. Die Verwesung von Jahrhunderten hafte an den stuckverzierten Mauern seiner Palazzi, schwängere mit ihrem Geruch die Luft, und in dem dichten, unangenehm feuchten Labyrinth der Innenstadt verliere man schnell jeglichen Orientierungssinn.

Diese düsteren und irritierenden Urteile hatte Nicholas von Menschen gehört, die kamen, sahen und ungerührt wieder abreisten, die angesichts der unerbittlichen Besuchermassen und der atemberaubenden Sommerhitze schworen, niemals wieder hierherzukommen.

Was müssen das doch für arme Menschen gewesen sein! Das war sein erster Gedanke, der ihn spontan durchfuhr, während er sich mit einem untadeligen Wassertaxi quer über die Lagune einer Stadt näherte, die, statt auf Grundgestein und Schwemmsand, auf nichts weniger Vergänglichem als auf Träumen zu ruhen schien.

Während der Fahrt stand er ganz oben neben dem Steuermann und mußte seine gepolsterte, kognakfarbene Wildlederjacke gegen die steife, kühle Brise schließen. Das Boot pflügte mit hoher Geschwindigkeit durch das metallisch schimmernde Wasser, und die Stadt schien sich aus Meerwasser und Wolken selbst zu erschaffen, sich aus einem niedrigen, perlmuttartigen Dunst zu erheben, der in gestaltlosen Schwaden flach über dem Wasser trieb.

Darüber wölbte sich die Weite eines hinreißend klaren, unendlichen blauen Himmels. An dessen untersten Rändern spiegelten sich die golden glänzenden Kuppeln und umbrabraunen Türme, die sich auf magische Weise aus der Zeit der Arabischen Nächte bis in die Gegenwart erhalten zu haben schienen.

Die Vibrationen der starken Maschine des *motoscafo* änderten ihre Frequenz, brummten tiefer und gingen in ein sonores Gurgeln über, als das Fahrzeug die äußeren Begrenzungen der inneren Lagune erreichte. In einem weit geschwungenen Bogen entlang der großen Holzpfähle, die schon seit Jahrhunderten als Fahrrinnenmarkierungen dienten, begann das Boot mit der langsamen, fast rituellen Einfahrt in den Bauch der Altstadt und in den Canale Grande.

Sie umfuhren San Giorgio Maggiore und wurden gleich darauf vom Anblick der Basilika von Santa Maria della Salute begrüßt, die fahl und großartig dastand. Hinter ihr ging die kreisrunde Sonne, rot wie getrocknetes Blut, langsam unter.

Nicholas spürte, wie sich die Härchen in seinem Genick aufstellten, und war richtiggehend elektrisiert von einer Vision, in der er sich selbst über eine gepflasterte Piazzetta schreiten sah. Er hatte hohe schwarze Lederstiefel an, trug einen langen schwarzen Umhang und eine Art Maske, die sein Gesicht von der Nasenspitze bis zum Haaransatz verbarg. Auf dem Kopf saß ein steifer Dreispitz aus Filz. Hoch über ihm flatterten und knallten Fahnen, und ohne den Grund zu verstehen wußte er, daß Krieg herrschte. Er selbst verspürte das deutliche Gefühl, gerade nach Hause zurückzukehren.

Er zwinkerte mit den Augenlidern, als sei er von der riesenhaften Herbstsonne geblendet worden. Das *motoscafo* hatte wieder gewendet, und nun befand er sich direkt vor der Piazzetta de San Marco, mit dem Dogenpalast zur Rechten und den Statuen des Merkur, des griechischen Gottes des Handels und der Verschlagenheit, und des geflügelten Löwen des Magistrats von Venedig zu seiner Linken. Seine Empfindung eines *déjà-vu*-Erlebnisses war so stark, daß er kurz taumelte und sich an dem messingbeschlagenen Lukendeckel aus Mahagoni festhielt, um nicht den Niedergang hinabzustolpern. Dies war die Piazzetta aus seiner Vision, und obwohl er wußte, daß sie aus längst vergangenen Zeiten stammte, hing doch der unverkennbare Geruch des Krieges in der Luft.

Il Palazzo di Maschere Veneziane lag ungefähr auf halbem Weg zwischen der Punta della Dogana, wo die Basilika Santa Maria della Salute in frischem Glanz aufragte, und dem Campiello de Carità, an dessen dem Wasser abgewandter Seite die Galleria dell'Accademia steht, zu der man über die märchenhafte Zuckerwerkskonstruktion einer Holzbrücke gelangt.

Das Hotel war früher ein prachtvoller Sommerpalazzo des herrschenden Dogen gewesen. Von seinem herrlichen Standort aus übersah man den Canale Grande; zudem lag der Bau selbst am Rio de San Maurizio, ebenfalls ein *canale,* doch Nicholas lernte bald, daß in Venedig nur der Canale Grande diese Bezeichnung trug. Außerdem waren die großartigen Gebäude, die meist als *palazzi* bezeichnet werden, eigentlich *case.* Während der Zeit der Repubblica Serenissima wurde nur die Residenz des Dogen *palazzo* genannt.

Das Hotel hatte seine eigene private Anlegestelle, und sein grün und golden uniformiertes Empfangspersonal stand bereit, um Nicholas zu begrüßen, ihm das Gepäck abzunehmen und ihn an den Tischen des Freiluftrestaurants vorbei zu geleiten, die schon zum Dinner gedeckt waren.

Die Aufenthaltsräume im Innern waren verschwenderisch im schwülstigen Stil des alten Venedig gestaltet, mit gewölbten und von Holzbalken abgestützten Decken, die Mauern voller Wandleuchten und mit üppigen Moiré-Seiden bedeckt – überall satte Farben, die ganze venezianische Palette von Blau, Grün, Gelb und

Sienabraun. Und allerorten die Rokoko-Goldeinfassungen an Möbeln, Bilderrahmen, Standuhren, Kandelabern und Lüstern aus Murano, die birnenförmige Tränen aus mundgeblasenem Glas weinten.

An der Rezeption wurde Nicholas mit großer Förmlichkeit empfangen, ganz so, als sei er ein alter Gast, der aus einem besonderen Anlaß wieder hierherkäme. Eine beeindruckend große Maske hing über dem polierten Hartholztresen. Sie war weiß lackiert, hatte eine hervorstehende Nase und eine breite, aggressive Oberlippe. Nicholas war neugierig geworden und fragte den Angestellten nach der Bedeutung dieser Maske.

»Ah, *signore,* Venedig ist eine Stadt der Masken – oder war es zumindest in den vergangenen Jahrhunderten. Der Name dieses Hotels – Il Palazzo di Maschere Veneziane – bedeutet ›Palast der venezianischen Maske‹. Der betreffende Doge, der diesen Palazzo erbaut und die Sommer darin verbracht hatte, war ein ziemlicher Tunichtgut gewesen, stets geneigt, seine *baùtta* anzulegen, um sich unters gemeine Volk zu mischen und sich – eh – allerlei geschmacklosen Aktivitäten hinzugeben.« Der Portier strich sich über die Oberlippe. »In dieser Verkleidung hat der Doge, wie ich glaube, eine Menge unehelicher Kinder gezeugt und manch ruchlosen politischen Pakt geschlossen.« Er zeigte nach oben zu der übergroßen Maske. »Das ist die *baùtta,* die Maske, die auch ›der große Gleichmacher‹ heißt, weil sie von vielen mächtigen Dogen benutzt wurde, um die eigene Identität zu verbergen. So sind sie dann insgeheim als ›einfache Leute‹ durch die *calli* und *rii* der Stadt gestreift.«

»Und keiner hat je herausbekommen, wer sich dahinter wirklich versteckte?«

»Keiner, *signore*«, bestätigte der Portier. »Venedig bewahrt seine Geheimnisse.«

Nicholas' Zimmer im ersten Stock war riesig. Der Page stellte sein Gepäck ab, ging über den Perserteppich zum Fenster hinüber und öffnete die vier Meter hohen Holzjalousien, um die Geräusche, Gerüche und – am wichtigsten von allem – das Licht des Canale Grande hereinzulassen.

Eingetaucht in die vom Wasser reflektierte Beleuchtung dieser Stadt und für alle Zeiten in einer geographischen Zwitterstellung zwischen Küste und Meer allein gelassen, erschien der aufwendig möblierte Raum genauso wie vielleicht vor dreihundert Jahren, als die Dogen herrschten und Gesänge des Orients ihre *campi* und Gärten mit ihrem Zauber durchzogen.

Nachdem man ihn allein gelassen hatte, begab sich Nicholas in das marmorne Bad, um unter der Dusche den grauen Staub seiner Reise loszuwerden. Er rasierte sich vor einem goldumrahmten Spiegel, beobachtete die allmähliche feine Veränderung, die mit seinem Gesicht vor sich ging, wenn er die Bartstoppeln entfernte, und wurde ein weiteres Mal an Seikos Worte erinnert: Sie werden sich verändern – so sehr, daß Sie niemand mehr wiedererkennt.

Er spritzte sich Wasser übers Gesicht und kehrte mit einem Handtuch in der Hand ins Zimmer zurück. Dann stellte er sich ans offene Fenster und sah zu, wie die Nacht ihre langen Finger nach dem Canale Grande ausstreckte. Santa Maria della Salute zu seiner Linken sah im Licht der Wolframscheinwerfer kalkweiß aus. Zu seiner Rechten und unter ihm, ein Stück weit das Wasser hinab und am anderen Ufer, schaukelten vier blau, grün, schwarz und rot bemalte Gondeln an einem verlassenen *imbarcadero*. Der hohe, gebogene Bug, sechsfach gezackt, die *sestieri*, die Bezirke des Stadtstaates, symbolisierend, kam Nicholas in dem samtenen Licht wie ein Musikinstrument vor, das ebenso schöne wie alte Melodien und Harmonien erzeugte.

Er trocknete sich das Gesicht ab, wandte dem Ausblick den Rücken zu und entdeckte auf dem übergroßen Bett eine große Pappschachtel. Sie hatte sich noch nicht dort befunden, als der Page ihn in das Zimmer führte, und ein Anruf bei der Rezeption ergab, daß mit Sicherheit kein Paket für ihn abgegeben worden war.

Er öffnete die Schachtel, sah vorsichtig hinein und stand dann erstarrt wie eine Statue da. Wieder spürte er, wie sich die Härchen in seinem Nacken sträubten; eine dünne Schweißbahn schlängelte sich sein Rückgrat hinab.

Aus dem Pappkarton holte er den langen, schwarzen Umhang aus seiner Vision. Darunter lag eine aus Papiermaché handgefertigte Maske. Genau wie die *baùtta* über dem Tresen des Portiers drunten in der Halle, war auch sie weiß lackiert, hatte eine hervorstehende Nase und eine noch aggressivere Oberlippe, die den unteren Maskenrand bildete, so daß der Gesamteindruck ein fast affenähnlicher war. Das war also die Verkleidung, hinter der die Adeligen ihre Identität verbargen.

Auf dem Boden der Schachtel fand er einen meergrünen, goldumrahmten Umschlag. Er öffnete ihn und schüttelte ein einziges

Blatt Papier heraus. In sehr schöner, großer Schrift mit nach hinten geneigten Lettern las er den kurzen Text:

BENUTZEN SIE BEILIEGENDE UTENSILIEN UND SEIEN SIE UM 22:30 UHR BEIM CAMPIELLO DI SAN BELISARIO. IHRE ANWESENHEIT IST UNBEDINGT ERFORDERLICH.

Nicholas sah auf seine Uhr. Es war Viertel vor sieben und damit noch zu früh fürs Abendessen. Er ließ sein bizarres Kostüm aufs Bett fallen und öffnete den Aktenkoffer, den Seiko ihm am Flughafen ausgehändigt hatte. Während des ganzes Fluges hatte er ihn absichtlich ignoriert; er war einfach nicht zum Arbeiten aufgelegt gewesen.

In einem großzügig gepolsterten Sessel machte er es sich bequem. Das wäßrige, von draußen hereinfallende Licht mischte sich mit dem der Zimmerbeleuchtung, und er begann, den aktuellen, verschlüsselten Bericht von Vinnie Tinh zu lesen. Tinh war in Vietnam geboren und aufgewachsen, war aber zum Studium und für die sich anschließenden akademischen Lehrjahre nach Australien ausgewandert. Er war Fachmann für internationales Wirtschaftsrecht und hatte, im Rahmen der wissenschaftlichen Forschungen für seine Doktorarbeit, sogar ein Jahr auf dem Börsenparkett der Wall Street zugebracht.

Nicholas hatte, sowohl in Tokio als auch in Saigon, viel Zeit mit Tinh verbracht und ihn als einen intelligenten und cleveren Menschen kennengelernt, zwei Eigenschaften, die man nicht oft in derselben Person vorfindet. Er hatte tatsächlich auch etwas Gerissenes an sich. Obgleich Nicholas im Lauf der Zeit begriffen hatte, daß dieses etwas zweifelhafte Talent notwendig war, wenn man in Südostasien Erfolg haben wollte, war er dennoch davon überzeugt, daß Tinh der Kontrolle bedurfte. Und dies war auch einer der Gründe für seine ursprünglich geplante und jetzt verschobene Reise nach Saigon gewesen.

Nicholas überflog die Zusammenstellung der von *Sato International* angepeilten Brutto- und Nettozahlen für das kommende Quartal, die zunehmende Erfolgsquote beim laufenden Ausbildungsprogramm für zukünftige Angestellte und die fortgesetzten Probleme, eine ausreichende Menge an Erdölprodukten zu vernünftigen Preisen zu bekommen. Die Japaner kauften fast neunzig Prozent von Vietnams Rohöl auf, und so waren die Schwierigkeiten, Erdölprodukte innerhalb des Landes zu erhalten, geradezu grotesk. Aufmerksam studierte er Tinhs Einschätzung des politischen Regimes und des gegenwärtigen Wirtschaftsklimas. Am wichtigsten war für Nicholas aber Tinhs neueste Zusammenstellung seiner politischen und geschäftlichen Kontakte. Aus der Unmenge höchst interessanter Informationen stach eine scheinbar zusammenhanglose Mitteilung heraus. Tinh zufolge wimmelte es seit kurzem von Gerüchten – von denen er allerdings keines bestätigen konnte –, daß sich eine Art Schattenregierung etablierte, die völlig unabhängig von der eigentlichen vietnamesischen Regierung sei. Was diese Schattenorganisation bedeutete oder vorhatte, konnte Tinh nicht sagen, nur daß es hieß, Macht und Einfluß dieser Nebenregierung wüchsen von Tag zu Tag. Tinh schlug vor, mehr darüber in Erfahrung zu bringen, ehe sich unter Umständen die Konkurrenz diesen Sachverhalt zunutze machen konnte.

Nicholas beschloß, Tinh per Fax anzuweisen, er solle nicht seine Zeit vergeuden. ›Das Ganze ist doch absurd‹, dachte er. Saigon war übervoll mit Gerüchten dieser Art. Außerdem: Wer wurde schon ein solches Regime unterstützen? Wie sollte es überhaupt entstehen und sich dann an der Macht halten können? Und wenn es tatsächlich von Tag zu Tag immer mächtiger wurde: Wer finanzierte es?

Dies waren die Fragen, die Nicholas ernsthaft beschäftigt hatten, wäre Tinhs Meldung von ihm ernstgenommen worden. Sollte Vietnam erneut eine jähe Destabilisierung durchmachen, wären die Hunderte von Millionen Dollar, die *Sato International* in das Land investiert hatte, in allerhöchster Gefahr. Auf jeden Fall schien es so zu sein, daß sich Tinh zu lange am Rand des Dschungels herumgetrieben hatte und dringend einer richtungsweisenden Orientierungshilfe aus der Zivilisation bedurfte. Nicholas machte sich ein paar Bemerkungen am Rand und entschied, so schnell wie möglich nach Saigon zu fliegen.

Als er schließlich zum Hotelrestaurant hinunterging, war er richtiggehend hungrig. Er setzte sich in den tiefblauen Raum und betrachtete durch die Fenster die vorbeituckernden *vaporetti*, deren Blinklichter wie fantastische Leuchtkäfer umhertanzten. Gondeln glitten heran und beförderten japanische und deutsche Touristen, beladen mit Kameras und bunten Souvenirs aus Murano.

Zum Dinner aß er *spaghetti con vongole*, ein großartiges Pasta-Gericht mit köstlichen kleinen Muscheln, deren salziges Aroma sich in seinem Mund wie das von Kaviar ausbreitete, und *sepie in tecca*, Tintenfisch im eigenen Saft gedünstet. Er ließ sich vom Oberkellner einen Wein vorschlagen, einen *prosecco*, trank aber nur etwas mehr als ein Glas. Den Rollwagen mit dem Dessert schickte er zurück und tat sich statt dessen an einem doppelten Espresso gütlich. Als er die Rechnung bezahlte, war es schon beinahe zehn Uhr, und so fragte er den Portier nach dem Weg zu seiner Verabredung.

Man gab ihm einen kleinen Faltplan der Stadt, auf dem der Portier ihm die Lage seines Hotels und mehrere alternative Wege zum Campiello di San Belisario einzeichnete.

»Am gescheitesten ist es natürlich, wenn Sie zu Fuß gehen«, sagte der Portier in bester venezianischer Tradition. »Zwar ist das nicht der schnellste Weg, aber mit Sicherheit der schönste. Haben Sie die Zeit für einen zwanzigminütigen Spaziergang?«

Nicholas bejahte – eine Antwort, die der Portier wohlgefällig zur Kenntnis nahm. »*Bene*. Jeder Stunde des Tages oder der Nacht verleiht *La Serenissima* ihre spezielle Anmut, *signore*«, sagte er mit breitem Lächeln.

Droben in seinem Zimmer versuchte er wieder, Justine anzurufen, aber niemand hob ab. Wo konnte sie nur stecken? In Tokio war es jetzt vier Uhr morgens. Er legte den Hörer zurück auf die Gabel, zog einen dicken Pullover an und legte sich dann den langen schwarzen Umhang um die Schultern, wobei er sich irgendwie höchst albern vorkam. Die Maske klemmte er sich unter den Arm und ging zur Tür hinaus.

Die einzigartige Melodie der Stadt schlug über ihm zusammen. Es war eine Art Klangsprache, die aus kleinen Lauten komponiert war, eine eigentümliche Kombination von Geräuschen und den von den engen Straßen und Häusern an den *rii* zurückgeworfenen Echos. Der Hall von Fußschritten, beispielsweise, nahm eine überirdische Tonqualität an; das nachdrückliche Klatsch-klatsch von auf Stein und Pflaster aufschlagenden Ledersohlen schwebte durch die kühle Nacht wie eine Geisterschar.

Er kam an einer Nachtbar vorbei und hörte ein schnelles Auflachen, den Fetzen einer Unterhaltung, und beides hallte ihm die schmale Gasse hinab und über eine der unzähligen winzigen Brücken nach. Und über allem schwebte wie ein Traum das leise Plätschern des Wassers gegen die Holzpfeiler eines Anlegestegs, an der unweigerlich eine Gondel festgemacht war, oder gegen die moosbedeckten Steinfundamente der Häuser selbst.

Einmal bog er um eine Ecke und stieß auf einen *rio* voller Gondeln. Ein alter Mann in einem schwarzen Anzug, der im Heck eines der Fahrzeuge dieser Flotte stand, hatte ein Lied angestimmt. Seine klare Tenorstimme brach sich an den steinernen Fassaden, während seine *gondola* unter der Brücke hindurchfuhr, auf der Nicholas wie verzaubert stand.

Er passierte einen kleinen Palazzo mit einem *corte* von der Größe einer Briefmarke, in dem Bougainvillea-Büsche mit ihren üppigen Blüten standen und wo sich ein knorriger, verwachsener Feigenbaum erhob, dessen noch verbliebenes Laub von den Lichtern der Straße und des *rio* mit Bronzefarbe überzogen wurde. Nicholas konnte eine schmiedeeiserne Bank erkennen, die schon Alterspatina angesetzt hatte, und stellte sich Casanova vor, wie er die auf der Bank sitzende und den nächtlichen Sternenhimmel betrachtende junge Frau verführte.

Seine vielgeübte Fähigkeit des Sichversenkens, Sichhineindenkens, des Aufspürens von Unterschwelligem bei Orten und Menschen begann, sich ihren Weg zu dem metaphysischen Rätsel Venedig zu bahnen, während er selbst seinem Weg zu seiner Verabredung mit Mikio Okami folgte. Das also war das Geheimnis dieser Stadt: Ihre einzigartige Lage, weder auf dem Land gelegen noch im Meer, hatte ihr nicht nur weltentrückte Geräusche und ein ebensolches Licht verliehen, sondern auch die Fähigkeit, sich gegen das verheerende Wüten der Zeit zu immunisieren. Weder Autos noch Busse, Züge oder U-Bahnen hatten sich in diesen verzauberten Ort eingeschlichen. Die Menschen verkehrten im Herzen Venedigs genauso, wie sie es seit Jahrhunderten getan hatten. Gebäude wurden im traditionellen venezianischen Stil mit den gleichen Techniken restauriert, die Handwerker schon vor Hunderten von Jahren benutzt hatten. Nicholas wanderte *calli* entlang und *callesse*, über *ponti* aus Stein, schwarzem Metall und Holz, vorbei an *fondamenti*, die an *rii* lagen, welche selbst schon seit uralten Zeiten immer dort gewesen waren, wo sie jetzt verliefen. Hätte er um 1600 gelebt, wäre der Anblick, der sich ihm bot, im wesentlichen der gleiche gewesen.

Und während er so dahinschlenderte, nahm Venedig ihn in die Arme, drückte ihn liebevoll an sich und fesselte ihn, wie es die Stadt schon mit manchem Reisenden zuvor getan hatte. Er verlor sich weniger an das Labyrinth der Straßen, *rii*, Brücken und Ufer als vielmehr an das zauberische Herz. Die Zeit schien wie eine alte, verwitterte Haut von ihm abzufallen, und ihm widerfuhr das belebende Geschenk, das die Stadt jenen macht, die willens sind, es zu akzeptieren: eine Aufrichtung der Mühseligen und Beladenen, eine Wiederbelebung jener, die kranken Herzens sind.

Allmählich lösten sich seine Frustration und die Befürchtungen wegen Justine in Nichts auf. Er erkannte seinen unangebrachten Zorn auf sie wegen der zwei Fehlgeburten als das, was er war. Und er vergaß sein letztes Zusammentreffen mit Seiko, das ihn so schwindlig im Kopf hatte werden lassen. Wunderbarerweise verspürte er sogar eine viel größere Gelassenheit hinsichtlich seiner bevorstehenden Zusammenkunft mit Mikio Okami.

Seine verzauberte Stimmung hielt auch noch an, als er auf den Campiello di San Belisario gelangte. Es war ein kleiner, gepflasterter, sauberer und schlichter Platz ohne alles Beiwerk: keine Bäume, Brunnen, Bänke oder dergleichen. Wie bei den meisten venezianischen *campielli* war der Platz auf drei Seiten von erdfarbenen Gebäuden umgeben, während sich auf der vierten die imposante weiße Fassade einer Kirche erhob. Nicholas sah beim Nähertreten, daß sie den gleichen Namen wie der kleine Platz trug. Er hatte noch nie etwas vom Heiligen Belisario gehört, doch es schien, als verehrten die Italiener – und ganz besonders die Venezianer – eine Fülle von anderweitig unbekannten männlichen und weiblichen Heiligen.

Der *campiello* lag verlassen da. Nicholas strengte sein Gehör an und vernahm das abebbende Echo von Schritten. Tauben schlugen kurz mit den Flügeln auf dem Dachvorsprung eines Gebäudes und richteten sich für die Nacht ein. In der Ferne hörte er das Gebrumm eines *motoscafo*, wie es durch das Wasser eines unsichtbaren *rio* schnitt. Nebel kroch über die Pflastersteine und hockte sich vor die Fundamente der Häuser wie ein Bettelmönch.

Nicholas wartete, und die venezianische Nacht ergriff von ihm Besitz wie keine andere zuvor. Sie hüllte ihn ein wie ein zweiter Umhang. Plötzlich erinnerte er sich wieder an die *baùtta*, holte sie unter dem Arm hervor, wo er sie während seines Spaziergangs gedankenverloren festgehalten hatte, und zog sie sich über den Kopf, bis sie sein Gesicht verbarg. Das daraus resultierende Gefühl war einzigartig und doch gleichzeitig altvertraut. Seine Vision vom frühen Abend fiel ihm wieder ein, als er am Markusplatz vorbeigekommen war. Wieder verspürte er diese ausgeprägte Empfindung eines *déjà-vu*-Erlebnisses. *Wer bin ich einmal gewesen*, überlegte er, *daß ich diesen Ort hier Heimat nenne?*

»*Baùtta!*«

Er drehte sich schnell um und erkannte eine Gestalt in einem mönchischen Gewand, die eine kleine Tür neben dem bronzenen Haupteingang zur Chiesa di San Belisario aufhielt.

»*Baùtta!*« rief der Priester mit seltsam kehliger Stimme. »Du kommst zu spät zur Messe!« Er gestikulierte dringlich. »Komm! Komm!«

Nicholas stieg die abgenutzten Steinstufen hinauf und vorbei an dem mit Umhang und aufgesetzter Kapuze bekleideten Priester ins feuchtkalte Innere der Kirche. Er hörte einen lauten Knall, als der Priester die Tür hinter ihm schloß.

Die Luft im Innern war angereichert mit einer Vielzahl unterschiedlicher Düfte: Weihrauch, Kerzenwachs, Schimmel, Stein- und Marmorstaub – und dem Geruch von Alter.

Der Priester wieselte an Nicholas vorbei. »Hier entlang!« murmelte er. »Folgen Sie mir!«

Die Kirche war nur spärlich erleuchtet. Lediglich die flackernden Flammen einer Unzahl dicker, hellgelber Kerzen warfen ein unstetes Licht auf Deckengewölbe, mit Fresken geschmückte Wänden, prachtvoll geflieste Fußböden im komplizierten byzantinischen Stil und goldüberzogene religiöse Ikonen. Der Innenraum der Kirche schien eine Schatzgrube historischer Relikte und religiöser Kunst zu sein. Eine Decke mit geschwärzten Holzbalken ging über in eine elegante Spitzbogenkonstruktion, die mit Mosaikszenen aus der Bibel geschmückt war. Doch zog sich kaum wahrnehmbar eine beinahe orientalische Stimmung durch das Ganze, welche die dichte Atmosphäre mit dem durchdringenden Aroma von Anis anreicherte.

Von irgendwoher vernahm Nicholas das Gemurmel von Stimmen, die Anrufe und Antworten aus einem feierlichen liturgischen Ritual. So unglaublich es schien, es wurde tatsächlich zu so später Stunde noch seine Messe zelebriert.

»Das hier ist eine sehr alte Kirche«, flüsterte der Geistliche, während sie durch steinerne Durchgänge eilten. Seine Stimme war auf eine seltsame Weise trocken wie Pergament und lieferte keinen Hinweis auf sein Alter, ja noch nicht einmal auf sein Geschlecht. Eigentlich war es eine Tonlage totaler Konzentriertheit, völlig farb- und schnörkellos. »Es wird gelegentlich behauptet, dies sei das älteste religiöse Bauwerk in Venedig. Allerdings gibt es auch Hinweise am Fundament und an anderen Stellen, daß es früher einmal ein griechischer Tempel war.« Das Stimmengemurmel der Meßfeier wurde immer schwächer und bestand praktisch nur noch aus den Echos von Echos. »Doch was vor den Griechen war – wer weiß das schon? Die Skythen, ja; und vielleicht die Riesen von den Kykladen, die zur Zeit der Phönizier über den Globus streiften; und vor denen irgendwelche Götter, von denen selbst die ältesten noch lebenden Venezianer keine Ahnung mehr haben.«

Nicholas war überrascht. Das klang so gar nicht nach jener Weltanschauung, wie sie von den Geistlichen verkündet wurde, die er bisher getroffen oder von denen er gelesen hatte. Er wollte ihn schon über seine originellen Theorien weiter befragen, als sie bei einem gewölbten Zugang zu einem kleinen, doch beeindruckenden Raum anhielten.

»Die *schola cantorum*«, wisperte der Geistliche, als würde dies alles erklären. Gleich darauf huschte er davon und verschwand in den sich krümmenden und drehenden Schatten, die an der Helldunkelgrenze des Kerzenscheins hin und her tanzten. Die unruhige, flackernde Beleuchtung erschuf archetypische Höhlenmalereien an den gebogenen Steinmauern.

Nicholas betrat den Raum, der vollständig aus Mauerwerk bestand. Er durchquerte ihn und strich mit den Händen über die roh behauene Oberfläche. Mit Sicherheit waren diese Steine älter als das Äußere der Kirche, vielleicht sogar noch älter als jener Teil des Innern, den byzantinische Handwerker so reich mit ihren Arbeiten ausgeschmückt hatten. Ob das ein Teil jenes ursprünglichen griechischen Tempels war? Wie alt das alles hier schien!

Er sah nach oben und erkannte, daß die Decke als Kreuzgewölbe mit rechtwinklig zueinander verlaufenden Gratbogen gebaut war.

»Genau hier hat der Heilige Chor gesungen«, sagte eine melodiöse Stimme. »Vor vielen hundert Jahren.«

Nicholas drehte sich um und erblickte eine große, schlanke Frau in einer schwarzen Maske, die wie eine dunkle Sonne glänzte. Sie hatte den Umhang eines Priesters oder möglicherweise eines Mönches an, jedenfalls ein kirchliches Gewand, das ihre Kleidung ebenso verhüllte wie ihren Körper. Ihr ovales Gesicht hatte die Form einer Kamee, die Haut die Farbe einer nordafrikanischen Wüste. Das Gesicht war zwar alles andere als vollkommen oder symmetrisch, strahlte dafür aber eine atemberaubende Leidenschaftlichkeit und Glut auf, als sei es das Resultat eines Zaubers.

»Die *schola cantorum*«, sagte sie. »Dieser Raum wurde so konstruiert, daß er die Schönheit der menschlichen Stimme optimal wiedergibt. Vor langer, langer Zeit bildete er das Zentrum des Hauptschiffs der Kirche.«

»Und jetzt ist er ganz nach hinten verbannt«, sagte Nicholas, »weit weg von der Alltagsliturgie der modernen Kirche.«

»Aber deshalb nicht weniger ehrfurchtgebietend«, entgegnete sie. Dann umspielte ein Lächeln ihren etwas zu groß geratenen Mund. Ihre tiefliegenden Augen blitzten und erweckten den Eindruck, als verstecke sich in ihrer unergründlichen Tiefe ein uraltes Wissen um Übersinnliches, Esoterisches. »Verzeihen Sie, ich bin Celeste.«

»Und wer ich bin, wissen Sie ja«, sagte Nicholas, »falls Sie die Gewißheit haben, wer sich hinter der *baùtta* verbirgt.«

Celeste lachte, und der Klang ihres Gelächters wurde von der außerordentlichen Akustik der Decke aufgenommen und wie Teile eines Gregorianischen Chorals wieder zurückgeworfen. »Ja, ich weiß, wer Sie sind.«

»Wo ist...« Doch auf Celestes Zeichen hin – sie legte einen langgliedrigen, zarten Zeigefinger an die Lippen – brach er die Frage ab.

»Bitte – sprechen Sie seinen Namen nicht aus, nicht einmal hier in dem heiligen Refugium der *schola cantorum*.« Sie kam zu ihm, wobei sich das Rascheln ihres geistlichen Gewands so verstärkte, daß es wie das Summen eines Insektenschwarms an einem warmen Sommerabend klang. Der Lichtschein der Kerzen fiel kurz auf ihre Gestalt, und Nicholas sah, daß sie einen seidenen Turban auf dem Kopf trug. Er hatte die Farbe des venezianischen Himmels kurz nach Sonnenuntergang und war mit halbmondförmig angebrachten weißen und schwarzen Perlen verziert. Hellgrüne Schmucksteine hingen vom unteren Rand herab. An der Vorderseite war ein raffiniert gearbeitetes goldenes Medaillon befestigt, hinter dem eine lange schwarze Straußenfeder steckte.

»Dann wissen Sie also etwas über die Maske, die ich für Sie ausgesucht habe?«

»Die *baùtta*? Ja, ein wenig.«

»Ich trage gerade den ›Domino‹«, sagte sie leise. »Der Name stammt eigentlich aus dem Lateinischen – *benedicamus Domino*, lobet den Herren – eine geistliche Floskel.«

»Sie waren der Priester, der mich hierher geführt hat«, erkannte Nicholas mit jäher Einsicht.

»Stimmt«, bestätigte Celeste. »Ich mußte ganz sichergehen, daß niemand Ihnen folgt.«

»Wer sollte mir folgen?«

Celeste gab ihm keine direkte Antwort. Statt dessen fragte sie: »Wissen Sie, was das heute für eine Nacht ist?«

»Ende des Monats Oktober, Anfang November. Wegen der Zeitverschiebung während meines Fluges weiß ich im Moment nicht mehr, ob wir nun noch im einen oder schon im anderen Monat sind.«

»Heute ist der Tag vor Allerheiligen«, flüsterte Celeste. »Die einzige Nacht außerhalb des Karnevals, an dem Masken benutzt werden. Deshalb ist es wichtig, daß wir uns heute abend treffen. Die Masken schützen uns genau so, wie sie unsere Vorfahren schützten.«

»Ihre Vorfahren vielleicht«, warf Nicholas ein. »Ich glaube nicht, daß irgendwelche von den meinen aus Venedig stammen.«

Celestes Lippen umspielte ein eigentümliches Lächeln. »Willkommen in *La Serenissima*«, sagte sie in dem für sie typischen heiseren Flüstern. »In der Republik der Heiterkeit und Unbeschwertheit.«

Wo habe ich dieses Lächeln schon einmal gesehen? fragte sich Nicholas. »Sollten wir nicht endlich gehen?« fragte er. »Man hat mir zu verstehen gegeben, daß die Angelegenheit ziemlich dringend sei.«

»Richtig«, antwortete sie, »und die Gründe für diese Dringlichkeit sind mehr denn je vorhanden. Trotzdem ist es nötig, am heutigen Abend alle nur möglichen Vorsichtsmaßnahmen zu ergreifen.« Sie schob ihren Arm unter den seinen, und er nahm flüchtig einen moschusartigen und zugleich würzigen Duft wahr, wie er ihn noch nicht kannte. »Ich gehe von der Annahme aus, daß Sie meine Gesellschaft nicht als vollkommen unangenehm empfinden.«

Über einen Hinterausgang führte sie ihn aus der Kirche hinaus und unter den Bogen einer steinernen Brücke. Es war sehr dunkel. Das düstere Wasser klatschte sanft gegen grünes, mit Algen und Rankengewächsen übersätes Mauerwerk. Die einzige Lichtquelle waren Reflexe auf dem Wasser. Nicholas verharrte in gebückter Haltung, während Celeste die uralte Tür aus Holz und Eisen hinter ihnen abschloß.

»Dies ist ein wunderlicher Ort«, erläuterte Celeste zu Nicholas gewandt. »Im Jahr 535 schickte der byzantinische Kaiser Justinian eine Streitmacht übers Meer nach Italien, um sich zurückzuholen, was einmal Bestandteil seines Reiches gewesen und von Theoderich, dem Gotenkönig, der byzantinischen Herrschaft abgetrotzt worden war. Die Heerscharen wurden angeführt von dem brillanten General Belisarius.« Nicholas konnte den Anflug eines Lächelns erahnen, das ihre Lippen kräuselte. »Irgendwie ist es doch eine Ironie des Schicksals, daß diese uralte Kirche jemandem geweiht wurde, der als der Heilige Belisario bekannt ist.«

»Damit wollen Sie aber nicht behaupten, daß die beiden identisch sind?« fragte Nicholas. »Es ist doch wohl nicht möglich, daß aus einem byzantinischen Heerführer ein christlicher Heiliger wird!«

»So ist Venedig nun mal«, erklärte sie. »Wenn Sie seine Geschichte nachlesen, werden Sie finden, daß hier nichts unmöglich ist.« Sie nahm ihn bei der Hand und führte ihn unter der Brücke hindurch. An einem kleinen privaten Anlegesteg wartete eine dunkelgrün und golden gemalte Gondel wie ein braves Pferd auf sie. Celeste bat Nicholas einzusteigen, wartete, bis er Platz genommen hatte, und kam dann nach. Sie stieß das Boot ab, nahm die lange Ruderstange und begann, auf den *rio* hinaus zu steuern. Mit der Kapuze und dem Umhang sah sie wie eine Figur aus, die einem historischen Bericht über Venedig entsprungen war.

»Venedig wurde als eine Art Shangri-La geschaffen, als ein sicherer Hafen vor den Horden der Barbaren – Goten, Seeräubern und dergleichen, die in regelmäßigen Abständen über Italien herfielen«, erzählte sie. »Wie griechische Schriftsteller allerdings berichten, wurde Venedig nicht von westgermanischen Stämmen gegründet, sondern eher von Völkern aus dem östlichen Mittelmeerraum. Ob die wiederum die Überlebenden des Falles von Troja waren, wie Homer zu glauben schien, oder ob sie einem noch älteren seefahrenden Volk entstammen, dem der Phönizier... es bleibt die Tatsache bestehen, daß Venedig wegen seiner natürlichen Schutzwälle gegründet wurde: den malariaverseuchten Salzmarschen, den Treibsandbänke und tückischen Untiefen, deren Konturen sich immer wieder veränderten.«

Ihre Stimme wehte auf den *rio* hinaus wie der feine Nebel, der in Schwaden über dem Wasser lag. Nicholas hörte interessiert der faszinierenden Geschichte der Stadt zu und betrachtete dabei die Reihen der Häuser mit ihren verzierten, schmiedeeisernen Balkons, den winzigen, romantischen Gärtchen mit ihren unerwarteten Farbtupfern und den tiefen, geschwungenen orientalischen Bogengängen und Fenstern, die seit Ewigkeiten von dem Bau- und Lebensstil berichteten, den sich die Vorfahren ausgesucht hatten, um sich ihrer eigenen Herkunft zu erinnern.

»Wie auch immer«, fuhr Celeste fort, »die Gründer von *La Serenissima* waren kluge Leute auf der Flucht vor Krieg, Vergewaltigung, Pest – vor der Ausrottung schlechthin. Und hier entfalteten sie ihre Kunst des trügerischen Scheins – und die der undurchschaubaren Intrige. Hier verkam die segensreiche Tagespolitik der Griechen zum Ränkespiel und schließlich zu schlimmen, für alle Seiten mörderischen Blutfehden.«

»Und zu jenem Zeitpunkt kamen die Masken in Mode«, warf Nicholas ein.

»Ja.« Celeste stakte sie in einen Gondelliegeplatz und wartete geduldig, bis ein mitternächtliches *motoscafo* an ihnen vorbeigerauscht war. »Die Masken dienten der Täuschung zu bestimmten Zwecken. Und zu welchen Zwecken? In der Politik wurden sie von jenen benutzt, die vor den staatlichen Inquisitoren erscheinen mußten, um vertrauliche Aussagen zu machen. Im Privatleben der alten Venezianer dagegen schenkten sie allen und jedem, vom adeligen Prinzen bis hinab zum niedrigsten Fischhändler, die Freiheit, den Gelüsten ihrer in Liebe entbrannten Herzen nachzugehen.« Celeste stemmte sich gegen ihre Ruderstange. »Soweit die Erklärungen aus historischer Sicht. Doch wie sah die Wirklichkeit aus? Was den menschlichen Charakter angeht, so förderten die Masken die Korruption auf allen Ebenen der venezianischen Gesellschaft.«

Das Wassertaxi war in dem tief über dem *rio* liegenden Nebel verschwunden, und Celeste stieß die Gondel von dem kleinen Anlegesteg wieder ab.

»All diese Masken, die *baùtta;* der *domino; gagá,* der Geck und Stutzer; *primo zanni,* der erste Diener und schlaue Intrigant; der *dottore,* dieser pedantische, gelehrte Schwätzer – sie alle sind keineswegs Figuren aus der Commedia dell'arte, wie vielfach angenommen wird. Sie sind Charaktere von ausschließlich venezianischem Ursprung und entstanden eher auf Grund politischer Gegebenheiten als aus den festgelegten Typenrollen der Commedia dell'arte.«

Sie passierten eine Gondel mit purpurroten Samtsitzen und goldbemalter Reling. Ein in eine Mohairdecke gehüllter Mann schlief mit dem Kopf im Schoß seiner Tochter, einem dunkelhaarigen Mädchen von höchstens zehn Jahren, die sie anlächelte, während sie ihrem Vater mit der Hand über den Kopf strich.

Als sie wieder allein auf dem *rio* waren, nahm Celeste ihre Erläuterungen erneut auf. »Die Masken wurden zum Symbol für alles Venezianische: unergründliche Geheimnisse hinter fantastischen und märchenhaften Fassaden verborgen und überall in der Stadt anzutreffen. Am besten stellen Sie sich Venedig wie eine prachtvolle Muschel vor, die unter ihrem Gehäuse einen Schatz von unermeßlichem Wert verbirgt.«

»Haben Sie von Geburt an hier gelebt?«

»Manchmal kommt es mir so vor«, antwortete Celeste etwas rätselhaft. »Jedenfalls bin ich hier geboren, und alles andere zählt nicht.«

Sie waren in den Canale Grande eingebogen, und vor sich, zur Rechten, konnte Nicholas die imposante Architektur der Accademia sehen. Celeste steuerte die Gondel, die still über das glitzernde Wasser glitt, nach rechts. Man konnte so gut wie keine Geräusche hören; ein leises Plätschern und Quietschen, ihre kaum vernehmbaren Atemzüge, während sie rhythmisch mit ihrer Stange durch den dichten Schlamm auf dem Grund des *rio* stakte. All das ergab eine Art von überirdischer und berückender Melodie, die auf einem Instrument der eigenen Vorstellungskraft gespielt wurde.

Endlich trieben sie geräuschlos an einen prachtvollen Steg, an dem zwei weitere Gondeln festgemacht hatten. Nicholas durchzuckte die Gewißheit des Wiedererkennens: Das waren die Gondeln, die er von seinem Hotelfenster aus gesehen hatte! In dieser Nacht hatte er einen großen Kreisbogen geschlagen, um letztlich fast wieder dort zu landen, von wo er aufgebrochen war.

Die Gondel stieß sanft gegen die uralten Holzpfähle, die golden und grün gestreift waren. Nicholas sprang aus dem Boot, fing das Tau auf, das Celeste ihm zuwarf, und band das schlanke Gefährt fest.

Der Palazzo, den sie betraten, war im venezianischen Stil verputzt: meergrün und ockergelb. Orientalische Filigranarbeiten umrahmten die Doppelbögen, auf die sie zuschritten. Vorbei an den bedrohlich wirkenden Pforten zum Wasser, fand sich Nicholas in einem Garten wieder, der sehr jenem glich, auf den er während seiner Wanderung zum *campiello* einen kurzen Blick erhascht hatte. Bougainvillea und Kletterrosen parfümierten die Luft selbst noch in dieser späten Jahreszeit, und ein imposanter Birnbaum breitete seine Äste über die stuckverzierten Mauern ringsum.

Im Innern sah Nicholas ein glänzend poliertes *motoscafo* aus Teakholz und rostfreiem Stahl, das auf einem niedrigen Gerüst aus Vierkanthölzern aufgebockt war. Typisch für diese Palazzi war auch der Fußboden mit seinem abgenutzten und mit Rissen übersäten Schachbrettmuster aus rotem Carrara-Marmor und weißem Stein aus Istrien. Beide Materialien fanden deshalb gerne Verwendung, weil das Wasser die Leuchtkraft ihrer Farben intensivierte. Sie stiegen eine breite Steintreppe hinauf in das erste Stockwerk, das bei den Venezianern das *piano nobile* heißt. Das ›Erd‹-Geschoß, eigentlich das ›Wasser‹-Geschoß, bleibe absichtlich unrenoviert, erklärte Celeste, weil bei Flut oftmals alles überschwemmt werde. Jetzt fänden die auf der Ebene der *rio* gelegenen Geschoße nur noch als Unterstellplätze für private Motorboote Verwendung.

Die Räume in den oberen Etagen waren luxuriös und sinnesfreudig ausgestattet. Die Decken hatte man aus indonesischem Teakholz gefertigt, das im Rauch der Jahrhunderte nachgedunkelt war. Die Wände waren mit dem echten venezianischen Ultramarin gestrichen, einer außerordentlich teuren Farbe, da sich das Pigment aus zermahlenem Lapislazuli zusammensetzt; dazu zeigten sie eingelegte byzantinische Mosaiken in verstaubten Farben und verwirrenden Mustern. Auf den Fußböden lagen abgetretene Perserteppiche aus Wolle und Seide, und Plastiken aus Porphyr und gesprenkeltem orientalischem Marmor, vielleicht eine Beute aus dem ausgeplünderten antiken Konstantinopel, waren als Blickfänge plaziert.

Dort, wo üblicherweise Sofas und Sessel stehen, lagen überdimensionale Sitzkissen aus juwelenfarbener Rohseide verstreut. Am entgegengesetzten Ende des Wohnzimmers führte eine kurze Treppe aus Marmorstufen zu einer Sitzebene, die mit weiteren üppigen, gegen die Wand gelehnten Kissen angefüllt war. Doppelbogenfenster blickten hinaus auf den *rio*. Bunte Lichter hüpften auf und ab, blinkten durch das Glas in den Raum und vermischten sich mit den schemenhaften Widerspiegelungen des glitzernden Wassers.

Alles, bis zum silbernen Streichholzbehälter auf dem Marmortisch und den Blumen in den diamantähnlichen Schalen aus Muranoglas, schien seinen genauen Platz zu haben und in exakter Relation zu den anderen Dingen zu stehen. Es war, als habe die Person, die diese Residenz bewohnte, einen ausgeprägten Sinn für das Mathematische.

Beim Eintreten bemerkte Nicholas die undeutlichen Umrisse eines Menschen, der oben im Sitzbereich auf dem Fenstersims saß.

»Mikio Okami«, flüsterte Celeste, ehe sie von Nicholas' Seite wich und durch eine in die Wand eingelassene Teakholztür verschwand.

»Celeste, warten Sie...!«

»Nun sind Sie also da.«

Der Klang der Stimme ließ Nicholas herumfahren. Trotz seines hohen Alters strahlte Mikio Okami noch immer kraftvolle Autorität aus. Nicholas nahm seine Maske ab, durchquerte den Raum und stieg die Marmorstufen hinauf.

Vor ihm stand Mikio Okami, Colonel Denis Linnears alter, geschätzter Freund und Weggefährte. Oder war er dies lediglich aus Berechnung gewesen? In den Nachwehen des Krieges erzeugte die amerikanische Besatzungsmacht in Japan Turbulenzen eigener Art. Es waren damals ungewöhnliche Zeiten gewesen, und so waren auch hin und wieder ungewöhnliche Mittel nötig, um sich in ihnen zurechtzufinden. Nun stand Nicholas einem solchen Mann der ungewöhnlichen Mittel von Angesicht zu Angesicht gegenüber.

»Sie sehen Ihrem Vater ungemein ähnlich!«

Okami hatte einen kahlen Kugelkopf und das runde, joviale Gesicht eines wohlwollenden Diktators. Seine Augen standen zu nahe beieinander. Die Nase war eher scharf, und der Mund schien beständig kurz vor einem Lächeln zu sein. Die winzigen Ohren lagen dicht am Schädel, und auf einer Seite des Kinns konnte man ein dunkles Mal erkennen. Mikio Okami war von mittlerer Statur, erschien aber in dem *Savile Row* Anzug, den er trug, irgendwie in sich zusammengesunken. Jawohl, er *war* alt, aber auf die asiatische Art: Seine Haut war gelb wie vergilbtes Pergament und schien auch dünner geworden zu sein und so durchscheinend, daß die blauen Adern an seinen Schläfen deutlich hervortraten.

»Es ist auf eine merkwürdige Art so, als würde ich *ihn* wiedersehen.«

Nach Art der Abendländer streckte er seine Hand aus, und Nicholas schüttelte sie.

»Sehr freundlich, daß Sie gekommen sind, Linnear-san«, begann er auf Japanisch. »Ich nehme an, daß meine Aufforderung eher wie ein Schock für Sie war. Hoffentlich habe ich Ihnen keine allzu großen Ungelegenheiten bereitet.«

»Überhaupt nicht«, erwiderte Nicholas. »Ich hatte sowieso einen Urlaub nötig.«

Okamis Lächeln zeigten noch immer dieses seltsame halbe Lächeln. Er neigte einmal kurz den Kopf als flüchtige Reverenz an traditionelle japanische Gepflogenheiten. »Und hatten Sie Vergnügen daran, sich wie die Dogen und Prinzen des alten Venedig zu maskieren?«

»Ich hatte keine Probleme damit, mich selbst in einer Rolle als Casanova zu fühlen.«

Okami warf ihm einen kalten, zustimmenden Blick zu und sagte dann abrupt: »Darf ich Ihnen einen Drink zum Aufwärmen anbieten? Einen *Sambuca*? Oder einen Brandy *Napoleon*? Oder vielleicht einen Espresso?«

»Ein Espresso wäre ausgezeichnet.«

»Sehr gut. Ich glaube, ich schließe mich Ihnen an.«

Okami trat an ein Sideboard, wo Flaschen mit Spirituosen und Aperitifs um eine glänzende Espressomaschine aus poliertem Stahl herumstanden. Es schien ihm einen Mordsspaß zu machen, den Kaffee selbst zu bereiten. Seine kleinen, knochigen Hände verrichteten geschickt ihre Arbeit, und obwohl er schon über achtzig sein mußte, konnte Nicholas kein Zittern in diesen Fingern bemerken.

Mikio Okami brachte zwei winzige Tassen herüber, beide mit einem kleinen Stückchen Limonenschale, das in der schwarzen Flüssigkeit schwamm. Sie setzten sich auf die Kissen, und diamantförmige Lichtflecken, die Widerspiegelungen des Kanals, spielten auf ihren Gesichtern.

»Ich liebe meinen Espresso über alles«, sagte Okami, nachdem er einen ersten Schluck genommen hatte. Dann lachte er unvermittelt: »Vermutlich haben Sie grünen Tee und *tatami*-Matten erwartet.«

»Eigentlich habe ich es mir zur Gewohnheit gemacht, nie irgend etwas von vornherein zu erwarten«, entgegnete Nicholas. »Das ermöglicht klare Gedanken und unverfälschte Reaktionen.«

»Instinkt, wie?« Okami nickte. »Es kann durchaus sein, daß alles, was ich über Sie gehört habe, richtig ist.«

Nicholas sagte nichts, saß mit gekreuzten Beinen da und schlürfte den hervorragenden italienischen Kaffee, den dieser *yakuza* zuzubereiten gelernt hatte. Von draußen drang das Getucker eines

Zulieferbootes herein, das vielleicht gerade verderbliche Waren für die Speisekammer der Küche seines eigenen Hotels irgendwo in der Nähe gleich über dem *rio* anlieferte.

»Ich kann mir denken, daß Sie sich fragen, was ich in Venedig mache.«

Nicholas studierte das alte, aber noch immer ausstrahlungskräftige Gesicht.

»Es ist eine komische Geschichte.« Okami trank seinen Espresso aus und stellte die Tasse zur Seite. »Zuerst sollten Sie etwas über den sich verändernden Charakter der Welt erfahren, in der ich mein Leben lang gelebt habe. Viele Jahre hindurch waren die *yakuza* nur an dem interessiert, was sich innerhalb der japanischen Grenzen abspielte. Ich war einer der ersten, der erkannte, wie kurzsichtig diese Politik war.« Er legte den Kopf schräg. »Es ist eine simple Tatsache, daß wir uns in geschäftlichen Dingen nicht viel anders verhalten als alle anderen auch. Dann kam eine Zeit, in der es zunehmend schwieriger wurde, in Japan zu Geld zu kommen.« Er hob eine Hand und ließ sie auf den Oberschenkel fallen. »Na ja, wenn man es genau nimmt, stimmt das nicht so ganz. Was ich sagen wollte ist, daß es für uns schwierig wurde, in Japan *genügend* Geld zu verdienen. Da habe ich eine Konferenz der *oyabun* einberufen und ihnen einen Satz gesagt, den mich Ihr Vater gelehrt hatte und den ich nun meinerseits an sie weitergab. Er lautete ganz einfach so: *Die Welt steht uns offen.*«

Okami lehnte sich zurück und faltete die Hände über seinen kleinen, runden Bauch. »Natürlich haben sie mich nicht verstanden, jedenfalls nicht sofort. Ich mußte ihnen die Bedeutung des Satzes demonstrieren und zu diesem Zweck das Land verlassen. Seit jenem Tag, vor etwa zwanzig Jahren, bin ich nur selten wieder in meiner Heimat gewesen. Zu viele Angelegenheiten hier in Europa erforderten meine unmittelbare Aufmerksamkeit, um sicherzustellen, daß alles richtig in die Wege geleitet und ausgeführt wurde.« Er nickte wieder vor sich hin. »Es ist wahr, daß wir eine Art« – und hier verwendete er einen japanischen Begriff, für den es keine wörtliche Übersetzung gibt, den man aber ganz gut mit der Formulierung ›stillschweigende Übereinkunft‹ umschreiben kann – »mit der Polizei haben, mit den Politikern und der Bürokratie sowie mit den anderen *kobun* in Japan. Aber dieses Verhältnis ist doch nie so herzlich, wie wir uns das gerne gewünscht hätten. In Wahrheit können diese Leute unsere bescheidenen Anfänge nicht vergessen. Da die *yakuza* traditionell der Unterschicht entstammten, sehen diese vornehmen Staatsdiener nur verächtlich auf uns herab. Sie mögen Angst vor uns haben, ja, sie mögen sogar hin und wieder das tun, was wir ihnen sagen, da wir andererseits auch ihnen zu willen sind. Doch tief in ihren Herzen verachten sie uns zweifellos. Und sollte sich je die Gelegenheit eines lückenlosen Schutzes für sie ergeben, dann würden sie alles in ihrer Macht Stehende unternehmen, um unsere totale Auslöschung herbeizuführen.« Schon wieder dieses halbe Lächeln. »Also habe ich meine Operationsbasis hierher, nach Venedig verlegt.«

Nicholas rief sich Celestes kurze, aber anschauliche Geschichtslektion über Venedigs Wurzeln ins Gedächtnis zurück und begriff jetzt, daß es sich dabei keineswegs um leeres Geschwätz gehandelt hatte.

»Dies zu tun war das zum damaligen Zeitpunkt Richtige«, fuhr Okami fort. »Und von einem geschäftlichen Standpunkt aus betrachtet, hat diese Stadt auch einzigartige Vorteile, denn seit den Zeiten der Medicis hat sich nicht viel geändert. Obwohl wir uns rein formal gesehen in Italien befinden, ist Venedig noch immer ein eigener Stadtstaat. Und man tut sehr gut daran, sich stets vor Augen zu halten, daß man hier in Venedig ist und nicht in Italien, eigentlich auch nicht in Europa.« Er rutschte nervös auf dem Kissen umher. »Doch jetzt beginne ich mich zu fragen, ob ich nicht einen strategischen Fehler begangen habe.«

»Es ist etwas geschehen?« fragte Nicholas.

»Ja.« Okamis Augen wurden plötzlich ausdruckslos. Er stand mit den leeren Tassen auf, um Espresso nachzugießen, kehrte aber nicht sofort wieder zurück, sondern blieb nachdenklich beim Sideboard stehen und sah auf die Lichter Venedigs hinaus.

Unvermittelt, als habe er eine schwere und schmerzhafte Entscheidung getroffen, kam er wieder herüber und gab Nicholas die Tasse. Stehend blickte er auf ihn hinab. »Der Sachverhalt ist schlicht und einfach der, daß innerhalb der nächsten beiden Wochen jemand den Versuch unternehmen wird, mich zu ermorden.«

Ein klagendes Hupen und ein kurzes Rufen drangen von draußen herein, als ein Boot an einem Steg in der Nähe anlegte. Okamis kurze Starre wurde dadurch unterbrochen, und rasch trat er ans Fenster und sah hinaus. Seine Miene verriet seine Nervosität.

»Jemand will, daß ich mich von allem zurückziehe, doch ich habe nicht die Absicht, das zu tun.«

»Okami-san«, sagte Nicholas, »Sie müßten doch eigentlich in der Lage sein, jeden Mann Ihres Clans zu Ihrem Schutz zu mobilisieren.«

Okami wandte sich vom Fenster ab und sah Nicholas voller Überraschung an, als sei dieser gerade aus dem Nichts aufgetaucht. »Oh, noch viel mehr Männer als nur die«, meinte er geistesabwesend. »Weitaus mehr als nur einen einzigen Clan. Doch dieser Mann, der da unterwegs ist...«

Er ging zu Nicholas zurück und setzte sich ganz dicht vor ihm hin. Selbst seinen geliebten Espresso vergaß er in diesem Moment. Nicholas erkannte die Anspannung der Angst in seinem Gesicht.

»Das ist für mich nicht das eigentliche Problem«, sagte er. »Einer meiner *oyabun* hat sich gegen mich erhoben. Ich weiß das nun und kann mir nicht erlauben, noch irgendjemand zu trauen. Selbstverständlich vertraue ich Celeste, und indem ich Ihnen all das erzähle, begebe ich mich auch in Ihre Hände. Ich vertraue Ihnen, aber sonst keinem anderen!« Zum ersten Mal hatte er seine Stimme erhoben. »Keinem«, wiederholte er leiser und fuhr dann fort. »Ich rechne fest mit Ihnen, mit der Begleichung der Schuld, in der Ihr Vater bei mir stand. Was ich benötige, sind Ihre Fähigkeiten und Ihre – Kampfkünste, um mich zu schützen, damit ich das beenden kann, was ich angefangen habe. Und um den Verräter unter meinen engsten *oyabun* ausfindig zu machen.«

Nicholas saß reglos da und nahm das in sich auf, was Mikio Okami ihm da erzählte. Er schlug wie eine Flutwelle über ihm zusammen und ließ ihn erschaudern. Als er schließlich wieder die Kontrolle über seine Atmung gewonnen hatte, sagte er: »Sie haben sich in Ihren Erklärungen zweimal auf *Ihren oyabun* bezogen.«

»Ja.« Okami hob die Augenbrauen. »Wußten Sie das denn nicht? So ist ja diese Schuld entstanden. Ich bin das, was zu werden Ihr Vater mir behilflich gewesen war, und aus meiner Machtposition heraus habe ich sehr, sehr viele Dinge für ihn zuwege gebracht.« Wieder das halbe Lächeln. »Sehen Sie, Linnear-san, vor Ihnen steht die Wirklichkeit hinter dem Mythos: Ich bin der Kaisho, der *oyabun* aller *yakuza oyabun*.«

Justine saß in einem Zimmer im Tokio Hilton, dem amerikanischsten der größeren Superhotels der Stadt. Sie hatte die schweren Vorhänge gegen die gleißende Helle des Tokioter Abends geschlossen und konnte sich so vorstellen, an einem beliebigen Ort in den Vereinigten Staaten zu sein, in New York oder in Chicago, beispielsweise. Genauso hätte sie sich einbilden können, vor ihren doppelt verglasten Fenstern befinde sich der Hyde Park in London oder das Serengeti Veld.

Vornübergebeugt und mit fest zwischen die Knie gepreßten Händen starrte sie auf den Teppichboden. Sie schien bewegungsunfähig zu sein, auch unfähig, zusammenhängend zu denken. Ihr Inneres war ein Meer an Gefühlen, ein riesiger Kessel, der zu lange auf dem Feuer gestanden hatte und nun überbrodelte und sie mit seinen gewaltigen Wassermassen schier ertränkte wie den legendären Zauberlehrling aus der Ballade. Sie fühlte sich im Griff einer Verzweiflung, wie sie von ihr seit vielen Jahren nicht mehr durchlebt worden war. Nachdem sie Nicholas kennengelernt hatte, war sie sogar der Meinung gewesen, diese Empfindung nie mehr durchmachen zu müssen.

Damals war er ihr Retter gewesen, derjenige, der sie vor dieser – alle ihre Kräfte verzehrenden – Mutlosigkeit beschützt hatte, an der sie zugrunde zu gehen glaubte. Zu ihrem größten Entsetzen schien es nun aber gerade Nicholas zu sein, der die Ursache für ihre jetzige Trostlosigkeit war. Sie kam sich wie in einem Gefängnis vor, wie ein an der Küste eines fremden Landes ausgesetzter Sträfling, ohne Hoffnung auf Begnadigung. Nicholas war schuld daran! Er mit seiner unerklärlichen Liebe zu Japan und dessen obskuren Idealen von *giri* und Ehre und den zehntausend sinnentleeren Ritualen, die lediglich dazu dienten, die Menschen auf Distanz zu halten, sogar die Mitglieder der eigenen Familie.

Dieser letzte Gedanke war es vor allem gewesen, der sie von dem Augenblick an verfolgt hatte, wo sie zum erstenmal schwanger geworden war. Sie litt unter Visionen, richtigen Alpträumen, daß Nicholas darauf bestehen könnte, ihr Kind in ein buddhistisches Zen-Kloster oder ein Kampfkunst-*dojo* zu schicken, weit weg von ihr, wo man es mit für sie nicht nachvollziehbaren Moralbegriffen aus östlicher Religion und Philosophie indoktrinieren würde. Diese Vorstellung war möglicherweise zu weit hergeholt oder sogar ein bißchen paranoid, doch sie verfolgte sie mit einer Hartnäckigkeit, der sie sich nicht entziehen konnte. Der Horror dieser Einbildung zermürbte ihre Entschlossenheit zur Mutterschaft, höhlte ihr Selbstwertgefühl aus und vergiftete das Einzige auf der ganzen Welt, von dem sie geglaubt hatte, es sei unangreifbar: ihre Liebe zu Nicholas.

Schließlich bekam sie Angst vor ihm. So stark und unbezwinglich, wie er einst als ihr Beschützer dagestanden hatte, so war er jetzt auf Grund eines ihr nicht bekannten alchimistischen Prozesses zu einem Wesen geworden, das von einer monströsen Kraft besessen schien. Seine *tanjian*-Abkunft versetzte sie in Schrecken, und je tiefer er in die dunklen Geheimnisse des *tau-tau* eintauchte, desto weniger erreichbar schien er als Mensch für sie zu sein.

Und jetzt, da sie sich getraut hatte, ihre Wut und Angst anzunehmen, da sie erlebt hatte, wie beides ans Tageslicht gezerrt wurde, erkannte sie, daß sie von dem Augenblick an ein anderer Mensch geworden war, in dem ihre Tochter starb. Sie war fortgesetzt ruhelos, im Schlaf genauso wie untertags, als sei sie dazu verdammt, andauernd nach dieser besonderen Verbindung zu suchen, die ihre Tochter in ihrem kurzen Leben zu ihr aufgenommen hatte. Zwar war sie sich dessen bewußt, daß dieser einzigartige Kontakt zwischen Mutter und Kind ein für allemal abgerissen war, aber sie wußte gleichzeitig mit absoluter Sicherheit, daß sie eine gleichwertige Beziehung hier in Japan und mit Nicholas nie mehr würde erwarten dürfen.

Sie begann zu schluchzen, allein in ihrem anonymen Hotelzimmer, das – trotz all seiner amerikanischen, nichtssagenden Fadheit – eine beruhigende Wirkung auf sie ausübte, sehr im Gegensatz zur Inneneinrichtung ihres eigenen Hauses. Jenes schien vor schwarzer Magie richtiggehend zu vibrieren und all die zu erstikken, die in seine Geheimnisse nicht eingeweiht waren.

Wann war es gewesen, als ihr klar geworden war, daß sie nirgendwo eine Zuflucht hatte? Als Nicholas sie trotz ihrer inständigen Bitten allein gelassen hatte? Oder schon bei ihrer letzten sexuellen Vereinigung, nach der sie sich so unbegreiflich verdorben und erniedrigt vorgekommen war? Oder war es noch viel früher gewesen, als sie das zweite Kind verloren und dafür, insgeheim, Gott gedankt hatte?

Was hatte sie deswegen durchgemacht! *Ich bin böse und selbstsüchtig!* hatte der eine Teil von ihr geklagt, während der andere eine abgrundtiefe Erleichterung verspürte. Wie sollte man die Panik beschreiben, die sie überfiel, nachdem sie zum zweiten Mal schwanger geworden war? Schon allein die Vorstellung, ein neues Leben zur Welt zu bringen und noch einmal jene besondere Bindung zu verspüren – und dann Nicholas, der sich mit seinem *tau-*

tau und seiner Kampfkunstbesessenheit einmischen würde! Ihr Magen krampfte sich nachträglich vor Furcht zusammen. *Ich sterbe innerlich*, klagte sie. *Bald gibt es nichts mehr zu retten.*

Minuten, nachdem Nicholas' Wagen das Grundstück verlassen hatte, war sie mit ihren Nerven völlig am Ende gewesen. Mit einer Heftigkeit, die keinen Platz mehr für klare Gedanken ließ, hatte sie ein paar Sachen in einen kleinen Koffer gepackt und war in die Stadt gefahren. Das allein war schon eine Qual gewesen – mit einem rechts gesteuerten Auto auf der »falschen« Straßenseite fahren zu müssen. Sie hatte sich nie an den Linksverkehr gewöhnen können, und das auch noch auf Straßen ohne Hinweisschilder in lateinischer Schrift. Sie hatte sich völlig auf ihr Gedächtnis verlassen müssen, das sich bei ihrem emotional überreizten Zustand durchaus nicht als zuverlässig erwies.

Schließlich hatte sie es bis ins Labyrinth von Tokio geschafft und sich von ihrem Instinkt bis direkt vors Hilton leiten lassen. Dort pflegten ihre amerikanischen Freunde während ihrer seltenen Besuche abzusteigen, da das Haus der Linnears für sie zu weit außerhalb lag und nur mühselig zu erreichen war.

Stundenlang hatte sie in der gleichen Körperhaltung dagesessen und sie nur ein einziges Mal vor vierzig Minuten verändert, um jemanden anzurufen: Tanzan Nangi, Nicholas' Freund und auch der ihre. Immer wieder ging ein Zittern durch ihren Körper, als leide sie an einer Krankheit, was sie ja tatsächlich auch tat: an einer Krankheit namens Verzweiflung.

Nangi selbst war nicht zu erreichen gewesen. Seine Sekretärin Umi, die Justines Stimme erkannte, noch ehe sie sich mit ihrem Namen gemeldet hatte, versprach ihr, dem Chef auszurichten, daß Justine ihn in ihrem Zimmer im Hilton erwartete. Während sie den Hörer auflegte, hatte sie keine Ahnung gehabt von dem, was sie ihm eigentlich sagen wollte, wenn er kam. Sie hatte überhaupt keine Ahnung, warum sie ihn angerufen hatte, außer daß ein Fünkchen ihres Selbsterhaltungstriebs tief in ihrem Innern erkannt hatte, daß sie zu einem Staubkorn in einer schwarzen Leere geworden war, das immer schneller rotierte und außer Kontrolle geriet. Sie brauchte dringend einen Bezugspunkt, von dem aus sie wieder zu logischer Entscheidungsfindung zurückkehren konnte.

Ein leises Klopfen an der Tür riß sie so weit aus ihrer Lähmung, daß sie aufstehen, das Zimmer mit bleiern Füßen durchqueren und die Tür öffnen konnte. Sie war darauf vorbereitet gewesen, Nangi zu begrüßen, doch ihr gefror das Herz in der Brust.

Vor der Tür im Korridor stand ein gutaussehender Amerikaner mit langen dunklen Haaren, hellen Augen und einem lächelnden Mund. Er war nicht so sonnengebräunt, wie sie ihn von Maui her in Erinnerung hatte. Sonst aber sah er sportlich aus und paßte bewundernswert gut in seinen dunkelblauen Anzug.

Er grinste sie kurz an, trat über die Schwelle ins Zimmer, nahm sie in die Arme und gab ihr einen langen Kuß.

»Herr im Himmel, wie tut das gut, dich wiederzusehen«, sagte Rick Millar und hielt sie weiterhin in seinen Armen.

Atemlos erinnerte sich Justine daran, wie er ihr den ganzen Weg von New York nach Maui gefolgt war, nachdem er sie zur Prokuristin und stellvertretenden Direktorin seiner Werbefirma Millar, Soames & Roberts befördert hatte. Sie hatte ihn sitzenlassen, nachdem ihr klar geworden war, daß er ihretwegen ihre Freundin gefeuert hatte, um Justine den Posten zu verschaffen. In Maui hatte sie beinahe ein Verhältnis mit ihm angefangen. Beinahe. Als sie ihn jetzt in ihrem äußerst verletzlichen Zustand wiedersah, zog sich ihr die Kehle zusammen, und das Herz schmerzte ihr. Sie stand so dicht vor dem Losheulen, daß sie spüren konnte, wie die Tränen unter ihren Lidern brannten. *O Gott,* dachte sie, *viel mehr braucht es nicht, um mich in Stücke zu reißen!*

»Rick, was machst du denn hier?« Als sie ihre Stimme wiedergefunden hatte, klang sie spitz und atemlos.

»Ich bin gerade bei Mr. Nangi gewesen, als ihm seine Sekretärin deinen Anruf ausrichtete. Er wollte sofort herkommen, doch ich habe ihn überredet, daß ein freundliches Gesicht von daheim die beste Medizin für dich sei.« Er legte seine Stirn in Falten aufrichtiger Betroffenheit. »Nangi hat mir ein bißchen was über deine Probleme erzählt, mit dem hiesigen Lebensstil zurechtzukommen. Er macht sich ziemliche Sorgen deinetwegen, weiß aber nicht, wie er dir helfen könnte.«

Justine schüttelte, noch immer verwirrt, den Kopf. »Aber wieso bist du *hier*, in Japan?«

Er ließ sie nicht los, sah ihr nur tief in die von Schmerz zerquälten Augen, und sie erschauerte unter seiner Berührung. »Ich könnte dich jetzt belügen, Justine, und dir vormachen, daß ich hier Fernostkontakte knüpfe oder auf Urlaub bin – was alles nicht stimmt. Die Wahrheit ist, daß ich hergekommen bin, um dich aufzusuchen und dich irgendwie – wie, weiß ich auch noch nicht genau – dazu zu überreden, zurück nach New York zu kommen und für immer in die Firma einzutreten.«

Justine glaubte, ohnmächtig werden zu müssen. Wie oft hatte sie als kleines Mädchen ihre Träume geträumt und sich dabei überlegt, was geschehen würde, wenn sie Wirklichkeit werden sollten!

»Das ist doch unmöglich dein Ernst!«

»Jetzt hör mir mal zu, Justine: Wir sind dabei zu expandieren. Wir hatten eine schlimme Phase während der Rezession, aber jetzt läuft das Geschäft wie nie zuvor. Das Problem ist nur, daß ich alles selbst mache. Obwohl ich es versucht habe, ist es mir nicht gelungen, Ersatz für dich zu finden. Kannst du dir vorstellen, daß ich seit deinem Abgang vier Prokuristen verschlissen habe? Ich kann nicht mehr jede Woche zweiundsiebzig Stunden arbeiten.« Er drückte sie an sich. »Ich brauche dich, da will ich gar kein Geheimnis daraus machen. Solltest du zurückkommen, darfst du die Bedingungen stellen. Und das meine ich so, wie ich es sage. Ich werde dir auch einen Anteil an der Firma geben. Ein Viertel, wenn es sein muß, um dich zurückzuholen.« Er drückte sie erneut an sich, und sein offenkundiger Enthusiasmus übertrug sich wie ein Fieber auf sie. »Du brauchst nur ja zu sagen.«

Justine schloß die Augen. Sie wußte, was sie sagen würde, noch ehe sie das Wort auf ihren Lippen hörte. Eine merkwürdige Empfindung von Wärme durchflutete sie. Es war, als platze irgendeine harte Schale, ein Panzer, und zerbreche unwiderruflich in tausend Stücke.

»Ja.«

»Was, um Himmels willen, sagt man denn dazu?«

Croaker sah hinauf zu der Leiche mit der wächsernen Haut, die an den Füßen an der Küchendecke aufgehängt war. Draußen vor dem Fenster zogen tiefliegende, häßlich graue Wolken mit purpurnen Streifen dazwischen über das konturlose Durcheinander der dröhnenden Autobahn hinweg. Der Anblick war so vertraut, daß er schon wieder erschreckend war.

Obwohl es diese umwerfende Aussicht millionenfach geklont überall in den Vereinigten Staaten gab, existierte dieser spezielle Teil der Landschaft nur kurz vor Marine on St. Croix in Minnesota.

Croaker starrte auf das Blut, das noch immer die Nirostaspüle füllte und in der Mitte karmesinrot, an den Rändern aber kastanienbraun geworden und bereits geronnen war. Das Blut anzustarren war besser als die Leiche, aber was immer Croaker auch tun würde, er konnte das seelische Gewicht des toten Körpers wie ein schmerzhaftes Prickeln unter seiner Haut spüren.

Als ehemaliger Detective Lieutenant bei der New Yorker Polizei hatte Lew Croaker manch grausigen Anblick in den vor Unrat jeder Sorte strotzenden Straßen der Stadt ertragen müssen. Aber nichts von dieser Art.

Jeder Knochen in den Gliedmaßen des getöteten Mafia-Dons war gebrochen worden. Diese Art der Folter war für Croaker nichts neues, wohl aber der Rest. Mit der Präzision eines Chirurgen hatte jemand säuberlich das Herz aus der Brust geschnitten, und jetzt hing es wie ein glänzender Embryo auf dem Nabel des Don. Croaker ging näher heran und entdeckte etwas Eigentümliches.

»Das Herz«, sagte er. »Man hat es Goldoni an den Nabel genäht.« Sein Blick wanderte tiefer. »Und alle Finger und Zehen scheinen eigens so gebrochen worden zu sein, daß man sie um hundertachtzig Grad verdrehen konnte.«

»Ziemlich ausgefallen, wie? Riecht nach irgendeinem Ritual.«

Jesus, was würde ich nicht alles dafür geben, wenn Nick jetzt hier wäre! stöhnte Croaker innerlich. Obskure Rituale waren dessen Metier. Er dachte kurz daran, ihn anzurufen, verwarf den Gedanken dann aber wieder. Früher einmal hätte er keine Sekunde lang gezögert, es zu tun, doch jetzt hatte Nick eine riesige Firma zu leiten, hatte eine Frau und noch immer keine Kinder. Seine Prioritäten hatten sich verändert. Nick hatte jetzt keine Zeit mehr, über den Pazifik zu düsen, um bizarre Mysterien aufzuklären.

Croaker spürte einen tiefgehenden Stich des Bedauerns. Er hatte nie zu jenen gehört, die unentwegt die guten alten Zeiten beschworen, und zwar hauptsächlich deswegen nicht, weil sie gar nicht so gut gewesen waren. Doch jetzt stellte er fest, wie sehr er sich wünschte, jene Zeit möge wiederkehren und er könnte, nach einem kurzen Augenzwinkern, wieder mit Nick beisammen sein. Und dann wären sie wieder diejenigen, die sie einst waren: ein Team, dauernd unterwegs, dauernd dabei, sich kopfüber in Gefahren zu stürzen.

Er zwinkerte einmal mit den Augen, nur um ganz sicher zu gehen, doch der einzige lebendige Mensch in dem Raum außer ihm blieb Will Lillehammer.

Dessen außerordentlich hagere Figur wirkte in dieser gräßlichen Kulisse selbst leichenhaft. Nach allem, was Croaker wußte, flog Lillehammer in einem Flugzeug der US Air Force im ganzen Land umher, vielleicht sogar in der ganzen Welt. Die Maschine hatte sie, aufgetankt und makellos gewertet, in dem Teil des Flughafens von Naples an Bord genommen, der mit ZUTRITT NUR FÜR BEFUGTE beschildert war. Die militärische Crew begegnete Lillehammer mit einem Respekt, den sie gegenüber sonstigen Zivilisten normalerweise nicht an den Tag legte.

Eine schattenhafte Figur huschte draußen vor dem Fenster durch Croakers Gesichtsfeld. Er registrierte sie und staunte über Lillehammers Machtfülle. Es war eindeutig, daß weder das FBI noch die Staatspolizei von Minnesota, die für diesen Teil beiderseits der Autobahn zuständig war, noch die lokalen Cops von Marine on St. Croix einen Schritt über die Schwelle des Hauses getan hatten. Und doch war der Tatort draußen von so vielen Polizisten abgeriegelt, daß man mit ihnen einen kleinen Aufstand hätte in Schach halten können. Es bedurfte einer Menge an Einfluß, um einen solchen Schauplatz eines Mordes im ursprünglichen Zustand belassen zu können, überlegte er.

Während des Fluges hierher hatte Croaker die FBI-Akte über die Goldonis durchgelesen. Sie war auf eine ungewöhnliche und seltsame Art unvollständig. Dominic wurde 1947 als Kind einer gewissen Faith Mattaccino geboren, die, siebzehn Jahre später, die zweite Mrs. Goldoni werden sollte. Offenbar war über Dominics Vater nichts bekannt, auch nicht, ob sie mit ihm verheiratet gewesen war.

Den FBI-Unterlagen zufolge wußte man auch über Faith Goldoni nur wenig, außer daß sie Amerikanerin italienischer Abstammung war und 1923 geboren wurde. Ein Jahr nachdem sie Enrico Goldoni geheiratet hatte, überredete sie ihn, ihren Sohn Dominic zu adoptieren. Er hatte zwei Töchter aus erster Ehe, von denen eine – Margarite – in New York lebte und mit dem Anwalt Tony »D« DeCamillo verheiratet war. Faith starb 1974 bei einem Bootsunglück vor dem Lido, dem Strand von Venedig.

Was Enrico Goldoni anging, so war dieser bereits zum Zeitpunkt seiner Heirat mit Faith fest in die Unterwelt der Mafia integriert gewesen. Wie ein Venezianer in einer im wesentlichen von Sizilianern dominierten kriminellen Organisation an die Macht gelangen konnte, war nicht bekannt. Es schien allerdings so zu sein, daß über Enricos eigene Firma, die Seiden- und handgearbeitete Brokatstoffe herstellte und vertrieb, auch andere, weniger feine Produkte problemlos und weltweit vertrieben wurden.

Am elften Dezember des Vorjahres zogen Polizeibeamte Enricos Leiche aus dem Canale Grande, wo sie wie ein Sack voller Abfälle an einem Holzpfahl hing. Wer ihn getötet hatte oder warum, blieb unbeantwortet.

Augenscheinlich handelte es sich bei den Goldonis um eine Familie des Todes und der Geheimnisse, doch nichts von allem, was in den Akten stand, hätte Croaker auf dieses unheimliche und schockierende Ende von Dominic Goldoni vorbereiten können.

Lillehammer kam hinter der Leiche hervor, und seine Lippen zitterten. »Haben Sie sich je an den Gestank gewöhnen können?«

Croaker lächelte, zog ein paar zerknautschte Stöpsel aus den Nasenlöchern und steckte sie gleich wieder hinein. »Ich möchte wissen, was mit dem Kopf passiert ist.«

»Vielleicht hat er ihn vergraben.«

Lillehammer hob die Schultern. »Warum sollte er all dies tun? Der Betreffende ist geistesgestört.«

»Glauben Sie?«

»Zu welchem Schluß könnte man sonst kommen?«

»Weiß ich nicht. Doch nach meiner Erfahrung gibt es ein weites Feld von Möglichkeiten, die in Betracht kämen.«

Sie verließen die Küche und gingen in den Flur. Durch ein verschmiertes Fenster konnte Croaker sehen, wie die Wolkendecke immer tiefer herunterhing. Er spürte, wie der Druck nachließ; ein Teil seines Unbehagens hatte seine Ursache sicherlich in der Schweinerei in der Küche. Zoll für Zoll zwang er seinen Geist von den Bildern weg, die hinter seinen Augenlidern loderten. Er dachte daran, daß sie Glück gehabt hatten, noch vor dem Eintreffen des Orkans an Land zu gelangen.

»Ist dies das Haus, das WITSEC für Dominic gekauft hat?«

»O Gott, nein!« sagte Lillehammer. »Dies ist das Haus, in das man ihn gebracht hat, damit er krepiert....« Er schlug ein Buch mit schwarzem Krokoledereinband auf. »Dieses Objekt steht seit – eh – acht Monaten zum Verkauf. Vom Zeitpunkt der Übernahme durch die Bank an ist hier drinnen kein Mensch gewesen.«

»Außer Dominic und seinem Mörder.«

Er schaltete eine Minitaschenlampe an und ließ deren Lichtkegel über alle Oberflächen wandern. Die weißen Wände und die Decke starrten auf sie zurück, als hätten sie böse Absichten.

»Was ist denn das?«

Croaker war stehengeblieben. Der Lichtkreis verhielt über einem Fleck an der Wand, der dunkler war als seine Umgebung. Die beiden Männer betrachteten ihn.

»Sieht aus wie...«

»Yeah«, beendete Croaker den Satz für Lillehammer. »Wie Schweiß.«

Und dann roch er sie, seine Angst und vermutlich auch die von Lillehammer; sie roch wie ein Tier, dessen übelriechender Atem Blutdurst und Tötungszwang verhieß.

Und wieder dieser psychische Druck, wie ein Schmerz in der Seele, jetzt noch bohrender, obwohl sie weiter von der blutbesudelten Küche entfernt waren.

»Hier ist etwas geschehen«, sagte er. »Etwas... Teuflisches.«

»Etwas Teuflisches?« Lillehammer sah ihn verdutzt an. »Was soll das heißen, Mann? Was gibt es denn noch Schlimmeres als das, was da hinten in der Küche hängt?«

»Weiß ich nicht... noch nicht.«

Croaker ließ den Strahl seiner Lampe über die ganze Fläche schweifen. Der Fleck war eiförmig, beinahe perfekt symmetrisch und stach hervor wie eine Stele in einem südostasiatischen Dschungel, die Zeugnis von der Vergangenheit eines uralten, rätselhaften Volkes ablegte.

Der Lichtkegel wanderte über die Fußleiste der Wand und von dort auf den Boden. Beinahe direkt vor seinen Füßen gab es einen zweiten Flecken, kleiner, aber dickflüssig und klebrig.

»Das ist mit ziemlicher Sicherheit Sperma«, stellte Lillehammer über Croakers Schulter fest. »Vielleicht hat der Mörder Goldoni zuerst vergewaltigt, ehe er ihn aufhängte und köpfte.«

»Nein«, sagte Croaker. »Wie Sie schon sagten, wurde mit Goldoni irgendein Ritual vollzogen – so was wie eine Opferung.« Er sah hoch zu Lillehammer. »Und dabei ist eine Schändung des Opfers nicht erlaubt.«

»Woher wissen Sie das so sicher?«

»Weiß ich nicht«, sagte er. »Ist bloß so... eine – eh – Ahnung.«

»Ja. Ich bin im Dschungel gewesen«, stimmte Lillehammer zu, »und dort ist Ahnung alles. Du spürst, wie dich irgendein Geist anhaucht und dir damit die Haut rettet – oder dich ins Verderben führt.«

Lillehammer lächelte sein gespenstisches Lächeln, und die winzigen Narben der Kreuzstiche traten in dem hellen Lampenstrahl weiß und plastisch hervor. »Ich will diesen Scheißkerl haben. Ich muß ihn einfach kriegen.«

»Muß? Sie scheinen ja wirklich den richtigen Namen für sich rausgesucht zu haben, Captain Ahab.«

Lillehammer stieß ein rauhes, metallisches Lachen aus; seine ziemlich großen Zähne schlugen wie die Kiefer eines Krokodils aufeinander.

»*Sure*«, sagte er und gebrauchte einen sehr wenigen Amerikanismen. »Eines Tages erzähle ich Ihnen mal alles.«

Auf den Tag bin ich gespannt, dachte Croaker. Er sah zu, wie Lillehammer sich hinkniete, sein kleines schwarzes Köfferchen öffnete, ein Paar sterile Plastikhandschuhe anzog und sich an die Sicherung der Spermaspuren machte. »Ich werde das mal untersuchen lassen. Führt wahrscheinlich zu nichts, aber beim heutigen Stand der computerisierten DNS-Auswertung haben wir vielleicht das Glück, einen auffälligen genetischen Fehler zu finden, der uns hilft, ihn zu schnappen.«

Lillehammer war ein völliges Rätsel, und genau dies war der Grund, überlegte Croaker, warum er sich von ihm angezogen fühlte. Croaker liebte ganz einfach alles Geheimnisvolle. Zwar war die Ermordung seines Vaters der Anlaß dafür gewesen, daß er Polizist geworden war, doch seine angeborene Neugierde gegenüber der dunklen Seite menschlicher Existenz hatte ihn zur Mordkommission geführt.

»Trotzdem«, fuhr Lillehammer fort, während er seine Gerätschaften wieder einpackte, »haben wir noch immer keine Ahnung von dem, was hier geschah.«

»Ganz so ist es nicht«, sagte Croaker. »Der Mörder war an einem Geschlechtsakt beteiligt, wahrscheinlich nachdem er Goldoni getötet hatte. Es ist klar, daß Goldoni in der Küche umgebracht wurde, daß man ihn dort zur Ader ließ.«

»Einverstanden. Vielleicht hat ihn ja das Töten so aufgegeilt, daß er bis zur Ejakulation onaniert hat. Das entspräche durchaus dem Verhaltensmuster einer Menge psychotischer Mörder. Die sind normalerweise impotent, aber die Raserei, in die sie sich beim Töten bringen, die Sekunde, in der sie ihrem Opfer das Leben nehmen, löst ihre sexuelle Blockade.«

Wieder dieser Druck auf die Psyche, dieser Schatten auf der Seele.

»Kann sein«, stimmte Croaker vorsichtig zu. »Aber in diesem Fall glaube ich das nicht. Schauen Sie sich an, was wir in der Küche vorgefunden haben. Dort gibt es keinerlei Anzeichen einer Raserei. Statt dessen ist der Mörder mit absoluter Präzision ans Werk gegangen. Und was ist mit dem Aspekt des Ritualmordes? Nur Magier und Schamanen führen diese komplexen Rituale aus. Ein Zauber potenziert den anderen, sozusagen. Und in dieser speziellen psychologischen Gleichung sehe ich keinerlei Impotenz.«

Lillehammer schien bereit, dies zu akzeptieren. Er ließ noch einmal seinen Blick umherschweifen. »Wenn er also Goldoni nicht vergewaltigt und selbst nicht onaniert hat, dann bleibt für uns nur eine einzige Alternative.«

»Richtig«, sagte Croaker. »Es war noch jemand da.«

Sie begaben sich weiter ins Innere des Hauses. Der Geruch von alter Farbe und von Terpentin durchdrang die abgestandene Luft. Der Flur endete bei einem altmodischen Badezimmer mit kleinen, schwarzweißen Kacheln, die zersprungen und hoffnungslos verdreckt waren. Eine Badewanne mit Klauenfüßen, ein quadratisches Waschbecken mit stellenweise abgeschlagenem Porzellan, keine Handtücher auf den eisernen Haltern, das raschelnde Geräusch umherhuschender Ungeziefers – das war wohl einer der traurigsten und trostlosesten Orte, an die Croaker sich erinnern konnte.

Lillehammers Mund zuckte wieder. »Riechen Sie was?«

Croaker zog die Stöpsel aus den Nasenlöchern. »O Gott!« rief er aus und machte einen Satz auf die gegenüberliegende Tür zu. Sie war abgesperrt. Er brachte seine linke Hand auf die Höhe des Türschlosses. Mit der Spitze des Zeigefingers zog er einen dünnen Metallnagel heraus und führte ihn in das Schloß ein.

Mit unverhüllter Faszination sah Lillehammer zu, wie Croaker den Nagel als Dietrich benutzte, ihn hin und her und vor und zurück schob und nach der Sperre tastete. Gleich darauf gab es ein vernehmbares Klicken.

»Bravo!« sagte Lillehammer.

Croaker drehte den Griff und öffnete die Tür nach außen.

»Gottverdammich! Was…« Lillehammer holte ein Taschentuch heraus und preßte es vor Mund und Nase. »Der Gestank ist ja schlimmer als der in der Küche.«

»Ich glaube, wir haben unseren ›noch jemand‹ gefunden«, sagte Croaker, als sie den Raum betraten.

Auf dem Bett lag eine junge Frau, beziehungsweise – um genauer zu sein – das, was einmal eine junge Frau gewesen war. Man hatte ihren Körper so gespreizt, daß Arme, Beine und Kopf die fünf Punkte eines Sterns bildeten. An ihrem Rumpf waren Inzisionen ausgeführt worden, so sauber und präzise wie von einem Chirurgen praktiziert. Croaker ging um das Bett herum und zählte die Schnitte. Es waren sieben. Im siebten Schnitt steckte eine blutbefleckte weiße Vogelfeder.

Lillehammer, der ihm gefolgt war, sagte leise: »Mein Gott, das war einmal ein hübsches Ding.«

»Noch ein Ritual«, knurrte Croaker.

»Schauen Sie sich das an!«

Mitten in die Stirn war ein senkrechter Halbmond geschnitten, der schon dunkel von getrocknetem Blut war. Weiter unten, wo einst der Nabel gewesen war, befand sich jetzt ein dunkles Loch; quer darüber war etwas befestigt. Es war einmal weiß gewesen, jetzt aber mit Blut befleckt.

»Ist das eine Art Vogelfeder, die man dort angenäht hat?« fragte Croaker.

»So sieht es aus. Sobald ich hier fertig bin, lasse ich es von einem Ornithologen untersuchen.« Sein Blick schien an der blutigen Feder festzukleben. »Ich werde jetzt lieber mal schnellstens die Spurensicherung und die Gerichtsmediziner holen.«

»Ich bin immer ein Anhänger solider, altmodischer Polizeiarbeit gewesen«, erklärte Croaker. »Doch in diesem Fall befürchte ich, daß sie uns wenig nützen wird. Was wir brauchen, ist ein Hexenmeister. Unser Mörder hat garantiert keine Fingerabdrücke hinterlassen.«

»Sein Sperma hat er hinterlassen«, erinnerte ihn Lillehammer.

»Ja, das hat er«, sagte Croaker nachdenklich und studierte noch immer den blutigen Halbmond. »Es war ein Wegweiser, und schauen Sie sich an, wohin er uns geführt hat.« Er drehte sich um und sah Lillehammer an. »Aber da gibt es noch eine Frage, die zu beantworten wäre: Was zum Teufel geschah mit Goldonis Kopf?«

»Sehen Sie, Linnear-san«, sagte Mikio Okami, »ich bin vor vielen Jahren mit einer ganz bestimmten Absicht nach Venedig gekommen. Seitdem arbeite ich hier daran, das alte, kriminelle *yakuza*-Geld in neue, legale Geschäftsunternehmungen umzuleiten, die das Fortbestehen der *yakuza* bis ins einundzwanzigste Jahrhundert sichern sollen.

Wie Sie bestimmt wissen, wurden die *yakuza* im April 1992 offiziell geächtet. Man kann also nicht länger davon ausgehen, daß der Status quo fortbestehen wird. Legenden verblassen, sogar so hartnäckige wie diejenigen, die sich um die *yakuza* ranken.

Vor ungefähr einem Jahr hat sich alles für mich verändert: Freunde, Feinde und Bündnisse, die seit Jahrzehnten bestanden haben. Diese Veränderungen wurden mir durch eine wachsende Entfremdung mit meiner eigenen Führungsmannschaft aufgezwungen. Die Ergebnisse waren verheerend. Einer meiner alten Partner wurde ermordet, und ich selbst habe nun einen sehr mächtigen Feind. Er gehört einer Gruppe an, die sich *godaishu* nennt.«

»›Fünf Kontinente‹«, übersetzte Nicholas spontan aus dem Japanischen.

Okami nickte. »Die Philosophie der *godaishu* ist der meinigen diametral entgegengesetzt. Diese *oyabun* fühlen sich schrecklich bedroht durch meinen Plan, sie in ein legales Umfeld zu manövrieren. Sie genießen ihre Gesetzlosigkeit, weil sie das Einzige ist, das ihnen Zusammengehörigkeit, Status und Einfluß verschafft. Und sie sind der Meinung, daß sie ohne sie in die Bedeutungslosigkeit zurückfallen würden. Deshalb werden sie von ihrer Angst aufgefressen, Status und Privilegien, die ihnen ihr altes Leben bietet, zu verlieren. Sie sind süchtig nach Macht und nicht in der Lage, sich mit einer Welt auseinanderzusetzen ohne jenen Adrenalinstoß, den ihnen ihr Geld, ihre Stärke und ihr Leben im Verborgenen liefern. ›Was ist ein Leben wert ohne des Messers Schneide?‹ Diese Frage haben sie mir immer wieder gestellt.

Es ist wichtig, ja überlebensnotwendig für die Interessen der *yakuza*, daß wir expandieren. Und damit meine ich nicht einfach eine Multiplizierung der Delikte und kriminellen Geschäfte. Jawohl, wir sind dabei, in einzelnen klassischen Bereichen der amerikanischen Mafia Fuß zu fassen. Doch diese Leute sind alt und krank, und das junge Blut gehört einer Generation an, die sich so weit von der *omertà* und den anderen alten Ehrbegriffen entfernt hat, daß sie keine Fundamente und Strukturen mehr haben, auf denen sie aufbauen könnten. Beim geringsten Druck seitens des FBI fällt der eine Don um und verrät den andern.«

Er hob eine Hand wie zu einer archaischen Segnung, so daß Nicholas auf merkwürdige Art an die Liturgie erinnert wurde, die er in der Kirche des Heiligen Belisarius gehört hatte.

»Und jetzt ist der Zeitpunkt gekommen, wo wir die moralische und charakterliche Stärke der *yakuza* einsetzen müssen. Die Zeit ist reif und der Boden vorbereitet für unsere Zielstrebigkeit. Aber es sind nicht die Zielsetzungen der Mafia.

Nein, ich spreche jetzt von legalen Geschäften, die wir schon teilweise kontrollieren oder noch kontrollieren wollen. Sich in solche Konzerne einzukaufen, ist nicht leicht. Wir haben es da sowohl mit der amerikanischen Börsenaufsicht zu tun als auch mit zahlreichen Bankenaufsichten. Bei unseren Neuerwerbungen müssen wir so umsichtig vorgehen, daß auch nicht der geringste Verdacht auf uns fallen kann.«

»Warum erzählen Sie mir das alles, Okami-san?« fragte Nicholas. »Sie müssen doch wissen, daß ich kein Freund der *yakuza* bin. Ich beklage die Art und Weise, wie sie die Schwächen anständiger Leute ausbeuten.«

»Sie haben ein klares Wort gesprochen«, erwiderte Okami, »und das werde ich auch tun: Sie verstehen zwar nichts von all dem, was wir tun oder was wir erreichen wollen. Aber Sie verdammen uns ganz einfach so, wie es auch unsere Feinde tun.«

Nicholas zeigte ein frostiges Lächeln. »Im Gegenteil«, sagte er. »Ich weiß zumindest ein bißchen was über das Privatleben einiger *oyabun*.«

»Aber nichts über meines.«

Da Nicholas keine Antwort gab, war Okami gezwungen zu reagieren. »Sehen Sie nicht die Möglichkeit, daß wir eines Tages bei einem wohltätigen Unternehmen einsteigen?«

»Wohltätig für euch, ja.«

»Ihr Vater hat die Dinge aber ganz anders gesehen.«

Nicholas stellte seine Tasse ab. »Mein Vater lebte zu einer anderen Zeit. Für ihn war das noch immer wie Krieg. Seine Aufgabe war es gewesen, das moderne Japan wieder auf die Füße zu stellen.«

»Sie brauchen mir keine Einzelheiten zu nennen«, sagte Okami sanft. »Ich war ja schließlich auch dort und bei ihm.« Dann sah er Nicholas direkt an. »Diese barschen Worte bereiten mir Schmerz. Ein Streit zwischen uns beiden ist unnötig.«

»Vielleicht bekriegen wir einander nur aus Unwissenheit«, gab Nicholas zu bedenken. »Ich habe schließlich keine Kenntnis von dem, weswegen mein Vater in Ihrer Schuld steht.«

»Das ist ein Geheimnis, und wir beiden schworen, daß es unter uns bleibt.«

Nicholas entgegnete darauf nichts. Sein Schweigen war genauso beredt, als hätte er Okami gesagt, daß sie beide nun am Ende einer Sackgasse angelangt waren.

»Wollen Sie Ihrem eigenen Eid gegenüber Ihrem Vater abschwören?« fragte Okami plötzlich und mit Schärfe. »Wollen Sie, daß ich meinem Eid ihm gegenüber untreu werde?«

»Ihr Verhältnis zu meinem Vater hat eine eigene Dynamik«, sagte Nicholas. »Jetzt müssen Sie mit *mir* verhandeln. Sie und ich, wir müssen uns zu gegenseitigem Verständnis durchringen. Nur dann können wir hoffen, daß sich zwischen uns eine Beziehung entwickelt.«

Okami schien überrascht zu sein. »Sie sprechen von... einem Bündnis?«

Nicholas nickte. »Vielleicht, ja. Aber wie auch immer die Beziehung zwischen uns aussehen wird, Sie können nicht erwarten, daß Sie mich blindlings und nach eigenem Gutdünken einsetzen können.«

»Aber Ihr Vater...«

»Okami-san, bitte, versuchen Sie zu verstehen. Ich bin nicht *nur* der Sohn meines Vaters.«

Okami erhob sich, drehte Nicholas den Rücken zu, ging zu den Fenstern hinüber und sah auf den *rio* hinaus. Er schlug die eine Hand in die andere, während er über das Problem nachgrübelte. Aber es gab nicht viel zu grübeln. Nicholas hatte ihn mit etwas konfrontiert, was praktisch auf ein Ultimatum hinauslief: Entweder du sagst mir, worin die Schuld meines Vaters bestand, oder ich werde sie nicht anerkennen. Nicholas wußte, daß es jetzt ausschließlich um das Wahren des Gesichts ging.

»Ihr Vater war ein außergewöhnlicher Mann«, sagte Okami übergangslos. »Er war außergewöhnlich in vielerlei Hinsicht, und vieles davon wissen nicht einmal Sie. In gewisser Beziehung war Ihr Vater wie ein Künstler. Was er wahrnahm war – genaugenommen – nie die Wirklichkeit, sondern das, was *jenseits* der Wirklichkeit lag. Einfacher ausgedrückt: Ihr Vater sah die *Möglichkeiten*, die in den jeweiligen Situationen steckten. Und er wußte, wie man die betreffenden Situationen ausnutzen konnte, um diese Möglichkeiten in eine zukünftige Wirklichkeit umzuwandeln.«

Nicholas bemerkte, daß sich Okamis Rücken gestrafft hatte. In dem Maße, wie er sich der mit Colonel Denis Linnear gemeinsam verbrachten Vergangenheit erinnerte, schienen die Jahre des Alters von ihm abzufallen.

»Ich habe auf sehr seltsame Weise die Bekanntschaft Ihres Vaters gemacht, denn es war nicht geschäftlich. Meine Schwester war nämlich ganz verrückt nach ihm, und sie hat uns beide auch miteinander bekannt gemacht. Sie hatte darauf bestanden, daß ich ihn kennenlerne – einen *iteki*, dachte ich mir. Ich würde ihn vom ersten Augenblick an hassen, dachte ich. Bis ich ihn dann zum ersten Mal sah.«

Okami atmete tief durch, als müsse er sich Mut machen. »Sie wissen zweifellos, daß MacArthurs SCAP-Stab oft mit gewissen Angehörigen der *yakuza* zusammenarbeitete. Wir waren für sie von Nutzen bei der Bekämpfung der kommunistischen Subversion, die darauf abzielte, das von den Amerikanern verordnete neue demokratische System zu unterminieren. Zuerst haben ich und andere Gleichgesinnte uns gefühlt, als seien wir zwischen Scylla und Charybdis geraten – in der Falle zwischen zwei fremdartigen politischen Systemen, die beide die Grundfesten des japanischen Lebens zum Einsturz bringen würden. Doch natürlich war dann der Kommunismus das, was wir weitaus am meisten fürchteten und haßten, und so fanden wir uns plötzlich an der Seite der Amerikaner wieder. Was hätten wir sonst tun können? Diese Frage haben wir uns damals andauernd gestellt – und Ihr Vater und ich haben sie endlos debattiert.

Doch die Kommunisten stellten nicht die einzige Bedrohung dar. Sie waren der direkte Feind und damit für das SCAP-Command leicht zu identifizieren. Ihr Vater hatte jedoch noch eine weitaus subversivere Gruppe aufgestöbert, die sich ganz tief unter der Oberfläche der politischen, sozialen und wirtschaftlichen Systeme unserer beiden Länder eingenistet hatte, und um diese Leute zu vernichten, hat er meine Hilfe in Anspruch genommen.«

Okami drehte sich endlich wieder um und setzte sich auf eines der Kissen. Er schlug ein Bein über das andere und legte einen Arm auf den Fenstersims. »Sie müssen verstehen, daß dies damals gesetzlose Zeiten waren, Linnear-san. Der Schwarzmarkt florierte, und jeder unternehmerisch veranlagte Mensch konnte innerhalb von Monaten ein Vermögen machen – falls er die nötigen Kontakte und die entsprechende Ware zu verkaufen hatte.

Besonders einfach war es auch, wenn man zum Beispiel Offizier bei der amerikanischen Militärpolizei war. Dann hatte man praktisch das ganze Land in der Tasche. Man repräsentierte ja das Gesetz.

Ihr Vater war bestimmten Querverbindungen auf dem Schwarzmarkt in Tokio auf die Schliche gekommen. Hauptakteur war ein gewisser MP-Captain namens Jonathan Leonard, der genauso skrupellos wie rücksichtslos war. Dazu hatte er sich so gut abgeschirmt, daß es Ihrem Vater trotz all seiner Bemühungen nicht gelang, ihn festzunageln. Dieser Mann versorgte in der Zwischenzeit die Stadt mit allem, was diese nicht brauchte: Revolver, Pistolen, Munition, alle nur erdenklichen Waffen – und Drogen. Riesige Mengen an Drogen.

Woher nun nahm er seine Schmuggelware? Wo lagerte er sie? Wen benutzte er als Verteilerorganisation? Sehr zu meiner Überraschung und Wut stellte ich fest, daß sich gewisse *yakuza kobun* im Zwischenhandel engagiert hatten. Bei ihnen handelte es sich um die Desillusionierten, die Abtrünnigen, um Soldaten, die man bei der Beförderung übergangen hatte oder die, weitaus beunruhigender, zu ungeduldig gewesen waren, um sich von unten in der Hierarchie nach oben zu arbeiten.

Doch wer stand hinter ihnen? Captain Leonard? Warum nicht? Er hatte die nötigen Beziehungen. Ihr Vater, Linnear-san, hat dann ein bißchen tiefer gegraben und herausgefunden, daß Leonard ganz legal seinen Namen geändert hatte, kurz bevor er in die Armee eingetreten war. Der Name, unter dem er geboren war, lautete John Leonforte.« Okami nickte. »Ganz recht, Linnear-san, er war der kleine Bruder von Alphonse Leonforte, jenem Mafia-Don, der während des Krieges und danach die Vereinigten Staaten terrorisierte. Alphonse hatte ganz allein den Zugriff der Ostküstenmafia auf den Überseehafen von New York sowie auf das Baugewerbe und die Überlandspeditionen abgesichert, Branchen, deren Wachstum das aller anderen im Amerika der fünfziger Jahre übertraf.«

»Habe ich da nicht in der vor ein paar Jahren erschienenen Biographie gelesen, Al Leonfortes jüngerer Bruder sei während seiner Dienstzeit in der Armee gestorben?«

»Das ist richtig«, sagte Okami. »Ich habe ihn getötet.«

Nicholas betrachtete Okami eine Zeitlang aufmerksam. Dann stand er auf, ging zu dem Sideboard hinüber und goß sich einen Brandy ein. Er kippte ihn auf einen Zug hinunter, wartete erst, bis das brennende Gefühl seinen Magen erreicht hatte, drehte sich dann um und sah Okami direkt an. »Wollen Sie damit sagen, daß Sie Johnny Leonforte im Auftrag meines Vaters umbrachten?«

Okami trank seinen Espresso aus. »Ich sage Ihnen nun etwas, das Sie in der Biographie *nicht* gelesen haben. Alphonse Leonfortes letzte Amtshandlung, ehe er sich zurückzog, war der Befehl zur Ermordung von James Hoffa gewesen. Und wissen Sie, warum dessen Leiche nie gefunden wurde? Ich werde es Ihnen sagen. Der damalige Senator des Staates New York war ein guter Freund Leonfortes; seinen Namen habe ich vergessen. Schlagen Sie ihn in der Biographie nach, wenn Sie wollen. Dieser Senator hatte jedenfalls ein Haus, ein Sommerhaus, auf Shelter Island, glaube ich. Kennen Sie den Ort, Linnear-san?«

»Sehr gut«, sagte Nicholas und spürte, wie ihm der Magen in die Kniekehlen rutschte.

Okami nickte. »Ich bin noch nie dort gewesen, doch eines Tages möchte ich gerne mal hin. Es soll dort sehr schön sein, sehr abgeschieden.«

»Das und noch mehr.«

Wieder senkte Okami den Kopf. »Wie schon gesagt, hatte der Senator dort ein Haus, wo er sich gern entspannte und ausruhte. Leonforte liebte den Ort, obgleich er sich tagsüber niemals dort oder in der Nähe blicken lassen durfte. Wahrscheinlich war das dem Senator zu riskant. Doch auf dem Grundstück standen zwei japanische Ahornbäume. Prachtexemplare ihrer Gattung schon damals. Leonforte war ganz verrückt nach diesen Bäumen, besonders wenn sich im Herbst die Blätter blutrot färbten.

Vielleicht hatte der Senator die Ahornbäume sträflich vernachlässigt, so daß Leonforte der Meinung war, sie bräuchten etwas Extra-Kompost. Oder aber er wollte seinem Freund einen kleinen, ironisch gemeinten Streich spielen. Nach so langer Zeit – wer kann das schon wissen? Auf jeden Fall hat Leonforte seine Leute genau dort hingeschickt, um Hoffa zu begraben, unter den Wurzeln der Ahornbäume des Senators. Man berichtete mir, daß die Bäume noch immer dort stehen und großartiger als je zuvor gedeihen.«

Nicholas rieb sich die Stirn. »Und das ist der Bursche, dessen jüngeren Bruder Sie ermordet haben.«

»Nicht ermordet«, sagte Okami. »Nein, eigentlich nicht. Wir hatten eine Auseinandersetzung, er und ich. Meine Schuld besteht vermutlich darin, daß ich diese Auseinandersetzung herbeigeführt habe. Ich erinnere mich, daß er ein starker und zäher Mann und mit einem ausgeprägten Überlebensinstinkt ausgestattet war. Aber ich war, zu jener Zeit, ein sehr guter Kampfsportler, und bei dieser Art von Zweikämpfen...« Er hob die Schultern. »Es ist schwierig, verhalten zu schlagen. Ich denke, Sie wissen, was ich meine.«

Nicholas betrachtete seine eigenen Hände und verstand sehr gut, was Okami meinte. Auch seine Hände waren für eine Reihe von Toten verantwortlich. Er sah Okami wieder an und wollte, daß dieser ihm klipp und klar sagte, ob sein Vater ihm den Mord an Johnny Leonforte aufgetragen hatte oder nicht. Er glaubte allerdings nicht daran, daß Okami es ihm jetzt sagen würde, also überlegte er kurz und fragte dann: »Hat denn Captain Leonards Tod irgend etwas geändert? Ist der Schwarzmarkt für Schmuggelware danach ausgetrocknet?«

Okami antwortete nicht gleich. »Einige Zeitlang war es so«, sagte er schließlich und gestand damit gerade so viel ein, wie er es für richtig hielt. »Doch zur Überraschung Ihres Vaters lebte er dann wieder auf. Und diesmal gelang es weder ihm noch mir, die Quelle aufzuspüren.«

Nicholas wurde wachsam. »Waren Sie denn nicht genauso überrascht?«

Okamis Lächeln glich dem eines Lehrers, dem der Musterschüler eine schlaue Frage stellt. »Ob Sie es glauben oder nicht, aber ich wußte eine Menge mehr über die amerikanische Mafia als Ihr Vater in seinem ganzen Leben. Ich hatte sie studiert, bin sogar einmal nach Sizilien gereist...«, er winkte mit einer Hand ab, »doch das ist eine andere Geschichte. Ich wußte, wenn *ein* Leonforte seine Finger drin hatte, dann hatten auch noch andere ihre Finger drin.«

»Sie meinen Alphonse?«

Okami schüttelte den Kopf. »Es waren ursprünglich vier Brüder. Einer starb bei einem Bootsunglück im College. Na ja, allerdings ist man ja nie sicher, ob in der Welt dieser Leute das Wort ›Unglück‹ überhaupt existiert, besonders wenn es den Mann betrifft, den Alphonse als seinen Nachfolger aufgebaut hatte. Wie dem auch sei: Paul Leonforte starb jung, womit das schwarze Schaf der Familie übrigblieb, nämlich Francis. Der zog nach San Francisco und blieb dort, trotz massiver Einwände von seiten Alphonse. Doch Frank hatte sich stets als sein eigener Herr gefühlt; den Schatten des Großen Bruders hat er nie akzeptiert. Ihm war völlig klar, daß er – solange er irgendwo an der Ostküste lebte – immer nur Befehlsempfänger sein würde, gleichgültig, wieviel Macht und

Einfluß er persönlich anhäufte. Auf Platzhirschkämpfe mit Alphonse hatte er keine Lust. Also ging er, um sich an der Westküste sein eigenes Reich abzustecken, was er auch mit bewundernswertem Erfolg tat. Er hatte drei Kinder, eine Tochter und zwei Söhne. Der eine Sohn, Michael, starb als hochdekorierter Soldat in Vietnam. Der andere, Caesare, baute auf Franks Erfolg auf und ist jetzt der Don des ganzen westlichen Teils der Vereinigten Staaten. Er ist der Hauptkonkurrent des *capo* von der Ostküste, von Dominic Goldoni.«

Okami brummte; aber es war ein halbes Lachen. »Caesare heißt auch ›die miese Muschel‹. Und das ist gar nicht witzig gemeint. Seine Sporen innerhalb der Organisation hat er sich folgendermaßen verdient: Er wurde losgeschickt, um einen Rivalen seines Vaters umzubringen. Der Mann saß gerade beim Abendessen in einem örtlichen Restaurant. Pasta mit frischen Muscheln. Es heißt, Caesare, nachdem er dem Mann das Gehirn über seinen dreiteiligen Anzug gepustet hatte, sich mit der noch rauchenden Pistole in der Hand über ihn gestellt und gesagt habe: ›Da siehst du mal, was miese Muscheln mit dir anrichten können‹.«

Okami ließ ein kurzes, bellendes Lachen hören, wurde dann aber schnell wieder ernst. »Doch ich schweife ab. Als wir über alles nachdachten, schien es logisch zu sein, daß Frank letztendlich Verbindung zu John hatte, doch um diese Theorie zu bestätigen, hätten weder Ihr Vater oder ich nach San Francisco reisen müssen, wo keiner von uns beiden damals irgendwelche Beziehungen hatte. Außerdem beanspruchten in jener Zeit die kommunistisch initiierten Dockarbeiterstreiks in Tokio unsere ganze Aufmerksamkeit.«

Nicholas goß sich einen zweiten Brandy ein und setzte sich dann neben Okami. Gemeinsam sahen sie auf das dunkle Wasser hinaus, in dem sich die Lichter der Palazzi vom anderen Ufer des Canale Grande spiegelten.

»Das heißt, das Rätsel wurde nie gelöst«, sagte Nicholas schließlich.

»Richtig, aber heute bin ich weitaus näher an einer Lösung«, meinte Okami nachdenklich.

»Was wollen Sie damit sagen?«

Okami wandte den Kopf, um Nicholas anzusehen. »Nur so viel: Während ich versucht habe, die *yakuza* zu legalisieren, hat eine mir unbekannte Person ein festes Band mit der Mafia geknüpft. Heute vermute ich, daß die Anfänge dazu in jene Tage zurückreichen, als Johnny Leonforte als der japanische Weichensteller fungierte.«

Okamis Augen funkelten, wenn sie die nächtlichen Reflexionen des Wassers einfingen. »Linnear-san, es ist meine feste Überzeugung, daß dieselbe Person – ein einziger, äußerst intelligenter Kopf – hinter den jüngsten Umstrukturierungen in der Mafia steckt. All die alten Dons mit ihrem Ehr- und Familiengefühl werden reihenweise verraten und abserviert. Zurück bleiben käufliche Schakale, Erbsenzähler ohne Format, die für die nächste Milliarde Dollar Profit ihre eigene Seele verkaufen würden. Und es sieht ganz danach aus, als hätten sie ihre Seelen an diesen einen Mann verscherbelt, der die Fäden dieses internationalen Konzerns aus der Hölle zieht.

Ein solcher Großkonzern mit gemeinsamen Unterweltkontakten und Ressourcen überall in Ost und West, eine Art krimineller *keiretsu* mit Armen, die den ganzen Globus umfassen können, wäre durchaus in der Lage, mehr Macht über die Weltwirtschaft zu erlangen, als sie die Regierungen der Vereinigten Staaten und von Deutschland im Moment haben. Können Sie sich ein ungefähres Bild davon machen, welch verheerenden Schaden ein solcher Unternehmenskomplex anrichten könnte? Weltweit würden ihm alle legalen Unternehmen buchstäblich zuarbeiten, ihn füttern und ihm dadurch gestatten, noch mächtiger zu werden.«

»Aber da wird es doch staatliche Stellen geben – wie zum Beispiel die CIA –, die mit so einer Bedrohung fertigwerden müßten.«

»Normalerweise vielleicht«, sagte Okami. »Doch seit kurzem stelle ich in eine bestimmte Richtung Nachforschungen an. Es sieht so aus, als reiche der mysteriöse Fall Leonforte im Nachkriegs-Japan viel tiefer, als Ihr Vater oder ich uns vorgestellt hatten. Ich glaube nämlich, daß die Bündnisse, die Leonforte eingegangen war, zumindest mit halb offiziellen Beziehungen ausgestattet waren. So entsetzlich es auch scheinen mag, aber Leonforte muß unter der Schirmherrschaft gewisser Persönlichkeiten innerhalb der Regierungen von Japan und den USA operiert haben. Das Endresultat sind die *godaishu*. Sie sind viel einflußreicher, als Sie es sich in Ihren kühnsten Träumen ausmalen können. Ihre Polypenarme reichen bis in die mächtigsten Zentren in Washington und Tokio.«

»Sie haben erwähnt, daß Sie Zeit bräuchten, um Ihre eigenen Pläne in die Tat umzusetzen.«

»Ja. Seit dem vergangenen Jahr versuche ich, Kräfte zu sammeln, die stark genug sind, um die *godaishu* matt zu setzen. Es ist eine gewaltige Anstrengung, die mich alle Kraft kostet und sogar dem Einfluß eines Kaisho Grenzen setzt. Ich befinde mich nun im Endstadium und weiß, daß es um alles oder nichts geht. Entweder überlebe ich und vernichte die *godaishu*, oder aber sie werden eine Macht, die durch nichts und von niemandem aufzuhalten ist. Es gibt keinen anderen Menschen, der das nötige Wissen und Können hat und an den ich mich wenden könnte.«

Okami zündete sich eine Zigarette an, drückte sie aber gleich wieder aus, weil er den Geschmack nicht genießen konnte. »Ehrlich gesagt, Linnear-san, meine verzweifelten Bemühungen, die *godaishu* zu stoppen, haben mich dazu verleitet, fragwürdige Koalitionen mit Leuten einzugehen, die ich weder richtig kontrollieren noch denen ich völlig vertrauen kann. Daher kann ich im Moment noch nicht sagen, ob meine Aktionen in einem brillanten Coup enden oder in einem wahnsinnigen Chaos.«

Er veränderte seine Sitzhaltung, und die Lichter von den Palazzi jenseits des Kanals flimmerten über sein Gesicht und verwandelten es in das Antlitz eines Tizian-Gemäldes. »Eines weiß ich allerdings ganz genau: Durch meine Aktionen habe ich mich in tödliche Gefahr begeben. Mir wurde bereits gemeldet, daß einer meiner Partner, Dominic Goldoni – übrigens der einzige, dem ich tatsächlich vertrauen konnte –, ermordet wurde. Und nun bin ich umso mehr davon überzeugt, daß meine intime Kenntnis der *godaishu* und meine Versuche, ihnen Einhalt zu gebieten, mich zum Todeskandidaten gemacht haben.«

3

New York / Tokio / Washington

Mit ihrer schlafenden Tochter im Arm war Margarite Goldoni nach Hause zurückgekehrt, wo sie feststellte, daß ihr Ehemann bereits eine ganze Armee von Mafia-Fußvolk zusammengetrommelt hatte, um sie hinter Robert herzujagen. Tony war eben einer von der alten Schule: *macho macho*. Was auch der Grund dafür war, daß Dominic ihn zum Verwalter der Geschäfte der Familie ernannt hatte.

Tatsächlich hatte sie sich aber vor ihrer Rückkehr gefürchtet. Und all ihre Ängste bestätigten sich in dem Augenblick, in dem Tony die Tür aufriß. Er fragte sie nicht, wohin man sie gebracht hatte, inwiefern sie eine Mitschuld am Tod ihres Bruders traf oder auch nur, wie sie nach Hause gelangt war. Er stellte ihr nur die eine Frage: »Wurdest du angefaßt?«

Er fragte noch nicht einmal: »Hat *er* dich angefaßt?« weil ein Tony keinesfalls das akzeptieren würde, was in seiner Vorstellung ohnehin stattgefunden hatte.

Denn im wahrsten Sinne des Wortes spielte ihre Antwort keine Rolle mehr für ihn. Da in seinem Kopf bereits das Bild dessen existierte, was aus ihr geworden war, hatte er auch schon über ihr weiteres Schicksal befunden. Die Madonna, als die er sie immer hatte haben wollen, war nun auf ewig befleckt und unrein.

Sie verneinte seine Frage, erzählte ihm, daß Francis Betäubungsmittel hatte schlucken müssen, was der Wahrheit entsprach, und daß man ihr selbst die Augen verbunden habe, was nicht stimmte. Aber wie hätte sie irgend jemandem gegenüber zugeben sollen – am allerwenigsten ihm gegenüber –, was zu tun man sie gezwungen hatte? Der Akt an sich war ja schon für sich genommen die Hölle. Es hinterher aber auch noch eingestehen zu müssen, war eine noch viel schlimmere und für sie unerträgliche Sache.

Er hörte nichts von all dem, was sie sagte. Es interessierte ihn einfach nicht. Er wollte noch nicht einmal in ihre Nähe kommen, sondern stand kalten Blickes und voller Mißbilligung abseits, als habe sie sich während ihrer Gefangennahme mit Lepra infiziert.

Trotz der Tatsache, daß sie ganz offenkundig verzweifelt und seelisch am Ende war, zwang ihr Tony eine Auseinandersetzung über das Thema auf, daß man Robert fertigmachen müsse. Er wollte seine Rache.

»Um Himmels willen, Tony, wir kennen ja noch nicht einmal seinen *wirklichen* Namen!« explodierte sie.

Tony sah sie mit jenem schlauen Blick an, den er stets dann verwendete, wenn er als Anwalt im Begriff war, einem Kontrahenten mit einem Vertrag die Luft abzuschnüren. »Aber wir haben *dich*, Margarite. Und nun, da das Kind bei uns in Sicherheit ist, kannst du dem Zeichner, den ich besorgt habe, eine detaillierte Beschreibung von ihm geben. Wir brauchen nichts weiter als sein Gesicht. Er ist ein Scheißasiate. Glaubst du denn, wir finden so einen nicht?«

Sie atmete tief durch und sagte dann langsam und deutlich: »Tony, nun hör mir mal genau zu. Er sagte, er werde uns beobachten, und falls wir irgend etwas unternehmen, holt er sich Francie.«

Tony winkte lässig ab. »Gerede, nichts als Gerede. Er hat versucht, dich einzuschüchtern. Mehr nicht. Denk doch mal nach, Margarite: Wie zum Teufel soll er feststellen, was wir tun? Sogar die vom FBI können das nicht besonders gut, und das bei dem Haufen Personal, das die zur Verfügung haben.« Er schüttelte beinahe mitleidig den Kopf. »Du bist eben eine Frau. Und da weiß er, daß er dir Angst einjagen kann. Männer wie er tun das die ganze Zeit. Überlaß das alles mir. Wir kriegen das Schwein, noch ehe er Gelegenheit hat, sich zum Scheißen hinzuhocken.«

Sie drückte ihre Handballen gegen die Schläfen, als könne sie so ihren Puls verlangsamen und die aufkommende Woge der Panik eindämmen. Wie ein Kind kam sie sich vor, genauso ohnmächtig, genau so, wie es bei ihrem Vater gewesen war. Gebrochen sagte sie: »Du kennst ihn nicht. Er wird sie sich holen. Er bringt es fertig.«

Sie kämpfte darum, ihre Stimme ruhig klingen zu lassen, aber vergeblich, und dann flossen ihre Tränen. »Francie ist doch jetzt wieder bei uns und in Sicherheit. Lieber Gott, warum gibst du nicht endlich Ruhe?«

»Ruhe geben? Du bist wohl total übergeschnappt! Das kannst du dir abschminken! Dieses Dreckschwein kommt in mein Haus, greift mich an, demütigt mich und läßt mich all die Leichen wegräumen, die er überall in *meinem* Haus abgeschlachtet hat! Dies hier ist heiliger Grund und Boden, Margarite! Noch nicht einmal dieses Arschloch von einer miesen Muschel, Leonforte, würde es wagen, in mein Haus einzudringen.« Sein Gesicht war blutrot angelaufen. »Unbefleckte Jungfrau Maria, Margarite! Er hat deinen Bruder umgebracht!«

Angesichts seiner Autorität verstummte sie, denn in seinem selbstgerechten Zorn war er genau wie ihr Vater. Tony fing an, seine Mafia-Soldaten herumzukommandieren. Danach ging er ans Telefon und tätigte verschiedene Anrufe. Anschließend stürmte er in ihr Badezimmer, wo sie sich gerade duschte. »Pack ein paar Sachen zusammen«, sagte er. »Du und Francine, ihr fahrt ein bißchen weg.«

Margarite sah ihn ungläubig an. »Sie hat schon viel zuviel Unterricht versäumt. Ich möchte nicht…«

»Tu, was ich sage!«

Sie gehorchte.

Tony schloß seine Vorkehrungen ab und kam dann ins Schlafzimmer, wo sie sich gerade anzog. »Kein Mensch weiß, wohin ihr fahrt, außer ein paar wenigen meiner engsten Vertrauten hier, und der Mann, mit dem ich soeben telefonierte. Es ist sein Haus, und er gehört zur Familie. Also brauchst du dir seinetwegen keine Sorgen zu machen.«

Er ließ einen Leibwächter das Gepäck nach unten tragen, das sie zusammengepackt hatte. Dann nahm er die schlafende Francine in die Arme und folgte ihnen ins Erdgeschoß. Er hatte versucht, seiner Tochter ihren Lieblingsteddy Ryan wegzunehmen, doch sie ließ ihn nicht los. Zerzaust und zerknautscht wie er war, bildete er doch das einzige Überbleibsel ihrer Kindheit, das sie nicht einmal als Teenager mit jemand anderem hatte teilen wollen.

Vor dem Haus stieg Margarite in den Lincoln, und er reichte ihr Francine hinein. Währenddessen waren sie ringsum von Leibwächtern der Familie umgeben, sowohl im Auto als auch in den Wagen vor und hinter dem Lincoln.

»Wir sehen uns wieder, wenn alles vorbei ist«, sagte Tony und schlug mit der flachen Hand auf das Dach des Lincoln.

Erst nachdem sie das Grundstück verlassen hatten, fiel Margarite auf, daß er sie nicht geküßt, ja sie nicht einmal berührt hatte, seit sie zurückgekehrt war.

Francine lag mit dem Kopf auf dem Schoß ihrer Mutter und hielt ihren Ryan umklammert. Margarite strich ihrer Tochter übers Haar, so wie sie es getan hatte, als Francine noch ein Baby gewesen war und an Keuchhusten gelitten hatte. Während sie durch die Nacht dahinrasten, konnte sie nicht anders als dauernd daran zu denken, was Tony gerade planen würde, und ihre Angst wuchs. Sie versuchte sich zu beruhigen. Immer wieder redete sie sich ein, daß er ohne ihre Hilfe keine Beschreibung von Robert erhalten könne. Doch in der finsteren Nacht war ihr das nur ein schwacher Trost.

Vor Tagesanbruch trafen sie bei dem massiven Haus in New Hampshire ein. Die Männer im Vorausfahrzeug gingen als erste hinein, schalteten alle Lichter an und durchsuchten es gründlich. Erst dann gaben sie dem Fahrer des Lincoln ein Zeichen.

Margarite trug Francine selbst ins Schlafzimmer, legte sie ins Bett, deckte sie zu und setzte Ryan so gegen die Wand, daß ihre Tochter ihn leicht erreichen konnte, falls sie schlaftrunken nach ihm suchte. Dann zog sie sich in das für sie bestimmte Zimmer zurück.

Sollte sie eingeschlafen sein, so war ihr das nicht bewußt. Statt dessen durchlebte sie noch einmal ihren schrittweisen Tod, die dumpfe Apathie ihrer Tochter, die qualvolle Fahrt über die Landstraßen. Sie betrachtete sich selbst wie in einem Spiegel, sah sich unsäglich verstümmelt und geschändet, kaum noch bei Bewußtsein, vorwärtsgetrieben von einem einzigen Ziel, von einem Befehl jenes kreatürlichen Teils von ihr, der als letztes Element ihrer Natur noch voll funktionierte: Sie mußte ihre Tochter vor dem Bösen schützen, das Jagd auf sie machte. Hirngespinste alptraumhafter Natur übernahmen so die Rolle des Schlafes.

Sie wachte gegen Mittag auf. Ihre Augen waren verklebt, als sei sie gerade erst eingeschlafen. Das Adrenalin der Angst schoß durch ihren Körper wie eine Woge der Übelkeit. Sie stolperte ins Bad, schaffte es gerade noch bis zur Toilette und übergab sich zweimal, Mund und Augen voller Flüssigkeit.

Später dann sah sie zu Francine hinein, die noch immer schlief, duschte sich und zog sich an. In der Küche stocherte sie lustlos und schweigend in einem Frühstück herum, das von einem der Leibwächter zubereitet worden war, einem großen Mann mit den Augen eines Waschbären und einem freundlichen Lächeln. Sie verbrachte die Zeit damit, ihre Eier von der einen Seite des Tellers auf die andere zu schieben und dabei das Ausmaß ihres Ekels vor ihrem Ehemann abzuschätzen.

Endlich tauchte Francine auf, verwuschelt und verschlafen, und Margarite mußte ihr erklären, wo sie waren und warum.

»Klar«, sagte Francine tonlos. »Tony.«

Sie wollte nach Hause, denn sie vermißte ihre Freunde. Margarite tat ihr Bestes, um sie zu trösten, aber es war ein aussichtsloses

Unterfangen. Sie fand einfach keinen Weg, bis zu ihr durchzudringen. Die eigenartige Droge, die Robert zusammengemischt und ihr als Schlafmittel verabreicht hatte, schien allerdings keine bleibenden Nachwirkungen zu hinterlassen.

Nach einer Stunde kam einer der Leibwächter ins Haus und redete mit dem großen Mann, der ihnen das Frühstück gemacht hatte.

»Was ist los?« fragte Margarite, und ihre Furcht verwandelte sich in Panik.

»Vielleicht gar nichts«, sagte der Große, doch das Lächeln war aus seinem Gesicht verschwunden. »Ich habe draußen ein Päckchen gefunden. Es ist an Francine adressiert.«

Francie sah sie entsetzt an. Margarite schrie auf und sprang hoch. »Ich will es sehen.«

Der große Mann schüttelte den Kopf. »Das ist keine gute Idee, Mrs. DeCamillo. Ich denke, es ist einstweilen besser, Sie gehen mit Ihrer Tochter auf mein Zimmer. Sal wird bei Ihnen bleiben.«

Von dem kleinen Schlafzimmer aus hörte sie, wie der Große mit Tony telefonierte.

Innerhalb von zwei Stunden war er da. Sie vernahm das in Lautstärke und Tonhöhe anschwellende *Tschop! Tschop! Tschop!* eines Hubschraubers, der näherkam. Man erlaubte ihr, das Zimmer zu verlassen, und sie ließ Francine bei Sal zurück.

Das Päckchen lag auf dem Sideboard in der Eingangsdiele. Tony sagte kein Wort zu ihr, sondern wies einen seiner Männer an, es zu öffnen. Der Inhalt war in buntes Papier gepackt und mit einer rosa Schleife verschnürt. Auch dies wurde von dem Mann geöffnet, und sie alle lugten hinein.

Margarite stieß einen durchdringenden Schrei aus. Kuschelig, auf einer Wolke aus pinkfarbenem Kreppapier, lag da Ryan, Francies Teddybär.

Sie stürzte in das Schlafzimmer, in dem Francie geschlafen hatte, betrachtete das Bett mit den zerknüllten Laken und sah die leere Stelle an der Wand, an die sie Ryan in der Nacht gelehnt hatte.

»Heilige Mutter Gottes!«

Sie preßte die Fingerknöchel gegen den Mund, als Tony hinter sie trat. »Tony, er war hier im Haus! Er war direkt bei ihr!« Ihre Stimme versagte, und sie mußte sich erst wieder fassen, ehe sie weitersprechen konnte. »Ich habe den Teddy persönlich in ihr Bett gelegt, nachdem wir heute nacht hier angekommen waren.« Sie drehte sich um und starrte Tony mit großen Augen an. »Begreifst du jetzt, was ich dir die ganze Zeit über gesagt habe? Das ist eine Warnung! Was hat es genützt, daß du uns hierher gebracht hast? Was haben die Bodyguards genützt? Ich habe es dir ja gesagt! Alle Leibwächter der Welt werden uns jetzt nichts mehr helfen. Wir entkommen ihm nicht. Wenn wir nur ein Wort sagen, ist Francie tot.«

»Beruhige dich doch«, sagte er automatisch, doch sie erkannte, daß er unter seinen Höhensonnenbräune blaß geworden war.

»Bitte, hör mir zu, Tony. Ich ertrage den Gedanken nicht, daß Francie noch mehr Leid zugefügt wird, als es schon geschehen ist. Gott allein weiß, was sie von diesem Alptraum in Erinnerung behalten wird. Sie weigert sich, mit mir darüber zu reden. Ich flehe dich an um des Lebens deiner Tochter willen. Laß es bleiben!« Ob es nur die reine Verzweiflung war, die ihren Worten eine solche Überzeugungskraft vermittelte, daß selbst Tony eine Regung zeigte?

Und was habe ich dir außerdem noch gegeben, Margarite? Jetzt weißt du, daß du genügend Willenskraft hast, um… alles fertigzubringen.

»In Ordnung«, sagte er schließlich. »Du hast mich überzeugt. Aber du und das Kind, ihr kommt sofort mit in den Hubschrauber. Wir machen, daß wir schleunigst von hier wegkommen.«

Auf das läuft es also hinaus, dachte Justine, als sie im Restaurant unter dem Tisch den Druck von Rick Millars muskulösem Oberschenkel gegen ihr Bein verspürte. *Er will mich; nicht bloß einen Teil von mir, sondern alles.* Und dann fuhr ihr der unvermittelte Gedanke durch den Kopf: *Es ist schon eine ganze Weile her, daß mir ein Mann dieses Gefühl vermittelt hat.*

Die Tränen brannten ihr in den Augen, so daß sie ihr Gesicht abwenden und sich schnell mit dem Handrücken darüber fahren mußte. Sie konnte ihn schließlich nicht wissen lassen, daß sie im Moment so wehrlos war. Die Schutzmechanismen, die ihr noch geblieben waren, schienen höchst unzulänglich zu sein, und mit schaudernder Einsicht erkannte sie, daß sie, sobald er – nicht *falls* er, sondern *sobald* er – seine Hand auf ihren Körper legte, zu keinerlei Widerstand mehr fähig sein würde. Nicht heute abend und nicht hier. Er hatte einfach zu viel von dem, was sie im Augenblick brauchte. Jetzt, da sie ihn so nahe bei sich spürte, konnte sie sich lebhaft vorstellen, wie es sein mußte, wenn man wochenlang im Delirium in der Wüste umhergeirrt war, und dann schließlich und unerwartet über eine Oase stolperte. Genauso nahe an dieser klaren, kalten Quelle fühlte sie sich jetzt. Wer sollte ihr da einen Vorwurf machen, wenn sie ihren Durst löschte?

»Heute abend scheinen wir zwei ja unsere Zurückhaltung mal richtig abbauen zu können«, sagte Rick und goß ihnen beiden Wein nach. »Bist du denn so schlecht behandelt worden, seit ich dich zum letzten Mal gesehen habe?«

»War ich immer so unnahbar?«

Er beugte sich zu ihr und bedeckte ihre Lippen mit den seinen. Sie schmeckte ihn, fühlte das schnelle Umherschweifen seiner Zunge und spürte, wie ihr Körper dem seinen entgegenschmolz.

»Du hast recht«, sagte er außer Atem. »Ich werde dir keine derartigen Fragen mehr stellen. Wenn du meinst, daß du mir einmal alles erzählen kannst, dann werde ich dasein und zuhören.«

»Ich würde gerne wissen«, sagte Justine und löste sich aus seiner hitzigen Umarmung, »ob du hergekommen bist, um mich zu verführen?«

Rick lachte. »Mein Gott, das war so in etwa das Allerletzte, was ich im Kopf gehabt hatte. Ausgerechnet dich, die Eisprinzessin?«

»Nannten sie mich so im Büro?«

»Soweit ich weiß nur die Typen, die hinter dir hergelechzt haben. Und das waren, glaube ich, alle – jedenfalls alle, die nicht schwul waren.«

Jetzt war Justine an der Reihe zu lachen, obwohl sie sich gleichzeitig geschmeichelt fühlte. Sie legte den Kopf auf den Tisch. »Mir kommt es so vor, als sei ich die ganze Zeit über auf einem anderen Planeten gewesen.«

»Mal ohne Quatsch«, sagte Rick. »Soweit ich das beurteilen kann, ist Tokio tatsächlich ein anderer Planet.« Er legte seine Hände auf die ihren und drückte sie fest. »Es ist Zeit, daß du nach Hause kommst.«

Als er sie ins Hilton zurückbrachte, stellte sie fest, daß sie gar nicht wollte, daß er wieder ging. Und das war nicht weiter überraschend. Während des ganzen Dinners hatte sie registriert, wie ihr Appetit auf Essen durch ein anderes, genauso elementares Bedürfnis gedämpft wurde. Und auf Grund des Tonfalls ihrer eigenen Stimme, des Blicks in ihren Augen und der Willfährigkeit ihres Körpers wußte sie, daß *sie ihn* verführte. Was für ein gutes Gefühl! Nach all den Jahren der Fremdbestimmung, des tatsächlichen Ausgeliefertseins an die Launen ihrer völlig andersgearteten Umgebung – und an die furchteinflößenden Rätselhaftigkeiten von Nicholas' *tanjian*-Erbe – fühlte sie sich jetzt eindeutig befreit, weil sie ihre eigene, individuelle Persönlichkeit wieder einsetzen durfte. Jetzt endlich erkannte sie, wieviel von ihrem Wesen wie eine Geisel gefangengehalten und von der Furcht aufgezehrt worden war, daß sie nicht wußte, was schließlich noch aus ihrem Mann werden würde. Nun sah sie klar, daß sie an seiner geheimnisvollen und magischen Kraft gar nicht teilhaben wollte. Diese unheimlichen Dinge verursachten bei ihr nichts als Unbehagen, ließen sie des Nachts schlaflos neben ihm liegen und jagten nur das Adrenalin der Angst durch ihren Körper.

»Bleib heute nacht bei mir«, flüsterte Justine in Ricks Ohr, als sich die Tür zu ihrem Zimmer hinter ihnen geschlossen hatte.

»Nur wenn du dir sicher bist, daß du das Richtige tust«, entgegnete Rick und hielt sie fest.

Ich bin mir sicher, sagte Justine zu sich selbst. Ich muß wieder ein normales Leben führen, eine produktive Arbeit haben, am Abend nach Hause kommen, mit meinem Mann schlafen, am Wochenende Freunde besuchen und zweimal im Jahr in Urlaub fahren können.

Sie legte den Kopf zurück und fing seinen Mund mit ihren Lippen ein. Ihre Lippen öffneten sich wie Blütenknospen, und sie stöhnte ein wenig, als sie spürte, wie sich ihre Zungen trafen.

Sie fühlte seine Hände über ihren Körper gleiten, als er ihre Bluse aufknöpfte und sie ihr über die Schultern streifte, als er ihren Rock aufknöpfte und ihn über ihre Hüften schob. Wie eine Ohnmächtige fiel sie in seine Arme, und ihre ungestüme Begierde spornte sie beide an. Er hob sie hoch und trug sie zum Bett hinüber.

Nur eine Lampe brannte, und mit halb geöffneten Augen beobachtete Justine, wie immer mehr von seinem Körper zum Vorschein kam, während sie ihn auszog. An Einzelheiten erinnerte sie sich von ihrer Zeit in Maui her. Damals hatte sie ihn in einer Badehose gesehen, die so gut wie gar nichts der Fantasie überlassen hatte. Dennoch bemerkte sie, daß ihr Herz schneller schlug, als sie es für möglich gehalten hätte, während sie ihm den Slip abstreifte. Nackt stand er neben dem Bett und sah auf sie hinab. Nach Justines Meinung hatte er einen schönen Körper; schmale Taille, flacher Bauch. Gewiß hatte er nicht die einzigartige Muskulatur von Nicholas. Aber dafür war Rick – wie sie sich schnell ermahnte – ein ganz normaler Mann, und damit war er all das, was sie im Augenblick begehrte.

»Komm zu mir, Darling.« Sie streckte ihm ihre Arme entgegen.

Rick kniete sich aufs Bett und küßte sie zärtlich, während er gleichzeitig ihren BH aufhakte und ihren Slip die Beine hinabrollte. Justine schluchzte fast, als sie seinen Körper auf dem ihren spürte. Es war schon so lange her, daß sie mit einem anderen Mann, außer Nicholas, geschlafen hatte.

Kaum konnte sie noch atmen, und das Hämmern ihres Herzens war alles, was sie inmitten des schwindelerregenden Taumels ihrer Lust hörte. Sie öffnete die Beine, spürte seine Härte gegen ihren Leib reiben, keuchte und zog seinen Kopf auf ihre Brüste herunter. Ihre Augenlider bebten, während er ihre Brustwarzen küßte, und sie ließ ihre Hüften kreisen, um ihm zu verstehen zu geben, wie dringlich sie ihn erwartete.

Er verstand sie auch sofort und krümmte seinen Rücken so über ihr, daß sie ihn mit der Hand zu ihrem Körper führen konnte. Einen Augenblick lang streichelten ihre Finger sein samtenes Fleisch. Dann konnte sie nicht widerstehen, nahm die Spitze seines Glieds in die Handfläche und drückte es. Sie hörte, wie er aufstöhnte, spürte das Erschauern seines Körpers, hob ihre Beine an und führte ihn zu sich.

Sie war sehr feucht, und er drang gleich beim ersten Mal bis zur Hälfte in sie ein.

»Oh!« Justine stieß einen kleinen Schrei aus und hob ihr Becken schräg nach oben. Sie befand sich bereits in einem Zustand unkontrollierter Lust, und als er mit seinem nächsten Stoß ganz vordrang, verlor sie alle Beherrschung und schrie laut, während der erste Orgasmus sie überraschte.

»O Gott, o Gott!« keuchte sie bei jedem Stoß von ihm. Ein Teil von ihr wußte, daß dies ihre eigene Leidenschaft und Begierde waren, die sich hier ein Ventil verschafften, die sie herauslassen mußte, die einen Ausdruck brauchten. Ihre Oberschenkel bebten, und sie spürte, wie sich ein neuer Orgasmus ankündigte. Sie hob den Kopf, wimmerte in sein Ohr, spürte, wie seine Hüften mit einem scharfen Ruck zurückzuckten, wie er sich zitternd in sie ergoß. Ihr eigener Orgasmus folgte im gleichen Moment, doch diesmal war es anders, weniger heftig, dafür intensiver und tiefer aus ihrem Innern kommend.

Als es vorbei war, lag sie neben ihm, ein Bein selbstvergessen über ihn gelegt, und zum ersten Mal seit langen Monaten schlief sie den Schlaf eines Kindes: tief und traumlos.

Geister und Gespenster.

Washington hat etwas an sich, dachte Harley Gaunt, das es in keiner anderen Stadt der USA noch einmal gibt. Sein wagenradförmiger Grundriß; die breiten, von Bäumen überschatteten Boulevards; seine Parks; die mit Säulen geschmückte Starrheit seiner größeren Bauwerke – alles erinnerte ihn an Paris oder London, an Europa, eher an die Alte als an die Neue Welt.

Außerdem konnte man die dort zusammengeballte Macht richtiggehend summen hören. Gaunt konnte sie spüren, als sei die ganze Stadt mit einem Oberleitungsnetz verdrahtet. Und diese Macht führte, wie all die breiten, von Bäumen überschatteten Boulevards, nur in eine einzige Richtung: nach Nummer 1600 Pennsylvania Avenue. Das Weiße Haus thronte im Zentrum Washingtons wie eine Spinne in der Mitte ihres Netzes.

Diese Stadt war voller Gespenster.

Gaunt kannte sich auf dem Capitol gut aus und hatte dort viele Freunde. Als Sohn des ehemaligen Senators von Maryland war er in Sichtweite des Oval Rooms geboren. Er war mit dem Knistern der Macht im Ohr aufgewachsen, hatte sich schnell in ihrem Getriebe verschlissen, schneller noch als sein Vater, der nicht rechtzeitig hatte abtreten können und im Amt verstorben war.

Gaunt wußte nur zu gut, daß die Macht, die den Treibstoff dieser Stadt bildete, so bösartig sein konnte wie radioaktive Strahlung. Ablenkungsmanöver und das beständige Aushandeln von »Details« sorgten für einen Gestank nach Kuhhandel. Man war in Washington »in« – oder man war niemand. Eine elitäre Clique besorgte die Geschäfte des Landes, der einzigen, noch übriggebliebenen Supermacht der Welt, und das war für sie Legitimation genug, um zu lügen, zu betrügen, zu verdrehen und jeden einzelnen Artikel der Verfassung zu brechen zum Wohle weiterer Machtanhäufung.

Diese Macht war wie ein Virus, der bei diesem gigantischen Pokerspiel in den Blutkreislauf der Mitspieler einsickerte, ihren Charakter infizierte und mit ihm das Warum und Wozu von Entscheidungsprozessen. Gaunt hatte diesen Virus so oft gesehen, daß er ihn erkannte wie der Arzt ein Fieber aus dem Augenhintergrund. Schließlich hatte er genügend Erfahrung damit gesammelt. Er war überzeugt davon, daß sein Vater an diesem Fieber gestorben war und nicht am Alter oder an Überarbeitung. Sein Vater, ein grundanständiger Mann und von einer Ehrlichkeit, wie sie die meisten erfolgreichen Politiker nie kennenlernen, hatte sich allmählich verändert. Er war nicht, wie sein Sohn als selbstverständlich angenommen hatte, gegen das Fieber immun gewesen. Gaunts Mutter und Schwester hatten den Vater beim Begräbnis betrauert; sein Sohn hatte dies schon lange zuvor getan.

Jedesmal, wenn er nach Washington zurückkehrte, hörte er die Gespenster in dem feuchten Wind flüstern, der vom Potomac her wehte, spürte sie in den Kirschbäumen beim Reflection Pool hängen und von den Hügeln des Capitol Hill herabgrinsen. In gewisser Beziehung hatte sein Vater diesen Ort nie verlassen. Die Macht hielt ihn dort fest, sogar noch nach seinem Tod.

Der Lobbyist, den Gaunt ausgewählt hatte, damit er hier zugunsten von *Tomkin Industries* politisch intervenierte, war unter einer früheren Regierung Außenminister gewesen. Er war ein gemäßigter Konservativer und hoch angesehen. Anders als die meisten, hatte er seinen Kampf gegen den Virus gewonnen.

Terrence McNaughton hatte seine Büros in der G Street gleich beim Old Executive Office, einem Gebäude, das wegen seiner beinahe viktorianischen Architektur bei Nacht fast verwunschen aussah. Und zweifellos wurde es auch von allerlei Geistern und Gespenstern heimgesucht, wobei es sich nicht um das übliche Personal aus Horrorromanen handelte, sondern um die Arbeitstiere der gegenwärtigen Regierung, die eine spukähnliche Existenz lebten und beständig höchst geheime Direktiven umzusetzen hatten, von deren Auswirkungen nie etwas in den Medien auftauchte.

Die imposante Vorderfront des massiven Bauwerks, in dem McNaughton seinen Geschäften nachging, sah aus wie so viele andere Bundesgebäude in der Hauptstadt auch, die von Geld und Einfluß kündeten.

McNaughton war ein großgewachsener Texaner mit lederartigen Haut, die von der Sonne zu einem angenehmen Bronzeton gegerbt worden war, mit blaßblauen Augen, Blinzelfältchen an den Rändern und dichtem Silberhaar. Sein langes, nahezu trauriges Gesicht wurde von einer römischen Nase und einem herzlichen Lächeln wieder aufgehellt, das er während der vielen Wahlkämpfe in jüngeren Jahren perfektioniert hatte. Er war wie ein alter Handschuh, zerknautscht und wohltuend vertraut zugleich.

Kaum daß ihm Gaunts Eintreffen angekündigt worden war, kam er auch schon aus seinem Büro und streckte die Hand zu einem festen, trockenen Händedruck aus. Er trug einen dunklen Anzug, ein weißes Hemd und eine Krawattenkordel mit einem handgearbeiteten Schild aus Silber und Türkis.

»Herein mit Ihnen«, sagte er in seinem vollen Bariton. »Schön, Sie wiederzusehen, Harley...« Mit einem Tritt seines Cowboystiefels aus gepunztem Leder schloß er die Tür. »Obwohl ich mir weiß der Teufel wünschte, es geschähe unter glücklicheren Umständen.«

Gaunt suchte sich einen gepolsterten Sessel aus und nahm Platz. »Und welche Umstände sind das?«

McNaughton brummte und setzte sich Gaunt gegenüber auf sein schäbiges Sofa, anstatt sich hinter dem nierenförmigen Schreibtisch zu verkriechen, der so altmodisch war, daß er schon wieder als modern gelten konnte.

»Die Umstände«, sagte er und faltete seinen langen Körper in so etwas ähnliches wie eine Sitzhaltung zusammen, »können in drei Worten zusammengefaßt werden: Senator Rance Bane.«

»Bane ist hinter mir her?«

»Er ist hinter Nicholas Linnear her, aber er kann ihn nicht finden«, sagte McNaughton. »Wissen Sie, wo er steckt?«

»Wenn er nicht in Tokio ist, dann habe ich auch keine Ahnung«, sagte Gaunt.

»Ich hoffe, daß es so ist.« McNaughton drückte seine langen Finger gegeneinander und sah zur Decke hinauf. »Ich kenne Rance schon seit Ewigkeiten. Wir sind in Nachbarstädten aufgewachsen. Mein Bruder ist über ein Jahr lang mit seiner Schwester gegangen. Lange Zeit habe ich seine Karriere verfolgt, mit großen Sorgen. Dieser Mann hat eine Art von Besessenheit an sich, und gegenwärtig ist er von dem Gedanken besessen, die Japaner aus allen großen US-Unternehmen vertreiben zu müssen. Für ihn ist die Fusion von *Tomkin* mit *Sato International* zu einem Blitzableiter geworden, zu einem Symbol, wenn Sie so wollen, für all das, was internationale Zusammenschlüsse nach seiner Meinung an Schlechtem darstellen.«

McNaughton streckte die Beine aus. Mit dieser Geste der Lockerheit und Behaglichkeit löste er auch bei seinem Gast die Spannung. »Da Linnears Unternehmen sich in einer Reihe von heiklen Projekten bei modernsten Computern engagiert hat, ist die Angst des Senators auf dem Siedepunkt angelangt. Er möchte Linnear unter Anklage stellen und die Fusion rückgängig machen.«

»Wessen könnte er Nick denn anklagen?« fragte Gaunt entsetzt. »Er hat doch nichts Ungesetzliches getan.«

»Sind Sie sich dessen so sicher? Können Sie beschwören, daß Sie alles wissen, was bei *Tomkin-Sato* vor sich geht?«

»Nein, aber ich – ich kenne Nick. Er würde nie…«

»Das reicht nicht, mein Sohn. Ich habe da einige Gerüchte gehört. Sie laufen ungefähr darauf hinaus, daß *Tomkin-Sato* die Technologie, die sie von *Hyrotech* bekommen haben, dazu benutzen, um eine eigene Version des geheimen *Hive*-Computers zu bauen, die sie dann meistbietend nach Übersee verkaufen wollen. Der *Hive* ist das Eigentum der US-Regierung. Unzulässiger Umgang damit entspräche einem Geheimnisverrat.«

Gaunt sah den älteren Mann ausdruckslos an. »Jetzt machen Sie aber mal 'nen Punkt, Terry. Das ist doch alles Bockmist.«

»Davis Munch ist da anderer Meinung. Er ist der vom Verteidigungsministerium in Rances Ausschuß abgeordnete Ermittlungsbeamte.«

»Akuter Verfolgungswahn.«

»Kommt darauf an, was Munch und seine Spürhunde ausgebuddelt…«

»Es gibt nichts Schlimmes auszubuddeln.«

»Hängt vom Betrachter ab«, entgegnete McNaughton. »Es kommt darauf an, wie geschickt Sie das, was sie finden, als schlimm hinstellen.«

»Aber, Terry, wir sind hier in Amerika! Die Leute lassen sich nicht so einfach verschaukeln. Jedenfalls nicht in diesem Ausmaß, im Rampenlicht der ganzen Nation.«

McNaughton warf ihm einen zynischen Blick zu. »Das ist eine verdammt fragwürdige Aussage, mein Sohn, vor allem, da sie von Ihnen kommt«, sagte er. »Doch selbst wenn sie einer peinlichen Überprüfung standhielte: Einen Charakter wie Rance Bane auf dem Fahrersitz haben wir schon seit Ewigkeiten nicht mehr gehabt, seit – tja, also, ich glaube, McCarthy dürfte das häßlichste Beispiel dafür sein.«

Gaunts Angstpegel stieg gefährlich an. »Also, bitte, klar und deutlich: Was wollen Sie mir eigentlich verklickern?«

McNaughton rutschte nach vorn und drückte einen Knopf auf einer elfenbeinfarbenen Plastikkonsole. »Marcy, Sie können uns jetzt den Kaffee reinbringen.«

Einen Augenblick lang saß er schweigend da und trommelte seine Fingerspitzen in einem unbekannten Rhythmus gegeneinander. Gleich darauf ging die Tür auf, und seine langbeinige Assistentin brachte Kaffee und Plundergebäck auf einem fein ziselierten Silberservice.

»Herzlichen Dank, Marcy«, sagte McNaughton, nachdem sie alles auf dem Couchtisch abgestellt hatte. Sie fragte, ob sie noch etwas tun könne, und verließ dann das Büro wieder, als er verneinte.

Voller Stolz betrachtete er das Kaffeeservice. »Ein Überbleibsel aus längst vergangenen Zeiten«, sagte er. »Margret Thatcher hat mir das geschenkt, nachdem ich...« Er lächelte schlau. »Nein, nein, noch nicht einmal jetzt kann ich darüber sprechen.«

Er widmete sich ganz dem Einschenken des Kaffees. In Gaunts Kaffee gab er Sahne und einen Löffel Zucker; er vergaß niemals etwas. Seinen eigenen Kaffee trank er schwarz.

»Gebäck?« fragte er, während er Gaunt die Tasse reichte. »Das da mit Backpflaumen ist besonders gut.«

Gaunt schüttelte den Kopf. Er bezweifelte, ob sein Magen im Augenblick überhaupt etwas bei sich behalten würde, trank von seinem Kaffee und sah zu, wie McNaughton sich ein Plunderröllchen nahm und mit makellos weißen Zähnen hineinbiß.

Erst nachdem er alles aufgegessen und sich eine zweite Tasse Kaffee eingeschenkt hatte, begann McNaughton zu reden. »Was ich sagen will ist, daß wir ein unlösbares Problem haben. Schauen Sie, es ist längst kein Image-Problem mehr. Wäre das etwas, was in meinen Zuständigkeitsbereich fiele, dann hätte ich so was im Nu geregelt. Hier aber beiße ich auf Granit. Glauben Sie's mir, ich habe es probiert. Rance hat sich in *Tomkin* verbissen, und er wird nicht eher wieder loslassen, bis er das Unternehmen auseinandergerissen hat.«

»Wir müssen ihn stoppen.«

McNaughton sah Gaunt lange an und sagte dann: »Sie sind ein Sproß dieser Stadt, mein Sohn. Dann überlegen Sie sich bitte mal, was Sie da soeben gesagt haben.«

»Aber...«

McNaughton schüttelte den Kopf. »Da gibt es kein Aber, Harley. Ich habe Macht, meine Freunde auch, doch Bane ist jenseits unserer Reichweite. Herrgott, der entzieht sich sogar der Kontrolle durch den Präsidenten. Er ist ein Mann, der seiner eigenen Stadt das Fürchten lehrt, weil er jenen biblischen Rückhalt unter den einfachen Leuten hat, mit denen nicht einmal der eingefleischteste und gerissenste Politiker sich anzulegen getraut. Im Augenblick ist er wie ein Dreißigtonner unter Vollgas, und die, die ihm im Weg stehen, machen besser die Bahn frei, wenn sie nicht gewaltig unter die Räder kommen wollen.«

In der nachfolgenden Stille konnte man Marcy oder sonst jemand am Computer tippen hören. Ein Telefon läutete und wurde abgehoben. Eine Tür knallte zu.

Schließlich hielt Gaunt es nicht mehr länger aus. »Terry, weil die Sache so wichtig ist«, sagte er, »bitte ich Sie, mir schonungslos reinen Wein einzuschenken.«

McNaughton nickte und zog die Füße an, wobei die Stiefelabsätze über den Fußboden kratzten. »Okay, die Lage sieht folgendermaßen aus, mein Sohn: Sie – das heißt *Tomkin Industries* – bezahlen mir einen schönen Batzen Geld, damit ich Ihre Interessen bestmöglich vertrete. Und das, kann ich Ihnen versichern, habe ich auch getan.

Doch der Rat, den ich Ihnen jetzt geben werde, ist rein privat. Gehen wir mal ein Stückchen weit zurück, Sie und ich. Ich kam zu Ihrer Abschlußfeier am College, als Ihr Vater verhindert war, weil er gerade auf dem Hill für eine von ihm unterstützten Gesetzesvorlage kämpfen mußte. Ich habe nur die netteste Erinnerung an ihn, und ich glaube, ich bin auch Ihnen ein guter Freund gewesen.«

Er beugte sich vor. »Wie ich die Sache sehe, haben Sie nur zwei Möglichkeiten. Die eine ist die, sich dem Ausschuß zu stellen und Banes ekelhafte Fragen allesamt zu beantworten in dem Bewußtsein, daß Sie zusammen mit dem Schiff untergehen werden. Denn geben wir uns keinen Illusionen hin: So sicher, wie wir hier sitzen, sind die Tage von *Tomkin-Sato* gezählt.«

Gaunt hatte einen trockenen Hals. Er trank den Rest seines kalten Kaffees und verschluckte sich beinahe.

»Und was ist die andere Möglichkeit?« Doch er kannte sie bereits.

»Die andere Möglichkeit ist diejenige, die Sie nach meiner Meinung ergreifen sollten«, sagte McNaughton bedächtig. Seine Augen glänzten fiebrig, und es sah so aus, als habe sein Mund die Fähigkeit zu lächeln verloren. »Steigen Sie aus. Gehen Sie dem Unheil aus dem Weg. Gönnen Sie dem Dreißigtonner seinen Auftritt. Lassen Sie ihn kaputtmachen, was er kaputtmachen will: *Tomkin Industries* und Nicholas Linnear.«

Margarite Goldoni riß die Augen auf, und das Herz pochte ihr schmerzhaft in der Brust. Die Finger umkrallten das Bettlaken aus

Satin. Jetzt kommt es wieder, dachte sie verzweifelt, dieses furchtbare Gefühl des Fallens.

Sie lag in ihrem Bett neben ihrem leise schnarchenden Mann. Die Knöchel der Hand waren ganz weiß von der Anstrengung der geballten Faust, und sie keuchte, während sie blind zur Decke hinauf starrte. Es stellte sich immer dann ein, wenn sie aus dem Schlaf erwachte. Dann entwischte es ihrem Unterbewußtsein…

Dieses merkwürdige Gefühl des Fallens.

Nicht, als falle sie eine Treppe hinab oder vom Rand eines Swimmingpools ins Wasser, eher war es ein Fall in ein Nichts, in eine Leere, die nur von ihrem eigenen Entsetzen ausgefüllt war.

Und danach war sie ganz wach, so wie jetzt, mit kaltem Schweiß überzogen und unter der sicheren Erkenntnis leidend, daß man ihr etwas sehr Kostbares unwiederbringlich weggenommen hatte.

Zuerst waren die Alpträume wie ein Wetterleuchten ihrer unwirklichen Reise quer durch Amerika auf der Suche nach ihrem todgeweihten Bruder gefolgt, nachträglich erhitzte, stumpfe Emotionen, welche die erlebten Bilder kolorierten, als sprühe ein Verrückter Farbe aus der Spraydose quer durch eine Flucht von Zimmern.

Später träumte sie immer wieder von Dominic, beziehungsweise, um genauer zu sein, von seiner prachtvollen Beerdigung: alles voller Blumen; Limousinen Stoßstange an Stoßstange geparkt; FBI-Agenten, die mit der Videokamera jeden filmten, der die Straße zum Friedhof überquerte. Und überall die offenen Münder, die stumm den Toten beklagten, während sie selbst neben dem glänzenden Sarg aus Mahagoni und Kirschholz stand. Diese Münder, die sich dann in ihre Richtung wandten und klagten, bis sie den Lärm nicht länger ertragen konnte und gezwungen war, in das offene Grab hinabzuschauen, wo Dominic lag, verstümmelt und geköpft. Er wollte hinaus aus seiner Gruft, wollte hinauf zu ihr, mit den gebrochenen Skelettfingern in der lehmigen Erde kratzend auf seinem Weg nach oben, dorthin, wo sie wie angewurzelt stand, unfähig, sich von der Stelle zu rühren, gelähmt von einem Entsetzen, das ihre Lungen, ihren Hals, ihren offenen Mund zu füllen drohte.

Und wenn sie aus diesen Alpträumen erwachte, schweißbedeckt und zitternd, dann sagte sie zu sich selbst: Na klar hast du das schmerzhafte Gefühl eines Verlustes. Schließlich hast du ja deinen Bruder verloren. Schließlich bist du ja an diesem Verlust mitschuldig.

Doch irgendwann im klaren Licht des Tages, bei einer Besprechung im Büro oder später, wenn die abendlichen Schatten in die Küche fielen, während sie Francie das Abendessen machte – dann stieg von tief unten aus ihrem Unterbewußtsein das Wissen auf, daß dieser Verlust über Kummer und Schuld hinausging. Er stellte etwas weitaus Persönlicheres, Intimeres dar.

Angespannt und bleich lag Margarite da und lauschte dem rasselnden Geräusch ihres Atems, während sie die Bedeutung dieses Verlustes hin und her wendete, als sei er ein dreidimensionaler Gegenstand. Sie fühlte sich im Geist zurückversetzt in jenen Sommer, in dem sie elf Jahre alt gewesen war. Vater und Stiefmutter hatten sie zu einem Besuch bei der Großmutter – der Mutter ihres Vaters – mitgenommen, die, wie sich herausstellte, im Sterben lag.

Die alte Dame war so krumm und buckelig wie ein venezianischer Spazierstock und ging in so gebückter Haltung, als trage sie jedes einzelne Jahr ihres Lebens als Last auf ihren Schultern. Sie hatte weißes, straff nach hinten in einen sauberen Knoten gekämmtes Haar, und Margarite würde sich immer an ihr schlichtes schwarzes Kleid erinnern, das sie auch im Hochsommer trug, ohne daß sich auch nur ein einziges Schweißtröpfchen auf ihrer Stirn gezeigt hätte.

Mit dem Hören hatte sie Schwierigkeiten, und von ihren Zähnen waren nur noch ein paar übriggeblieben. Einige Zeit zuvor hatte sie sich den Kehlkopf herausnehmen lassen. Ihre Stimme kam seitdem aus einem kleinen Kästchen und hörte sich eher wie elektronische Schwingungen als wie Sprache an, so daß Margarite sich ganz dicht zu ihr hinabbeugen mußte, um sie zu verstehen.

Ihre Großmutter hatte die Familie bewirtet und hinterher verstohlen Margarites Hand gedrückt. Dann hatte sie ihre Enkelin in ihr Schlafzimmer geführt, das vollgehängt war mit sepiabraunen Fotos von ihr als Kind, von ihren Eltern, ihrer Kommunion und ihrer Hochzeit in Venedig. Margarite sah Bilder von ihrem Vater und seiner Schwester, die an Cholera gestorben war.

Zu jedem Foto wußte Margarites Großmutter etwas zu erzählen. Danach ging sie zur obersten Schublade ihrer Walnußkommode. Sie nahm etwas heraus, das sie Margarite kurz vor dem Abschied in die Hand drückte. »Das ist für dich«, murmelte sie ihr ins Ohr und küßte sie. »Das gehörte einer Vorfahrin meiner Urgroßmutter. Sie hatte es bei sich, als sie vor einigen hundert Jahren als Flüchtling nach Venedig kam, und es war alles, was ihr von ihrer Familie noch geblieben war, die in einem großen Krieg ausgelöscht wurde, der zwanzig Jahre dauerte.«

Auf dem Heimweg hatte Margarite ihre verschwitzte Hand geöffnet. Darin lag eine Bernsteingemme der schönsten Frau, die sie je gesehen hatte. Sie hatte keinem Menschen je etwas von dem Geschenk erzählt, und als sie Monate später am Grab ihrer Großmutter stand, umklammerte sie die Gemme, um sich des Gefühls zu erwehren, etwas Unwiederbringliches sei ihr genommen worden.

Während sie jetzt schwer atmend in ihrem Bett lag, wurde sie erneut von einem ähnlichen Gefühl heimgesucht. Der Tod ihres Bruders war ein schwerer Schlag für sie gewesen; was sie aber fortwährend und am meisten quälte, war die – wenn auch erzwungene – Rolle, die sie selbst dabei gespielt hatte.

Der Mann, den sie nur als Robert kannte, hatte ihr eine Entscheidung zwischen ihrer Tochter und ihrem Bruder abgenötigt. Es war eine teuflische Entscheidung gewesen, und sie hatte gewußt, daß sie nicht unbeschädigt und ohne Narben davonkommen würde. Doch welche Alternative hätte sie denn gehabt außer der, ihn zu Dominic Goldoni zu bringen? Die Unversehrtheit Francines hatte absoluten Vorrang, und seltsamerweise hatte sie Robert geglaubt, als dieser ihr versprochen hatte, er werde ihrer Tochter nichts antun, solange sie ihre Rolle gut spielte. Er hatte sein Wort gehalten und war wie vom Erdboden verschwunden, nachdem er sie und Francine in dem schmierigen Motel am Highway 95, direkt außerhalb von Marine on St. Croix, Minnesota, abgesetzt hatte.

Wiederum fragte sie sich jetzt, ob er sie irgendwie unter seinen magischen Einfluß gebracht hatte. Mit zunehmendem Entsetzen erinnerte sie sich nur allzu deutlich an ihr Lustgefühl, konnte jetzt im Augenblick, obwohl er doch sehr weit weg sein mußte, sein Körpergewicht spüren und seine Wärme wie eine intensive erotische Stromladung. Und sein Geruch, der immer stärker wurde.

Nein, ich darf das Undenkbare nicht denken!

Unwillkürlich legte sie die Hände zwischen ihre Schenkel, fühlte die Feuchtigkeit dort und wußte, welche Sünde wie ein Felsbrokken auf ihrer Seele lag. Gewaltsam zwang sie ihre Gedanken in eine andere Richtung und versuchte, sich allein auf Dominic zu konzentrieren. *Doch was hatte Robert nur mit ihr gemacht? Was hatte er ihr weggenommen und was hatte er ihr dafür gegeben?*

Dominic: Der einzige Mann in ihrem Leben, der an sie geglaubt hatte, der durch ihre Weiblichkeit hindurch den Verstand erkannt hatte, den sie besaß, und der sie insgeheim und im verborgenen benutzt hatte wie man eine Nonne selbst hinter den efeubewachsenen Mauern ihres Klosters für sich einsetzen kann.

Diese Männer sind doch alle wie Kinder, die gerne Papst spielen, dachte sie. *Ob sie wissen, daß sie in einer realen Welt leben?* Neben ihr lag Tony DeCamillo in tiefem Schlaf und stieß schubweise grunzende Schnarchgeräusche aus. Sie fühlte sich so weit entfernt von ihm, als befinde er sich gerade in London. Nie hatte sie gewußt, wie sehr sie ihn verachtete, bis Dominic den ausgeklügelten und kühnen Plan ausgeheckt hatte, Tony als seinen Nachfolger einzusetzen. Die Vorstellung, *capo* einer Familie zu werden, war Tony sofort zu Kopf gestiegen. War das so überraschend? Er hatte ein Talent, andere Menschen zu beeinflussen, die Hollywood-Mentalität eben, eine Hinterlassenschaft seiner Kundschaft aus dem Showbusiness. Macht war die einzige Ware, die in der Filmbranche etwas wert war, und Tony hatte ausreichend Gelegenheit gehabt, sie zu seinem persönlichen Nutzen anzuhäufen. Als ihm Dominic die Tür zu einer völlig neuen Welt geöffnet hatte, war Tony mit dem größten Vergnügen hindurchgeschritten.

Bloß hatte er keine Ahnung von dem gehabt, was diese Welt mit sich brachte. Nur Margarite und Dominic wußten es. Dominic hatte ihm erzählt, sie werde die Verbindung zwischen ihnen beiden aufrechterhalten, da sie ihren Bruder ohnedies regelmäßig sah. Tonys Umgang mit Dominic, auch der gesellschaftliche, hatte auf Grund der Natur von Tonys Anwaltspraxis auf ein Minimum beschränkt bleiben müssen.

Dann wurde Dom ermordet. Margarite erinnerte sich an den Augenblick, als sie Tony erklärt hatte, wie es von da an weitergehen würde: daß nämlich seine Macht und sein Einfluß nichts weiter als eine Illusion waren. Im nachhinein erkannte sie, daß seine Reaktion nur allzu vorhersagbar gewesen war. Der Sizilianer in ihm kam wieder zum Vorschein, und das äußerte sich in grenzenloser Wut. Er hatte sie so oft geschlagen, daß sie seine Schläge nicht mehr als Schläge, sondern nur noch als dumpfen Druck verspürte, der sie an der Wand ihres Schlafzimmers festnagelte. Sie biß sich auf die Lippen. Wieviel davon hatte Francie gehört? Spielte das eine Rolle? Ob sie alles oder nur die Hälfte gehört hatte, es würde dieselbe Wirkung auf das Mädchen haben, eine Wirkung, der Margarite nichts glaubte entgegensetzen zu können.

Warum hat mich Dominic zu seiner einzigen Vertrauten gemacht?

fragte sie sich. Ihr tiefempfundener Stolz auf ihre besondere und heimliche Beziehung kollidierte allzu oft mit der drückenden Verantwortung, die sein Vermächtnis darstellte. Sie durchlebte einen kurzen Augenblick der Verzweiflung, ein Gefühl, das ihr von früher her nur allzu vertraut war.

Dann stieg der Gedanke an Robert in ihr auf und streifte sie wie der Atem des Meeres.

Sie lag im Bett, lauschte der Nacht und dem Film, der in ihrem Kopf ablief, und da wußte Margarite, daß sie eine Art Rubikon überschritten hatte. Irgendwie war alles anders gewesen, als sie wieder nach Hause gekommen war, und jetzt, in diesem Augenblick, hörte sie Roberts Stimme, die ihr zuflüsterte: *Und was habe ich dir außerdem noch gegeben, Margarite? Jetzt weißt du, daß du genügend Entschlußkraft hast, um... alles fertigzubringen.*

Ob es mir gefällt oder nicht: Er ist die Ursache dieser tiefgreifenden Veränderungen, dachte Margarite. *Ich weiß, daß er mir etwas weggenommen hat, und dafür hasse ich ihn. Doch, o Gott, was ist das bloß, das er mir dafür gegeben hat?*

Urplötzlich, als sei er ein aus der entkorkten Flasche entwichener Geist, war Robert überall in ihr lebendig. Und durch das Gewässer ihres Unterbewußtseins sah sie den Felsbrocken, ihre Sünde, die auf dem Grund ihrer Seele lag.

Es war, als sei er da und liege neben ihr, und sie zitterte aus einem bestimmten Gefühl heraus. Jetzt wußte sie, daß er ihr die Kraft gegeben hatte, mit Tony den Weg ihrer gemeinsamen neuen Zukunft weiterzugehen, weil da noch mehr war; und vor dieser Erkenntnis verschloß sie ihren Verstand, so lange sie konnte. Doch schließlich kam dieses Wissen in einer Flutwelle zurück, und zumindest in diesem Moment besaß die neue, die neugeborene Margarite die Kraft, das volle Gewicht des Vermächtnisses ihres Bruders auf ihre Schultern zu nehmen.

Wegen Robert. Mit einem leisen Seufzer gestattete sie sich den Gedanken, daß sie ihn wiedersehen wollte.

Vietnam

Sommer 1965

Um die Wahrheit zu sagen, hatte Do Duc seinen Vater nie gekannt. Aus all dem, was er so im Hause mitbekam, schloß er, daß sein Vater Japaner gewesen sein müsse, doch eine Bestätigung dafür erhielt er nie, weder von seiner Mutter noch von sonst jemandem. Sie weigerte sich generell, von seiner Geburt oder Zeugung zu sprechen, als könne sie durch hartnäckige Ignoranz so tun, als habe es beides nie gegeben. Er stellte sich deshalb vor, daß der Mann, der sein Vater war, Japaner sein mußte, weil alle anderen Alternativen noch schlimmer gewesen wären.

Das ›Haus‹ war der Gebäudekomplex, in dem Do Ducs Mutter arbeitete. Es gehörte dem einarmigen Franzosen. Blaßgrüne Stuckmauern umgaben diese weitläufige, hufeisenförmig angelegte Villa mit weit heruntergezogenen Ziegeldächern und üppigen Innenhöfen. Rund um die Villa gab es kaleidoskopartig angelegte Gärten voller Bougainvillea und Tamarinden, durch die der Wind rauschte und deretwegen Do Duc endlose Stunden schwitzte, um sie nach den genauen Anordnungen des Franzosen zu stutzen. Sie umschlossen eine mit Natursteinfliesen belegte Terrasse um einen asymmetrischen Pool herum, dessen Form in Do Ducs Erinnerung dem Kopf eines Wasserbüffels ähnelte.

Der Pool hatte etwas an sich, daß Do Duc liebte. In den wenigen Stunden, die ihm zum Schlafen gewährt wurden, stahl er sich oft von seiner Pritsche, glitt nackt in das klare Wasser und stieß hinunter bis zum Grund. Dort hielt er sich fest, voll und ganz eingehüllt von dieser Welt ohne Geräusche, den Kopf zurückgeworfen und hinauf ins Nichts starrend, an nichts denkend, und was auch immer ihn beschäftigt und vom Schlafen abgehalten hatte, verließ dann seinen Körper und trieb davon in die Bedeutungslosigkeit.

Hier auf dem Grundstück des Franzosen verblaßten das Gebrumme und Getöse der Dieselmotoren von Saigon und, vor allem, der Krieg selbst zu Fetzen der Erinnerung. Nur die Widerspiegelungen der Düsenjäger, flüchtig und schwankend wie Traumbilder durch das azurblaue Wasser des Pools hindurch, kündeten von der brutalen Wirklichkeit außerhalb der Stuckmauern.

Do Ducs früheste Erinnerung an den Franzosen entbehrten vollkommen jeder Grundlage – ein sanfter Mann, religiös auf seine Weise, weil er jeden Abend das *Nunc Dimittis*, Simeons Gebet, sang und es auch Do Duc beibrachte, wie ein Vater seinem Kind einen Abzählvers beibringt:

»Nun läßt du, Herr, deinen Knecht, wie du gesagt hast, in Frieden scheiden…«

Um Do Duc dazu zu bringen, mit ihm gemeinsam zu singen – schließlich waren die Worte fremdartig und für ein vietnamesisches Kind schwer auszusprechen –, gab ihm der Franzose Bonbons, nach einer eigenen Rezeptur hergestellt, die dunkel waren und intensiv schmeckten, nach Honig, Zimt und Nelken.

Doch das lag lange zurück und hörte auch auf als Do Duc fünf Jahre alt war, nach Ansicht des Franzosen alt genug, um zur Arbeit herangezogen zu werden.

In seiner frühen Jugend war sich der Junge sicher gewesen, daß der Franzose im Keller Geld druckte, weil so vieles davon beständig den Besitzer wechselte. Später begriff er allmählich, daß der Mann im Waffen- und Drogengeschäft tätig war, wenn schon nicht mit direkter Billigung von *Uncle Sugar* – dies war der zynische Spitzname der Saigoner für die US-Regierung –, so doch zumindest mit Duldung dieses rätselhaften, gottgleichen Wesens, das wie ein Titan aus den Wolken über das Leben im Saigon des Krieges hinwegstampfte.

Oftmals, wenn er vom *Medoc* halb betrunken war, befahl der Franzose Do Duc, sein Kriegsmaterial zu inventarisieren. Einmal hatte ein Lieferant, der über die Entschlossenheit des Franzosen, seine Kosten niedrig zu halten, verärgert war, eine scharfe Handgranate mit einem Drahtauslöser an der Innenseite einer der Munitionskisten befestigt, die er ihm verkauft hatte. In jenen Tagen hatte der Franzose, der sonst in Sicherheitsfragen rigoros war, noch selbst die Bestände aufgenommen. Auf diese Weise hatte er dann seinen Arm verloren. Jetzt kommandierte er Einheimische für diese Arbeit ab. Do Duc fand heraus, daß er der dritte junge Vietnamese war, der den Job verrichtete.

Jahre später, als er als eine Art Hausboy und Sklave auf einer der exzessiven und ausgefallenen Parties des Franzosen fungierte, erzählten ihm zwei lebenslustige Schweden, wie vor vielen Jahren seine Mutter auf diesen Parties herumgereicht worden war, ehe Zeit und Alter ihr Gesicht zerfurcht und ihren Körper gebeugt hatten. Da war es gewesen, daß er zum ersten Mal die Aura anderer Menschen wahrgenommen hatte.

Berauscht von einer Mischung aus Champagner und jenem speziellen, mit Opium versetzten Marihuana, das der Franzose bevorzugte, erzählten die Schweden Do Duc mit einer so rohen Unbekümmertheit, daß sie unmöglich vorgetäuscht sein konnte, jene Ereignisse, die sich vor zwölf Jahren abgespielt hatten. Seine Mutter, die ihnen ihre besondere Giftmischung servierte, stand während der Erzählung stoisch dabei, den Blick nach Nirgendwo gerichtet, die Augen undurchsichtig wie die Wolken am Nachthimmel, die die Mondsichel verdunkeln.

Do Duc hatte sich nicht entscheiden können, ob sie gefühllos in nostalgischen Erinnerungen schwelgten oder absichtlich sadistisch waren. Wie konnten sie denn nicht wissen, wer *er* war und daß diese *seine Mutter* war, über die sie sich gerade lustig machten? Allerdings hatten die Europäer jene befremdliche Neigung, Asiaten lediglich als Bestandteil der exotischen Landschaft anzusehen und in eine Reihe zu stellen mit Nipapalmen, Reisfeldern und Mangrovensümpfen.

Was die Aura anging, so schien dieses seltsame, von Menschen ausgehende Glühen, das wie ein Kainsmal auf deren Haut erkannte, das Ausmaß der Veränderung zu symbolisieren, die er selbst durchmachte. Es war, als könne er die Schicht rationalen Verhaltens, das die Zivilisation den Menschen aufgeprägt hatte, abschälen und in der Aura der Menschen deren unverfälschte, primitive Substanz wiedererkennen.

Die Aura wurde für ihn zu einer Art Auslöser. Und allmählich glaubte er, daß die Ausbrüche seines tiefgründigen Zorns einem Zustand der Gnade entsprachen. In dem Augenblick, der der Wahrnehmung der Aura folgte, bedeutete für ihn die Reinheit der Absicht, die ihn zur Tat drängte, die allergrößte Erleichterung und Befreiung von all den Klumpen widersprüchlicher Gefühle, die er auf seinem Rücken mitschleppte wie die Gebeine von Toten.

So sah Do Duc den Franzosen als einen Mensch, der seiner Mutter das Leben zurückgegeben hatte, nachdem der Mann, den sie geliebt hatte, von der Armee getötet worden war, weil er es gewagt hatte, öffentlich für das Wohl seiner Untergebenen einzutreten. All ihre Bildung, Intelligenz, ihr Charakter und eigentliches Wesen waren mit dem Mann untergegangen, den sie geliebt hatte. Anders als die meisten ihrer Brüder hatte sie eine Ahnung von dem, was hätte sein können. Jetzt konnte sie nur noch leeren Auges wie eine Katze ins Nichts starren und ihren schweren Kopf an die Seite des Kühlschranks legen.

Das Leben bestand für sie nun aus ein paar wenigen Piastern, einer Pritsche zum Schlafen (das Lager seiner Mutter befand sich in der Küche, damit sie zu jeder Tages- und Nachtzeit Essen zubereiten konnte) und aus der gelegentlichen Großzügigkeit des Franzosen, der sogar in den korrupten und heimtückischen Gefilden Saigons ein außerordentlich mächtiger Mann war.

Gleichzeitig aber behandelte sie der Franzose mit jener Verachtung, mit der man sonst vielleicht einen aussätzigen Köter behandeln würde. Er erkannte es einfach nicht, wie sehr er sie erniedrigte und all ihrer Würde beraubte. Im Gegenteil, er war mit sich und seinem Wohlwollen ihr gegenüber höchst zufrieden, denn schließlich war er es ja, der diese Vietnamesin davor bewahrte, eine Hure zu werden, die in einer dreckigen Gasse auf Freiersuche ging, bis sie an Tuberkulose oder Rauschgiftsucht starb. Statt dessen wurde sie zu einer Hure in seinem Haus, wo sie für ihre Dienste bei allen Nationen berühmt war, deren Vertreter unter dem Dach des Franzosen ein und aus gingen.

Leben? dachte Do Duc oft. Was für ein Leben denn? Es wurde von ihr erwartet, sich für die Gelage der vielen Gäste des Franzosen – einschließlich aller sie begleitenden Wünsche auf Abruf bereitzuhalten. Er war ganz besonders stolz auf seinen Ruf der Gastfreundschaft, auf seinen Beitrag, wie er lachend sagte, um die konstant schlechte Presse, die seine Landsleute zu Hause hatten, wieder wettzumachen.

Und in der Tat: Ohne den Franzosen als Schutzengel hätte seine Mutter gar nichts gehabt, wäre von der Straße ausgebeutet worden und frühzeitig gealtert und gestorben. Was wäre dann aus Do Duc geworden? Er hätte keinen Menschen gehabt. Er verdankte seine ganze Existenz, die so unsäglich demütigend und schändlich war, diesem Mann. Verdankte ihm praktisch alles, was für ihn von Bedeutung war. Und dennoch...

Es zeigte sich, daß die Aura des Franzosen anders war als die anderer Menschen. Sie war stahlblau, fast metallisch, und viel später erst, als er über mehrere solcher Vorfälle nachdachte, sollte Do

Duc erkennen, daß diese Farbe die große Nähe des Mannes zum Tod signalisierte.

»*Rudelbumsen*«, sagte Do Duc, während er mit dem Brotmesser in das von der Sonne ausgedörrte Fleisch des Franzosen stieß. Die Party hatte sich wie eine Sonne, die zu hell geworden war, selbst aufgezehrt. Alle Gäste waren gegangen oder lagen apathisch und von den Drogen betäubt im Schlaf umher. »Sie haben es mir erzählt. Alle haben sie sich um sie herum aufgestellt und mitgezählt, wie viele Männer sie vergewaltigen konnten, ehe sie ohnmächtig wurde.«

Das Messer blitzte wie ein Kormoran in der Sonne auf, als es sich in einem fürchterlichen Rhythmus hob und wieder senkte. »Das ist es, was ihr mit meiner Mutter gemacht habt.« Blut war zuerst nur an den Händen des Franzosen, als habe er eine Flasche seines besten Weins darübergeschüttet. Und dann, nach einem großen Schwall, waren auch Do Ducs Hände heiß und klebrig.

»Verstehen Sie die Beschämung meiner Mutter? Sie bringt es noch nicht einmal fertig, über meine Geburt zu sprechen.« Sein dünnes Baumwollhemd war feucht und schwer von Blut. »Nein, das können Sie nicht verstehen. Was wissen Sie denn schon von Scham?«

Die Augen des Franzosen waren aufgerissen und starrten ihn trübe und voller Unverständnis an. Das Leben wich von ihm durch die immer schneller sich vermehrenden Wunden, während Do Duc immer wieder auf ihn einstach.

»Jedesmal, wenn sie mich ansieht, erinnert sie sich von neuem daran, was sie ist und wozu ihr sie gemacht habt.«

Der Franzose riß seinen Mund weit auf.

»Sie weiß, wie gemein und bitter das Leben ist, denn das war Ihr Geschenk an sie.«

Er streckte seine blutige Hand aus. Sie öffnete sich und schloß sich um nichts, zuckte wie ein Maschinengewehr.

»Für meine Mutter sind *Sie* Das Wort, mehr als Gott oder Buddha, weil die nur gleichgültige Wesen sind. *Sie* aber sind hier, leibhaftig aus Fleisch und Blut. Der Mann, der die Welt erschuf.«

Der Franzose war auf die Knie gerutscht und schwankte hin und her in einem Rhythmus, der ihm von Do Docs Stößen diktiert wurde. Er hatte Schwierigkeiten, durch das in seinem Hals blubbernde Blut seine Stimme zu finden. »Ich habe nichts von dem getan, was du... Ich habe sie gerettet...« Es war unglaublich: sogar noch im

Tod noch nicht einmal Heuchelei, sondern erschreckende Selbstgerechtigkeit! Und diese angebliche Unschuld reizte Do Duc umso mehr und verstärkte seine Wut, obwohl sie ihn später, nachdem die Aura erloschen war, heimsuchen und verfolgen sollte, ihn in einem Labyrinth komplizierter Gefühle der Erwachsenen verwirrte, auf das er gänzlich unvorbereitet war – denn der Franzose war vollkommen aufrichtig gewesen.

»*Dafür* haben Sie sie gerettet – um Not, Elend und Erniedrigung zu erleiden. *Sie* würde Sie nie anrühren, Ihnen nie etwas antun, noch nicht einmal in ihrem Herzen schlecht von Ihnen reden, weil das eben ihre Art ist. Aber ich nicht. Ich bin anders... anders... anders...«

»Nun läßt du, Herr, deinen Knecht, wie du gesagt hast...«

Do Duc schlitzte ihm die Kehle auf, nicht fähig oder nicht willens, sich diese letzte Obszönität – das Wort *Frieden* in dem Gebet – in diesem Moment anzuhören.

Die letzten Worte des Franzosen wurden mit Blut verquirlt, von den undeutbaren Runen des Todes verwischt, aber sie waren deutlich genug, um sich in Do Ducs Seele einzubrennen. »Es gibt keine... bösen Gedanken«, spukte der Franzose heraus. »Nur... böse Taten.«

Diese letzte Weisheit mußte all seine Kräfte aufgebraucht haben, denn seine Augäpfel rollten nach oben, und die Sinne schwanden ihm. Ein Bein zuckte krampfhaft in einer konvulsivischen Reaktion. Dann gab sein Schließmuskel nach und hinterließ eine allerletzte Grabinschrift, die Do Duc ganz besonders passend fand.

Do Duc floh aus Saigon, denn er fürchtete um sein Leben. Er wußte, wie mächtig der Franzose gewesen war, und begriff, daß er sich selbst begraben mußte, um weiterhin unter den Lebenden weilen zu können.

Was er sich damals am meisten gewünscht hatte, war zu kämpfen und in das Cockpit einer dieser Düsenmaschinen zu klettern, die er jahrelang nur als Widerspiegelung oder aus großer Entfernung gesehen hatte.

Er haßte die Kommunisten genauso sehr wie die Franzosen und Amerikaner, sogar noch mehr, weil die Kommunisten seinem eigenen Volk entstammten und eigentlich besseres zu tun haben sollten, als auf die eigenen Landsleute loszugehen. Welcher Wahnsinn von ihnen Besitz ergriffen hatte, daß sie versuchten, Völkermord zu begehen und ihre eigene, einzigartige Geschichte auszulöschen, lag damals jenseits seines Begriffvermögens. Was er dagegen ganz sicher wußte war, daß sie sich wie ein Rudel tollwütiger Bestien aufführten, die man am besten mit der gebotenen Eile vernichtete.

Dennoch: der ARVN, der südvietnamesischen Armee, genau zu diesem Zeitpunkt beizutreten, hätte sich als gefährlich erweisen können, weil diejenigen, die nach ihm suchten, sich verständlicherweise sofort die Unterlagen über die letzten Freiwilligenmeldungen vornehmen würden. Statt dessen ging er in die Berge und änderte sein Leben für immer.

Zu jener Zeit waren die Berge kein Ort für einen zwölfjährigen Jungen. Dort organisierte sich der wilde Stamm der Montagnards, dort zog der Vietcong seine Massen zusammen, dort wurde jede Minute des Tages und der Nacht Blut vergossen. Doch für Do Duc erschien das alles weniger gefährlich als das Leben, das er in dem ummauerten Gelände des Franzosen in Saigon geführt hatte.

Und in den Bergen gab es auch noch andere Menschen, die der Krieg und die Kommunisten vor sich hertrieben und die aus ihrer Heimat im nordvietnamesischen Hochland südwärts geflohen waren. Es waren die Nung, wilde, beinahe unzivilisierte Ureinwohner chinesischer Abstammung, die ihre eigene primitive Weltsicht hatten und ihre eigenen, uralten Methoden, das zu bewahren, was ihre Identität ausmachte.

Selbst die grimmigen Vietcong fürchteten sich vor den Nung, hielten Distanz zu ihnen und mieden die Gebiete, in denen Angehörige dieses Stammes gesichtet wurden. In den Bergen hörte Do Duc wilde Gerüchte über die Nung – daß sie magische Fähigkeiten hätten, daß sie sich in die gegerbten Häute ihrer Feinde hüllten und ans Feuer kauerten, um deren geröstetes Fleisch zu verzehren.

Diese Geschichten schreckten Do Duc keineswegs ab, sondern weckten vielmehr seine Neugierde. Er war von allen Menschen fasziniert, die die Kommunisten in Angst und Schrecken versetzten. Im Haus des Franzosen hatte er die einzige Lektion gelernt, die zu kennen in Asien notwendig ist: Nicht Geld ist es, wonach man im Leben strebte, sondern Macht. Die Nung hatten Macht, Do Duc nicht. Also machte er sich auf, sie zu suchen. Er sah seine Lage so: Alles, was er zu verlieren hatte, war sein Leben, das im Augenblick ohnedies wertlos war. Was er zu gewinnen hatte, erschien ihm dagegen grenzenlos zu sein.

Es war die beste Entscheidung, die er je getroffen hatte – und die schlechteste. Der alte Do Duc, wer auch immer das gewesen sein mochte, löste sich irgendwo und irgendwie unter den Nung auf, und ein neuer Do Duc wurde geboren. Wiederauferstehung wäre ein zu einfacher Begriff gewesen. Doch nach dem Eingliederungs- und Anpassungsprozeß zog er oft allein los, stieg höher hinauf in die Felswände, um in das intensiver werdende, saphirblaue Licht der Dämmerung hinauszublicken und, gänzlich unbewußt, das *Nunc Dimittis* vor sich hin zu singen.

Sogar nachdem ihn der Nung-Älteste, Ao, untersucht und ihm erklärt hatte, daß er als Kind einmal opiumsüchtig gewesen sei, reservierte Do Duc täglich für sich eine gewisse Zeit in der Dämmerung, um das Gebet zu singen. Auch noch nachdem sein Körper das Gift ausgeschieden hatte, das zusätzlich zu Honig, Zimt und Nelken in den Bonbons enthalten gewesen sein mußte, die ihm der Franzose gegeben hatte; auch noch als er über die zynischen Methoden staunte, die der Franzose angewendet hatte, um auf seinem Anwesen Loyalität seiner Person gegenüber sicherzustellen.

»Nun läßt du, Herr, deinen Knecht, wie du gesagt hast, in Frieden scheiden.«

Die Worte, die er auch jetzt nur halb verstand, waren für ihn so tröstlich, daß er den Gedanken, sie vielleicht zu vergessen, nicht ertragen konnte. Natürlich hatte er biologische Eltern, hatte seine Mutter gekannt, wenn auch nur oberflächlich; aber sie hatte *ihn* nie kennenlernen wollen, denn in seinem Gesicht konnte sie die Widerspiegelung all dessen sehen, was sie in ihrem Leben nie erreichen würde.

Der Hymnus des *Nunc Dimittis* gab ihm die einzige Sicherheit, die einzige wirkliche Wärme, die er je gekannt hatte. Unmöglich, es aus der Seele zu reißen, selbst nach Beginn der Ausbildung durch die Nung.

Den Nung gefiel an ihm, daß er ein Geächteter war. Am ersten Abend, als er, über einen hohen Bergkamm kommend, ganz einfach zu ihnen gestoßen war, hatten sie über seine Geschichte gelacht, ihm auf die Schultern geklopft und in den Staub gespuckt, um ihr Wohlgefallen auszudrücken, was er getan hatte. Alle mit Ausnahme von Ao, dem ältesten und am meisten geachteten Mann des Stammes. Der hatte still zusammengekauert und in sich gekehrt dagesessen, die seltsamen, ingwerfarbenen Augen beinahe geschlossen, als seien Do Ducs Worte Lichtstrahlen, die ihn blendeten.

Während er erzählte, beobachtete Do Duc den Alten und gewann den Eindruck, daß Ao um seinen Kummer, um die Bürde seines Herzens wußte: um den Zorn, die Bitterkeit, auch um den Ekel – und, ganz unten vergraben wie ein Fisch auf dem Grund eines schlammigen Sees, um die Zärtlichkeit, die er gegenüber dem Mann empfand, den er umgebracht hatte.

Nachdem die anderen aufgebrochen und in der kühlen Gebirgsnacht ihrer Wege gegangen waren, öffnete Ao die Augen und betrachtete Do Duc aufmerksam beim Feuer. Ein Ast knackte unvermittelt und rutschte tiefer in die Glut.

»Die Leute erzählen sich eigenartige Dinge über die Nung«, sagte Do Duc und erschauerte plötzlich. In einer fast abwehrenden Geste legte er die Hände auf seine angezogenen Knie. »Sie sagen, ihr röstet das Fleisch euerer Feinde und eßt es.«

»Ich esse meines lieber roh«, meinte Ao. Dann schien er eine endlos lange Zeit zu warten, ehe er in ein rauhes Gelächter ausbrach. Als sein Gesicht wieder zu seinen früheren Falten und Runzeln zurückgefunden hatte, fuhr er fort: »Bei uns bist du in Sicherheit, junger Bruder.«

Dies war die Art von Ao, dem Stoiker, die Arme seiner Seele auszustrecken, Do Duc in seine Obhut zu nehmen und ins Dunkle zu führen.

Er war ein außergewöhnlich großer und kräftiger Mann von autoritätsheischender Präsenz. Und er kannte alle Mysterien seines Volkes und auch die der weißen Rasse. Zum Beispiel konnte er ein amerikanisches M-60 Maschinengewehr zerlegen, reinigen und wieder zusammenbauen – und all das im Dunkeln. Er kannte die Wirkungen der unterschiedlichen Plastiksprengstoffe, wußte mit Mörsern, Phosphor- und CS-Reizgas-Granaten umzugehen und war vertraut mit den Prinzipien der Luftwaffe.

Eines Nachts nahm er Do Duc mit bergab in den grünschwarz gemusterten Dschungel. Dort war es so feucht und trüb, daß es dem Knaben wie ein Dahingleiten unter Wasser vorkam. Do Duc fiel auf, daß Ao, trotz seines Alters, nicht das geringste Geräusch verursachte. Er schien einer Art Pfad zu folgen, doch trotz aller Anstrengung entdeckte Do Duc nichts dergleichen, noch nicht einmal eine gelegentliche Kerbe in einem Baumstamm, die man vielleicht als Markierung hätte ansehen können.

Auf diese Weise bewegten sie sich fort durch die Nacht. Tiefste Finsternis umschloß sie, so daß Do Duc, der hinter Ao herging, gezwungen war, dem Alten die Hand auf die Schulter zu legen, um nicht verlorenzugehen. Rings um sich herum hörte er das Kreischen und die Schreie des nächtlichen Dschungels. Der allgegenwärtige Geruch von Moos und verwesender Vegetation war so stark wie frisch aufgegossener schwarzer Tee aus den Eisernen Bergen Chinas.

Große, surrende Insekten streiften Do Ducs Wangen und Arme, und einmal hörte er das gedämpfte Knurren einer großen Raubkatze. Stetig ging es abwärts, und allmählich konnten seine Augen den Schimmer des fahlen Mondlichts sehen, wie es durch das dünner werdende Dach des Urwalds sickerte.

Ao blieb stehen, kauerte sich wortlos nieder und zeigte geradewegs nach vorn. Do Duc konnte zuerst gar nichts erkennen. Dann änderte der Wind seine Richtung, und schließlich hörte er wie Tempelglocken die tiefen, musikalischen Töne langsam dahinfließenden Wassers.

Die Geräusche wiesen ihm die Richtung, und langsam machte er die Umrisse des Ufers auf, auf dem sie kauerten, und gleich davor den Gebirgsbach. Er hörte ein jähes Aufklatschen und sah eine massige Form langsam ins Wasser gleiten.

Ao gab einen eigenartigen Laut von sich, den er ganz hinten in der Kehle produzierte, und Do Duc sträubten sich die Haare im Nacken. Die massige Form hob den Kopf, und Do Duc sah den Schädel eines schwarzen Leoparden.

Er hatte Geschichten über wilde Tiere gehört, auch daß sie selten waren, aber kein Mensch, den er kannte, hatte je einen von ihnen zu Gesicht bekommen. Es hieß, sie besäßen magische Kräfte, welche die orangefarbenen Streifen ihres Fells hatten schwarz werden lassen, als würden sie von einer Kraft auf ihrem Innern versenkt.

Ao ließ wieder diesen gutturalen Laut hören, und Do Duc lief es kalt über den Rücken. Langsam drehte sich der schwarze Leopard um und kam zu ihnen her. Do Duc verspürte ein Zucken seiner Muskeln und ein Kribbeln seiner Nerven, über das er keine Kontrolle hatte. Sein Kopf schien von einem Schütteln befallen worden zu sein, so daß die Bestie beim Näherkommen mal in sein Blickfeld trat, mal daraus verschwand. Er hatte eine derartige Angst, daß ihn ein Frösteln überkam und das sich aus seinen Extremitäten zurückzog und in der Magengrube staute, wo es Übelkeit verursachte.

Der schwarze Leopard verließ das Wasser. Er war jetzt nahe genug herangekommen, um Do Duc mit einem einzigen Schlag seiner Vorderpfote erschlagen zu können. Sein Körper war weit über zwei Meter lang, und der kräftige Schwanz, der hierhin und dahin zuckte, fügte noch einmal einen Meter hinzu.

Do Duc konnte das Tier riechen, einen schweren, moschusartigen Geruch nach Kraft und Tod. Der Mund des Jungen war so trocken, daß die Zunge am Gaumen klebte und sich nicht bewegen ließ. Der Leopard starrte beide reglos an und atmete in tiefen, schnurrenden Seufzern.

Ao drückte eine Hand flach gegen Do Ducs Schultern und bedeutete ihm damit, sich nicht zu bewegen. Dann, urplötzlich und entsetzlich, war Ao verschwunden, zurück in den Dschungel gegangen.

Der Rumpf des schwarzen Leoparden glich einem Panzer. Sein großer Brustkorb blähte sich auf und wurde wieder flach. Seine riesigen goldenen Augen betrachteten Do Duc mit einer besonderen Art von Intelligenz; trotzdem schien das Tier irgendwie kurzsichtig zu sein. Ein amerikanischer Oberst, ein häufiger Besucher in der Villa des Franzosen, hatte Do Duc einmal erzählt, daß Leoparden weder gut hören noch gut sehen könnten und sich großenteils auf ihren Geruchssinn verließen.

Die Bestie blinzelte, und trotz aller Beherrschung schrak Do Duc zurück. Der Leopard knurrte leise und kehlig und senkte den Kopf. Do Duc hatte das Gefühl, als hätten sich seine Eingeweide in Wasser verwandelt. Seine Blase entleerte sich.

Ao kehrte zurück und hielt dabei den linken Arm ausgestreckt. Er ging in die Hocke, und Do Duc sah, wie sich eine Giftnatter um seinen Unterarm wand. Ihren dreieckigen Kopf hatte Ao zwischen Daumen und Zeigefinger eingeklemmt.

Er streckte seinen Arm dem Leoparden hin, als biete er ihm etwas an. Do Duc konnte sehen, wie sich die Nüstern des Tieres weiteten, als es den Geruch der Natter aufnahm. Dann drehte der Leopard mit unglaublicher Schnelligkeit den Kopf. Do Duc bezweifelte, daß Ao bei der kurzen Entfernung ausweichen konnte.

Die großen Kiefer klafften weit auf und umfaßten Natter und Aos Arm. Im Bruchteil einer Sekunde hatte Ao seinen Arm herausgezogen. Die Natter war nicht mehr darum herumgewickelt.

Die leisen Geräusche des fressenden Leoparden waren alles, was in den nächsten Augenblicken zu hören war. Dann schnüffelte die Bestie kurz, und Ao machte dieses unheimliche Geräusch ganz hinten in seiner Kehle.

Er legte Do Duc die Hände auf die Schultern und stieß ihn vorwärts zum Ufer auf das große Tier zu, das ihn mit demselben kurzsichtigen, aber intelligenten Blick betrachtete, als er näher kam. Urin rann am Bein des Jungen hinab, und der schwarze Leopard schnupperte wieder und schien nun stärker an Do Ducs Geruch interessiert.

Der Junge konnte die vom Körper des Tieres ausgehenden Hitzewellen spüren. Das tierische Moschusaroma wehte in seine Nasenlöcher, so daß ihm unvermittelt schwindlig wurde.

Hinter dem schwarzen Leoparden fiel das Mondlicht aufs Wasser und verwandelte es in Lapislazuli. Do Duc stellte sich trotz seiner Angst vor, daß es möglich sein mußte, auf dem Wasser zu gehen.

Er wandte seine Aufmerksamkeit wieder dem Tier zu – und zwinkerte rasch vor blankem Erstaunen. Da war kein schwarzer Leopard mehr. An seiner Stelle sah er eine schlanke Frau mit einem außerordentlich feinen Gesicht und dichtem schwarzem Haar, das so lang war, daß es in kleinen Rinnsalen an ihrem Körper hinabrann wie Wasser des mondbeschienenen Bachs hinter ihr. Es handelte sich bei der Frau um eine in jeder Hinsicht menschliche Erscheinung. Nur daß ihre langen Finger die knotigen Wurzeln eines Baumes bildeten, und als sie ihren Körper bewegte, konnte Do Duc sehen, daß sie von der Hüfte an abwärts ein Skelett war, ohne Haut, ohne jegliches Fleisch, nur Knochen, die bleich in dem unruhigen Mondlicht glänzten.

»Wer… was bist du?« Do Duc konnte die Frage nicht unterdrücken.

»Erkennst du mich denn nicht?« sagte die schöne Frau. Sie blickte ihn aus goldenen Augen an. »Ich bin deine Mutter.«

Do Ducs Herz hämmerte so schwer in seiner Brust, als habe er die Natter verschluckt und nicht die schwarze Bestie. »Unmöglich«, schnaubte er mit vor Angst belegter Stimme. »Meine Mutter ist viel älter als du.«

»Nein«, sagte die schöne Frau, »ich bin tot.«

»Was?«

»Die Freunde des Franzosen haben mich getötet, weil ich ihnen nicht sagte, wohin du geflohen bist.«

»Aber das hast du doch gar nicht gewußt!« rief Do Duc aus. »Das konntest du gar nicht wissen!«

»In meinem Herzen habe ich es gewußt«, sagte sie. »Es gab nur noch einen einzigen Ort, an den du gehen konntest. Du, der du nie hättest geboren werden sollen, dessen Leben ein schreckliches Versehen war! Um zu leben, mußt du sterben und wiedergeboren werden. Dein erstes Leben war ein Mißverständnis. Jetzt hast du eine Chance in deinem zweiten Leben.«

Er wußte nun, wer sie war und warum sie ihm so erschien, wie sie früher einmal gewesen war – jung und schön. Und nun verstand er auch, warum sie alle begehrt hatten, wenn auch nur für eine Nacht, jene Reisende der Finsternis, die sich wie die Elstern unter dem Dach des Franzosen versammelt hatten.

»Mutter«, sagte er und verspürte eine ungewohnte Feuchtigkeit in den Augen. Noch nie zuvor hatte er wegen ihr oder wegen sonst jemandem eine Träne vergossen.

»Nenne mich nicht so, denn so etwas war ich nie für dich«, sagte sie traurig. »Ich war schlecht, weil ich in meiner Seele nie das Mitgefühl fand, dich zu lieben. Du warst wie ein Paria für mich. Ohne Zweifel hat der Franzose dich mehr geliebt als ich dich.« Ihr Kopf sank herab, und ihre dunklen Haare fielen in Strähnen über ihr silbriges Gesicht. »Es ist gut, daß ich tot bin. Jeden Tag habe ich zu Buddha gebetet, er möge mich die Liebe spüren lassen, die ich eigentlich für dich empfinden sollte, doch meine Gebete wurden nie erhört. Mein Herz war schon zusammengeschrumpft, ein toter Klumpen in meiner Brust.«

»Mutter, dafür kannst du doch nichts!«

Ihr Kopf fuhr hoch, und die Haarsträhnen fielen aus ihrem Gesicht. Ihre Augen gleisten wie weißes Feuer, und hinter der Grimasse, die sie zog, war das Herz des schwarzen Leoparden sichtbar, der seine gelben Zähne zum Töten entblößte.

»Nein. Das ist natürlich richtig«, flüsterte sie heiser. »Ich bin eine Asiatin. Ich mache willfährig meine Beine breit, um mich von den Franzosen, den Russen, den Chinesen, den Amerikanern vergewaltigen zu lassen. Sie haben uns so ungeniert ausgenützt, uns zu Sklaven des Opiums gemacht, uns in Wasserbüffel verwandelt, die ihre Arbeit verrichten, bis wir schließlich verrückt wie tollwütige Hunde wurden, die über sich selbst herfallen und sich in ihrem Wahn die eigenen Beine abbeißen.«

Sie hielt inne, und ihre Skelettfinger krallten in die Luft. »Und auch ich bin verrückt und so irrsinnig, daß mir die Fähigkeit das zu lieben fehlte, was ich hätte umsorgen sollen. Du bist mein eigen Blut, Do Duc, und doch habe ich dich als das betrachtet, als was sie uns betrachten.« Sie schüttelte den Kopf. »Nein, verschwende nicht deine Zeit damit, daß du um mich trauerst. Ich habe mein eigenes Karma, und ich nehme es bereitwillig an. Ich bin jetzt ein Teil der Zerstörung Asiens. Das ist vielleicht entsetzlich, aber es ist wenigstens etwas.«

»Aber ich habe dich getötet!« rief er. »Wegen mir…!«

Das feine Gesicht leuchtete. »Ich habe mich geweigert, ihnen zu sagen, wohin du gegangen bist. Ich habe dein Geheimnis bewahrt, Do Duc. Glaubst du, ich hätte nicht gewußt, welche Konsequenzen das haben würde? O ja. Ich tat es freiwillig und gern, und es war ein gutes Gefühl, ihnen zu trotzen. Endlich, ach!« Sie seufzte auf. »Dies war die einzige Tat von Bedeutung in meinem ganzen Leben. Am Schluß habe ich bemerkt, daß mein Herz doch noch schlägt, für dich schlägt.« Die goldenen Augen fingen ihn in ihrem Spinnennetz ein.

»Jetzt bist du dran, mein Sohn. Mach das Beste aus dir und deinem Leben.«

Eine Wolke mußte über den Himmel gezogen sein, denn das Mondlicht schwand, und die Finsternis kam zurück. Do Duc blinzelte und fand sich wieder dem schwarzen Leoparden gegenüber. Wieder wurde ihm schwindlig von dem Moschusgeruch, und er machte kurz die Augen zu. Als er sie öffnete, war das Tier schon hinunter ins Wasser geglitten und schwamm rasch flußabwärts und von ihnen weg.

Do Duc ließ den Kopf hängen und weinte hemmungslos. Noch nie zuvor hatte er das Gefühl von Liebe verspürt, doch jetzt brach es über ihn herein und war so schmerzhaft, daß er beschloß, es nie wieder an sich heranzulassen.

Die Hand auf seiner Schultern war fest und beruhigend. »Ja, junger Bruder«, flüsterte Ao in sein Ohr. »Verhärte dein Herz, bis es wie ein Stein in deiner Brust liegt, denn dein Weg ist ebenso trügerisch wie er beschwerlich ist.«

Do Duc, hingekauert auf das neblige Ufer des Gebirgsbaches, spürte diese Worte eher, als daß er sie hörte, und sie füllten dieses Nichts in seinem Innern aus, diese Leere, die ihm dort, wo er einst gelebt hatte, so überaus vertraut geworden war – dort, auf dem kühlen, stillen Grund des Swimmingpools des Franzosen.

Als er schließlich nach langer Zeit den Kopf wieder hob, war jene besondere Stunde vor dem allerersten Licht des Tages angebrochen, wenn die Welt noch ohne Farbe ist und sich nur die Grautöne des Nebels und die letzten Schatten der Nacht abzeichnen.

»Waren wir die ganze Nacht hier?«

»Zeit ist jetzt unwichtig«, sagte Ao. »Vergiß sie.«

»Was ist geschehen?« Do Duc wandte sich um und sah den Alten direkt an. »Der schwarze Leopard, die Natter, der Geist meiner Mutter... War das alles ein Traum?«

Aos Lippen verzogen sich zu einem ironischen Lächeln. »Es ist *ngoh-meih-yuht,* die Mondsichel«, sagte er. »Und jetzt hör mir gut zu, denn ich werde dir die Geschichte des *paau*-Tanzes erzählen:

In den alten Tagen, als die Kultur der Nung auf ihrem Höhepunkt war, verehrten bestimmte Stadtstaaten unseres Reiches den Leoparden. Die Nung nannten das Tier *paau* und hielten es für eine Gottheit. Aber da gab es welche, die selbst göttliche Macht begehrten, und die zogen aus, um den *paau* zu fangen. Das taten sie mit ungewöhnlichem Mut und kaltblütiger Gerissenheit, und so fingen sie ihn in einer getarnten Grube, die sie selbst gebaut hatten.«

Ao hatte eine Art zu erzählen, die fast hypnotisch war, als könne allein seine Stimme die Magie jener Szenerie heraufbeschwören.

»Zuerst brachen sie dem Tier die Beine, damit es nicht mehr entfliehen konnte. Selbst ihre Bösartigkeit hatte ihre Grenzen, und sie hätten es nie gewagt, das Tier in einen Käfig zu sperren und so den Zorn der Götter zu riskieren. Aber indem sie ihm die Knochen brachen, gewährleisteten sie, daß seine Seele keinen Schaden nahm und in seinem Innern bliebe, bis sie endlich eines Tages ein Teil von ihnen werden könne.

In den heilen Knochen eines Menschen oder eines Tieres wohnen die wichtigsten Bestandteile der ›Seele‹, aus denen nach Vollzug der richtigen Rituale und Gebete neues Leben erschaffen werden kann.

Als nächstes fütterten sie dem Tier das lebendige Fleisch ihrer Feinde, um es zu stärken und seine göttliche Kraft und Macht zu vermehren. Nach neun Tagen schlitzten sie dem Leoparden die Brust auf, bogen den Brustkorb auseinander und entfernten sein noch schlagendes Herz. Sie aßen es auf und hüllten sich dann nackt in den geöffneten Leib des *paau,* als könnten sie damit sein Blut in sich aufnehmen. Es heißt, daß dieser gespenstische Umhang gezittert habe, als er um ihre nackten Schultern lag. Das also war der *paau*-Tanz.«

Die Morgennebel stiegen vom Ufer auf und verwischten die Sicht auf den Bach. Selbst seine Geräusche verloren sich in der schimmernden Kulisse und hingen zeitlos im Raum, so daß ihr Ursprung im Nirgendwo hätte sein können.

»Dieses groteske Ritual vereinte jene Menschen, und ihre Macht, ob wirklich oder eingebildet, wuchs. Von da an fand man ihre Feinde stets nackt, mit gebrochenen und verdrehten Fingern und Zehen, so daß sie ihre eigene Kraft nicht länger festhalten konnten und ihre Füße nicht mehr zur Flucht taugten.«

Aos Ingweraugen schienen einen besonderen Glanz anzunehmen. »Und, was am allerwichtigsten war, man hatte ihnen die Herzen aus der Brust gerissen und sie am Nabel festgenäht, damit ihre Seelen im Augenblick des Todes nicht entweichen konnten.«

Er drehte seinen Kopf kurz in eine andere Richtung, und Do Duc hatte den Eindruck, als starre er durch die Nebelwand hindurch zu einem anderen Ort und in eine andere Zeit.

»Der *paau*-Tanz«, sagte er. »Die Pforte zur Macht und noch mehr Macht – das ist es, was ich dich lehren will, denn deshalb bist du aus der Tiefebene zu mir gekommen.« Er hob eine Hand. »Du mußt dir jetzt ein Lebewesen aussuchen, das dich verkörpert, das dein Verwandter im Geist ist, das dein Schutzgeist werden soll. Such dir eines aus!«

Do Duc nannte das erstbeste, das ihm gerade einfiel. »Ich will die weiße Elster haben.«

»Die weiße Elster.« Ao wandte den Kopf in Do Ducs Richtung, und der Junge konnte die Wärme in seinen Augen spüren. »Bist du dir sicher?«

Do Duc nickte. Seltsamerweise war er sich ganz sicher, zum ersten Mal in seinem Leben.

Aos Miene war ernst. »Du hast gesprochen – so soll es sein. Dein Geist ist von nun an die weiße Elster.«

Die Worte schienen wie ein Schwarm von Wurfpfeilen Do Ducs Haut zu durchdringen und ließen ihn kurz vor Schmerz zusammenzucken.

Aos Augen glichen schwarzen Steinen auf dem Grund des Baches, glatt und unergründlich. Er zögerte nur einen winzigen Moment. »Es ist vollbracht! Du wirst ein *ngoh-meih-yuht* werden und wirst nur durch einen *ngoh-meih-yuht* aufgespürt und erkannt werden können.«

»Was bedeutet das?« flüsterte Do Duc.

Ein sardonisches Lächeln umspielte Aos Lippen. »Du wirst ein anderer Mensch werden. Hast du davor Angst? Nein? Gut. Denn du wirst eine durstige Seele haben. Bald, schon sehr bald, werden dich Essen und Trinken nicht mehr interessieren.«

»Was wird mich dann am Leben erhalten?«

»Das hängt von dem ab«, sagte Ao ernst, »was von dir übrigbleibt, nachdem du ein *ngoh-meih-yuht* geworden bist.«

»Aber ich bleibe doch sterblich?«

Ao antwortete nicht gleich. Nach einer Weile sagte er: »Wenn man dir eine tödliche Wunde beibringt, dann, ja, dann kannst du vielleicht daran sterben. In diesem Sinne bist du sterblich. Aber du wirst ein *ngoh-meih-yuht* sein, und deshalb wird dein Körper bemerkenswerte Fähigkeiten zur Erholung und Regenerierung aufweisen.«

»Dann komme ich also der Unsterblichkeit sehr nahe?«

Aos Augen verschwanden hinter den Lidern. »Das wirst, letztendlich, du entscheiden.«

Do Duc bemerkte, daß Ao ihn mit schärfster Aufmerksamkeit beobachtete. Der Alte streckte ihm eine Hand entgegen, mit der Handfläche nach oben.

Ein Vogel schrie schrill, und seine unheimliche Stimme hallte durch den Dschungel und gegen die Nebelwände.

Ao wartete, bis Do Duc seine Hand über die seinige legte. Als Do Duc dies tat, spürte er Aos Griff im ganzen Körper. Und als Ao sprach, war es bereits so, als gelange seine Stimme durch einen Schleier oder Nebel ganz anderer Art zu ihm.

»Bist du bereit, deine Reise von der einen in die andere Welt fortzusetzen?«

Do Duc öffnete den Mund und wollte etwas sagen, doch Ao nickte, als kenne er bereits die Antwort, die sich in seinem Kopf erst bilden wollte.

4

Venedig / Tokio / New York

Nicholas wurde von dem tiefen Brummen der Motorboote auf dem Canale Grande geweckt. Er öffnete die Augen und sah in die Dunkelheit. Ein Blick auf seine Uhr zeigte ihm, daß der Morgen noch nicht angebrochen war. Doch als er barfüßig das Zimmer durchquerte, konnte er schon einen dünnen Streifen angedeuteter Helligkeit erkennen, der sich mühsam seinen Weg durch die hölzernen Jalousien bahnte. Er öffnete sie und erblickte auf den marmornen Fassaden der Palazzi entlang des *rio* ein fahles Licht von einer Farbe, die er weder benennen noch umschreiben konnte. Im Wasser spiegelte sich das Bild eines Seevogels wider und war viel zu schnell verschwunden. Zurück blieb, kühl und klar, der Anblick von Santa Maria della Salute.

Er ging ins Bad, benutzte die Toilette, spritzte sich kaltes Wasser ins Gesicht, zog sich an und verließ das Zimmer. Eine Vorstellung davon, wohin er gehen wollte, hatte er nicht. Er wußte nur, daß er durch die Straßen spazieren, die Luft atmen und die Stadt wie ein goldenes Tuch auf seiner Haut spüren mußte.

Der erste kalte Windstoß vom *rio* erwischte ihn, und er schlug den Kragen seiner Jacke hoch. Dann verließ er den Platz vor dem Hotel und ging eine Straße mit kleinen Geschäften entlang. Zu dieser frühen Stunde war noch niemand unterwegs, und die meisten Läden hatten noch geschlossen. Seine Nase führte ihn zu einer kleinen Bäckerei, wo er sich einen Pappbecher Kaffee und ein köstliches Brötchen kaufte, das er genüßlich verzehrte, während er eine kleine Brücke überquerte, die zum Markusplatz führte.

Am höchsten Punkt des Brückenbogens blieb er kurz stehen, wie er es stets gerne tat, um von oben das Spiel des Lichts auf dem seidigen Wasser des *rio* zu betrachten. Lieferboote lagen festgezurrt an Pfählen und warteten geduldig auf ihre Besitzer, vor deren Haustüren sie schaukelten.

Er ging über weitere zwei Brücken, ohne einer Menschenseele zu begegnen, und durchschritt dann den Bogen, der zur Piazza führte. Vor ihm erhoben sich der Dogenpalast und zu seiner Linken der Glockenturm, der noch immer die Stunden genauso schlug, wie er das seit Jahrzehnten tat. Der große Platz, der von Arkaden mit Geschäften und Cafés und ihren Stühlen und Tischen im Freien eingerahmt wurde, kam ihm zu dieser Stunde so intim und privat vor, als habe er den Salon der Götter betreten.

Er ging weiter, und sofort vernahm er das Gurren der Tauben, die sich scharenweise auf die Touristenmassen zu stürzen pflegten, die üblicherweise ein paar Stunden vor der Mittagszeit erschienen.

Ganz plötzlich drang Nicholas eine Singstimme ans Ohr. Er lauschte und war wie gebannt, als er das *Nessun Dorma* hörte, Prinz Calefs schöne Arie aus Giacomo Puccinis Oper *Turandot*. »Niemand schlafe«, sang der Bariton, und beim Näherkommen erblickte Nicholas einen Straßenkehrer, der seinen Abfallkübel auf Rädern hinter sich herzog und seinen dickborstigen Besen rhythmisch bewegte. Während des Singens hatte er den Kopf nach hinten geworfen, und Nicholas hatte das Gefühl, daß es – ungeachtet der in Tokio zurückgelassenen Schwierigkeiten, ungeachtet der vor ihm liegenden Gefahren – sich an diesem Morgen und zu dieser Stunde lohnte, am Leben zu sein.

Er grüßte den verhinderten Opernsänger beim Vorbeigehen, und der stämmige Mann lächelte zurück, ohne einen Takt auszusetzen, und verrichtete weiter seine Arbeit. Seine leidenschaftliche Stimme vibrierte über den Platz.

Nicholas bog um die Ecke und überquerte die Piazzetta in Richtung Werft und Canale Grande. Die ersten Farben der Morgendämmerung waren der Tiefe des Meeres entstiegen, um den Himmel und die Gebäude am Wasser mit dem gleichen Farbton einzufärben, so daß es überhaupt keinen Unterschied mehr zwischen Meer und Land zu geben schien.

Der Kai, eigentlich die Riva degli Schiavoni, füllte sich langsam mit Schulkindern, die die *vaporetti* bestiegen, um zum Vormittagsunterricht zu fahren. Ihre hohen Stimmen schallten über den Platz, während sie umherrannten, ihre Fahrkarten kauften und an Bord kletterten. Dort lachten sie, schubsten einander und bevölkerten die schmalen Freidecks der Boote, während im Innern verschlafene Arbeiter ihre Köpfe in die Morgenzeitungen vergruben.

Mit Ausnahme von Nicholas waren keine Touristen zu sehen. Sie wälzten sich vermutlich gerade langsam aus ihren Betten und bestellten sich ihre Croissants und Cappucini. Er schlenderte zur Anlegestelle und von dort aus weiter. Zu seiner Rechten befand sich die Statue des Merkur, zu seiner Linken der berühmte geflügelte Löwe. Ihm kam es absolut passend vor, daß sich die Dogen von Venedig ein Fabeltier als Symbol für ihre Stadt ausgesucht hatten.

Er stopfte sich den Rest der Semmel in den Mund, trank seinen Kaffee aus und überlegte, daß er, je länger er hier blieb, umso besser begriff, wie sehr Venedig ein moderner Stadtstaat war. Die Menschen hier mochten von Nationalität Italiener sein, aber das war dann auch schon alles. Viele Regionen innerhalb eines Landes haben ihren eigenen Dialekt, wie ihn auch die Venezianer hatten, doch bedeutete das nicht, daß die Menschen dann auch anders denken, so wie es die Venezianer taten. Ihre Lebensart schien wirklich einzigartig.

Während er sich der Statue mit dem geflügelte Löwe näherte, sah er, daß auf dem Sockel eine junge Frau mit einer kurzen, pelzbesetzten Jacke saß. Die erste Welle der Schulkinder war den Canale Grande entlanggeschwappt, und für die nächste Zeit lag der breite Bogen der *riva* verlassen da.

Die Frau war ziemlich auffällig. Sie hatte eines dieser mediterranen Gesichter mit markanter Nase und breitem Mund, die sowohl phönizisch als auch römisch aussehen. Das dichte rote Haar war aus dem Gesicht nach hinten gekämmt, wodurch sich dessen ovale Form wie eine Kamee präsentierte. Als er auf gleicher Höhe mit ihr war, bemerkte Nicholas, daß ihre tiefliegenden Augen in der Farbe von Aquamarinen leuchteten. Die Knie hatte sie im Sitzen angezogen, die Ellbogen daraufgelegt. In der Hand hielt sie ein schokoladengefülltes Stück Gebäck, das sie mit offensichtlichem Vergnügen verspeiste.

Sie sah auf, als Nicholas' Schatten sie streifte und als das Licht der Sonne sie gleich darauf wieder traf, leuchtete das Blau der Augen noch feuriger auf. Ihr Lächeln verriet ihm, wer sie war.

In den Mundwinkeln zeigten sich winzige Schokoladenreste. »Hätten Sie etwas dagegen, ein bißchen zur Seite zu treten? Ich genieße gerade diese Aussicht.« Sie sprach Englisch, aber mit dem Hauch eines Akzents, der ihm verriet, daß Englisch nicht ihre Muttersprache war.

Nicholas setzte sich neben sie.

»Ich habe auf Sie gewartet«, sagte sie.

»Hoffentlich nicht zu lange«, entgegnete Nicholas. »Es ist eine angenehme Überraschung, Sie ohne Maske zu sehen.«

Sie biß in ihr Gebäck, und ihr Lächeln wurde breiter, während sie kaute. »Der Abend vor Allerheiligen ist vorbei«, sagte sie. »Bei Tageslicht dürfen wir wieder die sein, die wir sind.«

»Auch Mikio Okami?«

Sie warf ihm einen scharfen Blick zu. »Okami-san steht unter einem unglaublichen Druck. Weniger widerstandsfähige Männer hätte dieses Leben bestimmt schon umgebracht.«

Nicholas sagte nichts. Er rieb sich die Hände, um sie von der morgendlichen Klammheit zu befreien.

»Sie werden ihm doch helfen, oder?«

»Was waren das für Geschäfte, die er zusammen mit seinem Partner Dominic Goldoni gemacht hat, dem mächtigsten Mafia-Don Amerikas?«

»Wissen Sie sonst nichts weiter über Goldoni, außer daß er ein Mafioso war?« fragte Celeste zurück.

»Was gibt es da weiter zu wissen?«

Sie zeigte ihm ein trauriges Lächeln. »Zunächst einmal war Goldoni zur Hälfte Venezianer. Schon deshalb war er unter den *capi* der sizilianisch dominierten Mafia einmalig. Zum anderen hatte er Zukunftsvisionen, die weit über all das hinausgingen, wovon die Mafia je geträumt hat. Er sah, daß die Tage von Sam Giancana und ähnlichen Männern gezählt waren, und entwarf Pläne für eine neue Ära. Seine Kontakte in Amerika waren für Okami-sans Vorhaben, die *godaishu* unschädlich zu machen, von ausschlaggebender Bedeutung.« Sie betrachtete ihn mit klaren Augen. »Soll das heißen, daß Sie Okami-san nicht helfen werden?«

Nicholas registrierte die Betroffenheit in ihrer Stimme. »Sagen Sie mir«, erwiderte er, »was Okami-san für Sie ist? Arbeitgeber? Vaterfigur? Liebhaber? Vielleicht alles drei?«

Celeste lachte. »Wie stolz Okami-san wäre, wenn er Sie jetzt hören könnte! Wissen Sie, daß er fast schon neunzig ist?«

»Das wußte ich nicht.«

»Mhm. Er lebt jetzt bereits eine lange Zeit in Venedig, und schon bevor er hierherzog, hatte er – nun – Verbindungen zu einigen der bedeutenden venezianischen Familien gepflegt.«

»Ich vermute, Ihre Familie war eine davon.«

»Mein Vater hat sein Leben für Okami-san geopfert.« Sie wischte sich die Hände an einem Stück Papier ab. »Ich kann mir denken, daß dies für Ihre Ohren ein wenig seltsam klingt, vielleicht sogar ein bißchen grotesk.«

»Überhaupt nicht«, sagte Nicholas. »Ich bin zur Hälfte Asiate. Und weiß, was eine Schuld bedeutet.«

»Ja, natürlich.« Sie drehte ihren Kopf weg und betrachtete die Sonne, die über der Lagune aufging. Zu ihrer Rechten, auf der anderen Seite des Canale Grande, erglühte Santa Maria della Salute in pinkfarbenem Licht, und die Flügel des venezianischen Löwen über ihnen schienen zu brennen. »Meine Vorfahren, zumindest einige von ihnen, kamen aus Karthago«, sagte sie nach einer Weile. »Sie waren Seefahrer und Philosophen und, wie es heißt, auch große Naturwissenschaftler. Nachdem man ihre Heimat niedergebrannt und ihre Stadt dem Erdboden gleichgemacht hatte, suchten sie Zuflucht beim einzigen Freund, den sie noch hatten: dem Meer. Und schließlich fanden sie sich hier wieder, in Venedig.« Sie schaute ihn an. »Das sind Geschichten, die mein Großvater stets erzählte. Er schwor, sie seien wahr, genauso wie er schwor, er wisse, daß das Schiff, mit dem sie ankamen, genau unter dem Palazzo begraben sei, in dem Sie vergangene Nacht waren.«

»Das war Ihr Haus?«

»Es gehört jetzt Okami-san«, sagte Celeste ohne eine Spur von Traurigkeit oder Bitterkeit. »Ich wohne nun woanders, abseits vom Canale Grande, wo es ruhiger ist.«

»Und der Rest Ihrer Familie?«

»Okami-san kaufte meiner Mutter ihr eigenes Apartment, in dem sie sich selbständig versorgen kann. Und meine Schwester, die lebt nicht mehr in Venedig.«

Sie wandte den Kopf ein wenig, und das Sonnenlicht streifte ihren Nasenrücken so, daß er sie sich am Bug eines antiken Schiffes vorstellen konnte, das gerade von Karthago ablegte und über das Mittelmeer zu diesem Zufluchtsort segelte, der später Venedig heißen sollte.

»Ich glaube, daß das Schicksal meiner Familie, im Licht der venezianischen Geschichte betrachtet, gar nicht so untypisch ist. Wir haben hier gelernt, uns anzupassen, an die Zeiten, ans Schicksal und, am wichtigsten, an die Politik.

Mein Vater handelte mit Textilien und Stoffen: Samt, Spitzen, Seide und dergleichen. Mein Großvater erfand ein spezielles Verfahren zur Herstellung einer bestimmten Art von Moirébrokat, für das wir noch immer das Patent haben. Okami-sans Verwandte kamen aus Osaka und waren auch einmal in der Kurzwarenbranche tätig. Er und mein Vater verstanden sich auf Anhieb. Beide waren ehrenwerte Männer, beide waren sie pragmatisch. Die Familie meines Vaters war sehr von östlichem Gedankengut geprägt, und daher begriff er, warum Okami-san seine Firma kaufen wollte. So haben beide schließlich einen Gesellschaftsvertrag ausgearbeitet.«

»Das heißt, die Gesellschaft war streng legal und eine perfekte Tarnung für Okamis Anwesenheit hier in Venedig.«

»Mich interessiert nur, was Okami-san für meine Familie getan hat.« Er erkannte, daß ihr der Unterton in seiner Stimme gleichgültig war. Leise fragte sie: »Bitte, beantworten Sie mir meine Frage: Werden Sie ihm helfen?«

Er dachte an die vergangene Nacht zurück, als Okami ihm gesagt hatte, daß sein Leben in Gefahr sei.

»Wir haben folgende Probleme«, hatte er Okami erklärt. *»Da ist zunächst die Frage der Identität: Wir wissen nicht, wen sie schicken werden, um Sie zu töten. Dann ist da die Frage der Zeit: Wir müssen davon ausgehen, daß wir nur wenig davon zur Verfügung haben. Unter diesen extremen Bedingungen sind unsere Möglichkeiten äußerst begrenzt. Es hat keinen Sinn, Sie irgendwo untertauchen zu lassen, denn Sie müssen weiter Ihre Arbeit verrichten und können das nicht aus einem Versteck heraus tun. Es hat auch keinen Sinn, Sie Tag und Nacht zu bewachen, denn wer immer auf Sie angesetzt worden ist: Er hat den Vorteil, den Zeitpunkt und vielleicht sogar den Ort bestimmen zu können, wohingegen ich im Nachteil bin. Unter diesen aussichtslosen Umständen kann ich mir kein weiteres Manko erlauben. Ich bin bereits im Hintertreffen, weil ich keine Ahnung habe, gegen wen ich eigentlich antrete.«*

Okami hatte ihn ausdruckslos angesehen. *»Sie wollen damit also sagen, daß wir schachmatt sind.«*

»Überhaupt nicht. Was ich sagen will ist, daß extreme Bedingungen extreme Maßnahmen erfordern.« Er hatte plötzlich gefroren, als sei ein Wind durch den Palazzo gefegt. *»Um Ihnen zu helfen, muß ich zu einem Magneten werden.«*

»Zu einem Magneten?«

»Ja. Nennen Sie es ein menschliches Schutzschild. Was ich vorhabe ist, die Aufmerksamkeit des Attentäters von Ihnen weg und auf mich zu lenken.«

»Ich werde tun, was ich kann«, sagte Nicholas jetzt zu Celeste.

»Ja, ich weiß«, nickte sie. »Okami-san und ich haben letzte Nacht ausführlich darüber gesprochen, nachdem Sie gegangen waren. Aber ich wollte es von Ihnen hören. Um ganz sicher zu sein.« Sie sah kurz aufs Meer hinaus. »Ich muß ihnen etwas über die drei

Männer aus dem inneren Kreis des Kaisho erzählen, denn einer von ihnen hat Okami-sans Tod befohlen. Der innere Kreis besteht aus den *oyabun*, die Japans drei große *yakuza*-Familien befehligen: Tetsuo Akinaga, Akira Chosa und Tomoo Kozo.« Sie zeigte ihm Fotos von jedem. »Alle diese Männer müssen verdächtigt werden, es sei denn, Sie können ihre Unschuld beweisen. Ich bitte Sie dringend, keinem von ihnen zu trauen. Einer von ihnen hat Okami-san verraten und damit all das, wofür er gearbeitet hat.«

Er betrachtete die Fotos aufmerksam und prägte sie sich ein. Dann sah er Celeste an. »Okami-san ist nicht Ihr Liebhaber, aber er bedeutet Ihnen sehr viel. Vorhin sagten Sie, daß der Druck, unter dem er steht, einen weniger widerstandsfähigen Mann umbringen würde.«

»Das ist richtig.«

»Aber er ist immerhin neunzig.«

Sie stand abrupt auf. »Gehen wir. Mir ist kalt.« Sie steckte die Hände in die Jackentaschen und sie schritten die *riva* entlang. Tauben stiegen auf, und das Konzert ihres Schwirrens glich dem Flügelschlag eines einzigen Riesenvogels. Ausschreier priesen mit lauter Stimme und durch das tiefe Gebrumm der Boote hindurch Freifahrten nach Murano zu einer Führung durch die Glasbläserfabriken an. Tauben schwebten in niedriger Höhe über ihren Köpfen und schrien nach Futter; in der kalten Luft mußten sie kräftig mit den Flügeln schlagen.

»Jetzt werde ich Ihnen etwas sagen, was noch nicht einmal die Männer aus dem inneren Kreis wissen, ein Geheimnis des Kaisho: Er hat *koryoku*.«

Koryoku. Das Wort fraß sich durch sein Gehirn. »Mikio Okami hat die ›Kraft der Erleuchtung‹?«

»Deshalb hat er ja all die Jahre überlebt«, sagte Celeste. »Damit sind viele Fragen beantwortet, oder nicht? Über neunzig Jahre alt und mit der Kraft und dem Willen eines Fünfzigjährigen ausgestattet.«

Nicholas' Puls beschleunigte sich, und er mußte seine Atmung verlangsamen. Doch seine Gedanken überschlugen sich. *Koryoku*, das Bindeglied, der Zugang zu *shuken*. Sollte Okami tatsächlich im Besitz der ›Kraft der Erleuchtung‹ sein, würde er Nicholas sagen können, ob es auch für ihn möglich wäre, *koryoku* zu erlangen. Sein Traum, das verlorengegangene Geheimnis seiner alten Rasse zu finden, die Vereinigung von *akshara* und *kshira*, von Licht und

Dunkelheit, den beiden von einander abgetrennten Hemisphären des *tau-tau*, könnte schließlich doch noch wahr werden.

Wenn er Okami beschützen konnte.

»Jetzt habe ich Sie erschreckt«, sagte Celeste.

»Ich fürchte, ja.«

Sie wandte den Kopf und warf ihm einen schnellen, scharfen Blick zu. »Er will nicht, daß Sie es tun, daß Sie das Feuer auf sich ziehen.«

»Dafür ist es zu spät.«

»Was soll das heißen? Ich bin seiner Meinung.«

»Gehen Sie weiter, aber ein bißchen schneller«, sagte Nicholas. Er führte sie von der *riva* weg und in eine Nebenstraße. Es war jetzt schon so spät am Morgen, daß weitere Geschäfte öffneten und daß so etwas wie ein Gedränge von Menschen entstand, die zur Arbeit eilten. Das kam Nicholas irgendwie merkwürdig und ein wenig komisch vor, denn es fiel ihm schwer zu glauben, daß in dieser Stadt der Wunder tatsächlich jemand arbeitete. Aber Venedig war selbstverständlich trotz all seiner Kostbarkeiten noch immer eine Stadt, wenn auch kaum eine ganz gewöhnliche.

»Weder Okami noch ich haben jetzt noch eine Wahl«, erklärte er. »Wir beide müssen diesen Weg und keinen anderen gehen. Und Sie müssen akzeptieren, was geschieht.«

»Karma. Es ist Ihr Schicksal.«

Er hörte den zynischen Unterton aus ihrer Stimme heraus. »Hören Sie, Celeste, wenn Sie nicht an ein Karma glauben, dann existiert es auch nicht.«

»Genau wie *giri*.« Sie mochte den überraschten Gesichtsausdruck, den er plötzlich hatte. »Ja, ich kenne mich mit Verpflichtungen aus und mit Ehrenschulden, die nie angemessen beglichen werden können.«

Er erspähte eine kleine Bäckerei und zog sie mit hinein. Sie stellten sich vor die gläserne Theke und betrachteten die Brote und kleinen Kuchen, die frisch aus dem Ofen kamen.

»Sind Sie hungrig? Wir haben doch gerade was gegessen.«

»Ich möchte gerne herausfinden, ob wir allein in diesem Teil der Stadt sind.«

Celeste beobachtete ihn, wie er in den Wandspiegel hinter der Verkäuferin schaute, einer Frau mittleren Alters mit rosigen Bakken und einem fröhlichen Wort auf den Lippen für alle ihre morgendlichen Stammkunden.

»Was haben Sie gesehen?«

»Vielleicht gar nichts«, antwortete Nicholas, als sich die Frau ihnen widmete. Er deutete auf einen großen, flachen Laib Brot, der mit schwarzen Oliven und frischem Rosmarin versetzt war. Dann gab er ihr mit Gesten die Größe der Scheiben zu verstehen, die er haben wollte, doch seine Augen schweiften beständig zum Spiegel hin. »Vielleicht doch etwas.«

»Geht es schon los?« War das Angst oder Aufregung, die ihrem Gesicht Farbe verlieh?

Er suchte in seiner Tasche nach den Lire, nahm die weiße Papiertüte und sein Wechselgeld von der Verkäuferin entgegen und ging zur Tür. »Ich werde Sie jetzt hier zurücklassen. Warten Sie fünf Minuten und gehen Sie dann wieder zur *riva.*«

»Nein«, sagte sie. »Ich komme mit Ihnen.«

»Sie haben mit der ganzen Sache nichts zu tun.«

»O doch. Sie wissen ja, was *giri* bedeutet. Ich stehe bei Okamisan in der Schuld. Außerdem: Wer auch immer hinter *ihm* her ist, muß auch über *mich* Bescheid wissen. Auf jeden Fall bin ich bei Ihnen sicherer.«

Nicholas fiel kein passendes Gegenargument ein. Er hielt sie nicht für den Typ von Menschen, die sich in der Wohnung der Mutter versteckt und wartet, bis der Spuk vorbei ist, also beschloß er, nichts zu sagen; aber er wußte, daß er jetzt seine Pläne geringfügig ändern mußte, da er nicht mehr allein war.

Wieder auf der Straße, schlugen sie einen Weg ein, der sie vom Canale Grande wegführte. Die engen Gassen waren manchmal mit Menschen vollgestopft, dann wieder beinahe verlassen und einsam, wenn sich die Passanten an einer Kreuzung oder einer Brücke zerstreuten.

Die ganze Zeit über benutzte Nicholas die Fensterscheiben von Geschäften und Restaurants, um die unmittelbar hinter ihnen liegende Straße abzusuchen.

»Was können Sie sehen?« fragte Celeste.

»Im Moment bereitet mir nicht das, was ich *sehe* Kummer«, sagte er. »Es ist eher das, was ich *spüre.* Jemand hält uns eindeutig unter Beobachtung.«

Sie überquerten eine Brücke und bogen dann nach links in die nächste Straße ab.

»Dann ist es also schon losgegangen«, sagte sie. »Was machen wir jetzt?«

»Wir lassen uns weiter von dem- oder denjenigen beschatten.«

»Warum?«

»Weil«, antwortete er, »unsere Chancen sie ausfindig zu machen desto größer sind, je länger sie uns folgen. Und genau das will ich.« Er drückte ihre Hand. »Sind Sie bereit, Ihrem Feind ins Gesicht zu sehen?«

Sie lächelte ein wenig. »Unter diesen Umständen täte ich nichts lieber.«

»Hier haben wir was.« Lillehammer kämpfte sich unsicheren Schrittes durch den Gang der Air Force Maschine und hielt ein paar Faxblätter in der Hand. Sein Gesicht wirkte angespannt, aber fast vergnügt.

»Über das verstümmelte Mädchen«, sagte Croaker, stellte seine Tasse Kaffee zur Seite und gab dabei acht, daß er nichts verschüttete.

»Richtig.« Lillehammer wedelte mit den Faxkopien. »Sie hatte eine Brücke im Gebiß. Eine ungewöhnliche Anfertigung; irgendwas mit zwei Zähnen, die nicht nachwuchsen, nachdem die Milchzähne ausgefallen waren. Also hat sie sich eine Brücke über die Lücke machen lassen.«

»Von der Zahnfee, die den kleinen Kindern für jeden ausgefallenen Zahl Geld unters Kopfkissen legt.«

Lillehammer grinste, und um seinen Mund breitete sich das Spinngewebe der bleichen Narben aus. Vor den ovalen Fenstern aus dickem Plexiglas zerrissen dunkle Wolkenbänke und formten sich wieder zu neuen, wirbelten mancherorts wie prächtige Schweife von Pferden in die Höhe. Sie waren gerade über den Sturm gestiegen, der über der Mitte Minnesotas tobte. Das Flugzeug wurde noch von den Nachwehen der größeren Turbulenzen am östlichen Rand der Gewitterfront durchgeschüttelt, entfernte sich aber jetzt davon.

»Die zahntechnische Arbeit war so einmalig, daß die Computer ihren Namen im Nu ausspuckten: Virginia Morris.«

Welche Computer, fragte sich Croaker, hatten eine so riesige Datenbank und waren so gut koordiniert, daß sie ein Verbrechensopfer anhand des Gebisses in weniger als zwölf Stunden identifizieren konnten? Jedenfalls keiner von denen, die er benutzt hatte, auch nicht von jenen, zu denen er gelegentlich beim

FBI begrenzten Zugang hatte. Vielleicht lag es auch nur daran, daß er sich schon seit längerer Zeit nicht mehr der Computer bedienen mußte.

Croaker beobachtete den Sturm, wie er unter ihnen durchzog, während das gesamte Flugzeug ein klein wenig vibrierte. »Ist sie diejenige, mit der zusammen Dominic die WITSEC-Auflagen unterlaufen hat?«

»So sieht es aus. Sie ist aus Queens, seinem alten Jagdrevier. Ich habe mich mit den Federal Marshals unterhalten, die den Fall bearbeiten, und sie hatten in ihren Unterlagen nichts darüber, daß sie zum befugten Personenkreis gehörte, der Zutritt zu ihm hatte.« Er schüttelte den Kopf. »Trotzdem habe ich die Leute ausgequetscht. Dominic sei andauernd hinter Weibern hergewesen. Angeblich hat er es nie lange ohne Sex aushalten können.«

»Das heißt, er hat seine Geliebte vor der Nase von WITSEC bis nach Minnesota kommen lassen. Wie hat er das fertiggebracht?«

Lillehammer zuckte mit den Schultern. »Er kommandierte Tausende von Leuten. Jeder hätte ihm helfen können.«

Croaker wandte seinen Blick von dem mit Wolken übersäten Himmel ab. »Das bezweifle ich. Ich kenne diese Burschen. Die machen es sich nicht zur Gewohnheit, ihre eigenen Revolvermänner in ihre Privatangelegenheiten mit hineinzuziehen. Wer weiß schließlich, welche Feinde von einer solchen Schwachstelle Wind bekommen könnten.«

»Haben Sie eine Idee, wer ihm geholfen hat?«

»Ich denke gerade über Ihre Theorie nach, daß das Ganze ein Insider-Job war.«

»Ja und?« Lillehammer legte den Kopf schief. »Wer sonst außer einem Insider hätte dem Mörder sagen können, wo Dominic sich aufhielt?«

Croaker schüttelte den Kopf. »Ich weiß, Sie glauben, daß es da innerhalb der Regierung ein faules Ei gibt. Doch mein Instinkt sagt mir, daß noch eine andere Möglichkeit existiert, und der will ich nachgehen. Schauen Sie: Goldoni wurde in diesem Haus umgebracht. Wie ist er dort hingelangt? Wurde er entführt? Das bezweifle ich, denn dazu wurde er zu gut bewacht. Außerdem: Wenn es ein Insider-Job gewesen wäre, dann hätten sie gewußt, wo er sie aufhält, und wären ganz einfach dort hingegangen. Was aber, wenn er seinen Betreuern *absichtlich* entwischte, um zu einem Rendezvous zu gehen? Das wäre relativ leicht. Er sagt seiner Frau, daß er zum Laden rüberfährt und noch Klopapier oder ein T-bone-Steak kauft, und macht dann in letzter Minute einen Umweg.«

»Das wäre bestimmt möglich.« Lillehammer schien fasziniert. »Aber warum sollte er so etwas tun?«

»Vielleicht, um jemanden zu treffen«, sagte Croaker, »dem er absolut vertraute.« Er sah auf seine Armbanduhr. »Wenn wir unseren Flug von Washington nach Kennedy Airport in New York umdirigieren, wann würden wir dort ungefähr eintreffen?«

»Ich frage mal den Piloten«, sagte Lillehammer und griff nach dem Bordtelefon.

Das erste, was Justine tat, als sie in dem französischen Bett im Tokio Hilton erwachte, war, nach dem Mann zu tasten, der neben ihr eingeschlafen war. Sie spürte nur die Bettlaken, und ihr Herz setzten einen Schlag lang aus. Kurzzeitig überkam sie ein dumpfer, bleierner Schmerz, vertraut wie ein Hungergefühl.

Dann hob sie den Kopf aus dem Kissen und hörte ihn im Bad urinieren. In diesem typisch männlichen Geräusch, dem harten Klatschen des Wasserstrahls gegen Porzellan, lag eine Art Trost für sie.

»Rick?«

Er erschien unter der Badezimmertür, nackt und grinsend. »Endlich wach? Schön. Ich hoffe, du bist hungrig, denn ich bestelle gleich das Frühstück.«

Justine setzte sich auf und dehnte ihren Körper. Sie war sich dessen bewußt, daß sein Blick auf ihr ruhte, begierig und lüstern.

»Weißt du überhaupt, wie gut das meinem Ego tut?«

Sie lachte. »Dein ›Ego‹ scheint vor dir im Schlafzimmer zu sein.« Sie öffnete die Arme und streckte sie ihm entgegen; er machte einen Satz, landete neben ihr und beugte sich über sie. Sie sah ihn an. »Wie war das mit dem Frühstück?«

»Ich weiß nicht, wie es mit dir steht, aber ich bin jetzt bei weitem nicht mehr so hungrig wie vorher, als du noch geschlafen hast...«

Später, nachdem sie geduscht und sich angezogen hatten, gingen sie ins Restaurant hinunter. Er bestellte Eier mit Speck, eine Portion Bratkartoffeln, viel Orangensaft, Kaffee und Toast. Justine konnte nicht anders als lachen; er war so amerikanisch. Voller Freude und Heißhunger orderte sie für sich das gleiche.

Saft und Kaffee kamen beinahe sofort. Er trank seinen Kaffee schwarz, und während sie Sahne und Zucker in ihren gab, sagte er: »Falls du deine Meinung nicht geändert hast: Wann kannst du nach New York zurückkommen?«

Justine sah ihn über den Tisch hinweg an und nahm seine Hand in die ihre. »Ich habe meine Meinung nicht geändert. Wann möchtest du, daß ich komme?«

»Sofort«, sagte er und drückte ihren Handrücken gegen seine Lippen. »Ich habe viel zu lange gewartet, um es noch länger zu tun.«

Justine lächelte zurück und ließ sich von seiner offenkundigen Begeisterung mitreißen. »In Ordnung. Aber ich brauche einen Tag zum Packen.«

»Wozu? Gibt es etwas, das du unbedingt mitnehmen mußt oder willst?«

Das Frühstück kam und verschaffte ihr Zeit, über seine Frage nachzudenken. Rick verlangte zusätzlich Erdbeermarmelade. Justine kaute mit vollen Backen auf ihrem Speck herum und sah zu, wie er seinen Toast mit Butter und der Marmelade bestrich. Schließlich sagte sie: »Wenn ich es mir recht überlege, dann habe ich hier tatsächlich nichts, ohne das ich nicht leben könnte.« Er sah hoch. »Ich weiß, was du sagen wolltest. Einen neuen Anfang machen. Ganz von vorne.« Sie aß den Rest der Speckscheibe auf. »Ich glaube, daß mir das gefallen könnte.«

»Super!« Er wischte sich die Lippen ab. »Ich buche auf der Stelle unseren Flug.«

Sie sah ihm nach, wie er zum Oberkellner ging und nach dem Telefon fragte. Unaufhörlich mußte sie sein Gesicht betrachten. Sie stellte sich vor, wieder in New York zu sein, mit ihm verheiratet, zurück in ihrem früheren Job, und spürte einen Schwung in sich, ein Gefühl, das sie so lange und so verzweifelt vermißt hatte. Ungeduldig wartete sie darauf, wieder arbeiten zu können, wieder mit beiden Beinen auf der Erde zu stehen, eine Herausforderung anzunehmen, die ihr das frühere Leben wieder zurückbringen könnte, ihre Selbstachtung und damit ihre Identität.

In diesem Augenblick brachte ihr ein Ober das schnurlose Telefon. »Mrs. Linnear«, sagte er, »ein Anruf für Sie.«

Einen kurzen Augenblick lang erstarrte Justine vor Schreck darüber, daß Nicholas irgendwie herausgefunden haben könne, wo sie sich aufhielt; wahrscheinlich über Nangi. Eine Eiskugel lag in ihrem Magen und hinderte sie am Atmen.

»Mrs. Linnear?«

Sie nickte, schenkte dem Ober die Andeutung eines Lächelns und nahm das ihr hingehaltene Telefon.

»Hallo?«

»Justine, hier ist Nangi.«

»Guten Morgen«, sagte sie beträchtlich erleichtert.

»Fühlen Sie sich besser? Hat Ihnen der Besuch von Millar-san gutgetan?«

»Ja, sehr gut«, erwiderte Justine. Sie war sich der Nähe von Tanzan Nangi und Nicholas bewußt. Aber Nangi war kein *tanjian.* Er hatte nicht jene besondere Gabe, ihre Empfindungen lesen zu können, schon gar nicht über das Telefon. »Es war sehr schön, einen alten Freund aus den Staaten zu treffen.«

»Das kann ich mir gut vorstellen«, sagte Nangi. »Tokio ist zwar der Nabel Japans, aber auch ich habe oft Heimweh nach der Stadt, in der ich geboren wurde. Das ist ein ganz normales Gefühl.«

»Vielen Dank, Nangi-san, für Ihre Anteilnahme«, sagte sie.

»Vielleicht sehen wir uns bald einmal wieder.« Seine Stimme klang melancholisch. »Ich weiß nicht, wie lange Nicholas fortbleiben wird.«

»Haben Sie mit ihm gesprochen?« In dem Moment, in dem sie die Frage stellte, wußte sie auch schon, daß es ein Fehler war.

»Haben Sie ihn denn nicht angerufen?« fragte Nangi zurück. »Ich habe Ito-san gebeten, seine Nummer an der Hotelrezeption zu hinterlegen.«

Hatte sie von Nicholas' verhaßter Assistentin eine Nachricht erhalten? Justine konnte sich nicht erinnern. Sie überlegte krampfhaft. Welche Lüge sollte sie sich einfallen lassen? »Ja, man hat sie mir gegeben. Ich habe es mehrmals bei ihm versucht, hatte aber kein Glück.«

»Das ist nicht weiter überraschend«, sagte er. »Auch ich konnte ihn nicht erreichen. Wir werden es weiterhin versuchen müssen.«

»Ja, machen wir.«

»Sie können mich jederzeit anrufen, Justine-san.«

»Mache ich, Nangi-san. Nochmals vielen Dank.«

Sie unterbrach die Verbindung mit einem Gefühl größter Erleichterung. Es fiel ihr wahrhaftig nicht leicht, ihn anzulügen, aber was hätte sie sonst tun sollen? Als sie das Telefon hinlegte, sah sie, daß es ganz feucht von ihrem Schweiß war.

Rick kam zurück und strahlte übers ganze Gesicht. »Alles klar«, sagte er und setzte sich ihr gegenüber. »Wir fliegen heute abend.

Damit hast du gerade genug Zeit, um mir als dem Touristen, der ich bin, die Stadt zu zeigen.«

»Nein«, sagte Justine. »Ich habe die Nase von Tokio gestrichen voll. Wir werden ein Stück aufs Land fahren, wo es schön ist. Ich muß sowieso das Auto zum Haus zurückbringen.«

Eine Zeitlang aßen sie schweigend weiter, und Justine fiel auf, daß ihr eine Mahlzeit schon lange keinen so großen Spaß mehr bereitet hatte.

Bei einem weiteren Kaffee und noch mehr Toast, den Rick mit noch mehr Erdbeermarmelade bestrich, redeten sie über ihr neues, gemeinsames Leben.

»Was glaubst du, wo du lieber wohnen möchtest«, fragte Rick sie, »in Manhattan oder irgendwo außerhalb, wie zum Beispiel auf Long Island?«

Justine überlegte. »Nach allem, was ich über das gegenwärtige Manhattan gehört habe, würde ich sagen: dort bestimmt nicht.« Ihr Blick umwölkte sich kurz. »Aber auch nicht auf Long Island.« Dort gab es zuviele Erinnerungen, die sie und Nicholas mit West Bay Bridge verbanden. »Wie wär's denn mit Connecticut?«

»Gute Idee«, sagte Rick und trank seinen Kaffee. »Einer unserer leitenden Angestellten lebt in Darien, und dort droben ist es schön.« Er grinste. »Und wir hätten nicht den hohen Steuersatz von New York, was ebenfalls eine Erleichterung bedeutet.«

»Du würdest dein Apartment so ohne weiteres aufgeben?« Sie erinnerte sich, daß Rick eine Wohnung an der Fifth Avenue hatte.

Er nickte. »Kein Problem. Meine Exfrau geht mir ohnehin schon seit einiger Zeit gewaltig auf den Wecker, weil sie die Wohnung haben möchte.« Er wischte sich den Mund. »Gott allein weiß, warum sie in Manhattan wohnen will. Heutzutage kannst du dort nur mit umgeschnallter Fünfundvierziger leben.« Er zuckte mit den Schultern. »Jedenfalls wird das für mich alles leichter machen. Ich verkaufe ihr die Wohnung, und sie steht dann tief bei mir in der Kreide.«

»Bist du sicher, daß du es nicht bereuen wirst?«

Rick lachte. »Machst du Witze? Ich kann es gar nicht erwarten. Am ersten Wochenende in der Heimat machen wir uns auf die Suche nach einem Haus.«

Das klang so gut, daß Justine anfing zu weinen. Auf Haussuche in Darien! Amerika! Daheim! O mein Gott, zu schön, um wahr zu sein.

Rick nahm ihre Hände in die seinen, beugte sich über den Tisch, küßte sie zärtlich auf jedes Augenlid und schmeckte das Salz ihrer Tränen. »Nie mehr Schmerzen und Kummer, Darling«, flüsterte er. »Ich verspreche es dir.« Seine Lippen schlossen sich über den ihren.

»Tony«, sagte Margarite Goldoni beim Betreten des gemeinsamen Schlafzimmers, »jetzt reicht es dann aber wirklich.«

Anthony DeCamillo, frisch gesalbter Pate der Goldoni-Familie, lag nackt bis auf einen winzigen weißen Tangaslip unter einer grellen Höhensonne. Mit der weißen Plastikbrille über den Augen und den grotesken Schatten, die sein Fleisch unter der Lampe warf, kam er Margarite wie einer jener billigen Heiligenfiguren aus Kunststoff vor, die sich viele New Yorker auf die Armaturenbretter ihrer Autos stellten.

Eine Zeituhr klingelte, und in den Körper kam Bewegung, als sich das UV-Licht abschaltete. Tony setzte sich auf und nahm die weiße Schutzbrille ab. Er betrachtete ausgiebig Margarites verlokkende Formen in dem eng anliegenden Nachthemd und bekam eine Erektion.

»Margarite, es ist erstaunlich, aber du siehst jetzt besser aus als vor zehn Jahren. Habe ich dir das in letzter Zeit schon einmal gesagt?«

»Bis jetzt hattest du keinen Grund dazu«, sagte Margarite und kam näher. Sie rieb sich etwas von ihrer Feuchtigkeitscreme in die Haut ihrer Hände.

Tony brummte und gab abrupt seinen Annäherungsversuch als ungerechtfertigte Anbiederung auf. »Mein Bruder hat mir prophezeit, daß ich es bereuen würde, ein Mädchen zu heiraten, das keine Sizilianerin ist.«

»Dein Bruder ist ein Idiot«, gab Margarite prompt zurück. Er rutschte ein Stück nach vorn. »He, du sprichst über meine Familie! Hüte deine Scheißzunge!«

»Tut mir leid, Tony.« Sie setzte sich auf das Bett neben ihm und fragte sich, ob er wegrücken würde.

Auch jetzt fühlte sie sich zerrissen und ihrem eigentlichen Wesen entfremdet. Ein Teil von ihr wollte unbedingt den Schaden wieder gutmachen, der durch ihre Entführung entstanden war, wollte wieder schuldfrei werden in den Augen ihres Mannes.

Währenddessen genoß ein anderer, unbekannter Teil von ihr jene Abscheu, die sie ihm gegenüber verspürt hatte, als sie und Francie nach Vermont geschickt worden waren.

»Wir wissen beide, daß du in Schwierigkeiten steckst«, sagte sie. »Die Leonfortes werden an die Ostküste kommen und versuchen, sich das unter den Nagel zu reißen, was einst Dominics ureigenste Domäne war.«

»Falls ich in Schwierigkeiten stecke, dann ist das wegen deines Bruders«, sagte er wütend. »Er hatte nie einen offiziellen *consigliore*. Nie vertraute er einem seiner Leutnants. Er ließ ja keinen an sich heran und besprach sich nur mit sich selbst. Die Geheimnisse, die er als Hebel für seine hochkarätigen Kontakte in Washington benutzte, sind jetzt allesamt Schnee von gestern.« Tonys Hände flogen durch die Luft und beschrieben komplizierte Arabesken. »Mutter Gottes, wie oft habe ich ihn angefleht, mir diese Geheimnisse zur sicheren Aufbewahrung zu geben! ›Wenn ich dein Nachfolger werden soll‹, habe ich zu ihm gesagt, ›dann muß ich über alles Bescheid wissen. Dann kannst du mir doch nicht derartig die Hände binden.‹«

Traurig und zornig zugleich schüttelte er den Kopf. »Ich schwöre, ich habe ihn wie einen Bruder geliebt, Margarite, aber er war ein verdammter Dickkopf. Nichts habe ich in der Hand und werde jetzt von einem Scheißsturm durchgebeutelt, der bis zum Himmel nach miesen Muscheln und dieser ganzen Westküstenbagage stinkt.«

»Du hast doch mich«, sagte Margarite.

»Dieser Übergeschnappte! Vertraut all seine Geheimnisse dir an! Einer Scheißfrau!« Er warf die Hände in die Luft. »Es reicht nicht, daß ich all diese Besprechungen mit Doms Kontaktleuten mitmachen durfte in dem Wissen, daß nur du ihm darüber berichten und die Entscheidungen verkünden durftest, die eigentlich von mir kamen. Jetzt muß ich auch noch in Zukunft mit der Tatsache leben, daß Dom nur dir vertraut hat!«

Er erhob sich und begann sich anzukleiden, weißes Hemd, nachtschwarze Hose. Wieder schüttelte er den Kopf. »Es macht mir nichts aus zuzugeben, daß ich dem Arschloch Respekt zollen muß. Dieser Saukerl von einem Caesare Leonforte hat schließlich erreicht, was er wollte. Er hat sich Dominics Tod so sehnlichst gewünscht, daß er ihn wahrscheinlich in sein Sonntagsgebet eingeschlossen hat. Aber dem werde ich es heimzahlen. Ich weiß, daß er diesen Scheißkerl angeheuert hat, von dem du glaubst, daß er uns die Daumenschrauben ansetzt. Ich werde ihn…«

»Wir beide wissen, daß du dich mit Caesare nicht messen kannst. Ich denke, es ist an der Zeit, daß du den Versuch aufgibst, dir wie in Selbsthypnose einzureden, daß du tatsächlich das Oberhaupt der Familie wärst.«

Tony betrachtete sie eine Zeitlang, während er seinen Hosengürtel durch die Schlaufen zog. »Ich werde dir jetzt mal was sagen, Baby. Ich weiß, daß du einen Schock erlitten und noch nicht verdaut hast, besonders seit die Leute vom FBI Doms Witwe und die Kinder haben verschwinden lassen, damit sie sie hinter Schloß und Riegel halten können. Ich weiß, daß es hart für dich war mitansehen zu müssen, wie sie sich an der Leiche festgeklammert haben und wie wir so getan haben, als sei Doms Körper tatsächlich in dem verdammten Sarg, den wir gestern unter die Erde brachten.«

Sie fragte sich, ob er wohl jetzt das Gespräch auf Robert bringen wolle und hatte sogar mit sich gewettet, daß er es nicht tun würde nach all dem, was geschehen war. Sie gewann.

»Aber um Himmels willen, seit du von dieser Magical Mystery Tour zurück bist, hast du dich total verändert!«

»Natürlich habe ich mich verändert.«

»Nein.« Er schüttelte den Kopf und trat in seine befransten italienischen Mokassins. »Du begreifst es nicht, stimmt's? Du bist insgesamt ein anderer Mensch geworden. Die Margarite Goldoni, die ich geheiratet habe, scheint nicht mehr zu existieren.«

»Deine Fantasie geht mit dir durch«, sagte Margarite, stutzte aber, als sie eine andere Stimme in ihrem Kopf hörte: *Und was habe ich dir außerdem noch gegeben, Margarite? Jetzt weißt du, daß du genügend Willenskraft hast, um… alles fertigzubringen.* Ein kalter Schauer lief über ihren Körper, sowohl aus Furcht als auch aus Vorfreude zugleich.

»Meinst du? Vorher hat dir dein eigenes Geschäft immer genügt.«

»Geschäft ist Geschäft, Tony. Ich habe bewiesen, daß ich einen ganz guten Sinn für Geschäfte habe.«

Er schnaubte verächtlich. »Na ja. Ich will dir mal eines sagen: Du bist noch nie eine gewesen, die eine Semmel in ihrem Ofen halten konnte.«

Tränen schossen ihr in die Augen. »Du bist ein Scheißkerl, weil du mir jetzt etwas hinreibst, wofür ich nichts kann! Ich hatte drei

Fehlgeburten bei dem Versuch, dir den Sohn zu geben, den du unbedingt haben wolltest. Und beim letzten Mal wäre ich beinahe gestorben.«

Tony schüttelte den Kopf. »Vielleicht war das eine körperliche Angelegenheit«, sagte er. »Vielleicht war es auch eine psychische. Du wolltest dich doch nie durch Kinder binden lassen. Schau doch unsere Tochter an! Die Tatsache, daß sie da ist, hat dich nie bewogen, langsamer zu treten. Ist dir vielleicht je eingefallen, zu Hause zu bleiben, als sie klein war?«

»Ist dir je eingefallen, zu einer anständigen Zeit nach Hause zu kommen, um dich mal mit ihr zu beschäftigen?«

»Das ist was ganz anderes!« rief er. »Ich habe mir den Arsch aufgerissen, damit ihr beide ein ordentliches Haus habt, um darin zu leben, und damit ich nicht bei deinem Bruder in der Kreide stehe. Und was habe ich jetzt davon? Jetzt wohne ich in diesem Scheißhaus mit einer Tochter, die noch nicht mal weiß, wie man zu seinem Vater angemessen Guten Tag sagt.«

»Ich verstehe. Das heißt also, du findest es richtig, der Familie fernzubleiben, weil du der Mann bist?«

»Diese ganze Unterhaltung bräuchten wir nicht zu führen«, schrie er, »wenn ich eine Frau hätte, die ihre Prioritäten hinsichtlich ihres Kindes kennen würde! Die wüßte, was das Wort ›Mutter‹ bedeutet!«

»Lieber Gott, ich habe dich und deine Operette vom starken Mann wirklich satt!«

Er machte eine ordinäre sizilianische Geste. »Dann hau doch ab!«

Sie ließ den Kopf hängen und schluchzte. »Das tu ich vielleicht auch.«

»Du bestehst doch sowieso bloß aus Scheiße!«

Margarites Gesicht wurde weiß, und sie hob den Kopf. »Untersteh dich, so mit mir zu reden! So redest du noch nicht mal mit deinen Freunden.«

»Weil keiner von denen so blöd ist.«

Sie versuchte ihn zu schlagen, doch er fing ihren Arm am Handgelenk ab und schleuderte sie gegen die Wand. Sie fiel hin, und sogleich stellte sich der Schmerz ein. Ein nur allzu vertrautes Gefühl.

Drohend stand er über ihr. »Ich werde dem, was immer hier auch vor sich geht, ein für allemal ein Ende bereiten.« Er zog den

Hosengürtel wieder aus den Schlaufen. »Es ist schon viel zu lange her, seit ich dir eine Lektion erteilt habe.«

Im nächsten Augenblick starrte er in den Lauf einer gedrungenen Pistole.

»Ihr gottverdammten Sizilianer versteht ja doch nur eine Sprache«, sagte sie und kämpfte sich auf die Beine.

»Margarite...!«

»Und begeh nicht den Fehler zu glauben, ich wüßte nicht, wie man das Ding benutzt.«

Was war das für eine neue Empfindung, die sie da verspürte? Wut? Nein, die hatte sie schon zuvor gekannt und wie einen Geist in der Flasche zugestöpselt und in ihrem Herzen vergraben. Was dann? Hinter der Wut und dem Schrecken fühlte sie so etwas wie einen eisernen Kern, von dem sie nie geglaubt hatte, daß er vorhanden sei, einen Willen, der sich mit diesem Kern vereinigte und der aus dem Mahlstrom erwuchs, zu dem ihr Leben geworden war. Sie griff danach mit der Verzweiflung eines Schwimmers, der sich restlos verausgabt hat.

Eine Stimme, die sie nur ungefähr wiedererkannte, sagte: »Was habe ich mich die ganze Zeit über vor dir – wie sagte man? – gefürchtet habe ich mich vor dir. *Gefürchtet!* Jetzt, wo ich das Wort ausspreche, kann ich es kaum glauben. Du hast mich geschlagen, und ich habe es eingesteckt, habe mir stumm auf die Lippen gebissen und kein Wort gesagt, noch nicht einmal zu meinem Bruder. Weil ich mich *gefürchtet* habe.«

Tony wich zurück, als sie auf ihn zuging.

»Na, komm schon, Baby. Reg dich ab. Du standest unter fürchterlichem Streß wegen des Todes deines Bruders und dieses Mannes, der...«

»Und kein einziges nettes Wort zu mir, als ich nach Hause kam mit unserer Kleinen im Arm – kein Mitleid. Ich habe deinen Haß gesehen, Tony. Du dachtest – nein, nein, du *wußtest* selbstverständlich –, daß er mich vergewaltigt hatte. In deiner Fantasie war ich ja schon besudelt, nur weil ich mit ihm zusammen unterwegs war. Du hattest diese Miene aufgesetzt – Gott im Himmel, diese Miene hat all das in mir geweckt, zur Kenntnis zu nehmen, das ich mich gewehrt habe. Wie du mich so angesehen hast, bin ich mir vorgekommen wie...«

»Baby...«

Er verstummte, als sie die Pistole hob. Sie stand jetzt weit genug von ihm entfernt, daß er sie nicht einfach mit brutaler Gewalt packen konnte. In ihren Augen leuchtete ein seltsames Feuer, das ihm Angst einflößte.

»Margarite, ist ja gut, du hast ja recht, ich hab's gehört. Warum legst du jetzt nicht das Ding da weg, ehe jemand verletzt wird?«

»Nein, Tony. Jetzt ist Schluß! Kein ›Baby‹ mehr, kein Anbrüllen, kein Prügeln. Mit alldem ist jetzt Schluß. Eine neue Weltordnung, verstehst du? Weil ich die Kraft habe, dich auf der Stelle zu töten. Ich *werde* abdrücken! Du brauchst mir bloß noch einen einzigen Grund zu liefern, damit das Maß voll ist. *So* habe ich mich verändert: Man hat mir diese Kraft gegeben, nein, sie ist wiedergekommen. Meine Selbstachtung. Du hattest sie mir genommen, Tony, und, Gott helfe mir, ich hatte es zugelassen.«

Tony fuhr sich mit der Zunge über die Lippen, und sein Blick huschte zwischen dem Pistolenlauf und ihrem Gesicht hin und her. »He, jetzt reicht's aber. Ich glaube nicht, daß du schon kapiert hast, was in den letzten paar Tagen mit uns passiert ist. Ich weiß, daß du dich wegen der Kleinen aufregst. Und der Schock wegen Doms...«

»Du Scheißkerl, ich weiß, was wirklich hier passiert ist – mit Dominic, mit Francie und mit mir! Aber das wirst du wohl nie begreifen.«

»Ich begreife, wie übel man uns allen mitgespielt hat. Mein eigenes Heim, meine Familie...«

Ihre Augen glühten, und sie schlug sich selbst gegen die Schläfe. »Jetzt hab ich's begriffen! Hier geht es nicht um Francie oder meinen Bruder oder um mich. Hier geht es um dich und deinen Macho-Schwanz! Du erträgst nicht, was man *dir* angetan hat!«

Und jetzt wußte sie es: Es war die Stimme ihres Bruders, die da aus ihrem Mund kam. Während ein Teil von ihr über dieses scheinbare Wunder staunte, erinnerte sich ein anderer Teil daran, wie sie einst Zeuge geworden war, als Dominic eine geladene Pistole Rich Cooper an den Kopf gehalten hatte, ihrem Geschäftspartner. Margarite wollte damals ihre Kosmetikfirma *Serenissima* vergrößern und nach Übersee expandieren, was Rich zu riskant erschienen war. Dominic hatte den ganzen Nachmittag darauf verwandt, mit allen möglichen Argumenten Rich zu einer Änderung seiner Meinung zu bewegen. Vergebens. Danach, mit dem unterschriebenen Vertrag in seiner Brusttasche, hatte Dominic zu ihr gesagt: »Wie du siehst, Margarite, gibt es für jede Sorte Mensch eine ihm gemäße Methode der Überredung.«

Jetzt, angesichts des Respekts ihres Mannes vor der Waffe, die sie fest in ihrer Hand hielt, wußte sie, daß sie auch die ihm gemäße Methode der Überredung gefunden hatte.

»Was wir brauchen«, sagte Nicholas, »ist etwas ganz Besonderes.«

»Etwas Besonderes«, fragte Celeste, als sie sich wieder zur *riva* aufmachten.

»Ja. Einen Ort, an dem wir uns verstecken und von dem aus wir zurück auf unsere Verfolger blicken können.«

Celeste lächelte ihn an und ergriff seine Hand. »Ich glaube, so einen Ort kenne ich.«

Sie führte ihn über die Ponte della Paglia, die Strohbrücke, wo vor Jahrhunderten die mit Stroh gefüllten Boote entladen worden waren, und an der Seufzerbrücke vorbei, über die die Gefangenen des Dogen in ihr Gefängnis gebracht oder einem noch schlimmeren Schicksal zugeführt wurden. Gebückt gingen sie durch einen Türbogen, der in eine Unterführung mündete, und gleich darauf kamen sie bei einem *campo* wieder heraus, an dessen Stirnseite eine – nach venezianischen Maßstäben wenig einnehmende – Steinkirche mit einem Nebengebäude stand.

»Das ist das Kloster von San Zaccaria«, sagte Celeste, überquerte den *campo* und verließ ihn durch den einzig möglichen anderen Ausgang. »Es hat eine interessante Geschichte, denn die Schwestern aus diesem Kloster hatten früher den Auftrag, die festliche Kopfbedeckung des Dogen zu besticken.« An einem winzigen Platz bogen sie scharf nach rechts und schritten schnell eine enge Gasse entlang, die sich wie der Rücken einer alten Frau krümmte. »Seit dem neunten Jahrhundert machte der herrschende Doge an Ostern eine kurze Pilgerfahrt hierher zur Abendandacht.« Unvermittelt stießen sie auf ein breites *fondamento*. Zu ihrer Rechten befanden sich eine Häuserreihe und Geschäfte, zu ihrer Linken ein schmiedeeisernes Geländer, hinter dem ein *rio* floß, der von zwei kleinen Steinbrücken überspannt wurde.

»Das war der Grund, warum der *campo* und das Kloster so gut befestigt waren«, sagte Celeste, während sie das *fondamento* entlanggingen. »Es gibt keinen anderen Eingang zur Kirche oder zum Kloster vom *campo* aus.«

Auf halbem Weg gelangten sie an einen alten Eingang zu einem stuckverzierten Gebäude. Die Tafel darüber trug die Inschrift:

SCUOLA ELEMENTARE ARMANDO DIAZ. Celeste sah sich nach allen Seiten um und zog Nicholas dann durch das offene Portal ins Innere.

Sie durchschritten einen Torbogen und tauchten auf der anderen Seite in einem grasbewachsenen Hof wieder auf, der an drei Seiten von ziemlich modernen Bauten aus braunem Ziegelstein umgeben war. Hinter den Fassaden konnte man den Lärm von Kindern hören.

Celeste führte ihn über einen Hinterhof mit enormen Ulmen, bunt bemalten Schaukeln, Dreirädern und anderem Spielzeug für kleine Kinder. Hinter dieser unscheinbaren Fassade verbarg sich eine bemerkenswerte Überraschung: die Rückseite von San Zaccaria.

Sie begaben sich in den Keller des ältesten der braunen Ziegelsteingebäude; dort roch es nach Asche und Urin. Am entgegengesetzten Ende eines großen Kesselhauses gab es eine sehr alte, zerkratzte hölzerne Tür. Celeste stieß sie auf, und Nicholas konnte sofort Wasser von einem *rio* riechen. Er hörte das Quieken von Ratten und sah die rubinroten Augen in der Finsternis.

Das Geräusch ihrer Schritte hallte von den Steinmauern wider, die nach Nicholas' Überzeugung sehr alt waren. Sie schienen sich in einem System von unterirdischen Gängen zu befinden.

Celeste bestätigte es. »Die Dogen von Venedig waren ziemlich ängstlich«, sagte sie. »Wahrscheinlich waren die damaligen Umstände daran schuld. Deshalb ließen sie diese Tunnels anlegen, um sicher nach San Zaccaria hinein- und wieder herausgelangen zu können. Jahrhunderte später wurde nach den Vorgaben der Nonnen von San Zaccaria die Schule auf dem Felsfundament darüber erbaut, weil sie nicht wollten, daß man einen Teil ihrer Geschichte zerstörte.«

Der Staub der Geschichte wehte lebhaft durch die Dunkelheit. Vor sich konnte Nicholas Celestes glänzendes Haar sehen, als sei es eine Laterne, die ihn durch einen Korridor der Zeit führte.

Der Tunnel endete an einer kleinen Holztür, die mit alten, genagelten Bandeisen zusammengehalten wurde. Celeste klopfte kurz und in einem seltsamen Rhythmus dagegen, und gleich darauf ging die Tür nach innen auf. Schnell schlüpfte sie hinein und zog Nicholas hinter sich her. Die Tür schwang wieder zu.

Eine Fackel flackerte, und Nicholas sah eine kleine Frau in Nonnentracht. Celeste sprach leise und schnell in venezianischem Dialekt mit ihr, so daß Nicholas die Unterhaltung auch dann nicht verstanden hätte, wenn er in Hörweite gewesen wäre. Schließlich gab ihnen die Nonne ein Zeichen mit der Fackel und bedeutete ihnen damit schweigend, ihr eine gewundene Treppe hinauf zu folgen, deren Steinstufen in der Mitte schon zu flachen Mulden abgetreten waren.

»Wo sind wir?«

Celeste wandte sich um. »Sie wollten etwas Besonderes haben. Ich gebe es Ihnen.« Sie nickte. »Hier herüber.«

Sie ging voran zu einem bunten Fenster mit Bleiverglasung und Jalousie. Die Fackel steckte sie in eine Halterung an der Wand und deutete durch das Fensterglas. »Sehen Sie. Der *campo*, wo wir gerade waren.«

Nicholas sah nach draußen und nach unten und konnte tatsächlich die Vorderfront des Klosters erkennen.

»Die Macht der Angst; das eherne Gesetz venezianischer Politik. Alles war wie Treibsand«, sagte Celeste. »Einige der Vorgänger dieser Dogen, von denen ich Ihnen erzählte, sind nie in ihre Palazzi zurückgekehrt, weil sie auf dem Weg von der Abendandacht bis zu der Stelle, auf die Sie gerade hinabsehen, umgebracht wurden. Wenn die Venezianer gereizt wurden, konnten sie einen erstaunlichen Blutdurst entwickeln.«

Während er weiter auf den *campo* hinabschaute, tauchte ein Mann auf. Er war wie ein moderner Venezianer gekleidet, mit Ausnahme eines altmodischen, breitrandigen Hutes, der tiefe Schatten über sein Gesicht warf. Von seiner erhöhten Position aus konnte Nicholas die Gesichtszüge des Mannes nicht erkennen.

»Ist das unser Verfolger?« fragte Celeste.

Nicholas beobachtete, wie der Mann vorsichtig den *campo* überquerte. Seine Hände glitten fachmännisch über die Eingänge und Fenster, an denen er vorbeiging, um zu überprüfen, ob sie verschlossen oder offen waren. Er tat dies so natürlich und unauffällig, daß sich niemand, der ihm zufälligerweise zusah, dabei etwas gedacht hätte.

»Das ist unser Mann«, sagte Nicholas. »Kommen Sie.«

Sie gingen zurück zur Treppe und hinab in die Düsternis der Erdgeschoßhalle. Nicholas lief zur Tür und legte seine Hand auf das schmiedeeiserne Schloß. Es war nun an der Zeit, den Verfolger zu verfolgen.

Zusammen verließen sie ihr Versteck, durchquerten den unterirdischen Gang und den Schulhof und begaben sich zurück zum *fondamento,* weg vom Kloster.

Vor sich konnte er nun den Schatten des Mannes vom *campo* her auftauchen sehen, wie er sich behutsam durch das Labyrinth der Gassen fortbewegte. Der Mann war sehr gut, wie Nicholas bemerkte. Er ging methodisch vor und paßte auf, daß er nichts übersah. Mehr als einmal benutzte der Glasflächen, um den Weg hinter sich zu überprüfen. Als er dies das erste Mal tat, erwischte er Nicholas beinahe in einem unachtsamen Augenblick, doch gelang es ihm gerade noch, sie beide in einen in der Hausfront zurückversetzten Eingang zu ziehen.

Nachdem Nicholas ein Gefühl für die Vorgehensweise ihres Beschatters entwickelt hatte, wurde es für ihn einfacher; doch von einem ganz bestimmten Zeitpunkt an würden die Schwierigkeiten erst beginnen. Sobald der Mann herausfand, daß er seine Zielperson endgültig verloren hatte, würde er nicht mehr planmäßig weiterarbeiten, sondern so schnell wie möglich zu seinem Ausgangsort zurückkehren, um seinem Auftraggeber, oder wem auch immer, die schlechte Nachricht zu überbringen. Und dann, das wußte Nicholas, würden sie sehr schnell sein und auch ein bißchen Glück haben müssen, um an ihm dranbleiben zu können, ohne entdeckt zu werden.

Ihr Schatten führte sie zurück zum Markusplatz, der jetzt voller Reisegruppen und Kinder war, die mit Brotkrumen in den Händen umherrannten und die Heerscharen der flügelschlagenden und gurrenden Tauben auf dem Platz anlockten und zugleich wieder verscheuchten.

Der Mann ging durch einen Bogen rechts neben dem Uhrenturm am nördlichen Rand des Platzes und drängte sich durch die engen, verstopften Gassen der *mercerie.* Dieses Einkaufsviertel, in dem früher nur die fantastischen venezianischen Tuche und Stoffe verkauft worden waren, führt den Passanten im Zickzack vom Markusplatz zur Rialtobrücke. Jetzt gibt es dort Geschäfte und Restaurants aller Art.

Nach der sonnenüberfluteten Piazza kam einem das Licht hier trüb vor und von mysteriöser Beschaffenheit, als werde es von den Schleiern der Zeit gefiltert. Selbst die Läden der ultramodernen Designer wie Gianfranco Ferre und Franco Zancan hatten etwas von zeitloser Beschaffenheit an sich.

Ihr Verfolger hielt bei einem Antiquitätengeschäft, blieb vor der offenen Tür stehen und plauderte mit der Besitzerin. Nicholas griff nach Celeste und zerrte sie schnell in den Eingang des Ladens einer Stoffdesignerin, der Venezianerin Roberta di Camerino. Dort dirigierte er Celeste zu den ausgestellten feinen Wollkleidern in den venezianischen Farben meeresaquamarin und indigoblau, während er gleichzeitig durch ein Eckfenster hindurch den Antiquitätenladen auf der anderen Straßenseite im Auge behielt.

»Er ist stehengeblieben, um sich zu vergewissern, daß man ihm nicht folgt«, flüsterte Nicholas ihr zu. »Der Mann ist clever.«

Eine nach dem letzten Schrei herausgeputzte Verkäuferin tat ihr Bestes, um Celeste zur Anprobe eines der Kleider zu überreden.

»Kennen Sie ihn?« fragte Celeste.

»Ich konnte sein Gesicht noch nicht richtig sehen«, sagte Nicholas, nachdem Celeste die Verkäuferin höflich abgewiesen hatte. »Wir sind dauernd hinter ihm, und er hält sich gut im Schatten. Sein Gesicht zu sehen wäre hilfreich«, murmelte Nicholas nachdenklich. Er weitete sein Bewußtsein, und spürte das sachte Pochen gegen *kokoro*, gegen die Mitte, gegen das Herz des Universums.

Ein jäher Windstoß schien ihren Beschatter umwerfen zu wollen. Seine Jacke flatterte und sein Hut wirbelte vom Kopf und torkelte auf die Straße.

Und da war das Gesicht: bronzefarbener Teint, asiatische Gesichtszüge, aber keine reinrassig japanischen; die harten Linien etwas abgemildert; vielleicht eine Spur von Khmer-, burmesischem oder tibetanischem Blut; feste Lippen; am Mundwinkel ein Muttermal. Ein unvergeßliches Gesicht, zumindest was Nicholas betraf.

Ohne zu zögern bückte sich der Mann, um seinen Hut wieder aus dem Rinnstein aufzuheben. Ganz kurz, während er sich streckte, sah Nicholas die Wölbungen von Muskeln und Sehnen in Schultern und Armen, das völlige Fehlen von Fett an der Hüfte und am Bauch und keinerlei Anspannung im Gesicht, überhaupt keine. Dann hatte er sich schon wieder aufgerichtet und den Hut auf den Kopf gedrückt.

»Kommen Sie.«

Der Mann setzte seinen Weg fort und schlängelte sich durch das Gewirr der Straßen. Sie folgten ihm eine Gasse entlang und sahen ihn an einer scharfen Abbiegung nach links verschwinden. Als sie dort ankamen, fanden sie sich in einem winzigen Hof mit Steinen und sich rankenden Bougainvillea wieder, an dessen Hinterseite ein Eingang zu einem Restaurant führte. Sie gingen hinein und stellten fest, daß das Restaurant dem plüschig zurechtgemachten Speisewagen eines Zuges nachgebildet war. Eine auf Hochglanz polierte Mahagonibar nahm die linke Seite des Raumes ein, während drei lauschige Sitzecken die rechte ausfüllten.

»Hier gibt's noch einen anderen Eingang«, sagte Celeste hastig.

Sie eilten durch den Gang, durch den kleinen, mit Samt ausgeschlagenen Vorraum des Restaurants und dann durch Doppeltüren auf eine andere Straße hinaus.

»Dort!« sagte Nicholas und deutete nach rechts. Sie rannten die enge Gasse entlang.

»Himmel, ich glaube, der geht zum Rialto«, sagte Celeste nach einer Weile. »Und das ist schlimm für uns. Dort gibt es bei der Brücke immer eine solche Menschenmenge, daß wir die besten Chancen haben, ihn zu verlieren.«

Gleich darauf standen sie am Ufer längs der berühmten überdachten Brücke, die bis zum neunzehnten Jahrhundert die einzige über den Canale Grande gewesen war. Von Anbeginn an hatte es auf der Ponte di Rialto viele Geschäfte gegeben; mit ihrem Angebot an ausländischen Waren und dem auf ihr herrschenden Gewirr fremder Sprachen glich sie eher einem arabischen Souk als einer Brücke des Abendlandes.

Sie entdeckten ihren Schatten, und Nicholas rannte zum *rio* hinunter, Celeste rechts hinter ihm. Sie drückten sich an den Häuserfronten entlang und sahen gerade noch rechtzeitig, wie der Mann bei einem *imbarcadero* ein *vaporetto* der Linie 1 bestieg, das zum *Arsenale* bei den Schiffswerften fuhr.

Nicholas und Celeste sprinteten den Kai entlang, gerade als der Mann mit einer Gruppe anderer Passagiere an Bord ging. Sie drängelten sich am Anlegesteg vor und sprangen an Bord, während das Boot bereits ablegte.

Nicholas blieb mit seiner Begleiterin dicht bei der Bordwand, damit sie notfalls schnell wieder aussteigen konnten, sollte der Mann das Boot verlassen. Das *vaporetto* passierte den Fondaco dei Tedeschi, einen eindrucksvollen Palast mit hundertsechzig Räumen, der jetzt die Hauptpost beherbergte. Früher benutzten ihn deutsche Kaufleute als Warenhaus und Unterkunft für andere Kaufmannsfamilien, die zu Besuch kamen.

Sie fuhren weiter zur Volta del Canale, wo der Kanal eine große Biegung in die Gegenrichtung macht. Dort liegen die vier Palazzi

Mocenigo, die den Canale Grande beherrschten, wie es einer Familie gebührte, die Venedig sieben Dogen schenkte. Celeste schilderte ihm diese Einzelheiten venezianischer Geschichte, und sie beide taten so, als seien sie Tourist und Führerin, die sich auf einer Stadtbesichtigung amüsierten.

Ihr Schatten machte sich davon, gleich nachdem das *vaporetto* die Station Sant'Angelo angelaufen hatte, und Nicholas und Celeste schoben sich ihm nach durch die Menge, die auf den *imbarcadero* drängte. Sie schritten die Fassade eines weiteren Palazzo entlang, der noch historischer war als viele derjenigen, auf die Celeste hingewiesen hatte.

Ihr Mann ging eilig um den Palazzo Corner Spinelli, dann eine schmale Gasse entlang und danach in eine Straße. Dort stand ein zweiter Palazzo, kleiner und älter; er öffnete eine Tür und verschwand im Innern.

Sie warteten einen Augenblick. Die Sekunden verstrichen. Nicholas spürte Celestes Nervosität, als sie dicht bei ihm im Schatten stand. Die Vorderfront des Palazzo bestand aus Backsteinen, darüber gab es die traditionellen aufgemalten venezianischen Fresken aus Ziegelstaub und Marmorsand auf einer Kalkpaste, wodurch dieser volle, rötliche Farbton erzeugt wurde, der so typisch für diese Stadt war.

Schließlich gab ihr Nicholas ein Zeichen, und sie schlichen sich zur Tür. Er legte das Ohr dagegen, lauschte kurz, vernahm aber nichts. Was erwartete sie wohl auf der anderen Seite? Nicholas atmete tief ein und zog die Tür auf.

Sie gingen hinein und standen in einem kleinen Innenhof, der mit Rosen überwuchert war und in dem eine knorrige Trauerweide stand, deren dicker grüner Stamm wie eine marmorne Säule aussah. Aus einer Ecke heraus beobachtete sie ein steinerner Löwe mit unnachahmlicher Distinguiertheit.

Nicholas hörte ein leises Geräusch von oben. Er blickte hoch und sah eine offene Loggia, die der des Dogenpalastes ähnelte. Eine Außentreppe aus abgetretenen Steinen und rotem Marmor aus Verona erhob sich über einer Reihe von Bögen mit komplizierten byzantinischen Reliefs. Sie führte hinaus ins *piano nobile*, das auf schlanken byzantinischen Säulen zwischen Himmel und Erde zu schweben schien.

Vom Ende der Treppe aus gelangten sie auf die Loggia. Der Boden bestand aus gelben, ockerfarbenen und blaßgrünen Fliesen, die zu Mustern zusammengestellt waren, welche auf die ehemals byzantinischen Besitzer hinwiesen. Auf der Innenmauer gab es Stuckverzierungen, in der Farbe gebutterter Süßkartoffeln bemalt. Die zartgrünen *verde antica* Steinsäulen gegenüber wanden sich spiralförmig nach oben.

Sie sahen sich um und schienen allein zu sein.

Da Celeste sehr dicht bei ihm stand, konnte Nicholas spüren, wie ein leichtes Zittern ihren Körper durchlief. Sie hielten sich in einem Teil der Loggia auf, der weder Türen noch Fenster hatte; ein Kuriosum in einem Palazzo venezianisch-byzantinischen Stils, der eigentlich offener hätte sein müssen.

Langsam durchquerten sie die Loggia in ihrer ganzen Länge. Jenseits der Reihe der spiralförmig geschraubten Säulen zu ihrer Linken bewegten sich die Bäume im Hof unter dem deutlichen Hauch einer Brise. Der Himmel bewölkte sich, und die Loggia wurde in ein perlmuttfarbenes Licht getaucht, das weder Schatten warf noch die Orientierung des Sonnenlichts bot.

Sie gingen weiter und bogen um eine Ecke. Durch eine Lücke in den niedrigen Gebäuden konnten sie den Ausschnitt eines *rio* sehen. Das Wasser hatte eine dunkle Färbung angenommen, ein abgrundtiefes Grau, das das Licht des Nachmittags aufzusaugen und zu verschlucken schien. Das Getöse eines *motoscafo* schwoll an, erstarb wieder, und Stille hüllte sie ein.

Dann stießen sie auf eine Tür, ein schweres Gebilde aus Eichenholz und mit Messingbeschlägen, die meergrüne Patina angesetzt hatten. Es war dies die einzige Öffnung in der Stuckwand, und das Fehlen von Fenstern kam ihnen immer merkwürdiger vor.

Nicholas streckte die Hand nach der Türklinke aus, doch sie hielt ihn zurück. »Warten Sie!« flüsterte sie ihm eindringlich ins Ohr. »Ich will da nicht hineingehen!«

»Wir müssen aber«, entgegnete Nicholas entschlossen. »Wir müssen herausfinden, wer uns beschattet.«

Sie klammerte sich an ihn und zitterte leicht. »Dafür gibt es doch sicher andere Möglichkeiten. Ich habe Angst vor dem, was da drinnen sein könnte.«

»Nehmen Sie meine Hand.«

Sie ließ ihre Hand in die seine gleiten, als er die Klinke niederdrückte und die Tür öffnete. Geräuschlos schlüpften sie hinein und schlossen die Tür hinter sich.

Um sie herum war undurchdringliche Finsternis. Es roch

schwach nach Asche und stärker und schwerer nach etwas Bitterem, das Celeste nicht sogleich identifizieren konnte. Sie entfernten sich ein paar Schritte von der Tür, was ihnen bereits sehr weit vorkam. Jedes Gefühl, sich *innerhalb* eines Raums aufzuhalten, verschwand. Nur ein Rauschen umgab sie, als streiche ein Wind über eine Prärie, kalt und trostlos; fast schwindelte ihnen beiden.

Sie hörten – oder vielmehr nahmen als Erschütterungen ihrer Trommelfelle wahr – eine zunehmende Anzahl von Vibrationen, die allmählich lauter beziehungsweise deutlicher wurden. Bald formierten sich die Geräusche erkennbar zu einem Rhythmus, an den sich der Pulsschlag des Blutes in ihren eigenen Adern anzupassen schien.

Celeste unterdrückte einen Aufschrei.

Vor ihnen tauchte, wie durch einen zähen Nebel, ein Brückenbogen auf, der zur Gänze aus Knochen zusammengesetzt zu sein schien. Sie schimmerten bleich, hier und da mit einer Spur von Rot durchsetzt, als sei erst kürzlich das Fleisch von ihnen abgelöst worden.

Die Brücke paßte in seltsamer Weise zur Finsternis, als sei sie ein zentraler Punkt, das einzige, konkrete Objekt in einer ansonsten gestaltlosen und furcheinflößenden Leere.

Celeste hatte sich die Faust gegen die Zähne gepreßt, drehte sich um und versuchte dann, wieder zum Eingang zu finden. Doch Nicholas zog sie zurück und zu sich her.

»Ich kenne diesen Ort«, sagte er atemlos. »Das heißt – ich erkenne ihn wieder.«

»Mir brummt der Schädel«, flüsterte Celeste. »Ich habe Schwierigkeiten mit dem Atmen, als sei ich unter Wasser.«

Nicholas stand ganz still da, konzentrierte sich, und Celeste hatte plötzlich ein Gefühl der Erleichterung, als stecke sie am Ende eines langen, bitter kalten Winters zum ersten Mal wieder den Kopf aus der Tür. Langsam begann sich der Nebel zu lichten. Gerade als sie Nicholas fragen wollte, was denn los sei, zog er sie mit sich nach vorn auf das ihnen am nächsten gelegene Ende der Brücke.

Diese stellte, für sich genommen, ein schauerliches Kunstwerk dar, denn die Knochen stammten eindeutig von Menschen. Jetzt, wo sie nur noch einen Schritt davon entfernt waren, erkannten sie, daß die Brücke außerordentlich schmal war. Sollten sie versuchen, sie zu überqueren, würden sie das nacheinander und mit größter Vorsicht tun müssen, denn das »Geländer« bestand aus nach innen gebogenen Rippen, deren Enden rasiermesserscharf angeschliffen worden waren.

Es schien zu regnen. Zumindest konnte man das Geräusch von Regen hören, das sie von irgendwoher erreichte, durch ihr Trommelfell hindurchdrang und schnell wieder verschwand. Aber sie spürten keinen Regen.

»Wo sind wir?« fragte Celeste. »Ist das eine Halluzination, oder träumen wir?«

»Weder – noch«, antwortete Nicholas.

»Dann ist also...« Sie schüttelte den Kopf. »Ich weigere mich zu glauben, daß diese Skelettbrücke existiert.«

»Die ist schon ziemlich real«, sagte Nicholas und packte sie bei der Hand. »Doch das bedeutet nicht, daß sie nicht jeden Augenblick verschwinden könnte. Erinnern Sie sich an den Geruch, als wir hereinkamen? Das ist das verbrennende Fleisch einer bestimmten Pilzart, des *Agaricus muscarius*«

»So was wie Meskalin? Dann ist es doch eine Halluzination!«

»Nein«, widersprach Nicholas. »Die Verwendung von Halluzinogenen ist immer ein Anzeichen eines moralischen Verfalls. Der wahre Mystiker, dessen Trance vollständig rein ist, erzeugt diesen Zustand ausschließlich durch ein Maximum seiner Willenskraft, nicht durch Drogen.« Er zog sie hinter sich her, während er die Brücke betrat. »Dieser Pilz wird bei bestimmten Ritualen benutzt. Er verstärkt und konzentriert die übersinnlichen Kräfte des Geisterbeschwörers und ermöglicht es ihm, eine Wirklichkeit zustande zu bringen, die aber so gut wie nicht sichtbar ist.«

Der »Boden« der Brücke war wirklich sehr schmal, und die bösartig zugespitzten Rippen zu passieren glich einem panischen Spießrutenlauf. Er konnte ihre Furcht spüren, als handele es sich um etwas Lebendiges, um eine dritte Person, die wie ein gefährlicher Schatten hinter ihnen einherschritt, bereit, sie auf einen der Rippenbogen aufzuspießen. Genau diese Furcht war es, wie er wußte, die für sie beide zur tödlichen Gefahr werden konnte. Er mußte Celeste unbedingt ablenken, damit sie über ihr Entsetzen hinwegkam.

»Celeste«, sagte er leise, »ich weiß wirklich, wo wir uns befinden. Das hier ist die Kanfa-Brücke, der Mittelpunkt des Universums; der Ort, wo sich Himmel und Erde begegnen, wo Leben und Tod aufeinander stoßen.«

Während des Sprechens bewegte er sich weiter vorwärts und zog sie behutsam hinter sich her.

»Auf der Kanfa-Brücke hört die Zeit auf zu existieren – oder doch zumindest das zu sein, wofür man sie hält. Sie verstreicht nicht einfach in Sekunden und Minuten. Sie bewegt sich nicht nur in eine einzige Richtung.«

Ein weiterer Schritt. Sie keuchte hinter ihm und schwankte leicht, als ihre Wange beinahe an einer der scharfen Spitzen streifte. Nicholas blieb stehen und packte ihre Hand fester.

»Hier fließt die Zeit in alle Richtungen gleichzeitig, überschneidet sich auch oftmals, strömt zusammen, strudelt und wirbelt, wiederholt Vergangenheit, Gegenwart und Zukunft wie ein Echo, so lange, bis sie aufhören, unterscheidbare Zeitströme zu sein, bis sie alle im Ozean der Zeit miteinander verschmelzen.«

Er drängte weiter, doch langsamer. Als er spürte, wie sie den Kopf drehte und sich zwischen den Rippen hinabbeugte, sagte er: »Schauen Sie nicht hinunter. Die Kanfa hat eine Höhe von hundert Männern. Dort drunten liegt der Ort, den die Christen ›Hölle‹ getauft haben, doch die Priester des *tau-tau* kennen ihn unter einem anderen, viel älteren Namen.«

Celeste blickte starr geradeaus, auf seinen Hinterkopf. »Handelt es sich bei dieser Brücke um eine Form von *tau-tau*-Magie?«

Nicholas fand die Tatsache interessant und merkwürdig, daß sie etwas über *tau-tau* und seine eigene *tanjian*-Herkunft wußte. »Nur sehr am Rande«, sagte er und hielt kurz inne. »Die Kanfa-Brücke ist eine Schöpfung der ältesten der Seelen- und Geisterbeschwörer. Sie waren als die *Messulethe* bekannt und sind so alt, daß niemand sicher sagen kann, woher die eigentlich kommen. Aber vielleicht ist das auch egal, denn sie waren eindeutig Nomaden, die den Weiten der Wüste Gobi trotzten, den Steppen, die jetzt Sibirien bilden, und den hohen Gebirgen von Tibet und Bhutan.«

Die Knochen unter ihren Füßen klapperten und knackten. Ihre gekrümmten Oberflächen waren trügerisch und glatt, weil ihnen Fleisch und Sehnen fehlten.

»Es war ein Volk mit bronzefarbenem Teint und der typischen Hautfalte am oberen Augenlid, wie sie bei bestimmten asiatischen Stämmen zu finden ist. Dazu das pechschwarze Haar jener Völker, die wir heute in Nordchina, Kambodscha, Laos, Burma und Polynesien finden. Aber alle haben sie eines geheimsam: eine Art Kennzeichnung am Körper, einen blauen, senkrechten Halbmond, wie beim zunehmenden Mond, den sie sich auf die Innenseite ihres linken Handgelenks tätowieren.«

Es war sehr eng auf der Kanfa-Brücke, und das Klappern der Knochen, das ihre Schritte begleitete, war irritierend und rief so etwas wie eine Erinnerung an den Tod der Seele im primitiven Hirn einer uralten Rasse hervor.

»Es heißt, daß ihr Name immer wieder in andere Sprachen übersetzt und schließlich zu ›Methusalem‹ wurde, bis dieser Begriff letztlich einen einzigen, uralten weisen Mann bezeichnete und sich in dieser Bedeutung auch in der Bibel niederschlug.«

Sie näherten sich dem höchsten Punkt der Kanfa-Brücke, und je steiler der Anstieg wurde, desto schwerer fiel ihnen das Gehen.

»Jahrhunderte später stieß der persische Mystiker Zarathustra auf Berichte über die Kanfa und gliederte diese seiner Lehre ein. Nach seiner Version gehen die Rechtschaffenen, die an ihn und seine Religion glauben, über die Brücke, wo sie von einem Schutzengel empfangen und in den Himmel aufgenommen werden.«

»Und die Ungläubigen?« fragte Celeste.

»Zarathustra zufolge war das Überqueren der Kanfa eine Strapaze, so etwas wie eine Aufnahmeprüfung in seine Glaubensgemeinschaft. Sie symbolisierte den Kampf des Universums um die Seele des Menschen. Ich glaube, den Rest können Sie sich denken. Den Ungläubigen wurde die Überquerung verweigert. In der Brückenmitte wurden sie von einem Teufel aus der Hölle aufgehalten, der sie dann über das Geländer warf.«

Celeste schrak zusammen und stieß einen halblauten Schrei aus.

Direkt vor ihnen versperrte eine Gestalt den Weg. Sie war maskiert – eine greuliche Fratze mit hervorquellenden Augen, hohen Brauen und häßlich grinsendem Mund. Die Erscheinung hatte etwas Insektenhaftes an sich, das an die tiefsten Ekelgefühle rührte, die allen Menschen gemeinsam sind. Nicholas spürte, wie Celeste hinter ihm weglaufen wollte und an seiner Hand zerrte. Er mußte sich anstrengen, die Verbindung zu ihr nicht abreißen zu lassen, denn er erkannte instinktiv, daß sie sonst so gut wie keine Chance gehabt hätten, die Brücke auf der anderen Seite zu verlassen.

Mit seinem durch *tau-tau* erweiterten Bewußtsein hatte er schon mit einiger Sicherheit vorhergesehen, was sie erwartete, noch ehe sie den Eingang zur Loggia durchschritten hatten. Er empfand nicht einmal einen Anflug von Furcht und war viel eher neugierig und verblüfft. Zwar hatte er einiges Grundsätzliche über die Kanfa gelesen, doch hatte er es nie für möglich gehalten, daß diese Erscheinung durch *tau-tau* oder eine andere der derzeit bekannten

Formen von Magie gegenständlich gemacht werden konnte. Die Messulethe waren Gegenstand intensiver Forschungen der tau-tau-Priester gewesen, doch selbst deren Wissen über diese uralte Sekte von Mystikern und Magiern war bestenfalls unvollständig und teilweise widersprüchlich.

Nicholas fand es interessant, daß die Kanfa-Brücke hier in Venedig Gestalt annahm. Interessant, aber nicht unverständlich. Hatte Celeste bei ihrem ersten Zusammentreffen in der Kirche von San Belisario nicht die Skythen erwähnt? Auch die hatten den alten Zauber der Messulethe praktiziert, sogar noch vor Zarathustra. Celeste zufolge waren sie eines jener Völker auf der Flucht gewesen, die Venedig gegründet hatten.

Nicholas ging den maskierten Dämon direkt an. »Ich weiß, was du willst«, sagte er. »Aber du wirst es nicht bekommen.«

»Du weißt gar nichts.« Aus dem gezackten Loch in der Maske, das wohl so etwas wie einen Mund darstellen sollte, drang ein tiefes, schallendes Gelächter. Es donnerte durch den schwarzen Raum und verursachte eine Gänsehaut.

Nicholas begann, sein Bewußtsein auszuweiten und es schweifen zu lassen, hörte aber abrupt damit auf. Sein Instinkt warnte ihn, und jetzt fing er an, die Gründe für die Errichtung der Kanfa-Brücke zu erahnen. Er verdrängte die Kräfte von *akshara,* die er – vor Kansatsu kniend, vor seinem *tau-tau sensei* und unerbittlichem Feind – sich angeeignet hatte, von dem Menschen, den zu vernichten er auf die Welt gekommen war. Wie sehr wünschte er sich, *shuken* zu besitzen, die ganze Spannweite von *tau-tau, akshara* UND *kshira,* denn er erriet, daß er damit besser für die tödlichen Gefahren gerüstet wäre, die ihn erwarteten.

Sofort ließ er Celestes Hand los, duckte sich und attackierte den maskierten Teufel ohne Umschweife. Er täuschte rechts einen hinterhältigen *atemi* an, einen auf vitale Körperstellen zielenden Aikido-Schlag, wirbelte auf dem linken Fußballen herum und erhob sich gleichzeitig aus seiner geduckten Stellung zur vollen Körpergröße.

Der Dämon unterlief den Schlag.

Nicholas täuschte einen zweiten *atemi* an und holte mit dem rechten Bein aus, um dem Maskenteufel die Beine wegzuschlagen. Der bewegte sich, um den Schlag zu parieren, woraufhin Nicholas sein Gewicht verlagerte und mit dem rechten Fuß gegen die Innenseite des Fußgelenks seines Gegners schlug.

Gleichzeitig rammte er ihm den Ellbogen in die rechte Niere, schob sich an ihm vorbei und kam hinter dem Dämon zu stehen, der sofort herumwirbelte. Nicholas versuchte, ihn mit dem Handballen zu erwischen, verfehlte ihn, konnte aber einen *atemi* gegen die unterste und am wenigsten geschützte Rippe landen.

Der Dämon stieß fauchend den Atem aus. Nicholas kam sich vor, als bewege er sich unter Wasser. Seine Lungen rangen nach Luft, die plötzlich dichter als Schlick zu sein schien. Ein Summen erfüllte seine Ohren und bohrte sich in sein Bewußtsein.

Er wußte, was vor sich ging. Der *tau-tau*-Adept sammelte seine gesamten psychischen Kräfte, indem er die Membran von *kokoro* im Herzen des Universums in Schwingungen versetzte. Das war der Rhythmus, den sie beim Betreten dieses Ortes »gehört« hatten, jener Zauber, von dem die Kanfa-Brücke heraufbeschworen worden war.

Seine Intuition erfuhr nun eine Bestätigung. Dieser Dämon entstammte nicht der zoroastrischen Hölle, sondern er war ein *tanjian*, ein Meister des *tau-tau*, von dem Celeste glaubte, daß er ausgeschickt worden war, um Okami umzubringen. Und irgendwie hatte er auch Zugang zu den Überlieferungen der Messulethe.

Nicholas spürte den Rhythmus des *tau-tau* unablässig und einschläfernd gegen sein Bewußtsein trommeln, doch er weigerte sich, seine eigenen Kräfte dagegenzusetzen. Statt dessen griff er den Dämon weiterhin brachial an, während er gleichzeitig die *tau-tau*-Zugriffsmöglichkeiten zu seiner eigenen Seele blockierte.

Allerdings war hier nicht nur *tau-tau* am Werk. Nicholas registrierte undeutliche Überlagerungen zwischen dem Pochen auf die *kokoro*-Membran. Wie eine Rebe oder Ranke, die eine Wirtspflanze dazu benutzt, um selbst ans Sonnenlicht zu gelangen, erblühte jetzt der alte, magische Zauber der Messulethe – eine Blume des Bösen – und verbreitete den penetranten Geruch von Verwesung.

Celeste sah diese beiden miteinander kämpfenden Gestalten, sah schwellende Muskeln und strömenden Schweiß in einem Kampf von Titanen. Sie durchbrach die befremdliche Lähmung, die von ihr Besitz ergriffen hatte, und eilte Nicholas zu Hilfe. Beim Näherkommen gewahrte sie einen kalten Luftzug, der nicht ihre Haut, sondern ihre Seele streifte, und schrak zurück. Erst da begriff sie, daß dieses Ringen keine rein körperliche Auseinandersetzung, sondern auch eine geistige war.

Ein Sturm erhob sich und fuhr brausend und heulend durch die Knochenbrücke, so daß Celeste rückwärts taumelte und auf die

Knie stürzte. Ein plötzlicher Blitz aus kaltem grünem Licht blendete sie, und sie schrie auf, weil sie glaubte, ihre eigenen Knochen bleichen und ihre Seele zur Unkenntlichkeit verschmoren zu sehen. Sie hörte nichts mehr, fiel bewußtlos zu Boden und blieb dort zuckend unter dem Einfluß rätselhafter Kräfte liegen.

Eine Haube aus diffusem Sonnenlicht schwebte wie die riesige Turbine eines Ufos über Tokio. Blasse Schatten, die sich im Nu wieder auflösten, folgten Justine und Rick Millar, als sie das Gewimmel der Innenstadt hinter sich ließen.

Diese Schatten waren allerdings nicht die einzigen, die ihnen folgten. Während Rick seinen Monolog darüber fortsetzte, welche veränderte Arbeitsteilung ihr Eintreten in die Werbeagentur mit sich bringen würde, beobachtete Justine im Rückspiegel einen unauffälligen weißen Toyota, der drei Wagen hinter ihnen fuhr.

Sie war noch nicht sonderlich beunruhigt. Obwohl sie vermeinte, denselben Toyota an einer der großen Kreuzungen Tokios direkt hinter ihrem Fahrzeug gesehen zu haben, mochte es sich bei dem Auto genauso gut um eines der Tausende von anderen handeln, die jetzt die Straßen der Innenstadt befuhren.

Trotzdem konnte sie sich einer Vorahnung bezüglich dieses speziellen weißen Toyotas nicht erwehren. Litt sie schon unter Verfolgungswahn? Nicht Schuldgefühle waren es, die ihre Wahnvorstellungen bewirkten, sondern die Vergangenheit. *Habe ich nicht allen Grund, nervös zu sein?* fragte sie sich selbst, während sie erneut im Rückspiegel nach dem Toyota Ausschau hielt. *Bei den gefährlichen Leuten, mit denen Nick zu tun hat, sollte ich eigentlich dauernd Leibwächter bei mir haben.* Tatsächlich hatte Nicholas dieses Thema mehrmals angeschnitten, selbstverständlich hatte sie aber abgelehnt. Sie hatte nicht das geringste Bedürfnis verspürt, sich auf Schritt und Tritt überwachen zu lassen, noch dazu von einem Fremden. Allerdings hatte sie das auch nicht daran gehindert, von Zeit zu Zeit einen Blick über die Schulter zu werfen, wenn sie sich in Tokio aufhielt. Von daher rührte auch ihre erhöhte Wachsamkeit in bezug auf den weißen Toyota.

Sie blieb weiterhin auf der Schnellstraße, die sie in Richtung ihres Hauses bringen würde, wo sie ihren Wagen abstellen wollte. Für die anschließende Fahrt zum Flughafen hatte sie eine Limousine bestellt. Wieder warf sie einen prüfenden Blick in den Spiegel, bemüht, einen Blick auf den Fahrer zu erhaschen, doch das verschwommene Sonnenlicht spiegelte sich in der Windschutzscheibe des Toyota und machte jede Identifikation unmöglich.

»Was ist, Schatz?« fragte Rick, als sich ihre konzentrierte Miene in einen betroffenen Gesichtsausdruck verwandelte.

»Wahrscheinlich gar nichts«, antwortete sie, wechselte auf die äußerste rechte Fahrspur und beschleunigte. Gleich darauf beobachtete sie, wie der weiße Toyota hinter einem schwarzen BMW ausscherte und ihr mit zunehmender Geschwindigkeit nachfuhr. »Ich möchte dich ja nicht erschrecken«, sagte sie, »aber möglicherweise folgt uns jemand.«

»Was?« Rick drehte sich brüsk um und spähte zum Rückfenster hinaus. »Wer?«

»Siehst du den weißen Toyota? Ich glaube, der hat sich schon in der City an uns drangehängt.«

Rick sah sich den Toyota noch einmal an, drehte sich dann wieder um und zog seine Jacke straff. »Das ist doch Quatsch. Warum sollte uns jemand verfolgen?«

»Weiß ich nicht«, sagte sie. »Vielleicht hat es etwas mit dem zu tun, was Nicholas gerade in Venedig macht. Alles Schlechte geschieht, weil er so ist, wie er ist.«

Rick knurrte. »Ich glaube, du bildest dir was ein. Aber um dich zu beruhigen, können wir deine Theorie ja mal testen.« Er deutete nach vorn. »Fahr bei der nächsten Ausfahrt raus. Dann sehen wir, ob der Toyota uns folgt.«

Justine nickte, machte jedoch keinerlei entsprechende Anstalten, die Fahrspur zu wechseln, als die Hinweisschilder für die Ausfahrt an ihnen vorbeizogen.

»Was tust du denn?« fragte Rick. »Wenn du jetzt nicht abbiegst, schaffen wir es bei der Geschwindigkeit... Herrgott!«

Justine beschleunigte unvermutet, quetschte sich direkt vor den Kühler eines Lastwagens und streifte mit dem Heck beinahe dessen Kotflügel, als sie die Spur wechselte. Die Fanfare des Lkw ertönte zornig. Die Ausfahrt kam rasend schnell auf sie zu, und auf deren linker Hälfte fuhr gerade ein Nissan gemächlich dahin. Justine stieg heftig auf die Bremse, schleuderte fast seitlich quer durch die einzige freie Lücke und sauste dann unter Hinterlassung einer Bremsspur doppelt so schnell in die Ausfahrt, wie es die angegebene Richtgeschwindigkeit empfahl.

Beinahe wäre sie über den Randstreifen hinausgeschossen und

verlangsamte jetzt in der langgezogenen Kurve die Geschwindigkeit. Als sie sich auf der Landstraße befanden, fragte sie: »Hast du gesehen, ob der Toyota versucht hat, uns zu folgen?«

»Du bist vielleicht lustig!« gab Rick mit einem zaghaften Lächeln zurück. »Ich war vollauf damit beschäftigt, nicht vor Angst in die Hose zu pinkeln.«

Jetzt erst drehte er sich um. Justine war soeben nach rechts abgebogen, und er konnte erkennen, daß die Straße hinter ihnen frei war. »Nichts zu sehen«, sagte er, gab ihr einen Kuß auf die Wange und machte es sich in seinem Sitz bequem. »Habe ich dir doch gesagt! Aber bei allen guten Geistern. Du hättest dasselbe erreichen können, wenn du mit normaler Geschwindigkeit in die Ausfahrt gefahren wärst.«

»Herr im Himmel, nein!«

»Was ist?«

Er sah sie in den Rückspiegel starren, rutschte hinüber und erkannte die Silhouette des weißen Toyota. »Das gleiche Auto?«

Justine nickte grimmig. »Na, was hältst du jetzt von meiner Theorie?«

»Sehen wir mal zu, ob wir ihn loswerden können.«

Justine nickte wieder. »Wir sind in der Nähe des Hauses, und ich kenne diese Gegend besser als jede andere in Japan. Wenn wir die Straße zu unserem Haus schaffen, ohne daß er uns allzu dicht auf den Fersen sitzt, dann kann ich ihn dort abschütteln.«

Die nächste Linkskurve nahm sie mit quietschenden Reifen, jagte in lebensgefährlichem Tempo über eine Kreuzung und fuhr erneut nach links. Er nahm an, daß sie versuchen wollte, hinter den Toyota zu gelangen und dann an einer Stelle abzubiegen, wo er keine Chance mehr hatte, ihr zu folgen.

Nach der sechsten Kurve wurde Rick schwindlig. Von ihrem Verfolger war keine Spur zu sehen, und mittlerweile glaubte er, daß ihre ehebrecherischen Gefühle gegenüber ihrem Mann auf ihn abzufärben begannen.

»Ich möchte wieder zurück auf die Hauptstraße«, sagte sie. »Irgendwas von ihm zu sehen?«

»Nein«, antwortete Rick. Er machte sich aus einem anderen Grund Sorgen. Zwar war sie augenscheinlich eine ausgezeichnete Fahrerin, doch mußte sie sich auf sehr vieles gleichzeitig konzentrieren: die richtige Straße finden, an den Linksverkehr denken und nach dem weißen Toyota Ausschau halten.

»Fahr langsamer«, sagte er. »Der Toyota verfolgt uns nicht mehr – falls er das je getan hat.«

»Nein«, gab Justine zurück. »Jetzt bin ich wieder auf der richtigen Straße, und ich will sichergehen, daß er uns nicht findet.«

Die Straße war schmal und kurvenreich. Große Yoshino Japanzedern und dichte, immergrüne Hecken säumten sie so ein, daß es keine Bankette gab. Rick hatte den Eindruck, sich innerhalb eines riesigen Irrgartens zu bewegen. Kein Wunder, daß sich Justine hier sicher fühlte. Es war fast, als seien sie, nach der Beton- und Stahlmegalopolis von Tokio, auf den Garten Eden gestoßen.

Die Kurven bildeten nahezu Hundertachtzig-Grad-Kehren. Sie waren so unübersichtlich, daß viele der Grundstücksbesitzer an Bäumen runde Spiegel mit Fischaugenoptik installiert hatten, um den um die Kurve biegenden Verkehr rechtzeitig entdecken zu können.

Sie rasten die Straße entlang, und die scharfen Kurven begannen ihm übel zu machen. »Um Himmels willen, Justine, fahr doch langsamer!«

Weiterhin ließ sie den Rückspiegel nicht aus dem Auge. Ihre Miene verriet, daß sie sich noch immer vom Zorn Gottes verfolgt glaubte. »Nur noch ein kleines Stückchen, bis ich mir sicher bin, daß wir unsere Ruhe haben.«

Sie schossen in eine Biegung, die noch schärfer war als die meisten anderen. Es gab keinen Spiegel, und ganz kurz durchlebte Rick das gleiche Gefühl wie bei seinem ersten Fallschirmabsprung: nichts als Luft unter ihm, die Erde ihm entgegenrasend, er auf sie zustürzend.

Er hörte das tiefe Aufbrüllen des Dieselmotors eines riesigen Schaufelbaggers, noch ehe sein Gehirn verarbeitete, was seine Augen sahen. Justine suchte gerade im Rückspiegel nach einer Spur ihres Verfolgers. Rick stieß einen Warnruf aus und griff ins Steuer.

Das riesenhafte Ungetüm war schon dicht vor ihnen, als Justine auf die kreischende Bremse trat. Die Kompressorfanfare der Maschine explodierte in den ruhigen Nachmittag und klang wie das Klagen eines Totengesangs.

Rick warf sich auf Justines Sitz hinüber und riß hart das Steuer herum, doch zu dem Zeitpunkt waren beide Fahrzeuge kaum mehr einen halben Meter auseinander.

Was denkt man in einem endlosen Augenblick wie diesem? Justines Kopf war leer. Sie sah nur einen kleinen Ausschnitt azurblauen Himmels, der hinter den düsteren Umrissen der roten Baggerschaufel hervorlugte. In diesem hell scheinenden Licht konnte sie die ganze Spannweite ihrer Existenz widergespiegelt sehen, als sei diese nichts weiter als ein einziger Hauch aus dem Munde Gottes.

Der halbe Meter war im Bruchteil einer Sekunde auf null geschrumpft. Die massive Vorderfront der Schaufel erwischte ihr Auto beinahe frontal. Das Vorderteil ihres Wagens faltete sich wie ein Pappkarton zusammen, und der zerfetzte Motor, das gebrochene Armaturenbrett und die zersprungene Windschutzscheibe pflügten sich in die Fahrgastzelle.

Das, was von dem Auto übrig geblieben war, wurde wie ein von einem angreifenden Stier aufgespießter Matador hochgehoben und in die Luft geworfen. Mit dem Dach voran krachte das Wrack in zwei sehr alte Japanzedern und riß diese um. In der kurzen Zeit, in der die Überreste der Limousine in der Luft hingen, ergoß sich Benzin aus dem aufgerissenen Tank, als sei es Blut aus einer Arterie.

Der entsetzte Fahrer des Baggers roch den penetranten Geruch des Benzins, sprang von seinem Führerstand herab und rannte davon, so schnell er konnte. Dennoch riß ihn die Druckwelle der Explosion von den Beinen. Er wurde gegen einen Baumstamm geschleudert, der entweder durch den Zusammenprall oder durch die nachfolgende Explosion geknickt worden war. Benommen sah er hoch und erblickte einen rußigen Feuerball, der das Auto verzehrte, den blauen Himmel verdunkelte und schließlich auch sein Bewußtsein.

Zehntausend und eine Nacht

Vietnam
Herbst 1971

»Science Fiction« – so hießen die US Army Special Forces in Vietnam, und dieser Spitzname schien haargenau zu passen. Diese Jungs erledigten die Drecksarbeit, über die nie jemand sprechen wollte und die auch garantiert nie im INTSUM auftauchte, dem wöchentlich erscheinenden und an ausgewählte Verteiler versandten Geheimdienstbericht von Pentagon Ost, dem Hauptquartier des militärischen Beraterstabs in Tan Son Nhut, Vietnam. UWO hießen diese Aufträge bei der Army: *Unconventional Warfare Ops*, unkonventionelle Kampfeinsätze, Sonderkommandos also.

Selbst in diesem Milieu von Science Fiction galt Do Duc noch als Anomalität. Offiziell war er Oberfeldwebel der Gehaltsgruppe E-9 in den RVAF, den Republic of Vietnam Armed Forces. Dort hatte er im 3. Ranger Command Dienst getan, wo er sich seine Fachkenntnisse in den »Zippos« erwarb, den sogenannten »search and destroy missions«, bei denen der Feind aktiv aufgespürt und sogleich vernichtet wurde. Und dort war »Science Fiction« auch auf ihn aufmerksam geworden.

Do Duc war im Alter von sechzehn in die RVAF eingetreten, wobei er ein falsches Geburtsdatum angegeben und seine gemischtrassige Herkunft verschwiegen hatte. Weil es einfacher war, als reinrassiger Vietnamese zu gelten, hatte er seinen richtigen Familiennamen aufgegeben und sich einen anderen ausgedacht, was kein Mensch nachgeprüft hatte. Südvietnam kämpfte ums Überlegen, und da waren Soldaten wichtiger als Papierkram.

Oberfeldwebel war der höchste Rang, den ein Mannschaftsdienstgrad erwerben konnte. Do Duc hätte zweifellos das Zeug zum Offizier gehabt, doch er widerstand aus voller Überzeugung allen Überredungsversuchen seiner Vorgesetzten in dieser Richtung.

In dem aberwitzigen Schmelztiegel des Krieges war ein Teil seines Charakters geformt worden. Das Leben bewegte sich im wesentlichen in festgefahrenen Bahnen. Die Männer wurden ins Feld geschickt, um sich gegenseitig umzubringen, und die Frauen – nun ja, die waren dazu da, um zwischen den Kampfeinsätzen flachgelegt zu werden.

In einer solch infernalischen Atmosphäre war es nicht überraschend, daß der Mensch seinen Stellenwert als Mensch verlor. Leben war zu einer bloßen Ware verkommen, wurde ge- und verkauft, in Besitz genommen oder ausgelöscht. Die Herzen verhärteten sich in so rasender Geschwindigkeit, daß die Erbärmlichkeit dieses Daseins immer unbegreiflicher wurde.

In Vietnam nahm einem der Dschungel alles weg. Zoll um Zoll entblößte der geballte, alltägliche Horror die Zivilisation ihres Glanzes und legte die Nachtseiten der menschlichen Existenz frei wie einen blanken Nerv. Schnell hatte sich das Fundament von humaner Gutmütigkeit und Wohlwollen gegenüber anderen ins Gegenteil verkehrt, so daß jeder schließlich zweifelte, ob er je so etwas wie ein Gefühl von Menschlichkeit besessen hatte. Kein Wunder, daß *Sympathy For the Devil* von den Rolling Stones Do Ducs Lieblingssong wurde.

Mitgefühl und Erbarmen waren nichts weiter als Erinnerungen aus einem Traum. An ihre Stelle war der Trieb der Haifische getreten, sich andauernd auf Jagd begeben zu müssen. In der Praxis bedeutete das Kampfaufträge – das schreckliche Eintauchen in den Dschungel, die erstickende Angst, einen Fehltritt zu tun und plötzlich keine Beine mehr zu haben oder auf *punji*-Stecken aufgespießt zu werden, jenen durch Feuer gehärteten Bambusstöcken, die außerdem noch in ein dunkles Gift getaucht worden waren, welches das zentrale Nervensystem lahmlegte. Die Männer in Do Ducs Einheit gestanden, oftmals Alpträume wegen solcher Vorfälle zu haben. Eigenartigerweise meldeten sich aber gerade aus diesen Gründen viele für Freiwilligeneinsätze, auch wenn sie schon längst überfällig für einen Urlaub waren.

Was passierte denn schon zwischen den Einsätzen? Der Haifisch-Trieb mußte befriedigt werden. Natürlich gab es da auch noch Sex – und außerdem Drogen, die ihnen eine Illusion der Selbstbestätigung verschafften. Doch Do Duc brauchte mehr, viel mehr.

Und so geschah es, daß er sich auf eine Beziehung einließ, die selbst für die außergewöhnlichen Zeiten, in denen er lebte, noch außergewöhnlich war. Es begann, als ein Stabsunteroffizier namens Rock in Do Ducs Einheit versetzt wurde. Er hatte zuerst einem Zug »Stoppelhopser« in der *Big Dead One*, der 1. Infanteriedivision, angehört, deren Einheiten zu den allerersten Kampftruppen in Vietnam überhaupt gehört hatten. Rock war zunächst Obergefreiter gewesen, dann jedoch, nach einem mutigen Sturmangriff auf einen Vietcong-Stützpunkt, atemberaubend schnell befördert worden. Er hatte fünf Feinde erledigt, ehe er selbst in den Arm getroffen wurde – was ihn nicht daran hinderte, noch schnell eine Handgranate zu werfen und dann wie der Teufel loszustürmen. Seine Aktion hatte ihm Beförderung und Auszeichnung im Feld durch einen leibhaftigen General eingebracht.

Doch das war, ehe Do Duc ihn kennenlernte, ehe Rock auf eigenen Wunsch zu Do Ducs Science Fiction Einheit versetzt worden war. Er hatte, an Stelle einer weiteren Nahkampf-Auszeichnung, um diese Versetzung gebeten.

Was die Einheit betraf, so nannte sie sich selbst »Die Werwölfe«. Sie kleideten sich wie die Vietcong, aßen wie die Vietcong und bemühten sich, so wenig wie möglich mit den anderen Soldaten zu tun zu haben. Die Werwölfe waren eine Art halbautonomer Gruppe von Verrückten, die für Kampfaufträge eingesetzt wurden, welche andere Einheiten nicht durchführen konnten oder wollten. Nach Do Ducs Meinung hätte einige dieser Einsätze noch nicht einmal der Präsident gebilligt, hätte er von ihrer Planung oder Durchführung überhaupt erfahren.

Wer die Aufträge zu diesen Einsätzen gab, hatte Do Duc nie herausgefunden. Der Einheitsführer der Werwölfe war ein verdrießlich dreinsehender Oberst namens Bud Powell, der aus dem Mittelwesten Amerikas stammte. In den sechziger Jahren war er Lehrer an einem College gewesen, wo ihn seine Arbeit und das dauernde, vergebliche Katzbuckeln gelangweilt hatten, und so hatte er sich freiwillig gemeldet. Von der Art und Weise, wie er seine Männer dazu anhielt, mit List, Schläue und Begeisterung die blutige Drecksarbeit der US Army zu verrichten, hätte man nicht auf seinen ursprünglichen Lehrerberuf schließen können. Seine Leute nannten ihn liebevoll »Bowel«, eine Verballhornung des Familiennamens, die unter anderem auch »Stuhlgang« bedeutet.

Bowel war es gewesen, der Do Duc zum ersten Mal mit dem Neuankömmling Rock zu einem Team zusammenschloß. »Das ist ein ganz ein Schlimmer, hat man mir zu verstehen gegeben«, hatte Bowel kurz vor der Einsatzbesprechung zu Do Duc gesagt. »Was soll man denn von einem halten, der dauernd mit einer LAW unterm Arm rumrennt?« Eine LAW war eine M-72 Panzerfaust, mit der man jeden Bunker knacken konnte, den die Vietcong bauten.

»Klingt ganz so, als sei das mein Mann.«

Bowel hatte gekichert. »Das habe ich mir auch gedacht. Ich werde euch beide auf eine Zippo-Mission schicken, damit wir mal sehen, was er wirklich drauf hat.«

Beide wurden auf eine Vietcong »Vampir«-Patrouille angesetzt, auf einen jener todbringenden Trupps, die sich bei Nacht durch die amerikanischen Linien stahlen und Soldaten im Schlaf töteten. Ein solches Verhalten seitens des Feindes war, nach Bowels Worten, »untragbar«, und er mußte es, bei seinem guten und direkten Draht zum Pentagon Ost, schließlich wissen.

Die psychologischen Auswirkungen solcher Stoßtruppunternehmen des Feindes waren verheerend, weswegen man ihnen Einhalt bieten mußte. Und genau das war die Aufgabe, die man den Werwölfen zugewiesen hatte.

Allerdings teilte der Oberst Do Duc und Rock mit, daß er von ihnen mehr als nur die Vernichtung des Stoßtrupps erwartete. »Ich möchte, daß ihr ein Exempel statuiert. Aber *wie* ihr das macht, überlasse ich voll und ganz euch, Jungs.«

»Sagen Sie uns wenigstens, wie weit wir dabei gehen dürfen.«

Bowel hatte ihnen bereits den Rücken zugedreht. »Ich hab keine Ahnung, mein Sohn, von welchem Scheißdreck du überhaupt redest.«

Und so begaben sich Do Duc und Rock auf Vampirjagd.

»Meint Bowel auch, was er sagt?« fragte Rock seinen neuen Kameraden, als sie das Camp im Licht einer dünnen Mondsichel verließen.

»Er meint immer, was er sagt«, antwortete Do Duc. »Allerdings meint er auch immer das, was er *nicht* sagt.«

Rock grinste. »Ihr Typen scheint euch hier eure eigenen Regeln fürs Kriegspielen gemacht zu haben. Ich denke, daß die mir sehr gefallen könnten.«

Im Dschungel dann sagte Do Duc leise: »Ich habe nicht vor, diese Scheißkerle zu erschießen, kapiert?«

»Super«, gab Rock zurück. »Ich denke schon die ganze Zeit über die tausend und eins Dinge nach, die viel besser als Erschießen sind.«

Sie schlugen ein Lager im Urwald auf und schliefen abwechselnd in Zwei-Stunden-Schichten, bis es eine Stunde vor Tagesanbruch war. Dann stöberten sie die Vietcong-Vampire auf, einenIerertrupp, der nach einem nächtliche Beutezug zu seinem Stützpunkt zurückkehrte.

Sie brachten sie in ihr eigenes provisorisches Camp, wo schon vier andere auf sie warteten. Nicht ein einziger Schuß wurde abgefeuert. Sie hängten die acht Vietcong an den Füßen auf, schlitzten ihnen – ein geradliniger Akt schrecklicher Grausamkeit – den Leib vom Hals bis zum Geschlechtsteil auf und ließen sie dort hängen, damit man sie so fand: ein Sinnbild der Urgewalt menschlichen Hasses und menschlicher Verkommenheit, dieser eigentlichen und nie wieder zu beseitigenden Deformation, die der Krieg bei allen Beteiligten hervorruft.

Rock erwies sich als vollkommen furchtlos. Hätte Do Duc es nicht besser gewußt, hätte er angenommen, daß er einfach zu dumm war, um Angst zu haben. Aber Rock hatte nicht im entferntesten etwas an sich, das auf Dummheit hätte schließen lassen. Do Duc erkannte sehr schnell, daß Rock intuitiv lernte. Er hatte eine unheimliche Begabung dafür, eine Situation zu erfassen und die beste taktische Annäherungsmöglichkeit an die gegebene Lage zu erkennen und in die Tat umzusetzen.

Rock ähnelte wahrhaftig einer jener großen Kakerlaken amerikanischer Städte, die einen Monat lang vom Resteiweiß eines menschlichen Fingerabdrucks leben können. Er ernährte sich von der Angst. Das Töten, das für die meisten Werwölfe die ausschließliche Motivation darstellte, geschah bei ihm eher nebenbei. Bowel hatte die richtige Entscheidung getroffen, als er ihm diesen Auftrag erteilte.

Hinterher hatten sie jedoch sich selbst schützen müssen – vor der Gefahr, durchzudrehen oder zuviel Gefallen an dem zu finden, was sie getan hatten. Alkohol besorgte das, zumindest für achtundvierzig Stunden. Danach waren sie scharf auf Sex. Jemanden von der Bürde seines Lebens zu erlösen erzeugt das Bedürfnis, selbst von jener anderen Anspannung erlöst zu werden.

Do Duc war zu seinem Mädchen gegangen, einer geschmeidigen Vietnamesin, die möglicherweise gerade erst vierzehn war. Sanft streichelte er ihr dichtes, nachtschwarzes Haar und strich mit seinen schwieligen Händen über ihre samtene Haut – mit einer Zärtlichkeit, daß sie sich von der Strohmatte erhob, um ihm vor Dankbarkeit das Grübchen seines Halses zu küssen.

Da hörte Do Duc einen Aufschrei aus dem Nebenraum, wo Rock

bei einem Mädchen war. Vietcong, dachte er, griff nach seinem Kampfmesser und eilte seinem Kumpel zu Hilfe. Was er im Nebenraum sah, ließ ihm das Blut in den Adern gefrieren. Rock hatte das Mädchen mit Kabeldraht so fest verschnürt, daß das Fleisch auf eine obszöne Weise zwischen den Striemen hervorquoll. An einigen Stellen, wo ihr der Draht besonders tief ins Fleisch schnitt, blutete es.

Rock stand nackt da und schlug sie mit einem Bambusrohr. Seine Erregung war deutlich zu sehen.

»Was ist denn los?« fragte Do Ducs Mädchen auf vietnamesisch hinter ihm.

»Schau dir das nur an«, sagte er.

»Na und? Das passiert laufend«, gab sie zurück, griff mit der Hand um seinen Oberschenkel und hielt sich an ihm fest. »Uh, deine Kanone ist ja ganz hart. Was stehst du hier noch herum? Komm zurück – Zeit zum Ficken.«

Das Mädchen drückte sich an Do Duc, und er warf noch einen letzten Blick auf Rock und die Kleine, als seien beide ein auf die Mauer eines heidnischen Tempels gemaltes Tableau, das das Wüten des Krieges überlebt hatte. In seinem Innern registrierte er eine Empfindung, die so ähnlich war wie der Schmerz einer Wunde, eine ganz versteckte Empfindung, so alt, daß sie schon längst vergessen war.

Viele Jahre später sollte Do Duc Veranlassung haben, erneut an diese gewalttätige Szene zu denken und an den Geruch von Blut und an den Satz dieses verlorenen Kindes, der durch seinen Kopf hallte: *Zeit zum Ficken.*

Zwei Tage nach Verlassen des Basislagers, das etwa fünf Stunden mit dem Kanonenboot von Ban Me Thuot entfernt lag, ruhte sich die Einheit schweißgetränkt und schlammbedeckt unter Reisblättern aus.

Sie waren zu sechst: Do Duc, Rock, ein tätowierter schwarzer Riese namens Riggs, ein verschlossener Experte für Sprengstoffe und Waffen namens Donaldson, der so jung war, daß das »Dr. Strange, Meister mystischer Künste«-Comic, das er andauernd las, die perfekte Lektüre für ihn zu sein schien; dazu noch zwei CIDG's. Das war eine Abkürzung für *Civil Irregular Defense Group*, bei denen es sich um von Science Fiction ausgebildete Soldaten handelte, die man aus den verschiedenen einheimischen Stämmen rekrutiert hatte und die mit dem örtlichen Terrain vertraut waren. Diese speziellen CIDG's waren antikommunistische Nung, die das Kampfgebiet in- und auswendig kannten. Die Nung gehörten zu jenen ausgewählten nordvietnamesischen Bergstämmen, die Science Fiction oft mit Geheimdienstinformationen über den Vietcong versorgten.

Die Nung waren fadendünne Wesen mit tiefliegenden Augen, die für Do Duc wie die elenden, halb menschlichen Bewohner der *Insel des Dr. Moreau* aussahen. Doch das einzige Experiment, das *hier* durchgeführt wurde, war das Detonieren von Granaten, die ihr Land systematisch in Schutt und Asche legten. Für Do Duc boten sie keineswegs einen vertrauten Anblick, sondern kamen ihm – da man sie aus ihrer natürlichen Umgebung herausgerissen hatte – genauso hilflos vor wie viele der Amerikaner. Sie taten ihm unendlich leid.

Do Duc flog eine U-8F *Seminole*, einen Truppentransporter ohne jegliche Bewaffnung, den Bowel irgendwie organisiert hatte. Als Sonderausstattung hatte das Flugzeug ein SLATR, ein spezielles Radargerät.

Do Duc hatte sich gefragt, aus welchem Grund man ein hilfloses Flugzeug statt eines schwerbewaffneten Kampfhubschraubers beschafft hatte. Bowel hatte mit einigen Andeutungen die Begründung geliefert.

»Dies ist eine Gottes-Mission.« Ein typischer Werwolf-Scherz. »Gottes-Mission« bedeutete: Es gab sie nicht. »Ich möchte nicht, daß uns die Buschpiloten von der Luftkavallerie in die Suppe spucken, klar?«

»Klar«, hatte Do Duc geantwortet.

Bowel hatte ihn schräg angesehen. »Das ist es, was mir an dir gefällt, Do Duc. Du weißt immer, wann es Zeit ist, wieder mal für Uncle Sam zu arbeiten.« Dann nahm er den traurigen Überrest einer Zigarre aus dem Mund, auf dem er schon seit Monaten herumkaute. Der Stumpen war abgelutscht und im Begriff, sich in die einzelnen Blätter aufzulösen, doch Bowel schob ihn sich nichtsdestoweniger immer wieder zwischen die Lippen.

»Okay«, sagte er, »abgesehen davon, daß es sich um einen Auftrag des lieben Gottes handelt, ist es außerdem noch ein Himmelfahrtskommando.« Das Schlimmstmögliche also. »Es geht um das Schicksal eines einzigen Mannes. Offiziell gilt er als vermißt. Ob er tot ist oder von den Vietcong gefangengenommen wurde, wissen wir nicht.« Bowel kaute auf seinem ekligen Stumpen herum und wartete auf einen Kommentar. Da Do Duc einen solchen nicht abgab, fuhr er fort. »Das klingt zwar reichlich beschissen, aber bessere Karten haben wir nicht.«

»Da hat man uns schon schlechtere gegeben.«

»Ach ja? Dann warte nur ab, bis du dort bist. Du marschierst nämlich in totes Gebiet.« Und das war schlimm. »Totes Gebiet« war jenes Gebiet, wo Feuerschutz oder Beobachtung durch Sicherungstrupps nicht möglich waren. Wegen der Nung nahm Do Duc an, daß es irgendwo in Nordvietnam sein mußte.

»Deine Zielperson heißt Michael Leonforte.« Bowel machte eine Pause, als erwarte er eine Reaktion. Da keine kam, sprach er weiter. »Das ist ein Bursche, der in ganz anderen Sphären als unsereiner lebt. Er ist ein Altgedienter von der *Poison Ivy*.« Das war die 4. Infanteriedivision. »Er ist ein sauguter Soldat und hat Auszeichnungen bis runter zum Schwanz. Allerdings war er auch schon zweimal im Bau; einmal, weil er einen einheimischen Zivilisten ins Koma geprügelt hat, ein zweites Mal, weil er ein Mädchen mit dem Messer aufschlitzte, von dem er Stein und Bein schwor, sie sei eine Vietcong.«

»Hat man das nachgeprüft?«

Bowel verzog den Mund. »Das hätten die wohl gern gemacht. Leider war das Mädchen bereits kalt.«

»Dieser Mick klingt ja interessant. Wie kommt es, daß sie ihn aus dem Knast in Long Binh entlassen haben?«

»Weil er ein VIP ist, jedenfalls was gewisse Leute im Pentagon Ost betrifft. Sie haben ihn an die Front geschickt, als Führer einer eigenen Einheit, immerhin. Die Gruppe wurde hinter den feindlichen Linien abgesetzt; wo, das wirst du früh genug herausfinden. Fünf Tage lang haben sie strikt Funkkontakt gehalten. Dann ist er abgerissen, und alle Versuche, sie aufzufinden, verliefen ergebnislos.«

Bowels Blick schweifte kurz hinab auf das »Streng Vertraulich«-Dokument, das er in Händen hielt. »Das war vor ungefähr drei Monaten. Nachdem er als vermißt gemeldet wurde, sind die im Pentagon Ost ausgeflippt. Sie haben eigens seinetwegen eine riesige Aktion aufgrund spezieller Suchraster initiiert.« Bowel meinte gezielte Observationen feindlicher Aktivitäten in ausgewählten Sektoren. »Die haben doch glatt eine ganze Division mobilisiert.«

»Nur um einen einzigen Michael Leonforte zu finden?«

Bowel brummte und gab Do Duc eine Schwarzweißfotografie. Darauf war ein charismatisch dreinblickender junger Leutnant mit einem langen Gesicht, weit auseinanderliegenden schwarzen Augen und bitterböser Miene zu sehen. Selbst auf dem Foto war die Kraft zu erkennen, die das Antlitz ausstrahlte.

»Nicht schlecht.«

»Yeah.« Bowel nahm das Foto wieder an sich. »Das wäre so in etwa alles über den jungen Mick.«

»Der müßte doch eigentlich einen Führungsoffizier im Pentagon Ost haben«, sagte Do Duc. »Warum stellt er kein Team zusammen und macht sich mit ihm auf die Suche nach Mick?«

»Ist ja passiert«, sagte Bowel trocken. »Das Team kam nie wieder zurück. Verschwand einfach, genau wie Mick.«

Do Duc grübelte eine Weile nach. »Wissen Sie, warum sich die im Pentagon Ost wegen Micks Verschwinden so in die Hosen scheißen? War der vielleicht im Besitz von geheimen Unterlagen?«

»Kann sein. Kann sein, sie haben was mit ihm vor«, sagte Bowel mit unbeweglicher Miene. »Kann aber auch sein, daß es mit der Tatsache zu tun hat, daß er der Sohn von Frank Leonforte ist, dem Oberpaten der Mafia.«

Do Duc schwieg eine Weile. *Der Bursche lebt in ganz anderen Sphären als unsereiner.* Er registrierte das süffisante Grinsen Bowels und fragte sich, wieviel dieser noch über Mick Leonforte wußte und womit er nicht herausrücken wollte.

»Was machen wir, wenn wir den Blödmann aufgestöbert haben?«

»Ist er tot, bringst du die Leiche zurück. Lebt er, erhalten Sie hiermit den Befehl, ihn aus seiner feindlichen Umgebung zu entfernen und...«

»Um Himmels willen, Sir!«

»Das ist exakt der Ton, in dem die mit mir geredet haben, Sohnemann, und ich gebe ihn lediglich weiter. Ich möchte da ganz präzise sein. Selbstverständlich gibt es über diese Gottes-Mission auch nichts Schriftliches. Und zwar gar nichts.«

»Okay, nehmen wir an, er lebt«, sagte Do Duc. »Ich finde ihn, und ab die Post. Was dann?«

»Du bringst ihn zu mir« sagte Bowel. »Und das wär's dann.«

Vielleicht war es an dieser Stelle, als die Sache für Do Duc zu stinken begann. Jedenfalls sagte er nichts mehr.

Bowel sah ihn an. »Ich will ihn lebend haben, le-bend, klaro?«

Do Duc bestätigte. »Ich teile dir ein paar CIDG's zur Unterstützung zu. Dort, wo du hin sollst, wirst du ihre Kenntnisse brauchen. Übrigens – Funk gibt's keinen. Es soll niemand unbefugt mithören können.« »Funk« war normalerweise das PRC-25, ein leichtes, tragbares Funkgerät, Standardausrüstung der Werwölfe.

Bowel fixierte Do Duc. »Wie bereits gesagt: Es ist ein Himmelfahrtskommando.« Er räusperte sich. »Das wär's dann auch schon. Und noch eines, Do Duc: Flieg mir um Himmels willen diese Scheiß-Seminole nicht zu Bruch. Was wir keinesfalls gebrauchen können, sind Spuren und Beweise dafür, daß wir dort waren, wo du hingehst.« Klassisches doppelbödiges Vietnam-Gerede, über dessen Ironie länger nachzudenken sich nicht lohnte. Dergleichen widersprüchliche Redensarten wirkten hier recht schnell abgedroschen.

»Noch eine letzte Sache, Sir«, sagte Do Duc im Gehen. »Was ist, wenn sich die Zielperson der ›Entfernung aus ihrer feindlichen Umgebung‹ widersetzt?«

Eine ganze Zeitlang schwieg Bowel. Er sah durch Do Duc hindurch, als sei dieser gar nicht vorhanden.

»In diesem Fall«, sagte er schließlich langsam, »darfst du nach eigenem Gutdünken verfahren.«

»Jawohl, Sir!«

Bowels Blick fixierte wieder Do Duc und erforschte dessen Gesicht. »Sie bringen dieses Arschloch zu mir, Soldat, und es ist mir scheißegal, wie!«

Sie flogen in der Nacht los, ohne daß Do Duc wußte, wo die Reise hinging. In der Schlußbesprechung hatte Bowel ihm mündlich nur die grobe Abflugrichtung mitgeteilt. Während des Fluges bediente Donaldson, der noch verkniffener als sonst dreinsah, das Seitenradar, als habe er von Geburt an nichts anderes getan. Rock saß direkt hinter seiner Schulter. Do Duc hatte ihm den versiegelten Umschlag mit ihren Einsatzbefehlen gegeben, die auf einem Papier geschrieben waren, das sich auflöste, sobald man es in den Mund nahm. Besonders unangenehm, wenn man – nach dem Auswendiglernen der Informationen – das Zeug runterschlucken mußte. Alle paar Minuten rief Rock Do Duc Kurskorrekturen zu, als sei er selbst das Radargerät. Riggs konzentrierte sich auf Donalds Hinterkopf in Erwartung einer möglichen Attacke von Dr. Strange. Die beiden Nung schliefen während des ganzen Fluges.

Da die Maschine keinerlei Bewaffnung hatte, war allen klar, daß sie in ein Gebiet eindringen sollten, wo es wenig oder gar keinen feindlichen Luftverkehr oder feindlichen Bodenradar gab. Das hatte sich verdächtig nach Kambodscha angehört, wo der Vietcong sich eingegraben hatte, um Waffen und Personal zu ergänzen und danach zum Kampf gegen die US Streitmacht wieder die Grenze nach Vietnam zu überschreiten.

Obwohl Do Duc nur lückenhaft informiert worden war, hatte er doch eine grobe Vorstellung davon, wo ihr Auftrag sie hinführte. So war er nicht sonderlich überrascht, als sie auf einer grünen Wiese heruntergingen, einer Landebahn, frei von Feindbeobachtung. Die Entfernung war es, die ihn verblüffte, und jetzt begriff er auch, warum man ihm die Seminole mit der großen Reichweite gegeben hatte an Stelle eines Kampfhubschraubers. Seiner Meinung nach befanden sie sich in der Mitte von Nirgendwo. Auf der Landkarte, die er sich eingeprägt und anschließend aufgegessen hatte, war – außer dem Mekong – nur ein einziger Orientierungspunkt eingezeichnet gewesen, ein unscheinbares Dorf namens Sre Sambor, drei Strich nordwestlich des Landegebietes.

»Wir sind ja über halb Kambodscha geflogen«, sagte Rock einigermaßen erstaunt. »Was zum Teufel hatte Michael Leonforte denn hier zu suchen?«

Do Duc sah ihn an. »Die richtige Frage lautet: Was hatte das Pentagon Ost vor, daß es ihn hierher schickte?«

Kambodscha war, wie Do Duc wußte, in diesem Krieg angeblich neutral. Weit zurückreichende politische Probleme mit den mächtigeren Vietnamesen veranlaßten jedoch den Führer des Landes, den Prinzen Sihanouk, sich gegenüber den Verletzungen der Grenze seines souveränen Territoriums durch die Vietcong blind zustellen. Do Duc argwöhnte daher, daß sich ihr Zielgebiet direkt in einer »heißen« Zone befand und daß sie – da ohne Funkausrüstung – ohne Netz und doppelten Boden arbeiten mußten.

Ein Himmmelfahrtskommando, wie angekündigt.

Sie hatten gerade Regenzeit mit einer Menge Niederschläge. Ehe sie aufbrachen, hatte es zwölf Tage und Nächte ununterbrochen geregnet. Do Duc wußte, daß die Regenzeit ganz und gar nicht der beste Zeitpunkt für offensive Unternehmungen war. Die Tatsache, daß sie gerade jetzt unterwegs waren, bestätigte sowohl die Bedeutung als auch die Dringlichkeit dessen, was sie vollbringen sollten.

Die ihm zugewiesene Landebahn besaß noch nicht einmal eine Unterstellmöglichkeit. Gott allein wußte, wie jemand ihr Vorhandensein entdeckt hatte. Do Duc konnte überhaupt nichts irgendwie Militärisches in der Umgebung ausmachen, und dennoch befand sich die Bahn in gutem Schuß. Wer sorgte dafür, wunderte er sich.

Die Bahn lag am äußersten Rand eines umfangreichen Gebietes mit terrassenförmig angeordneten Reisfeldern im Osten. Gleich nachdem sie ihre Ausrüstung ausgeladen hatten, marschierten sie durch das Gelände nach Norden in Richtung auf den Mekong. Do Duc warf von den morastigen und überfluteten Reisfeldern aus einen Blick zurück und war ganz und gar nicht glücklich darüber, die Seminole in der dunstigen Ferne entschwinden zu sehen.

Die körperliche Anstrengung bei der Durchquerung der Reisfelder war enorm. Vietcong-Patrouillen sahen sie keine. Zu Do Ducs Verblüffung sahen sie überhaupt keine Menschen. Sie blieben ungestört und zogen über eine flache, sumpfige Landschaft, die sie selbst klein und winzig erscheinen ließ, gleichgültig, in welche Richtung sie auch blickten.

Der Anführer der Nung war ein hagerer junger Mann namens Jin. Hier, mitten in Kambodscha, war es Jin, mit dem sich Do Duc meistens besprach und dessen Rat er folgte, wenn es Meinungsverschiedenheiten gab. Rock war mit dieser Verfahrensweise überhaupt nicht einverstanden, und es kam deswegen zu Reibereien zwischen den beiden.

»Was zum Geier machst du denn da?« hatte Rock geschimpft, als Do Duc zum ersten Mal Jin nach seiner Meinung gefragt und dessen Vorschlag akzeptiert hatte.

»Um Himmels willen, sprich leise«, sagte Do Duc. »Der Dschungel kann wie ein Gewölbe Geräusche sehr weit in alle Richtungen übertragen.«

Rock warf bitterböse Blicke in Richtung der Nung, senkte aber seine Stimme. »Vielleicht sind das ganz zwielichtige Gestalten. Wenn die uns verpfiffen haben, dann weiß Charlie längst, daß wir hier sind.«

»Charlie« war die Abkürzung von »Victor Charlie«, den Buchstabierkürzeln für »Viet Cong«.

»Jetzt beruhige dich doch. Du vergißt, daß nicht einmal *wir* wußten, wo es hinging, bevor wir in der Luft waren.«

»Yeah, kann sein, aber diese Jammergestalten hier fressen uns wahrscheinlich zu Mittag, noch ehe wir uns umsehen.«

»Du hast ja keine Ahnung«, sagte Do Duc. »Das sind keine unzivilisierten Wilden.«

»Und ob sie das sind! Schau sie dir doch bloß mal an!«

»Deren Kultur ist um vieles älter als eure und sogar als meine.«

Rock schnaubte verächtlich. »Was für eine Kultur denn? Diese Arschgeigen haben doch Jahrhunderte lang nichts anderes getan, als sich gegenseitig die Schädel einzuschlagen.«

»Und was haben eure zivilisierten Länder in dieser Zeit getan und tun es jetzt noch?«

Rock sah ihn böse funkelnd an. »Mit dir kann man einfach nicht reden. Wo bist du aufgewachsen? Mitten in diesem Scheißdschungel, stimmt's? Irgendwie noch in der Steinzeit, was? Das wird der Grund sein, warum du dich so gut mit denen verstehst.«

Do Duc bleckte die Zähne gegen Rock.

Rock grinste. »Ach, Scheiße! Schau dich doch mal an. Du bist genauso ein Stammeskrieger wie die da. Du sprichst ja sogar deren Dialekt, zum Teufel noch mal!« Er lachte. »Na gut, okay. Vielleicht verstehst du ja diese Kaffern wirklich besser als ich.«

»Bringt dir nur Vorteile, wenn du das endlich schnallst, Freundchen.«

Hinter ihnen, in weiter Ferne und noch jenseits des südlichen Horizonts, konnte man das fortwährende Toben des Krieges sehen, wenn auch nicht hören. Blitzgewitter von Menschenhand in der Form von Luftbombardements erleuchteten die Unterseiten der Wolken mit ihrem ätzenden Regen aus Napalmbomben, und die rauchgeschwängerten Nachwehen brachen als unnatürlich frühe Dämmerung über das Königreich der Verdammten herein.

Ehe sich die wirkliche Dämmerung ankündigte, hatten sie ihr Lager aufgeschlagen.

Rock arbeitete für drei, hatte aber einen gehetzten Ausdruck im Blick. Als sie ihre Malariapillen schluckten und ihre »Charlie-Ratten« aßen, ihre C-Rationen, sagte er zu Do Duc: »Wo zum Henker steckt bloß Mister Charles?« Er tätschelte seine Panzerfaust, die er sich wie einen Cowboyrevolver an die Hüfte gebunden hatte. »Ich kann es gar nicht erwarten, ihm eine in den Arsch zu jagen.«

»Nur Geduld«, antwortete Do Duc. »Ich habe das dumme Gefühl, daß wir bereits in seinem Rachen stecken. Du kriegst schon noch Gelegenheit dazu.«

»Yeah – aber wann? Hier ist es so still, daß du die Lunge rasseln hörst.« Er spuckte aus und schüttelte den Kopf. »Das ist irgendwie eine ganz unheimliche Art von Isolation hier, als ob wir tot wären und es bloß noch nicht wüßten.«

Auf eine Art war das richtig, dachte Do Duc. »Jin sagt, wir befinden uns in einer ›heißen‹ Zone, was ich zwar nicht begreife, aber mehr will er nicht sagen. Ob Charlie wirklich so weit im Norden Kambodschas ist?« Er hob die Schultern. »Wir werden es früh genug herausfinden. Sobald es dunkel wird, brechen wir auf.«

»Und ich sage dir, daß es für mich gar nicht früh genug sein kann«, sagte Rock und spuckte einen Mundvoll Charlie-Ratten aus. »Lieber freß ich den Arm meines Feindes!«

Am ersten Tag schliefen sie unter einem Haufen dunklen Laubes auf einer kleinen Erhebung knapp über dem Wasserspiegel eines Reisfeldes. Rock hatte die erste Wache übernommen und schlief anschließend schlecht. An seinem ganzen Leib gab es kein trockenes Fleckchen mehr, und es juckte an den unmöglichsten Stellen. *Wo bist du, Mister Charles?*

Bei Beginn der Abenddämmerung brachen sie ihr Lager ab. Von nun an mußten sie damit aufhören, dauernd in die Ferne zu blikken. Jin riet ihnen, nicht den Horizont zu betrachten, sondern sich auf ihre allernächste Umgebung zu konzentrieren, die so eintönig geworden war, daß Rock sich dabei ertappte, wie er während des Stapfens durch den unendlichen Morast eingedöst war.

Gegen Mitternacht hielten sie an, um eine Kleinigkeit zu essen. Der Himmel war absolut klar. Das Licht der Sterne und des Halbmonds ergoß sich wie eine Handvoll Diamanten über sie. Rock ging austreten, kauerte sich nieder und sah in das schlammige Wasser. Allmählich beruhigten sich die durch seine Schritte verursachten Licht- und Schattenspiele des Wassers, und auf dem Grund begann ein Muster Gestalt anzunehmen.

Gott im Himmel!

»Schaut euch das mal an!«

Do Duc und Jin, die am nächsten waren, kamen zu ihm. Sie starrten ins Wasser.

Lauter Schädel.

Rock watete in einem Kreis herum und zertrat dabei menschliche Schädel. Tausende und abertausende Schädel bildeten den Grund dieses überfluteten Reisfelds. Und Knochen gab es auch: Oberschenkelknochen, Ellen, Kreuzbeine, Rippen, Schulterblätter – er stand in einem wahrhaftigen Friedhof.

Jetzt erkannte Do Duc, daß Jin nicht gelogen hatte. Sie befanden sich tatsächlich in einer ›heißen‹ Zone.

»Frag mal die Nung, was hier passiert ist«, sagte Rock und vollführte einen Tanz auf einem Brustkorb und einem zertrümmerten Becken. Die unmittelbare Nähe zu einer solchen Menge von Tod wirkte auf ihn wie ein gewaltiger Schuß Adrenalin.

»Du solltest vielleicht mal ihre Sprache erlernen«, gab Do Duc kalt zurück, ehe er sich an Jin wandte.

Dessen Miene war undurchdringlich. »Die Vietnamesen massakrieren die Kambodschaner auf die gleiche Weise, wie sie das mit meinem Volk tun«, sagte Jin in seinem Heimatdialekt. Seine Stimme klang so beherrscht, daß Do Duc einen Augenblick lang brauchte, ehe er den darin versteckten Zorn bemerkte. »Das hier ist unsere Geschichte. Das hier wird für unsere Kinder übrigbleiben – für die, die diesen Krieg überleben. Und ich frage mich, ob das die Glücklichen sein werden.«

Do Duc übersetzte für Rock, der daraufhin verstummte und seinen Tanz abrupt beendete.

»Dann ist also Mister Charles doch hier – und er muß ganz in der Nähe sein«, meinte Rock und befingerte den Abzugsmechanismus seiner Panzerfaust.

Sie gingen beschleunigt weiter, mit Sicherheit angespornt durch die Skelette, über die sie hinwegschritten, obwohl keiner ein Wort über dieses Meer des Schreckens verlor, das bei jedem Schritt, den sie taten, unter ihren Schuhsohlen knirschte und knackte.

Der Morgen brach schon beinahe an, ehe sie ein Ende der Reisfelder ausmachen konnten. Es hatte wieder angefangen zu schütten, wie es auch während ihres Nachtmarsches hin und wieder geschehen war. Der Wind trieb ihnen den warmen Regen in die Gesichter und beschränkte ihre Sicht auf ein paar hundert Meter.

Der Wasserspiegel war beträchtlich gesunken. Sie trotteten durch die armselige, regengepeitschte Landschaft dahin. Do Duc, vorneweg, konnte einen dunklen Fleck am Rand des letzten Reisfeldes erkennen. Dahinter mußte sich der Mekong befinden, dem entlang sie sich ihren Weg zu bahnen hatten. Sie waren beständig nach Osten marschiert, und der Fluß würde sie beinahe direkt nach Norden bringen an die Grenze zu Laos. Laos wirkte auf der Karte wie eine Konkubine, die sich zusammengerollt und gegen den Rücken von Vietnam gelehnt hatte. Das Land erstreckte sich in einem Bogen vom Süden, den sie anpeilten, in nordwestliche Richtung, bis es an die Grenze von Yünnan in Südchina und die Shan Staaten in Burma stießen, jenem Landstrich, der wegen der Produkte aus seinen riesigen Mohnfeldern auf den zerklüfteten Bergplateaus das »Goldene Dreieck« genannt wurde.

Do Duc dachte über das Pentagon Ost nach, das in Panik geraten war, nachdem man Michael Leonforte in diesem ›heißen‹ Abschnitt als vermißt gemeldet hatte. Er dachte auch an den ersten Suchtrupp, der ebenfalls vermißt wurde. Und dann dachte er an Bowels Befehl, Leonforte herauszuholen und ihn zurück *zu Bowel* zu bringen, nicht zu seinen Schutzengeln im Pentagon. So langsam, dachte Do Duc, wird die Sache interessant.

Er beschleunigte seinen Schritt und näherte sich dem dunklen Fleck. Es handelte sich um eine improvisierte Anlegestelle; drei vor sich hin faulende Holzbretter auf ächzenden Stützen, die in einen breiten, schmutzigbraunen Fluß hinausragten, der sich durch den Dunst schlängelte.

»Dort muß es sein«, sagte Do Duc, und Jin, der neben ihm einhertrabte, nickte stumm.

Sie holten das schwarze Gummiboot heraus und zogen an zwei Reißleinen. Rasch hatte es sich selbst aufgeblasen, und sie stießen es über das Ende des Stegs.

»Haltet euere Hände innerhalb des Bootes«, warnte Jin. »In diesem Gewässer gibt es viele Krokodile. Bei dem schwachen Licht sehen sie wie treibende Baumstämme aus.«

Vier Nächte lang fuhren sie auf dem Fluß. Wie es ihre Befehle vorschrieben, schliefen sie tagsüber; sie zogen dann das Boot ans schlammige Ufer in den dunklen Schatten der Bäume und legten sich hin. Einmal meldete der Wachtposten die Vorbeifahrt eines Khmer-Bootes, doch der Trupp seiner Soldaten entdeckte sie nicht und hielt auch nicht an. Ansonsten schienen sie ganz allein zu sein.

»Wo steckt denn Charlie?« fragte Rock, blutdürstig wie eh und je.

Keiner antwortete ihm, weil es keiner wußte.

Sie aßen Fisch, den Jin und seine CIDG's aus dem trüben Wasser angelten. Mehr als einmal wiesen die Nung sie auf die gezackten Rücken der Krokodile hin, die geräuschlos durch die Strömung und die Strudel glitten. Do Duc betrachtete die Tiere mit einer Miene, die Rock nicht zu deuten wußte.

Der Fluß kam Do Duc vertraut vor, nicht, weil er je zuvor hier gewesen wäre, sondern weil er die Karte in seinem Gedächtnis gespeichert hatte, die in dem von Bowel ausgehändigten versiegelten

Umschlag gesteckt hatte. In der Zwischenzeit hatte er all die Anweisungen und Geheimdienstinformationen aufgegessen, die auf eßbares Papier getippt worden waren.

Kurz vor dem Morgengrauen der vierten Nacht dirigierte er sie ans linke Ufer. Das Licht schimmerte gerade hell genug, um Umrisse erkennen zu lassen, aber noch keine Farben.

»Wir sind nahe dran«, sagte Do Duc zu Rock, als sie das Schlauchboot in ein getarntes Versteck zogen. »Hier irgendwo muß Charlie stecken.« Sie waren ganz dicht an der Grenze zu Laos, und hier endeten auch die Informationen, die ihnen der Geheimdienst beschafft hatte. Ein bißchen weiter stromaufwärts befand sich die Stelle, wo Michael Leonforte und acht weitere Soldaten verschwunden waren.

Do Duc und Jin zogen als Spähtrupp aus, während der Rest der Gruppe unter den Bäumen ein Lager aufschlug. Als Rock mit seiner Arbeit fertig war, waren die beiden noch immer nicht zurückgekehrt. Er nahm seine Panzerfaust und begab sich auf die Suche nach ihnen. Lang brauchte er nicht zu suchen. Sie standen auf der anderen Seite einer Baumgruppe.

»Was habt ihr für ein Problem?« fragte Rock.

Do Duc zeigte mit dem Arm hin. »Ein knuspriges Geschöpf«, sagte er.

Rock war, als sitze er im Auto und komme mit hundert Sachen aus einer Nebelwand herausgeschossen, um einen Sattelschlepper zu sehen, der direkt auf ihn zuhielt. Sie standen vor der nackten Leiche eines Mädchens, das vielleicht zehn Jahre alt geworden sein mochte. Der Körper lag verdreht und nach hinten gebogen auf der Erde, als habe man sie zuvor an einen Baumstamm genagelt. Die Haut war zu zwei Dritteln verbrannt, die Beine gebrochen. Die Knochen ragten so seltsam aus dem aufgerissenen Fleisch, daß man auf eine Absicht schließen konnte. Beide Unterarme fehlten.

»Ach, du Scheiße«, sagte Rock. »Wo ist denn die unter die Räder gekommen?«

Do Duc sah weiter unverwandt das Mädchen an.

Es hatte wieder zu regnen begonnen, dicke Tropfen, wie Schweiß von Buddhas Stirn. Die Luft war schwer wie ein Kettenhemd. Jeder Atemzug bedurfte einer Anstrengung.

»Die haben sie mit Plastiksprengstoff gegrillt, soviel steht fest«, sagte Riggs, als er zu ihnen aufgeschlossen hatte. Er schob sein

M-60 Maschinengewehr nervös von einem Arm in den anderen. »Aber das andere...«

»So was wie das da habe ich noch nie gesehen«, sagte Donaldson und umklammerte sein M-16 A1 mit weißen Knöcheln. »Da stehen einem ja die Haare zu Berge.«

»Scheißcharlie!« sagte Rock.

»Waren nicht die VC, das hier«, sagte Jin in passablem Englisch.

Rocks Augen wurden groß, und Do Duc grinste.

»Du hast es die ganze Zeit gewußt, daß er Englisch spricht, stimmt's?«

»Ich habe dir doch gesagt, du solltest seine Sprache lernen«, antwortete Do Duc. »Er hat deine ja auch gelernt.«

»Arsch...!«

Do Duc brachte ihn mit einer Handbewegung zum Schweigen und sagte zu Jin: »Wer war es dann, wenn nicht Charlie?«

Jin berührte das tote Mädchen mit dem Lauf seines sowjetischen AK-47, während er über es hinwegstieg, und Do Duc glaubte zu sehen, wie sich seine Lippen in einem stummen Gebet bewegten.

Mit einem Handzeichen befahl Do Duc den anderen, zurückzubleiben, während er Jin folgte. Er blieb einen Moment lang auf einer kleinen Erhebung stehen und beobachtete den Nung, der in die Hocke gegangen war, das AK-47 zwischen den Knien.

Do Duc kauerte sich neben ihn nieder und schüttelte eine Zigarette aus der Packung. Schweigend rauchten sie eine Zeitlang. Schließlich drückte Do Duc seine Kippe im Schlamm aus und sagte leise: »Was gibt es über die Geschichte dort hinten zu sagen, das ich wissen sollte?«

Jin gab lange keine Antwort. Er starrte nur fortgesetzt in den Sumpf hinaus und in das dichte Blätterdach des Dschungels, als der Regen wieder in voller Stärke herabzuhämmern begann.

»Als kleiner Junge habe ich stundenlang im Blumengarten meiner Großmutter gespielt. Wie schön war das, wenn das Sonnenlicht die zarten Farben zum Leuchten brachte! Und wie gern bin ich auf den Wegen und zwischen den Beeten umhergerannt!« Jin nahm einen tiefen Zug von seiner Zigarette und stieß fauchend den Rauch wieder aus. »Nicht ganz ein Jahr, nachdem meine Oma von den Vietcong umgebracht worden war, hat mich ein Auftrag zurück in die Gegend meiner Jugend geführt, und ich machte einen kleinen Umweg. Das Haus stand noch da, aber der Garten war zugewachsen, überwuchert von dichtem Unkraut und dornigen Ranken. Er sah häßlich aus.«

Seine mahagonifarbene Hand öffnete sich mit der Handfläche nach oben wie eine Blume. »Ich möchte gerne glauben, daß ich eines Tages nach Hause zurückkehren kann, ohne so ein Ding wie dieses hier.« Er klatschte auf den Kolben seines AK-47. »Doch je länger ich Soldat bin, desto mehr schwindet meine Überzeugung, daß dies so kommen wird. Jeder Tag bringt neue schreckliche Dinge zum Vorschein – wie Unkraut oder Dornenranken.«

»Jin, ich teile deinen Kummer«, sagte Do Duc, »aber ich muß wissen, was mit diesem Mädchen geschah.«

»Frag die Gwai.«

Do Duc wandte ihm den Kopf zu. »Die Gwai?« Im Nung-Dialekt bedeutete das Wort soviel wie ›Dämon‹.

»Die Gwai sind Nung, so wie ich, aber sie sind ganz und gar nicht wie ich. Sie haben das getan.« Trotz seiner buddhistischen Erziehung war er nicht in der Lage, die Bitterkeit aus seiner Stimme fernzuhalten.

»Ich habe noch nie etwas von den Gwai gehört.«

»Sie nennen sich auch nicht selbst so, das ist der Name, den andere ihnen heimlich geben.«

Jin schien sich sehr unbehaglich zu fühlen, was Do Duc erstaunte. Der Nung zeigte eine größere gefühlsmäßige Anteilnahme an dem Tod dieses Kindes als an den Tausenden von Khmer, deren Knochen sie unter ihren Füßen zerbrochen hatten, während sie über die Reisfelder marschiert waren.

Eine Sekte der Nung, die Gwai, sollte dieses Kind gefoltert haben? Do Duc hörte erneut die Alarmglocke in seinem Kopf, die schon während der Schlußbesprechung mit Bowel geschrillt hatten. Laos. Die südliche Begrenzung des Goldenen Dreiecks. Und plötzlich begann die Geschichte noch mehr zu stinken.

»Wissen die Nung – die Gwai –, wo unsere Zielperson ist?« fragte Do Duc. »Halten sie ihn als Geisel fest?« Das würde einen Teil der Hysterie erklären, die im Pentagon Ost ausgebrochen zu sein schien, nachdem die Berichte über den vermißten Michael Leonforte eingetroffen waren.

»Ich weiß es nicht«, sagte Jin, stand auf und ging zurück unter das Blätterdach des Waldes.

Das Licht des Tages und der Geruch der Angst. Das Gefühl der Isolation war verschwunden. Regen prasselte herab und ertränkte alle anderen Geräusche in seinem wütenden Wasserfall. Sie schliefen, so gut sie konnten, was bedeutete: nicht gut.

Do Duc stellte bei sich fest, daß er seine Augen nicht schließen konnte, ohne das Bild des Mädchens zu sehen, das wie ein Opferlamm vor dem Baumstamm lag. Ihr Tod als solcher bekümmerte ihn nicht sonderlich; was machte eine weitere Tote schon aus? Es würde mit Sicherheit noch viel mehr davon geben. Aber die Art und Weise, wie man sie getötet hatte, beschäftigte ihn. Erinnerungen kamen zurück.

Er stand auf und ging wieder zu der Stelle, wo sie lag. Dort kauerte er sich nieder, betrachtete sie, und in seinem Kopf arbeitete es fieberhaft. Was er sah, war in der Art seiner grausigen Anordnung perfekt. Der Begriff »Opferlamm« hallte immer wieder durch seinen Kopf wie das Schlagen einer Glocke. War sie ein Opfer gewesen? War es das, weswegen Jin so aufgeregt war?

Obwohl er selbst schon bei einem Dutzend Aufträgen in einer Situation gewesen war, in der ihn nur ein Herzschlag vom Tod getrennt hatte und wo er den Zugriff der Angst nur allzu deutlich gespürt hatte, begriff er jetzt, daß er hier über etwas gänzlich Neues gestolpert war. Er wußte nicht, ob er entsetzt oder erregt sein sollte.

Er verharrte in seiner Position. Sein Bewußtsein war von dem Anblick hypnotisiert und sein Unbewußtes möglicherweise von übersinnlichen Botschaften irgendeiner merkwürdigen Alchimie aufgewühlt. Den ganzen Tag verbrachte er in einem halbwachen Dämmerzustand, in dem sich Traumvisionen, Erinnerungen und Fantasien zu Gebilden einer neuen Wirklichkeit zusammenfügten.

In seiner Vorstellung erhoben sich ganze Armeen und forderten einander zu tödlichem Kampf heraus. Blut sprudelte aus fürchterlichen Wunden, Soldaten fielen und wurden von ihren unerbittlich vorwärtsstürmenden Kameraden am Boden zertrampelt, der nur aus den Körpern der Gefallenen bestand.

Die Hitze dieses eintönigen Tages verbreitete ein smaragdgrünes Zwielicht. Während ihres Schlafes hatte es ab und zu aufgehört zu regnen. Bald nachdem sie wach geworden waren, fing es jedoch wieder an. Sie gingen hinter die Büsche, um sich zu erleichtern, aßen hastig etwas, nahmen brav ihre Malariapillen und brachen ihr Lager ab. Nach einer Stunde verließen sie den Urwald und wurden durch ein Glitzern wie von Diamanten, nicht allzu weit weg, angezogen, das durch den graugrünen Morast des Morgens zu ihnen herüberschimmerte. Diese speziellen Diamanten waren rotglühend.

»Laos«, sagte Jin dicht neben Do Duc.

Der nickte und befahl: *»Butterfly!«* Die Soldaten verteilten sich und schwärmten aus. Die »Schmetterlingsformation« war eine besondere Art der halbbogenförmigen Fortbewegung, die einer Einheit ein Maximum an Sicherheit in unbekanntem und als feindlich eingestuftem Gelände garantierte. Trotz ihrer äußersten Wachsamkeit stießen sie auf keine Menschenseele.

Die von ihnen als funkelnde Diamanten wahrgenommenen Feuer waren ziemlich nahe und stellten sich als die glimmenden Überreste eines größeren Dorfes heraus. An dessen Rand blieben sie stehen. Hier und da brannte noch etwas mit weißer Flamme, eigentlich unmöglich bei diesem Wetter, es sei denn, das Feuer war chemischer Natur. Das Gesumme von Insekten, die sich wie ein Netz über sie warfen, erschreckte sie. Bald wurde der Gestank verschmorten Fleisches überwältigend.

»Napalm«, sagte Do Duc. Er erkannte die Auswirkungen von Napalm, sobald er sie sah, und hier gab es viel davon zu sehen. Viele, viele Leichen lagen vor ihnen; blinde Augenhöhlen starrten in alle Richtungen, stumm und anklagend. Wolken von Insekten stiegen in Übelkeit erregenden Wellen auf, ließen sich wieder nieder und taten sich am Fleisch gütlich. Mit dem Fuß drehte Do Duc Leichen um und studierte sie, als hätten sie ihm eine Geschichte zu erzählen. Vietcong oder Laoten? Sogar die Nung waren nicht in der Lage, sie auseinanderzuhalten.

»Was ist deiner Meinung nach hier passiert?« fragte Rock. »Eine Säuberungsaktion der US Army?«

Do Duc zuckte mit den Schultern. Er wußte, was Rock dachte: War dies so etwas wie das, was Leutnant Calley und seine Schlächtertruppe in My Lai vollbracht hatten? »Soviel ich weiß, haben wir keine Einheiten innerhalb von Laos.«

»Es dürfte doch wohl klar sein«, sagte Rock, »daß wir beide einen Scheißdreck darüber wissen, wo der militärische Geheimdienst Operationen durchführt und warum.«

Do Duc fragte sich, ob diejenigen im Pentagon Ost, die Michael Leonforte auf seine Mission geschickt hatten, wohl vom militärischen Geheimdienst waren.

Die Nung patrouillierten mit schußbereiten AK-47 und verschlossenen Mienen die aufgerissenen Wege des Dorfes entlang. Do Ducs Gedanken kehrten zu Jins Behauptung zurück, daß die Gwai innerhalb Kambodschas operierten. Bestand die Möglichkeit, daß sie auch innerhalb von Laos aktiv waren? Es schien, als führe ihn jede Frage, die er stellte, nach Norden und ins Goldene Dreieck. Und unvermittelt erhielt der faulige Gestank, den der ganze Fall seit der Einsatzbesprechung mit Bowel verbreitete, eine eindeutige Qualität: Es war der Geruch des Geldes.

In diesem Moment hörten sie Riggs rufen, und der Trupp rannte zum östlichen Rand der Verwüstung. Do Duc sah den Betonbunker. Er und Rock liefen in die Senke, um sich das Ding genauer zu besehen. Das Merkwürdige war, daß der nur halb in die Erde eingegrabene Bunker gänzlich intakt geblieben war, das einzige Objekt, das die Vernichtung des Dorfes überstanden hatte.

Do Duc gab Rock ein Zeichen. Dieser zielte mit seiner Panzerfaust auf die verschlossene Eingangstür und betätigte den Abzug. Donaldson warf nach der Explosion eine CS-Granate durch das klaffende Loch, das die Rakete in den Beton gerissen hatte. Alle brachten sich vor dem zischenden Reizgas in Sicherheit, gingen in die Hocke und warteten, bis die Luft wieder klar war.

Dann krochen Do Duc und Rock in geduckter Haltung in den Bunker und sahen sich um. Es gab keine Menschen im Innern. Der Bunker war ein Waffenlager. Seltsam war nur, daß es sich bei den aufeinandergestapelten Gewehren um K-50 Maschinenpistolen vom Kaliber 7,62 mm handelte, allesamt in Rotchina hergestellt. Angesichts von Jins Warnung war dies eine bedeutsame Feststellung.

Sie durchstöberten den ganzen Bunker und stießen dabei auf weitere chinesische Waffen.

»Das hier sieht nicht nach Charlie aus«, kommentierte Rock. »Dieses Depot ist so neu, daß ich mich in dem Waffenöl spiegeln kann. Charlie hat nie und nimmer eine so gute Ausrüstung.«

»Kennst du die Nung?«

Rock nickte. »Bin ein- oder zweimal mit ihnen auf Spähtrupp gewesen, als ich noch bei der ›Big Dead One‹ war. Wir tanzten da meist auf der Messerspitze des Krieges rum.« Er lachte. »Und ich meine wirklich auf der Messerspitze.«

»Sieht das nach denen aus?«

»Blödsinn. Die haben gar nicht das Geld, das man für so ein Waffenlager braucht.«

»Hast du jemals was von den Gwai gehört, einer üblen Splittergruppe der Nung?«

Rock schüttelte den Kopf. »Nein, warum?«

»Jin hat sie erwähnt. Ihm zufolge machen die nichts als Ärger.«

Rock knurrte. »Scheiß auf die Nung.«

Do Duc zuckte mit den Schultern. Der Gestank des Geldes wurde intensiver. »Wer hat dann das nötige Kapital für so etwas?« fragte er.

»Leicht zu sagen. Die Sowjetunion. Oder Uncle Sam.«

Die beiden Männer warfen sich einen langen Blick zu. Schließlich fragte Rock: »Glaubst du, daß dieser Mist was mit Michael Leonforte zu tun hat?«

»Kann sein«, antwortete Do Duc. »Wer weiß schon, was in den Köpfen im Pentagon Ost rumspukt.«

»Falls *unsere* Leute dieses Depot bezahlt haben, wen rüsten wir damit aus?«

»Gute Frage«, sagte Do Duc. »Im Moment denke ich, daß Mr. Leonforte der einzige ist, der uns eine Antwort geben kann.«

»Falls wir ihn finden.«

»Deswegen sind wir ja hier«, sagte Do Duc. »Aber falls er tot ist, dann, meine ich, sollten wir zurückkommen und dieses Depot ein wenig ausräumen. Das bringt jede Menge Kohle im Verkauf.«

»Gebongt«, sagte Rock.

Als sie sich zum Gehen anschickten, legte Rock eine Hand auf den Arm Do Ducs. »Wem auch immer das hier gehört, er muß in der Nähe sein. Vielleicht beobachtet er uns bereits.«

Sie verließen den Bunker. Beiden brummte der Kopf von den Resten des Reizgases. Do Duc teilte seine Gruppe in Zweiertrupps und befahl Kleeblattformation, die es ermöglichte, sich überlappend gegenseitig Deckung zu geben in dieser offensichtlich feindlichen Umgebung.

Do Duc und Rock durchkämmten das Gebiet um den Bunker herum. Sie fanden nichts von Interesse. Nach zehn Minuten erblickten sie Riggs und Donaldson, die von ihrer Erkundung des zerstörten Dorfes zurückkehrten. In dieser Sekunde kamen die Mörsergranaten geflogen – der Himmel riß auf und wurde zu flüssigem Metall in einer Apotheose des Todes.

Die erste oder zweite Salve erwischte Donaldson, wirbelte ihn hoch und mitten in einen zweiten, schwarzroten Feuerpilz hinein. Do Duc, der sich neben Rock auf die Erde geworfen hatte, konnte Riggs durch den Rauch und die Explosionen hindurch nicht sehen. Keine Spur von den Nung. Do Duc hoffte, daß sie versuchen würden, den Ursprung des Feuerüberfalls auszumachen.

Die Stille nach einem solchen Angriff ist unheimlich, weil sie auf ihre Weise betäubend ist. Do Duc streckte den Kopf hinter einer eingestürzten Mauer hervor und erblickte das, was von Donaldson übriggeblieben war – nicht viel mehr als ein Blutfleck auf dem vernarbten Erdboden. In der Nähe und inmitten von Trümmern erkannte er den riesigen Riggs, der gegen eine Wand gelehnt dasaß. Er betrachtete gerade das Blut, das die untere Hälfte seines Körpers bedeckte. Sein Brustkorb hob sich und bebte.

»O Scheiße«, sagte Do Duc, als sich Rock neben ihn schob, um einen Rundblick zu riskieren.

Alles blieb ruhig. Er hatte noch immer keine Ahnung, wo Jin und seine Nung waren, beziehungsweise von woher das Mörserfeuer seinen Ausgang nahm. Riggs Brust hob und senkte sich schweratmend und er erkannte, daß er sofort zu ihm hin mußte.

»Feuerschutz«, sagte er zu Rock.

Er atmete tief durch, verließ seine Deckung und rannte im Zickzack zu Riggs. Kein Scharfschütze nahm ihn unter Feuer, und er sah auch keinerlei Anzeichen von feindlicher Infanterie. Keinerlei Anzeichen aber auch von den Nung, was ihm erheblich zu denken gab. Was war mit ihnen geschehen? Es war unwahrscheinlich, daß sie die feindliche Feuerstellung ausgeschaltet hatten, da Do Duc keine Schüsse gehört hatte. Ob sie desertiert waren?

Er kniete sich neben Riggs auf den Boden. »Wird ja alles wieder gut, Großer«, sagte er und holte eine Ampulle Morphium heraus. »Kein Grund zur Panik.«

Gerade als er das Ausmaß von Riggs' Verwundung abschätzen wollte, erfüllte jenes gefürchtete Heulen anfliegender Granaten die Luft. Do Duc warf sich in die relativ sichere Deckung einer zerschossenen Mauer und spürte fast körperlich das bedrückende Gewicht der Geschosse, die in steilen Flugbahnen herabgesaust kamen.

Wo stecken nur diese gottverdammten Nung?

Dann brach brüllend und kreischend die Welt über ihm zusammen. Die Erde unter seinen Schuhsohlen schlug Wellen, wölbte sich nach oben und versetzte ihm einen Schlag gegen den Magen.

Eine Zeitlang lag er benommen und so verwirrt da, daß er später schwor, tatsächlich einen flüchtigen Blick auf seine Phantomarmeen aus dem Traum der vergangenen Nacht erhascht zu haben, wie sie dahinmarschierten. Der furchteinflößende Rhythmus ihrer klirrenden Waffen und Rüstungen schüttelte die Blätter von den Bäumen, und seine eigene behelmte und maskierte Silhouette verdeckte die letzten Flammenstrahlen der untergehenden Sonne.

Dann zwinkerte er mit den Augenlidern und sah den über ihn gebeugten Rock, der ihn schüttelte und anschrie.

»Was ist?« fragte Do Duc. »Was ist los?«

»Los, abhauen!« brüllte Rock. »Ich habe die Nung gefunden – oder das, was von ihnen übrig ist. Wir sind die Letzten unserer Gruppe.« Er zerrte Do Duc auf die Beine und hielt ihn aufrecht. »Verdammt und zugenäht, Junge, schau zu, daß du schnellstens deinen Arsch in Bewegung setzt!«

Do Duc nickte. Der Beschuß setzte gerade wieder ein, und gemeinsam torkelten sie dem nordwestlichen Rand des Dorfes zu, tiefer nach Laos hinein, was für sie der beste Weg war, weil er sie von dem Granathagel wegführte.

In jener Nacht kam es Do Duc so vor, als habe er alles nur geträumt. Er lag unter einer Palme, von der ringsum der Regen herabplatschte, zusammengekrümmt in Embryohaltung, erschöpft und halb verhungert. Die auf ihn herabfallenden Trümmer hatten seine Haut bis aufs Fleisch aufgeschürft, und sein Körper juckte an so vielen Stellen, daß er das Kratzen schon aufgegeben hatte. Doch den Juckreiz nahm er als gutes Zeichen: Er war noch am Leben.

Dann schlief er wieder… und träumte. Die Bilder stürmten eines nach dem anderen auf ihn ein, als sei sein Bewußtsein ein Fahrzeug, bei dem der Adrenalinstoß des Krieges den schnellsten Gang eingelegt hatte.

Er sprach mit dem so grausam zugerichteten Mädchen am Rand des Reisfeldes. Sie hatte keine Augen, aber ihre blanken Zähne lächelten ihn auf seltsame Art an. Die dunklen, leeren Augenhöhlen wurden von phosphoreszierenden Erinnerungen erleuchtet wie von Leuchtspurgeschossen.

Bei diesen Erinnerungen handelte es sich eindeutig um die Do Ducs, die auf der gruseligen Bühne seiner Kindheit abliefen und durch deren Grauen verzerrt wurden. Als dann der Morgen anbrach und als er seine verklebten Lider öffnete, war für sein Bewußtsein nicht eine einzige erfreuliche Nische übriggeblieben und kein sicherer Hafen, in den er sich hätte zurückziehen können. Nur der Krieg war da, und den Krieg hatte er als den für sich richtigen Ort ausgewählt, als stelle der Krieg ein Land dar, in dem er untertauchen konnte wie ein versprengter Heimatloser, den das Leben in seinem Vaterland anwiderte.

Und das traf gewissermaßen auch zu.

Do Duc hatte die erste Wache übernommen, war aber irgendwann dabei eingeschlafen und erst im Morgengrauen wieder aufgewacht. Sie konnten von Glück reden, daß der Feind sie während der Nacht nicht überfallen hatte.

Die Fernsicht wurde durch Wolken beeinträchtigt. Es war, als seien sie in der Kardamom-Bergregion, mehr als tausend Meter über dem Meeresspiegel, und nicht in einem Landstrich, der viel tiefer lag.

»Wo zum Geier sind wir?« fragte Rock.

»Weiß ich nicht«, antwortete Do Duc, machte ein paar Kniebeugen, und vertrieb damit die Steifheit aus seinen Gelenken. »Bei dem Dunst kann ich nicht einmal Ost und West auseinanderhalten.«

Er holte seinen Kompaß heraus, doch der war irgendwann während ihres Einsatzes kaputtgegangen, wahrscheinlich während des Beschusses. Rock saß auf einem umgestürzten Baumstamm, wie immer mit der Panzerfaust an der rechten Hüfte.

»Ich möchte jetzt mal was klarstellen, damit wir beide wissen, wie wir miteinander dran sind«, sagte Rock. »Mir ist es ziemlich egal, ob ich zurückkehre oder nicht. Und wenn ich's mir recht überlege, dann wäre es mir eigentlich lieber, ich müßte nicht zurück. Mir gefällt es nämlich hier draußen ganz prima, weit weg von dieser beschissenen Militärbürokratie.« Er spuckte aus. »Du weißt es und ich weiß es, daß der Krieg hier im Urwald stattfindet. Hier im Busch schnauft Charlie und scheißt Charlie, und hier im Busch werden wir ihm eine Schlinge um seinen Arsch ziehen.«

»Was ist mit Nachschub und Unterstützung?« warf Do Duc ein. »Ohne die kannst du keinen Krieg führen.«

»Scheiß drauf«, sagte Rock. »Die Unterstützung, die wir vom Pentagon Ost kriegen, bringt uns höchstens um. Verlaß dich drauf – Beschuß eigener Stellungen oder verkehrte Koordinaten beim Bombenabwurf, oder ein hinten und vorn falscher Geheimdienstbefund über eine angeblich ›grüne‹ Zone, in der dann Charlie in einem Hinterhalt hockt und auf uns wartet... Wir sind diejenigen, die das alles abkriegen.«

»Da muß ich dir recht geben.«

»Warum sollten wir dann zurückgehen? Jetzt hocke ich hier im tiefen Urwald und denke mir, je länger ich hier bin, desto tiefer gehe ich da rein und desto besser gefällt mir das alles. Und weißt du auch, warum? Weil ich mich hier sicher fühle. Ich muß mich nur auf mich verlassen und auf dich, und nicht auf einen Haufen von Sesselfurzern in Saigon, die von Kriegsführung keine Ahnung haben. Aber *wir* haben sie! Und genau hier ist der Ort, von wo aus wir Krieg führen sollten!«

Do Duc dachte eine Weile darüber nach. »Wir müssen uns die Sache mit unserem Auftrag überlegen«, sagte er schließlich.

»Du weißt genau, daß dieser Auftrag zum Himmel stinkt«, entgegnete Rock. »Jetzt, wo nur noch wir beide übriggeblieben sind, kann man ja offen darüber reden.«

»Was meinst du damit?« Do Duc wußte es, wollte aber Rocks Version von ihm selbst hören.

»Ich glaube, daß die uns für eine verdammt heikle Geheimdienstmission eingesetzt haben, die schon längst im größeren Umfang schiefgelaufen ist.«

Do Duc nickte. »Stimme ich zu. Aber trotzdem will ich ans Ziel kommen.«

»Michael Leonforte… Tja, warum eigentlich nicht? Falls er noch am Leben ist.« Rock nahm sich eine Minute Zeit, um ein Insekt zwischen Daumen und Zeigefinger zu zerquetschen. »Sehr wahrscheinlich ist dieser Auftrag schon lange nicht mehr das, was er einmal war, verstehst du?«

»Mir kam die Idee, daß er noch nie das gewesen ist, was er angeblich hätte sein sollen«, sagte Do Duc.

»Umso besser.« Rock stand auf und grinste. »Dann machen wir doch einfach weiter, oder?«

Kurz vor Mittag legten sie in einer Senke eine Ruhepause ein – zwei Streifen schlammiger Erde, die vor dem Krieg vermutlich Ackerland gewesen waren. Do Duc tat alles weh.

Zu allem Übel waren Dunst und Nebel noch dichter geworden, so daß sie in keine Richtung auch nur einen Meter weit sehen konnten. Jegliche Geräusche wurden gedämpft, aber es gab ohnehin nur wenig zu hören. Do Duc war es so vorgekommen, als seien sie durch eine Landschaft gezogen, in der es überhaupt kein Leben gab, und als seien sie selbst zu wesenlosen Gespenstern geworden, die über einem Gelände schwebten, das genauso irreal war.

Sinneswahrnehmungen reduzierten sich auf ein Minimum an Sicht- und Hörbarem. Selbst der durchdringende Geruch der subtropischen Vegetation schien von weither zu kommen, als werde er durch den dichten Nebel abgemildert.

In diesem Zustand zwischen Wachen und Träumen war es nicht schwer, auch winzigste Veränderungen in der unmittelbaren Umgebung wahrzunehmen.

Do Duc blieb stehen. »Wir sind nicht allein.«

»In dieser ganzen Scheißsuppe kann uns doch kein Mensch sehen, noch nicht mal mit Infrarot«, sagte Rock. Nichtsdestoweniger hob er seine Panzerfaust und drückte sie fest gegen die rechte Hüfte. »Das eine sag ich dir: Falls Charlie hier ist, ist er schon so gut wie tot.«

Do Duc legte ihm die Hand auf den Arm. »Nicht so hastig. Es hilft uns gar nichts, wenn wir Mr. Leonforte ins Jenseits befördern.«

»Falls Charlie oder die Gwai oder welche Scheißer auch immer ihn als Geisel festhalten, dann sorgen die garantiert dafür, daß er aus der Schußlinie bleibt.«

Do Duc war klar, daß Rock mit seiner Einschätzung richtig lag. Ob sie beide allerdings von der richtigen Grundannahme ausgingen, dessen war er sich nicht so sicher.

Er deutete in die nebelverhangenen Bäume. »Da lang.«

Die trübselig herabtropfende Feuchtigkeit umfing sie mit einer klammen Umarmung. Sie bewegten sich ganz langsam fort, als seien sie unter Wasser oder auf einem Planeten, dessen Schwerkraft ein Vielfaches derjenigen der Erde ausmachte. Das Atmen wurde immer anstrengender, und sie kamen nur unter größten Schwierigkeiten im Dschungel voran...

»Ich vermute, daß ihr meinetwegen den ganzen Weg bis hierher gemacht habt.«

Sie standen stocksteif da und beobachteten, wie zuerst eine, dann fünf oder sechs Gestalten auftauchten, als hätten sich Bäume in Menschen verwandelt. Do Duc warf einen schnellen Blick rundum. Ob das die Gwai waren? Dann richtete er rasch seine ganze Aufmerksamkeit auf den Mann, der gesprochen hatte.

»Michael Leonforte, nehme ich an.«

Der Mann lächelte. »Mick genügt. Du erkennst mich von den Fotos, die sie euch im Pentagon Ost gezeigt haben. Die haben euch doch hergeschickt, oder?«

»Nicht direkt«, sagte Do Duc und beantwortete damit beide Fragen. Dieser Michael Leonforte sah anders aus als der auf dem Bild, das ihm Bowel gezeigt hatte, obgleich die Ähnlichkeit immer größer wurde, je genauer Do Duc ihn studierte. »Wir sind nicht so offiziell hier wie die Gruppe, die das Pentagon Ost losgeschickt hat. Wir sind ›Werwölfe‹.«

Mick Leonforte grinste. »Science Fiction-Werwölfe, hm? Ich habe von euch gehört.«

Er war von den schmalen chinesischen Gesichtern der Nung umgeben, und er trug das, was auch sie trugen: Tarnanzug, Fallschirmjägerstiefel, Leinenkoppel – alles aus U. S. Armeebeständen des Zweiten Weltkriegs. Bewaffnet waren sie mit den gleichen chinesischen K-50 Maschinenpistolen, die sie in dem Bunker gefunden hatten. Keiner von ihnen trug irgendwelche Abzeichen, auch nicht Leonforte. Aber als dieser seine rechte Hand hob, sah Do Duc auf der Innenseite des Handgelenks eine kuriose Tätowierung: ein menschliches Gesicht, dessen linke Hälfte hautfarben war und ein geöffnetes Auge zeigte; die rechte Hälfte war blau und hatte an der Stelle einen senkrechten Halbmond, wo das Auge hätte sein sollen.

Das Bild zuckte nur kurz auf, als die Hand sich wieder senkte; es war klein, höchstens drei Zentimeter im Durchmesser. Seine Ausstrahlung aber regte Do Ducs Fantasie an.

»Ihr Typen habt ganz schön was durchgemacht«, sagte Mick Leonforte. »Es ist eine Schande, daß wir euch töten müssen.«

Do Duc spürte, wie Rock sich an ihn heranschob, und sagte nichts. Er betrachtete Leonforte weiterhin aufmerksam, weil es jetzt wichtig war herauszufinden, was mit ihm vorgegangen war. Von ein oder zwei Fällen von Offizieren der Marines hatte er schon gehört, die CDIG-Montagnards befehligt hatten und die dann deren Stämmen beigetreten waren. Allerdings hielt er dies für eine zu einfache Lösung des Rätsels. Er hatte nur ein paar wenige, unzusammenhängende Hinweise, und aus der wachsenden Spannung unter den Nung konnte er schließen, daß ihm sehr wenig Zeit zur Verfügung stand.

»Mein Chef hat uns hergeschickt, um dich zurückzubringen.«

»War zu erwarten«, sagte Mick Leonforte. Er hatte sich die Haare wachsen lassen. Sie waren jetzt genauso schwarz und glänzend wie die der chinesischen Stammeskrieger, die ihn begleiteten. Sein Vollbart war gepflegt, hätte jedoch kaum den Richtlinien der Army entsprochen. Die Wangen waren ein klein wenig eingefallen. Aber seine Augen drückten etwas aus, das schon an der Grenze zum Wilden, Ungezähmten lag und das die Leute vom MI, dem militärischen Geheimdienst, mit Sicherheit irritiert hätte. »Meine Führungsoffiziere versuchen, mich zurückzuholen, seit sie kapierten, daß sie den falschen Mann für den falschen Job losgeschickt haben.«

»Man hat dich zur Arbeit für den MI gezwungen, stimmt's?« fragte Rock.

»Man hat mich in den Verein hineingelotst und dann die ganze Zeit über unter Druck gesetzt«, erklärte Leonforte. »Schließlich bin ich irgendwann wieder aufgetaucht, und wie Alice habe ich mich im Wunderland wiedergefunden und kriegte Befehle von jemandem, der sich Jabberwocky nannte.« Er lachte. »Diese Drecksschlapphüte. Die haben alle solche Namen: ›Jabberwocky, der Verrückte Hutmacher, die Schwarze Dame.‹«

»Es heißt, daß man dich gefangengenommen habe!« rief Rocky dazwischen. »Was zum Teufel…«

»Vergiß doch den MI. Die Schlapphüte haben dich mit einem Auftrag losgeschickt, stimmt's?« übertönte Do Duc Rocks Stimme. »Deswegen hat dich doch der Jabberwocky aus dem Knast geholt. Die dachten, sie hätten dich in der Zange: Entweder du tust, was sie dir sagen, oder sie schmeißen dich zurück in den Bau.«

»›Und verlieren den Schlüssel für zehntausend und eine Nacht‹, wie es der Jabberwocky formuliert hat.« Leonforte lachte zwar, sah aber Do Duc genauer an. »Yeah, so war das im wesentlichen, mehr oder weniger. Zu dumm, daß er dem falschen Typen die Knarre an den Kopf gehalten hat. Ich bin dazu erzogen worden, *andere* einzuschüchtern und nicht bei Drohungen den Kopf einzuziehen. Mein Vater hat mir frühzeitig beigebracht, wie man mit solchen arroganten Wichsern umspringen muß.«

Er hob die Schultern und machte eine Handbewegung. »Doch letzten Endes ist das alles egal. Sie haben euch auf meinen Skalp angesetzt, und ich kann das nicht zulassen.« Die Nung hoben ihre Maschinenpistolen und richteten sie auf Do Duc und Rock. »Also – ein letztes Gebet, ihr Arschlöcher.«

Für Do Duc war es Zeit, den letzten Einsatz zu wagen. »Wir haben nie vorgehabt, dich zurückzubringen.«

»Daß ich nicht lache!« Leonforte trat einen Schritt auf ihn zu und fuhr Do Duc mit dem Finger über die Stirn. »Ist das Angstschweiß, was ich da spüre?« Er produzierte einen harten Laut hinten im Rachen. »Warum sonst solltest ihr den ganzen Weg bis hierher gemacht haben – in mein Land?«

Da war sie, die Bestätigung, die er gesucht hatte. *Mein Land.* »Und warum sollten wir dich zurückbringen?« fragte Do Duc dagegen. »Das wäre doch, als würden wir der Gans, die goldene Eier legt, den Hals abschneiden, oder?«

Das Lächeln verschwand aus Leonfortes Gesicht. Die nachfolgende Stille lud sich mit Energie auf und erzeugte ein kinetisches Summen, unter dem sich die kleinen Härchen auf Do Ducs Nacken aufrichteten.

»Die Gans, die goldene Eier legt«, sagte Leonforte in einem Tonfall, in dem Aladin »Sesam, öffne dich!« gesagt haben könnte.

»Klar. Das bist du doch als Anführer der Gwai, dieser Splittergruppe der Nung.«

Leonfortes Augen öffneten sich ein bißchen weiter. »Was weißt du denn schon über die Gwai, außer Gerüchten, und Hörensagen? Sie sind ein zutiefst religiöses Volk.«

»Im Augenblick interessiert mich die Goldene Gans mehr«, sagte Do Duc. »Ich glaube, das ist eine passende Beschreibung des Mannes, der genügend Mumm hatte, um sich eine Vietcong-Nachschubroute ins Goldene Dreieck unter den Nagel zu reißen. Wieviel könnte diese Art von Drogenhandel wohl jährlich wert sein? Ich spreche jetzt für Rock und für mich, wenn ich dir sage, daß wir lieber ein Stück von diesem Kuchen hätten, als dich nach Hause zurückbringen.«

»Nun hört euch den an!« Leonforte drehte sich zu den Gwai um. »Kann man dem trauen? Was für ein Großmaul!« Und dann wandte er sich wieder Do Duc zu. »Und da wir schon von Mumm sprechen…« Er zog einen amerikanischen Offiziersrevolver heraus und drückte die Mündung fest gegen Do Ducs Schläfe.

Rock machte eine kleine Bewegung, und ein Gwai rammte ihm sofort die Maschinenpistole in den Hintern.

»An so was darfst du nicht mal denken«, sagte Leonforte, ohne den Kopf zu drehen.

»Und jetzt – Licht aus.« Er drückte ab.

Außer dem Geräusch des Schlagbolzens, der auf eine leere Kammer hämmerte, geschah nichts.

Leonforte brachte sein Gesicht dicht an das von Do Duc heran und grinste übers ganze Gesicht. Dann nahm er den Revolverlauf von dessen Schläfe und küßte ihn beinahe gleichzeitig herzhaft auf beide Wangen.

Die Gwai hängten ihre Waffen wieder um und vollführten einen Freudentanz.

»Willkommen«, sagte Michael Leonforte, »im Land der Toten.«

In dieser Ewigkeit zwischen dem Sekundenbruchteil, in dem Leonfortes Finger den Abzug betätigte, und dem, wo der Schlagbolzen auf die leere Kammer schlug, wurde Do Duc von einem Vorfall aus seiner Vergangenheit eingeholt, dessen Wucht ihn unvermittelt traf.

Es begann mit der Aura, einem Lichtsaum, den Personen, die nahe bei ihm standen, ausstrahlten, als habe sich ihre Haut und ihr Fleisch aufgelöst und der Rest sich in optische Linsen verwandelt, durch die er hineinsehen konnte. Fasziniert blickte er durch diese pulsierenden farbigen Glasstücke, als könne er durch sie hindurch die nackten Seelen der Menschen erkennen.

Dann ertönte das Krächzen einer weißen Elster, und der Ruf des Vogels drang nach überallhin und kam von überallher wieder als Echo zurück, als werde er elektronisch verstärkt.

Die weiße Elster, groß wie ein kleines Kind, saß auf seiner Schulter und putzte sich ihr leuchtendes Gefieder, während ihre rotgoldenen Augen Do Duc mit größter Neugierde betrachteten. Do Duc hatte den Eindruck, die ganze Szene würde wie eine Seifenblase oder wie ein Traum zerplatzen, sollte der Vogel zu sprechen beginnen. Doch das tat er nicht, und so verblieb Do Duc unter dem Bann der Aura.

Ao, Stammesältester und Schamane der Nung, zuständig für Aufnahmerituale, nahm Do Duc oft mit hinab ins Tal zu dem breiten, schlammigen Fluß, in dem die Nung Fische fingen. Diese Exkursionen hatten eher den Charakter idyllischer Ausflüge eines Vaters mit seinem Sohn als den von vorbereitenden Initiationsriten.

Eines Tages, als die Sonne so heiß schien, daß Do Duc glaubte, sie steche durch die Haut hindurch ins nackte Fleisch, fing Ao ein Krokodil und ritt auf dessen gezacktem Rücken. Während Do Duc mit weit aufgerissenen Augen und sprachlos vor Angst zusah, hatte Ao die mächtigen Kiefer des Reptils bereits auseinandergedrückt, einen kräftigen, polierten Stab dazwischengesteckt und so aus der Bestie ein harmloses Tier gemacht.

Dann setzte er Do Duc auf den Rücken des Krokodils und drückte die Hände des Jungen gegen den gepanzerten Kamm des Rückgrats. Do Duc hörte vor lauter Angst das Donnern seines eigenen Herzschlags und das Rauschen seines Blutes im Innenohr. Und dann, scheinbar ohne ersichtlichen Grund, schob Ao ihn so weit nach vorn, daß sein Kopf direkt über dem Maul des Krokodils hing. Und Do Duc hatte in die Augen des Tieres gesehen.

Was hatte ihm Ao dort zeigen wollen? Selbst jetzt, wo er sich an diesen Moment mit größter Deutlichkeit erinnerte, konnte er es nicht mit Bestimmtheit sagen. Doch vermutete er etwas: Er hatte in einem wilden Tier einen verwandten Geist erkennen sollen, weil er unter den Menschen keinen fand.

Vielleicht hätte mancher das für eine entsetzliche Idee gehalten; Do Duc tat dies nicht. Er war der einzige gewesen, der dann zusah, wie Ao dem Krokodil ein Messer ins Gehirn getrieben hatte, direkt zwischen die beiden Augen, die Do Duc wenn schon nicht ausgesprochen neugierig, so doch mit Interesse betrachtet hatten.

An jenem Abend, während er den Nung beim Festschmaus mit dem gerösteten Fleisch zusah, das er mit Ao zusammen von den Knochen abgelöst hatte, nahm Do Duc zum ersten Mal das Vorhandensein von Aura wahr, und er erinnerte sich an die in den Bäumen kreischende weiße Elster, die sich heftig über Do Ducs Hände aufzuregen schien, welche rot vom Blut des Krokodils waren.

Zum erstenmal, seit er zu den Nung gekommen war, gehorchte Do Duc seinem Lehrer Ao nicht und weigerte sich, von dem Fleisch zu essen. Er war bereit, ja beinahe begierig, die ihn erwartende Strafe auf sich zu nehmen. Nach seiner festen Überzeugung hatte sie die weiße Elster für ihn ausgesucht.

Zum erstenmal war er sich bewußt geworden, daß es eine Sünde gab. Nicht jene Sünde, die diese verhaßten katholischen Missionare in ihrem fanatischen Eifer predigten, sondern Sünde als Verstoß wider die natürliche Ordnung.

Voraussetzung für seine Aufnahme war dann, daß er selbst ein Krokodil fing und tötete, so wie es Ao dreizehn Monate zuvor getan hatte. Er sollte das blutige Fleisch in Streifen geschnitten für den Festschmaus zurückbringen, damit sie alle – die Ältesten und der neu Aufzunehmende – an der Kraft des Tieres teilhaben konnten.

Do Duc war, wie ihm geheißen, allein losgezogen und hatte sein Krokodil auch gefunden, ein Monstrum von einem Tier, das wie ein Baumstamm im ruhigen Wasser des Song Ba lag. Welch großartige Kreatur, voller Gelassenheit und Ruhe, doch bereit wie ein gespannter Bogen, um seine Zähne in alles zu schlagen, was seinen Weg kreuzte.

Diese Ruhe und diese Kraft: Nach Do Ducs Überzeugung war es genau diese Möglichkeit eines Nebeneinanders gewesen, das die weiße Elster ihm zeigen wollte. Welcher Mensch hätte ihm schon solche Geheimnisse lehren können? Noch nicht einmal die Nung-Priester konnten das. Keiner konnte es.

Anstatt das Krokodil zu töten, hatte er mit ihm geredet, so wie die weiße Elster einst durch ihre funkelnden Augen zu ihm gesprochen hatte. Und dann hatte er sich rittlings auf den Rücken des Tieres gesetzt und war mit ihm durch das mit Blutegeln verseuchte Wasser geglitten, bis sie auf einen jener katholischen Missionare gestoßen waren, die die Menschen im Flachland mit ihrem Geschwätz von Gott und dem Teufel, vom Höllenfeuer und der ewigen Verdammnis drangsalierten. Diese Missionare, die eine so verächtliche Haltung gegenüber dem Dschungel einnahmen, die so losgelöst von ihrer Umgebung sprachen, dachten und handelten. Deren Welt war Rom und sonst nichts.

Der Priester war zum schlammigen Ufer gekommen, um sich in dem braunen Wasser zu erfrischen, und das Krokodil hatte sich mit furchterregender Geschwindigkeit vorwärts katapultiert, ihn am Fußgelenk gepackt und lange genug festgehalten, bis Do Duc sein Gebrüll dadurch beendete, daß er ihn tötete. Danach war das Tier wieder in seine gelangweilte Trägheit verfallen und hatte geduldig zugesehen, wie Do Duc dem Missionar die Haut abgezogen und Fleischstücke aus Brust und Rücken geschnitten hatte. Erst als er damit fertig war, zerrte das Krokodil die Überreste ins Wasser und unter die Oberfläche.

Welch seltsame Kraft strömte in jener Nacht in die Ältesten der Nung, als sie sich beim Festschmaus an dem frischen Fleisch gütlich taten, das ein triumphierender Do Duc ihnen gebracht hatte! In dessen Ohren hallten die schrillen Schreie der weißen Elster wie eine Arie wider, während er zusammen mit den anderen den duftenden Braten verzehrte.

»Ich hätte euch töten können«, sagte Mick Leonforte. »Hätte ich vielleicht auch tun sollen.«

»Du wirst es nicht bereuen, daß wir uns dir angeschlossen haben.«

Rock sagte das mit solchem Nachdruck, daß Leonforte ihn eine Zeitlang ansah. Schließlich erklärte er: »Ihr kennt noch nicht die ganze Geschichte. Wenn es soweit ist, werden wir ja sehen, welche Maßnahmen zu ergreifen sind.«

»Das heißt, wir sind vorläufig auf Bewährung da«, sagte Rock.

»Das heißt, daß ihr auf der Stelle mausetot seid, falls ihr euch nicht an gewisse Grundregeln haltet, die möglicherweise zunächst schwer zu schlucken sind. So was hatten wir schon zuvor.«

»Zuvor?« warf Do Duc ein. »Waren das die Leute, die die Schlapphüte vom Pentagon Ost nach dir ausgeschickt hatten?«

»Schaut her«, sagte Leonforte, als habe er nicht ein Wort von dem gehört, was Do Duc gerade gesagt hatte. »Hier bin ich der liebe Gott.« Er hob die Hände und schloß in dieser Geste die Gwai mit ein, die sich mit ihnen zusammen im Gebüsch niedergelassen hatten. Es gab ein einfaches Mittagsmahl aus getrocknetem und gesalzenem Fisch, dazu kalte, klebrige Reisbällchen, was Do Duc und Rock aber – im Vergleich zu ihren Charlie-Ratten – wie Manna vom Himmel vorkam. »Ihr braucht nur meine Untertanen zu fragen.«

Wieder erkannte Do Duc, daß es für jemanden vom Pentagon Ost ein Leichtes gewesen wäre, Leonforte als Verrückten abzustempeln. Er zweifelte nicht daran, daß diejenigen in Saigon, die von Leonforte wußten, ihn zur Zeit auch als einen solchen ansahen. Und dies war eine gefährlich einfache – und falsche – Schlußfolgerung. Vielleicht war dies auch das Todesurteil für die Suchmannschaft des Pentagon gewesen. Do Duc begriff, daß auch er und Rock im Nu erledigt sein würden, wenn er weiter nachbohrte.

»Mir hat gefallen, was du über die Goldene Gans sagtest«, meinte Leonforte. »Was weißt du über die Pipeline aus dem Goldenen Dreieck?«

»Nur, was ich mir selbst zusammengereimt habe«, antwortete Do Duc. »Mein Chef hat mir irgendeinen Scheißdreck erzählt, obwohl ich jetzt davon überzeugt bin, daß er zumindest von der Existenz einer solchen Pipeline weiß.«

»Wie kommst du darauf?«

»Erstens, weil er beste Beziehungen zum Pentagon Ost hat.« Do Duc legte eine kleine Pause ein. »Ich habe mich oft darüber gewundert. Er ist nämlich überhaupt kein Karrieremensch, weit gefehlt. Früher war er Lehrer am College, ehe ihn der Laden angeödet und er sich freiwillig gemeldet hat. Was macht der nur, daß er bei den Oberbossen im Stab einen solchen Stein im Brett hat?« Er leckte Salz von den Fingerspitzen. »Zweitens: Meine Befehle lauteten, dich herauszuholen und zurück zu meinem Chef zu bringen, nicht ins Pentagon.« Er lachte. »Und das klang nicht besonders koscher. So lange jedenfalls nicht, bis ich dich jetzt persönlich kennengelernt und mir gedacht habe, daß du ja im Auftrag der Schlapphüte unterwegs warst. Und dann paßte ganz schnell eines zum anderen. Falls nämlich mein Chef beispielsweise ein ziviler Agent gewesen war, sagen wir mal – ein Anwerber für die CIA auf seinem College Campus, dann hat das plötzlich alles seinen Sinn: sein Einsatz in Vietnam; die Kungelei mit dem Pentagon; der Befehl an seine Einheit, dich zurückzubringen; der Auftrag an mich, dich bei ihm persönlich abzuliefern.«

Langsam überzog ein Lächeln Leonfortes Gesicht. »Weißt du was, Do Duc, ich glaube, meine Entscheidung war richtig, dir nicht das Hirn aus deinem Schädel gepustet zu haben.« Er erhob sich und wischte Reiskörner von seinem Kampfanzug. Die Gwai taten das gleiche.

Do Duc stand mit ihnen zusammen auf und war sich stärker als zuvor bewußt, wie sehr sie alle unter Leonfortes Einfluß standen.

»Machen wir uns auf die Socken«, sagte Leonforte. »Ich möchte euch im Lager etwas zeigen.«

Sie erreichten ihr Ziel kurz vor Sonnenuntergang. Der wolkenverhangene Himmel war reichlich mit Farbe überzogen, und die Baumwipfel sahen aus wie Schwerter aus buntem Glas. Vögel flitzten aufgeregt in den Zweigen umher, und aus der Ferne konnte Do Duc das tiefe, warnende Grollen eines großen Raubtiers vernehmen, vielleicht eines Tigers.

Leonfortes Lager war in jeder Hinsicht anders, als Do Duc erwartet hatte. Es setzte sich aus festen Behausungen zusammen, statt aus aufgeschlagenen Zelten. Andererseits waren die Hütten so heruntergekommen, armselig und elend, daß es jedes westliche Begriffsvermögen überstieg. Der Gestank von Abfällen und Fäkalien überfiel sie so intensiv, daß sie bald einen sauren Geschmack im Mund bekamen.

Unmittelbar nach ihrem Eintreffen und ohne ein sichtbares Zeichen Leonfortes verschwanden die Gwai. Nur einer blieb bei ihnen, als Leonforte sie zu einer der Hütten führte, die solider auszusehen schien als die restlichen. Do Duc nahm an, es sei Leonfortes eigene Unterkunft, was sich als nicht zutreffend herausstellte. Und dies war das letzte Mal, daß sich Do Duc voreingenommene Urteile erlaubte, die lediglich zu einer falschen Einschätzung dieses Mannes führten.

Die Hütte war in Wirklichkeit ein Gefängnis mit einem Käfig

darin. Es gab einen einzigen Häftling, einen Weißen im schwarzen Vietcong-Pyjama. Obwohl er keine Rangabzeichen trug, verrieten seine Haltung und sein Gesichtsausdruck den Soldaten.

»Ist das einer der Schlapphüte?« fragte Rock.

Leonforte nickte. »Der Verrückte Hutmacher.«

Trotzig und stumm starrte der Mann sie an. Er war sehr braungebrannt und sah fit aus. Groß und schlank wie er war, schien er wegen der niedrigen Decke seines Gefängnisses hier ein wenig deplaziert zu wirken – das war aber auch schon alles. Seine durchdringenden blauen Augen betrachteten sie anscheinend mit Gelassenheit, doch Do Duc mißverstand diese Maske nicht als Gleichgültigkeit.

»Er hat das erste Team geführt, das mich gesucht hat.«

Do Duc wollte schon fragen, was mit dem Rest geschehen sei, doch dann begriff er, daß dieser Mann die Antwort auf seine Frage darstellte. Er war der einzige Insasse in Leonfortes Gefängnis. Von den anderen hatte man nie wieder etwas gehört; sie waren tot.

Jetzt erfaßte er auch die tödliche Grenze, die Michael Leonforte überschritten hatte, und die enorme Tragweite des Schrittes, den er und Rock tun würden, sollten sie sich Michael Leonforte tatsächlich anschließen. Kein Wunder, daß er sich für Gott hielt. Er hatte sich rücksichtslos über die Gesetze der Menschen hinweggesetzt, weil er sie als nicht gültig für sich erachtete.

»Was hast du mit ihm vor?« fragte Rock in jenem beinahe sanften Ton, den Do Duc in der Zwischenzeit als seine Killerstimme kannte.

»Ich habe mich noch nicht entschieden.«

Rock trat einen Schritt auf den Käfig zu, in dem der Verrückte Hutmacher gefangengehalten wurde. Er sah ihm fest in die Augen und sagte: »Ich habe da eine Idee.«

Do Duc hatte keine Einwände gegen Rocks Plan, da er ihre Beziehung zu Mick Leonforte zementieren würde. Leonforte selbst war von dem Vorhaben beeindruckt, weil er dadurch seine fast hypnotische Macht über die Gwai noch drastisch steigern konnte, und damit auch seinen Einfluß hinsichtlich der Pipeline. Gleichzeitig band es diese beiden auf eine Weise an ihn, die nach menschlichem Ermessen nur unwiderruflich genannt werden konnte. Außerdem gefiel ihm das Ganze auch wegen der Botschaft, die man damit dem Jabberwocky übermitteln konnte.

»Sobald sie diese Sendung hier kriegen«, hatte Rock gesagt, »werden sie es sich zweimal überlegen, ob sie jemand hinter uns herschicken.«

Er trug den Gwai auf, den Verrückten Hutmacher auf einen Rahmen aus Bambus zu binden. Dann ging er über dem Mann in die Hocke und stellte Fragen. Dabei handelte es sich um eine List. Rock hatte vorgeschlagen, den Verrückten Hutmacher glauben zu lassen, sie wollten Zugang zu den Geheimdienstinformationen in seinem Kopf. In Wirklichkeit wollten sie an ihm ganz einfach ein Exempel statuieren und ihn so zurichten, daß die Schwarze Dame sofort den Sachverhalt erkennen würde, sobald man ihn im Pentagon Ost auf der Türschwelle abgeladen hatte.

»Wir könnten ihn umbringen«, hatte Rock zu ihnen gesagt, »aber das ist etwas so Endgültiges. Außerdem könnte unsere Botschaft dann falsch ausgelegt werden. Die meinen dann vielleicht, daß Charlie das getan hat. Nein, wir müssen es denen nachdrücklich beibringen, ihn wie ein Partygeschenk aus dem Reich des Bösen verpacken und dann zustellen, damit er der Schwarzen Dame eine Geschichte erzählen kann. Damit er sie auf eine falsche Fährte setzt bezüglich dessen, was wir vorhaben. Er wird das viel überzeugender rüberbringen, als wir das je könnten.«

Do Duc war von Rocks Gedankengängen beeindruckt. Die Schlapphüte würden durchdrehen bei der Vorstellung, daß ein paar ehemalige Soldaten dort draußen irgendwo in der Wildnis mit geraubten militärischen Geheimnissen ihre eigenen Geschäfte machten. Geschäfte zu machen war das, was die Schlapphüte besser als sonst jemand verstanden. Es spielte keine Rolle, ob man Kapitalist oder Marxist, Faschist oder Anarchist war. Die oberste Regel im Königreich der Geheimdienste lautete: Geschäft kommt vor Ideologie.

Und so beobachteten er und Michael Leonforte fasziniert, wie Rock den Verrückten Hutmacher bearbeitete, ihn stundenlang verhörte, Licht und Geräusche einsetzte in den Pausen zwischen starken körperlichen Schmerzen. Do Duc nahm die von Rock wie einen medizinischen Vorgang exerzierte Prozedur in sich auf und spürte, wie eine seltsame Empfindung ihm die Härchen im Nakken sträubte.

Rock konnte dieses Handwerk unmöglich bei der *Big Dead One* gelernt haben, seiner früheren Infanterieeinheit. Es hatte den Anschein, als habe sich ein angeblich gut dressierter Pitbull plötzlich seiner Leine entledigt und knirsche jetzt im nahegelegenen Unterholz mit den Zähnen.

Augenscheinlich hatte Leonforte den gleichen Gedanken, denn in einer der Unterbrechungen, die sie sich beim Zuschauen gönnten, fragte er Do Duc: »Hat er das bei den Werwölfen gelernt?«

»*Ich* habe so etwas nie bei den Werwölfen gelernt«, erwiderte Do Duc.

Sie standen an der Latrine und urinierten in den feuchten Morast unter sich.

»Euer Chef weiß doch bestimmt, wie man bei einem Gefangenen dessen Bewußtsein durchlöchert und ausschaltet.«

»Bowel? Glaube ich nicht. Warum sollte der dann eine kleine Science Fiction Einheit kommandieren, anstatt bei den andern Oberbossen im Pentagon zu hocken?«

»Schlapphut-Denken«, sagte Leonforte und knöpfte sich die Hose zu. »Weil er da näher an der ›action‹ ist und alles machen und kriegen kann, was er will, ohne daß man ihm lästige Fragen stellt. Außerdem ahnt keiner etwas davon, wer er wirklich ist.«

»Kann sein«, sagte Do Duc und brachte seine Hose ebenfalls wieder in Ordnung. »Und vielleicht siehst du ja auch überall Schlapphüte und Gespenster wie Bananen in den Bäumen hängen.«

»Ich will dir mal was sagen«, plauderte Leonforte, während sie zu dem Verschlag zurückkehrten, wo Rock unermüdlich versuchte, das Bewußtsein des Verrückten Hutmachers zu durchlöchern. »In dem Geschäft, in das sich dein Kumpel und du gerade eingekauft haben, da tust du gut daran, dich nach Gespenstern in den Bäumen umzusehen. Ansonsten nämlich stehst du vor dem Kriegsgericht und wirst erschossen, noch ehe du dir eine Ausrede zurechtlegen kannst.«

Sie kehrten wieder zur Hütte zurück. Der Gestank von Angst, Schweiß und Kot hing wie ein Spinngewebe in der Luft. Sie konnten Rocks Rücken sehen. Er hatte seine Jacke ausgezogen, und seine kräftigen Muskeln glänzten vor Schweiß und wölbten sich, während er seine Arbeit verrichtete.

Do Duc sah, daß er eine kleine Klinge in der rechten Hand hielt und mit der Präzision eines Chirurgen dem Verrückten Hutmacher das Gesicht zerschnitt.

Als er sie eintreten hörte, sagte Rock: »Ich will nur sicherstellen, daß er nie vergißt, was wir von ihm wollen.«

Man hörte einen eigentümlichen Laut, eine Art unheimliches Stöhnen, das in ein leises Schluchzen überging und ab und zu von einem animalischen Keuchen unterbrochen wurde. Do Duc trat näher und hatte nun einen ungehinderten Blick auf das, was Rock tat. Die Zähne des Verrückten Hutmachers waren zusammengebissen, und während Rock ihn bearbeitete, knirschten sie gegeneinander. Schmerzenslaute entrangen sich stoßweise den aufgeblasenen Backen.

Mehr wollte Do Duc auch nicht sehen. Er nickte Leonforte zu; zusammen verließen sie diesen Ort der Leiden und gingen in den stickigen Spätnachmittag hinaus.

»Wir könnten mit den Gwai reden, daß die ihn zum Pentagon Ost zurückbringen«, sagte Do Duc.

»Dein Freund Rock ist mir vielleicht ein Arbeitswütiger.«

»Dabei kennst du ihn noch nicht mal zur Hälfte«, gab Do Duc zurück. »Doch es scheint so zu sein, daß alle von uns eine solche Arbeit lieber tun als der durchschnittliche Soldat.«

Leonforte lachte. »Wie mein Vater schon sagte: Es geht nichts über eine gesunde kapitalistische Einstellung.«

»Ich denke, daß hinter der Operation für Rock mehr steht als Geld oder Macht. Es ist irgendwas Spirituelles, wie der Heilige Gral.«

»Yeah, ich weiß, was du meinst«, sagte Leonforte und wischte sich die Stirn mit dem Ärmel ab. »Ich habe den Eindruck, der könnte den Verrückten Hutmacher noch weitere zwei Tage bearbeiten.«

»Ich halte das für keine so tolle Idee«, wandte Do Duc ein. »Was wäre dann noch von ihm übrig?«

»Um dir die Wahrheit zu sagen«, entgegnete Leonforte, »ich will es gar nicht herausfinden.«

Do Duc beobachtete ihn, wie er mit den Gwai sprach. Es wurde beschlossen, daß sie den Verrückten Hutmacher beim ersten Licht des nächsten Tages zurück nach Vietnam bringen sollten.

»Und jetzt könnten wir mal übers Geschäft reden, Partner«, sagte er, nachdem Leonforte die Gwai entlassen hatte. »Ich will genau wissen, wie du Charlie aus seiner eigenen Drogen-Pipeline verdrängt hast.«

Leonforte warf den Kopf zurück und lachte lange und rauh. »Du schnallst es noch immer nicht, was?«

»Was zum Teufel meinst du damit?« Do Duc war bereits leicht

verärgert, weil er der Gegenstand eines Scherzes war, den er nicht verstand.

»Du bist in einen Super-Fettnapf getreten, Do Duc. Diese Pipeline von den Shan-Staaten ist eine Hauptschlagader. Und es ist nicht die von Charlie, ist es nie gewesen. Die hier wird vom beschissenen Uncle Sam unterhalten. Der ganze beschissene Krieg wird durch diese Goldader finanziert.«

»Du meinst, die Regierung der Vereinigten Staaten besitzt und betreibt eine Opium-Pipeline? Du bist doch nicht ganz dicht!«

»Wenn du mit ›Regierung‹ den Kongreß oder die Stabchefs meinst, dann nicht. Das wäre tatsächlich eine aberwitzige Vorstellung«, sagte Leonforte. »Nein, ich meine eine Clique hochrangiger Beamter aus allen möglichen Dienststellen der Regierung: Militär, Justiz, Parlament, Exekutive – eine geheime Organisation, die eigene Ziele verfolgt.«

»Zum Beispiel welche?«

»Macht«, erläuterte Leonforte. »Das ist das einzige, woran sie alle interessiert sind: Macht, um Ereignisse, Menschen, Regierungen und Volkswirtschaften zu manipulieren. Macht und die Umgehung der Gesetze. Die Gruppe hat sogar einen eigenen Namen. Sie nennt sich *Alices Spiegel*, offenbar nach dem Buch von Lewis Carroll.«

»Woher weißt du das alles?«

»Man hat mich hierhergeschickt, um diese Goldader für den *Spiegel* zu überwachen. Aber als ich einen Blick darauf geworfen hatte, entschied ich, daß dies die Chance meines Lebens wäre, und so habe ich sie in meinen Besitz genommen. Ich bin nicht der Meinung, daß die *Spiegel*-Leute die ganzen Bonbons für sich allein haben sollten.« Leonforte lachte wieder. »Warum, glaubst du, ist der Jabberwocky so wild darauf, mich zurückschaffen zu lassen?«

»Das ist doch alles Kacke«, sagte Do Duc. »Du mit deiner Personalakte wärst doch ganz bestimmt der letzte, den *Alices* Spiegel oder sonst jemand damit beauftragen würde, die größte Drogen-Pipeline in Asien zu überwachen.«

Leonfortes Augen funkelten, während er lachte. »Ich habe gute Freunde in hohen Positionen«, sagt er. »Oder hatte sie zumindest. Und ich habe einen Bruder, der wie ein Schutzengel über mich wacht.«

Do Duc stand reglos da, und der Schweiß rann ihm in kleinen Bächen herab. Eine ganze Weile war sein Verstand wie gelähmt. Er fühlte sich benommen von der Bedeutung des Gesagten. Mit Interesse registrierte er, daß Leonforte »Bruder« gesagt hatte, nicht »Vater«. Was war nun mit dem berühmten »Oberpaten« der Mafia, von dem Bowel gesprochen hatte – mit Frank Leonforte?

»Und jetzt hast du diese Leute kräftig angeschissen. Warum?«

Leonforte hob die Schultern und ließ sie wieder fallen. »Dieser Dschungel stellt irgend etwas mit dir an. Als Vietnamese solltest du das eigentlich verstehen, denn du hast ja dein ganzes Leben lang in seiner Nähe gelebt. Diese Berge strahlen eine *Kraft* aus – und die infiziert das Blut wie der Biß eines Vampirs. Und da dachte ich mir: Warum soll ich den Laufburschen für den Spiegel spielen, wenn ich in diesem Reich der König sein kann?« Wieder lachte er. »Und außerdem, Do Duc, bringt es einen besonderen Kick, mit den Köpfen von Leuten herumzujonglieren und zu wissen, daß die rein gar nichts dagegen tun können.«

»Wenn das, was du mir da erzählst, die Wahrheit ist, dann werden die von Alices Spiegel dich nicht ungeschoren davonkommen lassen. Die werden eine ganze Division mobilisieren, um dich unschädlich zu machen.«

Leonforte grinste süffisant. »Ach, wirklich? Dann erzähle mir mal, wie viele reguläre Armee-Einheiten dafür abkommandiert werden müßten! Wie viele Offiziere würden wohl von einer derartigen massenhaften Truppenbewegung Wind bekommen? Und das alles in einer heißen Zone der höchsten Gefahrenklasse in einem anderen Staat? Nie und nimmer.« Jetzt lächelte er. »Außerdem habe ich ein Abkommen mit meinem Bruder. Alles kein Problem.«

Do Duc überdachte das Gesagte: Das Pentagon Ost hatte sich in die Hosen gemacht, als sie Leonfortes Vermißtenmeldung erhielten, und hatte eine großangelegte, systematische Suchaktion angeordnet, um diesen einen Mann zu finden. Und dann hatten sie Bowels Elite-Werwölfe auserkoren, die nach Laos hineinschleichen und ihn zurückholen sollten. Schließlich fiel ihm noch Bowels Befehl ein, Leonforte unter allen Umständen herauszubringen; schon da hatte er gewußt, daß etwas schiefgelaufen war.

Er atmete tief durch und sagte: »Ich möchte etwas wissen. Mein Befehl lautet, dich zurückzubringen, so oder so.«

»Dein Befehl kommt vom *Spiegel*«, meinte Leonforte und nickte. »Die haben auch diesen anderen Mistkerl auf mich gehetzt. Na und?«

»Ich glaube nicht, daß das die vom *Spiegel* waren«, fuhr Do Duc fort. »Schau her: Mein Chef war da sehr präzise. Er befahl mir, ich hätte dich bei *ihm persönlich* abzuliefern, nicht beim Pentagon Ost. Das fand ich doch irgendwie komisch…«

Leonforte sah ihn kurz an. Er blinzelte, als könne er seinen Ohren nicht trauen. Schließlich fragte er sanft und leise: »Wer hat dir diesen Befehl erteilt?«

»Mein Einheitsführer, Bud Powell.«

»Mein Bruder steckt dahinter«, sagte Leonforte in einem Ton, als rufe er einen der zehntausend Namen Gottes an. »Powell arbeitet innerhalb von *Alices Spiegel* für meinen Bruder. Mein Scheißbruder hat sich gegen mich verschworen.«

Einen Moment lang drehte er sich weg und zog die Schultern hoch, als schütze er sich gegen einen kalten Wind, den nur er verspürte. Als er sich wieder umwandte, schien er sich auf eine kaum merkliche Weise verändert zu haben. Seine Augen glitzerten und brannten, als widerspiegelten sie einen Feuerschein, und Do Duc, der dies bemerkte, hörte mit größter Aufmerksamkeit zu, als Leonforte zu ihm sagte: »Das ändert alles, einschließlich der Rollen von euch in diesem ausufernden Schattentheater.«

Zweiter Teil

Alte Freunde

Die Wahrheit über einen Menschen
steckt hauptsächlich in dem,
was er verbirgt.

André Malraux

1

Venedig / Tokio / Washington

Als Celeste erwachte, waren der Dämon und die Kanfa-Brücke verschwunden. Sie holte einmal tief Luft, fröstelte und blinzelte wie jemand, der aus einem Alptraum hochschreckt. Sie fand sich ausgebreitet auf dem kalten Steinboden eines großen, fensterlosen Raumes liegend, der aus dem Zentrum des Palazzo herausgemeißelt zu sein schien. Es gab keinerlei Mobiliar, nur sieben riesige Messingkandelaber mit brennenden Kerzen, die im Kreis um sie beide herumstanden; dazu die Asche von irgend etwas, vielleicht die des Pilzes, von dem Nicholas gesprochen hatte, vermischt mit den schmutzigen Überresten von gelblichem Talg.

Sie sah Nicholas, der ihr den Rücken zuwandte und in der Mitte des Raumes stumm und zusammengekrümmt an der Stelle kniete, wo die höchste Stelle jener fürchterlichen Brücke gewesen war. Sein Oberkörper war entblößt bis zur Hüfte, als sei er während des Kampfes seines Hemdes und seiner Jacke verlustig gegangen. Sie konnte die kräftigen Muskeln seiner Schulterpartie und das schwache Sichdehnen und Wiederzusammenziehen seines Brustkorbs sehen.

»Nicholas?«

Er gab ihr keine Antwort.

Langsam normalisierte sich ihr Atem wieder. Sie bemerkte, daß die Mauern mit sehr alten flämischen Wandteppichen behängt waren, die Jagdszenen darstellten. Auf einem war die Beute ein feingliedriges silbriges Einhorn; auf dem andern war es ein gehörnter Drache, der loderndes, giftiges Feuer spie. Lange betrachtete sie die mächtigen Rosse der Jäger, deren runde Augen wild vor Angst und vor dem Geruch des Blutes dreinsahen.

Die Tragik liegt darin, dachte Tanzan Nangi, daß es hier zu Ende ging, in Tokio, einem Ort, der Justine fremd geblieben war; einem Ort, den sie nie hatte verstehen geschweige denn lieben können;

dem Ort, der sich letztlich zwischen sie und Nicholas geschoben hatte.

Nangi stand da und blickte auf den Sarg hinab, der in einer Seitenkapelle von Sankt Theresa aufgebahrt war, der einzigen römisch-katholischen Kirche in Shinjuku, vier Querstraßen weit entfernt von den großen Meiji-dori. Es war Nangis Kirche, der Ort der Andacht, wohin Justine von ihm geführt worden war, als sie gerade einen Tiefpunkt in ihrem Leben durchlitten hatte.

Es hatte so ausgesehen, als sei diese Kirche zumindest eine Weile für sie ein Quell des Trostes gewesen. Allerdings nicht mehr in letzter Zeit. Es schien, als habe sie kürzlich die Beziehung zu ihrem alten Freund und ehemaligen Chef Rick Millar wieder aufgenommen.

Justines Antlitz war gefaßt und im Tod entspannt wie seit vielen Jahren nicht mehr. Für Nangi war es ein Spiegel, der ihm unbekannt gebliebene Facetten der jüngsten Ereignisse reflektierte, bis hin zu dem Augenblick, wo er der Polizei und der Feuerwehr beim Bergen der beiden Leichen aus dem zerschmetterten Auto zugesehen hatte. Woher hätte er auch wissen sollen, daß dieser Rick Millar, der ihn nach Justines momentanem Aufenthalt gefragt hatte, sie mit sich zurück nach Amerika nehmen wollte? Und woher hätte er wissen sollen, daß Justine – nach gemeinsam verbrachter Nacht – eingewilligt hatte?

Nangi versuchte, den Blick von ihrem Gesicht zu lösen, schaffte es aber nicht. Genauso wenig wie er es schaffte, sie für das zu hassen, was sie seinem Freund angetan hatte. Nicht etwa, weil er überzeugter Christ oder Schintoist gewesen wäre, sondern weil er um die Vielschichtigkeit menschlicher Beziehungen wußte. Und weil er sich auch fragen mußte, was Nicholas getan hatte, um sie in die Arme eines anderen Mannes zu treiben, der ihr Liebe und Schutz verhieß.

Er wurde in seinen Überlegungen gestört durch die Bandaufnahme eines Chorgesangs von Psalmen, die genauso heilig und schön klangen, als würden sie live gesungen.

Natürlich kannte er einen Teil der Ursachen von Justines Problemen: *tau-tau.* Er hatte gespürt, was Nicholas vielleicht entgangen war: daß Justine zutiefst verängstigt war, weil sie nicht wußte, was aus Nicholas werden würde, sobald sich ihm das Erbe seiner Mutter enthüllt, – sobald er den ersten Schritt auf den Weg zum *tanjian* tat. Sogar Nangi wußte wenig über das mysteriöse Geschehen, dem Nicholas auf dem Hodaka ausgesetzt gewesen war, jener steilen Wand aus Eis und Schnee in den japanischen Alpen, wo ihn sein Lehrer und Feind Kansatsu unterrichtet hatte. Nangi wußte lediglich, daß – was auch immer dort geschehen sein mochte – Nicholas als ein anderer Mensch zurückgekehrt war. Von da an war er entschlossen gewesen, in seinem Innern so lange zu graben, bis er das Geheimnis seiner Ahnen gefunden hatte, ohne Rücksicht darauf, wie dunkel, wie entsetzlich es auch sein mochte. Nangi und Nicholas sprachen über viele Dinge, waren enge Freunde und teilten Geheimnisse, Ängste und Triumphe miteinander ohne Vorbehalt – bis auf *tau-tau*, dessen Inhalte und Formen für Außenstehende tabu waren.

Nangi brachte dafür Verständnis auf und bewunderte sogar die strenge Disziplin, mit der Nicholas sein Allerinnerstes selbst vor den Menschen verschloß, die ihm am nächsten standen; doch war sich Nangi absolut sicher, daß Justine das nicht tat. Nicholas vertraute ihr wie keinem anderen Menschen und hatte es aus diesem Grund als selbstverständlich erachtet, daß sie ihn verstehen würde – genauso wie er sich sicher gewesen war, sie würde Japan so lieben wie er. Daß er in beidem falsch gelegen hatte, war weniger eine Überraschung als eine Tragödie.

Und hier, dachte Nangi gerade, während sein Blick liebevoll über die Gestalt im Sarg glitt, haben wir das Endergebnis. Dies hier war Justines Karma. *Ich hätte es voraussehen müssen.* Er spürte brennende Tränen in seinen Augen, weigerte sich aber, sie abzuwischen. Er wollte ihre Wärme spüren, ihr Gewicht, das leicht salzige Prickeln, während sie seine Wangen hinabrannen; nicht nur um seiner selbst willen, sondern auch Nicholas wegen, der nicht da war und niemals die Wahrheit über die letzten sechsunddreißig Stunden im Leben seiner Frau erfahren durfte.

Nangi stützte sich noch schwerer auf seinen Spazierstock, dessen geschnitzter Drachenkopf sich in seine Hand drückte. *Ich habe es doch vorausgesehen,* überlegte er, *und nichts unternommen. Aber was hätte ich tun können? Wer hätte mir zugehört? Wer glaubt denn schon an sein eigenes Schicksal? Was geschehen ist, hatte so geschehen sollen.*

Der Chor steigerte sich zu einem leidenschaftlichen Crescendo. Die geübten Stimmen wurden durch die steinerne Kapelle und ihre raffinierte Akustik verstärkt, die selbst das heimliche Flüstern der Sünder den scharfen Ohren der Priester zutrug.

Nangi bemerkte, daß er in der Zwischenzeit nicht mehr mit Justine allein in der Kapelle war. Sein Bein schmerzte ihn, und er drehte sich um und sah Seiko, Nicholas' Assistentin. Irgendwie ließ sie ihn an Gelda denken, Justines Schwester und einzige noch lebende Verwandte. Den ganzen Morgen über hatte er versucht, sie in den Vereinigten Staaten ausfindig zu machen, aber vergebens. Offensichtlich war sie von der Bildfläche verschwunden.

Seiko kam erst dann stumm zu ihm her, als sie sicher war, daß er sie erkannt hatte.

»Entschuldigen Sie bitte, Nangi-san, wenn ich Sie störe«, sagte sie und verbeugte sich, »doch Sie wünschten Neuigkeiten von Linnear-san zu hören, sobald welche eintreffen.«

Nangi hörte ihr aufmerksam zu und bemerkte dabei, wie sie sich bemühte, den Sarg nicht anzusehen. War das nur buddhistischer Abscheu vor einer christlichen Beerdigung anstelle einer sauberen Verbrennung, oder steckte noch etwas anderes dahinter? Da er Justines Freund und manchmal auch ihr Vertrauter gewesen war, wußte er von ihrem Argwohn, Nicholas und Seiko könnten etwas miteinander haben. Er hatte sein bestes getan, um sie zu beruhigen und ihr Nicholas' Treue zu bestätigen. Als er aber jetzt Seikos tiefgreifende Nervosität spürte, mußte er sich zwangsläufig fragen, wie es wohl um die Wahrheit bestellt war.

»Linnear-san ist nicht mehr in Venedig«, sagte Seiko.

»Was?«

»Er ist gestern nacht überraschend abgereist.«

»Welche Nachsendeadresse hat er hinterlassen?«

»Offenbar keine«, sagte Seiko. Mit ihren kleinen weißen Zähnen bearbeitete sie ihre Unterlippe. »Das Personal an der Rezeption weiß nicht, wohin er wollte.«

Nangi betrachtete sie eine Zeitlang, und diese genaue Inaugenscheinnahme machte Seiko nur noch nervöser. Vielleicht hätte sie diese Unterhaltung lieber draußen auf der unpersönlichen, sonnenbeschienenen Straße fortgeführt. Nangi aber, dem jetzt auffiel, wie vieles ihm wegen geschäftlicher Obliegenheiten entgangen war, ging nicht darauf ein. Streß, so hatte er herausgefunden, war ein furchtbares Medium für unbeabsichtigte Enthüllungen.

»Wie oft haben Sie Nachrichten für ihn hinterlassen?«

»Dreimal.«

»Und er hat nie geantwortet?«

»Nein.«

»Das heißt, Sie haben zum letztenmal mit Linnear-san gesprochen, als er am Tag seiner Abreise nach Venedig das Büro verließ?«

Er bemerkte das leichte Zögern und drehte es in Gedanken hin und her, als sei es ein seltener Wein, der jetzt lange genug für eine Kostprobe gelagert hatte. »Nein, Nangi-san. Ich habe ihn kurz vor dem Start seines Flugzeugs noch auf dem Flughafen getroffen.«

»Geschah dies auf seinen Wunsch hin?«

»Nein.« Seiko wechselte von einem Fuß auf den anderen. Ihre tiefbraunen Augen irrten hin und her und verrieten die Mauer, die zwischen ihr und Justine bestanden hatte. »Nachdem sich Linnear-san an diesem Tag im Büro verabschiedet hatte, erhielt ich ein verschlüsseltes Fax von Vincent Tinh aus Saigon. Es schien mir dringend genug zu sein, um es Linnear-san noch vor dem Abflug zu bringen.«

Nangi registrierte, daß Seiko zu schwitzen begonnen hatte, obwohl es in der Kapelle keineswegs warm war. In Wirklichkeit war es sogar recht kühl.

Er streckte die Hand aus, und sie legte eine Kopie des kodierten Fax hinein. Er las es zweimal kommentarlos durch, wie er das mit jedem Schriftstück tat, das ihm vorgelegt wurde. Auf den ersten Blick schien es nichts Alarmierendes zu enthalten. Offensichtlich war Nicholas mit Tinhs Vorschlägen einverstanden gewesen, sonst hätte er sich mit Nangi in Verbindung gesetzt.

»Was halten Sie davon?« fragte er abrupt.

Dieses Mal war Seiko vorbereitet. »Während Linnear-sans Abwesenheit habe ich bei Vincent Tinh per Fax nachgefragt, was es mit diesem einen Punkt bezüglich der Schattenregierung in Saigon auf sich habe«, sagte sie. »Ich erhielt keine Antwort.«

»Das überrascht mich überhaupt nicht«, meinte Nangi und war erfreut über ihre Initiative. Das war genau jene Art des Handelns aus eigener Entschlußkraft, zu der Nicholas seine Mitarbeiter erzog. »Tinh hat bestimmt noch nicht die Zeit gehabt, diesen Gerüchten nachzugehen.«

»Das meine ich nicht«, sagte Seiko und fuhr sich mit der Zunge über die Lippen. »Ich habe von Tinh-san noch nicht einmal ein Bestätigungsfax bekommen.«

Die Singstimmen, jetzt ausschließlich Sopranstimmen, formierten sich zu einem neuen Crescendo, auf dessen Höhepunkt sich die immer langsamer werdenden, ineinander übergehenden himmlischen Töne wiederholten, bis sie allmählich erstarben und der Gesang nur noch von Echo und Akustik getragen wurde.

Nangi ließ sich Zeit, die möglichen Implikationen dieser beunruhigenden Nachricht zu überdenken. »Ich glaube«, sagte er, »wir gehen besser gleich ins Büro zurück und versuchen, Vincent Tinh ausfindig zu machen.«

Draußen war es hell, der Himmel leuchtete in einem glanzlosen Weiß und ohne die Formen von Wolken oder den Schein der Sonne. Es war, als befänden sie sich in einem gläsernen Schrein innerhalb einer postmodernen Riesenstadt, die sich jenseits des Glases in den Himmel türmte.

Dennoch mußten sie auf den Verkehr achten, selbst für den kurzen Gang über den Bürgersteig zu Nangis BMW, der von einem Chauffeur gefahren wurde. Nangi blieb einen Augenblick zusammen mit ihr stehen, während der Fahrer die Tür aufhielt.

Justine hatte ihm ihre Ängste bezüglich eines Verhältnisses zwischen Nicholas und Seiko anvertraut. Zwar hatte Nangi sein Möglichstes getan, um sie zu beruhigen, doch hatte sich Justine für rationale Argumente nicht zugänglich gezeigt.

Und warum nicht? Es wußte aus Erfahrung, daß Liebe keineswegs eine so flüchtige Angelegenheit war, wie die meisten Menschen glaubten. Sie war etwas Solides, ja Gewichtiges mit eigenen Gesetzmäßigkeiten, die – wie die Maske eines Make-up – aus einem scheinbaren Nichts heraus Veränderungen bewirkte. Die Aureole der Liebe war wie der Kuß eines Engels, als solcher unsichtbar, doch erkenntlich an seinen Auswirkungen.

So erschien ihm Seikos verwirrte Miene deutlich genug, auch wenn sonst nichts an ihr auf tiefgreifende Gefühlsregungen hinwies. Ganz unvermittelt verstand er Justines Bedenken und betrachtete sie nicht mehr nur als Einbildung. Seikos Verhältnis zu Nicholas beinhaltete mehr als nur die Beziehung einer Assistentin zu ihrem Chef. Was es tatsächlich war, konnte er nicht sagen, doch seine bloße Existenz war für Nangi Grund genug, wachsam und handlungsbereit zu sein.

Er wandte sich Seiko zu. »Sollte es in Saigon ein Problem geben, werde ich Ihren fachmännischen Rat brauchen. Bitte, bereiten Sie sich entsprechend vor.«

Sie verbeugte sich seltsam förmlich. »Ich fühle mich geehrt, Nangi-san.«

Sie stiegen ein, und der Wagen fuhr los. Nangi gab Seiko ein kleines Pillendöschen aus filigran gearbeitetem Sterlingssilber. Es war in England gefertigt und ein schönes Beispiel abendländischer

Silberschmiedekunst der Jahrhundertwende. Nicholas hatte es ihm geschenkt, und es stellte für Nangi etwas Wertvolles dar. Doch war es nicht so wertvoll wie ein Mensch.

Seiko hielt das Döschen in der offenen Hand, und ihre Augen nahmen seine Schönheit auf. Sie hatte von seiner Existenz gewußt, auch ein wenig von seiner Geschichte erfahren, und jetzt zitterte ihre Hand leicht, während sie es hielt.

»Seiko-san«, sagte Nangi, »ich möchte, daß Sie das für mich aufbewahren.« Und als ihr fragender Blick den seinen traf, fuhr er fort: »Es ist jetzt schon eine Zeitlang leer geblieben. Ich brauche die Tabletten nicht mehr, die ich darin aufbewahrte, und Sie werden mir vermutlich recht geben, wenn ich sage, daß es ohne Inhalt nicht mehr dasselbe ist.«

Der Wagen verlangsamte seine Fahrt im dichten Verkehrsgewühl. Der zu Ende gehende Nachmittag wurde dunstig, und die Konturen verschwammen in einem frühwinterlichen Zwielicht, blau, grau und umbrabraun. Irgendwo heulte eine Polizeisirene und durchdrang den ansonsten wirkungsvollen Schallschutz des BMW.

»Ich glaube, daß Sie etwas Wertvolles besitzen, mit dem Sie dieses Döschen füllen können«, sagte er in die wieder eintretende Stille hinein. »Etwas Kostbares, etwas noch nicht Ausgereiftes, das seine Zeit braucht und seinen Ort. Etwas, das man zunächst beiseite legt, aber nicht vergißt.«

Der Ausdruck in ihren Augen verriet ihm, daß sie ihn verstanden hatte: Er hatte ihre Liebe zu Nicholas erahnt, mißbilligte sie nicht unbedingt, aber sie mußte sich dennoch darüber im klaren sein, daß diese Liebe ihre Arbeit für Nicholas und *Sato International* nicht beeinträchtigen durfte.

Mit großer Andacht und sehr langsam öffnete Seiko das Döschen, sah lange hinein und drückte dann sacht den Deckel wieder zu. Sie steckte es behutsam ein.

»Worte können meine Gefühle nicht annähernd wiedergeben, Nangi-san«, sagte sie ruhig.

Beide waren sie so von der Stimmung des Augenblicks gefesselt, daß sie nicht den weißen Toyota bemerkten, der sich an ihr Fahrzeug hängte, während sie sich über die Kreuzung bei den Meijidori quälten, und der ihnen die ganze Strecke bis zum Shinjuku Suiryu Building folgte, dem Firmensitz von *Sato International*.

Leicht würde es nicht werden, an Davis Munch heranzukommen, befand Gaunt nach der dritten Stunde seines Umherirrens im Dschungel der Bundesbürokratie. Trotz aller Tricks und guten Kontakte zu den richtigen Leuten hatte er kein Glück.

Munch, der Sonderermittler des Pentagon in Rance Banes Strategic Oversight Committee, war ein vielbeschäftiger Mann. Nicht nur, daß er offensichtlich beschlossen hatte, Gaunt nicht sehen zu wollen. Das war zwar irgendwie ernüchternd, doch Gaunt hatte sich geschworen, daß er sich auf keinen Fall und durch nichts davon abhalten lassen würde, Munch persönlich aufzusuchen.

Nach seinem recht unerfreulichen Treffen mit Terry McNaughton hatte er sich gründlich Zeit gelassen, seine Möglichkeiten zu durchdenken, wie sie ihm der Lobbyist aufgezeigt hatte. Er war zum Treidelpfad des C & O Canal in Georgetown hinuntergegangen, seinem Lieblingsplatz, wenn es darum ging, den Kopf von all dem doppeldeutigen politischen Geschwätz zu reinigen und einen Angriffsplan zu entwerfen.

Dort war es friedlich, und die Umgebung erinnerte ihn an seine besten Zeiten, die er in dieser Zitadelle der Machenschaften zugebracht hatte, an den eigentlichen Grund, warum er beruflich für die Regierung tätig sein wollte, und wie diese ursprüngliche Motivation in den alltäglichen Machtkämpfen untergegangen war, die so symptomatisch für Washington sind. *Das hier ist Haifisch-City, wo auch diejenigen, die vorgeben, deine Freunde zu sein, sich in dem Moment in deine Feinde verwandeln, wo es auch nur das geringste Anzeichen für entsprechenden politischen Druck gibt.*

Tief in Gedanken war er den Potomac entlanggeschlendert. Trotz McNaughtons eindringlicher Warnung hatte er nicht vor, das sinkende Schiff zu verlassen. Einen Freund den Wölfen auszuliefern, war nicht sein Stil, und Nicholas Linnear zählte er vorbehaltlich zu seinen Freunden. Erstens: Was hätte sein Vater dazu gesagt? Zweitens hatte er Nicholas eine Menge zu verdanken, da der zu einem Zeitpunkt an ihn geglaubt hatte, wo er sich schon selbst aufgeben wollte. Nicholas hatte ihn zu sich geholt, nachdem eine ziemlich üble Säuberungskampagne Gaunt aus seinem gemütlichen Posten im Weißen Haus gefegt hatte.

Dummerweise hatte er seine Entlassung sehr persönlich genommen. Entgegen allen Ratschlägen und Konventionen, die seit der Zeit George Washington gültig waren, hatte er versucht, zum Gegenangriff überzugehen. Im Verlauf dessen hatte er sich mehrere hochrangige und einflußreiche Feinde gemacht, die ihm daraufhin die Türen zum Außen- und Wirtschaftsministerium versperrten, jenen Ministerien, die ansonsten weit offen gestanden hätten, um diesen speziellen politischen Waisenknaben aufzunehmen. Es war ihm lediglich ein untergeordneter Posten im Verteidigungsministerium angeboten worden, wo er sich die Zeit mit dem Zählen von Waffenverkäufen an die Dritte Welt hätte vertreiben können, ein Job, der für ihn so lächerlich und demütigend gewesen wäre, daß er ihn noch nicht einmal in Betracht gezogen hatte.

Das war in jenen Zeiten gewesen, als Washington für ihn die einzige Stadt von Bedeutung gewesen war. Nicholas hatte ihn eines Besseren belehrt. Jetzt würde er um nichts in der Welt dort einen politischen Posten annehmen. Erst im Nachhinein wurde ihm klar, daß er in Washington bereits erledigt gewesen war, noch ehe Nicholas ihn dazu überredet hatte, nach New York zu ziehen. Welche Ironie, daß er jetzt – zu Nicholas' Verteidigung – nach Washington zurückkehren mußte.

Er starrte in das träge Wasser des Potomac und wußte, daß er nicht einfach von Bord springen würde. Er erkannte auch, daß McNaughtons zweite Option, mit dem sinkenden Schiff zusammen unterzugehen, nicht in Frage kam. Was also konnte er unternehmen?

Da gab es nur einen einzigen begehbaren Weg, und diesem folgte er bereits: Davis Munch aufzuspüren.

Schließlich fand er ihn, der sich gerade in einem vietnamesischen Restaurant in Falls Church, Virginia, versteckte. Nachdem ein alter Kontaktmann im Pentagon ihm erzählt hatte, daß sich Munch für den Nachmittag ins Außenministerium abgemeldet habe, besuchte Gaunt eine gute Bekannte, Josie Rand, die für einen der vielen Ministerialdirektoren des Außenministeriums arbeitete. Sie war in der Lage herauszufinden, daß Munch eine Besprechung mit dem Ministerialdirektor und Abteilungsleiter für Ostasiatische und Pazifische Angelegenheiten hatte, doch soweit sie eruieren konnte, befanden sich die beiden nicht im Haus.

Gaunt hatte gute zwanzig Minuten benötigt, sich eine Masche auszudenken, unter welchem Vorwand er im Dienstzimmer des Ministerialdirektors auftauchen konnte, und die entsprechenden Vorbereitungen dazu zu treffen. Das Außenministerium war wie ein winziges mittelalterliches Lehensgut, dessen zeitweilige Nutznießer eifersüchtig über ihre Macht und ihre Vergünstigungen wachten. Außenseiter wurden entweder mit Verachtung oder mit Argwohn behandelt – oder mit beidem.

Der Assistent des Ministerialdirektors war ein junger Mann mit blondem Haar und aufgewecktem Gesicht, der gerade im Begriff stand zu lernen, an welchen Fäden der Macht er den tückischen Treibsand frei schwingend überqueren konnte und welche ihn direkt ab- und hineinstürzen ließen. Er war genau der richtige Mann für Gaunt, der sich auf eine Art an ihn heranmachte, die nur jemand aus den Innenbezirken der Macht beherrschte. Gaunt aktivierte seinen leicht schleppenden Südstaatenakzent, den er in New York fast verloren hatte, und legte diesen in seinen Tonfall.

»Brock Peters, Präsidialattaché«, stellte Gaunt sich vor und streckte dem jungen Assistenten die Hand hin, während er ihn gleichzeitig stählernen Blickes musterte. Dann tätschelte er einen zerbeulten Aktenkoffer, den er sich bei Josie Rand ausgeborgt hatte. »Dokumente vom POTUS für den Ministerialdirektor.« POTUS war ein Akronym für ›President of the United States‹ und wurde nur vom Stab des Weißen Hauses und den engsten Mitarbeitern des Präsidenten benutzt.

Der Assistent war mit einem derartigen Eifer aufgesprungen, daß Gaunt gewaltsam ein Grinsen unterdrücken mußte.

»Der... der Herr Ministerialdirektor ist zur Zeit nicht zu sprechen«, stammelte der junge Mann. »Wenn Sie sich bitte hier eintragen wollen, werde ich das Material in Verwahrung nehmen.«

Der stählerne Blick aus Gaunts Augen ließ den Assi erstarren. »Mein Sohn, diese Papiere sind nur zur Einsichtnahme bestimmt. Und jetzt scheuchen Sie mir den Ministerialdirektor herbei, und zwar pronto!«

Der junge Assistent schluckte heftig. »Aber der Herr Ministerialdirektor ist im Moment nicht im Hause. Ich habe auch keinen Anruf vom Weißen Haus bekommen, der mich vorbereitet...«

»Bei Dokumenten ›Nur zur Einsichtnahme‹?« höhnte Gaunt. »Machen Sie sich nicht lächerlich, mein Sohn. Es gehört nicht zu den Gepflogenheiten des Weißen Hauses, streng vertrauliches Material über das Haustelefon zu verbreiten.«

Der junge Assistent hatte zwischenzeitlich beinahe Habachtstellung angenommen und war sehr eingeschüchtert. »Jawohl, Sir. Aber ich weiß nicht...«

»Sohnemann, besser, du kriegst das schnellstens in deinen dikken Schädel rein: Wenn der POTUS Papier ›Nur zur Einsichtnahme‹ per Boten schickt, dann erwartet er, daß diese Papiere gelesen werden. Und zwar sofort. Habe ich mich klar und deutlich ausgedrückt?«

Gaunt hatte sich klar und deutlich ausgedrückt. Innerhalb von fünfzehn Sekunden erhielt er Namen und Adresse des vietnamesischen Restaurants, in welches Davis Munch den Ministerialdirektor zum Essen eingeladen hatte.

Das Lokal, ein mit Weinreben zugewachsenes Steingebäude, war früher einmal irgendeine Mühle gewesen und lag inmitten einer malerischen Szenerie unter Linden und Erlen. Ein kleiner Bach plätscherte hinter Bäumen versteckt munter vor sich hin; über einer niedrigen Hecke konnte man den oberen Teil eines hölzernen Wasserrads sehen; der Weg vom Parkplatz bis zum Restaurant war von Oleander und Klematis eingesäumt.

Im Innern war das Lokal unnatürlich dunkel, hatte eine niedrige Decke mit Holzbalken und einen massiven Steinfußboden. Buddhas und andere vietnamesische Kunstgegenstände schmückten die Wände.

Der vietnamesische Oberkellner schwebte herbei, und Gaunt fragte nach Munch, denn er nahm an, daß dieser den Tisch auf seinen Namen reserviert hatte. Die Hauptgeschäftszeit für das Mittagessen war bereits vorüber; die meisten Speisegäste saßen schon beim Kaffee oder alberten nur noch herum, während die Tische bereits abgeräumt wurden.

»Es tut mir leid, aber Mr. Munch darf nicht gestört werden«, sagte der Oberkellner wichtigtuerisch und mit deutlichem Akzent. Allerdings sah er ganz und gar nicht so aus, als täte es ihm im geringsten leid.

»Mich wird er empfangen«, sagte Gaunt und steckte dem Oberkellner einen Fünfzig-Dollar-Schein zu.

»Aber selbstverständlich«, sagte der Vietnamese und lächelte. Mit dem Kopf deutete er zu einem Tisch in der Ecke hinten links und verschwand daraufhin unverzüglich in der Küche.

Gaunt legte einen Zwischenstop an der Bar ein, bestellte sich ein Bier und trank im Stehen, während er die beiden Männer am Tisch beobachtete. Der Ministerialdirektor war leicht zu erkennen. Er hatte dieses glattpolierte Aussehen, auf das man im Außenministerium so außerordentlich Wert legte; ein großer Mann mit kurzgeschorenem, ergrauendem Haar, einer Adlernase und den blauen Augen eines Aristokraten. Sein Tischgenosse – Davis Munch – war klein und dunkel und besaß Statur und Gesichtsausdruck eines Preisboxers. Die Schulterblätter wölbten sich zu einem Buckel, und wenn er sprach, reckte er den Kopf nach vorn. Die Intensität, die er ausstrahlte, übertrug sich quer durch den Raum bis hin zu Gaunt. Der dachte, daß er sich eigentlich viel lieber mit dem Ministerialdirektor anlegen würde.

Er wartete geduldig wie der Buddha, der mit gekreuzten Beinen in einer Mauernische bei den beiden sich unterhaltenden Männern saß. Auf einmal griff der Ministerialdirektor in seinen Aktenkoffer und zog einen Stoß bräunlicher Papiere mit den verräterischen blauen, senkrecht verlaufenden Streifen heraus. Dokumente ›Nur zur Einsichtnahme‹. Er schob den Stapel über den Tisch zu dem Sonderermittler, der die Papiere schnell überflog. Offensichtlich auf einen Hinweis des Ministerialdirektors hin, hielt Munch beim vierten Blatt inne und las es genauer durch. Gleich darauf begann der Ministerialdirektor, sein Gegenüber mit Fragen zu löchern.

Schließlich verstaute Munch den Stoß der braunen Papiere wieder und rief nach der Rechnung. Er zahlte bar und verlangte eine Quittung. Die beiden Männer erhoben sich und gaben sich die Hand. Der Ministerialdirektor ging zur Toilette, und Munch verließ das Restaurant und eilte zu seinem Wagen.

Gaunt folgte ihm zur Tür hinaus. Auf halbem Weg zum Parkplatz rief er seinen Namen. Munch blieb stehen, drehte sich um und betrachtete Gaunt, der ohne jede Eile näherschlenderte.

Gaunt stellte sich vor. Sein Name zauberte ein Lächeln auf Munchs dünne Lippen.

»Was bringt denn Sie nach Washington, eine Woche, bevor Sie der Ausschuß abschießen wird?«

Gaunt erkannte sofort, daß Munch es ihm nicht einfach machen würde. Warum sollte er das auch tun? Sein Beruf war es, die Leute mit ihren Nasen in die eigene Scheiße zu tunken. Wahrscheinlich betrachtete er dies als das Vorrecht seines Amtes.

»Einer der Gründe ist der, daß ich mit Ihnen sprechen möchte«, sagte er.

Munch brummte etwas, drehte sich um und ging weiter. »Leider zum ungünstigsten Zeitpunkt. Ich bin gerade auf dem Weg zu einer Abteilungsleiterkonferenz im Pentagon. Sie hätten sich an mein Büro wenden sollen.«

»Das wäre sinnlos gewesen. Ihr Assistent sagte, Sie seien ununterbrochen in Konferenzen.«

»Sie hätten gut daran getan, ihm zu glauben.« Der Parkplatz lag still und ruhig da. Kein Lüftchen rührte sich, irgendwie hatte eine bleierne Schwere den Spätherbst befallen, als habe sich die Zeit zurückgedreht und als sei der Sommer wiedergekehrt. Allerdings waren keine Insekten und Vögel zu hören, was der Szene eine besondere, fast surrealistische Qualität verlieh.

»Das habe ich aber nicht, und deshalb bin ich jetzt hier.«

»Ich frage mich, mit welchem Trick Sie das geschafft haben – aber es ist ja auch egal.« Er holte die Schlüssel zu seinem Dienst-Ford heraus. »Ich habe Ihnen nichts zu sagen, außer, daß Sie dieses Mal eine Niete gezogen haben.«

Er steckte den Schlüssel ins Schloß und öffnete die Tür. Gaunt beugte sich vor und knallte sie wieder zu.

»Aus meinen Augen!« sagte Munch.

Gaunt stellte sich zwischen den Sonderermittler und den Ford. »Nicht bevor ich ein paar Antworten von Ihnen kriege.«

»Sie wollen sich mit mir anlegen?« fragte Munch und stellte sich in Position. »Beim Militär habe ich die Goldenen Boxhandschuhe gewonnen.«

»Wenn es sein muß, werde ich mich mit Ihnen prügeln«, erwiderte Gaunt. »Aber lieber würde ich Sie zu einem Bier einladen.«

Munch kam mit einer kurzen, linken Geraden der Führungshand heraus und ließ einen Tiefschlag folgen. Gaunt blockte ab und spürte einen betäubenden Schmerz im Unterarm. Er konterte mit einem schnellen Uppercut, der Munch den Kopf nach hinten riß, was Gaunt freute.

Das war, ehe Munch spektakulär rechts antäuschte und sofort einen Schlag gegen Gaunts Rippen hinterherschickte. Der spürte, wie die Luft zischend seinem Brustkorb entwich, kämpfte aber weiter und landete einen weichen, wirkungslosen Schlag auf Munchs Schulter; dabei vergaß er völlig seine eigene Deckung, was Munch sofort ausnutzte. Im nächsten Augenblick lag Gaunt flach auf dem Rücken und sah zu Munch hoch. Er besaß keinerlei Erinnerung an den Schlag, der ihn in diese Lage gebracht hatte, aber sein Unterkiefer tat ihm weh.

Munch lachte und entspannte sich ganz plötzlich. Er streckte seine kräftige, schwielige Hand aus und zog Gaunt langsam auf die Beine. »Na gut, zum Teufel, was soll's«, sagte er. »Kaum bin ich fünf Minuten an der frischen Luft, schon habe ich wieder Durst.«

Drinnen an der Bar erklärte er Gaunt: »Ich werde Ihnen mal was sagen, Gaunt. Es ist schon lange her, daß ich einen getroffen habe, der bereit war, sich mir in den Weg zu stellen. Glauben Sie's oder glauben Sie's nicht, aber in dieser Regierung gibt's nur Waschlappen.«

Gaunt rieb sich den Unterkiefer, der an der Seite noch ein wenig gefühllos war. »Damals, als ich noch mit dabei war, war das anders.«

»Sie waren im Stab vom Weißen Haus, stimmt's?«

Gaunt nickte und zuckte sofort vor Schmerz zusammen. Sie gossen sich ihre Biere ein. »Zunächst hatte es mir ganz gut gefallen, bis ich irgendwie unter die Räder kam, ohne es gleich zu bemerken.«

»Ich weiß, was Sie meinen«, sagte Munch. »Meine Schwester war bei der Marine. Die geriet da mit einem Haufen besoffener Langschwänze aneinander, wurde verprügelt, begrapscht und Gott weiß was noch alles und mußte dann noch Spießruten laufen auf die übelste Art, wie es das nur bei der Navy gibt.« Er lachte brutal. »Auch sie ist dann unter die Räder gekommen. Der Vorfall hat sich als echter Karrierekiller erwiesen. Leute, die aufmucken, sind eben nirgendwo beliebt.«

Sie tranken in langen Zügen und schwiegen eine Weile. Die Geräusche der Ober und Aushilfskellner, die ihren Arbeiten nachgingen, störten kaum.

Gaunt verspürte einen jähen Schmerz seitlich am Unterkiefer, wo Munchs K.-o.-Schlag ihn vermutlich getroffen hatte. Er tastete daran herum und entdeckte, daß er blutete. Mit einer Entschuldigung begab er sich zur Toilette, um den Mund auszuspülen und einen Blick in den Spiegel zu werfen. Es hatte den Anschein, als sei es das Zahnfleisch, nicht der Zahn.

»Alles in Ordnung?« fragte Munch bei seiner Rückkehr.

»Blutet nur ein bißchen«, sagte Gaunt und betastete zaghaft seine Backe. »Nicht weiter schlimm.«

»Wenn Sie es sagen...« Munch bestellte eine neue Runde Bier. »Ich weiß, warum Sie mich sprechen wollen, hatte aber nicht vor, Ihnen irgendwas zu erzählen. Nur weil wir beide etwas gemeinsam haben, sage ich Ihnen hiermit: Machen Sie auf dem Absatz kehrt und verlassen Sie Ihre Firma, so schnell Sie nur können und so lange Sie das noch können.« Er hob eine Hand. »Nein, unterbrechen Sie mich nicht. Ich werde keine einzige Frage beantworten.«

Er trank sein Bier leer und sah geradeaus auf ein Foto von Saigon in den fünfziger Jahren.

»Folgendes kann ich noch anfügen. Uns sind hartnäckige Gerüchte zu Ohren gekommen, daß eine Version des *Hive*-Computers, an dem Ihre Firma und *Hyrotech* arbeiteten, auf den Schwarzmärkten von Taiwan, Bangkok und Singapur aufgetaucht ist. Wir haben ein Exemplar in die Finger gekriegt und konnten dessen Herkunft nach Saigon zurückverfolgen, wo er hergestellt wurde. Dort habe ich die Spur verloren. Ich habe da nicht die Kontakte, die ich bräuchte. Keiner in diesem Sauladen von Regierung hat sie. Das ist auch eines unserer Probleme.«

Er sah, daß Gaunt noch immer an seinem Kiefer herumlaborierte, wo ihn der Schlag erwischt hatte, und reichte ihm ein Taschentuch. »Drücken Sie das gegen die blutende Stelle«, sagte er. »Jedenfalls haben wir bei *Hyrotech* jeden einzelnen überprüft. Das ist nur ein kleiner Konzern, und so war das ganz einfach. Es war Zeitverschwendung, und ich wußte das. *Hyrotech* hat weder die Möglichkeiten noch das Kapital, diese Computer hier zu fertigen oder auch in Südostasien, wo die Firma überhaupt nicht präsent ist. Und damit bleibt nur *Sato-Tomkin* übrig, die ein Zweigwerk in Saigon aufgemacht haben.«

»Erst vor einem Jahr«, sagte Gaunt. »Kaum Zeit genug, um irgendeinen Computer in den Markt zu drücken, ganz zu schweigen ein Gerät, das technisch so weit voraus wäre wie ein geklonter *Hive*.«

Munch ignorierte den Einwand. »Diese Besprechung, die ich gerade mit dem Ministerialdirektor im Auswärtigen Amt und Abteilungsleiter für Ostasiatische und Pazifische Angelegenheiten hatte, war noch das Pünktchen auf dem i. Er hat mir ein paar verschlüsselte Faxkopien aus dem Firmensitz von *Sato-Tomkin* in Saigon gezeigt, die an das Hauptbüro in Tokio gerichtet waren. Die im Außenministerium haben sechs Tage gebraucht, um den Kode zu knacken. Alle Faxe beziehen sich auf die geklonten *Hive*, die bei *Sato-Tomkin* als *Chi*-Projekt geführt werden.«

Dann wandte er sich Gaunt zu und sagte: »Sie brauchen mir auch gar nicht zu bestätigen, was ich ohnehin schon wußte: daß das *Chi*-Projekt unter der alleinigen Verantwortung von Nicholas Linnear läuft.«

2

Venedig / Tokio

Der Kopf lag auf einer klassizistischen Palladio-Kommode des achtzehnten Jahrhunderts. Die dunklen, intelligenten Augen blickten direkt den Mann an, der, leicht vornübergebeugt und mit den Händen in den Hosentaschen, davorstand und das Objekt studierte.

»Dominic Goldoni«, sagte Leon Waxman und gestattete, daß sich eine Spur von Ehrfurcht in seine Stimme schlich. »Madonna, so habe ich dich mir in meinen Träumen vorgestellt: so still und ruhig, so ohne Saft und Kraft, einbalsamiert wie eine Trophäe. Bei Gott, du *bist* eine Trophäe! Dominic, wenn du nur diesen *gim* sehen könntest, diesen geheiligten Halbmond mitten auf deiner Stirn!« Sein Gelächter brach sich schauerlich an den Wänden des Hotelzimmers.

»Du hast mir alles über den *gim* erklärt, Do Duc, nachdem du übergelaufen warst und aus den Dschungeln von Laos, wo Michael und Rock das ernteten, was mir gehörte, zu uns kamst. Als ich Chef von *Alices Spiegel* wurde, hatte ich geglaubt, ich könne diese Deserteure doch wieder unter meine Kontrolle kriegen.« Waxman verstummte kurz, und sein Leib zitterte gefährlich unter einer Gefühlsaufwallung. »Aber Michael und Rock sind noch immer dort draußen und schaffen alles in ihre schwimmende Stadt. Nicht einmal du kannst sie ausfindig machen.« Er biß sich auf die Unterlippe.

»Es war verdammt schwer, das Ding hier herzubringen«, sagte Do Duc Fujiru und deutete auf den Kopf. Er wollte von seinem Mißerfolg ablenken. »Eigentlich war es die reine Ironie: Ich habe das Ding auf Nägeln gebettet in einer von vielen Nagelkisten in einer Ladung Baumaterial.«

Waxman drehte sich um, und ein langsames, merkwürdiges Lächeln überzog seine Miene. »Primo Zanni. Dominic hätte es zu schätzen gewußt, daß ich dir diesen Namen gab, den eines gerissenen, chamäleonhaften venezianischen Dieners. Eine weitere Spiegelung in unserem *Spiegel*.«

Es war eine seltsame Sache mit Waxmans Gesicht; eigentlich glich es einem Kunstwerk, auf das man ganz zufällig in einem seit langem nicht mehr benutzten Tempel stößt. Die großen, runden Augen lagen so tief in ihren Höhlen, daß sie von purpurnem Fleisch umringt zu sein schienen. Über einer flach nach hinten fliehenden Stirn stach ein schwarzer, spitzer Haaransatz genauso aggressiv hervor wie das Kinn am unteren Rand des Gesichts.

»Wie ich sehe, hat Florida dir gut getan – Sonne, Surfen und amerikanische Mädchen. Nach alldem, was du durchgemacht hast, hattest du Ruhe und Erholung auch verdient.«

»Ich wäre lieber in Laos geblieben.«

»Ja. In Hollywood hast du eine ziemliche Schweinerei hinterlassen.«

Trotz des offenkundigen Alters hatte Waxmans Gesicht nichts Sprödes an sich, nichts Ausgemergeltes oder Schlaffes. Doch obwohl es soviel Kraft ausstrahlte, war es doch ein groteskes Gesicht, schräg und schief, da in einer Wange und unter einem Auge die Nerven durchtrennt worden waren.

»Die Frau hatte ich nur zur Tarnung geheiratet. Ich habe getan, was nötig war.«

Waxman schien die Erklärung zu akzeptieren. »Es gab keine Schwierigkeiten, an Goldoni heranzukommen?«

»Eigentlich war es ziemlich einfach.«

»Wenn es um Dominic Goldoni ging, war noch nie etwas einfach.« Waxmans Augen weiteten sich kurz. »Du tätest gut daran, das nicht zu vergessen.«

»Aber warum denn? Er ist tot, und die Sache ist vorbei.« Do Duc lehnte sich lässig gegen eine mit Gold überladene Louis XV. Kredenz. Der übersteigerte Luxus dieser Hotelsuite rief bei ihm ein unbehagliches Gefühl hervor.

»Tot ist er, ja, aber die Sache ist noch lange nicht vorbei, nicht bevor ich Zugang zu seiner Machtposition habe.« Waxman streckte eine Hand aus, wobei ein nacktes Handgelenk aus der Hemdmanschette rutschte. Auf dessen Innenseite war ein menschliches Gesicht tätowiert, die linke Seite hautfarben und mit geöffnetem Auge, die rechte blau und mit einem senkrechten Halbmond anstelle des Auges.

»Diese Scheißgoldonis wollen ihre Macht einfach nicht abgeben.« Waxman zog seine Hand zurück. »Doch er war der letzte Mann. Wer ist noch da? Eine Schwester und seine Töchter. Niemand also.« Er ging um die Kommode herum und betrachtete den Kopf von der Seite. »Ich habe ihn lieber, wenn er mich direkt ansieht«, sagte er und begab sich wieder an seinen alten Standort.

Do Duc schwieg. Er verstand ihn. Der gottverdammte Kopf hatte noch immer eine Aura, schwach und immer schwächer werdend zwar, aber dennoch... Nun, das Ding war leblos.

»Dominic war ein Mörder – und ein Verräter. Er hat sein Schicksal verdient.« Waxman hob die Schultern und ließ seine Zähne aufeinanderschlagen, ein Geräusch, das die meisten Menschen enervierte. »Aber was spielt das jetzt für eine Rolle? Ich habe getan, was getan werden mußte; was die anderen vorschlugen, war unmöglich. Doch ich kannte ihn besser als die meisten. Ja, wie impulsiv konnte er sein! Und – vor allem: Wie hat er seine Schwester Margarite geliebt und seine Enkelin, wahrscheinlich mehr als seine eigenen Kinder! Komisch. Aber so war er eben, der Dominic.«

In einem atonalen Rhythmus schlugen seine Zähne gegeneinander. »Fünf Jahre meines Lebens hätte ich gegeben, um sein Gesicht zu sehen, als unser Informant ihm die Nachricht übermittelte, daß Tony D. nicht nur Margarite, sondern auch Francine verprügelte.« Waxman seufzte. »Glück für uns, daß ihn nicht auf der Stelle der Schlag getroffen hat. Und so wollte er sich unbedingt mit seiner geliebten Schwester und der Enkelin treffen – ohne Rücksicht auf die WITSEC-Vorschriften! Ich wußte, daß er so reagieren würde. Ich hab's *hier* gespürt.« Er schlug sich gegen die Brust. »Da, wo er's auch gespürt hat. Ich wußte es!« Wieder wandte er sich um und betrachtete den Kopf. »Auf diese Weise habe ich dich erwischt, du Dreckskerl. Die Liebe ist dein Tod geworden.«

Do Duc sagte nichts und beobachtete nur Waxman aus unsteten, halb geschlossenen Augen.

»Hast du die Information von ihm bekommen?« fragte Waxman mit jenem für ihn typischen abrupten Stimmungswechsel, den auch seine engsten Mitarbeiter so irritierend fanden.

»Er hat mir schließlich den wirklichen Namen seiner Quelle genannt«, sagte Do Duc, und als Waxman ihm einen Blick zuwarf, ergänzte er: »Ich habe ihn kräftig zur Ader gelassen. Bis er mir alles sagte, was er wußte.«

»Dann habe ich's geschafft.« Waxman lachte und nahm seine Meditation über den Schädel wieder auf. »Man stelle sich das vor! Goldonis Geheimnis, die Grundlage all seiner verborgenen

Macht«, flüsterte er, und wieder schlich sich Ehrfurcht in seine Stimme.

»Das muß man ihm lassen«, sagte Do Duc, »er hat uns ganz schön auf Trab gehalten.«

»Scheißkerl!« Waxman spuckte das Wort aus wie einen Mundvoll Galle. »Verdammte Goldonis! Zuviel war für die nie genug! Dieser Hurensohn Dominic – was für gottverdammte Träume hat der denn nur geträumt, daß er beschloß, sich mit uns anzulegen? Was hat er nicht alles dem FBI gesteckt, als die ihn unter das WITSEC-Programm stellten! All die neuen *capi*, die er verriet – und das ist nichts im Vergleich zu dem, was er hinter meinem Rücken getan hat, der Saukerl. Er hat mich verraten, hat mit Mikio Okami paktiert, und die beiden wollten die Organisation an den Beinen amputieren.«

Waxman wandte sich unvermittelt von dem Schädel ab und durchbohrte Do Duc mit seinem Blick. »Doch dieser Dominic – ich muß es zugeben – war eine Art Genie. Er hat uns alle getäuscht und uns glauben lassen, er sei einer von uns, einer von *Alices Spiegel*. Und als wir über eine weltweite Expansion nachdenken, schließt er sich den *godaishu* an.«

Er wirbelte wieder herum und sah, rot vor Zorn, den Kopf an. Dann versetzte er ihm einen so heftigen Schlag, daß er torkelnd durch die Luft und in eine Ecke des Zimmers flog, wo er grotesk verkehrt herum liegen blieb. »Was zum Teufel war in dich gefahren, Dominic? Was hattest du und dein Partner Okami geplant? Warum hast du uns verraten?«

Erinnerungen und Gefühlsaufwallungen ließen ihn zittern, als sei er krank. Dann wandte er sich ab, und Do Duc holte den Kopf aus der Ecke und legte ihn zurück auf die Kommode. Der Schädel mit seiner Aura machte ihn immer noch nervös.

Übergangslos entspannte sich Waxmans Miene. »Aus dem *gim* kann ich schließen«, sagte er und blickte in Goldonis dunkle, intelligente Augen, »daß du dein Dingsda mit ihm gemacht hast.«

»Ja.«

Er kicherte. »Lillehammer wird sich jetzt um diese Zeit gerade in die Hosen machen vor Angst.«

»Ohne Zweifel«, stimmte Do Duc zu.

»Nimm dich vor dem in acht. Der will dir bestimmt die Haut bei lebendigem Leib abziehen.«

»Damit rechne ich fest«, sagte Do Duc.

»Ich weiß. Deshalb habe ich ihn ja als Leiter der Ermittlungen ausgesucht. Ihr beide müßt euch unbedingt noch einmal treffen.« Waxman brummte. »Und du hattest deinen Spaß?« fuhr er fort. »Ich nehme an, es bereitet dir noch immer soviel Vergnügen wie früher.«

»Ganz recht.«

»Rituale verändern sich nie; das ist ja ein Teil der Kraft, die von ihnen ausgeht – und ein Maß des Trostes, den sie vermitteln.«

»Da liegen Sie falsch«, sagte Do Duc. »Ich brauche keinen Trost.«

Waxman schürzte die Lippen. »Wir alle brauchen hin und wieder Trost. Nur die Toten können darauf verzichten.«

Damit hatte er natürlich recht. Schließlich war da ja noch das Mädchen gewesen. Do Duc hütete sich, ein Wort über ihre Existenz zu verlieren oder darüber, was er mit ihr angestellt hatte. Das wäre gar nicht klug gewesen. Sie hatte ein Risiko für ihn bedeutet, doch aus dem Risiko war für ihn ein Mehr an Macht und Stärke erwachsen. Do Duc lebte mit dem Risiko, blühte dadurch auf, so wie andere durch Ruhe und Frieden. Weil er sich bei ihr nicht auf die gleiche Art konzentrieren mußte, wie es bei Dominic Goldoni nötig gewesen war, nahm das Ritual mit ihr auch einen anderen Verlauf. Er hatte ihren Verstand nicht sezieren müssen, um an Informationen heranzukommen. Sie war zu *kshira* geworden: zu dem Weg. Bei Goldoni hatte er die Götter besänftigen und die psychische Motorik dämpfen müssen, um einen Rückschlag zu vermeiden. Doch bei ihr war das genaue Gegenteil der Fall gewesen. Er hatte sich an ihrer Seele geweidet und dadurch seine Kraft vermehrt.

»Es wird Blut fließen, und zwar jede Menge«, sagte Do Duc, »bis ich bei dem Mann angelangt bin, der Goldoni mit seinen Geheimnissen versorgt hat.«

»He, Mann, es ist mir scheißegal, was du tust, solang du es nur schnell tust.« Waxman warf ihm einen warnenden Blick zu. »Denke daran, daß auch die Toten nicht gänzlich ohne Macht sind.«

»Mit Macht kennen Sie sich ja aus«, sagte Do Duc.

Waxman nickte. Dann nahm er, ganz vorsichtig, als habe er es mit einer extrem giftigen Schlange zu tun, Do Ducs rechten Arm und umfaßte mit seiner eigenen Hand dessen Unterarm.

»Wir beide tun das.«

Waxman ergriff Do Ducs Arm fester: zwei römische Zenturionen versicherten einander ihre Treue. Dann drehte Waxman Do Ducs

Arm leicht und öffnete seine Finger, um das darunterliegende Handgelenk zu sehen. Und da war es:

Das in der Mitte zerteilte Gesicht, das rechte Auge geöffnet mit einem Blick wie Dominic Goldoni, die dunkle linke Seite mit dem *gim* verunstaltet, der geheiligten Mondsichel.

Ihre Blicke verhakten sich lange ineinander.

»Und jetzt sage mir, wer Dominics Quelle war«, begann Waxman endlich. »Wer gab ihm die Informationen, die er dazu benutzte, um seine Kontakte zur Regierung und zur Wirtschaft im Griff zu behalten?«

»Linnear«, sagte Do Duc. »Nicholas Linnear.«

»Er hat versucht, mich aus der Reserve zu locken«, sagte Nicholas.

Celestes lange rote Haare wehten gegen ihre Wange. Sie stand dicht bei ihm. »Das verstehe ich nicht.«

»Ich denke doch.« Nicholas legte den Arm um sie. Es war kalt hier auf dem Außendeck des *vaporetto*, und der Wind arbeitete sich mit scharfen Krallen den Canale Grande hinauf. Das Hemd und die Jacke, die sie für ihn gekauft hatten, waren der Außentemperatur nicht angemessen, aber er wollte nicht nach drinnen gehen, da das Wasser eine so schön bizarre, rätselhaft grüne Farbe aufwies, genau der gleiche Farbton wie beim feinsten Muranoglas.

Ob der Wind der einzige Grund war, warum er etwas von ihrer Wärme abbekommen wollte? Er dachte lieber nicht darüber nach, genausowenig wie er sein Büro anrufen oder mit Justine sprechen wollte. Was hätte das für einen Sinn gehabt? So wie das Geheimnis Okamis und der Messulethe ihn zur Zeit beanspruchten, wäre er weder für Nangi noch für Justine von Nutzen gewesen. Abzuwarten war das beste. Und sollte Tinh Probleme bekommen, würde Nangi alle Hilfe, die er brauchte, von Seiko erhalten. Was Justine anging, so vermutete er, daß es am besten wäre zu warten, bis sich ihre Emotionen abgekühlt hatten.

Sonnenschein, von zinkfarbenen Wolken und einem bitterkalten, unheilverkündenden Wind begleitet, fiel aufs Wasser und verwandelte es in einen alten Kupferspiegel. Celeste sprach kein Wort. Sie besah sich die vorbeiziehenden Palazzi. Ein Polizeiboot raste vorüber, und in seinem Kielwasser tuckerte ein Postboot dahin. Regen begann das Wasser zu kräuseln und veränderte die vielfältigen Spiegelungen zu pointillistischen Impressionen.

Beim Blick in ihr Gesicht erkannte er keinerlei Reaktionen auf seine Berührung oder seine Nähe. Es war, als habe sie während des Zusammentreffens mit dem *tau-tau*-Meister einen Teil ihres Selbst verloren und sei jetzt nur unvollständig in der Gegenwart vorhanden.

»Celeste, Sie sind ja so still. Was denken Sie gerade?«

»Es überrascht mich, daß Sie da noch fragen müssen.« Ihre Augen funkelten kurz auf. »Du lieber Himmel, wir wären dort drinnen beinahe umgekommen!«

»Da könnten Sie recht haben.«

Ein heftiger Schauer lief über ihren Körper, doch ihre Miene war voller Verachtung und Spott, vielleicht, um ihren eigenen Schrekken wirkungsvoll zu kaschieren. »Schauen Sie sich doch nur selbst einmal an: ganz der Coole, als kämen wir gerade von einem Spaziergang vom Strand des Lido zurück! Was ist los mit Ihnen? War das ein alltägliches Erlebnis in Ihrer Welt? Denn wenn das so ist, möchte ich damit nichts zu tun haben.«

»Sie müssen doch gewußt haben, daß Sie in Gefahr geraten könnten, sobald Sie sich in Okami-sans Gesellschaft begeben.«

»O ja, Kugeln und Schwertklingen«, sagte Celeste. »Mit solchen Gefahren kann ich fertigwerden. Aber das da…«, sie schüttelte den Kopf. »Das übersteigt mein Begriffsvermögen.« Sie sah ihm ins Gesicht, während das *vaporetto* auf eine Anlegestelle zuhielt. »Offen gesagt, hat mir das eine Heidenangst eingejagt – und tut es noch. Irgend so ein Mistkerl, mit Gott weiß welchen Kräften ausgestattet, bringt uns fast um mit Hilfe von… ja, womit eigentlich? Magie?« Sie zitterte heftig, wandte sich von Nicholas ab und drängte sich in die zeitweilige Sicherheit der Menge, die das Boot verließ.

Nicholas eilte ihr nach. Vor ihnen lag die Accademia mit ihrem Untertan, der wunderschönen Holzbrücke. Die allerdings erinnerte ihn jetzt eher an die *kanfa* der Messulethe.

Sie waren in der Nähe von Okamis Palazzo, und er erkannte, daß sie diesen ansteuerte.

»Ja«, sagte er, als er sie eingeholt hatte. »*Tau-tau* ist eine Art von Magie. Aber es ist genauso erklärbar wie Physik.«

»Für mich nicht.«

»Celeste, hören Sie mir zu. Ich habe uns absichtlich in diese Falle gehen lassen.«

Das wirkte. Sie blieb stehen, fuhr herum und blitzte ihn an. »Sie haben *was* gemacht?«

Der Regen lief ihr übers Gesicht, und an einer Wange klebte eine Strähne tiefrotes Haar. Sie sah sehr hübsch aus und gleichzeitig sehr verletzlich.

»Ich habe ihn gespürt dort drinnen, in dem Palazzo. In einem so begrenzten Raum konnte er das, was er war, nicht vor mir verstecken. Er hatte gerade begonnen, seine Kräfte zu sammeln – dieser eigenartige Rhythmus, den wir beim Hineingehen hörten, erinnern Sie sich?«

Celeste schlang sich die Arme um den Körper, als wolle sie sich gegen Kälte schützen. »Selbst wenn ich wollte, könnte ich das nicht vergessen.«

Er zog sie aus dem Regen und in einen Hauseingang. Die allmorgendliche Schlange vor der Accademia hatte sich aufgelöst. Eine Kürzung der Haushaltsmittel zwang dazu, das Museum kurz nach Mittag zu schließen. Jetzt saßen nur noch ein paar Studenten mit Rucksäcken und in *Nike*-Turnschuhen auf der Eingangstreppe und warteten darauf, daß der Regen nachließ. »So begreifen Sie doch: Ich mußte herausfinden, wogegen wir zu kämpfen haben. Ich mußte ihn testen, so wie er mich getestet hat. Er hat versucht, mich aus der Reserve zu locken, um einen Eindruck von meiner Kraft zu erhalten. Und ich habe mich nicht locken lassen.«

»Wie schön für Sie.«

Sie wollte sich abwenden, doch Nicholas packte sie am Ellbogen.

»Sie verstehen mich nicht.«

»Und ob ich das tue!« rief sie wütend. »Sie haben uns in diese Falle gehen lassen, ohne zu wissen, wie stark dieser Mann war. Er hätte Sie besiegen können. Er hätte uns beide umbringen können! Herrgott, was sind Sie bloß für ein Mensch, daß Sie solche extremen Risiken eingehen!«

»Welche Risiken auch immer ich eingegangen bin, sie waren das wert, was ich daraus gelernt habe.«

»Kein Risiko ist es wert…«

»Bitte, hören Sie mir zu«, sagte er sanft. »Wer auch immer hinter Mikio Okami her ist, ist ganz sicher kein ›normaler‹ *yakuza*-Killer.« Er richtete die Kraft seines Bewußtseins nach außen, um sie zu zwingen, sich auf das zu konzentrieren, was er vorbrachte. »In einem Punkt haben Sie recht: Der Mann, der uns diese Falle gestellt hat, ist sehr gefährlich. Er besitzt alles Wissen der Messulethe, dieser ältesten Kaste von Magiern. Deren besondere Form der Zauberei entsprang dem Geist. Sie waren Geister- und Seelenbeschwörer. Verstehen Sie, was ich sage?«

Ein Licht blitzte in ihren Augen auf, ähnlich jenem, das man in genau dem Augenblick sehen kann, bevor sich die strahlende Sonne über dem östlichen Horizont erhebt.

»Der Legende nach waren die Messulethe in der Lage, sich Zugang zur elementaren Energie des Kosmos zu verschaffen, jener göttlichen Materie, aus der das Universum entstanden ist.«

Celeste schien zu zittern. »Sind Sie übergeschnappt? Sie sprechen von Göttern.«

Nicholas nickte. »So gottähnlich, wie wir uns nur vorstellen können.« Er hielt sie fest. »Und einer von denen ist hierhergesandt worden. Aus welchem Grund? Falls Okami-san recht hat – um ihn zu töten.«

»Oh, mein Gott!«

Sie rannten den ganzen Weg bis zu Okamis Palazzo. Celeste benutzte ihren Schlüssel und schloß die Vordertür auf, dann liefen sie durch die Säulenhalle. Der Kanal war sehr nahe und sein Wasser schwarz wie Eis in der Nacht. Kalter Regen fiel schwer wie Schrotkörner, und der Wind verfing sich in den Zweigen des Birnbaums und peitschte sie hin und her. Die Blütenblätter der Bougainvillea und der Rosen lagen über dem Hof verstreut und glichen Blutstropfen.

Celestes Finger zitterten, als sie die Tür aufschloß.

»Okami-san!« rief sie beim Eintreten. Der Palazzo war finster.

»Himmel!« rief sie aus. »Wir kommen zu spät!«

Sie eilten in den ersten Stock mit seinen hohen, bleiverglasten Fenstern, die den Canale Grande überblickten. Es war frisch im Salon; die Fenster waren offen, und einer der Flügel schlug gegen den Rahmen.

Celeste lief zu der erhöhten Sitzecke am anderen Ende, kniete sich auf die Kissen und sah zum Fenster hinaus und nach unten.

Sehen Sie ihn? wollte er schon fragen, brauchte es aber nicht zu tun.

Gewaltsam riß sie sich vom Fenster los und schloß es. Dann drehte sie sich um und sah ihn an. »Er ist nicht da«, sagte sie. »Aber Sie wußten das ja schon, oder?« Ihr Tonfall war anklagend.

Nicholas nickte. »Ich hätte den Messulethe gleich gespürt, wenn er dagewesen wäre. Hätte er Okami-san umgebracht, hätte sich die Atmosphäre noch immer in einem Zustand der Erregung befunden.«

»Sie sagen das einfach so.«

»Celeste, das *ist* einfach so.«

Sie sah ihn eine Weile an, und er konnte ihre Bitterkeit ihm gegenüber spüren, ohne sie völlig zu verstehen. Dann stand sie auf und stieg die drei Stufen in den Salon hinab.

»Ich übernehme dieses Stockwerk, und Sie suchen unten.«

»Das ist unnötig.« Nicholas betrachtete sie, während sie sich zu ihm umdrehte. »Er ist nicht hier, Celeste.«

Farbe stieg ihr ins Gesicht, und ihre Hände ballten sich zu weißen Fäusten. »Lebt er, oder ist er tot? Was sagt Ihnen Ihr magisches Gefühl?«

Das also war es. Nicht nur *tau-tau* erschreckte sie. Er selbst war es. »Sie verstehen es einfach nicht«, sagte er. »Ich weiß es nicht.«

»Dann ist es verdammt noch mal besser, wenn Sie herausfinden, was mit ihm passiert ist.« Sie zitterte jetzt, und an ihrem langen Hals traten die Adern hervor.

Er stieg von der erhöhten Sitzebene herab und stellte sich neben sie. »Wir werden es herausfinden, gemeinsam.«

Ihr Gesichtsausdruck war rätselhaft, als sie ihn ansah. »Soviel Kraft«, sagte sie. »Wie kann ich Ihnen jemals trauen?«

Zuerst gingen sie in Okamis Schlafzimmer, aber dort gab es nichts, was ihnen einen Hinweis hätte geben können. Das Bett war gemacht, die Kleider hingen im Schrank, und in der Kommode lag die zusammengefaltete Wäsche, die Kanten sauber aufeinander. Im angrenzenden Bad befanden sich seine persönlichen Sachen an den ihnen zugedachten Stellen.

»Na ja, wenigstens ist er nicht davongerannt«, sagte Celeste und deutete auf seine Koffer, die oben auf einem tiefen Schrank gestapelt waren.

»Aber er könnte entführt worden sein«, sagte Nicholas, während er die hintersten Ecken des Schrankes durchsuchte. »Hatte Okami-san keine Leibwächter?«

»Um damit noch mehr Aufmerksamkeit auf sich zu ziehen?« Celeste schüttelte den Kopf. »Außerdem kann er sich, trotz seines Alters, sehr gut selbst verteidigen.« Sie gingen wieder in den Korridor hinaus. »Er hat darin weiß Gott genug Übung. Er trainiert schon sein ganzes Leben lang.«

Nicholas warf ihr einen Blick zu. »Und dann hatte er ja auch noch Sie.«

»Ja, das hatte er«, stimmte sie zu und stieß die Tür zu seinem Arbeitszimmer auf. »Er mußte mir fast den Arm brechen, um mich dazu zu bringen, Sie zu begleiten.«

»Wie tröstlich.«

»Ich wollte ihn nicht alleinlassen.«

»Jetzt sehe ich, warum.«

Er schob sich an ihr vorbei in das Chaos von Mikio Okamis Arbeitszimmer. Der Raum war ein einziges Durcheinander aus Papieren und herausgerissenen Buchseiten. Der schwere Schreibtisch aus Wurzelholz war umgekippt, die Schubladen herausgezogen und zersplittert, und die Rückwand vom Rahmen abgelöst wie die Haut von einem Stück gekochten Fleisch. Gerahmte Stiche hatte man von ihren Plätzen an den Wänden genommen und ihre Rükkenversteifungen abgerissen. An den Stellen, an denen sie früher gehangen hatten, sah man Löcher im Gips.

»Guter Gott«, keuchte Celeste.

Nicholas kniete hinter dem Schreibtisch und fragte: »Wonach haben die bloß gesucht?«

»Ich weiß es nicht.« Sie schob einen Stoß Papiere weg und kniete sich neben ihn. »So weit ich weiß, hat sich Okami-san immer alles eingeprägt, woran er gerade gearbeitet hat. Er war viel zu erfahren und zu clever, um irgend etwas von Bedeutung zu Papier zu bringen.« Sie warf Nicholas einen Blick zu. »Glauben Sie, er wurde entführt?«

Nicholas war gerade damit beschäftigt, den Schreibtisch ein paar Zentimeter weit zu verrücken. »Was ist denn das?«

Unter eines der Tischbeine geklemmt lag ein zu einem winzigen Päckchen doppelt zusammengefaltetes, festes Stück Papier. Es war ein Schwarzweißfoto, körnig und voller Grautöne, und zeigte Celeste in ihrem Domino-Kostüm. Der Hintergrund war eindeutig ein Teil des Kircheninnern von San Belisario, direkt vor der *schola cantorum,* wohin man Nicholas geschickt hatte, damit er dort auf sie warten solle.

Das Ding war bereits aufgemacht worden, und soeben wurde es von den Technikern zerrupft wie ein Kadaver, der von Pathologen seziert wird. Die Analogie war zutreffend, dachte Nangi, als man ihm den sterilen Mantel und ebensolche Schuhe brachte, wie es Vorschrift für alle war, die im fünfzehnten Stock arbeiteten.

Das *Chi*-Projekt.

Masamoto Goei persönlich erwartete Nangi. Er stand kurz davor, vor Verzweiflung die Hände zu ringen.

»Wo wurde er entdeckt?« fragte Nangi und begab sich zu dem Tisch mit der verzinkten Arbeitsplatte, auf dem das Gerät offen dalag, alle Innereien zur Schau gestellt: Glasfasertechnik, Silikon-Chips, Kupfer-Abschirmung, winzige Diamant-Relais.

»Auf dem asiatischen Schwarzmarkt«, antwortete Goei und beeilte sich, mit Nangi Schritt zu halten, der mit Hilfe seines Stockes den Raum durchmaß. Masamoto Goei war einer der Leiter des *Chi*-Teams, ein Experte für Programmiersprachen und einer jener technischen Genies, die sich diesen Computer ohne Software ausgedacht hatten.

»Ist es ein *Chi*?«

Sie standen jetzt am Tisch und sahen hinab auf das systematische Gewirr des geöffneten Computers.

»Also – ja und nein«, sagte Goei. Er zeigte mit dem Finger. »Da, links, können Sie drei Neuronalnetz-Platinen sehen, Markentechnologie von uns. Aber der Rest dieses Dings – ich weiß nicht, was das ist. Das einzige, was ich mit Bestimmtheit sagen kann, ist, daß es nicht von uns stammt.«

»Aber Teile davon stammen von uns«, sagte Nangi. »Wie sind die von hier dort hin gekommen, wo dieses Ding zusammengebaut wurde? Und wer ist dafür verantwortlich?«

Rundum Schweigen. Selbst die Techniker, die gerade mit der Autopsie des Apparats beschäftigt gewesen waren, hatten ihre Arbeit unterbrochen und sahen die Männer an.

Nangi forderte Goei mit einer Geste auf, mit ihm zusammen das Labor zu verlassen. Draußen streifte er die sterilen Sachen ab und fragte Goei: »Was gibt es sonst noch?«

»Der Klon – obwohl das, streng genommen, in diesem Fall nicht die richtige Bezeichnung ist – wurde irgendwo in Asien montiert. Das haben meine Leute sofort herausgefunden. Ich tippe dabei auf Hongkong. Dort schießen winzige Firmen aus dem Boden, machen gute Geschäfte und sind schon im selben Monat wieder verschwunden, ohne daß sich jemand darum kümmert. Praktisch jeder kann sich dort entsprechende Räumlichkeiten und die nötige Hardware mieten, ohne allzu viel Aufsehen zu erregen.«

Mist, dachte Nangi. *Nicholas ist von der Bildfläche verschwunden, und sein Lieblingsprojekt platzt vor unserer Nase.* Er wollte in sein Büro zurück. Jetzt verspürte er erst recht das Bedürfnis, mit Vincent Tinh zu sprechen. Der war in Saigon dem Schauplatz am nächsten. Er hätte diesen Gerätebastard auf dem Schwarzmarkt entdecken müssen. Warum hatte er das nicht?

»Halten Sie mich über Ihre Fortschritte auf dem laufenden«, sagte er kurz angebunden zu Goei. »Und untersuchen Sie das Ding mit höchster Priorität.«

Er nahm den Aufzug des Vorsitzenden hinauf zum Stockwerk der Direktion.

»Hat sich Vincent Tinh schon gemeldet?« fragte Nangi, während er an Umis Tisch vorüberging, neben dem Seiko stand.

»Nein«, sagte sie, sammelte mehrere Akten von ihrem Schreibtisch ein und folgte Nangi und Seiko in dessen Arbeitszimmer.

»Etwas Neues von Linnear-san?« fragte er.

»Nichts.« Seiko wartete, bis er seinen Gehstock auf den Tisch gelegt hatte, ehe sie sagte: »Aber es gibt ein paar Sachen, die mit ihm zu tun haben.«

»Ja?« Nangi hob eine Hand. »Ehe Sie fortfahren – Umi, schicken Sie bitte ein elektronisches Memo an alle Mitglieder des Aufsichtsrates: ›Mit heutiger Wirkung wurde Frau Seiko Ito zur Beauftragten für Innerbetriebliche Koordination ernannt. In dieser Eigenschaft handelt sie mit meiner Vollmacht innerhalb der gesamten Organisation‹.«

Umi hob ganz kurz den Kopf und sah Seiko an, ehe sie weiterschrieb.

»Sorgen Sie dafür, daß der Text auf der Stelle durchgegeben wird.« Als Umi nickte, fuhr er fort.

»Außerdem möchte ich, daß Sie…«

Das Telefon läutete, und Umi beeilte sich abzuheben.

»Ich bin in einer Besprechung«, sagte Nangi.

Sie sprach einige Sekunden lang in den Hörer. Nangi, der gerade mit Seiko redete, hielt inne. Umis Gesicht war aschfahl geworden.

Mit zittrigem Finger drückte sie auf den Pausenknopf, der das Mikrofon stumm schaltete, und sagte: »Ich glaube, Sie sollten dieses Gespräch lieber entgegennehmen, Nangi-san.«

Neugierig geworden, nahm Nangi den Hörer in Empfang.

»*Moshi-moshi*«, sagte er knapp.

»Tanzan Nangi?«

»Am Apparat.«

»Hier spricht Chefinspektor Hang Van Kiet. Herr Nangi, ich bin von der Polizei in Saigon und habe die unangenehme Pflicht, Sie davon zu informieren, daß Ihr Mitarbeiter, ein gewisser Vincent Tinh, einen bedauerlichen Unfall erlitten hat.«

Nangi war sich bewußt, daß er den Hörer fest umklammerte. In seinem Magen bildete sich ein kalter Klumpen. »Wie schwerwiegend ist seine Verletzung?«

»Es tut mir leid, Ihnen mitteilen zu müssen, daß er tot ist, Herr Nangi.«

Nangi lauschte dem Gedudel der Störgeräusche in der Leitung, die von weit her kamen und unwirklich klangen. Tinh war tot. Nangi mußte sich erst daran erinnern, was diese Worte bedeuteten. Er sprach ein stummes Gebet und ließ dann seinem analytischen Verstand freien Lauf.

»Darf ich fragen, an welcher Art Unfall Tinh beteiligt war, Herr Chefinspektor?«

»Es war ein sehr seltsamer. Herr Tinh scheint ein Lagerhaus im nördlichen Bezirk inspiziert zu haben und...«

»Wir haben keine Lagerhäuser im nördlichen Bezirk«, warf Nangi ein.

»Was Sie nicht sagen!« meinte Van Kiet, und aus seiner Betonung schloß Nangi, daß er das bereits wußte. »Ihr Herr Tinh hatte sich widerrechtlich Zugang verschafft.«

»Wem gehört das Lager?«

»Die Besitzverhältnisse scheinen etwas verwirrend zu sein. Wir recherchieren das gerade.«

Nangi drückte mit den Fingerspitzen gegen die Stelle seiner Stirn, wo sich ein Kopfschmerz aufbaute. Er kannte diesen Menschenschlag, wußte, wie engstirnig und klüngelhaft sie unter Druck sein konnten. Gegen Außenseiter rückten sie zusammen und schirmten sich gegenseitig ab. Van Kiets Antwort ließ ihn zweifeln, ob er auf seine Frage jemals eine schlüssige Antwort erhalten würde.

»Fahren Sie fort«, sagte er.

»Soweit wir am Ort des Geschehens rekonstruieren konnten, war Herr Tinh wohl gerade über einen Laufsteg aus Holzbrettern gegangen. Dabei ist er mit einem Fuß in einer morschen Planke eingebrochen und hat anschließend das Gleichgewicht verloren.«

Durch das entstandene Schweigen summten absonderliche elektronische Klänge über den langen Übertragungsweg.

»Ja, und…?«

»Er stürzte«, fuhr Van Kiet fort, »in ein Faß mit Schwefelsäure.«

»Sagten Sie gerade ›Schwefelsäure‹?«

»Ganz recht.«

»Und dieses Säurefaß stand zufälligerweise direkt an der Stelle, wo er stürzte?«

»In dem Lagerhaus befanden sich viele Fässer, Herr Nangi.«

»Was war da drin?«

Van Kiet zögerte kurz, und Nangi glaubte das Rascheln hin- und hergeschobener Papiere zu vernehmen.

»Salz, Petroleum, Natriumbikarbonat, Kaliumpermanganat.« Ärger, Frustration, Resignation – all das klang aus der Stimme des Chefinspektors heraus.

Mit jedem Herzschlag wurden Nangis Kopfschmerzen schlimmer. »Mit anderen Worten: Dieses Lagerhaus war eine Drogenfabrik«, sagte er.

»Diese Schlußfolgerung erscheint zwingend«, stimmte Van Kiet zu. »Hat Ihrer Kenntnis nach Herr Tinh…«

»Meine Angestellten sind keine Dealer«, unterbrach Nangi steif.

»Das muß ein sehr tröstlicher Gedanke für Sie dort im fernen Tokio sein«, kommentierte Van Kiet trocken.

Das letzte, was sich Nangi wünschte, war ein verbaler Schlagabtausch mit diesem Polizeibeamten. Hang Van Kiet stellte im Augenblick Nangis einzige Verbindung mit Saigon und dem immer geheimnisvolleren Rätsel um Vincent Tinh dar.

»Woraus schließen Sie, daß es sich um einen Unfall handelte?« fragte er.

»Wie bitte?«

»Wie konnten Sie unter diesen Umständen Mord ausschließen?«

»Offen gestanden, Herr Nangi, habe ich das auch nicht getan. Dennoch werden wir diesen Todesfall wohl als Unfall registrieren. Es gibt keine Zeugen und auch sonst keinerlei offenkundige Hinweise dafür, daß sich zum gegebenen Zeitpunkt außer Herrn Tinh sonst noch jemand in dem Lagerhaus aufgehalten hätte. Auf Grund der besonderen Umstände des Todes kann uns natürlich auch die Leiche keinerlei weitere Hinweise geben.« Er seufzte. »Ich bedauere, Ihnen sagen zu müssen, daß wir hoffnungslos unterbesetzt und unterfinanziert sind. Die Kriminalitätsrate hier ist schockierend hoch und steigt ständig weiter an. Von meinem Schreibtisch aus hat man leider den Eindruck, Herr Nangi, daß der Kapitalismus eine eindeutige Mißachtung der Gesetze mit sich bringt.«

»Wollen Sie damit sagen, daß Sie nichts unternehmen können?«

»Ich muß jetzt auflegen, Herr Nangi. Es tut mir leid, daß Sie einen Mitarbeiter verloren haben.«

»Wenn Sie vielleicht noch eine Sekunde erübrigen könnten, Herr Chefinspektor, dann übergebe ich an meine Sekretärin, um Einzelheiten wegen Überführung und Bestattung der Leiche zu klären.«

»Aber ich bitte Sie, darum hat sich die Familie von Herrn Tinh bereits gekümmert.«

»Herr Tinh hatte keine Familie«, sagte Nangi. »Wer hat die Leiche abholen lassen?«

»Lassen Sie mich nachsehen. Ein Mann, der behauptete, der Bruder zu sein. Als Referenz nannte er eine Firma in London namens *Avalon Ltd.*« Van Kiet knurrte, als er Nangi den Namen des Mannes durchgab. »Jetzt habe ich aber wirklich sehr lange mit Ihnen telefoniert, Herr Nangi. Guten Tag.«

Nangi besah sich den Hörer, der nun genauso tot war wie Vincent Tinh.

»Sieht ganz so aus, als sei dieses Foto an dem Abend geschossen worden, an dem wir uns trafen«, sagte Nicholas und betrachtete das Bild mit Celeste im Domino-Kostüm. »Haben Sie bemerkt, daß es gemacht wurde?«

»Nein. Ich hätte meinen Kopf verwettet, daß wir allein waren. Ich hatte mich vergewissert, daß niemand Ihnen folgte.« Ihre Stimme klang brüchig.

»Das ist ein Observierungsfoto.« Nicholas deutete auf die Aufnahme. »Sehen Sie sich das grobe Korn und die Grauschattierungen an. Die stammen von einem Objektiv mit langer Brennweite und einem hochempfindlichen Film.«

»Aber wie kommt es hierher?« fragte Celeste. »Wußte Okamisan davon?«

»Möglich, vielleicht sogar wahrscheinlich«, sagte Nicholas. Er stand auf, durchsuchte das Arbeitszimmer gründlich, kam wieder zurück und studierte erneut die Fotografie.

»Irgend etwas ist hier sonderbar. Der ganze Raum ist ein einziges Chaos. Nicht ein einziger Gegenstand ist da, der nicht auseinandergenommen oder zerrissen worden wäre. Nur dieses Bild nicht.« Er sah Celeste an. »Ich kann nicht glauben, daß es übersehen wurde.« Mit den Fingern fuhr er die Knickstellen entlang. »Und schauen Sie mal, wie sorgfältig es gefaltet wurde, beinahe wie ein Origami-Objekt.«

»Dann lautet die einzige Erklärung, daß es vorsätzlich zurückgelassen wurde.«

»Genau.« Er faltete das Foto zusammen und wieder auseinander. »Was, wenn es von Okami-san selbst versteckt wurde? Wenn man ihn tatsächlich entführt hat, dann wäre er schlau genug gewesen, für uns einen Hinweis zu hinterlassen, wohin man ihn brachte.«

»Falls er das wußte.«

»Celeste, er wußte, daß er auf der Abschußliste steht. Ich glaube sogar immer mehr, daß er auch wußte, wer auf ihn angesetzt war. Wir müssen einfach davon ausgehen, daß er den Ort kannte, zu dem man ihn bringen würde.«

Sie betrachtete die Aufnahme. »Aber was sagt uns dieses Foto? Alles, was ich sehe, bin ich.«

»Sind Sie in letzter Zeit für Okami-san unterwegs gewesen?«

»Er macht Geschäfte auf Burano. Ab und zu schickt er mich als seine Vertreterin dorthin.«

»Okay«, sagte Nicholas. »Burano wäre eine Möglichkeit.«

»Aber keine gute, befürchte ich«, warf Celeste ein. »Okami-san hat dort zu viele Freunde, und die Insel ist auch nicht groß. All die Fischer kennen sich gegenseitig. Ich glaube nicht, daß ihn dort jemand verstecken könnte.«

»Was sehen Sie sonst noch auf dem Foto?«

»Tja, ich stehe in der Kirche von San Belisario.«

»Richtig. Ich denke, die sollten wir uns ansehen.«

Sie brauchten zwanzig Minuten, um den Campiello San Belisario zu erreichen. Ihr Weg führte sie durch das Jüdische Viertel, das den Beschreibungen nach, die Nicholas gehört hatte, der ärmste Teil der Stadt sein sollte. Er fand, es sei eher schmucklos und streng, was nur natürlich war. Verglichen mit all der Gotik, den byzantinischen Palazzi und Kirchen in Venedig waren die Gebäude und Synagogen hier nüchterne Bauwerke. Wer wenig darüber wußte, wie die Juden im Verlauf der Geschichte gezwungen worden waren, all ihre Freuden zu verinnerlichen, der konnte diese

Bauten allerdings leicht als gewöhnlich oder schäbig mißinterpretieren. In der heiligsten Schrift der Juden, der Thora, wird hingegen vor öffentlicher Zurschaustellung von Wohlstand gewarnt.

Hier, abseits der Ornamentik von Gotik und Byzantinismus, konnte man den Puls der Menschen fühlen. Ungeschönt hing über dem Getto das Gewicht der Jahrhunderte wie ein Vorhang aus feinstem Linnen, auf dem in schmerzvoll ausgemalten Bildern die endlose Wanderschaft der Juden dargestellt wurde.

Der kleine Kirchplatz von San Belisario war leer bis auf einen alten, hageren Mann auf der anderen Seite der Kirche. Er warf ihnen einen kurzen Blick zu und lächelte dann müde, ehe er hinter einer hölzernen Tür verschwand.

»Alles, was ich mit Sicherheit sagen kann, ist, daß wir nicht verfolgt wurden«, meinte Nicholas. »Ob Okami-san sich in der Kirche befindet...?« Er hob die Schultern.

»Hier entlang«, sagte Celeste und führte ihn durch eine Hintergasse zu einem *rio* mit dazugehöriger Brücke. Er erinnerte sich, daß sie unter dieser aus einem versteckten Ausgang der Kirche wieder herausgekommen waren. Jetzt gingen sie auf demselben Weg hinein, durch die älteste Tür des Sakralbaus.

Das Gewicht der Jahrhunderte drückte sie nieder, während sie sich durch die Düsternis bewegten. Es roch stark nach Myrrhe, Weihrauch und Schimmel. So nahe am Wasser war es feucht und kühl, und Teile des Steinbodens schimmerten an den Rändern grünlich.

Celeste führte sie zielstrebig einen kurzen, dunklen Gang mit vielen Holzbalken entlang und danach eine Treppe mit Steinstufen hinauf. Unter der Spitzbogenarkade kamen sie wieder auf der Erdgeschoßebene heraus, ganz dicht bei der *schola cantorum*. Sie dirigierte Nicholas zu einem bestimmten Punkt, dann nahm sie das Foto heraus, betrachtete es kurz und hielt es ihm hin. »An dieser Stelle stand ich, als das gemacht wurde«, flüsterte sie.

Nicholas nickte.

»Was spüren Sie? Irgend etwas von Okami-san... oder demjenigen, der uns gefolgt war?« fragte sie.

Lange stand er ganz ruhig da und stimmte sich auf die unmerklichen Schwingungen der Kirche ein. Als habe man ein Magazin mit Diapositiven in einen Projektor geschoben, konnte er das Alter des Ortes wahrnehmen, die vielen aufeinanderfolgenden Völker sehen, die die Kirche errichtet und aus den Ruinen der jeweils vorhergehenden religiösen Stätten der Anbetung wieder neue aufgebaut hatten: Phönizier, Griechen, Römer und all die unzähligen Volksgruppen aus Kleinasien, die sich selbst nach einiger Zeit Venezianer nannten.

Für alle war dies ein heiliger Ort gewesen. Er konnte die Kraftlinien spüren, die an dieser Stelle zusammenliefen wie die Speichen, die von einer Radnabe ausgehen. Uralt waren sie, fast vergessen von den heutigen Priestern, die Gottes Geschäfte in der modernen Welt besorgten. Und doch war dies heute nicht weniger ein heiliger Ort als während der vergangenen Jahrhunderte. Die Kraft war noch zu spüren, und sie roch nach heißer Glut wie der Atem eines schlummernden Leviathan.

Er wurde von diesem Ort angezogen. Das war Nicholas' spontaner Gedanke, den die elementaren Schwingungen ihm vermittelten. *Auch er hat die Kraft gespürt und will ein Teil von ihr sein.*

»Blut«, sagte Nicholas plötzlich. »Ich sehe Blut.«

Celeste sog hörbar die Luft ein. »Wo?«

»Dort entlang.«

Nicholas führte sie in die *schola cantorum* und durch sie hindurch. Auf der anderen Seite lag eine Reihe kleiner Räume, nicht größer als Zellen, die aus riesigen Steinblöcken herausgemeißelt waren. Das flackernde Licht von Schilffackeln wurde schwächer, während sie von einem Raum zum andern gingen. Im ersten gab es ein Feldbett mit einer Strohmatratze, die mit einem ungefärbten Musselinlaken überzogen war und auf der eine dünne Wolldecke lag. Eine wahrhaftige Zelle. Der zweite Raum wurde augenscheinlich als eine Art Abstellkammer benutzt. Stöße von Notenblättern und Partituren für den Chor lagen auf Kisten, in denen sich Kerzen, Hostien und Flaschen mit Meßwein befanden.

Die dritte Zelle schien leer zu sein. Dunkle Flecken erstreckten sich über die Wände und das kleine Quadrat des Fußbodens. Der allgegenwärtige Geruch von Schimmel fehlte hier. Statt dessen roch es scharf nach einem starken Desinfektionsmittel.

»Hier drin ist nichts«, sagte Celeste.

Nicholas schloß die Augen. »Dennoch, der Geruch von Blut wird intensiver.«

»Hat man vielleicht deshalb das Desinfektionsmittel benutzt?«

Er nickte. »Vielleicht.« Er verließ die Mitte der Zelle, wo sie gestanden hatten. Dabei schien er in den finsteren Schatten im Hintergrund zu verschwinden.

»Nicholas?«

Es war so still, daß sich die seidigen Härchen in ihrem Nacken aufrichteten.

»Celeste, kommen Sie mal her.«

Seine Stimme klang wie ein Echo aus weiter Ferne. Sie ging dem Laut nach und sah ihn an der hinteren Wand stehen. Seine Gestalt flimmerte ganz kurz, als handle es sich nur um eine Spiegelung. Dann war sie neben ihm und hatte sofort das Gefühl, durch eine durchsichtige Öffnung in die Iris eines riesigen Auges getreten zu sein. Sie drehte sich um und warf einen Blick nach hinten, um sich zu vergewissern, daß die andere Zellenwand wirklich nur ein paar Meter weit weg war.

Nicholas hatte die Arme erhoben und die Handflächen flach gegen den Stein gepreßt. »Hier ist etwas.«

Sie hörte ihn stöhnen und stieß dann einen kleinen Schrei aus, als sich die Mauer zu bewegen begann. Genauer gesagt, war es nur ein Teil der Mauer. Gleich darauf traten die beiden in einen verborgenen Durchgang.

Sie fanden sich in einem winzigen Garten wieder. Blühende Klematis rankten sich die Steinmauern hoch, die ihn an allen Seiten einschlossen, dazu blaurote Blumen, dunkelbraune Reben und kleine grüne Blätter. Vögel zwitscherten in einem Gingkobaum, dessen Rinde weiß wie ein Skelett schimmerte und dessen oberes Drittel über die hintere Mauer ragte.

Der Boden war feucht und verbreitete den schalen Geruch des Herbstes, doch der Regen hatte aufgehört. Aschenfarbenes Sonnenlicht fiel matt und unregelmäßig herein, so daß sie sich wie in einem tiefen Wald- und Sumpfgebiet abseits jeder Zivilisation vorkamen.

Eine alte, schmiedeeiserne Bank stand in der Mitte des Gartens mit dem Rücken zu ihnen. Die Erde war grün und schwammig, so daß Celeste wußte, daß sie auf Moos gingen, nicht auf Gras. Ganz in der Nähe sang ein Vogel, danach war es still. Die Stille war so umfassend, daß sie von irgendwoher jenseits der hohen Mauern das schwache Plätschern eines *rio* hörten.

»Schauen Sie!«

Nicholas streckte den Arm aus, als sie auf Höhe der Bank waren. Auf deren Sitz lag eine venezianische Maske, zerbrochen in zwei Hälften. Sie war mit Blut bedeckt, das bereits eingetrocknet war.

Celeste schrie leise auf und flüsterte dann: »Das ist der Domino, die Maske, die mir Okami-san für das Treffen mit Ihnen gab.«

»Woher wollen Sie wissen, daß es dieselbe ist?« fragte Nicholas. »In Venedig gibt es doch bestimmt Zehntausende solcher Dominos.«

»Meine war keine Massenproduktion. Sie war vom Hersteller handsigniert«, sagte sie. »Sehen Sie, da in der Ecke auf der Unterseite.«

Nicholas betrachtete sich die Stelle genauer.

»Nicholas, was tut dieses Ding da, so voller Blut? Wessen Blut ist das? Das von Okami-san?«

»Ich wünschte, ich wüßte es.«

Er ging in die Hocke und nahm das Foto zur Hand, das sie in Okamis Arbeitszimmer gefunden hatten. Celeste kauerte sich neben ihn.

»Hier tragen Sie dieses Domino-Kostüm, und jetzt stoßen wir auf dieselbe Maske«, sagte er. »Vielleicht ist es der Domino, der die Antwort auf die Frage weiß, wohin man Okami-san gebracht hat.« Er überlegte einen Augenblick. »Was hatten Sie mir an jenem Abend darüber erzählt?«

»Warten Sie – ich sagte, daß der Name aus dem Lateinischen kommt, von *benedicamus Domino,* was soviel bedeutet wie ›Lobet den Herren‹. Nach meiner Meinung handelte es sich dabei um eine Art Verhöhnung der päpstlichen Herren durch die alten Venezianer. Schließlich war im Karneval das Herumhuren eine der hauptsächlichsten Aktivitäten.«

»Aus dem Lateinischen? Dann war also der Domino einer der archetypischen italienischen Charaktere.«

»Das glaube ich wiederum nicht«, widersprach Celeste. »Aber ich kenne mich in der Geschichte der Masken nicht gut genug aus, um es mit Bestimmtheit sagen zu können. Doch da gibt es jemanden, der uns alles über venezianische Masken im allgemeinen und meinen Domino im besonderen sagen kann. Nämlich der Mann, der ihn gemacht hat.«

3

Old Westbury / Venedig / Paris

Lew Croaker sah Margarite Goldoni DeCamillo zum erstenmal quer über einen ausgedehnten, noch sommergrünen Rasen hinweg. Vielleicht war es die unglaubliche Leuchtkraft dieser Farbe unter der vollen Mittagssonne, die der Szene ihre Intensität verlieh. Der Eindruck war so unvergeßlich wie der Anblick eines Gegenstandes, der den Gesetzen der Schwerkraft trotzt.

Er sah diese Fülle des dunklen, lockigen Haares, das ihm Geschichten von Cool Jazz und doppelten Espressi in irgendeinem längst in Vergessenheit geratenen Club in Greenwich Village erzählte. Als er sich auf dem mit Steinplatten ausgelegten Weg näherte, drehte sie sich um, und er erkannte Stärke und Zähigkeit in ihrer Kieferpartie und der kräftigen Nase. Sie betrachtete ihn kühl. Nicht mit Argwohn oder Feindseligkeit, wie er es erwartet hatte, sondern mit echter Neugierde.

»Sie haben Pech«, sagte sie, als er bei ihr angelangt war. Zu einer bunten Wolljacke trug sie schwarze Leggins und knöchelhohe Stiefel. Die Ohren zierten Ringe aus alten römischen Münzen, und am Ringfinger hatte sie einen großen Diamantsolitär.

»Warum habe ich Pech?«

»Mein Mann ist nicht zu Hause.«

»Als mein Büro ihn anrief, hat er zugesagt, auf jeden Fall zu Hause zu sein.«

Sie zuckte mit den Schultern. »Tony ist Sizilianer. Entweder er hat Respekt vor jemandem oder nicht.«

Croaker betrachtete sie und fragte sich dabei, was sie wohl selbst von ihrem Mann hielt. Das Wort »Sizilianer« hatte sie mit zusammengebissenen Zähnen ausgesprochen, als sei es ein Schimpfname. »Was bedeuten soll, daß er vor mir keinen Respekt hat?«

»*Sie* sind der Bulle.«

»War ich«, sagte er mit einem Lächeln. »Beim New York Police Department. Doch das ist schon lange her.«

Sie legte den Kopf schräg. »Welche Tätigkeit hatten Sie dort ausgeübt?«

»Kriminalbeamter«, sagte er. »Mordkommission.«

»Dann sind Sie ja hier richtig.«

»Was meinen Sie damit?«

Sie lachte ihm ins Gesicht. »Nun tun Sie doch nicht so, Mister Detective oder was immer Sie jetzt sind: Sie wollen doch mit Tony über den Tod meines Bruders sprechen.«

»Aber da er nicht da ist«, sagte Croaker, »sollte ich vielleicht besser mit Ihnen reden.«

»Zu diesem Thema habe ich nichts zu sagen. Dom ist tot, und damit basta.«

»Für mich nicht.« Croaker beobachtete einen schnöselhaften Gorilla, der die Grundstücksbegrenzungen abschritt; ein kräftig aussehender junger Mann, der ihn aus den Augenwinkeln beobachtete. »Mein Auftrag ist es herauszufinden, wer ihn tötete, und den Mörder einzubuchten.«

»Tot oder lebend?« fragte sie und betrachtete dabei seine biomechanische Hand.

»Tja – das hängt davon ab«, antwortete er, hob dabei die Hand und bewegte die Fingerglieder, »wie er reagiert, wenn ich ihn finde.«

Sie trat näher, untersuchte jeden einzelnen der Finger und betastete sie wie ein Künstler die Gußform einer noch nicht fertiggestellten Plastik, um sich die Wirkung der endgültigen Form auf den Betrachter vorstellen zu können.

»Das sieht ja sehr gefährlich aus.«

»Ich kann aber auch Feinarbeit damit leisten«, sagte Croaker und ließ eine Stahlklinge aus der Spitze eines Fingers ausfahren.

Sie sah ihm ins Gesicht. »Hat sie Sie verändert?«

»Was?«

»Die... Hand.«

»Warum sollte sie?«

Margarite interessierte sich abrupt für etwas anderes. Sie beobachtete den Schnösel, wie er sich eine Zigarette anzündete. »He«, rief sie zu ihm hinüber, »daß Sie mir die Kippe ja nicht auf den Rasen werfen!« Dann zu Croaker: »Sie sind sich Ihrer Sache sehr sicher – daß Sie ihn finden werden, den Mann, der Dom ermordet hat.«

»Ich werde ihn finden.«

Sie sah ihn lange an, und die Sonne schien ihr so in die Augen, daß er nicht sagen konnte, ob sie nur neugierig war oder ob etwas anderes, Tiefgründigeres dahintersteckte.

»Ich denke, ich werde ein bißchen hierbleiben.«

Sie drehte sich um und folgte einem Teil des Steinpfades, der um das Haus herumführte. »Erwarten Sie von mir keine Einladung nach drinnen. Da schleifen Handwerker gerade einen neuen Parkettfußboden ab, und alles ist voller Holzstaub und Plastikplanen.«

»Kein Problem.«

Sie steckte die Hände in die Taschen ihrer Jacke. »Sie haben vorhin Ihr Büro erwähnt. Für wen arbeiten Sie eigentlich?«

»Das wüßte ich auch ganz gerne«, sagte er und mußte dann über ihre verdutzte Miene grinsen. »Für eine Bundesbehörde«, fügte er vage hinzu. »Der Fall zieht bundesweite Kreise.«

»Verscheißern Sie mich nicht«, entgegnete sie und drehte sich schwungvoll um. »Mein Bruder *zog* bundesweite Kreise: Das FBI hat ihm nämlich jahrelang den Hintern geküßt.«

»Komisch. Ich dachte immer, es sei zum Schluß andersherum gewesen.«

»So?« Sie war stehengeblieben, um sich eine gestutzte Azalee anzusehen, die nicht allzu gesund aussah. Margarites feingliedrige Hände bewegten sich geschickt und präzise durch das Gewirr der Zweige, und er nahm an, daß sie mit allem so verfuhr, was sie anpackte. »Für einen Bundespolizisten sind Sie recht ahnungslos.«

»Kann sein, aber ich bin lernbegierig.«

Sie richtete sich auf und sah ihn merkwürdig an. »Das kann man ja von den meisten anderen nicht behaupten.« Dann schlenderte sie wieder weiter. »Die haben alle ihre ganz privaten Grundsätze, wie ich festgestellt habe.«

»Sie meinen so was wie FBI-interne Nah- und Machtkämpfe?«

»Ach was«, sagte sie und stieß die Finger in die Luft. »Alles nehmen die gleich persönlich! Die sehen hier alle diese Angebertypen, denen sie Tag und Nacht hinterherlaufen, wie sie in ihren dreitausend Dollar Anzügen herumrennen, BMW's fahren und sich's die ganze Zeit wohlsein lassen, und das geht ihnen ganz gewaltig auf den Geist. Also beschließen sie, sich diesen oder jenen mal vorzuknöpfen und ihn von seinem hohen Roß herunterzuholen.« Ihre Miene verzog sich zu einem schiefen Lächeln. »Wissen Sie, das ist wie bei einer Sportveranstaltung: Du schaust zu, und alles ist stinklangweilig, bis du Partei für irgendwen ergreifst und schreist und klatscht und es zu etwas Persönlichem machst. Und genau das tun die vom FBI. Um ihre Langeweile totzuschlagen, picken sie sich ein Opfer raus und machen es zu einer persönlichen Angelegenheit.« Sie warf ihm einen Blick zu. »Glauben Sie etwa, ich denke mir das alles aus?«

»Nein.«

Sie waren an der Rückseite des Hauses angelangt. Aus der Ferne konnte Croaker jenseits des abgedeckten Schwimmbeckens zwei Männer zwischen den Bäumen sehen. Sie waren geklonte Ausgaben der beiden, die ihn am Zugang zum Grundstück angehalten hatten: muskelbepackte Gorillas, höchstwahrscheinlich vorbestraft, mit zynischem Blick und schnellen Reflexen, wie geschaffen als Bewacher. Einer führte einen Rottweiler an einer langen, stählernen Kette. Das Tier zerrte daran und bekundete Interesse an Croaker, der wohl zu nahe bei einer der Personen stand, zu deren Schutz der Hund abgerichtet worden war.

Während Croaker das Tier im Auge behielt, dachte er an das Dossier über die Familie DeCamillo, das Lillehammer in der Air Force Maschine für ihn aus dem Computer gelockt hatte.

Ein Duft lag in der Luft, der nichts Herbstliches an sich hatte. Der bittersüße Geruch abgefallener Blätter konnte nicht den Geruch des Wechsels der Jahreszeiten überdecken. Aus einer plötzlichen Eingebung sagte er: »Das ist doch nicht derselbe Hund, oder?«

»Wie bitte?«

»Sie hatten einen Rottweiler namens Caesar, doch der dort drüben ist ein neuer.«

»Und wenn schon?«

»Was ist mit Caesar passiert?«

Margarite sagte nichts, sondern sah nur den Rottweiler sonderbar an.

»Caesar ist gestorben«, antwortete sie. »Ich denke, er hat eine vergiftete Feldmaus gefressen.«

»Sicher schlimm für Sie.«

Sie ging um ihn herum, und ihre Wangen wirkten plötzlich erhitzt. »Der Mord an meinem Bruder war schlimm. Das da…«, sie hob einen Arm in die Luft und ließ ihn wieder fallen. »Das war nur ein blöder Hund.«

Der Rottweiler war jäh stehengeblieben und hatte den Kopf gedreht. Es war Margarites scharfer Tonfall gewesen, der seine Aufmerksamkeit erregt hatte, und jetzt richtete er diese bösartigen gelben Augen auf Croaker.

Sie blickte von dem Hund zu Croaker hin und zeigte sich unvermittelt amüsiert. »Wenn Sie jetzt eine Bewegung machen, sind Sie tot.«

»Danke für den Hinweis.«

Sie ließ einen gutturalen Laut hören, und der Rottweiler setzte sich hin. Seine Flanken zitterten noch immer, und Croaker war nicht sonderlich versessen darauf, in die boshaften Augen zu sehen.

»Jetzt ist alles in Ordnung«, sagte Margarite und ging weiter, »aber nehmen Sie sich in Zukunft in acht.«

»Ich werde es vermeiden, Sie in Gegenwart des Hundes aufzuregen.«

Sie spazierten über das Grundstück, über einen kleinen Hügel und zu einer mit Glyzinien überwucherten Pergola. Eine kunstvolle Steinfigur stellte den griechischen Gott Poseidon dar, den Herrn der Meere. Die Zinken seines Dreizacks sahen sehr scharf aus. Die Gorillas und der Rottweiler folgten ihnen in diskreter Entfernung, wie Anstandsdamen in Madrid ihrem adeligen Schützling.

»Ich glaube nicht, daß mein Mann sich mit Ihnen unterhalten möchte.«

»Offensichtlich will er das nicht«, sagte Croaker. »Ich mache ihm da auch gar keinen Vorwurf.«

Sie waren bei der Pergola angelangt. Sonnenstrahlen blinzelten durch die Lücken in den verdrehten, knorrigen Ranken, die sich über steinernen Sitzbänken ausbreiteten, an deren Fundamenten Moos grünte.

»Aber Sie sind mutiger als er. *Sie* unterhalten sich mit mir.«

Margarite lachte. »Das war reiner Zufall.«, sagte sie. »Sie haben mich zu Hause erwischt.«

Während er sich gegen den Hauptstamm der Glyzinien lehnte, setzte sie sich auf eine der Bänke.

»Ich vermute, daß Mr. DeCamillo, nachdem jetzt ja er der *capo* ist, glaubt, er könne seine eigenen Ermittlungen anstellen, um herauszufinden, wer seinen Schwager kaltgemacht hat.«

»Mein Mann ist ein offiziell zugelassener und erfolgreicher Anwalt. Fragen Sie nur seine Klienten.«

»Brauche ich nicht«, erwiderte Croaker. »Das halbe Justizministerium und das FBI haben das schon abgecheckt.«

Sie sah ihn schräg von unten an, was sie verletzlicher aussehen ließ, als sie tatsächlich war. »Was checken *Sie* dann ab?«

»Habe ich Ihnen doch gesagt. Ich will den Mörder Ihres Bruders kriegen.«

»Warum? Was bringt Ihnen das? Macht es Ihnen Spaß, in anderer Leute Elend herumzuwühlen? Oder sind Sie etwa ein Mafia-Groupie wie drei Viertel der FBI-Bullen?«

»Tja, also, ich will mal ganz ehrlich zu Ihnen sein«, sagte Croaker. »Ab und zu, wenn ich mich gerade langweile, verspüre ich das Bedürfnis, geschehenes Unrecht wiedergutzumachen.«

»Gehen Sie doch nach New York – pro Minute ein Mord. Klären Sie einen davon auf. Hier sind Sie fehl am Platz.«

»Nein«, sagte Croaker sanft. »Die Ermordung Ihres Bruders ist etwas Besonderes.«

»Das ist es also. Der schlechte Ruf.« Sie schien angewidert zu sein. »Er war eben ein Mafia-Don, der größte, den sie je bei WITSEC hatten. Jetzt weiß ich, worauf Sie hinaus wollen.«

»Nein«, sagte er, »das tun Sie nicht.«

Sie fixierte ihn. Hinter ihr konnte er undeutlich den Rottweiler an seiner gestrafften Kette erkennen. Sein Halter war gerade hinter einer großen Buche außer Sicht.

»Hat Ihnen jemand erzählt, *wie* Ihr Bruder getötet wurde?«

Stille, schockierend und vibrierend, wie nach einem Gewehrschuß.

»Hat Ihnen jemand Fotos von dem gezeigt, was von ihm…«

»Halten Sie den Mund!« Sie stand abrupt auf, und der Rottweiler gab winselnd Laut.

Behutsam griff Croaker in seine Jacke und holte einen Umschlag heraus.

»Ich glaube, die sollten Sie sich mal ansehen.«

»Nein! Ich…« Der Rottweiler begann mit den Vorderpfoten die Erde aufzureißen und sich aufzubäumen. »Nein!«

Dennoch konnte sie den Blick nicht von dem Umschlag wenden. »Glauben Sie denn, ich möchte nicht, daß der Mörder meines Bruders der Gerechtigkeit übergeben wird?«

Er wußte, daß er jetzt sehr vorsichtig sein mußte. »Genau diese Frage habe ich mir gestellt, als wir unser Gespräch begannen. Jetzt glaube ich, daß ich die Antwort kenne.« Sie war gerissener, als er erwartet hatte.

Als sie den Umschlag entgegennahm, registrierte er, daß ihre Hand nicht zitterte. Sie setzte sich wieder hin, legte das Kuvert auf den Schoß und schloß ihre Hände darüber.

»Wie ich schon sagte, nicht wahr?« sprach sie anscheinend zu sich selbst. »Es war reiner Zufall, daß ich hier war, als Sie kamen.«

Croaker hätte gern den Rottweiler im Auge behalten, doch statt dessen konzentrierte er sich auf sie.

Als gehörten sie einer anderen Person, öffneten ihre Hände den Umschlag und holten die Fotos heraus. Sie sah zu Croaker auf, fast als suche sie seinen Zuspruch. Dann senkte sie mit entschlossener Geste den Kopf.

Das erste Bild zeigte Dominic Goldoni mit dem am Nabel festgenähten Herzen, und sie schrie leise auf.

Der Rottweiler knurrte und zerrte seinen Halter zu seinem Frauchen hin, von dem er annahm, daß sie in Nöten war. Womit er auch recht hatte.

»Mrs. D?«

»Es ist alles in Ordnung, Joey!« rief sie. »Laß uns allein.«

Croaker hörte das Klirren der Kette, als Joey hart an ihr ruckte. Der Rottweiler fing wieder an zu jaulen.

Tränen waren auf die Fotos getropft und glitzerten in der Sonne. Sie hatte sich alle angesehen und schien jetzt wie gelähmt zu sein. Langsam schob sie sie hin und her und ineinander. Die Bilder – so fürchterlich sie auch waren – wieder hergeben zu müssen, stellte für sie wohl ein nochmaliges Abschiednehmen von ihrem Bruder dar.

»Warum haben Sie mir die gezeigt?« schnaufte sie schließlich. »Die sind so – jenseits aller Logik menschlichen Verhaltens.«

»Eben«, sagte er. »Jetzt wissen Sie, warum ich hier bin.«

Ihre Finger waren starr und weiß wie Knochen. »Ich habe mich nur deshalb bereit erklärt, mit Ihnen zu sprechen, weil...«

»Weil ich ein Bulle bin?«

Margarite schüttelte den Kopf. »Die vom FBI scheinen zu glauben, ich schulde ihnen irgendwas, weil sie Dom unter das WITSEC-Programm gestellt hatten. Und da täuschen sie sich, denn sie haben ihren Teil des Abkommens nicht bis zum Schluß eingehalten. Sie haben ihn nicht beschützt.«

»Das ist die eine Seite«, sagte er. »Die andere ist die, daß Dominic Goldoni gegen die WITSEC-Auflagen verstieß, und genau dieser Verstoß hat ihn umgebracht. Sie vergessen, daß noch nie jemand an eine durch WITSEC abgeschirmte Person, die sich an die Auflagen gehalten hat, herangekommen ist.«

»WITSEC hat ja auch noch nie zuvor meinen Bruder gehabt.«

Touché! dachte Croaker.

»Sie wissen doch, wie die moderne Welt funktioniert, mein lieber Detective«, sagte Margarite weniger aufbrausend, doch mit brüchiger Stimme. »Niemand will mehr Verantwortung übernehmen. Allerdings habe ich auch nie erwartet, daß das FBI zu mir kommt und sagt: ›Tut uns leid, wir haben Scheiße gebaut.‹ Das wäre für das ganze Programm viel zu peinlich. Die Häftlinge würden einen Schreck kriegen, versuchen wegzutauchen, und einigen von ihnen würde man das Hirn aus den Schädeln pusten.«

Er hielt das für eine insgesamt zutreffende Beurteilung der Situation.

»Schauen Sie, die Frage ist doch die: Was hat Dominic Goldoni getan, daß er umgebracht wurde?« Croaker beobachtete sie jetzt so genau, als sei sie der sprungbereite Rottweiler. »Er ließ seine Geliebte – eine Frau namens ›Ginnie‹ Virginia Morris – aus Queens zu sich in sein WITSEC-Versteck kommen.«

Margarite hielt den Kopf gesenkt. Eine nach der anderen wischte sie die Tränen vom Foto ihres toten Bruders.

»Auch Ginnie wurde umgebracht, und zwar im gleichen Ort, wo wir Ihren Bruder fanden.« Ruckartig warf sie den Kopf hoch, so heftig, daß er das Knacken ihrer Rückenwirbel hören konnte. »Ich bin hergekommen, weil ich herausfinden will, was Dominic dazu gebracht hat, die WITSEC-Auflagen zu durchbrechen. Meine Theorie ist die, daß er aus der Beziehung zu Ginnie aussteigen wollte, das Mädchen aber nicht, und daß er in der prekären Lage, in der er sich befand, dann jemanden zu Hilfe rief, wahrscheinlich Ihren Mann, um das Problem zu lösen. Vielleicht war es dieser Anruf, der ihn das Leben kostete.«

»Tony wird Ihnen nicht helfen. Der hilft keinem behinderten Bullen über die Straße.«

»Haben *Sie* Ginnie gekannt?«

»Wie bitte?«

Etwas, das sie gesagt hatte – oder auch wie sie es gesagt hatte –, war der Auslöser des Gedankens in seinem Hinterkopf gewesen. Sie und ihr Bruder hatten ein enges Verhältnis zueinander gehabt, und schließlich war das ein frauliches Problem gewesen.

»Also – so nahe, wie Sie beide einander standen, müssen Sie doch davon gewußt haben, daß Ihr Bruder kein Kind von Traurigkeit war, was andere Frauen anging.«

Sie erhob sich abrupt von ihrem Sitz, und die Fotos fielen auf die

Erde. Croaker bückte sich, hob sie auf und schob sie in den Umschlag zurück; dann eilte er ihr nach.

»Ja, dann eben nicht«, sagte er, als er sie eingeholt hatte. »Die sizilianische Mentalität. Frauen und Geschäft passen nicht zusammen.«

»Doms sexueller Appetit hatte nichts mit dem Geschäft zu tun«, entgegnete sie barsch. »Außerdem sind die Goldonis keine Sizilianer, was ich von meinem Mann nicht behaupten kann. Unsere Familie stammt aus Venedig.«

»Aber Sie und Ihr Bruder sind halbe Sizilianer.«

»Seine Mutter«, sagte sie. »Nicht meine.«

Der Rottweiler hatte so stark an der Kette gezerrt, daß er seinen Halter fast umgerissen hätte. Jetzt stand er da, die Hinterbeine gespreizt, und hielt mit den Vorderpfoten ein kleines Tier fest, vielleicht ein Backenhörnchen oder eine Wühlmaus. Mit zunehmendem Eifer begann er daran herumzuknabbern. Es gab einen leisen, doch deutlichen Knacks, als er den Schädel des Tieres zerbiß. Margarite stand nicht sonderlich fasziniert oder angewidert dabei, sondern betrachtete das Schauspiel mit unverhüllter Neugierde. Die gleiche Miene hatte sie zur Schau getragen, als sie Croaker zum ersten Mal gesehen hatte.

»Dann kannten Sie also Ginnie Morris«, sagte Croaker.

»Das habe ich nicht gesagt.« Sie sah sich um, als könne irgend jemand auf diesem schwerbewachten Grundstück sie belauschen. »Aber ich kannte sie in der Tat. Ich kannte alle seine Geliebten. Denn ich war der einzige Mensch, dem er sich anvertrauen konnte.«

»Dann wußten Sie also, wohin WITSEC Ihren Bruder gebracht hatte.«

»Nein. Ich habe nur dafür gesorgt, daß sich Ginnie abholbereit machte. Den Rest hat Dom selbst organisiert.«

»Du lieber Himmel.« Jetzt verstand er, warum sie beim Anblick der Fotos geheult hatte. Sie hatte ihrem Bruder geholfen, gegen die WITSEC-Auflagen zu verstoßen, und dieser Verstoß war es gewesen, der ihn umbrachte.

»Dominic war irgendwie… anders, in vielerlei Hinsicht«, erklärte Margarite. »Als Schürzenjäger war er wie John Kennedy; er konnte einfach nicht anders.«

»Sie meinen, Ihr Bruder war mösensüchtig.«

»Diesen Ausdruck habe ich auch schon mal gehört«, sagte sie und sah zu, wie der Rottweiler das Tier auffraß. Dann wandte sie sich Croaker zu und sah ihm kalt direkt in die Augen. »Sie sind hier als mein Gast, Mister Detective. Ich schlage vor, daß Sie zukünftig dem Andenken meines Bruders mit Respekt begegnen.«

Er hatte sie erneut schockieren wollen, um eine spontane, unkalkulierte Reaktion zu provozieren. Bei der Herfahrt hatte er sie noch bereitwillig als ein x-beliebiges Exemplar italienischer Schaufensterdekoration abtun wollen. Doch hatte sie sich als viel mehr als nur das erwiesen. Und nun begann er zu erkennen, daß vielleicht seine ganze Einschätzung dieses Trios – Dominic, Tony und Margarite – völlig falsch war.

Croaker war davon ausgegangen, daß – wie unter Männern üblich – Tony DeCamillo der Vertraute von Dominic Goldoni gewesen war. Oberflächlich betrachtet, hätte dieses typische Szenario auch einen Sinn ergeben: Tony war es, den Dom als seinen Nachfolger eingesetzt hatte. Doch je länger er mit Margarite sprach, desto fester wurde seine Überzeugung, daß sich beide Männer nie sonderlich nahegestanden hatten. Und jetzt quälte ihn die eine Frage: Wenn Margarite die Vertraute Dominics bezüglich seiner Geliebten war, was hatte er ihr dann sonst noch anvertraut?

»Ich lebe schon zu lange allein. Vermutlich sind deshalb meine Manieren auch nicht mehr das, was sie einmal waren.«

»Sie meinen in den Straßen von New York haben Sie nichts dazugelernt?«

Er mußte darüber lachen. »Eins zu null für Sie, Mrs. DeCamillo. Ich entschuldige mich. Aber mir wäre es recht, wenn Sie mich Lew nennen würden. ›Detective‹ klingt so...«

»Gattungsmäßig? Verallgemeinernd?«

Er lachte wieder und fühlte sich plötzlich in ihrer Gesellschaft sehr wohl.

Sie sah ihn an. »Dann nenne ich Sie doch glatt Lew, und Sie dürfen Margarite zu mir sagen, ja?«

»Prima.«

»Ich habe Hunger. Fahren wir zum Essen.«

Sie chauffierte ihn in ihrem Lexus Coupé. Ein Ford Taurus blieb die ganze Fahrt über hinter ihnen. Croaker sah in den Rückspiegel und hoffte, daß die Gorillas den Rottweiler zurückgelassen hätten.

Margarite fuhr zügig und effizient. Offensichtlich wußte sie, wo all die Polizeiautos in den Nebenstraßen und den Autobahnparkplätzen auf der Lauer lagen, um sich die Schnellfahrer herauszupicken. Zehn Minuten später hielten sie vor einem dieser aufgedonnerten und *Diner* genannten Eßlokale mit den goldfarbenen Mauersteinattrappen an der Vorderfront, einer riesigen, sechsseitigen Speisekarte und Gerichten, die offenbar irgendwo in einer zentralen Küche zubereitet wurden, um dann auf alle gleich aussehenden Etablissements dieser Art in Queens und Long Island verteilt zu werden.

Der Besitzer hatte einen so dunklen Teint, daß er praktisch aus jedem Land ums Mittelmeer hätte stammen können. Er sprang auf, als sie sich in eine Nische setzten, in der sechs übergroße Erwachsene bequem Platz gefunden hätten. Die Ecke war mit türkisfarbigem Vinyl ausgelegt.

»Guten Tag, Mrs. D«, sagte er ehrerbietig. »Womit können wir heute dienen?«

»Bestellen Sie *pasta*«, sagte Margarite zu Croaker, ohne erst die Karte aufzuschlagen. »Das ist das Einzige, was sie hier selbst zubereiten.«

»Dazu eine Flasche *Valpolicella* auf Kosten des Hauses«, strahlte der Besitzer und wieselte davon.

Sie aßen *pasta aglio'olio* mit warmem, knusprigem italienischem Brot. Margarite streute eine Handvoll zerkleinerter roter Paprikaschoten über ihr Gericht. Croaker lebte schon so lange auf Marco Island, daß er ganz vergessen hatte, wie eine gute *pasta* eigentlich schmeckte.

Margarite trank das meiste vom Wein.

»Warum genau haben Sie mich zum Essen eingeladen?« fragte Croaker während des Mahls.

»Aus Neugier«, erwiderte Margarite in ihrer direkten Art, die so entwaffnend war. »Als Sie herkamen, waren Sie für mich nichts weiter als wieder so ein Polizist, den sie losgeschickt hatten, damit er uns das Leben schwermacht. Und als ich mich dann mit Ihnen unterhielt, stellte ich fest, daß ich Sie völlig falsch eingeschätzt hatte. Ich war einfach von den üblichen Klischeevorstellungen ausgegangen.«

Croaker lachte. »Genau das gleiche ist mir auch passiert. Ich dachte mir, da Sie ja Tony D's Frau wären, wüßten Sie auch, wo Ihr Platz...« Peinlich berührt brach er plötzlich ab.

»Die Sizilianer haben eine Redensart, Lew. Frauen sind gut fürs Saubermachen, Kochen und Kinderkriegen – vorzugsweise Söhne und alle zwei Jahre. Ich bin keine Sizilianerin. Ich passe nicht in diesen Rahmen.«

»Aber Tony, der Sizilianer, hat Sie geheiratet.«

Sie tupfte sich Öl aus dem Mundwinkel. »Ich jung, und er war versessen auf Sex. Mit mir zu bu meisten gereizt.«

»Und Sie? Was hat Sie am meisten gereizt?«

»An Tony? Er war der Weiße Ritter – stark, gutaussehend, mächtig. Er war älter, wußte, was er wollte und wie er es bekam. Für ein junges Mädchen kann diese Art unverhüllter Stärke und Kraft ein starkes Aphrodisiakum sein, besonders dann, wenn alle anderen Jungs aus dem Bekanntenkreis nur so vor sich hinwursteln und nicht wissen, was sie werden wollen.«

Croaker goß Wein nach, und sie lächelte. »*Mich* machen Sie nicht betrunken, Lew. Sie brauchen es gar nicht erst zu versuchen.«

»Dann haben Sie also früh geheiratet«, sagte er und ignorierte ihre Bemerkung. »Und danach?«

»Danach...« Sie legte eine Pause ein, runzelte die Stirn, nahm ihr Weinglas in die Hand und betrachtete es. »Himmel, dann ist das Leben – das wirkliche Leben, keine Träume – über mich hereingebrochen.« Sie trank einen Schluck Wein. »Urplötzlich war ich nicht mehr Margarite Goldoni. Ich war Mrs. Anthony DeCamillo, Tonys Frau. Und dann begriff ich, daß dies auch schon alles war, was ich nach seinem Willen sein konnte, und das war ein fürchterlicher Schock...« Sie brach wieder ab, stellte das Glas zur Seite und lächelte Croaker an.

»Aber Sie haben Ihre eigene Firma.«

»O ja. Aber nur dank meines Bruders, der sich bei Tony für mich eingesetzt hatte. Dies stellte sich als Fehler heraus, weil Tony dadurch sein Gesicht verlor, und seitdem läßt er mich tagtäglich für meine Firma bezahlen.«

»Sie meinen, er nimmt sich seinen Teil davon?«

»Nein«, sagte sie kalt. »Er nimmt sich einen Teil von mir.«

Das Geschäft des Maskenherstellers war nicht weit weg vom Canale Grande; eine kleine, schmuddelige Werkstatt, vollgestopft mit Staub und Magie. Die Decke bestand aus Tausenden von Masken, die mit den Gesichtern nach unten hingen und einander überlappten, so daß die Farben mal harmonierten, mal sich schreiend abstießen. Mit ihren Knochen aus Draht, dem Fleisch aus Papiermaché und der Haut aus Glasur schufen sie ein seltsames Meer der

. Sie sahen so lebendig aus, daß sie Nicholas an Circe erin-n, die die Seelen ihrer Besucher in die Körper von Tieren zau-te, damit sie auf diese Weise zu lebendigen Kunstwerken wur-den.

Er hieß Marin Fornovo, war klein und mittleren Alters und hatte die Zerstreutheit eines Künstlers an sich, dessen forschender Geist die Kleinkariertheit des Alltags als unerträglich einengend empfindet. Sein Haar hatte sich zwar bereits gelichtet, war jedoch fein wie gesponnenes Gold. Gelegentlich warf seine goldumrandete Brille, hinter der die Augen verschwanden und die ihn wie eine Comicfigur erscheinen ließ, Lichtreflexe zurück, während er hinter seinem zerkratzten Marmortisch geschäftig hin und her ging. Der Tisch war übersät mit den Gerätschaften seines Handwerks: Schalen mit Gips, Rollen mit Draht, Dosen mit Lack und den Werkzeugen zum Löten, Biegen und Auftragen der Materialien.

»Celeste, *bellissima*!« Fornovo schob das Durcheinander zur Seite, beugte sich über seinen Tisch und küßte sie auf beide Wangen. »Es vergeht kein einziger Tag, an dem ich nicht an deinen Vater denke und ihn vermisse. Ich sage dir, seit er nicht mehr ist, geht es mit Venedig bergab.« Er sprach langsam und förmlich, als gehöre er noch zum Hof eines Dogen aus alter Zeit.

Celeste stellte Nicholas vor, und Fornovo musterte ihn zunächst mit durchdringendem Blick, ehe er ihm mit einem kleinen Lächeln zunickte. Er wandte seine Aufmerksamkeit wieder Celeste zu und fragte: »In welche Bredouille bist du denn dieses Mal hineingeraten, mein Schatz?«

Celeste lachte. »Ihnen kann man aber auch gar nichts verheimlichen.«

»Das konnte dein Vater auch nicht«, sagte Fornovo und runzelte die Stirn. »Ich wünschte, er hätte damals auf mich gehört, *cara mia*. Dann würde er nämlich heute noch leben.«

»Das ist doch alles längst Vergangenheit.«

»Ja ja, die Vergangenheit.« Fornovo stieß einen tiefen Seufzer aus. »Aber in der Vergangenheit liegen all unsere Sünden begraben. Und unsere Sünden sind es, die letztlich zu unserem Verderben führen.« Er schnalzte mit der Zunge gegen den Gaumen. »Du tätest gut daran, mein Kind, dich an das zu erinnern, was dein Vater vergaß. Ich möchte nicht erleben, daß sein Schicksal auch das deine wird.«

»Ich werde daran denken. Ich verspreche es.«

Der kleine Mann grummelte in sich hinein, als glaube er ihr nicht so ganz.

»Marin, wir brauchen Ihre Hilfe«, sagte Celeste. »Erinnern Sie sich an die Maske, die Sie kürzlich für Okami-san angefertigt haben?«

»Der Domino«, bestätigte Fornovo. »Aber natürlich! Ein großartiges Stück.« Er machte ein finsteres Gesicht. »Sie ist doch nicht etwa kaputt?«

»Wir brauchen Informationen über den Domino an sich«, sagte Celeste und umging geschickt seine Frage. »Ich meine mich zu erinnern, daß es sich bei ihm nicht um einen der ursprünglich venezianischen Charaktere handelt.«

»Nein, nein, natürlich nicht. Der Domino wurde in der zweiten Hälfte des sechzehnten Jahrhunderts in Venedig eingeführt«, erzählte Fornovo und mischte gleichzeitig in einer flachen Schale eine Farbe zu. »Eigentlich ist er französischen Ursprungs. Domino war der Name, den die Franzosen den langen, dicken Kutten ihrer Mönche gaben; von Adligen und Diplomaten, die sich hier aufhielten, wurden sie benutzt und beeinflußten so die venezianische Mode.«

Die Farbe trat nunmehr deutlich hervor, ein kräftiges Azurblau, das sogar in der trüben Schale zu leuchten schien. »Die Maske selbst ist allerdings eher ein Scherz«, fuhr Fornovo fort. »Die Venezianer waren schon immer gegenüber ihren Päpsten ein respektloses Volk.« Er entnahm einen dicken, tränenförmigen Tropfen des Pigments, hielt ihn gegen das Licht und betrachtete kritisch die Farbe. »Schließlich war es ein Papst, der Venedig zu einer Bedrohung für den Rest der Welt erklärt hatte.« Kraftvoll trug er die Farbe auf die Wange eines weißen Maskenrohlings. »Dieser verdammenswürdige Mann! Doch warum sollten wir ihn nachträglich schlechtmachen? Wir Venezianer weigern uns, über die Vergangenheit nachzugrübeln, es sei denn, es handelt sich um Rituale und Traditionen. Das ist es, was uns Venezianer so einzigartig macht.«

Er bestrich die andere Wange, die Ränder der Augenlöcher, die Lippen – und jetzt hatte die Maske, auf Grund irgendeines alchimistischen Vorgangs, plötzlich ein Gesicht bekommen. »*Morte ai tiranni*! Das ist schon immer unser Schlachtruf gewesen. Tod den Tyrannen in Rom! Seien es Päpste oder Cäsaren. Unsere Republik hat als einzige den Niedergang des Römischen Reiches überlebt, und das war kein Zufall!«

Er legte die Maske sorgfältig auf die Seite und zwinkerte Nicholas zu. »Hier in Venedig sind wir schon immer frei gewesen. Aus diesem Grund sind auch die Juden aus den weniger aufgeklärten Ländern, wenn sie verfolgt wurden hierhergeflohen. Das Getto gab er schon kurz nach 1500, und viele Jahre lang war Venedig das Zentrum rabbinischer Wissenschaft in Europa.«

Er nahm einen anderen Topf zur Hand und rührte eine Farbe an, aus der ein ganz bestimmter roter Farbton werden sollte. »Es war einfach so, daß wir die Juden verstanden, und sie uns. Letztlich waren wir vom gleichen Schlag: undurchschaubar, brillant, ungeheuer praktisch veranlagt – Wissenschaftler des Kommerzes. Während der Rest der zivilisierten Welt sich feudal gebärdete, waren wir es nicht. Die Juden, die feudales Denken nicht ausstehen konnten, wußten das ganz besonders zu schätzen. Schließlich waren wir alle schon immer Kapitalisten.«

Jawohl, rot, kräftig und erregend wie frisches Blut. Er betrachtete die Maske, die er gerade bearbeitete, und nickte, zufrieden mit dem Zauberkunststück, das er zustandegebracht hatte. »Selbstverständlich haben wir die Juden dafür bezahlen lassen, daß sie bei uns Zuflucht fanden. Warum auch nicht? Sie hatten genügend Geld – und sie hatten sonst keinen Ort, wohin sie fliehen konnten. Und wir haben sie gekennzeichnet, indem wir anordneten, daß sie rote Hüte zu tragen hatten.«

Er begann damit, das Rot aufzutragen, sparsam und mit viel Gefühl. »Ob das grausam war? Warum sollte jemand zu einer solchen Meinung kommen? Wir haben sie schließlich nicht anders behandelt als unsere Dogen, isolierten die Juden in ihrem Getto genauso, wie wir den Dogen in seinen prächtigen Palast in San Marco einsperrten. Und dessen Amtseid wurde von Jahr zu Jahr länger, weil wir die Liste dessen, was ihm zu tun untersagt war, andauernd erweiterten.«

Mit erhobenem Zeigefinger drohte er in ihre Richtung. »Natürlich mußten wir von Zeit zu Zeit einen hohen Preis für unseren Erfolg berappen. Wie die Juden wurden auch wir oft verachtet und beneidet um das, was wir waren. 1605 klagte Papst Paul V. Venedig der Häresie an, und was haben wir ihm erwidert? Daß wir bessere Christen seien als er. Und wer hat im Namen der Christenheit gegen die Türken gekämpft, während Rom müßig die Hände in den Schoß legte? Wir Venezianer, selbstverständlich!«

»Marin«, unterbrach Celeste sanft. »Der Domino.«

»Ja, ja«, sagte er leicht gereizt. Wieder legte er die Maske zum

Trocknen auf die Seite. »Da komme ich schon noch drauf. Glaubst du, ich hätte ihn vergessen?« Erneut sah er Nicholas scharf an. »Bei uns Venezianern gibt es eine Redensart: Wo die Geschichte nicht ausreicht, hilft die Legende weiter.« Er lächelte über seinen hintergründigen Scherz. »Also – da gibt es folgende Legende bezüglich der Einführung des Domino in den Karneval, und die lautet so: Nicht französische Adlige und Diplomaten waren es, die diesen ironischen, alle Religion verhöhnenden Charakter nach Venedig brachten, sondern die Juden, die vor dem Antisemitismus in Frankreich flohen.«

Abrupt drehte er sich um und ging durch einen Perlenvorhang in ein Hinterzimmer seines Geschäftes. Gleich darauf kam er wieder zurück und wiegte einen Gegenstand in seinen Armen, als handle es sich um ein empfindliches, neugeborenes Baby.

»Der Domino!« rief Celeste aus. »Aber das ist doch nicht möglich!«

»Wieso nicht, *cara mia*? Hier ist er!« Fornovo lächelte schlau, als er ihnen die Maske zur näheren Prüfung hinhielt. »Allerdings ist das hier das Original, die älteste Maske in meiner Privatkollektion. Ich zeige sie euch, wie ich sie zuvor Okami gezeigt habe.«

»Wußte Okami-san über die Ursprünge des Domino Bescheid?« fragte Nicholas.

»Aber selbstverständlich«, entgegnete Fornovo und legte die Stirn in mißbilligende Falten. »Halten Sie mich etwa für so nachlässig, daß ich ihm einen meiner hochgeschätzten Dominos verkaufe, ohne ihn über dessen Geschichte aufzuklären? Da wäre ich ein schlechter Venezianer.« Er zog eine Grimasse. »Außerdem: *Dieser* Domino ist etwas ganz Besonderes, denn er wurde in Frankreich angefertigt, in Paris, um genau zu sein, und von Juden auf der Flucht vor Verfolgung hierhergebracht.«

Vorsichtig drehte er die Maske um, so daß sie die Unterseite sehen konnten. »Hier steht der Name des Herstellers: M. Aloins.« Er deutete mit seinem dünnen Zeigefinger darauf. »Und hier, direkt darunter, ist der Stempel der Firma, für die Monsieur Aloins sich abmühte. Es handelt sich um die älteste Maskenmanufaktur in Frankreich, was schon etwas heißen will. Und sie existiert noch immer.«

Er hob die Maske so hoch, daß sie den Namen lesen konnten: *Avalon Ltd.*

In das anschließende Schweigen hinein dröhnte das Klirren eines Tellers, der einem Kellner aus der Hand gerutscht war, ohrenbetäubend, doch Margerite wandte die Augen nicht von Croaker. Soviel Trotz lag in ihrem Blick, daß er zu glauben begann, daß dies das erste Mal wäre, wo sie all diese Schrecken aussprach.

»Er hat mich geschlagen, und – was noch viel schlimmer ist – ich habe es zugelassen. Ich habe mich nicht beklagt, bin nicht zu Dom gelaufen, habe nicht meine Tochter Francine genommen und bin nicht mit ihr zusammen fortgegangen. Statt dessen bin ich geblieben und habe es erduldet.«

»Warum?«

»Das ist die ›Eine-Milliarde-Dollar-Preisfrage‹, stimmt's?« Wieder tupfte sie sich die Lippen, aber da gab es nichts mehr abzutupfen. »Kann sein, ich hatte das Gefühl, ich verdiente es so und nicht anders, da ich gegen den Willen meines Bruders geheiratet hatte.«

»Dominic war gegen die Heirat?«

»Und wie!«

»Warum?«

Margarite zuckte mit den Schultern. »Vielleicht kannte er Tony besser als ich. Aber ich war damals wild entschlossen. Ich dachte, ich wüßte über alles Bescheid. Oder vielleicht wollte ich nur unbedingt das Gegenteil von dem tun, was Dominic sagte. Wer weiß das jetzt noch?«

»Trotzdem hat Dominic diesen Tony zu seinem Nachfolger ernannt.«

Margarite betrachtete ihn aus ihren weit auseinander liegenden dunklen Augen. »Ich glaube, ich werde Sie wieder mit ›Mister Detective‹ anreden müssen.«

Er lächelte. »Das ist mein Beruf, Ma'am. Das Detektivspielen liegt mir im Blut.«

Daraufhin mußte sie lachen. Der Besitzer des *Diner* brachte noch mehr Knoblauchbrot, doch als sie ablehnte, räumte er die Teller weg. Sie bestellte Espresso für sie beide.

Croaker nahm nicht an, daß sie auf seine vorhergehende Bemerkung eingehen würde, und so sagte er: »Falls die Frage gestattet ist: Wie ist denn der gegenwärtige Zustand Ihrer Ehe?«

Eine Weile saß sie nachdenklich da. Ihre Augen blickten ihn groß an, und so konnte er sehen, daß sie bernsteinfarben waren. »Koexistenz. Doch bin ich der Meinung, daß dies der Zustand ist, in dem sich die meisten verheirateten Paare befinden.«

Der Lärmpegel im Lokal stieg an, als eine Schülerclique hereingelatscht kam, schlaksig, in Jeans und mit Walkman bewaffnet. Der Espresso wurde zusammen mit zwei Gläsern *Sambuca* serviert, spendiert mit den besten Empfehlungen des Hauses. Margarite wandte sich zu dem Besitzer um und warf ihm eine Kußhand zu, was das breiteste Lächeln hervorrief, das Croaker je gesehen hatte.

Dann blickte sie ihn wieder an und sagte unvermittelt: »Ich denke, daß Doms Verhältnis zu Tony von Haßliebe geprägt war. Er bewunderte die Anwaltspraxis, die Tony ganz allein aufgebaut hatte, aber gleichzeitig registrierte er auch alle seine Fehler als Mensch.«

»Die da wären?«

Sie spielte mit ihrer Tasse. »Er ist impulsiv und oft viel zu aggressiv. Und er hat ein völlig übersteigertes Gefühl von seiner eigenen Wichtigkeit.«

»Und Ihr Bruder? Welche Fehler hatte der?«

»Die vom FBI, mit denen ich gesprochen habe, sind der Meinung, sie wüßten mehr über ihn als ich«, sagte sie.

»Welch ein Glück für mich, daß ich nicht mit diesem Vorurteil angetreten bin.«

Die Bernsteinaugen sahen ihn auf diese ganz intime Weise an. »Sie sind der erste Mann, den ich seit Dominic getroffen habe, der auf meine Meinung auch nur einen Pfifferling gibt.« Sie angelte eine Kaffeebohne aus ihrem *Sambuca*, steckte sie sich in den Mund und biß ohne zu zögern darauf. »Dom war ein Teufel und ein Engel, alles im gleichen Atemzug«, sagte sie. »Es hat für uns beide nie einen Unterschied gemacht, daß er das Kind meiner Stiefmutter war. Mein Vater adoptierte ihn ganz offiziell, und damit war die Sache für mich gegessen: Ich hatte einen Bruder. Es spielte keine Rolle, daß er dreizehn Jahre älter war als ich.«

Ihr Blick schweifte über ihre Schulter, und ihre Miene veränderte sich auf eine subtile Weise. Croaker vermied es mit Bedacht, den Kopf in die Richtung zu drehen, in die sie schaute. Gleich darauf machte er eine neue Bekanntschaft.

»Hi, Mom!«

Beim Umdrehen sah er ein rothaariges Mädchen, das genauso schön wie Margarite war. Sie war schlank, ein langbeiniger Wirbelwind mit jener unnachahmlichen, unbeholfenen Anmut, die das ausschließliche Privileg der Teenager ist. Es mußte sich um Francine handeln. Der Gedanke, daß sie Margarites Tochter war, machte ihn fassungslos. Wie alt war sie gewesen, als sie dieses Nymphchen auf die Welt brachte? Neunzehn oder zwanzig, höchstens. Er dachte an das, was Margarite ihm über ihre Heirat und Ehe erzählt hatte.

»Francie, was machst du denn hier?«

»Ich bin mit Doug und Richie und Mary da«, sagte Francie und deutete auf eine Gruppe Teenager, die lärmend eine Nische in Beschlag nahmen.

»Was habe ich dir gesagt, von wegen allein weggehen?«

Francie zog eine Schnute. »Ich bin nicht allein, Mom. Die andern sind doch dabei. Und außerdem, Richies Vater…«

»Ich weiß Bescheid über Richies Vater«, sagte Margarite schnell.

Croaker warf einen Blick in die andere Nische und sah, daß noch einer der Gorillas in dem Lokal Stellung bezogen hatte. Jetzt wimmelte es hier drinnen bereits von ihnen.

»Wer ist denn das?« Francie sah Croaker direkt an.

»Francie, das ist ein – Geschäftsfreund von mir«, sagte Margarite reaktionsschnell. »Lew Croaker.«

»Tag, Ma'am«, sagte Croaker, woraufhin Francine kichern mußte. Er streckte seine Hand aus, und sie schaute sie an.

»Was ist denn mit Ihnen passiert?«

»Francie!« rief Margarite.

»Aber nein«, sagte Croaker, »das ist schon in Ordnung.« Er sah hoch und Francie ins Gesicht. »Ich habe die Hand in einem Kampf verloren. Chirurgen in Tokio verpaßten mir statt dessen diese da. Gefällt sie dir?«

Zaghaft nahm sie sie in die ihre. Francie war eindeutig fasziniert, und so lud er sie ein, sich einen Augenblick zu ihnen zu setzen.

»Ich glaube nicht, daß das eine gute Idee ist«, sagte Margarite.

Francie warf ihr einen schnellen Blick zu und zwängte sich dann neben sie.

Bildete er sich nur etwas ein, oder war Margarite tatsächlich unbehaglich zumute, als sich ihre Tochter neben sie setzte?

Francie stützte die Ellbogen auf den Tisch und bestellte einen doppelten Bacon-Cheeseburger mit einer Extraladung Käse, dazu eine große Portion Pommes und ein Diätcola. Mit der Unbekümmertheit eines Kindes schien sie Croakers Hand vollkommen vergessen zu haben. Sie beugte sich herüber und nahm einen Schluck von dem *Sambuca* ihrer Mutter. Merkwürdigerweise sagte Margarite kein Wort. Ihre Unruhe aber wuchs.

»Welche Art von Geschäften machen Sie?« fragte Francie und betrachtete Croaker mit ihren großen, blaßblauen Augen.

»Spielt das eine Rolle?«

Francie nickte. »Logo. Sie bringen Mama zum Lachen.«

»In Wahrheit, Francie, bin ich hergekommen, um mit deiner Mutter über deinen Onkel Dominic zu sprechen«, sagte er.

Ihr Diätcola traf ein, und sie gab den *Sambuca* auf und schlürfte das Cola mit einem Strohhalm. Gleich darauf wurde das Essen gebracht, und sie stürzte sich darauf, als habe sie eine Woche lang nichts zu essen bekommen.

»Möchtest du mir von ihm erzählen?«

Margarites Nervosität steigerte sich unaufhaltsam. »Ich glaube nicht, daß das…«

»Er fehlt mir«, sagte Francie mit einem enorm vollen Mund. »Zu mir ist er immer gut gewesen.«

Croaker vernahm ihre Antwort und hörte währenddessen ständig Echos von dem, was sie wahrscheinlich fühlte, aber nicht sagte: *Er fehlt mir. Zu mir ist er immer gut gewesen – anders als mein Dad.*

»Hast du ihn oft gesehen?«

»Logo«, sagte Francie und schüttelte noch mehr Ketchup auf ihre Pommes frites. »Mama hat mich meist mitgenommen, wenn sie Onkel Dom besucht hat.« *Mampf, mampf.* »Er hatte immer ein ganzes Gefrierfach voller Eiscreme, immer einen anderen, neuen Geschmack, den er gerade ausprobierte. Das war echt cool!«

»Hundertprozentig« sagte Croaker und wunderte sich über Margarites immer sichtbarer zutage tretende Qual. Bis zu Francies Eintreffen war sie absolut beherrscht gewesen. Nein, das stimmt nicht ganz, korrigierte er sich. Sie hatte eine Reaktion gezeigt, als er den Tod des Rottweilers Caesar erwähnt hatte, und dann noch einmal, als er ihr die Fotos von ihrem Bruder vorlegte. »Ihr seid also alle herumgesessen und habt Eis geschleckt.«

»Ah-ah«, sagte Francie und stopfte sich die Backen mit Pommes voll. »Ich habe das Eis gegessen, und Mom und Onkel Dom plauderten in der Bibliothek miteinander.«

Croaker warf Margarite einen raschen Blick zu, doch deren Aufmerksamkeit galt ausschließlich ihrer Tochter.

»Ist dein Papa nie mitgekommen?«

»Ah-ah«, machte Francie und wischte sich die verschmierten

Lippen mit einer Serviette ab. Sie rutschte von ihrem Sitzplatz und verließ die Nische. »Ihr müßt mich mal entschuldigen.«

Dann ging sie sehr schnell durch das Lokal. Croaker beobachtete, wie Margarite ihr mit den Blicken folgte, während Francie am Tisch ihrer Freunde vorbei und Richtung Toilette stakste.

»Entschuldigen Sie mich, Lew, ich geh mir mal schnell die Nase pudern«, sagte Margarite. Ihr Gesicht war weiß.

Sie verschwand in der Damentoilette, und in Croakers Kopf machte es *klick*. Schon war er auf den Füßen und rannte fast durch den Raum.

An der Tür zur Damentoilette blieb er kurz stehen, fluchte dann: »Was zum Teufel...«, und stieß sie auf.

Er fand Margarite in einer Kabine auf den Knien neben Francine, die sich vornüber über eine Toilettenschüssel gebeugt hatte. Sie übergab sich in großen Schüben.

Margarite wurde sich seiner Anwesenheit bewußt, und die Verzweiflung in ihrer Miene war akut.

»Gehen Sie bitte hier raus, ja?« Sie war den Tränen nahe.

Croaker betrat den Waschraum und ließ die Tür hinter sich zufallen. »Sie ist doch nicht krank, oder?« fragte er. »Wenigstens hat sie keinen Virus oder die Grippe. Sie leidet an Bulimie.«

Margarite sagte nichts, hielt nur weiterhin den Kopf ihres Kindes, wiegte Francie dabei ein bißchen hin und her und summte ihr ins Ohr. Schließlich sah sie wieder zu Croaker hin. »Warum sind Sie noch immer da?«

»Ich glaube, ich kann ihr helfen.«

»Lassen Sie uns allein!«

»Ich denke, genau das will keiner von uns beiden.«

Er ging hin zu ihr, nahm Francie sacht bei den Schultern, führte sie zum Waschbecken und ließ kaltes Wasser für sie laufen. Hinter sich hörte er mehrmals die Toilettenspülung. Dann tauchte Margarite wieder aus der Kabine auf und stellte sich zu ihnen.

»Ihr Vater weiß nichts davon. Er würde es nicht verstehen.«

»Verstehen Sie es denn?« Er hielt Francie fest, während sie den Kopf unter den Wasserstrahl hielt.

»Sie hat Bulimie, Lew. Natürlich verstehe ich es. Sie ist in Therapie deswegen.«

»Bewirkt sie etwas?«

»Diese Dinge brauchen ihre Zeit.«

Doch aus ihrem resignierten Ton erkannte er, daß das nur eine rein mechanische Antwort war. »Margarite, das hier ist Francies Kampf, nicht Ihrer. *Sie* muß den Willen haben, daß es ihr besser geht, sonst wird sich nie etwas verändern.«

Er trocknete Francies Haare und Gesicht mit einem Stoß Papiertücher ab. Ihr Gesicht war so blaß geworden, daß er die blauen Adern an ihren Schläfen deutlich sehen konnte.

Langsam beugte er sich zu ihr hinab und drehte ihr Gesicht zu sich her. »Francie, was…?«

Doch er konnte die Frage nicht zu Ende formulieren. Erschöpft sah sie zu ihm auf, und dann schrie sie los: »Ich sterbe! Ich sterbe! Ich muß sterben!«

Lillehammer, erschöpft von einer besonders ausschweifenden Orgie von Sado-Maso-Sex mit Doug, seiner sehr geheimen momentanen Flamme, sank in einen tiefen Schlaf. Doug war wild und unberechenbar, und das machte auch seine Attraktivität aus. Keiner der beiden Männer kannte den anderen im wirklichen Leben, weder geschäftlich noch gesellschaftlich. Sie verkehrten miteinander als namenlose Niemande, als hirnlose Körper, deren einziges Interesse auf die Befriedigung ihrer sexuellen Bedürfnisse ausgerichtet war, und zwar auf möglichst bizarre Weise. In dieser Hinsicht war Doug ideal. Von Natur aus ein unruhiger Geist, war er immer dann am glücklichsten, wenn bei jeder ihrer Zusammenkünfte ein neues Programm ablief, je grotesker und ausgefallener, desto besser.

Während Lillehammer einschlief, verflüchtigte sich sogar der Geschmack von Sex in seinem Mund, und alles, was übrig blieb, war Finsternis. Und aus dieser Finsternis entsprang *Der Traum* und nahm ihn gefangen in den Mauern seines eigenen, ganz privaten Universums.

Lillehammer träumte selten, doch wenn er es tat, dann war es meist *Der Traum*. Jedenfalls nannte er ihn so. Nicht daß es sich dabei immer um den gleichen gehandelt hätte, doch gewisse grundlegende Bestandteile veränderten sich nie.

Da war der Dschungel, als Erstes, Letztes und Immerwährendes; die tropischen Bäume des dreifachen Laubdaches mit ihrer tropfenden Feuchtigkeit, den üppig wachsenden Früchten und tödlichen Schlangen. Zweifellos handelte es sich um eine Alptraumvision vom Garten Eden, und Lillehammer wußte sehr wohl, daß es für die FBI-Psychiaterin, die aufzusuchen man ihn nach seiner Rückkehr aus Vietnam gezwungen hatte, ein triumphales Erlebnis gewesen wäre – hätte er ihr je davon erzählt, was für ihn selbstverständlich nicht in Frage kam.

Der Traum war wie ein Stolpern über die Schwerkraft, als falle er nach oben, statt nach unten und knalle mit dem Kopf gegen Käfigstangen aus im Feuer gehärteten Bambusstäben. Und dazu kam noch ein weiteres gleichbleibendes Element: das Gefühl, sich in einem Zoo zu befinden – der Gestank, die qualvolle Enge und, vor allem, die unangenehme Empfindung, dauernd überwacht zu werden.

Im Traum ging er – wie in seiner Erinnerung – beständig auf einer so kleinen, dreckigen Fläche hin und her, daß er sich nicht einmal voll aufrichten konnte. Er hatte aufrecht sitzend schlafen müssen, sofern von Schlaf überhaupt die Rede sein konnte. Das war die eine Sache. Dazu kamen Dunkelheit, das tiefe, einlullende Brummen der Insekten; und dann die grellen Lichter, die durch seine geschlossenen Lider hindurchdrangen... Wieder und wieder lief dieser Vorgang im Traum und in seiner Erinnerung ab, bis der Schlaf schließlich ebenfalls zu einer jener Freiheiten wurde, die man ihm verwehrte.

Die Idee selbst war absolut logisch und entsprach den Grundprinzipien jeder Verhörtechnik: Beraube die Person ihres Zeit- und Ortsgefühls, und du beraubst sie letztlich ihrer Identität. Das Endergebnis waren Formbarkeit und Fügsamkeit. So wie ein Bäcker seinen Teig so lange knetet, bis er die richtige Konsistenz hat, so versuchten seine Bewacher, seine Psyche zu zermalmen.

In welchem Ausmaß sie damit Erfolg hatten, erfuhr er nie. Und das war das Schlimmste von allem: diese Ungewißheit.

Ganz am Anfang, als *Der Traum* ihn heimzusuchen begann, hatte Lillehammer die Hoffnung gehabt, daß er darin die Antwort auf die Frage finden würde, die ihn seit seiner Rückkehr aus Vietnam zermarterte: Hatten sie ihn kleingekriegt? Im Krankenhaus, während seine Wunden langsam verheilten, hatte er genügend Zeit zum Nachdenken gehabt, und noch mehr Zeit nach seiner Rückkehr in die Staaten, als sie die Psychotante auf ihn losgelassen hatten.

Eigentlich hatte er sie gemocht, diese Madeleine, hatte sich sogar ein bißchen in sie verliebt. Und das war auch durchaus beabsichtigt gewesen, wie sie ihm eines Tages erklärte. Von ihr hatte er zum ersten Mal echte Zuneigung erfahren, seit er damals irgendwo im Busch von Laos in dem Bambuskäfig eingesperrt gewesen war.

Gott im Himmel, was hatte er für einen Riesenhaufen Scheiße gebaut! Aber Madeleine war da anderer Meinung gewesen und hatte ihm nachgewiesen, daß das genaue Gegenteil der Fall war. Sie konnten ihn gar nicht kleingekriegt haben, da nichts von den geheimen Dingen, mit denen er zu tun hatte, schiefgelaufen war: kein Code war aufgeflogen, auch kein Mann und kein Agentennetz. *Kümmern Sie sich nicht um Ihre Erinnerungen*, hatte ihn Madeleine beruhigt. *In solchen Fällen ist das Gedächtnis alles andere als zuverlässig*. Aus diesem Grund war sie auch auf ihn angesetzt worden, um sich mit ihm zusammen durch den Schutt hindurchzuarbeiten und das auszugraben, was er selbst nicht ausgraben konnte.

Sie sind völlig normal, hatte sie ihm bei ihrer letzten Sitzung gesagt. *Es ist alles so, wie es sein soll, und Sie können in den Beruf zurückkehren, den Sie vor dem Krieg ausgeübt haben. Alles, was in der Zeit dazwischen geschah, liegt in der Vergangenheit.*

Er wollte ihr glauben. Und hätte es sicherlich auch getan, wäre da nicht *Der Traum* gewesen. Selbst als er erkannte, daß sie ihn nicht belogen hatte, daß man ihm noch immer vertraute, daß die Kampfgefährten aus seiner Eliteeinheit ihm mit größter Hochachtung gegenübertraten, blieb *Der Traum* wie ein Felsbrocken in seiner Erinnerung verankert.

Im Traum und in der Erinnerung war er ständig von dem Geruch von Blut und Exkrementen umgeben, und der Angstschweiß legte sich wie eine bösartige zweite Haut um ihn. Dann holten sie ihn jedesmal aus dem Käfig heraus und stellten so unerhörte Dinge mit ihm an, daß er sie noch nicht einmal gegenüber Madeleine erwähnen konnte, die er liebte und der er sogar ein bißchen vertraute.

Soweit er überhaupt jemandem vertrauen konnte, denn genau das war es, was der Käfig bei ihm bewirkt hatte. Zwar hatten sie ihn nicht, wie ihm Madeleine versicherte, seines Menschseins und seiner Menschlichkeit beraubt, wohl aber seine Fähigkeit, Mitmenschen zu vertrauen, zerstört.

Im Traum und in seiner Erinnerung war er stets allein, von seinen Gefährten aufgegeben, mit denen er sich doch unverbrüchliche Freundschaft geschworen hatte. Wie die legendären Ritter der

Tafelrunde hatten sie einander das Ehrenwort gegeben, Schulter an Schulter zu kämpfen. Doch der Käfig war etwas, das er ganz allein durchleiden mußte. Keiner kam über den dicht bewaldeten Bergkamm gestürmt, keiner stahl sich zu mitternächtlicher Stunde in den Käfig, um ihn zu befreien.

Er vegetierte dahin, ein Opfer endloser Erniedrigungen und Foltern. Die Qual des Lebens wurde nur durch die Halluzinationen seines Gehirns unterbrochen, woraufhin man ihn immer eine kurze Zeitlang in Ruhe ließ, bis er wieder in ausreichendem Maße in die Wirklichkeit zurückgekehrt war, damit die ganze Prozedur von vorn beginnen konnte.

Unter dem extremen psychischen Druck verschob sein Bewußtsein die Zeit, komprimierte und verbog sie so lange, bis sie völlig verschwand. Wieder hatte er den Moment vor Augen, wo er in Alices Spiegel aufgenommen wurde, jenem Schattenreich, das ihn als Blutsbruder umarmte, aber nur für den Zeitraum, für den er von Nutzen war.

Jetzt aber betrachtete er sich und seine Mitstreiter durch seinen eigenen, selbstgemachten Spiegel. Jetzt endlich waren ihm jene Verschiebungen von Wirklichkeit und Unwirklichkeit sowie die beunruhigende Wahrheit bewußt geworden, die sich hinter einer beschwichtigenden Fassade gegenseitiger Loyalität versteckte. Er hatte begriffen, daß diejenigen hinter dem Spiegel ihm ihre Lügen genauso überzeugend verkauft hatten wie jedem anderen aus ihrer Umgebung auch. Das also war die furchteinflößende Welt, die hinter diesem modernen Spiegel lag. Und sie war gar nicht so verschieden von dem Spiegelreich, das sich Lewis Carroll vor mehr als hundertfünfzig Jahren ausgedacht hatte.

Viel später, als er bereits wieder in Washington war und einen Job hatte, fand er heraus, daß »man« – hätten ihn seine Peiniger nicht einfach unzeremoniell vor der Türschwelle abgeladen – sich in der Tat zu einer Aktion genötigt gesehen hätte. »Man« hätte einen Einzelkämpfer losgeschickt, einen Ranger und Scharfschützen, der den Befehl erhalten hätte, ihm eine Kugel durch den Kopf zu jagen, um das darin befindliche geheime Wissen auszulöschen.

Er machte ihnen deshalb keinen Vorwurf. In ihrer Lage, so glaubte er, hätte er vielleicht die gleichen Überlegungen angestellt. Aber es bedeutete für ihn eine gründliche Lektion über die Art und Weise, wie Menschen miteinander umgehen. Danach stellte er fest, daß er Menschen nicht mehr mochte.

Er vergaß Madeleine, genauer gesagt, seine Liebe zu ihr, die viel zu schmerzhaft war, als daß er dabei hätte verweilen können. Statt dessen verwandelte er sich in eine Art Automat. Die zehntausend Rituale seines Handwerks bis ins kleinste Detail zu beherrschen, verlieh ihm eine Selbstsicherheit, die ihn tröstete. Es erfüllte ihn mit Befriedigung, daß dieser Schleier, den er um seine Person gewoben hatte, für seine Kameraden nicht sichtbar war und daß sie in ihm den Helden sahen. Er wurde befördert und erhielt größere Kompetenzen und Handlungsspielräume, als er sie je in Vietnam unter dem Kommando des Jabberwocky besessen hatte.

In jenen Tagen war er unter den Namen »Der Verrückte Hutmacher« bekannt gewesen, ein Spitzname, der ihm jetzt viel treffender als früher vorkam, ein zufälliger *nom de guerre*, den ein Computer ausgespuckt hatte, den sie mit einem Zuviel an Text aus Lewis Carrols »Alice«-Erzählungen programmiert hatten.

Was auch sonst alles aus jener Zeit weggespült worden war – der Spitzname der Schwarzen Dame, der Schachkönigin aus Alices »Spiegelreich«, war geblieben. Er und die Schwarze Dame hatten sich unaufhörlich unter den gestrengen Blicken des Marschalls Jabberwocky abgeplagt, sogar noch während des peinlichen Mißgeschicks mit Michael Leonforte.

Irgendwie war es der Schwarzen Dame gelungen, die Nachbeben dieses Fiaskos weiträumig zu umgehen, denn der Agent dieses Namens hatte jetzt jene höchste Machtposition inne, die von Jabberwocky selbst jahrzehntelang besetzt worden war.

Wie die Schwarze Dame das geschafft hatte? Sie hatte einfach den Jabberwocky aus dem Amt gedrängt, einen Mann, von dem sich Lillehammer sicher gewesen war, daß man ihn nur mit den Füßen voran von seinem Thron wegbekommen würde. Die Schwarze Dame hatte eine Trumpfkarte namens Nishiki ausgespielt, hieß es gerüchteweise. Nishikis Nachrichtendienst war so allumfassend, präzise und auf so permanent hohem Niveau, daß er zu einem Schwert wurde, mit dem sich die Schwarze Dame ihre Bahn durch die Hierarchie schlug und Kritiker, politische und ideologische Feinde ohne Zahl niedermähte.

In jenen Tagen hängte sich Lillehammer, der Opportunist, an ihre Rockschöße. Damals war er Auge und Ohr der Schwarzen Dame, der einzige Mensch, wie er glaubte, dem die Schwarze Dame ausdrücklich vertraute. Die Schwarze Dame behauptete, Nishikis wahre Identität und nicht einmal seine Nationalität zu kennen.

Nishikis geheime Berichte liefen stets über einen toten Briefkasten, der häufig und willkürlich gewechselt wurde. Sollte dies alles den Tatsachen entsprechen – in welchem Verhältnis stand dann die Schwarze Dame zu Nishiki? Was war das Bindeglied zwischen beiden? Welche Motivation hatte Nishiki, um diese Menge an hochkarätiger und brisanter Information zu liefern?

Scherte sich Lillehammer damals viel um Antworten auf solche Fragen? In jenen Tagen eines getrübten Bewußtseins, die angefüllt waren mit Erinnerungen und dem *Traum*, fand er es einfacher, den Befehlen seines Vorgesetzten zu gehorchen, als Antworten auf mit Politik befrachtete Fragen zu suchen. Vor langer Zeit hatte er sich für eine Seite entschieden – oder diese Seite hatte sich für ihn entschieden; was spielte es für eine Rolle? –, und so gab es in seiner jetzigen Tätigkeit keinen Platz für Moral. Es bereitete ihm ein dumpfes Vergnügen, sich stumpfsinniger Routine zu unterwerfen.

Da er seinem Vorgesetzten direkt unterstellt war und Dienstwege nicht einzuhalten brauchte, bekam er von den Auswirkungen und Folgen seiner Einsätze nichts mit. Er flog durch die nächtlichen Himmel der Welt, übte das aus, was die Schwarze Dame Gerechtigkeit nannte, und kam nicht auf den Gedanken, daß es da noch vielleicht eine andere Wirklichkeit gab. Hinter seiner Maske war er hermetisch abgeschirmt, und durch sie hindurch blickte er mit teilnahmslosen Augen in die Welt hinaus.

Doch der Mensch – selbst so einer, wie Lillehammer geworden war – kann nicht nur vom vertrauten Gefühl des Trostes leben. Die Tatsache, daß seine Verbindung zur realen Außenwelt unterbrochen war, bedeutete nicht, daß seine Synapsen keine Reize mehr weiterleiteten. Trotz allem lebte er noch. Schwer lädiert zwar, aber er lebte noch.

Er brauchte beträchtlich lange, um dahinter zu kommen, was ihn wirklich zu dem neuen Leben trieb, das er sich ausgesucht hatte. Und in dieser Hinsicht war ihm *Der Traum* von gutem Nutzen als ein Weg zurück in die Erinnerung. *Der Traum* führte ihm vor, warum er noch immer atmete, warum er sich in seinem philippinischen Krankenhausbett nicht die Pulsadern aufgeschlitzt oder sich aus dem Fenster seines Washingtoner Büros gestürzt hatte. Der Grund war der, daß ihm *Der Traum* immer wieder wie Geröll, das an fernen Gestaden angeschwemmt wurde, die Gesichter jener präsentierte, die für den Käfig verantwortlich gewesen waren. Wie mit Säure auf einer Metallplatte waren diese Gesichter für alle Zeiten in seinem Gedächtnis eingeätzt. Ihre Gesichter, aberwitzig verzerrt durch Flutlicht und Sonnenlicht, beobachteten ihn ununterbrochen, kauerten sich wie sadistische Kobolde auf seine Schultern, trieben ihre langen Bambusnägel in sein Fleisch, stapften wutschäumend neben ihm her, wenn er ging oder aß oder die Latrine benutzte. Im *Traum* wie in der Erinnerung.

So war Lillehammer schließlich zu der Erkenntnis gelangt, daß er nur zu einem einzigen Zweck aus dem Rachen des Todes errettet worden war: um seine Kerkermeister zu finden und sie zu vernichten, so wie sie ihn vernichtet hatten. Und nach diesem Rhythmus, und zwar ausschließlich nach diesem Rhythmus, schlug sein Herz.

4

Paris / Old Westbury

Paris zu betreten war wie ein Eintauchen in klares Wasser nach dem die Sinne betörenden Gemurmel und Gebrodel eines Strudels. Der Bann von Venedigs byzantinischem Brokat wurde durch die funkelnde Lichterflut gebrochen, die in die wolkenverhangene Stadt hineinströmte.

Der Pariser Abend war ein Bukett aus pulsierenden Fassaden, breiten Boulevards und massiven Brunnen, die von Löwen, Cherubinen und Göttern bewacht wurden, glitzernd in dem weißlichen Licht, in das sie getaucht waren.

Finger aus Licht, die vom Dreh- und Angelpunkt des Place de l'Etoile ausgingen, der ein Dutzend größerer Avenuen miteinander verband, illuminierten den Arc de Triomphe und wirkten plastisch wie die Adern auf einem Handrücken. Lichtgeysire ergossen sich über den Place de la Concorde, wo Louis XVI. und Marie Antoinette, Danton und Robespierre den finalen Kuß des Rasiermessers der Revolution zu spüren bekommen hatten, und über den Place Vendôme, wo die Napoleon-Denkmäler errichtet, wieder abgerissen und wieder aufgerichtet worden waren. Lichtbogen prallten gegen die mächtige Hauptschlagader der Stadt, die den Fluß vom rechten zum linken Ufer überquerte, mit dem Gran Palais und dem Petit Palais am einen Ende und dem großen, vergoldeten Invalidendom am anderen. Dazwischen, von Gruppen von Straßenlaternen beleuchtet, spannte sich diese großartige Brücke über die Seine, die nach Alexandre III. von Rußland benannt worden war.

Durch diese Stadtlandschaft, die weiß wie Schnee unter dem Vollmond vor ihnen lag, wurden Nicholas und Celeste vom Charles de Gaulle Flughafen chauffiert. Bei der Einfahrt in die Stadt des Lichtes kamen sie sich wie Pilger vor, die man wegen irgendwelcher unbekannter und unverzeihlicher Vergehen in die Wildnis verbannt hatte und die jetzt wieder zurück in die Zivilisation des Abendlandes fanden.

Sie überquerten die Seine vom rechten zum linken Ufer und betraten eine Welt, die noch immer etwas Exzentrisches an sich hatte, mit Sicherheit aber jünger war als die auf der anderen Seite des Flusses; eine Welt voller Kunstgalerien, schicken Boutiquen und allen möglichen Imbißständen.

In der Nähe des Boulevard St.-Germain fanden sie Unterkunft in einem Hotel, das eine schwarzweiße Vorderfront aus schmiedeeisernen Verzierungen und sandgestrahltem Stein aufwies. Die Zimmer selbst waren klein, von der Ausstattung her postmodern, sauber und gemütlich – mit einem Ausblick auf die zu Recht berühmten Häuserdächer, die unter einer erstaunlichen Aura erglühten, und auf die Pyramide der Energie, die den Eifelturm umgab.

Im Innern ihres Zimmers lief bereits der Videorecorder und zeigte gerade in Schwarzweiß Humphrey Bogart und Lauren Bacall in einer Szene aus Raymond Chandlers Der Große Schlaf. Elektronische Schatten an der Wand, irisierendes Flackern wie das Zucken eines Augenlids, das Pochen eines Herzens.

Schlaf...

»Avalon Ltd. ist eine Firma mit einer interessanten Geschichte«, hatte Fornovo ihnen erzählt. »Anfänglich ein Haus, das Kostüme für Wandertheatergruppen herstellte, wandelte es sich nach und nach immer mehr, je berühmter es für seine Masken wurde. Irgendwann zu einem bestimmten Zeitpunkt – wer weiß, vielleicht während der französischen Revolution – rangen die Maskenformer ihren Oberherren die Kontrolle über die gesamte Firma ab, woraufhin jene – so die Legende – wegen ihrer traurigen Berühmtheit stracks auf dem Place Vendôme guillotiniert wurden. Der Name der Firma wurde in *Avalon et Fils* umgeändert, denn die Handwerker betrachteten die Gesellschaft mittlerweile als ihr Zuhause. Und so hat sich die Firma im Grunde unverändert über die Jahrhunderte erhalten, bis sie vor etwa fünf Jahren, in einer Periode flauer Geschäfte, von einer ausländischen Firma aufgekauft und der Namen erneut geändert wurde, in *Avalon Ltd.*«

»Wer war der Käufer?« hatte Nicholas gefragt.

»Ja, genau das scheint das Sonderbare zu sein«, hatte Fornovo geantwortet und dabei den Domino zur Seite gelegt. »Niemand scheint es zu wissen.«

Nicholas erwachte, und der Sonnenschein fiel zum Fenster herein. Er drehte sich im Bett um und fand Celeste neben sich schlafend, voll angekleidet. Ihr außergewöhnlich hübsches Gesicht war zur einen Hälfte in Licht getaucht, zur anderen Hälfte in die blauen Schatten der Ausläufer der Nacht. Der Fernseher war noch immer eingeschaltet, doch das Band, das schon seit Stunden abgelaufen war, produzierte nur eine lautlose Gischt grauer und weißer Partikel wie die Strahlen einer Science-fiction-Waffe.

Er sah an sich hinab, fand sich ebenfalls voll angekleidet, konnte sich aber noch nicht einmal daran erinnern, sich hingelegt zu haben. Eine umfassende und segensreiche Erschöpfung hatte sie beide ohne Vorwarnung überwältigt.

Viel zu zufrieden, um sich zu bewegen, blieb er einfach liegen, wo er war. Er wußte, daß er sein Büro anrufen sollte; Seiko mußte zwischenzeitlich fast verrückt geworden sein. Aber warum sollte er sie wissen lassen, wo er sich befand? Sie würde ihm dann nur eine Zusammenfassung der neuesten Entwicklung in Saigon unterbreiten wollen, und er hatte keine Lust, etwas darüber zu hören. Außerdem waren sie und Nangi sehr wohl in der Lage, mit allen auftauchenden Problemen selbst fertigzuwerden.

Aber er wußte, daß dies nur Ausreden für ihn selbst waren. Langsam, beinahe schmerzhaft, wie beim Verlauf eines degenerativen Leidens, dämmerte ihm die Wahrheit. Er riß vor einer Ehe aus, die in die Brüche ging, vor einer Beziehung, die so weit aus dem Ruder gelaufen war, daß er nicht mehr die Kraft zu einer Kurskorrektur fand. Mit Schuldgefühlen hatte er nach Kräften die Wahrheit stranguliert, um durchsichtigen Hirngespinsten nachzuhängen, die, im nüchternen Licht des Alltags betrachtet, schlicht lächerlich waren.

Doch als noch eine weitere Facette der Wahrheit ans Licht kam, erkannte er, daß das Problem tiefer reichte. Er war dabei, vor seinem alten Leben davonzulaufen. Sein Rückzug in eine Ehe, die Gründung einer Familie, ein gesicherter Arbeitsplatz und die Verpflichtungen einer verantwortlichen Position – all das hatte sich wie Bleigewichte an ihn gehängt. Man begrub ihn bei lebendigem Leib.

Das tiefgreifende Gefühl von Freiheit, das er in dem Augenblick verspürt hatte, als er in die *baùtta*-Maske geschlüpft war, hatte ihn in Hochstimmung versetzt. Er wollte nicht, daß diese endete. Er wollte in sein altes Leben zurückkehren.

Behutsam drehte er den Kopf und sah in Celestes sonnenbeschienenes Gesicht. Und dann fühlte er ein wunderbare Gefühl, ausgelöst von dieser Frau, in sich aufsteigen. Er wußte, daß er sich in sie verlieben würde, wenn er nicht verheiratet wäre. Doch da enthüllte sich eine weitere Facette der Wahrheit und grub sich schmerzhaft wie eine Narbe in seine Haut: Was hatte die Tatsache, daß er verheiratet war, damit zu tun? Liebe an sich schloß äußere Begleitumstände aus. Er war bereits dabei, sich in sie zu verlieben.

Abrupt richtete er sich auf und stieg aus dem Bett. Lautlos schlich er ins Bad, zog sich aus und stellte sich fünf Minuten lang unter die siedendheiße Dusche. Er seifte sich ein, drehte dann den Warmwasserhahn ab, spürte die Nadelstiche des kalten Wassers gegen seinen Körper pieksen und hielt das Gesicht in den Wasserschwall, als könne er so Körper *und* Geist reinigen.

Mit um die Hüfte gebundenem Handtuch kam er ins Zimmer zurück, wo Celeste gerade in ihrem kleinen Koffer herumkramte.

»Du liebe Güte, ich habe wie eine Tote geschlafen«, sagte sie.

Schnell ging er an ihr vorbei und getraute sich nicht, den Mund aufzumachen oder auch nur in ihrer Nähe zu bleiben.

Sie legte ihre Wäsche über den Arm und verschwand in dem dampfenden Badezimmer. Sofort kam ihm der Raum klein und auf eine armselige Weise unpersönlich vor – ohne weiter zu überlegen, stieß Nicholas die Tür zum Bad auf.

Celeste lag in der Wanne und genoß die Wärme. Er ging zu einem kleinen Hocker aus Holz am Ende der Wanne, öffnete die Tür zum Balkon und setzte sich dann.

Celeste hatte eine Gesichtsmaske aufgelegt. Sie bestand aus einer dunklen Moorpackung mit Mineralien und stellte eine weitere luxuriöse Aufmerksamkeit des Hotels dar. Die Augen hielt sie geschlossen, und ihre Miene war entspannt.

»Sind Sie gekommen, um mich zu verführen?«

»Nein«, sagte er und wußte sofort, daß er log.

Ihre Augen öffneten sich, und deren aquamarinblaue Farbe stand in einem höchst aufregenden Kontrast zu dem kosmetischen Schlamm. »Können Sie Okami-san spüren?«

»Die Zukunft ist dunkel, Celeste.«

Sie betrachtete ihn schweigend lange Zeit.

»Ich habe Angst, Nicholas.«

»Ja, ich weiß.«

»Das ist für mich so ungewohnt.«

Er nickte. »Vielleicht müssen wir uns gegenseitig helfen.«

Sie drehte den Warmwasserhahn auf. »Ich muß jetzt diese Maske abwaschen. Wenn Sie bleiben, werden Sie naß.«

Zwanzig Minuten später kehrte sie aus dem Badezimmer zurück. Ihr Haar war noch immer feucht, und sie hatte es mit einem Tuch zusammengebunden. Diese gebändigte Frisur stand in krassem Gegensatz zu jener üppigen Wildheit des Haars, wie sie es in Venedig getragen hatte, einer Stadt der Exzesse. So sah sie weniger impulsiv, mehr verinnerlicht und melancholisch aus. In Venedig, einer Stadt, die von vielen als melancholisch empfunden wird, war sie übermütig gewesen wie der Sonnenschein auf dem Wasser. Wie würde sie sich wohl hier in Paris verhalten? fragte er sich.

Sie trug schwarze Leggins, eine saphirblaue Wildlederbluse und eine Seidenjacke mit Puffärmeln, die auf dem Rücken mit einem Phönix bestickt war. Die Füße steckten in vernünftigerweise flachen Schuhen. Vor dem Abflug aus Venedig waren ihr nur zweieinhalb Stunden geblieben, die sie gut damit genutzt hatte, alles Nötige in eine Reisetasche zu stopfen.

»Wie wär's mit Espresso und *petit pain*?« fragte sie in dem winzigen Aufzug auf dem Weg nach unten. Er hatte gläserne Wände, so daß sie die Wendeltreppe aus Marmor betrachten konnten, durch deren senkrechter Achse sie abwärts glitten. Nicholas stand ganz dicht bei ihr und roch ihr Aroma, feinste Andeutungen von Jasmin und Zimt, überlagert von Rosmarin und Pfefferminz, den aromatherapeutischen Bestandteilen von Badegel und Shampoo. Ihm kam es vor, als werde er wie von einer Gezeit zu ihr hingezogen, einem Wechsel von Ebbe und Flut, der ihm so vertraut war wie der Pulsschlag seines Blutes in den Adern.

Um sich davon abzuhalten, sie an sich zu drücken, dachte er an Justine. Die räumliche Entfernung hatte Klarheit in ihre Beziehung gebracht. Trauer und Leid, lange unterdrückt, hatten zu Vorurteilen und Verärgerung geführt. Er erkannte jetzt, daß sie beide durch den Tod ihrer kleinen Tochter Wunden davongetragen hatten, wenn auch vermutlich völlig verschiedener Natur. Dadurch, daß er darauf bestanden hatte, in Japan zu bleiben, hatte er sie tatsächlich eines Teils ihrer Identität beraubt, wo doch sein einziger Gedanke der gewesen war, zu ihrer Bereicherung beizutragen. Ob das schon die ganze Wahrheit war? Eine wie große Rolle spielten da sein eigener Egoismus, sein glühendes Verlangen, zu *kokoro* zu gelangen, zum Ursprung seiner eigenen Abstammung? Die Offenbarungen von *tau-tau* fraßen ihn auf, das wußte er, doch jetzt mußte er sich den Konsequenzen dieser Besessenheit stellen. Der Preis der Wahrheit war schon immer hoch.

Sie begaben sich durch die Empfangshalle zu dem kleinen Restaurant mit den aschgrauen Tischen, den ebenholzfarbenen Stühlen und den Sitzbänken aus Stahl und Leder. Gleich rechts von ihrem Platz gab es einen winzigen Lichthof, in den der Sonnenschein ungehindert durch Bäume oder Dachvorsprünge einfallen konnte. Der helle Kies, der einige wasserzerfurchte Felsbrocken trug, und die Hinoki-Zwergzypressen beschworen ein japanisches Ambiente – allerdings mit der angestrengten Systematik eines abendländischen Gärtners, was letztlich eher auf eine Ehrerbietung gegenüber der Form als auf ein wahres Verständnis des Inhalts japanischer Gartenarchitektur hinauslief. Und doch bewirkte dieses harmonische Zusammenwirken von Elementen aus der Natur, daß er augenblicklich Heimweh nach dem Fernen Osten verspürte, wo das Tao des Gefühls eingebunden war in einander überlagernden Schichten aus Ritualen, Traditionen und Symbolen.

»Eigentlich habe ich gar keinen großen Hunger. Und Sie?« fragte Celeste.

»Ich auch nicht.«

Sie bestellte für beide. Ihr Französisch war ausgezeichnet.

Die Erkenntnis der Wahrheit hatte bei Nicholas ein Gefühl der Befreiung erzeugt. Seine Trauer um das Geschehene und um das, was hätte sein können, wurde langsam abgelöst durch seine Erregung darüber, daß er sich wieder dicht am Rand des Nervenkitzels bewegte. Das drohende Unheil, das ihre Reise begleitete, war es, was ihn antrieb und ihm das Leben lebenswert erscheinen ließ. Jetzt erst ging ihm so richtig auf, wie weit er sich in diesen vergangenen Jahren von seiner eigenen Mitte entfernt hatte.

»Wie weit?«

»Was ist?« Sofort richtete sich seine Aufmerksamkeit wieder uneingeschränkt auf sie.

»Ich habe mich gerade gefragt, wie weit weg Sie gerade waren.«

Er lächelte und war wieder beruhigt, nachdem er ihre Erklärung gehört hatte. Einen Augenblick lang war er der Meinung gewesen, sie könne Gedanken lesen. Er träufelte Marmelade über die abgebrochene Kruste seines *petit pain.* »Ich glaube, ich möchte noch einen Espresso«, sagte er.

Er nahm einen von ihr ausgehenden Wunsch wahr, ihn anrühren, ihn öffnen zu wollen, so wie sie vielleicht eine kostbare Puderdose öffnen würde, um sich selbst in einem neuen Spiegel zu betrachten. Ob ihr Interesse an ihm bloß Neugierde war? Es war in der Tat eigenartig, doch selbst nach all den gemeinsamen Erlebnissen spürte er in gewisser Hinsicht zwischen ihnen beiden noch die gleiche Distanz, die in jener Nacht gegenwärtig gewesen war, als sie sich zum ersten Mal, unter ihren venezianischen Masken verborgen, getroffen hatten. Er war es gewohnt, Menschen zu durchschauen und hinter ihre Fassaden zu blicken, aber bei Celeste stellte er fest, daß er für jeden Schritt, den er in Richtung auf größere Vertrautheit tat, irgendwie einen entsprechenden Schritt wieder zurückgeschoben wurde.

Er ließ zwei kleine Würfel Zucker in die schwarze Tiefe seines Espresso gleiten, rührte um und schlürfte ihn genießerisch.

Sie leckte Brotkrumen von ihren Fingerspitzen, stützte die Ellbogen auf den Tisch, beugte sich dicht zu ihm hin und fragte: »Glauben Sie wirklich, daß diese Firma *Avalon* ein Hinweis ist, den Okami-san für uns hinterließ?«

In Gedanken sah er sie auf dem *vaporetto* in Venedig, den kalten Wind im Gesicht, wie sie mit heftigem Zwinkern das Wasser in den Augen zurückdrängte und wie ihr das dichte Haar um den Kopf flatterte. Der Ärger, den sie damals gezeigt hatte, packte ihn wie eine Schlange, die sich um seinen Körper ringelte, und in dem Bewußtsein, daß er nichts von ihr wußte, fragte er sich, ob dieser Zorn wirklich verraucht war.

»Folgen Sie nur den einzelnen Schritten, ausgehend von dem, was wir sorgfältig zusammengefaltet in Okami-sans Arbeitszimmer fanden, und wohin es uns Schritt für Schritt geführt hat. Okami ist ein übergenauer Mensch – und dazu ein äußerst Schlauer. Ja, ich würde schon sagen, daß dies eine absichtlich hinterlassene Nachricht für uns war.«

»Was ist, wenn es tatsächlich eine solche ist, die aber nicht von Okami-san hinterlassen wurde?« Sie sah ihn unschlüssig an.

»Die Möglichkeit ist mir auch schon aufgegangen, aber das wissen wir erst, wenn wir *Avalon* gefunden haben.«

»Glauben Sie nicht auch«, fragte sie weiter, »daß Okami schon längst tot ist, da der Attentäter ja bis zu ihm vorgedrungen ist?«

»Nur wenn Okamis Feinde nichts weiter von ihm wollen als seinen Tod.« Sie schien jetzt wirklich beunruhigt zu sein, und er fuhr fort: »Erzählten Sie mir nicht, er habe nie etwas aufgeschrieben? Alles, womit der sich gerade beschäftigte, habe er im Kopf? Also ist es nur logisch, daß seine Feinde zuerst seine Geheimnisse haben wollen, ehe sie ihn umbringen lassen.«

»Sind Sie sicher?«

»So würde ich an deren Stelle vorgehen.«

»Mein Gott, sind Sie ein kalter Bursche«, sagte sie und wandte den Blick ab, um die prächtig grünen Zwergzypressen zu betrachten. Wieder verspürte er dieses besondere Hin- und Hergerissensein zwischen Anziehung und Ablehnung, das von ihrem Bewußtsein ausging und das er nicht ergründen konnte.

»Schauen Sie, Celeste, wenn wir nicht in der Lage sind, klar und ohne Emotionen zu denken, dann haben wir kaum Chancen, Okami zu helfen.«

Sie nickte stumm, und ihr Blick blieb dunkel und undurchschaubar.

Seiner Meinung nach war es Zeit zu gehen. An der Rezeption fragte er nach der Adresse von *Avalon Ltd.* Die Dame am Empfang schlug sie nach, schrieb sie ihm auf einen Notizzettel und übergab ihm diesen zusammen mit einem Faltplan der Stadt. Auf der Rückseite des Stadtplans war das Metro-Netz aufgedruckt, und die Frau zeichnete ihnen die Route ein, die sie fahren mußten.

Bei der Station Rue du Bac nahmen sie die Linie 12 nach Norden und stiegen bei der dritten Station aus, Place de la Concorde. Sie befanden sich jetzt auf dem rechten Seineufer und wechselten in die Linie 1 nach Osten.

»Wieviel wissen Sie über diese Allianz zwischen den *yakuza* und der Mafia, von der mir Okami-san erzählte?« fragte Nicholas sie.

»Wenn ich soviel wüßte wie Okami-san«, antwortete sie, »dann stünde ich wahrscheinlich auch auf der Abschußliste.« Sie drehte den Kopf zur Seite und betrachtete eine Reklame für die Galeries Lafayette, das bekannte Pariser Kaufhaus. »Hat er Ihnen von den *godaishu* erzählt?«

»Ja.«

»Und hat er Ihnen auch erzählt, daß die *godaishu* seine eigene Erfindung waren?«

Nicholas starrte sie an. »Hat er nicht.«

»›Die Fünf Kontinente‹ schien ihm ein passender Name für einen internationalen, weltumspannenden Konzern zu sein«, sagte Celeste. »Er sollte in jeder Hinsicht legal erscheinen, so wie es Okami-san vorgesehen hatte, um die Überreste der *yakuza* vor der endgültigen Auslöschung durch Kontrolle und Unterdrückung durch die Regierung zu bewahren. Mit der Autorität seiner Persönlichkeit und seines Amtes überzeugte er den inneren Zirkel der *oyabun*, mit ihm zusammen an einem Strang zu ziehen. Einige waren jedoch unsicher, andere standen der Idee insgeheim feindselig gegenüber.«

»Ja, Okami hat mir erklärt, daß sie Angst davor hatten, den enormen Einfluß und die Macht zu verlieren, die ihnen ihr Status der Gesetzlosigkeit gab.«

Celeste nickte. »Es zirkulierte das Gerücht, daß der Kaisho alt und somit unbrauchbar geworden sei, daß er immer mehr den Sinn für die Wirklichkeit verloren habe.«

»Sie meinen, der Rat der *oyabun* hielt ihn für senil.«

»Jedenfalls erzählten sie das jedem«, sagte Celeste. Sie selbst hielt Okami eindeutig nicht für senil. »Die wachsende Entfremdung zu ihnen veranlaßte Okami-san, seinen eigenen Weg neu zu überdenken. Irgend jemand unterlief andauernd seine Anweisungen, und so wechselte er in seiner Verzweiflung die Bundesgenossen, schloß Abkommen hinter den Rücken der *godaishu* und begann tatsächlich gegen deren wachsende Überzeugung zu kämpfen, daß sie ihr illegales Reich aufrechterhalten mußten. Das heißt, es herrscht nun offener Krieg.«

»Haben Sie einen Verdacht, wer Okamis Tod befohlen haben könnte?«

»Es beunruhigt mich, daß ich keinen habe«, sagte Celeste. »Aber ich habe einen immer wiederkehrenden Alptraum. Darin finde ich heraus, daß *alle oyabun* der *godaishu* unter einer Decke stecken und daß nicht einmal Okami die Macht hat, mit ihnen fertigzuwerden.«

»Wäre das möglich, nachdem nun die Feindseligkeiten offen ausgebrochen sind?«

»Ich bezweifle es«, sagte Celeste. »Einige der *oyabun* sind schwächer als andere, und dann gibt es da noch Unterbündnisse auf der Basis von *giri*. Nein, nach meiner Ansicht ist es *ein einziger oyabun*, der die anderen dazu überredet, daß Okami-san weggeräumt werden muß. Er ist derjenige, der die *godaishu* kontrolliert, denn trotz meines paranoiden Alptraums kann ich mir nicht vorstellen, daß sich alle *oyabun* des inneren Zirkels gegen den Kaisho erheben, gleichgültig, wie sehr sie gegen seine Pläne sind.«

»Dann muß ich also denjenigen finden, der sich das zu tun getraut«, sagte Nicholas. »Und dazu muß ich nach Japan zurück.

Aber nicht, ehe ich mich vergewissert habe, daß Okami in Sicherheit ist.«

»Können Sie nicht spüren, ob es Okami-san gutgeht oder nicht? Sie können doch hellsehen.«

Allmählich verstand Nicholas ihre Einstellung ihm gegenüber, und urplötzlich hatte er so etwas wie Antworten auf die Fragen, die er sich selbst gestellt hatte. »Um mal eine Sache klarzustellen: Ich kann nicht hellsehen«, sagte er rasch. »Ich sehe nicht in die Zukunft und führe auch keine Teufelsaustreibungen durch. Ich bin auch kein *ghost buster*, der Gespenster auf ihr wahres Maß reduziert.«

»Aber Sie können doch Dinge – spüren«, wandte Celeste ein. »Sie wußten, daß Okami nicht in seinem Palazzo war. Sie sahen die blutige Domino-Maske, noch ehe wir sie fanden.«

»Wozu ich in der Lage bin«, sagte Nicholas, »ist, mir die Kraft bestimmter elementarer Naturgesetze zunutze zu machen. Sie sind Lichtjahre weit von der Quantenphysik oder der Relativitätslehre entfernt, oder von irgendeiner der anderen Naturwissenschaften, die die Menschheit erfunden hat, um für sich eine Ordnung in das Chaos zu bringen.«

Der Zug bremste bei der Einfahrt in eine U-Bahnstation ab, und der übliche Wechsel der Fahrgäste machte eine Unterhaltung kurzzeitig schwierig. Als der Zug wieder weiterfuhr, sagte er: »*Tau-tau* kommt vielleicht am nächsten an Mathematik heran, die sich der Mensch dadurch erschuf, daß er unbewußt den Herzschlag des Universums in eine Sprache übersetzte, die er verstehen konnte. Musik zum Beispiel – die es in allen Kulturen dieses Planeten gibt – ist nichts weiter als eine mathematische Angelegenheit.«

»Der Rhythmus in der Luft, kurz bevor die *kanfa*-Brücke erschien«, sagte Celeste.

»Richtig.«

Bei Saint Paul verließen sie die Metro, stiegen zur Straße hinauf und fanden sich im Herzen des Marais wieder.

Zwar war Celeste erneut stumm geworden, doch konnte Nicholas beunruhigende Schwingungen aufnehmen, die von ihr ausgingen und in etwa so waren, als schalte man bei einem Auto beständig vom Vorwärts- in den Rückwärtsgang und wieder zurück.

Der Marais hat eine faszinierende Geschichte. Während des Mittelalters war die Gegend gemieden worden, da sie sich zu beiden Seiten eines Seinearms erstreckte, der den Boden in Morast verwandelte, von woher sich auch der Name erklärte, der soviel wie »Sumpfgebiet« bedeutet. Das Gebiet war tatsächlich eine Brutstätte für Krankheiten gewesen, doch im dreizehnten Jahrhundert fanden Mönche eine Methode, das Gelände trockenzulegen und dadurch bewohnbar zu machen. Hundert Jahre später ließ sich Karl V. dort nieder, und der Bezirk wurde ein bevorzugtes Viertel. Doch während des Ersten Empire zog der Adel in protzige Residenzen nach Faubourg St. Germain um, und so verfiel der Stadtteil erneut und wurde schließlich von den Juden übernommen, die daraus ein Zentrum für Händler und Geschäftsleute machten.

All dies erzählte Nicholas, während sie zu Fuß zum Place des Vosges gingen, dem bekanntesten Ort in dieser Gegend.

»Wie kommt es, daß Sie soviel über Paris wissen?« fragte sie.

»Ich habe ein Jahr lang hier gelebt und das französische Büro der Werbeagentur eingerichtet, für die ich damals arbeitete.«

»Sie haben in der Werbung gearbeitet? Das kann ich mir gar nicht vorstellen.«

»Ob Sie es glauben oder nicht«, sagte er. »Ich kann es mir ja selbst kaum vorstellen.«

Eine Zeitlang spazierten sie stumm dahin. Schließlich sagte sie: »Das war doch bestimmt ein schwieriges Jahr für Sie, oder?«

Die Treffsicherheit ihres Kommentars erschreckte ihn. Andererseits wußte er, daß man über die Stimme, über Mimik und Körpersprache zwangsläufig allerlei unbeabsichtigte Signale weitergab. Zweifellos hatte sie einige davon registriert und interpretiert.

»Ja«, bestätigte er nachdenklich, »aber das hatte nichts mit Geschäften zu tun.«

»Eine Frau also?«

Er sah sie an. »Hätten Sie vielleicht Lust, mir mehr über sie zu erzählen?«

Sie lachte und wurde rot. »O Gott, nein. Ich habe keine Ahnung...«

»Sie sagten, eine Frau sei schuld daran gewesen.«

»Auf den Gedanken wäre jede andere Frau auch gekommen.« Sie schien besorgt zu sein, fast aufgeregt. Jetzt waren sie noch etwa einen Häuserblock weit vom Place des Vosges entfernt, und die Supermärkte des Arbeiterbezirks machten schicken Bekleidungs- und Schuhgeschäften Platz, postmodernen Papeterieboutiquen und vereinzelten Antiquitätenläden.

Urplötzlich zuckte Celeste zusammen und hielt sich an ihm fest.

»Er ist es!« sagte sie heiser. »Dort! Der Mann, der uns in Venedig folgte. Jetzt versteckt er sich in dieser Seitenstraße! Der, der uns beschattet hat und der uns auf der *kanfa*-Brücke in eine Falle locken wollte.«

Nicholas machte kehrt und ging zu der Straße hin, die sie ihm zeigte. Er war nicht weiter beunruhigt, weil er überzeugt davon war, daß sie sich geirrt hatte. Sollte der Mann tatsächlich hier sein, hätte Nicholas bestimmt die von dessen tau-tau-Bewußtsein ausgehenden Schwingungen aufgenommen.

Die enge Durchfahrtsstraße bestand aus einem Gewirr von ineinander verschachtelten Läden und dunklen Ecken. Sonnenstrahlen streiften die oberen Stockwerke der Gebäude, ließen aber die Straße selbst in tiefem Schatten. Nicholas bahnte sich seinen Weg durch die Fußgängerscharen, während gleichzeitig seine Augen und sein Inneres nach dem Messulethe forschten. Er hatte ein klares Bild des Mannes im Gedächtnis, als der Wind dessen Hut weggeweht und er sich gebückt hatte, um ihn wieder aufzuheben: ein gemeißeltes asiatisches Antlitz, bronzefarbene Haut, feste Lippen; im Mundwinkel ein Muttermal. Niemand, auf den diese Beschreibung paßte, kam ihm zu Gesicht. Er spürte auch nichts – keinerlei Anzeichen für irgendeine Irritation körperlicher oder seelischer Art.

Ein gründliches Absuchen der Straße nach beiden Richtungen erwies sich als fruchtlos, und so kehrte er zu der Stelle zurück, wo Celeste stand und sich fest die Fingerspitzen gegen die Schläfen drückte.

»Ich konnte ihn nicht finden«, sagte er. »Sind Sie in Ordnung?«

»Bloß ein kleiner – Kopfschmerz.« Sie schüttelte den Kopf. »Tut mir leid. Ich glaube, ich sehe Gespenster.« Aber ihr Blick war verschleiert – vor Schmerz oder vor Zweifel? fragte er sich.

Er erweiterte sein Bewußtsein, konzentrierte sich auf sie und spürte, wie sich ihre Empfindungen von ihm wegbewegten wie ein Nebel, der an einem kalten, feuchten Morgen über den Boden wallt. Was genau sie fühlte, konnte er nicht sagen.

Er nahm sie bei der Hand und führte sie zurück in die breite Rue St. Antoine, wo sie von heiterem Sonnenlicht und munteren Menschenmassen begrüßt wurden. Sie war eindeutig aus der Fassung gebracht, und er wollte etwas unternehmen, um ihre Stimmung aufzuheitern und sie wieder in die Laune zu versetzen, in der sie zuvor gewesen war. So beschloß er, ihr von jenem Jahr in Paris zu erzählen, das schon so lange zurücklag.

»Sie hieß Mylène«, begann er und schob sie weiter, »die Frau, die ich hier vor Jahren kennengelernt habe. Sie hatte rotes Haar wie Sie. Ich verliebte mich in sie und hätte sie beinahe geheiratet.«

»Was ist geschehen?« Sie sah ihn an, und er bemerkte, daß ihre Augen wieder durchsichtig geworden waren. Also war es ihm glücklicherweise gelungen, ihre Aufmerksamkeit zurückzugewinnen.

»Die Beziehung geriet immer mehr außer Kontrolle«, sagte Nicholas. »Keiner von uns beiden hatte sich selbst verstanden, geschweige denn den anderen. Das Endergebnis war: Entweder wir liebten uns, zu allen erdenklichen Zeiten und an allen erdenklichen Orten, auch an einigen weniger erdenklichen, oder wir fuhren einander an die Kehle. Schließlich hatten wir uns gegenseitig gefühlsmäßig und körperlich bis zur Erschöpfung getrieben. Wir sahen kein Ziel mehr.«

»Wie ist es zu Ende gegangen?«

Er konnte den Bogen sehen, der zum Place des Vosges führte, einem prächtigen quadratischen Park, der jüngst neu gestaltet worden war. Umgeben war er von Wohnhäusern verschiedener Farbschattierungen von Pink bis Rotbraun, deren Erdgeschosse als Arkaden konstruiert waren, die Geschäfte und Restaurants beherbergten.

»Böse«, sagte er. »Die Tränen flossen, Fäuste flogen, die Temperamente prallten aufeinander, Geschrei und Gebrüll, und als Finale ein wildes Gebumse. Man konnte es eigentlich nicht mehr ›lieben‹ nennen; mit diesem Gefühl hatten wir schon einige Zeit zuvor Schluß gemacht. Wir waren einfach voller Wut und, wie ich glaube, auch voller Angst: Was sollten wir ohne einander anstellen?« Er lächelte sie an, obgleich die Erinnerungen, die er solang in Schach gehalten hatte, besonders schmerzlich waren. »Weiterleben, selbstverständlich. Aber damals verstand sich keiner von uns beiden sonderlich gut darauf.«

»Das klingt wie im Film.«

»Vielleicht«, sagte er. »Wir wurden auseinandergerissen wie von einem Hurrikan.«

»Und Sie haben nie wieder etwas von ihr gehört?«

»Nein.«

Sie betraten den Place des Vosges durch den Südeingang, und sekundenschnell verschwand das ganze lärmende Paris hinter ihnen wie in einem Dunstschleier. Die kunstvolle und beabsichtigte Ruhe des Parks und seiner Säulengänge fing sie ein. Kinder rannten die

Wege entlang und lachten. Bei einem Brunnen stellte sich eine Gesellschaft in Anzügen und langen Kleidern zu einem Gruppenbild zusammen und ließ sich von einem Fotografen ablichten. Das junge Paar in der Mitte schäkerte gerade in dem Moment miteinander, in dem der Blitz ausgelöst wurde, und alle begannen zu lachen und ignorierten den Fotografen, der sie um Aufmerksamkeit bat.

»Oh, schauen Sie!« rief Celeste. »Eine Hochzeit.«

Aus diskreter Entfernung beobachteten sie, wie sich das junge Paar für den Fotografen sittsam küßte, sich dann aber, angefeuert von den Freunden und Verwandten, spontan umarmte, während der Fotograf ein Bild nach dem andern schoß.

»Das erinnert mich an die Hochzeit meiner Schwester«, sagte Celeste. Sie schien gelöster zu sein, als befinde sie sich hier in einem geheimen Versteck, wo sie das furchteinflößende Bild des Messulethe vergessen konnte. »Sie fand im Freien statt. Ich erinnere mich, daß es am Morgen regnete und daß wir alle ganz verzweifelt waren. Doch eine Stunde vor Beginn der Feier riß der Himmel auf, und die Sonne kam heraus. Für ganz kurze Zeit gab es einen Regenbogen, und der Fotograf hat ihn noch hinter dem Brautpaar aufs Bild bekommen.«

Die Hochzeitsgesellschaft zerstreute sich, machte sich auf den Heimweg und verließ den Platz. Nicholas und Celeste begaben sich zu einer der Kolonnaden.

»Oft denke ich, daß jener goldene Nachmittag der Höhepunkt gewesen war«, sagte sie ernüchtert. »Alle schienen sie so unbeschwert und glücklich zu sein – aber vielleicht täuscht mich auch meine Erinnerung.« Sie zuckte mit den Schultern. »In Wahrheit glaube ich nicht, daß sie eine sehr erfolgreiche Ehe führen.« Sie lächelte schwermütig. »Andererseits ist meine Schwester außerordentlich eigensinnig, und Sie wissen ja, wie die italienischen Männer sind. Von wegen: ›Frauen gehören in die Küche‹ und dieses ganze Zeug. ›Deine Schwester ist gewitzter, als es ihr gut tut‹, hat mein Vater immer gesagt.«

»Und was hat er von Ihnen gehalten?« fragte Nicholas.

»Ach, von mir hat er immer behauptet: ›Du bist anders, Celeste. Du bist klug und gescheit. Das sind Charakterzüge einer Frau, mit denen ein Mann umgehen kann.‹«

Nicholas lachte, bemerkte aber, daß das für sie gar nicht so lustig war, und begann zum erstenmal zu ahnen, daß ihr Verhältnis zu ihrem Vater keineswegs ein idealer gewesen war.

»Das heißt, in mancherlei Hinsicht war Ihr Vater ein altmodischer Italiener?«

»Nein, er war Venezianer, was überhaupt nicht dasselbe ist. Er hatte karthagisches Blut in sich oder kykladisches – wer weiß, was sonst noch alles! Soweit ich es mitbekommen habe, hat er sich immer auf den Rat meiner Mutter verlassen. Sie sei eine ganz besondere Frau gewesen, hat mir mein Vater gern erzählt, voller ehrgeiziger Pläne für ihn… und für sich selbst.« Sie ließ den Kopf hängen, aber nicht rechtzeitig genug, als daß er nicht hätte erkennen können, wie ein Schleier ihre Augen überzog. »Sie starb bei einem Brand. Viele Menschen – darunter Konkurrenten meines Vaters oder abergläubische Frauen, denen sie Angst eingejagt hatte durch das, was diese Weiber als eine Umkehrung der göttlichen Ordnung bezeichneten –, vielen waren also der Meinung gewesen, daß Gott oder die Priester ihr das Leben genommen hätten und daß sie wie eine Ketzerin auf dem Scheiterhaufen gestorben sei.«

»Wann geschah das?«

»Kaum ein Jahr, nachdem ich geboren wurde.«

Die Schatten der Säulengänge fielen in Streifen über ihre Gesichter und hefteten ihnen lange Schatten an die Füße. Rings um sie herum in den Kolonnaden gab es Tee- und Antiquitätenläden, Bistros und kleine Geschäfte. Eines von ihnen war *Avalon Ltd.*

Nicholas erkannte die Fassade sofort. Sie hatte nichts Auffallendes an sich und ähnelte den Vorderseiten vieler anderer Geschäfte. Auf ihrem Schaufenster stand, in verschnörkelten Buchstaben geschrieben: *Avalon Ltd., Maskenentwürfe, handgearbeitete Masken.*

Celeste betrachte den Eingang zu *Avalon Ltd.* »Dort drinnen könnte er sein«, sagte sie. Und fügte nach einer langen Pause hinzu: »Gibt es hier denn nichts, keinen Rhythmus oder ähnliches, der uns verrät, ob Okami-san noch am Leben ist?«

Nicholas hörte die angespannte Verzweiflung aus ihrer Stimme heraus und überlegte, ob er sie anlügen sollte. Doch was würde das bringen? Statt dessen sagte er: »Stellen Sie sich vor, ich wäre ein Jäger. Manchmal, wenn der Wind richtig steht und weitere Bedingungen es ermöglichen, kann ich die Beute riechen, ehe ich sie sehe. Aber das ist nicht immer so, und nicht immer beherrsche ich die jeweiligen Umstände.«

»Dann könnte er also auch schon tot sein.«

Hier und da torkelten Laubblätter durch die Luft und fielen zu Boden. Ein Streifenwagen der Polizei kam durch einen der Eingänge hereingefahren und drehte eine langsame Runde auf der Ringstraße. Er blieb kurz mit laufendem Motor stehen, fuhr dann weiter und verschwand schließlich durch den gegenüberliegenden Ausgang. Ein Paar mittleren Alters kam vorbei geschlendert. Die Frau studierte den Reiseführer, und der Mann machte indessen Aufnahmen von den Brunnen und Tauben. Sie verweilten nicht lange.

Während der ganzen Zeit hatte Celeste den Blick nicht von dem Geschäft in der Kolonnade gewandt.

»Zeit nachzusehen, was sich im Innern befindet«, sagte Nicholas.

»Ich habe Angst – und das dumpfe Gefühl, daß Okami-san dort drinnen ist, und zwar tot.«

»So oder so, wir müssen es herausfinden, Celeste.«

»Entschuldigen Sie mich nur einen Augenblick, okay?« Wieder hatte sie jenen verstörten Blick, den er an ihr bemerkt hatte, als sie den Messulethe zu sehen glaubte.

Sie ging in das Bistro an der Ecke des Säulengangs, und Nicholas dachte über ihr rätselhaftes Leben nach. Was sie ihm offenbart hatte, war ihm zwar unter die Haut gegangen; dennoch stellte er fest, daß er genauso wenig über sie wußte wie zuvor. Und das empfand er in der Tat als höchst bemerkenswert.

Er machte sich gerade Gedanken über diesen sonderbaren und raschen Wechsel zwischen Annäherungs- und Ablehnungsschwingungen, die von ihr ausgingen, als er sie aus dem Schatten eines Seiteneingangs des Bistro auftauchen und davoneilen sah, ohne daß sie einen Blick in seine Richtung geworfen hätte.

Er ging ihr nach. Sie schlug die Richtung zum Nordausgang des Platzes ein. Gleich nach dem Torbogen wandte sie sich nach links und lief die Rue des Francs Bourgeois entlang.

Jetzt, kurz vor der Mittagszeit, waren die Straßen voller, und Celeste beschleunigte ihren Schritt. Dann, wie ein von der Strömung eines Flusses mitgerissener Zweig, verschwand sie um eine Ecke. Nicholas begann zu rennen, denn jetzt spürte er die Dunkelheit, den düsteren Rhythmus des stummen Chors um *kokoro* herum, jenen Gesang, der schwarze Vibrationen erzeugte, die dem verzweifelten Pulsschlag einer in einem Spinnennetz gefangenen Fliege glichen und die in alle Richtungen ausgestrahlt wurden.

Der Messulethe!

Nicholas fegte um die Ecke und stieß beinahe mit einer älteren

Frau zusammen, die Einkaufsnetze voller Lebensmittel in beiden Händen trug.

Er rannte die Straße entlang und spürte in seinem Innern, wie sich Celeste immer weiter auf jene bösartigen Schwingungen zubewegte. Mit seinem geistigen Auge, seinem *tanjian*-Auge, folgte er ihrem Weg; dabei setzte er *tau-tau* ein, weil er wußte, daß er es tun mußte, um sie zu retten, war sich aber gleichzeitig darüber im klaren, daß er damit den Messulethe alarmierte, der auf Grund des ausgeweiteten Kraftfeldes spüren würde, daß er – Nicholas – in der Nähe war.

Es war ein sehr gefährliches Spiel, das er da spielte. Bis jetzt war er nur mit zwei *tanjian*-Meistern konfrontiert gewesen, und beide hätten ihn fast getötet. Dieser hier war anders: Er hatte die übernatürlichen Kräfte der Messulethe zu Hilfe gerufen, und das tiefgreifende Gefühl des Unbekannten war wie ein gähnender Abgrund, dessen Breite und Tiefe in geheimnisvollem Dunkel lagen.

Jetzt spürte er ihn deutlicher, und diese Wahrnehmung des Rhythmus', das geräuschlose Pochen gegen die *kokoro*-Membran am Herzen aller Dinge, erfüllte langsam sein Bewußtsein mit einer unheimlichen Kraft. Es handelte sich um jenen primitiven Takt, der die Dinge geschehen ließ, der – was andere dann für Magie hielten – aus Geist Materie entstehen ließ. Die Erregung von *kokoro* setzte jene Vernetzungen in Bewegung, aus denen *tau-tau* seine Kraft bezog. Dieses Erregen der *kokoro*-Membran war ein geistig strapaziöser Vorgang, was Nicholas erst jetzt in vollem Umfang erfuhr, wo er seinem Gegner so dicht auf den Fersen war.

Als er Celeste schließlich am Ende der verstopften Straße erblickte, wußte er, was diesen Feind so anders machte, so eminent gefährlich: Er war in der Lage, den *kokoro*-Rhythmus endlos lang aufrechtzuerhalten, und beschwor ihn nicht sporadisch immer nur dann, wenn er ihn brauchte, wie es die niederen *tanjian* taten.

Dann war das Entsetzen über das, was er entdeckt hatte, wie ausgelöscht. Nicholas spürte den Druck in seiner Seele, als sein Feind die Taktfrequenz beschleunigte. Er sah mit seiner seherischen Fähigkeit, wie sich *tau-tau* ausbreitete als ein flüssiger Schatten, der sich mit allen Schatten der Straße vermischte, ohne daß es von den Passanten bemerkt wurde, auch von Celeste nicht, die stocksteif an der Straßenecke stand, den Kopf hin und her bewegte und hektisch in alle Richtungen blickte.

Nicholas stürzte vorwärts, warf sich zwischen zornige Fußgänger, die sein Vorankommen behinderten und ihn aufhielten, wo es keine Zeit zu verlieren galt. Er erkannte den Messulethe und war schockiert, als er nicht das Gesicht sah, das zu sehen er erwartet hatte. Dieser da war ein anderer als der in Venedig.

Da sich der Strom der Fußgänger plötzlich staute, gestaltete sich sein Fortkommen schwieriger. Der Bürgersteig war verengt durch farbige Holzabsperrungen eines Bautrupps, der unter dem aufgerissenen Gehweg Gasleitungen reparierte. Beim Weiterdrängeln registrierte er, daß sich der *tau-tau*-Schatten aus seinem Versteck löste und den Strahl seines schwarzen Lichtes direkt auf Celeste richtete. Nicholas begriff jetzt, daß er den Messulethe niemals rechtzeitig erwischen würde. Schon roch er den stechenden Gestank von Schwefel, wußte, daß er ihn als einziger hier wahrnahm – und dann weitete sich sein Bewußtsein.

Wie ein großes Raubtier stellte es sich genau in dem Augenblick vor Celeste, in dem der Schattenstrahl auf sie fiel. Die schiere Gewalt der psychischen Energie ließ sie taumeln, stieß sie vom Randstein herunter und auf die Straße, doch Nicholas' Schutzmantel hielt stand.

Der Druck in seinem Innern war nun so groß, daß er die Umwelt nur noch verzerrt wahrnahm. Die Farben des Regenbogens flossen wie Aura um jedes Lebewesen, das sich in sein Gesichtsfeld hineinbewegte, und er durchlitt jenes alarmierende Gefühl des seitlichen Wegschlitterns aus dem Zugriff der Zeit, so daß es ihm schien, als könne er sich selbst bei seinem Kampf gegen den Messulethe zusehen.

Dieser intensivierte seine Bemühungen, an Celeste heranzukommen und ihren Geist mit seiner Willenskraft zu zerschmettern. Nicholas wankte unter der enormen Anstrengung, die notwendig war, um sie zu beschützen. Von unbekannten Kräften mißhandelt, vernahm er ein Rauschen in den Ohren und war blind, völlig innerhalb von *akshara,* zeitlich entrückt, sich akut und schmerzlich seiner Unzulänglichkeit bewußt.

Wenn er doch nur schon *koryoku* erreicht hätte, den Zugang zu dem, was einst vorhanden war und wieder werden konnte: der Einheit von *akshara* und *kshira,* der wahren autonomen Macht.

Unvermittelt schwoll das Rauschen in seinen Ohren zu einem Heulen an, und der kalte Schweiß lief ihm über die Haut, weil er wußte, daß *akshara* allein nicht ausreichen würde, um diesen Kampf zu gewinnen. Die *kokoro*-Schwingungen, die der Messulethe ausgelöst hatte, waren so mächtig, daß sie Nicholas zu zerreißen drohten. Er begriff, daß er sie schnell neutralisieren mußte, da sie sonst alle beide verloren wären.

Bereits konnte er spüren, wie der Schutzmantel, den er um Celeste gelegt hatte, Risse bekam und abfiel, wie sie den Attacken des Messulethe schutzlos preisgegeben war. Ein gräßlicher Lärm dröhnte in Nicholas' Kopf und machte es ihm unmöglich, einen vernünftigen Gedanken zu fassen. Jetzt war er an der Grenze seiner Kraft angelangt, fühlte sich schwach und wehrlos gegenüber dieser Gewalt des Bösen, die mit der Wucht einer Dampframme gegen ihn anstürmte.

In wenigen Sekunden würde alles vorbei sein. Er selbst würde überwältigt, und Celeste, seines Schutzes beraubt, getötet werden.

Da tat er das Einzige, was er noch tun konnte.

Er befreite sich von *akshara*, verließ die *tanjian*-Perspektive, kehrte in die Echtzeit zurück, bediente sich seiner normalen Sinneswahrnehmung – und sah, wie sich der Messulethe konzentrierte, das Gesicht verzerrt und vor Anstrengung schweißüberströmt.

Da sein Schutzschirm jetzt abgezogen war, verblieben Nicholas nur noch kostbare Sekundenbruchteile zum Handeln, bevor Celestes Bewußtsein unter den gnadenlosen Angriffen des Messulethe pulverisiert sein würde.

Er griff nach unten, hob einen Zementbrocken aus dem Schutt des aufgerissenen Gehsteigs auf und warf ihn, ohne lange zu überlegen, wie einen *shuriken*, einen eisernen Wurfstern, auf seinen Feind.

Dieser hätte zwar das Sausen des heranfliegenden Geschosses hören müssen, da er aber zeitentrückt und voll auf seine psychische Ausstrahlung konzentriert war, hatte seine Wahrnehmung nur die Spannbreite eines Glühfadens.

Er entdeckte das Wurfgeschoß zu spät. Der Betonbrocken riß ihn nach hinten und warf ihn um.

Nicholas stürmte zu Celeste hin, die auf der Straße kniete, während um sie herum der Verkehr tobte. Ein Taxi, das sich schon ganz in ihrer Nähe befunden hatte, als sie vom Gehsteig heruntergeschleudert worden war, hielt voll auf sie zu, obwohl der Fahrer rücksichtslos in die Bremsen gestiegen war.

Das brutale Quietschen der Reifen und der Geruch von verbranntem Gummi begleiteten ihn, als er die Passanten beiseite stieß und zu einem Hechtsprung ansetzte. Schon konnte er die

Vorderreifen sehen, die ihre Spuren auf dem Asphalt hinterließen.

Mit eingezogenem Kopf rollte er sich zu einer Kugel zusammen, landete nach einer Umdrehung neben ihr, kam auf die Füße, packte sie an der Hüfte, riß sie hoch und warf sie sich über die Schulter.

Mit kreischenden Bremsen schlitterte das Taxi über jene Stelle, wo Celeste hingefallen war, und kam quietschend ein paar Meter weiter vorn zum Stillstand. In der Zwischenzeit stand Nicholas schon sicher auf den Beinen und rannte mit Celeste von der gaffenden Menge, dem gellenden Hupkonzert und dem wie gelähmt herüberstarrenden Taxifahrer weg. Es roch nach Verbranntem: der Gestank der Blumen des Bösen.

Francie kicherte verlegen. »Ich muß jetzt los, Mom. Könnte ich 'nen Fuffziger haben? Wir ziehen uns im Kino noch 'nen Film rein.«

Dann fing sie an zu schluchzen. Croaker hielt sie noch immer im Arm.

Margarites Miene war eine Maske der Qualen. »Francie, mein Schatz…«

»O Gott, o Gott!« Francies Tränen tropften zu Boden. »Ich kann so nicht weiterleben.«

»Na komm, Francie«, sagte Margarite und streckte die Arme nach ihr aus. »Ich bring dich nach Hause.«

»Nein!« Das Mädchen schreckte zurück und vergrub den Kopf an Croakers Brust. »Ich gehe nicht nach Hause! Zu Hause sterbe ich!«

»Francie…« Aber nach einem Blick in Croakers Augen brach Margarite ab. Sie verstand, was er sagen wollte und was er vorhatte, wußte aus ihren Gesprächen mit dem Psychiater, daß ein Fremder manchmal eine größere Hilfe sein konnte als ein Familienmitglied, insbesondere ein Elternteil.

»Francie, ich werde nichts tun, was du nicht willst«, sagte Croaker. »Ich nehme dich jetzt einfach mit und bringe dich hier raus.«

»Aber wir gehen nicht nach Hause!« rief sie. »Ich will nicht nach Hause!«

»Wir gehen nicht nach Hause«, beruhigte Croaker sie. »Wir gehen irgendwohin, wo wir beide miteinander reden können. Okay?«

Francie sah auf seine biomechanische Hand hinab. »Ich will mich da festhalten«, flüsterte sie mit großen Augen.

Croaker schloß seine Finger zu einer Faust, und Francie legte ihre Hand darauf. »Jetzt kann mir keiner mehr was tun«, sagte sie beinahe zu sich selbst. Sie nickte, und Croaker legte die Arme um sie.

»Gibt es hier einen Hinterausgang?« fragte er Margarite.

Sie hatte gerade protestieren wollen, da ihr die Kontrolle über das Geschehen entglitt, doch konnte sie sehen, daß ihre Tochter allmählich ruhiger wurde.

Sie nickte. »Da entlang. Ich kümmere mich nur noch um die Rechnung und sage den Leibwächtern Bescheid, damit die Ihnen nicht noch die Arme brechen.«

Gleich darauf stieß sie bei ihrem *Lexus* Coupé wieder zu ihnen. Die Leibwächter hatten diskret Abstand gehalten, waren aber noch nicht in ihren Wagen gestiegen. Margarite kam herbeigeeilt und schloß den *Lexus* auf. Croaker setzte sich mit Francine auf den Rücksitz.

»Wohin sollen wir fahren?« fragte sie.

»Warum bleiben wir nicht einfach ein bißchen hier stehen«, schlug Croaker vor. »Ist das okay, Francie?«

Sie nickte stumm und immer noch weinend, kuschelte sich gegen seine muskulöse Schulter und schniefte.

»Ich würde dir gerne ein paar Fragen stellen«, sagte er leise, »aber dazu müßtest du dich an einiges erinnern. Du mußt freilich keine meiner Fragen beantworten.«

Margarite saß hinter dem Steuer, hatte sich halb umgedreht und beobachtete Croaker und ihre Tochter im Rückspiegel.

»Kannst du mir sagen, warum du da drinnen gedacht hast, du müßtest sterben?«

»Mir kommt es noch immer so vor.«

»Tatsächlich? Warum?«

Sie zuckte mit den Schultern. »Es kommt mir halt so vor.«

»Okay. Was ist das für ein Gefühl?«

»Alles schwarz. Eben...« Es fehlten ihr die Worte, und sie drückte fest die Augen zu. Dann weinte sie wieder, diesmal stumm.

Croaker berührte sie nicht und ließ in keiner Weise erkennen, daß er an ihrem Elend teilnahm. »Francie, welche Filmschauspielerin magst du am liebsten?«

»Jodie Foster«, sagte Francie und wischte sich mit dem Handrükken über die Nase.

»Okay. Jetzt tu mal so, als seist du Jodie Foster«, sagte Croaker. »Du drehst gerade eine Szene für einen Film. Sagen wir mal, *Terminator 4.*«

Das Mädchen feixte. »So was Blödes. Jodie Foster spielt doch nie im Leben in *T 4* mit! Linda Hamilton würde das machen.« Jedenfalls hatte sie aufgehört zu weinen und war eindeutig aufmerksam geworden.

»Was wäre, wenn die Filmleute Linda Hamilton nicht kriegen könnten? Dann würden sie vielleicht dich aussuchen. Okay?«

»Au ja.«

»Jetzt stell dir einfach vor, das, was vorhin in dem Lokal passierte, wäre eine Szene aus dem Film. Stell dir das Gefühl als eine *Sache* vor, als etwas, das dir Angst macht. Stell dir das bildhaft vor. Und jetzt beschreibe mir, was du siehst.«

Francie schloß die Augen. »Ich bin in einem Auto, nicht in so einem, wie dem hier, sondern in einem größeren. Es fährt übers Land. Es ist Nacht und sehr finster. Eigentlich sollte ich schlafen, aber ich schlafe nicht. Ich bin wach, liege auf dem Rücksitz, höre Stimmen und sehe in die Nacht hinaus.« Ihre Augenlider bebten. »Da ist der Nachthimmel, so nah und schwarz – schwärzer noch als schwarz, wie wenn man im Sommer unter einer dicken Decke liegt. Keine Sterne, keine Wolken... Ich ersticke fast.«

Sie keuchte ein wenig und riß die Augen auf. Entsetzen lag in ihrem Blick.

»Ist ja alles okay«, sagte Croaker und hielt sie fest. »Du bist hier in Sicherheit bei deiner Mutter und bei mir.« Dann folgte er Francies Blick und sah, daß Margarite mit gesenktem Kopf dasaß und die Hände vors Gesicht geschlagen hatte.

»Mama?« sagte Francie zögernd. »Du warst es, deren Stimme ich gehört habe...«

»Schsch, Baby.«

»Du und dieser – Mann.«

Margarites Finger ballten sich zu Fäusten, und mit erstickter Stimme sagte sie. »Was gäbe ich nicht alles dafür, wenn Sie nie in unser Leben getreten wären, Detective!«

»Er sagte, er wüßte mehr über Onkel Dom als du, Mom.« Das Mädchen wollte sich jetzt offensichtlich aussprechen und von dem unfaßlichen Trauma befreien, von dem es die ganze Zeit gefangengehalten worden war. »Er sagte, mein Leben liege ganz in deiner Hand, und du sagtest: ›Sie brauchen mich nicht dauernd einzuschüchtern, ich kapiere die Lage auch so.‹ Und dann, später, als wir zu einem dieser Motels am Highway fuhren, sagte er: ›Jetzt im Augenblick halten Sie mich für den Teufel persönlich, aber später, nach ein paar Monaten, wenn alles vorbei ist, werden Sie die Wahrheit erkennen.‹ Und dann ist er ausgestiegen, und du hast angefangen zu weinen.«

Margarite weinte jetzt auch. Sie hatte die Schultern hochgezogen, und in herzzerreißenden Schüben entrang sich das Schluchzen ihrem Körper.

Croaker wartete einen Augenblick, ehe er fragte: »Was für ein Mann?«

»Er ist es, weswegen ich sterben muß.« Francie sah ihn an. »Er kommt wieder und bringt mich um. Der Mann, der zuerst unseren Caesar umgebracht hat und dann Onkel Dom.«

5

Tokio / Paris / Old Westbury / Washington

Nangi versuchte herauszufinden, wann genau er den weißen Toyota registriert hatte. War das gewesen, als sein eigener Chauffeur an der Ampel in Shinjuku losgefahren war, oder schon viel früher, als sie sich noch in der Nähe des Büros befunden hatten?

Er mußte Ordnung in seine Gedanken bringen. »Sagen Sie mir, was Sie über Vincent Tinh wissen«, forderte er Seiko auf.

»Ich kannte ihn seit Jahren«, entgegnete sie »Er ging mit einer Freundin von mir. Auf diese Weise lernten wir uns kennen. Ich glaube, es war auf einer Party. In Singapur. Es ist zwar schon lange her, aber ich weiß noch genau, daß ich gleich von ihm beeindruckt war. Er war sehr clever und überhaupt keiner von der vertrauensseligen Sorte. In Südostasien kann man sich Vertrauensseligkeit nicht leisten.«

»Das heißt, Sie haben seine Karriere mehr oder weniger mitverfolgt?«

Seiko schüttelte den Kopf. »Eigentlich nicht. Aber es hatte den Anschein, als kreuzten sich unsere Wege mehrfach. Sein Name tauchte immer wieder bei einigen Hundert-Millionen-Dollar-Geschäften auf – Einrichtung einer Fabrik für elektronische Bauteile in Kuala Lumpur, Computerherstellung auf den Philippinen, High-tech Im- und Export in Vietnam. Aber alles solide Geschäfte mit Spitzentechnologie. Er war der geniale Zwischenhändler. Mir kam es so vor, als kenne er nicht nur die richtigen Leute, sondern als wisse er auch, sie richtig zu nehmen. Und als mich Linnear-san darum bat, jemanden für Saigon vorzuschlagen, dachte ich instinktiv an Vincent.«

»Haben Sie je gehört, daß er bei illegalen Sachen beteiligt gewesen wäre?« fragte Nangi.

»Bei illegalen Sachen?« Seiko schien entsetzt zu sein.

Nangi nickte. »Der Polizeiinspektor in Saigon deutete an, Tinh habe vielleicht mit Drogen gehandelt, und daß diese Tätigkeit der Grund für seinen Tod gewesen sein könnte.«

»Aber Sie sagten doch, Vincents Tod sei ein Unfall gewesen?«

»So stellt es die Polizei offiziell dar, aber zwischen den Zeilen ist Chefinspektor Van Kiet persönlich der Meinung, daß es sich um Mord handelt.«

»Das ist alles so merkwürdig«, gab sie zu. »Auch diese Geschichte, daß jemand behauptete, ein Mitglied der Familie zu sein und dann die Leiche abholte. Ich habe getan, was Sie mir auftrugen, und die Telefonnummer von *Avalon Ltd.* in London besorgt. Die Person, mit der ich sprach, hatte noch nie etwas von dem Toten gehört.«

»Na ja, das war anzunehmen. In welcher Branche ist *Avalon Ltd.* tätig?«

»High-tech Im- und Export«, sagte Seiko.

»Genau wie Tinh«, überlegte Nangi. »Zwar seltsam, doch ich bin sicher, es handelt sich um einen Zufall.«

Seiko senkte den Kopf. »Ich übernehme die volle Verantwortung für Vincent Tinh, Nangi-san.«

»Unsinn. Sie haben nur getan, was Sie für richtig hielten. Außerdem fehlt bis jetzt jeder Beweis dafür, daß Tinh irgend etwas mit ungesetzlichen Handlungen zu tun hatte.«

Doch ein Teil seines Verstandes beschäftigte sich bereits mit Masamoto Goei und seinem *Chi*-Team, die noch immer den geklonten Neuralnetz-Computer zerlegten und herauszufinden versuchten, mit welcher Technologie außer den *Chi*-Platinen, die Goeis Leute bereits identifiziert hatten, er bestückt war. Jedesmal, wenn er Goei telefonisch um den neuesten Stand der Dinge bat, verdunkelte ein Gefühl kommenden Unheils Nangis Gedanken, und jedesmal hieß es, man sei noch keinen entscheidenden Schritt weitergekommen, außer daß die anderen Platinen eine amerikanische Entwicklung seien. Woher war dieser Klon gekommen, und wer hatte technologisches Know-how gestohlen, um *Chi*-Festplatten einbauen zu können?

Der weiße Toyota tauchte am Rand seines Gesichtsfeldes auf.

»Trotzdem, ich... Was ist?« Seiko sah jenes eigentümliche Zukken seines Kopfes.

»Wir werden verfolgt«, sagte Nangi.

Seiko drehte sich um und warf einen Blick durch das Rückfenster des BMW. »Welcher ist es?«

»Warten Sie ab«, sagte er, »und beobachten Sie.«

Er beugte sich vor und tippte seinem Fahrer in einem bestimmten Rhythmus auf die Schulter. Sofort wechselte der BMW auf die linke

Fahrspur und nahm mit quietschenden Bremsen und jaulendem Reifengummi die erste Linkskurve. Kurz darauf kam ein weißer Toyota um die Ecke gebogen, und Nangi sagte: »Der ist es.«

»Können wir die abschütteln?« fragte Seiko nervös.

Nangi faltete die Hände über dem Drachenknauf seines Gehstocks und sagte: »Warum um Himmels willen sollten wir das tun?«

Seiko warf ihm einen verwunderten Blick zu. Ihre Hand schloß sich nachdrücklich um den Türgriff. »Wir werden ja langsamer.«

»Ganz recht«, sagte Nangi und öffnete seine Tür, noch ehe der BMW völlig zum Stillstand gekommen war. »Vielleicht erhalten wir jetzt ein paar Antworten.«

Der weiße Toyota fuhr vorbei, stoppte mit quietschenden Reifen direkt vor dem BMW und stellte sich so quer, daß er diesem die Weiterfahrt versperrte. Nangi hatte einen großen, schlanken Mann hinter dem Steuer des weißen Toyota gesehen, der gerade ausstieg. Er trug einen dunklen, glänzenden Anzug und eine Sonnenbrille mit bis über die Augenwinkel gebogenen schwarzen Gläsern. Diese beinahe insektenhaft wirkende Kreatur wartete ab und hielt die geöffnete Tür zwischen sich und Nangi. Man konnte die Ausbuchtung einer Pistole unter dem Jackett sehen. *Yakuza.*

Nangi gab Seiko ein Zeichen, sie solle bleiben, wo sie war, öffnete die Tür, stellte das Ende seines Rohrstocks auf den Asphalt und stieg mühsam aus dem BMW.

Langsam öffnete sich die vordere Beifahrertür des Toyota, und ein weiterer, diesmal stämmiger Mann tauchte auf. Er hatte ein pockennarbiges Gesicht, wulstige Lippen und einen unsteten Blick, mit dem er ständig die Umgebung absuchte.

Nach *yakuza*-Manier verbeugte er sich, erwies damit Nangi formell seinen Respekt, und nannte seinen Namen und sein Geburtsdatum sowie seine Clan-Zugehörigkeit.

Die *Yamauchi,* dachte Nangi. Er hatte Tomoo Kozo, den *oyabun,* nur ein einziges Mal getroffen. Was konnte der von ihm wollen?

Der Stämmige sagte: »Bitte, schicken Sie die Frau mit Ihrem Fahrer fort. Sie werden sich für heute in unsere Obhut begeben.«

Nangis Fahrer machte eine Bewegung, und das Insekt hatte im Nu seine Waffe in der Hand.

»Das ist nicht nötig«, sagte Nangi.

»Ich habe die Anweisung, Sie mitzubringen«, sagte der Stämmige. »Die Art und Weise liegt voll und ganz bei Ihnen.«

Nangi nickte. Er bückte sich, sagte etwas zu seinem Fahrer und warf dann die Tür zu.

Seikos bleiches Gesicht tauchte im Fenster auf. »Nangi-san...«

»Fahren Sie nach Hause«, beruhigte er sie. »Mir wird nichts geschehen.«

»Wie können Sie denen vertrauen?«

Doch er humpelte bereits zu dem weißen Toyota, wobei er sich mehr als sonst üblich auf seinen Drachenkopfstock stützte. Als er bei dem Wagen angelangt war, öffnete das Insekt die hintere Tür für ihn. Er stieg ein, und der Stämmige setzte sich neben ihn auf den Rücksitz. Dann rutschte das Insekt wieder hinter das Steuer, legte energisch den Gang ein, und der weiße Toyota fuhr davon.

Nangi lehnte sich gegen die Rückenlehne und legte die Hände um den geschnitzten Knauf seines Stockes.

»Wohin bringen Sie mich?« fragte er.

Der Stämmige wandte ihm das pockennarbige Gesicht zu. »Heute ist ein anderer Tag als gestern«, sagte er mit süffisantem Grinsen. »Ihr Beschützer weilt möglicherweise nicht länger unter den Lebenden.« Ein Goldzahn blitzte auf. »Mikio Okami wird vermißt.«

Celeste stieß einen Schrei aus.

Heftig zitternd wachte sie auf, als habe man sie gewaltsam aus dem Tiefschlaf ins Wachbewußtsein gerissen. Sie richtete sich im Bett auf, hielt schützend die Arme vors Gesicht und schrie.

Nicholas, der ganz nahe bei ihr gesessen hatte, zwang ihre Unterarme auseinander, um sich in ihr Blickfeld zu bringen. Er versuchte mit der Kraft seines Willens, die Bilder des Alptraums zu verjagen, die wie lauernde Haifische aus dem Sumpf ihres Unterbewußtseins aufgetaucht waren.

Celeste.

Er sprach über seine Seele zu ihr, um sie zu beruhigen und weil sie ihn durch ihre Schreie hindurch ohnehin nicht hören würde. Doch seltsamerweise machte sie das nur noch aufgeregter. Schließlich ließ er ihre Handgelenke los, und als er die Gewißheit hatte, daß sie ihn wahrnahm, entfernte er sich von dem Bett. Dann blieb er ganz ruhig stehen, und atmete langsam ein und aus, bis sie sich beruhigt hatte, bis ihr Bewußtsein, das mit den Nachwirkungen eines schweren Schocks zu kämpfen hatte, mit eigener Kraft aus den Tiefen des Alptraums auftauchen konnte.

Nachdem sie aufgehört hatte zu schreien, nahm er den Telefonhörer ab, und sprach mit ruhiger Stimme mit dem Tagesdienst an der Rezeption, um ihm zu versichern, daß alles in Ordnung sei. Mademoiselle sei nur erst jetzt bewußt geworden, wie knapp sie einem Zusammenstoß mit einem Taxi entgangen sei. Nun gehe es ihr wieder gut, *merci*, aber ein Pfefferminztee sei vielleicht geeignet, Mademoiselles Nerven zu beruhigen.

Er legte den Hörer auf und wandte sich an Celeste: »Es ist alles in Ordnung. Sie sind jetzt in Sicherheit.«

Doch sie schüttelte den Kopf, die Angst schaute ihr aus den aufgerissenen Augen. »Nein. Nichts ist in Ordnung. *Sie* sind ja noch immer hier.«

Und plötzlich verstand er alles und sagte: »Celeste, es wird Zeit, daß Sie mir die ganze Geschichte erzählen.«

Sie drehte den Kopf zur Wand.

»Sie können sich nicht einfach vor mir verstecken.«

Unruhig schlang sie sich die Arme um den Leib, um sich zu wärmen, um sich zu schützen.

»Celeste, ich bin nicht Ihr Feind.«

»Jeder ist mein Feind.«

Er wußte natürlich, wie sie zu dieser Annahme kam. Es klopfte an der Tür, und Nicholas öffnete, nahm dem Kellner das Tablett ab und stellte es auf die Kommode. Dann unterschrieb er die Rechnung und schloß die Zimmertür.

Celeste nahm den Pfefferminztee von ihm entgegen, und er sagte: »Es ist doch alles ganz einfach, oder nicht? Sie wußten, was für eine schlimme Zeit ich vor Jahren hier durchgemacht hatte, und sie wußten auch, daß es wegen einer Frau war.«

Sie schwieg und führte nur den Rand der Tasse an die Lippen, ohne ihn anzusehen, aber das war jetzt gleichgültig.

»Aber viel wichtiger noch: Sie hatten das Auftauchen des Messulethe im Marais vorausgesehen. Sie hatten sich nur in der Straße geirrt.«

Die Tasse entfiel ihren kraftlosen Fingern, und ihr dampfender Inhalt ergoß sich über die Bettdecke. Sie schien nichts davon mitzubekommen und nur den Klang seiner Stimme zu hören. Er mobilisierte seine psychischen Kräfte, um seinen Schutzmantel um sie zu breiten, aber sie wich zurück und schrie auf.

»Gehen Sie weg von mir!« Ihre Stimme war ein heiseres Krächzen. »Wir sind beide aus dem gleichen Holz geschnitzt, nicht wahr?« Ihr schauderte. »Du lieber Gott, welch fürchterliche Ironie, daß ich ausgerechnet Sie um Hilfe bitten mußte!«

»Sie irren sich«, sagte Nicholas, und irgend etwas in seinem Tonfall veranlaßte sie, den Kopf zu drehen. »Sie und ich sind völlig anders. Die Begabungen, die wir besitzen...«

»Begabungen!« Tränen standen ihr in den Augenwinkeln, und ihr Körper vibrierte unter einer Reihe heftiger Krämpfe. »Das nennen Sie eine *Begabung*, dieses...« Wieder lief ein Schauer über ihren Körper, und zum ersten Mal sah sie nach unten und erkannte, was sie auf der Bettdecke angerichtet hatte. Ihr flackernder Blick huschte zu ihm hoch. »Sie werden also verstehen, daß ich Ihnen nicht die ganze Wahrheit über meine Mutter sagte.« Wieder senkte sie die Augen auf den feuchten Fleck, weil sie den Blickkontakt im Augenblick nicht aushielt, und schweifte zurück in die Vergangenheit.

»Sie starb, als ich sechs war. Wir hatten – wie soll ich es beschreiben – eine *schwierige* Beziehung zueinander. Sie und mein Vater hatten ständig Streit; jedenfalls kam es mir damals so vor. *Damals.* Darauf kommt es doch wohl an, wie? Wenn ich jetzt das Fernrohr meiner Erinnerung umdrehe und damit zurückblicke, dann sehe ich, welch unausstehlicher Fratz ich selbst gewesen bin, wie grausam ich mich ihr gegenüber verhalten habe. Das sehe ich aber erst heute; damals tat ich es nicht. Damals wußte ich nur, daß sie meinen Vater verletzte, und also mußte ich umgekehrt sie verletzen.«

Es trat eine lange Stille ein. Nicholas konnte sie atmen hören, hätte vielleicht erspürt, was in ihr vorging, war aber klug genug, sein eigenes Bewußtsein auf sich selbst zu beschränken.

Schließlich holte Celeste tief Luft, zitterte und machte die Augen zu. Sie bewegte ihre Lippen und flüsterte wie ein Geist. »Ich habe das, was mit ihr geschah, *gesehen*: den Brand, ihren Tod, *alles*. Ich habe es im Kopf wie in einem Film gesehen, aber ich sagte nichts und *unternahm* auch nichts, um ihr zu helfen.« Sie öffnete wieder die Augen, und als sie ihn ansah, hatte sie einen gehetzten Ausdruck im Blick, und ihre Pupillen waren von Tränen vergrößert. »Ich hätte sie retten können. Aber warum habe ich es nicht getan?«

Das also war die Wahrheit. Sie hatte nicht nur Angst vor sich selbst, sondern litt außerdem noch unter einem lähmenden Schuldkomplex.

»Sie waren damals noch zu jung«, sagte Nicholas und fügte als Reaktion auf ihren abwehrenden Blick hinzu: »Schauen Sie sich doch nur einmal an, Celeste. Sie sind ja noch immer zu jung, um Ihre Begabung zu verstehen, geschweige denn, um sie zu beherrschen.«

»Schon wieder dieses Wort.« Sie machte fest die Augen zu und schüttelte sich. »Ein Geschenk des Teufels kann man nicht beherrschen. Es ist einfach da.«

»Was immer es auch ist«, sagte er sanft, »es ist ein Teil von Ihnen.« Er kam näher und setzte sich auf die Bettkante. »Sie waren damals sechs Jahre alt, Celeste. Können Sie da allen Ernstes behaupten, Sie hätten gewußt, daß das, was Sie sahen, die Zukunft war? Und daß dies tatsächlich Ihrer Mutter widerfahren würde? Oder hätte es sich nicht auch nur um einen Wunschtraum handeln können?«

»Ja, ein Wunsch. Ich...« Die Worte blieben ihr im Hals stecken, und sie begann zu würgen, so daß Nicholas die Arme ausstreckte und sie an sich zog; nur aus dieser Nähe konnte er das dünne Wimmern vernehmen, das sich schließlich ihrer Kehle entrang: »Aber vielleicht war es ja nicht bloß ein Wunschtraum, eine flüchtige Fantasie, sondern eine... teuflische Wunschvorstellung, die ich mit diesem... Ding, mit dieser Kraft... Wirklichkeit werden ließ.«

Sie schluchzte jetzt. Nicholas wiegte sie hin und her und hielt sie fest an sich gedrückt, während alle Ängste und all die Anspannung aus ihr herausströmten, ihr Herz aufbrach und all die Schwärze und Finsternis freigab, die sie so viele Jahre lang zurückgehalten hatte.

»Celeste, hören Sie mir zu«, sagte er ihr ins Ohr. »Niemand, weder Sie noch ich noch dieser Messulethe dort draußen – *niemand* kann die Zukunft *erschaffen*. Was Sie gesehen haben, wäre auch so geschehen. Sie waren damals sechs, Celeste, und ein kleines Kind. Und jetzt überlegen Sie mal: Selbst wenn Sie zu Ihrem Vater gegangen wären und ihm erzählt hätten, was Sie sahen – hätte er Ihnen geglaubt? Warum auch! Sie müssen die Tatsache akzeptieren, daß Sie im Alter von sechs keine Möglichkeit hatten, Ihrer Mutter zu helfen.«

»Aber ich wollte ihr ja gar nicht helfen.« Den Kopf an seine Schulter gelehnt, war sie wieder ein kleines Kind geworden.

»Mit diesem Gefühl müssen Sie fertigwerden«, sagte er und strich ihr übers Haar. »Aber das ist eine völlig andere Sache.«

»Ich will sie nicht mein ganzes Leben lang hassen.« Ihr Atem verlangsamte sich immer mehr, je ruhiger sie wurde. »Ich will sie lieben.«

»Dann müssen Sie ihr vergeben... und auch sich selbst vergeben.«

Danach schlief sie eine Zeitlang, zu einer Kugel zusammengerollt und mit dem Gesicht zu den Fenstern, wo die feinen Gardinen die letzten Strahlen der Nachmittagssonne filterten, die auf das grüne Kupfermeer der Hausdächer fielen. Nicholas zog eine leichte schwarze Baumwolljacke an und schlich zur Tür hinaus.

Margarite fuhr sehr schnell und überholte reihenweise andere Autos und Lastwagen. Croaker war froh, sich angeschnallt zu haben. Margarite befand sich in einem Stadium der Verzweiflung, und er wollte den Grund kennenlernen.

Sie fuhr durch das Zugangstor zu ihrem Grundstück und nickte den beiden Gorillas zu, die rauchend umherstanden und sich die Hände wärmten für den Fall, daß sie schnell zu den Waffen greifen mußten, wie Croaker vermutete. Kies spritzte auf, als sie den *Lexus* um die letzte Biegung zum Haus jagte.

In der Stille nach dem Abstellen des Motors konnte Croaker das heftige Gebell des Rottweilers hören. Der Hund und sein Hundeführer tauchten auf. Das Tier hatte sich auf die Hinterbeine gestellt und das Maul aufgerissen, aus dem die feuchte Zunge heraushing. Kaum hatte Margarite das Auto verlassen, ließ es sich wieder auf alle Viere fallen, schnaubte kurz und nahm dann erneut sein hechelndes und ruheloses Hin- und Herlaufen auf.

Croaker sah über das niedrige Wagendach hinweg zu, wie Margarite Francie aus dem Wagen half.

»Ich will Francie aus dieser Umgebung weghaben, und zwar sofort. Ich habe eingesehen, daß Tony und ich sie nur kaputtmachen. In Connecticut habe ich eine Freundin, bei der sie bleiben kann.«

»Tony wird das gar nicht gefallen«, warnte Croaker.

»Ich pfeife auf Tony«, sagte sie, während ihre Tochter ihr die Arme um die Hüften schlang. Margarite küßte Francine auf den Kopf und sagte ruhig: »Darling, geh hinein und bitte Mikey, daß er dir beim Packen hilft.« Aber das Mädchen wollte sich nur widerwillig von ihnen trennen. »Na, komm schon, meine Kleine«, ermunterte Margarite sie.

Francie stand da und sah Croaker an. Schließlich fragte sie: »Sehe ich Sie mal wieder?«

»Versprochen.«

Sie warf ihm einen letzten Blick zu, drehte sich um und rannte die Vordertreppe hinauf und ins Haus.

»Der Rottweiler sollte auch mit ihr nach Connecticut.«

»Wozu?« fragte Margarite. »*Einen* Hund hat er schon getötet; also wird er's einfach noch mal tun, wenn er Francie kriegen will.«

»Ich möchte nicht, daß ihr irgendwas geschieht.«

Sie schenkte ihm ein ironisches Lächeln. »Welch ein bemerkenswerter Satz, mein lieber Detective.«

Ein Leibwächter tauchte unter der Haustür auf. »Sie wünschen, daß Francie ihre Sachen packt, Mrs. D.?«

»Ganz recht, Mikey«, sagte sie. »Und zwar jetzt gleich, ehe Mr. DeCamillo nach Hause kommt.«

Der Leibwächter schien unschlüssig zu sein, nickte dann aber und ging wieder nach drinnen.

Einen Augenblick lang war Margarite stumm und wußte nicht, was sie tun sollte. Nie gekannte Gefühle flackerten in ihren Augen auf. Schließlich sagte sie: »Was soll ich denn nur machen, Lew? Er war hier. Er hat zwei Leute von meinem Personal und Caesar umgebracht.«

Croaker spürte sein Herz schwer gegen seine Brust pochen. »Aber das ist noch nicht alles, was er getan hat, nicht wahr, Margarite?«

»Ja.« Ihre Stimme wurde zu einem heiseren Flüstern. »Robert, so hieß er, griff sich Francie und drohte, sie zu töten. Das hätte er auch getan; ich habe es in seinen Augen gesehen. O Gott, kein Wunder, daß sie so fix und fertig ist.« Über dem Grundstück lag eine übernatürliche Stille von der Art, die einem schweren Gewitter vorausgeht.

»Er hat Francie unter Drogen gesetzt und sie an den Füßen in ihrem Zimmer aufgehängt, als warnendes Beispiel für mich.« Sie atmete tief ein und schüttelte sich. »Dann saßen wir da und warteten darauf, daß das Telefon läutete. Er hatte mir gesagt, daß Dom anrufen würde und daß ich ein Treffen ohne seine WITSEC-Betreuer arrangieren sollte. Es war einfach gewesen, denn genau das hatte Dom ja selbst gewollt. Man hatte ihm gesagt, Tony würde Francie verprügeln.« Die bernsteinfarbenen Augen vermittelten einen gehetzten Eindruck.

Croaker nahm den Gesprächsfaden wieder auf, nachdem ihm klar geworden war, daß sie es nicht konnte. »Dann hat Robert Sie gezwungen, ihn zu Ihrem Bruder zu bringen – bis hinunter nach Minnesota.«

Sie ließ den Kopf hängen. »O Gott, was hat er mit mir angestellt!« Die Erinnerung schüttelte sie durch. »Er hat mich zum Komplizen bei der Ermordung meines eigenen Bruders gemacht.«

Gaunt wartete in einer schmuddeligen Bar am Rand von Chinatown. Er beschäftigte sich gerade mit einem *Jack Daniels* und verspürte das Bedürfnis, sich in den Potomac zu stürzen. Ob es so etwas wie Tod durch verseuchtes Flußwasser und Umweltverschmutzung gab? Aber ja doch, es passierte jeden Tag: Tod durch Radonstrahlung, Plutonium, Radarpistolen, Mikrowellen, sogar durch Hochspannungsleitungen. Wer sagt denn, daß das Leben auf dem Lande gesünder sei als in der Stadt?

Er saß in einer Nische im hinteren Teil der Bar, starrte in den goldgelben Maiswhisky und meditierte über seine gegenwärtige Lage. Durch und durch ausweglos.

Über das *Chi*-Projekt wußte er genügend, um vor dem, was der Pentagon-Ermittler Davis Munch ihm mitgeteilt hatte, Angst zu haben. Angeblich befand sich das *Chi*-Projekt zwar noch im Entwicklungsstadium, doch das konnte alles mögliche bedeuten, von ›*Wir haben noch gar nichts vorzuweisen*‹ bis ›*Wir sind gerade dabei, eine Serienproduktion anlaufen zu lassen, daß der Konkurrenz das Wasser im Arsch kocht*‹. Des weiteren vermutete er, daß die *Chi*-Technologie im wesentlichen der des *Hive*-Computers von *Hyrotech* glich. Nicholas, wie immer mit dem richtigen Riecher ausgestattet, hatte angefangen, sein eigenes Projekt zu gestalten, als ihm aufging, daß er mit seinem Angebot, *Hyrotech* zu kaufen, nicht durchkommen würde. Auf Grund der spärlichen Informationen, die innerhalb von *Sato-Tomkins* kursierten, schloß Gaunt, daß der *Chi*-Computer der *Hive*-Technologie mehrere Schritte voraus sein mußte.

Zu dieser Tageszeit, irgendwann zwischen Abendessen und Vollrausch, war die Bar überfüllt. Ein bieriger, rauchiger Geruch waberte durch den Raum, tötete alle Farben ab und mit ihnen jeglichen Sinn für Ort und Zeit und schuf damit genau jene Atmosphäre, die die Lebewesen rund um diese Tränke unweigerlich anzog. In seiner gegenwärtigen Verfassung fühlte sich Gaunt hier absolut zu Hause.

Hatte Nicholas es irgendwie fertiggebracht, von *Hive* Markentechnologie zu stehlen, oder war da jemand eiskalt am Werk, ihm eine Sache anzuhängen und ihn damit Senator Rance Banes Strategic Economic Oversight Committee auszuliefern? Vielleicht war es ja der Senator selbst – oder aber es war ganz einfach so, daß Bane für seinen Wahlkampf einen Sündenbock brauchte und Nicholas dafür die ideale Figur abgab.

Männer im dunklen Anzug und Frauen in Röcken und Hosen drängten sich vorn an dem bumerangförmigen Tresen zusammen, gaben zwischen überlautem Pferdewiehern halb gelallte Kommentare ab und lümmelten sich auf jene ernste und nonchalante Weise gegen die Theke, die nur der erfahrene Trinker beherrscht. Gaunt beobachtete sie zynischen Blickes und strengte sich sehr an, sich durch die Frauen nicht an seine eigene Mutter erinnern zu lassen.

Er wußte, daß – egal, welches Szenario sich als das richtige herausstellen würde – McNaughton recht hatte, wenn er ihn dazu drängte, *Sato-Tomkin* den Rücken zu kehren und seine Verbindung zu Nicholas zu lösen. Selbstverständlich saß er, rein formal, bereits selbst schon in der Tinte, da ihn das Komitee unter Strafandrohung vorgeladen hatte. Aber als politikerfahrener Kämpfer wußte er McNaughtons Botschaft richtig zu entschlüsseln. Wenn er *Sato-Tomkin* jetzt verließ, konnte McNaughton ihn noch immer retten. Es stand ihm noch ein beschränkter Zeitraum zur Verfügung, ehe der Untersuchungsausschuß Anfang nächster Woche zu seiner ersten Sitzung zusammentrat. Innerhalb dieser Frist konnte McNaughton seine politischen Beziehungen spielen lassen; danach war Gaunt absolut auf sich allein gestellt. Hatte der Ausschuß ihn erst einmal in den Fingern, dann gab es kein Fädchen mehr, an dem McNaughton ziehen konnte, um ihn herauszuholen. Gaunt würde, wie es McNaughton ausgedrückt hatte, mitsamt dem Schiff untergehen.

Gaunt hatte zwar eifrig die Vordertür beobachtet, bemerkte die Gestalt jedoch erst, als sie zu ihm in die Nische schlüpfte.

»Für Leute wie mich machen sie die Notausgänge«, sagte die Gestalt zu ihm.

»Timothy Delacroix?«

»Das bin ich.« Der Mann, der sich im rechten Winkel von ihm hinsetzte, bot seine Hand nicht an; Gaunt allerdings auch nicht. Es handelte sich um einen Mann Mitte der Vierzig mit sandfarbenem Haar, der wohl irgendwann einmal in seinem Leben mehr als nur die übliche Dosis an Sonne und Wind abbekommen hatte. Als Ergebnis dessen schien sich bei ihm die Haut von Nase, Wangen und Stirn ununterbrochen zu schälen. Seine Gesichtshaut war rot mit tiefen Falten, als habe man sie viele Male verletzt und ihr nie die Zeit gegeben, richtig zu verheilen. Delacroix' Augen waren so blaß, daß sie farblos zu sein schienen, und unaufhörlich leckte er seine Lippen. Sein Gesicht drückte eine Menge an Charakter aus – wie das von Lawrence von Arabien; nicht hart, aber doch geprägt von seltsamen und gruseligen Abenteuern.

»Sind Sie ein Freund von Munch?« fragte Delacroix.

»Wir kennen uns.«

»Ist ja auch egal.« Delacroix zuckte mit den Schultern. »Er hat Ihnen gesagt, Sie sollen mich anrufen, was bedeutet, daß Sie ganz schön in der Scheiße stecken müssen.«

Auf der Rückfahrt nach Washington hatte Gaunts Zahnfleisch wieder zu bluten begonnen, und er hatte in seine Tasche nach dem Taschentuch gegriffen, das Munch ihm gegeben hatte, um das Bluten zu stoppen. Dabei war etwas heraus- und auf den Wagenboden gefallen.

Er war erst in der City in der Lage gewesen, an den Straßenrand zu fahren und anzuhalten. Dann hatte er sich gebückt und einen Zettel aufgehoben, auf dem ein Name und eine Telefonnummer aufgekritzelt waren: die von Delacroix. Tja, da sieht man's wieder, hatte er gedacht. Dieser Sonderermittler ist doch sentimentaler, als er es sich anmerken läßt.

»Okay«, sagte Delacroix, klopfte mit dem Zeigefinger auf die alles andere als saubere Tischplatte und leckte seine aufgerissenen Lippen. »Notrufe wie den Ihren kriege ich etwa sieben oder acht im Jahr. Das ist mehr als Sie dachten, was?« Er zwinkerte mit den Augen. »Aber machen Sie sich keine Sorgen. Unter der Voraussetzung, daß Sie die nötigen Rubel haben, besorge und mache ich alles für Sie, und damit meine ich auch wirklich alles. Sie brauchen eine Transportmöglichkeit, wo keiner mithalten kann? Ob Sie's glauben oder nicht, ich habe eine Lockheed SR-71 in tadellosem Zustand. Die ist schon auf Mach 3, wenn andere Jets noch auf der Rollbahn stehen. Oder wie wär's mit einer F-15? Sie haben schon richtig gehört. Eine superduper originale F-15! Wenn Sie einen fernöstlichen Würdenträger haben, der nach Bangkok fliegt und den Sie vom Himmel pusten wollen..., oder wenn Sie irgendwo in Afrika in einen Beton- und Stahlbunker einbrechen müssen..., oder wenn Sie vielleicht in Osteuropa einen kleinen lokalen Aufstand inszenieren möchten« – er breitete weit die Arme aus–, »dann bin ich Ihr Mann.«

»Wie bitte?« sagte Gaunt, plötzlich ziemlich verwirrt.

Delacroix winkte mit den Händen ab, als gedenke er, jede Minute davonzufliegen. »Okay, nicht Ihre Szene. Habe schon kapiert. Hier ist etwas Subtileres gefordert. Auch das kann ich bieten. Brauchen Sie vielleicht einen Python 600 Handmörser, oder einen Badger Flammenwerfer mit Laseroptik und Infrarotsteuerung? Ja?«

»Was im Namen der Schöpfung tun Sie eigentlich?«

»Sie meinen, Munch hat Ihnen nichts gesteckt?« Delacroix sah beleidigt drein, seine gelben Zähne spielten mit den Hautfetzen auf seinen Lippen. »Das begreife ich nicht. Alle anderen, die er zu mir schickt, wissen, wer ich bin. Die sind überglücklich, daß Sie für meine Dienste bezahlen dürfen.« Er knurrte beleidigt. »Leute wie ich wachsen nämlich nicht so einfach auf den Bäumen, verstehen Sie?«

»Und Leute wie Sie tun was?« fragte Gaunt hoffnungsvoll. In seinem Mund pochte es schon wieder; er drückte dagegen und schmeckte sein eigenes Blut.

»Herr im Himmel, Mann, ich mache alles! Ich habe Zugang zu jeder beliebigen Waffe oder jedem beliebigen Kriegsgerät, das Sie sich vorstellen können – innerhalb gewisser Grenzen natürlich. Den Stealth Bomber kann ich Ihnen nicht besorgen, aber meine Konkurrenz kann das garantiert auch nicht, obwohl sie das Gegenteil behauptet.«

»Aber ich brauche keinen...« Gaunt brach ab und versuchte, vernünftig zu reden.

»Na prima!« sagte Delacroix und warf vor Abscheu die Hände in die Luft. »Vermutlich springt in Ihrem Fall noch nicht mal ein Abendessen raus.«

»Regen Sie sich nicht auf«, sagte Gaunt hastig. »Wir gehen hin, wo immer Sie wollen und wo es um diese Zeit noch etwas gibt. Geht auf meine Rechnung.«

»Jesses, ich weiß nicht«, sagte Delacroix und schaute demonstrativ auf seine Uhr. »In meinem Beruf ist Zeit Geld.«

»Ich habe Geld«, entgegnete Gaunt und spülte etwas *Jack Daniels* um sein verletztes Zahnfleisch. »Jetzt muß ich nur noch herausfinden, auf welche Weise Sie es sich verdienen können.«

Er bestellte einen *Jack Daniels* für Delacroix, und zusammen tranken sie ihre Gläser leer.

»Das Wichtigste zuerst«, sagte Delacroix pragmatisch, nachdem sie sich in einem Chinarestaurant zwei Querstraßen weiter niedergelassen hatten, wo sie ihn alle wie einen lang verschollenen Bruder zu behandeln schienen. »Was ist denn nun eigentlich der Kern Ihres Problems?«

Ohne eine Antwort abzuwarten, wandte er sich dem erwartungsvoll dastehenden Kellner zu und stieß eine Flut von Lauten hervor, die wie wüste Beschimpfungen klangen, in der Tat aber Sätze auf Kantonesisch waren. Hätte Gaunt nicht soeben mitangesehen, wie sich die beiden Männer herzlich begrüßten, hätte er die Unterhaltung als Streit mißverstanden.

»Ich habe das bestellt, was am frischesten ist. Hoffentlich paßt es Ihnen«, sagte Delacroix, während der Kellner davonschlurfte.

»Mir ist es gleich«, erwiderte Gaunt. »Ich habe sowieso keinen Hunger.«

Die Hände flogen in die Luft. »Solange Sie an meinem Tisch sitzen, werden Sie auch essen.«

Gaunt wollte eigentlich darauf hinweisen, daß er es war, der das Essen bezahlte, aber die Begeisterung dieses Menschen schien sich auf ihn zu übertragen. Irgendwo zwischen der Bar und diesem Restaurant hatte sich seine Depression gelegt...

»Das Problem ist folgendes«, sagte er. »Mir bleiben vier Tage, um herauszufinden, ob mein Boß hinter einem riesigen Computerbetrug steckt – was ich, wie ich zugebe, nicht glauben kann.«

Schon wieder dieses Handwedeln. »Auf das, was Sie glauben oder nicht glauben, ist gepfiffen. Sie haben nun mal dieses Problem, und wahrscheinlich befinden Sie sich in einer Position, wo Sie einen Dreck von dem wissen, was Ihr Boß tut.«

Gaunt haßte es, das zugeben zu müssen, aber Delacroix hatte recht. »Die andere Möglichkeit ist die«, fuhr er fort, »daß irgend jemand, wahrscheinlich ganz hoch droben in der Regierung, versucht, meinen Boß dadurch aufs Kreuz zu legen, daß er falsche Informationen streut, die dann andere aufgreifen.«

»Das ist schon alles?«

»Im wesentlichen, ja.«

»Aha.« Delacroix legte seinen Kopf auf ein Podest, das er aus seinen Fäusten bildete. »Dafür brauchen Sie nicht mich. Sie brauchen eine Art Detektivgenie, was ich nicht bin, obwohl ich bei aller Bescheidenheit sagen muß, daß es da mal eine Zeit im Sudan gegeben hat, wo ich...« Schon wieder wirbelten die Hände durch die

Luft. »Aber das hilft uns jetzt auch nicht weiter. Schauen Sie, so was ist einfach nicht mein Metier. Ich bin mehr gefragt bei so Rums-Bums-Zack-Knall-Dingern, wenn Sie wissen, was ich meine.«

»Feuerkraft.«

»Yeah. Genau. Hübsche kleine Kriege sind mein Geschäft. Das Auseinanderbrechen des kommunistischen Ostblocks bedeutet für unsereinen eine wahre Goldgrube. All diese ethnischen Minderheiten, die ihre nationalen und religiösen Muskeln aufwärmen, um bei nächster Gelegenheit ihren ehemaligen Landsleuten den Schädel mit irgend etwas einzuschlagen, was gerade verfügbar ist. Das sind die Situationen, wo ich ins Geschäft komme. Ich stelle sicher, daß das Waffenarsenal des Krieges und der Zerstörung bereitliegt. Zum Beispiel habe ich da diesen computergesteuerten Kampfhubschrauber... Und ich spreche jetzt vom Neuesten aus dem Golfkrieg, mein lieber Schieber. Nix da von wegen überschüssigem Vietnam-Krempel, auf den sich meine Konkurrenz spezialisiert hat. Dieses Baby ist mit Waffen vollgeladen, mein lieber Scholli, die dir wirklich hundsgemein *weh* tun können.«

»Ganz wunderbar«, sagte Gaunt und unterbrach, ehe Delacroix ihm ein Angebot machte, das er nicht ablehnen konnte. »Aber ich versuche gerade dahinterzukommen, warum mir Munch Ihre Nummer gegeben hat.«

Das Essen wurde gebracht; es sah feucht, glitschig und nicht sehr appetitlich aus. Riecht aber ganz gut, dachte Gaunt.

Delacroix war damit beschäftigt, etwas das wie Krebse in einer Art dicken weißen Sauce aussah, mit dem Löffel auf zwei Teller zu verteilen. »Sie meinen, er hat es Ihnen nicht gesagt?«

»Mhm.«

»Dann hören Sie doch um Himmels willen auf herumzuraten und fragen Sie ihn!«

»Geht nicht«, sagte Gaunt und sah zu, wie sein Teller mit Muscheln, Tintenfisch und klebrigem Reis beladen wurde. »Wäre er in der Lage gewesen, es mir zu sagen, hätte er das bestimmt getan. Nein, er gehört zur Gegenseite. Ich muß das selbst rausbekommen.«

Auf Delacroix' Geheiß hin wurde Bier gebracht, ein ganzer kupferner Kühleimer voll, mindestens ein Dutzend Flaschen auf gehacktem Eis.

Delacroix machte zwei Flaschen auf und stürzte sich auf sein Essen. »Dieser Boß, von dem Sie da sprachen, steckt der tief in der Scheiße bei den Bundesbehörden?«

»Das können Sie laut sagen.« Gaunt starrte niedergeschlagen auf seinen Teller. »In vier Tagen wird ein Untersuchungsausschuß unter Senator Rance Bane zusammentreten, ihn möglicherweise des Landesverrats überführen und die ganze amerikanische Tochtergesellschaft von *Tomkin Industries* schließen.«

Delacroix hob den Kopf. Seine Lippen waren fettig, und aus dem Mund ragte ein Krebsbein. Hastig spuckte er es aus. »Sie meinen *Tomkin* wie *Sato-Tomkin*?«

»Yeah. Warum?«

Delacroix glotzte ihn mit großen, runden Augen an. »Du lieber Himmel, mit denen mache ich doch die ganze Zeit Geschäfte«, sagte er. »Darum, Himmelarschundzwirn.«

6

Paris / Washington

Nacht. Ein grauweißer Nebel fällt wie der zarte Flügel eines Engels herab. Regen liegt in der Luft und bringt den intensiven Geruch von Autoabgasen und Ruß mit.

Unter sich konnte Nicholas die Roßkastanienbäume erkennen, die an den vier Ecken des Place des Vosges in der Form des Buchstabens L zurechtgestutzt waren. Er sah hinauf in den Pariser Nachthimmel, der im Widerschein der Straßenlaternen entlang der breiten Boulevards und Kreisverkehrsplätze feuerrot leuchtete. Das Licht der Scheinwerfer rund um den Eiffelturm wurde von den niedrigen Wolken zurückgeworfen, was aussah wie verschmiertes Rouge im Gesicht einer ordinär geschminkten Nutte.

Als der Regen endlich kam, begrüßte er ihn wie einen Freund, denn er half ihm, sich zu verbergen; gleichzeitig war er aber ein Feind, denn er machte die mit Patina überzogenen Kupferbeschläge des Mansardendaches auf heimtückische Weise rutschig.

Gerade wollte er sich vorsichtig weiterbewegen, als er innehielt und erstarrte, sich niederkauerte und so klein wie möglich machte; unter ihm drehte ein Streifenwagen langsam seine Runde um den Platz. Bei dem Bistro an der Ecke herrschte jetzt mehr Betrieb als während des Tages. Junge Leute strömten in den Säulengang hinaus und von da auf die Straße. Einige von ihnen hätten ihn sehen können, sobald sie nach oben blickten. Und das zu tun durfte er ihnen keine Veranlassung geben.

Die Dachschräge betrug fünfundvierzig Grad, was gut war, um das Innere des Gebäudes trockenzuhalten, aber außerordentlich schwierig, um sich dort ohne die sichere Arbeitsplattform eines Dachdeckers zu bewegen.

Direkt vor und etwas unter ihm befand sich ein Mansardenfenster, sein Zugang zu dem Gebäude, das die Firma *Avalon* beherbergte. Das Problem lag darin, daß das Fenster näher am Place des Vosges lag, als ihm lieb war. Er schätzte, daß er etwa zwanzig bis dreißig Sekunden brauchen würde, um das Fenster aufzubekommen und sich hindurchzuzwängen; mehr Zeit allerdings, wenn es ein Alarmsystem gab. Während dieser Zeitspanne war er den Blicken der Passanten drunten auf dem Platz schutzlos ausgesetzt. Es wäre töricht gewesen anzunehmen, daß in dieser Zeit niemand auf den dummen Gedanken kommen würde, nach oben zu sehen. Eigentlich ging er von der Annahme aus, daß dies jemand tat. Der Trick bestand darin, fast unsichtbar zu bleiben.

Nicholas war von Kopf bis Fuß mattschwarz angezogen. Vor dem Verlassen des Hotelzimmers hatte er außerdem Celestes schwarzen Schminkpuder konfisziert, den er jetzt auf Wangen, Nase, Stirn, Ohrmuscheln und Handrücken auftrug. Aus der Tasche zog er zwei Gegenstände, die er an den Händen befestigte. Diese *nekode*, die er selbst entworfen und angefertigt hatte, bestanden aus geripptem Material, Kettengliedern, welche die Handflächen bedeckten und es ihm so ermöglichten, auf glatten Oberflächen Halt zu finden.

Dann legte er sich flach mit dem Kopf voraus auf das Dach, drückte die Hände fest gegen das Kupfer und begann, sich nach unten zu schieben.

Regen prasselte auf das Blech und verspritzte funkelnde Tropfen in den Schein der Lichter. Der spröde Geruch des Kupfers stach ihm in die Nase. Er bewegte sich, wie man es ihm als Jungen beigebracht hatte, in einem Bewegungsablauf bekannt als *kagiri nishiki*, bei dem sich immer nur ein Glied des Körpers auf einmal rührte. Entfernungen werden so schmerzhaft langsam überbrückt, denn die Atmung wird auf Meditationsrhythmus gedehnt, und der ganze Körper erschlafft zeitweise völlig. In diesem Zustand schien sich die bäuchlings auf dem Dach liegende menschliche Gestalt förmlich aufzulösen und ihre einzelnen Gliedmaßen in verschiedenen Richtungen zu verschwimmen, bis sie das Aussehen eines menschlichen Wesens voll und ganz verlor.

Jeder, der einen Blick auf das Dach warf, würde eine ganze Weile lang nur auf die eine Stelle starren müssen, wo Nicholas lag, um so etwas wie Bewegung zu erkennen. Sogar dann würde eine solche wahrscheinlich als das Schütteln von sich zusammenkuschelnden Tauben oder als vom Dach abprallender Regen interpretiert werden.

Die Zeit wurde bedeutungslos für Nicholas. Er befand sich in jenem Zustand eines Halbbewußtseins, in den sich die heiligen Männer Tibets begeben, wenn sie über Feuer oder Nägel schreiten.

Dabei wird das Wachbewußtsein nach innen gekehrt, und die Körperempfindungen werden abgestumpft.

Auf diese Weise erreichte er den Rahmen des Mansardenfensters ohne Zwischenfall. Eine Faser seines Bewußtseins entzog sich schnell der Orientierung auf die Körpermitte, als seine rechte Hand die Oberfläche des Fensters abtastete und auf eine Stelle traf, wo der Fensterrahmen in die Fenstereinfassung paßte. Augenblicklich war er alarmiert.

Draht.

Ein Alarmsystem. Aber mit dem Tastsinn eines Blinden erspürte er eine durchgescheuerte Stelle in der Isolierung und, ein Stückchen weiter, einen Bruch, der unfachmännisch geflickt worden war, nur damit es so aussah, als sei das System intakt. Beide Kabelenden hatten sich im Lauf der Zeit voneinander gelöst und waren auseinandergerissen, und so war sich Nicholas sicher, daß eine eventuelle frühere Verbindung nun mit Sicherheit unterbrochen war.

Unter Zuhilfenahme eines *shuriken*, einer flachen Scheibe gezackten Stahls, öffnete er die altmodische Fensterverriegelung. Dann blieb er lange still liegen. Um sich herum hörte er die Geräusche der Stadt: heraufwehende Stimmfetzen von dem Bistro auf der anderen Seite des Platzes, das Knirschen von Schritten auf Kies, vorbeisausende Autos und, ganz aus der Nähe, das regelmäßige Gurren der ruhenden Tauben.

Zentimeterweise hob er das Fenster an und rutschte dann hinein. Kopf und Schultern hatte er bereits durch die Öffnung gesteckt, als er aus den Augenwinkeln ein kurzes Aufblitzen wahrnahm und sofort erstarrte.

In dieser Stellung blieb er liegen, um es seinen Pupillen zu ermöglichen, sich an die Finsternis anzupassen. Er bewegte die Augen nach links und wurde wieder den Blitz gewahr, als werde er von der Krümmung seines Augapfels reflektiert. Dann wußte er Bescheid.

Sein Kinn war nicht weit von einem hauchdünnen Laserstrahl entfernt, der empfindlicher und verläßlicher als ein Infrarotmelder reagierte. Sollte er mit irgendeinem Teil seines Körpers den Strahl unterbrechen, würde er Alarm auslösen. Kein Wunder, daß die Hausbewohner den altmodischen Drahtalarm verrotten ließen.

Der Fenstersims unter seinem Körper befand sich einen Meter über dem Holzfußboden. Er konnte auf dem staubigen Brett die

Widerspiegelungen des durch das Fenster einfallenden Lichts von der Straße erkennen. Wenn es ihm gelänge, den Fußboden zu erreichen und sich dort auf den Bauch zu legen, könnte er unter dem Laserstrahl durchkriechen. Das Problem war, daß er keinen Manövrierraum hatte; er hing genau vor dem Laser.

Nun war Zeit für ihn genauso ein Feind wie der Mangel an Bewegungsspielraum. Halb in der Fensteröffnung, halb draußen, war er außerordentlich verwundbar. Er konnte nicht nach unten, er konnte nicht nach vorn, und er konnte nicht bleiben, wo er war.

Also stemmte er sich nach oben.

Mit den Handflächen drückte er den Rumpf hoch, zog die Knie an die Brust und brachte dann die Beine langsam durch die Fensteröffnung. Um ein Haar hätte er dabei den Laserstrahl berührt. Mitten im Bewegungsablauf erstarrte er. Das Herz hämmerte in seiner Brust, sein Adrenalinausstoß beschleunigte sich, und mit ihm das tödliche Risiko einer unbeabsichtigten Bewegung.

Er bemühte sich um *prana*, das langsam, reinigende Ein- und Ausatmen, das den Sauerstoff hinunter bis in die Spitzen seiner Lungen brachte. Dabei schloß er die Augen und konzentrierte sich ausschließlich auf das, was er tun mußte. Mit seinem *tanjian*-Auge holte er sich ein Bild des Raumes in seine Vorstellung, dessen Ausdehnungen damit für ihn klarer wurden, als sie es durch die vom Lichterschein beeinträchtigte normale Sicht gewesen waren.

Da verlief ein Stützbalken quer über die Decke, so daß ihm etwa ein Meter Freiraum oberhalb des Laserstrahls blieb. In allen Fällen vorher, wenn er dieses Manöver geübt hatte, hatte er zumindest diesen Meter an Bewegungsfreiheit gehabt. Jetzt wußte er, daß er nicht mehr als einen guten Dreiviertelmeter davon ausnutzen konnte, oder ein Teil seines Körpers – Stirn oder Füße – würden den Laser unterbrechen.

Er sammelte sich erneut und versenkte sich tiefer in *akshara*. Das Kontinuum der Zeit zerfiel in zehntausend Fragmente und wurde unwirklich wie Mondlicht auf dem Wasser. Der rhythmische Pulsschlag von *kokoro* erreichte seine Sinne, während er jene Kräfte des Universums bemühte, die tief in seinem Innern schlummerten. Wie brennendes Feuer in den Adern lief der Rhythmus durch seinen Körper. Dann pochte er immer langsamer, bis er völlig aufhörte zu schlagen.

Jetzt.

Er stieß sich nach oben ab. Im Flug spürte er, wie er mit dem

Kopf an der Decke anstreifte, zwar nur für den Bruchteil einer Sekunde, aber doch ausreichend, um seine Flugbahn um ein winziges bißchen abzuändern. Sie wurde dadurch kürzer als vorausberechnet, und mit seinem *tanjian*-Auge konnte er das Unheil voraussehen, das darin bestand, daß er mit einem Fuß den Laserstrahl unterbrechen würde.

Er griff nach oben. Die *nekode* ermöglichten es ihm, sich mit den Händen an dem Querbalken festzuklammern. Dort hing er und pendelte kurz wie ein vergnügter Affe mit angezogenen Beinen hin und her. Er hörte ein Ächzen und spürte Holzstaub herabrieseln. Seine provisorische Haltestange gab offenbar nach.

Mit letzter Kraft riskierte er, noch so lange auszuharren, bis ihn der Schwung seiner Pendelbewegung in eine Flugbahn nach rückwärts brachte. Dabei kam sein Körper etwas tiefer zu hängen, da der Balken, verfault auf Grund eines ehemals undichten Daches, endgültig nachzugeben begann.

Dann schwang er wieder nach vorn und ließ los. Er stürzte in die Finsternis des Raumes, unter sich den Laserstrahl, der wie eine rubinrote Nadel an seinem Gesichtsfeld vorbei wirbelte, hinüber auf die andere Seite.

Mit einem gedämpften Aufprall landete er, rollte sich über den Rücken ab und zog den Kopf zwischen die Schultern. Abwartend kauerte er auf den Fersen.

Er hatte es geschafft.

Nicht meiner Mutter muß ich vergeben, sondern meinem Vater! Das war Celestes Gedanke, als sie in der Dunkelheit erwachte. Sie war im Bett hochgeschreckt, noch in dem merkwürdigen Zwischenstadium gefangen, wo man ein Traumleben und das wirkliche gleichzeitig zu leben scheint. Was war nun das wirkliche Leben, welches der Wachzustand und welches der Traum? Einen langen, beklommenen Augenblick lang konnte sie sich nicht entscheiden.

Ihr eigentliches Leben war dasjenige gewesen, ehe ihr Vater getötet wurde. »Geopfert wurde« – war das nicht die Formulierung gewesen, mit der Okami-san ihr das Geschehen erklärt hatte? Was sie ihm nicht gesagt hatte und was er nie verstehen würde: Keine noch so aufwendige Erklärung würde ausreichen, sie an den Gedanken zu gewöhnen, daß ihr Vater tot war. Sie wollte keine Erklärungen, sie wollte ihn wiederhaben.

Ihr Vater war so asiatisch eingestellt gewesen, daß Okami-san oftmals gescherzt hatte, er sei mehr Japaner als Venezianer. Er pflegte Probleme von innen nach außen zu betrachten, und so verblüfften seine Lösungen stets seine Konkurrenten und halfen ihm, ein kleines Vermögen anzuhäufen, selbst nach den inflationären Maßstäben der heutigen Zeit.

Celeste, in der Dunkelheit ihres Pariser Hotelzimmers, war noch nicht bereit, die Wirklichkeit ihrer momentanen Umgebung zu akzeptieren. Was würde sie nicht alles geben, um ihren Vater lebendig neben sich zu haben! Alles! Sogar Okami-sans Leben, wie sie unvermittelt erkannte. Zwar hatte sie sich verpflichtet, ihm jetzt beizustehen, weil dies der Wunsch ihres Vaters gewesen war; doch in Wahrheit verachtete sie Okami und hegte ihm gegenüber einen leidenschaftlichen Haß. Nur ein echter Venezianer konnte verstehen, wie sich diese Abneigung tief unter der Oberfläche verborgen halten konnte, ohne ihr häßliches Antlitz zu zeigen.

Okami war es gewesen, der vor so vielen Jahren in ihrer beider Leben eingedrungen war, sie umgarnt und in ein Schlangennest geführt hatte, einer weitgehend von ihm selbst gestalteten Welt der erbitterten Feindschaften, die bis in die Ewigkeit zurückreichten und unnachgiebig gepflegt wurden.

Seine Zuneigung zu ihrer Stiefmutter, die selbst eine gerissene Ränkeschmiedin gewesen war, hatte sich spontan geäußert. Celeste hatte ihrer Stiefmutter nie über den Weg getraut, hatte sie gehaßt und gefürchtet. Zum einen, weil sie – als Sizilianerin – eine Außenseiterin geblieben war; zum anderen, weil sie eine unheimliche Kraft zu besitzen schien, eine Fähigkeit, aus Skandalgeschichten und Täuschungsmanövern ein Netz zu weben, in dem sich jeder hoffnungslos verfing, der ihrem Mann im Weg stand.

Als Celeste älter wurde, begriff sie, daß Okami ihr dabei geholfen hatte. Gemeinsam hatten sie sich eine Machtbasis geschaffen, wie es ihr Vater allein nie fertiggebracht hätte.

Celestes Welt hatte sich um ihren Vater gedreht. Sie war mit ihrer älteren Schwester aufgewachsen und hatte mit ihr in der Dunkelheit des gemeinsamen Zimmers alle Geheimnisse geteilt, bis sich schließlich nach und nach ihre Fähigkeit, räumlich und zeitlich entfernte Dinge und Geschehnisse zu sehen, immer stärker entwickelte. Mit ihrer Schwester konnte sie diese »Begabung« nicht teilen.

Sie erinnerte sich, wie es zum ersten Mal geschehen war. Sie und ihre Schwester lagen gerade an einem trägen Sommertag auf dem Rücken am Strand in Lido. Die Menschenmassen auf dem Markusplatz machten jede Fortbewegung so gut wie unmöglich, und die geschichtsträchtigen Mauern der Stadt waren beinahe völlig hinter der Phalanx aus menschlichen Köpfen verschwunden.

Beide sahen sie zu den schwerfällig dahinziehenden Wolken hinauf, und ihre Schwester erkannte in den sich zusammenballenden Formationen einen Greif, ein Liebespaar und ein wild davongaloppierendes Pferd. Celeste hatte sich angestrengt, um ebenfalls die fantastischen Umrisse zu erkennen, die ihre Schwester beschrieben hatte.

Doch was sie sah, war ein Ertrinkender, der von einer ihn umgebenden Finsternis verschluckt wurde, ein kleiner Kopf mit schwarzem Haar, dessen Gesicht nach oben zeigte, während es auf den Wellen des Ozeans tanzte – und dann packte ihn die Woge mit einer so plastischen Anschaulichkeit, daß Celeste nach Luft ringen mußte, als sei sie selbst am Ersticken.

Sie schoß hoch und rannte davon. Ihre Gedanken überschlugen sich; wie eine Betrunkene torkelte sie über den nassen Strand und stolperte über Badegäste, die ihr die eingeölten, schwitzenden Köpfe zuwandten und sie offenen Mundes anglotzten.

Wohin rannte sie eigentlich? Sie hatte keine Ahnung, außer daß sie, je schneller sie rannte, desto näher… ja, wohin zu kommen schien? Hin zu dem Ereignis. Als überbrücke sie mit ihren hastigen Schritten nicht eine räumliche Entfernung, sondern eine zeitliche. Als werde sie immer näher zu ihrer Vision hingezogen, zu dem Ertrinkenden.

In der Ferne konnte sie einen Menschenauflauf ausmachen, junge Männer, die in die Brandung wateten, einander etwas zuriefen, gegen das Meer ankämpften, um durch die sich mit weißer Gischt brechenden Wellen hindurchzugelangen, hinaus zu einem schwarzen Punkt im Wasser: zu einem Ertrinkenden.

Celeste war, als müsse sie sich übergeben. Die Nähe des Todes war so greifbar, daß er ihr, einen hoffnungslosen Augenblick lang, viel wirklicher als das Leben vorkam. Das intensive Gefühl, eine Ortsverschiebung zu erfahren, überfiel sie und ließ sie taumeln und stolpern. Einen Moment lang lebte sie in der Ewigkeit und an zwei Orten zur gleichen Zeit, und da sie sich an keinem der beiden voll und ganz aufhielt, fiel sie hin, denn ihre Gliedmaßen empfingen keine korrekten Befehle mehr von ihrem betäubten Gehirn…

»Nicholas!«

Im Bett des Pariser Hotels griff Celeste im Dunkeln nach dem Körper, den sie erwartete neben sich liegend zu finden. Sie betrachtete die leere Stelle – und in der nachfolgenden Ortsverschiebung sah sie ihn ganz plötzlich vor sich und wußte genau, wo er war, denn auch sie selbst befand sich dort auf jene Weise, die zu fürchten und zu verabscheuen sie gelernt hatte. Und im letzten klaren Moment ihres Ortswechsels erkannte sie den Feind, keine drei Meter weit weg, wie er niedergekauert in der Dunkelheit auf ihn wartete.

»Nicholas!«

Nicholas verharrte in der Hocke in der Finsternis des Gebäudes, das die Büroräume der mysteriösen Firma *Avalon Ltd.* beherbergte. Rings um ihn herum schien das alte Haus zu atmen, als handle es sich um ein Lebewesen, das in leichtem Schlummer lag. Er spürte, daß es gefährlich sein würde, es aufzuwecken.

Vorsichtig schlich er aus dem Mansardenzimmer, in das er vom Dach aus gesprungen war, und stieß auf einen schmalen, hölzernen Treppenabsatz. Er benutzte sein *tanjian*-Auge und sah die steile Treppe direkt vor sich. Geräuschlos wie eine Katze stieg er hinab, den Körper so ausgerichtet, daß er seine Füße nahezu horizontal auf jede einzelne Treppenstufe setzen und so sein Körpergewicht gleichmäßig und über eine größere Breite verteilen konnte. Dabei balancierte er seinen Schwerpunkt in der Körpermitte aus, damit sein Gewicht ständig zwischen beiden Beinen zentriert war.

In der Mitte der Treppe hielt er an, kauerte sich lautlos nieder, verharrte reglos, lauschte und suchte die Umgebung mit seinem *tanjian*-Auge ab. Er konnte den Regen gegen Fensterscheiben prasseln hören und ab und zu einen Knall, wenn der Wind einen losen Fensterladen gegen die Vorderfront des Gebäudes schlug. Sonst nahm er nichts wahr.

Doch plötzlich hatte er Angst. Mit übersinnlicher Präzision erinnerte er sich an die Kraft des Messulethe – und wußte, daß er kein ihm ebenbürtiger Gegner war. Beim letzten Mal hatte er Glück gehabt, weil es ihm möglich gewesen war, ihn überraschend zu attackieren, aber er gab sich nicht der Illusion hin, dies wiederholen zu können.

Früher hatte es einmal eine Zeit gegeben, wo er vor nichts Angst gehabt hatte. Doch das war vor seiner Bekanntschaft mit *tau-tau* gewesen, ehe ein *tanjian* sein Gehirn bearbeitet, aus ihm einen *shiro ninja* gemacht und ihn all seiner Kräfte beraubt hatte. Körperlich war er jetzt zwar wieder geheilt und hatte sogar auf Grund der Ereignisse von seiner *tanjian*-Herkunft erfahren. Doch tief in seinem Innern hatte sich ein Schatten auf seine Seele gelegt. Er begriff nun die Macht des Unbekannten, was ihm als jungem und unerfahrenem Mensch nicht möglich gewesen war. Sein *sensei*, der einzige Mensch, dem er sein ganzes Leben anvertraut hatte, war ihm später als sein Feind begegnet. Und seitdem lauerte direkt in seinem Herzen die schreckliche Erkenntnis, daß das, was Kansatsu ihn gelehrt hatte, auf eine ihm noch nicht verständliche Weise für ihn selbst tödlich war.

Das Unbekannte.

Der Messulethe repräsentierte dieses Unbekannte, und er war irgendwo dort draußen im Regen, in der Nacht von Paris und wartete. Das Zusammentreffen dieses Nachmittags hatte in Nicholas einen Verdacht bestätigt, den er hegte, seit der Messulethe sie zu dem Palazzo geführt hatte, wo die *kanfa*-Brücke von ihm heraufbeschworen worden war: Die Pläne des Messulethe waren von ganz anderer Art als angenommen. Vielleicht war er tatsächlich ausgesandt worden, um Okami umzubringen, wie Celeste vermutete. Doch obwohl Okami vermißt wurde, gab es bis jetzt noch keine Anzeichen dafür, daß man ihn getötet hatte. Statt dessen schien sich der Messulethe eher auf Nicholas und Celeste zu konzentrieren. Selbstverständlich konnte es für ihn auch ganz folgerichtig sein, sich jetzt an die Personen heranzumachen, die sich für Okamis Schutz zuständig gefühlt hatten, nachdem Okami auf die eine oder andere Art aus dem Weg geräumt worden war.

Doch vielleicht hatte sich der Zwischenfall mit der kanfa-*Brücke schon vor Okamis Verschwinden ereignet.* Diese Möglichkeit hatte sich bei Nicholas festgesetzt und verursachte ihm Kopfzerbrechen. Je mehr er sie hin und her drehte und wendete, desto weniger Sinn ergab sie im Konzept der gesamten Aktion, dem er folgte.

Um an den Anfang zurückzukehren: Falls Okami von einem verräterischen *yakuza oyabun* zum Abschuß freigegeben worden war – warum um alles in der Welt war dann der Attentäter hinter Nicholas und Celeste her? Warum vergeudete er damit Zeit und setzte sich selbst potentiellen Gefahren aus? Er hatte Okami verschwinden lassen; warum ihn dann nicht einfach umbringen, und die Sache hatte sich?

Zwei mögliche Erklärungen ließen Nicholas frösteln: Entweder hatte der Messulethe nicht den Auftrag, Okami zu ermorden, oder der Messulethe hatte Okami gar nicht in seiner Gewalt. Die eine Möglichkeit bedeutete, daß Okami ihn belogen hatte, die andere, daß Nicholas die Situation völlig falsch interpretierte. Sowohl die eine als auch die andere Antwort führten auf jeden Fall zu einer gräßlichen Schlußfolgerung.

Voll dunkler Ahnungen betrat er den Flur am Ende der Treppe und begann mit einer gründlichen Erkundung der dortigen Räumlichkeiten. Was er dabei entdeckte, versetzte ihn in Schrecken. Es gab keinerlei Werkstätten für die Herstellung von Masken, auch keinerlei Gerätschaften, die man normalerweise in einem Betrieb erwarten würde, der sich auf handgefertigte Masken spezialisiert hatte. Wäre er um einen Tip gebeten worden, hätte er spekuliert, sich in den Räumen einer Investmentgesellschaft zu befinden.

In dem Dämmerlicht, das vom Place des Vosges durch die Fenster hereinschimmerte, konnte er ganze Reihen von Telefonen, Faxgeräten und Computer-Arbeitsplätzen ausmachen, die stumm und gespenstisch wie Schildwachen umherstanden. Schreibtische, Lampen, Stühle – die komplette Ausstattung eines Büros; nur etwas fehlte – Akten. Es gab keine Aktenschränke.

Nicholas ging zu einem Computerterminal und schaltete es ein. Kurze Zeit stand er fasziniert von den flackernden orangeroten Buchstaben vor dem Bildschirm. Der Computer verlangte ein Kennwort für den Zugriff auf das System. Das war an und für sich absolut nichts Ungewöhnliches. Was ungewöhnlich schien, war nur die Tatsache, daß Nicholas eine in *kanji* geschriebene Zeile anstarrte: japanische Schriftzeichen.

Er schaltete den Computer wieder aus. Ganz bestimmt, *Avalon Ltd.* war keineswegs das, als was es sich ausgab. Fornovos Hinweis fiel ihm wieder ein, daß die Firma vor fünf Jahren an eine ausländische Gesellschaft verkauft worden sei, die offensichtlich niemand identifizieren konnte.

Was war *Avalon* jetzt?

Er hatte keine Ahnung, doch es war klar, daß sie an einen japanischen Konzern veräußert worden war.

Nicholas erstarrte. Irgend etwas am Rand seines Gesichtsfeldes, die Andeutung einer Bewegung, war von der leicht gekrümmten

Oberfläche des Bildschirms reflektiert worden. Langsam, als löse sich sein Körper in Rauch auf, sank er auf die Knie. Gleichzeitig drehte er sich in die Richtung, in der er die Bewegung vermutete. Nichts.

Behutsam und Sektor für Sektor tastete er mit seinen Blicken die Umgebung ab, nahm jede Form auf, identifizierte sie, wenn er konnte, und kehrte zu ihr zurück, wenn er es nicht konnte. Auf diese methodische Weise analysierte er das ganze Umfeld. Sehr lange Zeit verharrte er in dieser unbequemen Haltung und wartete ab.

Dann sah er die Bewegung erneut, dieses Mal näher am Zentrum seines Blickfeldes. Sie war von dem dunklen Computerbildschirm zurückgeworfen worden, und jetzt konnte er sie als das erkennen, was sie war: ein Streifblitz von den Scheinwerfern eines vorbeifahrenden Autos. Vorsichtig griff er nach der Kante des Schreibtisches, zog sich daran hoch und spürte dabei den Unterschied in der Oberflächenbeschaffenheit auf der Unterseite der Arbeitsplatte, wo er seinen Daumen hatte.

Er schob sich unter die Workstation, blickte nach oben und sah den quadratischen Plastikschaltknopf, der bündig abschließend in die resopalbeschichtete Fläche eingepaßt war. Nicholas streckte die Hand aus und drückte darauf. Der Knopf gab nicht nach. Dann sah er daneben eine Sperre, ebenfalls so in das Resopal gefräst, daß sie nicht hervorstand.

Wieder holte er einen *shuriken* heraus und preßte die stählerne Scheibe gegen die Sperre. Gleich darauf gab der Schaltknopf unter seinem Daumen nach. Es schien sich nichts zu tun. Nicholas rollte den Stuhl zur Seite, verschob den Plastikvorleger und fand eine Öffnung im Teppich. Aus ihr holte er einen Behälter mit einem Dutzend Disketten. Auf den Behälter war eine Ziffernfolge geschrieben.

Nicholas schaltete den Computer an, nahm die erste Diskette und legte sie ins Laufwerk A. Als die Anweisung für das Paßwort erschien, tippte er die Ziffernfolge ein. Das System lehnte sie ab. Dann kehrte er die Reihenfolge der Ziffern um – mit dem gleichen Ergebnis. Auf dem Bildschirm erschien jetzt der Warnhinweis, daß innerhalb der nächsten dreißig Sekunden Alarm ausgelöst würde, wenn er nicht das korrekte Paßwort eingebe.

Er schaltete den Computer ab, setzte sich, betrachtete den schwarzen Bildschirm und überlegte, wie er sich Zugang zum Datenspeicher verschaffen könnte. Dann setzte er die Ziffernfolge in die Buchstaben des lateinischen Alphabets um und schaltete den Computer für einen neuen Versuch wieder ein.

Das Gerät lud ein Startprogramm, die Bildschirmanzeige veränderte sich. Nicholas hatte vergessen, die Diskette aus dem Laufwerk A zu entfernen, und so las der Computer zuerst diese, anstatt von der Festplatte aus zu booten. Die Bildschirmanzeige verlangte eine Ziffernfolge, und Nicholas gab die ein, die er auf dem Diskettenbehälter gefunden hatte.

Jetzt zeigte ihm der Computer ein Verzeichnis von Dateien an. Nicholas rief die erste auf und hatte etwa zehn Sekunden zur Verfügung, um das zu lesen, was auf dem Monitor erschien: Termine für die Lieferung von chinesischen Kampfflugzeugen des Typs F, von russischen Tupolew 22 M Bombern, T-72 Panzern, SAM-13 Flugabwehrraketen, von amerikanischen F-15 Jägern, Lockheed SR-71 Überschalljets, computergesteuerten Badger Flammenwerfern, Python-600 Mörsern und Deyrael Panzerfäusten – die Liste schien endlos zu sein. Offenbar war *Avalon Ltd.* eine Clearingstelle, ein Mittler zwischen Lieferanten, die durch Zahlenkodes identifiziert wurden, und Käufern in Iran, Irak, Afghanistan und auf dem Balkan, jenen neuen ethnischen Schlachtfeldern der Welt, wo die Brutalität der Kriege erst jetzt so richtig ausbrach.

Dann sah er am Ende der Liste eine kurze Zeile mit merkwürdigen Bildsymbolen. Er drückte die »Hilfe«-Tastenkombination, und die Ikonen lösten sich auf und wurden zu einem Wort: BESTELLT. Hieß das: noch nicht verfügbar?

Er ließ die Anzeige bis zum Ende der Bildsymbole durchlaufen, drückte dann die Eingabetaste und sah: TORCH 315.

Was zum Teufel war das?

Zehn Sekunden, und dann brach seine Welt zusammen.

Der Kollaps ging geräuschlos vor sich, war eine Art geistig-seelischer Implosion, und er dachte bloß: *Ich habe ihn nicht gespürt*.

Der Messulethe!

Er hatte das Pochen gegen die Membran von *kokoro* nicht gehört, hatte sich eingebildet, jetzt und hier vorübergehend in Sicherheit zu sein.

Der Ansturm einer psychischen Kraft ließ ihn taumeln, herumwirbeln und mit dem *tanjian*-Blick hierhin und dorthin sehen in dem vergeblichen Versuch herauszufinden, wo sich der Messulethe befand. Wie schon zuvor war er der Meinung, daß seine einzige Chance, einen Zusammenstoß zu überleben, darin bestand, körperlich möglichst dicht an den Feind heranzukommen. Armeslänge wäre das beste gewesen; oder nahe genug, um den eingeschalteten Computer nach ihm zu werfen.

Aber wie er befürchtet hatte, dachte der Messulethe gar nicht daran, dies zuzulassen. Stöhnend ließ sich Nicholas auf Hände und Knie nieder. Ein schwarzes Gewicht drückte auf seinen Geist und seine Seele, ließ seine Synapsen gefrieren und beraubte ihn der Fähigkeit, zwei Gedankengänge miteinander zu verknüpfen. Die Welt reduzierte sich auf ein einziges Chaos und schrumpfte danach noch weiter zusammen, bis aus ihr ein funkelnder Stachel aus Stahl wurde, dessen Spitze Nicholas' Gehirnwindungen zu durchbohren begann.

Er war im Begriff zu sterben, ohne seinem Gegenspieler auch nur einmal voll ins Gesicht gesehen zu haben. Weder kannte er dessen Namen, noch wußte er, wer er war, ja, er konnte sich noch nicht einmal einen Grund für diesen Angriff zusammenreimen. Doch der Tod kam näher; dies war die einzig sichere Erkenntnis in der erdrückenden Atmosphäre seines kollabierten Universums.

Nicholas!

Er versuchte, sich zu konzentrieren, seine Kräfte um *kokoro* herum zu versammeln, aber der Pfad dorthin war blockiert, mit Stacheldraht ausgelegt, der ihm den Zutritt verwehrte, als er das Trommelfell im Zentrum des Universums schlagen wollte.

Akshara war hier unangebracht, und wieder schlichen sich, heimtückisch wie ein Virus, die Selbstzweifel ein. Kansatsus Ausbildung beinhaltete in ihrem Kern den Keim zu Nicholas' Untergang. Es hätte zu Kansatsu, dessen Seele durch *kshira* deformiert war, gepaßt, die Möglichkeit einer Niederlage einzuplanen. Kansatsu war der große Lügner und Betrüger gewesen, der die eine Intrige mit Hilfe einer zweiten abgesichert hatte und dem es zuzutrauen wäre, daß er auch noch aus dem Grab heraus einen Weg finden würde, um Nicholas zu vernichten.

Nicholas!

Akshara lehrt, daß es sieben Wege zu *kokoro* gibt. Alle waren sie versperrt, und der zermalmende Druck in seinem Hirn machte ihn jetzt blind und taub. Ein schauriges Geheul wie von einem Rudel hungriger Wölfe ließ seine Ohren bluten. Beim Atmen strömte heiße Luft in seine Lungen, als habe man ihn in einen Hochofen geworfen.

Rote Gestalten bewegten sich vor dem schwarzen Vorhang seiner verstümmelten Sehfähigkeit; unheimliche Traumlandschaften verzerrten sich zu grotesken Gebilden, während sie in seinem fiebrigen Hirn projiziert wurden; übersinnliche Bilder vom Anbeginn der Menschheitsgeschichte, in den Genen der Hominiden gespeicherte Erinnerungen schimmerten flüchtig durch einen Wald von Schmerzen und unerträglichen Druckgefühlen.

Nicholas!

Fließendes Wasser mit glockenähnlichen Klängen, die durch das Wolfsgeheul hindurchdrangen; ein zunehmender Sturmwind. Der hauchdünne Faden der Stille, schillernd und unkörperlich wie der Flügel eines Insekts. Blindlings griff er danach, verfehlte ihn, und das Geheul wurde lauter, das Toben des Sturmwinds drohte ihn völlig zu verschlingen, und die kalte Hand des Todes legte ihre Knochenfinger auf seinen Atem und nahm ihm alles.

Nicholas!

Er hörte sie, verstand die Bedeutung des Schreis, sprach über seine Gedanken zu ihr, obgleich ihm schwindlig und sterbenselend zumute war.

Hier... Mehr brachte er nicht heraus.

Und der dünne Faden kam herab als eine Rettungsleine im Chaos, lief durch sein Innerstes hindurch, schlang sich um ihn, wischte den Griff des Gerippes beiseite, verminderte das Getöse des Tumults und zog ihn von dem Abgrund zurück, der sich unter ihm aufgetan hatte, dem Abgrund unterhalb von *kokoro*.

Jetzt erkannte er, was er wegen der Blendung durch den gegnerischen Angriff nicht hatte sehen können: daß er sich direkt unterhalb von *kokoro* befand. Deshalb waren die sieben Wege blockiert gewesen, und er streckte die Hand nach oben, begann mit dem rituellen Schlagen des Taktes, der den Rhythmus im Herzen des Universums bildete, der geistige Energien in Taten verwandeln würde.

Sein *tanjian*-Auge ließ er schlafen, da er nun wußte, daß der psychische Ansturm des Messulethe es auf gefährliche Weise unzuverlässig gemacht hatte. Er öffnete seine physischen Augen und sah Celeste, nicht im Geist, sondern körperlich anwesend, zusammengekauert und vor Angst zitternd, aber nichtsdestoweniger präsent, wie sie den psychischen Faden auswarf, der ihn gerettet hatte. Irgendwie mußte es ihr gelungen sein, in das Haus einzudringen.

Und hinter ihr sah er den Messulethe.

In diesem entsetzlichen Augenblick offenbarte sich die letzte Facette der Wahrheit, die er sich bis jetzt nicht hatte eingestehen wollen. Er durfte es nicht zulassen, daß ihr etwas geschah. Die Liebe hatte ihn wie der Blitz getroffen und beeinträchtigte seine Entscheidungsfreiheit.

Im selben Moment vernahmen seine Ohren ein Surren, als habe sich ein Insekt in einem Spinnennetz verfangen. Seine Aufmerksamkeit wurde kurz abgelenkt, seine Augen registrierten das helle Aufblitzen und schickten verzweifelte Botschaften an das Gehirn. Und dann kam der direkt auf seine Brust geschleuderte Dolch aus der Dunkelheit herausgeflogen.

Renata Loti war in jeder Hinsicht eine beeindruckende Frau. Mitte der Siebzig, groß und stattlich, zeigte sie äußerlich keine jener Beschwerden, die die verstreichenden Jahre für andere Frauen bereithielten. Ihr Rücken war nicht gekrümmt, ihre Hände zitterten nicht, und die Art und Weise, mit der sie sich bewegte, hatte ganz und gar nichts Gebrechliches an sich. Ein leichtes, doch wahrnehmbares Hinken behinderte sie weder in ihrer Beweglichkeit noch in ihrer Ausdauer.

»Sie ist gescheit *und* gerissen«, hatte Delacroix, der Waffenhändler, ihm erzählt. »Was man selten bei einem Menschen antrifft, ganz zu schweigen bei einer Frau. Sie ist eine einflußreiche Persönlichkeit von ungewöhnlich hohem Rang, die sich auf den asiatischen Schauplatz spezialisiert hat. Und sie ist Ihr Mann!«

Gaunt hatte sich mit ihr an der Ecke Constitution Avenue und 17th Street verabredet, gegenüber von The Ellipse, die vor dem Weißen Haus lag. Man hatte hier dieses merkwürdige Gefühl, das sich über die ganze Hauptstadt ausbreitete, nämlich in einer ländlichen Parklandschaft zu sein und nicht mitten im städtischen Gewühl. Die ausgedehnten, unbebauten Flächen bildeten eine brillante Kulisse für Washingtons hauptsächlich kontrastierende Elemente: Himmel und imposante Stein- und Gußeisenbauwerke.

Hinter ihm erhob sich die Renaissance-Pracht des Organization of the American States Buildings mit seinen dreifach durch Bögen eingefaßten Eingängen, den massiven Bronzetoren und der sonderbaren Plastik, eines Gewirrs, das die beiden Amerikas darstellen sollte, Nord- und Südamerika, und das als Mahner dafür diente, wie grundsätzlich unvereinbar beide Kulturen miteinander waren.

Renata Loti hatte das ausdrucksstarke, entschlossene Gesicht einer Frau, die wußte, wie sie sich in den Korridoren der Macht zurechtfinden konnte, und die eine klare Meinung von sich und ihren Vorstellungen vom Leben hatte. Sollte sie jemals ihren naiven Idealismus an die desillusionierende Wirklichkeit verloren haben, dann war das sicher vor sehr vielen Jahren geschehen. Dennoch trug sie nicht jenen abgeklärten Zynismus oder diesen durchsichtigen Hurra-Patriotismus zur Schau, der in den politischen Zirkeln Washingtons vorherrschte. Ihre hervorstechende Nase, die hohen Backenknochen, tiefliegende, himmelblaue Augen und eine energische Kieferpartie machten sie zu einer Frau, die Aufsehen erregte und mit der man rechnen mußte, wo immer sie auftauchte. Die Haare trug sie ähnlich einer mit kurzen Fransen besetzten Mütze. Sie hatte sie platinblond gefärbt, vielleicht eine Spur zu extravagant für eine Frau ihres Alters, aber es paßte ganz entschieden zu ihrer starken Persönlichkeit.

Renata hatte ein schwarzes Kostüm aus grob gesponnener Seide an, Schuhe aus schwarzem Krokoleder, dazu trug sie eine passende Handtasche, und um ihre Schultern hing ein schicker, dreiviertellanger schwarzer Wildledermantel. Schmuck trug sie keinen, bis auf einen funkelnden Cabochon-Rubin an dem Finger, an dem vielleicht ein Ehering hätte stecken können.

»Mr. Gaunt?«

Er nickte, und sie lächelte und zeigte dabei ein wenig ihre winzigen weißen Zähne.

»Es ist sehr nett von Ihnen, daß Sie mich trotz einer so kurzfristig vorgetragenen Bitte treffen können«, sagte er und schüttelte ihre Hand.

»Ich kannte Ihren Vater. Das war ein Mann, auf den man stolz sein konnte.« Sie lachte kurz auf. »Außerdem saß ich soeben in einem sehr langweiligen Theaterstück. Als Sie mich anpiepsten, dachte ich gerade daran, wieder zu gehen. Somit hatte ich eine gute Entschuldigung.« Sie legte den Kopf schief wie ein junges Mädchen, das den neuen Jungen in der Klasse mustert. »Sie sagten, Sie erhielten meine Nummer von Timothy?«

»Von Timothy Delacroix, richtig«, bestätigte Gaunt, während sie weitergingen. Renata deutete auf eine Bank direkt bei den Gärten des OAS-Gebäudes. »Er meinte, Sie seien vielleicht der einzige Mensch in Washington, der mir helfen könnte.«

»Sehr schmeichelhaft.« Dann wurde ihre Miene ernst. »Ich kenne Timothy schon lange. Er übertreibt nie.«

Gaunt informierte sie über den Stand der Dinge bezüglich Senator Banes Interesse an *Tomkin Industries* im allgemeinen und an Nicholas im besonderen. »Und nun erzählt mir Delacroix«, führte Gaunt zum Schluß aus, »daß er mit *Sato-Tomkin* über unseren Bevollmächtigten in Saigon, Vincent Tinh, Geschäfte macht. Wenn das stimmt, wenn wir in irgendeiner Weise bei Waffenlieferungen mit drinstecken, dann hat Banes Untersuchungsausschuß vermutlich auch dafür schon Beweise. Dann ist die Firma erledigt. Und Nicholas wird den Rest seines Lebens wahrscheinlich in einem Bundesgefängnis verbringen.«

»Ich weiß alles über Tinh«, sagte Renata. »Und fand es ausgesprochen faszinierend, daß ausgerechnet er der Saigoner Geschäftsführer von *Sato-Tomkin* wurde. Ich habe mich immer gefragt, wer das wohl eingefädelt hat.«

Gaunt spitzte augenblicklich die Ohren. »Was meinen Sie damit?«

»Der Name Tinh hat einen schlechten Klang, den allerschlimmsten sogar. Tinh ist aalglatt, arbeitet pünktlich und effizient, was in Südostasien Eindruck macht. Aber er ist ein echter Unternehmer in der übelsten Bedeutung des Wortes. Der handelt wirklich mit allem, sobald er sich einen Profit davon verspricht.«

»Profit für die Firma?«

»Profit für sich«, sagte Renata. Sie überlegte kurz. »Ich kenne Mr. Linnear nicht persönlich, aber Sie können sich vorstellen, daß ich in meinem Tätigkeitsbereich von einer Menge Leute eine Menge über ihn gehört habe. Es heißt, er besitze das, was die japanischen Samurai *bushi no nasake* nannten, Empfindsamkeit und Güte eines Kriegers.« Mit klaren und leuchtenden Augen, deren kräftiger Farbe die Jahre nichts hatten anhaben können, sah sie hinaus auf den Verkehr in der Constitution Avenue, während sich ihr Blick nach innen richtete. »Es heißt auch, er habe ausgezeichnete Instinkte. Würden Sie das bestätigen, Mr. Gaunt?«

»Ja. Voll und ganz.«

Renata nickte, als erhalte sie eine erwartete Antwort. »Deshalb finde ich es unwahrscheinlich, daß er Tinh aus eigenem Antrieb eingestellt hat. Eine sehr geschickte Person muß ihm Tinh aufgeschwätzt haben.«

»Interessant, daß Sie das sagen«, ereiferte sich Gaunt. »Ich habe schon die ganze Zeit den Verdacht, daß Nicholas und die Firma hereingelegt wurden und nun vorgeführt werden sollen, damit Bane sie guillotinieren kann.«

»Rance Bane ist wie ein Krebsgeschwür, das in einem kranken Körper wütet«, sagte Renata. »Trotz Senator Branding und aller Anstrengungen der Opposition, ihn in Schach zu halten, ist er jetzt eine bestimmende Kraft. Er hat eine unerschütterliche Machtbasis, was bedeutet, daß selbst diejenigen, die ihn verachten, nunmehr gezwungen sind, sich ihm zu fügen. Und so würde ich an Ihrer Stelle genau aufpassen, mit wem ich spreche und was ich sage. Bane hat im Augenblick viele Freunde in Washington, von denen sich nicht alle in der Öffentlichkeit zu erkennen geben.«

Gaunt nickte. »Vielen Dank für die Warnung, aber ich bin hier ein alter Hase. Ich weiß, wann ich meinen Mund halten muß.«

»Sie befinden sich so lange in Gefahr, wie Sie weiter in Richtung Vincent Tinh nachforschen«, fuhr Renata fort. »Timothy weiß nicht die Hälfte von den Sachen, in denen Tinh seine Finger drin hat. Gestohlene Waffenlieferungen sind nur die Spitze des Eisbergs, falls Tinhs Vergangenheit Ihnen einen Hinweis gibt. Drogen, geächtete Chemiewaffen, geheimes militärisches High-Material – überall ist Tinh dabei und verdient sich eine goldene Nase.«

»Wenn das so ist«, fragte Gaunt neugierig, »warum hat er dann eine ganz normal bezahlte Stellung bei *Sato-Tomkin* angenommen?«

»Aus Opportunismus, zweifellos«, antwortete Renata. »Die Legalität des Unternehmens und die Aufbauarbeit, die er für die Firma leistet – wie ich vermute, ist sie hervorragend –, geben doch eine perfekte Tarnung für seine eigenen Transaktionen ab. Heutzutage zahlt es sich aus, die Geschäfte, die Tinh am liebsten macht, ein bißchen weniger aufsehenerregend abzuwickeln.«

»Wenn uns irgend jemand reinlegt, dann muß ich herausfinden, wer das ist«, sagte Gaunt. »Denn das ist unsere einzige Chance, um lebend aus der Geschichte herauszukommen.«

Renata schwieg so lange, daß er schon nervös zu werden begann.

»Worüber denken Sie nach?«

Sie seufzte, wandte ihm den Kopf zu und sah ihn an. »Hier sehen uns zu viele Augen. Gehen wir ein wenig spazieren.«

Es hatte zu regnen angefangen, was Renata nicht weiter zu beeindrucken schien. Sie zog lediglich ihren Mantel an und knöpfte ihn zu. Weiterschlendernd überquerten sie die Constitution Avenue und kamen in den West Potomac Park. Als das Gelände abschüssig zu werden begann, bemerkte Gaunt, daß sie auf die beiden schwarzen Marmorblöcke des Vietnam-Denkmals zuhielten. Er konnte das Tidal Basin südlich des Reflection Pool riechen, was ihm alle Arten von Erinnerungen an sein früheres Leben in dieser Stadt bescherte, gute und schlechte.

Das Brummen des Verkehrs auf der breiten Avenue zu ihrer Rechten wurde allmählich abgelöst vom Nachtwind, der flüsternd durch die letzten noch an den Bäumen hängenden Blätter fuhr. Renata Loti neben ihm hatte keinerlei Probleme mit dem Gefälle. Sie betrachtete es offensichtlich vergnügt als sportliche Betätigung, und so wanderten sie gleichmäßigen Schrittes dahin. Das vermulchte, abgestorbene Laub unter ihren Füßen verursachte beruhigende Geräusche, die Gaunt an feuchte Herbsttage denken ließ, an denen Dunstschleier über dem Erdboden waberten und sich mit den Schichten der orangeroten und goldfarbenen Blätter vermischten, was wiederum eine einzigartige Symphonie erdiger Gerüche ergab.

An seinen toten Vater dachte er und an dessen Stellung in dieser Stadt; er wußte, daß sein Vater diesen Ort rechtzeitig verlassen hatte, ehe er selbst womöglich von allen verlassen wurde. In diesem Wissen lag irgendwie ein Trost, und zum erstenmal, seit er hierhergekommen war, dankte er seinem Schicksal, das ihn – gegen seinen Willen – zu dieser Rückkehr gezwungen hatte.

Renata hielt den Kopf gesenkt, hatte die Hände in den Taschen vergraben und schien vollkommen in Gedanken verloren zu sein. Regentröpfchen glitzerten wie Diamanten in ihrem Haar. Schließlich sagte sie: »Ich habe das Gefühl, daß Ihnen nur der direkte Weg übrigbleibt, wenn Sie herausfinden wollen, wer Nicholas den heißen Tip mit Vincent Tinh gegeben hat.« Sie legte eine Pause ein, und er konnte den Dampf des Atems zwischen ihren halb geöffneten Lippen ausströmen sehen. »Das Problem ist nur, daß das auch der gefährlichste Weg ist.«

Delacroix' Tip war gut gewesen, befand er plötzlich. Die Dame war wirklich etwas Besonderes. Er fühlte sich bei ihr in guten Händen und gut aufgehoben in dem Netz ihres agilen Verstandes; ganz kurz zwickte ihn der Neid auf denjenigen, der einst ihr Mann oder Liebhaber gewesen war.

»Ich glaube, es gibt jemanden in Washington, der Bescheid weiß«, sagte Renata, »aber es dürfte extrem gefährlich sein, ihn daraufhin anzusprechen.«

Sie waren jetzt beim ersten Block der Gedenkstätte aus poliertem schwarzem Marmor angekommen, in den die Namen aller Gefallenen eingraviert waren. Regen platschte darauf, und einzelne Tropfen rannen über die glatte Oberfläche wie Tränen über eine Wange.

Renata blieb stehen und betrachtete kurz das Mahnmal. Zu ihren Füßen flatterte eine kleine amerikanische Flagge im Wind, die jemand am Fuß des Steins in den Boden gesteckt hatte; Rosenblätter, die sich von einem Blumenbukett gelöst hatten, lagen verstreut auf dem mit Steinplatten ausgelegten Weg.

Sie wandte sich ihm zu und trat so nahe vor ihn hin, daß er von den kleinen Wölkchen ihres Atems eingehüllt wurde. »Erinnern Sie sich, daß ich Ihnen sagte, in Washington gebe es Leute, die Bane nur insgeheim unterstützen? Dieser Mann ist einer von ihnen. In der Bane-Hierarchie ist er zwar ganz oben, aber er verhält sich wie ein Geheimagent und tritt öffentlich für eine andere Ideologie ein.«

Ihre nachdenklichen Augen sahen jetzt dunkel aus und schienen aus dem gleichen schwarzen Gestein gemeißelt zu sein wie das Denkmal hinter ihr.

»Allerdings könnte er verwundbar sein, weil er in seinem Sexualleben manchmal etwas indiskret ist. Erst kürzlich habe ich da ein paar ausgezeichnete Fotos hereinbekommen. Ich warte schon die ganze Zeit auf den passendsten Moment, um sie gegen ihn zu verwenden. Unser Zusammentreffen scheint also ein höchst vielversprechendes zu sein.«

Lichterglanz und Spiegelungen ließen sie in der regnerischen Nacht um viele Jahre jünger erscheinen. Gaunt fand sie sowohl begehrenswert als auch intellektuell anregend, eine sehr wirkungsvolle Kombination. Als er sie in diesem Glanz sah, wurde er an ein Porträt von Lucrezia Borgia erinnert, der Schwester von Ceasare Borgia. Sie waren uneheliche Kinder gewesen, und einer weitverbreiteten Theorie zufolge spielte diese Tatsache eine dominierende Rolle in dem ausgeprägten Machthunger der beiden.

»Dieser Mann hat direkte Beziehungen zum Nervenzentrum von Rance Banes Apparat«, fuhr Renata fort, »und wenn Sie die Information benutzen, die ich Ihnen gebe, wird er Ihnen sagen, was Sie wissen wollen.« Mit dem kräftigen Zeigefinger einer arbeitenden Frau wischte sie sich den Regen von der Backe. Ihre mit farblosem Lack überzogenen Fingernägel hatte sie kurz wie ein Mann geschnitten. »Und, wer weiß, vielleicht wird auf Grund dieser Aktion dann auch der ganze verkommene Apparat von Rance Bane auseinanderkrachen.«

Eine Chance, die Firma zu retten! Gaunt wurde schwindelig von dieser Aussicht. Erst vor ein paar Stunden hatte er noch überlegt, ob er sich nicht in seiner Verzweiflung in den Potomac stürzen sollte! Und jetzt – man sehe sich nur an, was dieser Ein-Mann-Untersuchungsausschuß zutage gefördert hatte: die Wahrscheinlichkeit eines Komplotts *und* die Möglichkeit, es zu beweisen.

»Sagen Sie mir«, bat er etwas außer Atem, »wie heißt der Mann?«

Der Regen, der ihr ins Gesicht fiel, ließ ihre blasse Haut wie aus Marmor gehauen erscheinen. »William Justice Lillehammer«, sagte sie.

7

New York / Tokio / Washington / Paris

»Ich will alles gestehen«, sagte Margarite. »Aber *Ihnen*, nicht dem FBI.« Sie hob den Blick und sah Croaker ins Gesicht. »Von all den Menschen aus meiner Umgebung vertraue ich nur Ihnen.« Sie legte den Kopf an seine Schulter. »Mein Gott, wie pathetisch das klingt, sogar für mich. Dabei sind Sie eigentlich weiter nichts als ein völlig Fremder. Was habe ich nur aus meinem Leben gemacht?«

»Sie haben mir gesagt, daß Sie, als Sie heirateten, genau gewußt hätten, was Sie wollten.«

»Oh, das tat ich auch! Aber wer bin ich jetzt? Ich erkenne mich ja selbst nicht wieder. Alles, was ich mir je gewünscht hatte, ist in der Zwischenzeit bedeutungslos geworden.«

Sie saßen im *Lexus* und fuhren irgendwo in Connecticut übers Land. Francie hatten sie bei Margarites Freundin abgesetzt, einer geschiedenen Frau, die von ihrem Haus aus eine eigene Consulting Firma betrieb und die einen intelligenten Scotchterrier hatte, der auf den Namen Muirfield hörte. Sie war begeisterte Golferin und hatte versprochen, Francie das Golfspiel beizubringen.

»Ich möchte mich bei Ihnen bedanken«, sagte Margarite. »Sie haben einen außergewöhnlichen Einfluß auf Francie. Ich hatte mir schon Sorgen gemacht, daß sie Sie gar nicht wieder weggehen lassen würde.«

»Francie hat einen starken Charakter«, sagte Croaker. »Trotz allem, was sie durchgemacht hat, will sie weiterleben.«

»Ich fürchte, ich habe ihr und mein Leben völlig durcheinander gebracht.«

Eine Zeitlang fuhren sie schweigend dahin. Weil es ihn gerade beschäftigte, erzählte er ihr von seiner Freundschaft mit Nicholas. Er schilderte, wie sie sich kennengelernt hatten, als sie beide hinter demselben Mann hergewesen waren, der sich schließlich als Nicholas' Cousin herausgestellt hatte, der *ninja* Saigo, und wie sie sich später in Japan wiedertrafen, nachdem Croaker seine Hand verloren hatte. Während seiner Schilderungen rekonstruierten seine Worte seine aufregende Vergangenheit so anschaulich, daß er sie fast noch einmal durchlebte. Doch war das nicht nur ein faszinierendes Gefühl. Er stellte auch fest, daß er Nicholas so vermißte, daß es fast schmerzte.

»Ich beneide Sie um eine solche Freundschaft«, meinte Margarite wehmütig. Und als sie erkannte, daß sie Richtung Old Westbury fuhren, sagte sie: »Nein, ich will nicht nach Hause. Ich kann mich jetzt dort nicht aufhalten.«

»Aber Ihr Mann…«

»Mein Mann zählt nicht«, unterbrach sie ihn nachdrücklich. »Und jetzt wird mir auch klar, daß er nie gezählt hat.« Sie fuhr sich mit einer Hand durchs Haar und strich es sich aus dem Gesicht. Dann setzte sie sich so in den Beifahrersitz, daß sie Croaker von der Seite ansehen konnte. »Lew«, sagte sie, »ich werde Ihnen jetzt etwas erzählen, von dem ich geglaubt hatte, daß ich es keiner Menschenseele erzählen würde. Aber ich konnte mir auch niemals eine solche Zukunft für mich vorstellen. Und jetzt habe ich eine derartige Angst, daß ich weiß, ich muß sofort etwas unternehmen, um diese Angst und diesen Schrecken loszuwerden, weil sie mich sonst auffressen.«

»Sie haben Angst davor, daß der Mörder Ihres Bruders Ihretwegen wiederkommen wird?«

»Nein«, sagte sie in einem Ton, der vor Erregung zitterte. »Ich habe Angst, daß er meinetwegen *nicht* wiederkommt.«

Sie hielten an einer Ampel, und nachdem sie auf Grün umgesprungen war, blies Croaker geräuschvoll Luft aus dem Mund, um Ordnung in seine Gedanken zu bringen. »Ich glaube, das werden Sie mir schon näher erläutern müssen.«

Margarite nickte. »Das und viele andere Dinge«, flüsterte sie. »Aber jetzt fahren Sie einfach weiter, Lew, fahren Sie so lange, bis die Straße zu Ende ist.«

Die ganze Strecke bis Montauk Point hinaus schien sie zu schlafen, den Körper zusammengesunken neben ihm, den Kopf nach hinten gelegt, die Haare weich darum herum, der Rock bis zur Hälfte ihrer Oberschenkel hinaufgerutscht. Sie kam ihm wie das Mädchen vor, mit dem er in jenem einen Sommer, wo er aus Hell's Kitchen herausgekommen war, angebandelt hatte. Er war dort im Rahmen eines Freizeitprogramms für behinderte Kinder und Jugendliche gewesen, in das er sich mit ein paar Lügen hineingeschmuggelt hatte, weil er unbedingt der unerträglichen Augusthitze in der Stadt entfliehen wollte. Irgendwo in Pennsylvania, in der Nähe einer kleinen Ortschaft mit einem indianischen Namen, der einem Jungen seines Alters komisch vorkam, hatte er sie zufällig vor der verstaubten Ladentheke eines winzigen Kramladens angetroffen. Sie hatten Colas für fünf Cents aus einem rotweißen Automaten getrunken, und schon damals war ihm der ganze Nachmittag wunderbar vorgekommen.

Unschuld, Naivität und Unverdorbenheit waren zu jener Zeit etwas Kostbares für einen jähzornigen und ungestümen Jungen wie Lew Croaker gewesen, der routinemäßig anderen den Schädel einschlug und sich oft genug mit einem lädierten Baseballschläger auf der wilden New Yorker West Side verteidigen mußte. Unverdorbenheit war für ihn ein Traum gewesen, eine Tugend, die irgendwo und viel zu weit weg von seinesgleichen existierte, als daß er sie hätte erkennen können – bis er Rebecca traf. Und auch dann hatte er diese Eigenschaft selbstverständlich nicht als das erkannt, was sie war, jedenfalls nicht in jenem Sommer, sondern viel, viel später, nachdem etliche Jahre ins Land gegangen waren.

Croaker weckte Margarite erst auf, als sie östlich von Amagansett waren und durch die großartige Ödnis aus Sand, Ginster, verkümmerten Schwarzkiefern und den vereinzelten Büschen mit wilden Rosen fuhren, die so typisch für Napeague waren. Das war der Flaschenhals, der das östliche Ende der Hamptons mit Montauk verknüpfte. Noch ein indianischer Name, fiel ihm auf.

»Die Asphaltstraße ist jetzt bald zu Ende«, sagte er, als sie sich bewegte. »Haben Sie schon Hunger?«

»Machen wir hier doch halt«, bat sie und betrachtete durch das Fenster das hypnotisierende Auf und Ab der Dünen.

Er hielt bei einer baufälligen Kneipe am Rand einer verwahrlosten Obstbaum-Plantage, um Lillehammer anzurufen. Er wollte ihn nicht nur auf dem laufenden halten, sondern auch wissen, ob Lillehammer schon die Laborberichte vom Tatort bekommen hatte. Die Mitarbeiterin, die den Hörer unter der Nummer abhob, die Lillehammer ihm gegeben hatte, bat ihn zu warten, nachdem er seinen Tarnnamen genannt hatte. Croaker hatte den Eindruck, daß sie Lillehammer erst mit einem Piepser suchen mußte, weil dieser sich Gott weiß wo aufhielt und gerade Gott weiß was trieb.

»Sie hatten recht, als Sie sagten, wir bräuchten einen Hexenmeister«, begann Lillehammer, als er endlich an den Apparat kam.

»Keine Fingerabdrücke, nicht einmal verschmierte, ausgenommen die der beiden Opfer.« Seine Stimme klang metallisch, als werde sie von einem elektronischen Apparat zerhackt und wieder zusammengesetzt. »Wenn das Ganze ein Science Fiction Roman wäre, würden wir jetzt diesen Scheißkerl nach seiner eigenen DNA klonen, ihn beschleunigt groß werden lassen und dann nicht nur wissen, wie er ausschaut, sondern ihn gleich hinter dem Original herjagen.«

»Sehr komisch.« Nach den Ereignissen des Tages war Croaker überhaupt nicht zu Scherzen irgendwelcher Art aufgelegt. »Was bringt uns die DNA-Analyse sonst noch?«

»Vergessen Sie's. In diesem Fall kommt die moderne Wissenschaft nicht zu unserer Rettung herbeigeeilt. Aber über die Feder, die an dem Mädchen steckte, habe ich was Interessantes rausbekommen. Sie stammt von einer weißen Elster. Ein höchst seltener Vogel nach Aussage des Experten von der Smithsonian Institution, den ich aufgestobert habe. Und zwar so selten, daß ich zuvor sechs andere Ornithologen umsonst bemüht habe, ehe ich eine Auskunft kriegte. Das Tier kommt hauptsächlich im Hochland von Südostasien vor. Kein Zoo oder Züchter seltener Vögel in unserem Land hat ein Exemplar. Und wie geht's bei Ihnen voran?«

Croaker gab ihm eine kurze Zusammenfassung der Erkenntnisse, die er aus Margarite herausgeholt hatte.

»Das klingt ja super und ist weitaus mehr, als ich erwartet hatte. Bleiben Sie dran. Nach Meinung der Dame ist dieser Robert also Asiate – und die weiße Elster lebt in Südostasien. Paßt alles prima zusammen.« Er verstummte kurz, und die abhörsichere Leitung tickte hohl wie eine Bombe. »Hören Sie, Ishmael, wenn diese Madame DeCamillo recht hat und der Mörder irgendwie Zuneigung zu ihr gefaßt hat, dann ist sie im Moment unsere allerliebste Freundin. Lassen Sie sie keinesfalls aus den Fingern. Und lassen Sie sich von Ihrem Mann nicht einschüchtern. Wenn Tony D Sperenzchen macht, dann kriegen Sie von mir so viel Unterstützung, wie Sie brauchen. Der ist nämlich kein Dominic Goldoni, und wie wir mit Ganoven seines Schlages umspringen müssen, wissen wir sehr genau.«

»Sobald ich mit ihr fertig bin, brauche ich ein Rendezvous. Das wäre morgen. Wo schlagen Sie vor?«

Eine kurze Stille trat ein, während Lillehammer die Möglichkeiten erwog. »Buchen Sie zwei Plätze bei irgendeiner Fluggesellschaft, und ich werde Sie beide persönlich am Flughafen in Washington abholen. Die Einzelheiten geben Sie mir noch durch, okay?«

Croaker bestätigte und legte auf. Er stieg wieder ins Auto und fuhr gemächlich den Rest des Weges in das heruntergekommene Montauk hinein. Sie aßen außerhalb der Stadt bei *Gosman's*, früher einmal ein mittelgroßes Restaurant, von dem aus man einen Blick über die Werften und die hereinkommenden Fischerboote gehabt hatte. Jetzt war daraus ein ausgedehnter Komplex mit Freßlokalen, Geschäften und Kolonnaden geworden – selbst schon ein eigener Ortsteil.

Der Kellner führte sie zu einem Platz bei einem der übergroßen Flachglasfenster, die auf den Hafen hinauswiesen. Um diese Jahreszeit war das riesige Restaurant so gut wie leer. Die Möwen, zudringlich, dick und fett von den sie fütternden *Gosman's* Gästen, jagten mit heiserem Geschrei über das dunkle Wasser, als sei es mitten im Hochsommer.

Eine Zeitlang tranken sie in freundschaftlichem Schweigen. Trotz seines Tatendrangs, der ihn antrieb, Dominic Goldonis Mörder möglichst bald aufzuspüren, hielt sich Croaker im Zaum. Leicht fiel es ihm nicht. Hier, ihm gegenüber, saß das einzige Bindeglied, das es überhaupt zu dem Mann gab, der Goldoni umgebracht hatte. Seine im Dschungel der Straßen New Yorks erworbene Intuition sagte ihm, daß dieser Mann nie gefunden werden würde, falls Margarite ihm nicht helfen konnte oder wollte; selbst wenn er und Lillehammer sich noch so sehr anstrengten. Er ahnte, daß sie ihm alles sagen wollte, womit sie nicht fertig wurde, seit sie und Francie entführt worden waren, aber dabei handelte es sich um fürchterliche und tragische Ereignisse. Wer wußte, ob sie die Kraft – oder ein genügendes Maß an Vertrauen zu ihm – besaß, das alles wieder auszugraben und ans Tageslicht zu zerren? Er war sich ganz und gar nicht sicher, ob er selbst die Stärke dazu gehabt hätte, wenn die Rollen vertauscht gewesen wären.

Margarite trank ihren Drink aus und sah dann in das leere Glas. »Nachdem er uns freigelassen hatte«, sagte sie langsam und tonlos, »als alles vorbei war, sein... das, was er mit Dom gemacht hat... nachdem ich Francie zurückgebracht hatte...«, ihre verschleierten Augen suchten seinen Blick, »... da wußte ich, daß es noch nicht vorbei war.«

Sie schluckte, und er konnte sehen, wie sie im Geist ihre Zehen in den Boden grub, so wie man es körperlich am wasserüberspülten Strand tut, damit einen die Ebbe nicht hinaus ins Meer zieht.

»Sehen Sie, da ist irgend etwas zwischen ihm und mir passiert, das… von dem ich nicht glaube, daß er es geplant hat. Er kam her, um mich zu benutzen, um Dom zu erwischen, und das hat er auch geschafft. Aber da war noch etwas. Eines Nachts, als wir unterwegs waren, kam es zu einer Art von – ich weiß nicht, wie ich es ausdrücken soll – einer Art von Übertragung. Er hat mir absichtlich die Gelegenheit geboten, ihn zu töten, und ich habe sie ergriffen. Natürlich war es ein Trick. Er hatte die Rasiermesser ausgetauscht, und das, welches ich benutzen wollte, hatte eine stumpfe Klinge. Aber das sei unerheblich gewesen, sagte er zu mir, und er hatte recht. Ich habe *versucht*, ihn zu töten, und *ich hätte es getan*, und das zu wissen war für mich wichtig. Diese Tat – hat bei mir irgendwas freigesetzt, eine innere Entschlossenheit, von der ich nie gewußt hatte, daß ich sie besaß.«

Sie fuhr sich mit der Zunge über die Lippen, und Croaker bestellte eine neue Runde Drinks. Als sie gebracht wurden, ermunterte er sie: »Sie sagten etwas von einer ›Übertragung‹.«

»Ja«, nickte sie. »Sehen Sie, das war so, als hätte er mir diese – Kraft gegeben und sich dafür etwas von mir genommen.«

»Was war das?«

Sie nahm einen Schluck von ihrem Drink. »Ich weiß es nicht. Zumindest wußte ich es damals nicht. Jetzt beginne ich zu vermuten, was es sein könnte, und das verursacht mit Angst.« Wieder nahm sie einen Schluck, fast zwanghaft, und Croaker beschloß, etwas zu essen zu bestellen, sobald er die Bedienung auf sich aufmerksam machen konnte.

Margarite hielt sich den Kopf. »Ich muß mit jemandem darüber reden. Es die ganze Zeit unter Verschluß zu halten ist… unerträglich. Aber wer würde mich denn verstehen? Mein Mann nicht, meine Tochter nicht, und mit keinem meiner Freunde oder Freundinnen kann ich darüber sprechen.« Sie hob den Kopf wieder, und ihr Blick forschte in seinem Gesicht – wonach eigentlich? fragte er sich. Nach Verständnis? Nach Absolution? »Damit bleiben Sie übrig, Lew, weil ich nicht weiß, was Sie für mich sind – oder was Sie für mich sein werden. Sie sind mir so fremd, wie mein ganzes Leben für mich geworden ist.«

»Margarite, was, fürchten Sie, hat er sich von Ihnen genommen?«

»Meine Fähigkeit, ihn zu hassen.«

Er sah, daß sie große Angst davor hatte, daß er sie auslachen würde, wie es, mit ziemlicher Sicherheit, ihr Mann getan hätte. Nach dem, was er von Dominic Goldonis Leiche gesehen hatte, kam Croaker diese besondere Furcht Margarites aber alles andere als lächerlich vor. Im Gegenteil, er hielt sie für ein schauderhaftes Gefühl.

»Es ist, als seien wir mit unseren Seelen aneinander gekettet. Ich kriege ihn einfach nicht aus meinem Kopf und aus meinem Innern heraus. Ich meine damit nicht sein Gesicht oder etwa... Nein, mitten in der Nacht kann ich ihn *riechen*, kann ihn ganz nah bei mir *spüren*, als ob er tatsächlich neben mir läge.«

Croaker hielt ihrem Blick stand. »Margarite, ehe wir weitermachen, möchte ich, daß Sie etwas verstehen«, sagte er. »Dieser Mann, der Sie und Francie entführte und Ihren Bruder ermordete, ist so extrem gefährlich, daß ich tatsächlich annehme, Sie sind die einzige, die mir helfen kann, ihn zu fassen. Ohne Sie tappe ich total im dunkeln. Ich muß wissen, daß ich mich auf Sie verlassen kann. Wenn Sie aber innerlich so zerrissen sind wegen...«

»Ich will Ihnen ja helfen«, sagte sie etwas zu schnell. »Ich *muß* es sogar, um mir selbst zu beweisen, daß er nicht...« Sie schüttelte den Kopf, unfähig, weiterzusprechen.

Croaker winkte einer Bedienung und bestellte für sie beide Muscheln, danach Hummer. Die vor Ort gefangenen Muscheln wurden unverzüglich gebracht, dufteten nach Salzwasser und Algen und wurden in beängstigend großen Portionen serviert. Margarite aß das zarte Fleisch langsam und mit Genuß. Ihr Gesicht bekam wieder Farbe, und sie schien etwas von ihrer alten Fassung wiederzugewinnen.

»Worüber ich nachdenke ist, inwiefern ich mich verändert habe, seit er mich freiließ.« Sie hatte ihre Muscheln aufgegessen, schob die Schüssel von sich weg und leckte ihre Finger einen nach dem anderen ab, pingelig wie eine Katze. »Meine Ehe hat sich, ganz offen gesagt, als kläglicher Fehlschlag erwiesen. Tony und ich haben keine Verständigungsbasis miteinander. Jetzt, im nachhinein betrachtet, glaube ich sogar, daß wir noch nie eine hatten. Soweit es Frauen betrifft, reduziert Tony seine Kommunikation auf seinen Schwanz und seine Fäuste. Mit anderen Männern kommuniziert er auf der Basis von Verhandlungen; da blüht er richtig auf. Sobald ich den Mund auftat, hat er mich verprügelt. Ich vermute, daß er –

der Sizilianer, der er nun mal ist – seit Francies Geburt die Nase von mir voll hat: ›Was – kein Sohn?‹« Sie versuchte ein Lächeln, aber es wurde nur ein schiefes Grinsen daraus.

Die Kellnerin kam, um abzuräumen, und gab ihnen folienverpackte Erfrischungstücher für die Hände. Margarite wollte gerne noch ein Bier haben, und so bestellte Croaker zwei.

»Der Punkt ist doch der«, sagte Croaker sanft, »daß Sie die Prügel eingesteckt haben.«

Margarite sah hoch und ihm direkt in die Augen. »Sie sind keine Frau. Deswegen erwarte ich auch nicht, daß Sie das verstehen.«

»Ich strenge mich an«, warf er ein. »Und ich höre zu.«

Sie dachte darüber nach und sah hinaus in die Dunkelheit, die sich jetzt über dem Wasser ausbreitete. Ein Fischerboot mit gesetzten Positionslichter fuhr draußen auf dem Kanal und bewegte sich dabei von rechts nach links über die Glasscheibe, als sei diese ein Fernsehbildschirm.

»Geben Sie mir Ihre Hand«, sagte sie ruhig. »Nein, die andere.«

Er legte seine biomechanische Hand in die ihre.

Sie betrachtete die Kombination aus künstlicher Haut und mechanischen Bestandteilen.

»Die Welt eines Mannes ist gewalttätig«, sagte sie schließlich. »Die Welt einer Frau... eine Frau fragte sich, warum es Gewalt überhaupt gibt.«

»Aber Passivität...«

»Sie denken noch immer wie ein Mann.« Dabei lächelte sie ihn freundlich an. »Mit Passivität hat das alles nichts zu tun. Die Männer begehen den Fehler anzunehmen, daß eine Frau, weil sie keinen Sinn in der Gewalt sieht, ein passives Wesen sein muß. Das stimmt ganz einfach nicht.« Sie legte den Kopf schief. »Zumindest in einer wesentlichen Hinsicht sind die Männer das passive Geschlecht. Wenn sie vor die Wahl gestellt werden, entscheiden sie sich stets für den Status quo. Sie hassen Veränderungen jeder Art und kämpfen andauernd dagegen an. Andererseits ist das, was Frauen sich wünschen, Stabilität, was etwas ganz anderes ist als Passivität, wenn Sie sich die Mühe machen, darüber nachzudenken.«

Die Hummer kamen zusammen mit dem Bier. Man gab ihnen plastiküberzogene Lätzchen, die sie sich im Nacken zubanden. Margarite nahm einen Schalenknacker in die Hand und bearbeitete damit das leuchtend orangefarbene Gehäuse.

»So, nachdem das jetzt heraus ist, verstehe ich allmählich, daß da noch etwas anderes in mir rumort. Robert, wie er sich nannte, hat mir das bestätigt. Ich war drauf und dran, ihn zu töten. Und nach dieser Erfahrung sitze ich jetzt hier mit Ihnen zusammen. Und endlich bin ich in der Lage, zu meinem Mann zu sagen: ›Leck mich doch am Arsch!‹ Und ich spüre, daß ich dazu stehe. Ich kann jetzt erkennen, wie verkorkst mein Leben ist, seit ich mit ihm zusammen bin. Die Entscheidung war falsch gewesen, Stabilität für mich *und* für meine Tochter haben zu wollen. Francie hat Bulimie aus einem verdammt guten Grund. Sie ist nicht dumm und auch kein Kind mehr. Das, was um sie herum passiert, registriert sie sehr wohl, weil sie die Schwingungen viel stärker wahrnimmt als jeder Erwachsene. Vielleicht habe ich ihr mehr geschadet als irgend jemand sonst. Sehen Sie das auch so wie ich, daß es Robert war, der mich zu dieser wichtigen Erkenntnis brachte?«

Croaker schwieg eine Weile. Entweder hatten ihn die Muscheln so satt gemacht – oder das Gefühl dessen, was geschehen war, was möglicherweise hier und jetzt geschehen könnte, wenn er es nur richtig anpackte, hatte ihm den Appetit verschlagen.

»Sie müssen eine Entscheidung treffen, Margarite. Ich glaube, Sie haben sich entschlossen, mir dabei zu helfen, Robert zu finden. Wollen Sie ihn wiedersehen? Was sollte das bringen? Er ist ein Mörder – brutal, gerissen, vielleicht gestört, aber auf jeden Fall von absoluter und extremer Gefährlichkeit. *Ein* Zusammentreffen mit ihm haben sie überlebt. Aber wer kann schon sagen, was beim zweitenmal passiert?«

»Mir wird er nichts tun.«

»Woher wissen Sie das so genau?«

Mit der Fingerspitze deutete sie auf eine Stelle genau über ihrem Herzen. »Ich weiß das so, wie ich esse oder atme. Es gibt da eine Verbindung auf einer Ebene sehr tief drinnen, die sich rationalem Denken entzieht. Das ist ganz bestimmt völlig unlogisch. Trotzdem bin ich mir sicher.«

Das Problem war, daß er ihr glaubte. Er blickte ihr in die klaren Augen und sah dort eine Wahrheit, die zutiefst irritierend war. Seine Nackenhaare stellten sich auf, als könne dieser Mann, der sich Robert nannte, unvermittelt hinter ihm auftauchen. Croaker rutschte auf seinem Sitz umher und fühlte sich plötzlich unbehaglich.

Er dachte an den Tatort, den er und Lillehammer in dem Haus in Marine on St. Croix besichtigt hatten, und schlug vor: »Vielleicht sollten Sie sich auf das konzentrieren, was Robert mit Dominic gemacht hat.«

»Meinen Sie, ich könnte das vergessen?« Auch Margarite wollte nichts mehr essen, und Croaker gab der Bedienung ein Zeichen, den Tisch abzuräumen. Margarite wartete, bis sie gegangen war, ehe sie fortfuhr. »Aber hier geht es um mehr als nur um Dominics Tod, und seit ich aus Minnesota zurückkam, denke ich ständig darüber nach.« Sie wischte Sauce und kleine, rosaweiße Stückchen Hummerfleisch von den Händen. »Ich habe gesagt, ich möchte Ihnen alles beichten. Und das war nicht bloß eine theatralische Geste. Ich habe das auch so gemeint.«

Sie beugte sich vor, und in ihrer Miene lag äußerste Intensität. »Erinnern Sie sich, wie Francie Ihnen von ihren Besuchen bei Onkel Dom erzählte? Daß sie oft mit mir zusammen dort war und die Zeit in der Küche damit verbrachte, Doms Eiscremevorräte zu plündern?« Sie nickte. »Mich würde interessieren, ob Sie sich nicht gefragt haben, was ich so oft dort gemacht habe.«

»Sie waren eben Bruder und Schwester, Familie«, sagte Croaker.

Ein aufrichtiges Lächeln überzog Margarites Gesicht. »Genau das gleiche hat Dom mir auch immer gesagt, wenn ich Bedenken hatte, daß wir zuviel Zeit miteinander verbrachten. Er hat oft über meine Angst gelacht und gesagt: ›Aber, aber, *bellissima*, wir sind doch Geschwister. Wer wird sich da wundern, wenn wir uns sehen? Tony nicht, und ganz bestimmt nicht das FBI!‹«

Sie legte eine kurze Pause ein, um ihr Bier auszutrinken. Croaker hatte eher den Verdacht, daß sie überlegte. Er hatte recht.

»Sehen Sie, Lew, jetzt glaube ich, daß mein Bruder wußte, daß er sterben würde. Er bereitete sich auf seinen Tod vor, zwei Jahre, ehe es dazu kam.«

Er erkannte, daß sie ihm Andeutungen hinwarf, um herauszufinden, ob er seine Logik beiseite schieben, über seinen Schatten springen und das Vertrauen aufbringen konnte, das nötig war, um das Rätsel zu lösen. Seiner Meinung nach tat sie nicht absichtlich so begriffsstutzig, sondern mußte tatsächlich einen Mann finden, der die Stelle ihres Bruders einnehmen konnte, der sie so nahm, wie sie wirklich war und der sich weder von ihrer Schönheit blenden noch von ihrem Geschlecht täuschen ließ. Sie hatte eine so natürliche Intelligenz, daß sie…

Allmächtiger Gott! Der Gedanke traf ihn mit solcher Wucht, daß er kurzzeitig wie betäubt dasaß. Die Idee schlug wie ein Blitz aus heiterem Himmel ein, war so abwegig und jenseits aller Logik, daß er den starken Verdacht hegte, sie müsse wahr sein.

»*Sie* waren es gewesen«, sagte er. »*Sie* waren es die ganze Zeit über gewesen. Ginnie Morris hatte überhaupt keine Funktion. Dominic verstieß gegen die WITSEC-Vorschriften, um mit *Ihnen* in Verbindung zu bleiben.«

»Ja«, sagte Margarite, eindeutig erfreut, daß er es herausgefunden hatte. »Ich gebe es zu. Mich hat Dominic als seine Nachfolgerin ausgewählt. Ich sollte hinter der Maskerade meines Mannes, den Dom offiziell zu seinem Nachfolger bestimmt hatte, die Fäden ziehen. Darum ging es bei all meinen Besuchen bei meinem Bruder. Ich habe Einblick in seine Geschäfte bekommen und das Handwerkszeug gelernt, dabei meine eigene Firma als Tarnung benutzt, um seine Kontaktpersonen zu treffen und – unter seiner Anleitung – seinen Einfluß auf mich zu übertragen.«

»Als Frau in einer geheiligten Männerdomäne – war das nicht so gut wie unmöglich?« fragte Croaker.

»Es war eine schwierige und zeitraubende Angelegenheit, weil ich mit Dominics Kontakten in Wirtschaft, Politik, Verwaltung und Polizei auf eine ganz andere Weise umgehen mußte, als er das getan hatte. Ich war stets Tonys Frau, denn Tony war die Tarnung, die ich brauchte. Aber ich war diejenige, der Dom vertraute. Ich war diejenige, die Tony die Informationen lieferte, die wiederum er benötigte, damit Doms Kontakte weiterhin funktionierten.«

Selbst nachdem es ihm gelungen war, die Grundstruktur dieses bizarren Arrangements herauszuarbeiten, brauchte Croaker Zeit, um die Einzelheiten zu verdauen. »Ich fasse es einfach nicht«, sagte er. »Ich bin Polizist, und Sie haben gerade gestanden, daß...«

»Daß ich die legale Consulting Firma meines Bruders weitergeführt habe«, sagte Margarite mit ironischem Lächeln. »Verheddern wir uns doch nicht in juristischen Formalitäten, wenn es um einen sehr viel wichtigeren Aspekt geht.«

»Der da wäre?«

»Kehren wir zur Logik zurück«, schlug sie vor. »Ich glaube heute, daß Dom wußte, daß er auf der Abschußliste stand und daß seine Ermordung unvermeidlich war. Ich bin zu der gleichen Überzeugung gelangt. Wenn wir von dieser Grundannahme ausgehen und seine Tätigkeiten analysieren, dann sehen wir, daß er bereits vor zwei Jahren damit begonnen hatte, für diese Zukunft Pläne zu schmieden. Mich, eine Frau, hat er ausgesucht, um ihr seine Macht zu übertragen. Warum? Es war vielleicht die schwierigste seiner Entscheidungen. Noch nie hat eine Frau eine Machtstellung in seiner Branche innegehabt – noch nie. Warum sollte er es dann erstmals versuchen? Die Antwort lautet: weil kein Mensch in diesem Geschäft eine Frau verdächtigen würde – auch nicht Doms Schwester –, die Geheimnisse seiner Kontakte zu kennen, das geheime Material zu besitzen, das ganze schmutzige Zeug, wenn Sie so wollen, das er über die Jahre angesammelt und als Hebel benutzt hatte.«

Sie beugte den Kopf zu ihm herüber, und ihre schon leise gewordene Stimme senkte sich zu einem durchdringenden Flüstern. »Lew, da ist ein Krieg im Gang. Ein Krieg in den Korridoren der Macht, abgeschirmt vor den Blicken der meisten Leute. Und das ist nicht bloß ein Mafia-Krieg, Goldoni gegen Leonforte. Immer mehr hege ich den Verdacht, daß ein viel wichtigerer Faktor im Spiel ist, als sogar ich es verstehen kann.«

»Klingt das alles nicht ein bißchen melodramatisch?«

»Vergessen Sie nicht, daß ich Zugang zu Doms gesamtem Geheimmaterial und zu seinem Nachrichtensystem habe«, sagte sie. »Bei der Liste einflußreicher Leute, die er nach seiner Pfeife tanzen lassen konnte, würde Ihnen die Luft wegbleiben. Das heißt, ich kenne das Schlachtfeld, wo das ausgefochten wird.«

»Benutzen Sie die Hauptinformationsquelle Ihres Bruders«, sagte Croaker. »Die kann uns doch bestimmt weiterhelfen.«

»Aber ich kenne die Identität von Doms Quelle nicht. Ich erhalte nur regelmäßig Informationen über einen toten Briefkasten, der jedesmal geändert wird. Es handelt sich um eine Leitung, die nur in eine Richtung funktioniert. Ich habe keine Möglichkeit, den Informanten zu kontaktieren.«

Sie schüttelte den Kopf. »Ich bin überzeugt davon: dies ist ein Krieg von einer viel, viel umfassenderen Dimension als nur der der Mafia. Er schließt die Spitzen der größten Firmen, Bundesbehörden, Gouverneure der Bundesstaaten und Kongreßabgeordnete ein – vielleicht sogar das Weiße Haus. Und im Augenblick ist Robert unser einziger Zugang zum Zentrum.«

Der scharfe Knall, mit dem seine Hände zusammenklatschten, und das melodiöse Klingeln der Kettenglieder der nekode, als sie auf die Klinge des Dolchs trafen, bildeten das einzige Geräusch in dem von Schattenmustern durchzogenen Raum.

Celeste schrie auf.

Die Dolchspitze kam drei Zentimeter vor seinem Herzen zum Stillstand, nachdem er sie mit beiden Händen umfaßt hatte. Er schlug sie nach unten weg wie ein Insekt und sah an Celeste vorbei in die Dunkelheit. Da erkannte er das Gesicht wieder, das er in Venedig flüchtig gesehen hatte: tief eingegrabene, asiatische Züge, ein Muttermal im Mundwinkel. Dann verschwand es wie der Mond hinter Wolken.

Nicholas gewann von Sekunde zu Sekunde mehr Kraft aus dem Rhythmus von *akshara* und stürzte sich in die gefahrvolle körperliche Auseinandersetzung. Sein *tanjian*-Auge hielt er fest geschlossen, da er begriff, daß dieser Feind die Macht hatte, noch mehr als *akshara* gegen ihn einzusetzen. Er mußte sich auf seine früheste Kampfkunstausbildung verlassen, seinen eigenen Händen vertrauen, seiner *te-gatana*, der Schwerthand.

Sein Inneres war ausbalanciert und frei, als er den Messulethe im dunklen Schatten entdeckte. Nicholas sprang vor und packte das rechte Handgelenk seines Gegners mit der rechten Hand. Sein inneres Bewußtsein hatte *sokumen irimi-nage* gewählt, weil er das Ganze schnell beenden mußte. Der psychische Angriff des Messulethe hatte ihn bis ins Mark erschüttert, ihn bis an den Rand des Todes gebracht, und er war sich nicht sicher, wie lange seine Kraftreserven ausreichen würden.

Er drehte das Handgelenk des Messulethe nach außen und leitete *suwari-waza* ein, indem er seine Finger versteifte, die linke Hand nach oben abwinkelte und dem Messulethe den mit einer dicken Hornhaut überzogenen Handballen in den Kiefer rammte. Als er das scharfe Knacken des nach hinten geworfenen Kopfes vernahm, schwang er den linken Arm des Feindes zurück und nach unten und benutzte diesen Schwung dazu, den Messulethe von den Füßen zu reißen.

Dessen Körper schlug ein Rad, und Nicholas erhaschte dabei einen Blick auf die Innenseite des Handgelenks. Der Messulethe schlug mit dem Kinn auf dem Boden auf, und sein Kopf wurde erneut nach hinten gerissen.

»Mist!« fluchte Nicholas und beugte sich über die zusammengekrümmte Gestalt.

»Was ist?« Celeste war hinter ihn getreten.

Nicholas zeigte ihr die Innenseite des linken Handgelenks des Mannes. »Wir haben den Falschen erwischt. Sehen Sie, keine Spur von einem tätowierten blauen Halbmond. Er ist nicht der Messulethe.«

Sie sah zu ihm hinauf. »Sie meinen, es ist noch jemand hier?«

»Ist oder war«, sagte Nicholas und ließ das Handgelenk des Mannes los.

Er ging wieder zu dem Computer-Monitor, den er zuvor studiert hatte, aber der Bildschirm war leer. Ein Griff zum Schlitz des Diskettenlaufwerks zeigte ihm, daß dieses ebenfalls leer war.

»Verdammt, er hat all die *Avalon*-Dateien mitgenommen, die ich gefunden habe.« Er zeigte ihr die Vertiefung im Fußboden, in der der Behälter mit den Disketten versteckt gewesen war.

»Was ist denn das?«

Sie zog ein Stück Papier heraus und zeigte es ihm.

> Was wollen Sie wissen? Wo Okami ist? Oder warum sein Tod nötig ist? Welche Frage ist für Sie wichtiger? Wer Okami kontrolliert? Oder wer er ist?
> Der Zeitpunkt der Entscheidung ist da. Kommen Sie *allein* zur Pfarrkirche auf dem Montmartre. Morgen 14.00.

Erwartungsgemäß ohne Unterschrift. Nicholas starrte auf die Wörter und sprach sie laut nach, als seien sie ein Gebet. Selbst aus dieser Entfernung roch er die Falle, aber er mußte sich die Frage stellen, ob dies eine Rolle spielte. Was zählte war nun, daß derjenige, der diese Nachricht verfaßt hatte, wußte, welche Fragen zu stellen waren. Und wenn es nur die Andeutung einer Chance gab, daß dieser Jemand die Antworten auf die Fragen kannte, blieb Nicholas keine andere Wahl, als sich zum angegebenen Zeitpunkt zum Montmartre zu begeben.

»Mikio Okami wird vermißt«, sagte der kleine Mann. »Er ist verschollen und vermutlich tot.«

Es war Tomoo Kozo, der *oyabun* des Yamauchi-Clans, der da sprach. Für einen Mann in den Sechzigern sah er ein gutes Stück jünger aus. Mit einem strengen täglichen Übungsprogramm von Kampfkunsttechniken der offenen Hand und der kleinen Klingen hielt er sich fit. Er hatte ein langes, seitlich zusammengedrücktes Gesicht, als habe ein sadistischer Arzt seinen Kopf bei der Geburt in einen Schraubstock gespannt. Die vorderere Partie seines Schädels war glattrasiert und glänzte ölig. Hinten war eine Stelle ausgespart, wo er das silbrige Haar zu einem Pferdeschwanz gebündelt hatte. Er trug eine Anzughose, die von Hosenträgern gehalten wurde. Das Hemd stand am Kragen offen, und die Ärmel waren weit genug hinaufgekrempelt, um die Konturen von Flügeln und klauenbewehrten Krallen sehen zu lassen: farbige *irizumi*, die einzigartigen Tätowierungen der *yakuza*. Seine kleinen schwarzen Augen, denen einer Ratte nicht unähnlich, beäugten jeden und alles mit Argwohn, als ob ihr Besitzer sekündlich eine neue Verschwörung aufzudecken erwartete.

Nangi sah gebannt zu, wie er sich ruhelos durchs Zimmer bewegte. Dieses war genauso einmalig wie der Mann, und zweifellos spiegelte es Kozos Persönlichkeit wider. Der Holzboden war hochglanzpoliert wie der einer Kampfsportschule. Die Wände bestanden aus grauem Eisenbeton, durchsetzt mit Stahlverstrebungen, die halb aus den Wänden herausstanden und wie Wachtposten wirkten. In der Mitte des Fußbodens war ein Oval ausgeschnitten. Mit Glas ausgelegt und mit Wasser gefüllt, beherbergte es Wasserlilien, Wasserpflanzen und ein erstaunliches Aufgebot seltener Graskarpfen. Die golden, schwarz, kupferig und weiß getupften Fische schwammen gleichmütig umher und wurden von oben durch ein kristallartiges Oberlicht beleuchtet, das ebenfalls oval war, so daß ein kräftiger Lichtstrahl direkt nach unten auf das Wasserbecken fiel. Der Raum wies keine weiteren Fenster auf, und so blieben seine Ecken im Dunkeln.

»Wegen seines Hinscheidens verspüre ich kein Übermaß an Trauer«, sagte Kozo und umkreiste das Becken wie eine Katze, die auf den günstigen Augenblick zum Zugriff wartet. »Meiner Meinung nach war er zu mächtig geworden. Ich bin stets der Überzeugung gewesen, daß die Position des Kaisho nichts weiter darstellte als eine andere Methode, die Macht an sich zu reißen. Wir *oyabun* haben unsere Differenzen immer im gemeinsamen Rat ausgebügelt.« Er spähte angestrengt in die Tiefe des Wasserbeckens und betrachtete seine preisgekrönte Fischsammlung. Dann steckte er einen Finger ins Wasser, vielleicht um dessen Temperatur zu prüfen. »Ja, natürlich hat es gelegentlich Streit gegeben. Aber, wie die Geschichte lehrt, üben Krieg und Blutvergießen einen positiven Einfluß auf die Menschheit aus. ›Der Stärkste soll überleben‹ – so müßte das Motto der *yakuza* lauten, *neh*?« Er kicherte wie ein Kind vor sich hin und wischte sich die Hände ab. Sie waren unnormal groß, und Nangi überfiel die seltsame Vorstellung, sie könnten ursprünglich von einem amerikanischen Holzfäller stammen und an Kozos Handgelenken angebracht worden sein.

Abrupt blieb Kozo stehen und sah Nangi an, als erinnere er sich gerade, daß dieser anwesend sei. »Die Institution eines Kaisho hat das alles verändert. Die Macht, die in Händen des Rates der *oyabun* gelegen hatte, ging auf einen einzigen Mann über: auf Mikio Okami. Diese Art der Machtkonzentration birgt aber nur allzu oft Gefahren in sich selbst.« Er verschränkte die Arme auf dem Rücken und nickte. »Der Umgang mit der Macht – das ist das ungelöste Problem, das die Menschheit schon seit Jahrhunderten in Atem hält, *neh*?«

Nangi stand mit leicht auseinander gestellten Beinen da und stützte sich auf seinen Stock, dessen Drachenkopfknauf er mit beiden Händen umfaßt hielt. Man hatte ihm weder Platz noch Tee angeboten, was ganz Tomoo Kozos Art entsprach: Gespräch plus Einschüchterung.

Jetzt zuckte Kozo mit den Schultern. »Vielleicht hat Okami-san eine Botschaft erhalten. Wer weiß?« Er nahm die Hände vom Rücken und rieb sie gegeneinander. »Jedenfalls habe ich eine Botschaft für *Sie*, Nangi-san.«

»Kommt sie von Ihnen?«

»Von mir?« Kozo schien zu erschrecken. »Nangi-san, ich bin nichts weiter als der bescheidene Überbringer.«

»Dann haben Sie merkwürdige Methoden angewandt, um dieses Zusammentreffen zustandezubringen.« Nangi behielt die Männer im Auge, die ihn hierhergebracht hatten und die sich jetzt in den dunklen Ecken des Raums postierten. Er wußte nicht, wie feindselig Kozo sich vielleicht noch zeigen könnte, aber die Tatsache, daß Okami verschwunden und möglicherweise tot war, schien ein schlechtes Vorzeichen. »Sie hätten mich auch anrufen können.«

»Sie anrufen?« Der kleine Mann kicherte wieder und produzierte dabei einen hohen, irritierenden Ton. »Aber nein doch, das wäre nicht angemessen gewesen. Wir tragen unsere Beziehung doch nicht in die Öffentlichkeit, oder? Und dann ist da ja noch mein Prinzipal, für den allerschärfste Sicherheitsmaßnahmen von größter Wichtigkeit sind.«

»Und wer könnte das sein?« fragte Nangi.

»Erkennen Sie uns nicht?« warf eine Stimme ein. Nangi erkannte eine Gestalt, die sich aus den Schatten löste und auf das vom Oberlicht erzeugte Lichtoval zubewegte.

Gleich darauf durchschritt ein zierlicher Mann mit der stocksteifen Haltung eines Offiziers den Lichtvorhang, der von oben auf ihn herabfiel und ihm ein furchterregendes Aussehen verlieh.

»Ushiba-san«, sagte Nangi mit gedämpfter Stimme.

Naohiro Ushiba verbeugte sich leicht. Er war Mitte der Vierzig, sah körperlich fit und durchtrainiert aus und hatte ein Gesicht, das man nur schön nennen konnte. In einer anderen Kultur hätte man ihn als feminin beschreiben und ihn damit zur Zielscheibe des Spottes machen können. In Japan war das Gegenteil der Fall. Dort gibt es tatsächlich eine Tradition von japanischen Heldengestalten, die man *bishonen* nennt, junge Adonisse, die ausnahmslos von einem älteren Beschützer unter die Fittiche genommen werden.

Obwohl er in vielerlei Hinsicht einem *bishonen* glich, brauchte Naohiro Ushiba keinen älteren Beschützer. Und obwohl in der japanischen Gesellschaft Macht eher von einer Gemeinschaft als von einem Individuum ausgeht, war Ushiba vielleicht die Ausnahme, die die Regel bestätigte.

Er war *daijin*, Minister und Leiter des MITI, des Ministry of International Trade and Industry, der Kontroll- und Koordinationsinstanz für die gesamte japanische Exportpolitik, für die Nangi selbst viele Jahre gearbeitet hatte, ehe er sich aus der Verwaltung »zurückgezogen« hatte und in die Wirtschaft gegangen war.

Im Vergleich zu Kozos unkonventionellem Auftreten war Ushibas schon fast schmerzvoll kühle Förmlichkeit auffallend. Er hatte einen dunklen Anzug aus einem Wolle-Seide-Gemisch an und trug dazu schwarze, glänzende Lederhalbschuhe mit perforierten Zierstreifen an den Seiten. Die dunkle Kleidung brachte das schneeweiße Hemd richtiggehend zum Leuchten, und seine Krawatte, eine stilisierte schwarzweiße Spirale mit einem roten Punkt am unteren Ende, bildete einen effektvollen Akzent. Das graumelierte Haar war an den Schläfen kurz geschnitten und oben straff nach hinten gekämmt.

Und dann war da dieses schöne Gesicht, hübsch und fein wie das eines jungen Mädchens, ohne scharfe Kanten oder grobe Flächen, die das fast zerbrechliche Ganze hätte verunstalten können. Die vollen Lippen, die geschwungene Wange, die modellierte Nase, die herzförmige Kieferpartie, die weit auseinanderliegenden

Augen mit den langen Wimpern – all das vermittelte eine eigentümliche, die Geschlechter übergreifende Schönheit.

»Es gibt im MITI noch immer viele, die von Ihren mannigfaltigen Leistungen sprechen, Nangi-san«, sagte Ushiba bedachtsam, »obwohl Sie diese schon vor vielen Jahren vollbrachten.«

Das sieht Ushiba wieder ähnlich, dachte Nangi, einen Tadel mit einem Kompliment zu formulieren. ›Gib acht, alter Mann‹, sollte das heißen, ›ich weiß, daß du ein schlauer Fuchs bist, aber das war vor langer Zeit.‹

»Ich bin dankbar, daß etwas, das ich getan habe, die Prüfung der Zeit bestand.« Nur Nangi selbst wußte, daß sein Lächeln ein gezwungenes war.

»Wir denken oft daran, wieder einmal mit Ihnen Kontakt aufzunehmen«, erklärte Ushiba von der anderen Seite des glitzernden Karpfenteiches her, »um irgendwo einmal in Ruhe miteinander zu Mittag zu essen, aber« – er hob die Schultern »– unsere Dienstpläne sind so unmöglich, tja...« Er lächelte ein japanisches Lächeln, ohne die Zähne zu entblößen. »Vielleicht haben Sie ja auch in der Zwischenzeit vergessen, wie das Leben dort drinnen aussieht.«

Die Beleidigung war für Nangi wie ein Schlag ins Gesicht. Dennoch bewahrte er seine Fassung. Er wußte, diesen Mann zum Feind zu haben, konnte unüberwindliche Hindernisse für sein eigenes Unternehmen bedeuten.

»Wenn man einmal drinnen war«, sagte Nangi mit neutralem Tonfall, »vergißt man es nie.« Sein Lächeln war dem Ushibas ebenbürtig. »Und zweifellos wird der Tag kommen, an dem der *daijin* mehr Einsicht haben wird als heute. Da ich einst in Ihrer Position gewesen bin, kann ich Ihnen aus Erfahrung sagen, daß es im Innern der Behörde das gleiche Maß an Ignoranz gibt wie außerhalb.«

Ushibas Lächeln wurde einen Zoll breiter, und sein hübscher Kopf senkte sich unmerklich in Anerkennung von Nangis geschickt verpackter Spitze. Vielleicht ist er ja gar nicht mein Feind, dachte Nangi. Aber dann sah er Kozo starr auf den Grund seines Karpfenbeckens schauen, und der Anblick ermutigte ihn nicht.

»Dem können wir nur zustimmen«, sagte Ushiba mit festgefrorenem Lächeln, »da wir mit dieser Ignoranz tagtäglich zu tun haben.« Wie der Star bei einer Filmproduktion, hatte der *daijin* sich die für ihn optimale Beleuchtung ausgesucht: Von dem durch die Optik des Oberlichts einfallenden Sonnenlicht eingehüllt, ragte er aus der düsteren Atmosphäre dieses seltsamen, beunruhigenden Raumes wie eine Lichtgestalt heraus.

»Wir haben viel zu besprechen«, fuhr Ushiba fort und schob die Lippen vor. »Das *Hive*-Projekt, zum Beispiel, das so wichtig für uns ist, und die Gründe, warum es blockiert wird. Dazu die außerordentlich ernsten Anklagen, die gegen Ihre Gesellschaft und insbesondere gegen Linnear-san erhoben werden.«

Es hatte den Anschein, als versuche Ushiba absichtlich, Nangis ungeteilte Aufmerksamkeit auf sich zu lenken, was diesen sofort mißtrauisch machte. Er hörte ihm zwar weiterhin zu, behielt aber Kozo aus den Augenwinkeln im Blick, denn er glaubte, daß die Reaktionen des *oyabun* ihm weitaus mehr über das verraten konnten, was hier vor sich ging, als die Worte des Ministers.

»Wir finden das Ganze absolut lästig und geschmacklos«, sagte Ushiba mit all dem Schmerz eines Teenagers in der Stimme, der von seiner Liebsten abgewiesen wurde. »Einfach skandalös. Immerhin hatten wir uns darauf verlassen, daß Linnear für *Sato* den Auftrag für das amerikanische *Hive*-Projekt erhält und dann *Hyrotech* übernimmt. Das wäre ein Coup für Japan geworden, sowohl auf dem Gebiet internationaler Public Relations als auch hinsichtlich des technologischen Fortschritts. Nun müssen wir allerdings neue Pläne entwerfen – ohne die Einbeziehung von *Sato*.«

»Aber Linnear-san hat doch all das erreicht und noch mehr«, gab Nangi zu bedenken.

»Warum hat dann die Regierung der USA *Satos* Versuch unterbunden, *Hyrotech* aufzukaufen? Warum wurde Ihr amerikanischer Repräsentant Harley Gaunt vor den mächtigsten und am meisten gefürchtetsten Untersuchungsausschuß des Kongresses geladen, um sich Anklagen wegen ungesetzlicher Geschäftspraktiken und wegen Landesverrats zu stellen? Warum hält sich Linnear selbst im Augenblick versteckt, so daß ihm persönlich keine Vorladung zugestellt werden kann?« Ushiba wiegte seinen schönen Kopf hin und her. »Dies sind Fragen sehr ernster Natur, Nangi-san. Man kann sie nicht mit ein paar klugen Formulierungen aus der Welt schaffen.«

»Linnear-san hält sich nicht versteckt«, sagte Nangi und wußte gleichzeitig, daß sein Argument durchsichtig wie Papier war.

»Nein?« Ushiba hielt den Kopf schräg, und Sonnenschein überflutete sein Gesicht.

»Seine Auslandsreise hat mit dem amerikanischen Untersuchungsausschuß überhaupt nichts zu tun.« Nangi war klar, daß ihm das zum jetzigen Zeitpunkt niemand glauben würde.

»Oh, ich bin sehr froh, dies zu hören, Nangi-san. Dann sagen Sie mir doch, wo er sich aufhält? Wissen Sie es? Können Sie ihn mir herholen, heute, heute nacht, morgen, ja wenigstens übermorgen?« Er knurrte. »Wie könnten Sie das! Angehörige der amerikanischen Regierung suchen nach ihm, seit Ihr Büro die Vorladung erhielt.« Genugtuung machte sich in seiner Miene breit. »O ja, die haben uns über Ihre Nachforschungen vollständig auf dem laufenden gehalten. Warum auch nicht? Ich bin sicher, daß dieser Kongreßausschuß unsere Mitarbeit bei den Nachforschungen über *Sato-Tomkin* erbitten wird, und ich bin absolut bereit, sie ihm zuzusichern.«

Das Licht erzeugte eine Schattenfalte in Ushibas Gesichtszügen und ließ sie dadurch umso mehr wie ein zweidimensionales Abbild erscheinen, wie ein Foto aus einem Hochglanz-Modemagazin. »Sehen Sie, Nangi-san, wir befinden uns mitten in einem ausgesprochen delikaten Spiel mit der Regierung der Vereinigten Staaten, bei dem es um unser Image geht. Dabei handelt es sich um ein Spiel, das wir unbedingt gewinnen wollen. Und wenn wir zu diesem Zweck hier und da einen Bauern opfern müssen, oder auch einen Turm oder einen Läufer, dann werden wir genau das tun. In diesem Moment sind *Sato-Tomkin* und Nicholas Linnear das, was die Amerikaner kaputtmachen wollen. Wir werden dazu sagen: ›Sollen sie doch.‹ Und warum auch nicht? *Sato* hat uns enttäuscht. Es hat einen potentiellen Coup in eine ausgewachsene Katastrophe verwandelt.«

»Sie ignorieren dabei, was wirklich hinter den Kulissen geschieht«, warf Nangi viel heftiger ein, als er es beabsichtigt hatte. »Linnear-san ist der Meinung, daß die Regierung der USA...«

»Nichts von alldem betrifft mich«, sagte der *daijin* barsch. »Es geht hier ausschließlich um das japanische Image, in Amerika und international. Wir müssen um jeden Preis irgendwelche negativen Rückwirkungen bei den Amerikanern vermeiden.«

Der Minister stellte sich in Positur, als seien die Fernsehkameras der Nachrichtensendungen auf sein Gesicht gerichtet. Kozo neben ihm hatte einen faszinierenden Graskarpfen entdeckt, der seine ganze Aufmerksamkeit beanspruchte. »Public Relations, Nangi-san, ist ein Spiel, bei dem wir uns erst sehr spät zur Teilnahme entschlossen haben. Aber es ist ein Spiel, das wir auf die schnellstmögliche Weise zu beherrschen gedenken. Was auch immer getan werden muß, um dieses Ziel zu erreichen, wollen wir tun, glauben Sie es mir. Es wird bereits getan, während wir jetzt miteinander sprechen. Der amerikanische Senator Rance Bane erhält soeben alle Unterlagen von uns, die er verlangt hat, und wir übergeben sie ihm in aller Öffentlichkeit.« Ushiba hob eine Hand. »Dabei sind die Medien für unsere Strategie von allergrößter Bedeutung. Je offener und hilfreicher wir uns gegenüber dem Senator erweisen, desto mehr Wind nehmen wir aus seinen antijapanischen Segeln und demonstrieren dabei gleichzeitig der ganzen Welt, wie wir uns geändert haben.«

Nangi war entsetzt. Ihm gefror das Blut in den Adern bei dem Gedanken, was der *daijin*, was ganz Japan ihm und Nicholas antun wollten. »Das heißt also, Sie werfen mein Unternehmen, mein ganzes Leben, den Wölfen zum Fraß vor.« Es war ein pathetischer Satz, der so kraftlos war, daß er Nangi mit Abscheu und Selbstekel erfüllte.

Ushiba mußte es gemerkt haben. »Wie verbittert Sie klingen, Nangi-san. Aber wir werden uns selbstverständlich Ihrer annehmen. Sie sind schließlich Exminister des MITI und gehören damit zu uns. Bei Linnear ist das allerdings etwas anderes.«

Der *daijin* gab sich als Muster eiskalter Gelassenheit. Er war wie das Auge des Wirbelsturms, der von ihm seinen Ausgang nahm und seine mörderischen Arme ausstreckte, um Nangi, Nicholas und alle, die ihnen lieb und teuer waren, zu zerschmettern. Nangi sank das Herz immer tiefer, da er erkannte, daß er aber auch rein gar nichts dagegen unternehmen konnte. Dennoch wußte er, daß er es zumindest versuchen mußte.

»Was hat Linnear-san getan, um dieses völlig ungerechte Schicksal zu verdienen? Er hat oft unter großem persönlichem Risiko gegen die Feinde Japans gekämpft, sowohl in den Vereinigten Staaten als auch in Rußland.«

»Das wissen wir«, sagt Ushiba. »Und bei uns gibt es durchaus welche, die sich für ihn einsetzen – schon aus der Erinnerung an seinen Vater heraus und im Gedenken daran, was dieser für uns geleistet hat. Doch letztendlich muß die Gegenwart stärker gewichtet werden als die Vergangenheit. So lautet unser Urteil.«

Plötzliche Furcht stieg in Nangi auf. Er hatte eine Vorahnung, daß sie jetzt am eigentlichen Punkt angelangt waren, bei dem wirklichen Grund, weswegen Ushiba ihn in solch demütigender Weise hatte kommen lassen. »Die Gegenwart? Was meinen Sie damit?«

»Wir sprechen jetzt vom *Chi*-Projekt, dem geheimen Programm, Linnear-sans Geistesprodukt und Erfindung. Es hat sich bereits vielversprechend angelassen, Nangi-san, und zwar ohne Ihre Kenntnis. Die Einzelteile werden in *Satos* eigenem Betrieb in Saigon gebaut und montiert, und Ihr eigener Mann, Vincent Tinh, verkauft sie schon seit einigen Monaten insgeheim und seelenruhig an diejenigen, die am meisten bieten.«

Nangi spürte, wie sein Herzschlag aussetzte. Der *daijin* wußte von dem *Chi*-Prototyp. »Davon weiß ich nichts«, sagte er.

»Leider geht es noch weiter«, fuhr der *daijin* kalt fort. »Die *Chi*-Technologie ist in einer neuen Generation von computergesteuerten Fernlenkraketen aufgetaucht, die für den Irak, Syrien und Afghanistan bestimmt sind. Dank der *Chi*-Technologie sind diese neuen Kriegswaffen, die Ihre Firma verkauft, in der Lage zu denken und auch die raffiniertesten Abwehrmaßnahmen schnellstens auszumanövrieren.«

Nangi öffnete den Mund und wollte etwas sagen, brachte aber kein einziges Wort heraus. Das waren Nachrichten der schlimmsten Sorte.

Ushibas Argumentation war unerbittlich. »Das *Chi*-Projekt läuft unter Linnears Leitung. Diese Tatsache ist in der Öffentlichkeit allgemein bekannt. Und jetzt können Sie auch verstehen, warum es für uns von so außerordentlichem psychologischem Nutzen ist, daß wir Linnear Mr. Bane und seinem Ausschuß opfern, was zudem unserem internationalen Image hervorragend zugute kommen wird. Linnear ist, bei reiflicher Überlegung, der perfekte Sündenbock, und wir werden ihn fertigmachen, bis er von der Bildfläche verschwunden ist, aufgefressen und verdaut von Senator Bane und seinem höchst widerlichen Ausschuß.«

Harley Gaunt hielt den Achtunddreißiger in der Hand und dachte daran, wie sein Vater ihn als kleinen Jungen mit auf die Jagd genommen hatte. Frische und klare Wochenenden im Herbst, der Geruch von Holzfeuer und brennendem Laub, die rauschende Friedlichkeit des Waldes in den Bergen von Virginia, die goldenen Farbtöne, die Bitterorangen, die Ockerfarben in den Bäumen und im Unterholz, der schwere Duft, der von dem weichen Waldboden ausging.

Manny Mannheim, ein dicker, glatzköpfiger Mann mit einem

Zweitagebart auf den Backen und so tief gerutschten Hosen, daß oben der Ansatz seines Hintern heraussah, sagte: »Kannste damit umgehen, Harl? Hab dich noch nie mit 'ner Knarre gesehen. Mag gar nicht daran denken, daß du abdrückst und dir die Zehe wegpustest – oder vielleicht noch einen etwas wesentlicheren Körperteil.«

Gaunt lächelte, als er sich in Mannys Pfandleihe umsah. Es hatte sich nicht viel verändert, seit er zum erstenmal seine Mutter hierherbegleitet hatte. Der Alkohol hatte sie damals so weit gebracht, daß sie ihre kostbarsten Sachen versetzte: die mit Diamanten besetzte *Tiffany*-Halskette aus Platin, die Gaunts Vater ihr zum zehnten Hochzeitstag geschenkt hatte; die Saphir-Brosche, ein Erbstück ihrer eigenen Mutter; einmal sogar ihren goldenen Ehering. Nachdem Gaunts Mutter immer mehr der Trunksucht verfallen war, hatte sie ihre Stelle verloren, und weil sie sich deswegen so schämte, hatte sie all ihre Besitztümer ins Pfandhaus getragen, nur um ihre Familie nicht wissen zu lassen, was geschehen war.

Gaunt und Manny waren einander vor vielen, vielen Jahren begegnet, als Manny, ein schlaksiger junger Bursche, in der Pfandleihe ausgeholfen hatte. Die beiden waren zwar nicht gleich Freunde geworden, aber doch mehr als nur Bekannte. Es bereitete ihnen Spaß, sich gegenseitig aus Notlagen herauszuhelfen. So hatte sich Manny darum gekümmert, daß nichts von dem, was Gaunts Mutter verpfändet hatte, verkauft wurde. Und Jahre später war er einmal zu Gaunt gekommen, weil Ganoven seinen Vater bedroht hatten. Gaunt hatte daraufhin mit einigen seiner Freunde vom FBI geredet, und Mannys Vater war nie wieder belästigt worden.

Manny blinzelte kurzsichtig in das spärliche Licht seines Geschäfts. »Die Knarre ist in hervorragendem Zustand. Habe sie selbst gereinigt.« Er lachte und schob seine Brille eine Nase hinauf, die schon viele Male gebrochen worden war. »Das sind so Fachkenntnisse, die man in meinem Job lernt.«

»Beruhige dich«, sagte Gaunt und lud den Achtunddreißiger vorsichtig. »Ich weiß, wie man mit dem Ding umgeht.«

Mannys Nase zuckte. »Und mach um Himmels willen keinen Ärger, okay? Versprich's mir.«

»Versprochen«, sagte Gaunt und verstaute den Revolver in der Innentasche seiner Jacke. »Wahrscheinlich werde ich überhaupt nicht damit schießen. Ich brauche das Ding eigentlich nur wegen der optischen Wirkung.«

Manny schniefte, kam aus seinem verglasten Kabäuschen heraus, riß schwungvoll die Metallgittertür auf und begleitete Gaunt zur Vordertür, einem mit Fliegendreck übersäten Rechteck aus vielfach gesprungenem Drahtglas.

»Los, komm – wenn du schon mal hier in der Gegend bist, gehen wir doch was essen.«

»Aber klar, Manny«, sagte Gaunt und schlüpfte durch die Tür hinaus in die Dämmerung von Washington. »Gute Idee.«

Er hatte die Nacht in einem Motel in Bethesda verbracht, die Fotos studiert, die Renata ihm gegeben hatte, und darüber nachgedacht, wie er sein Material William Justice Lillehammer am wirkungsvollsten vorlegen konnte. Den ganzen Tag über hatte er sich damit beschäftigt, mit Umsicht all die Alternativen durchzugehen, die sich zu dem Vorgehen anboten, zu dem er sich letztlich wohl entscheiden mußte: die Fotos nämlich eines nach dem anderen zu präsentieren. Spät am Nachmittag war er dann ausgegangen, um seine Vorbereitungen zu treffen. Mannys Leihhaus war seine letzte Station gewesen.

»*Sie nennen sich* ›Alices Spiegel‹«, hatte ihm Renata bei ihrem nächtlichen Spaziergang um das Vietnam Denkmal erklärt. »*Wer sie sind oder unter wessen Protektion sie operieren, kann ich nicht sagen. Ich bezweifle, ob selbst der Präsident es Ihnen sagen könnte. Sie haben einen ungeheuren Einfluß und unerschöpfliche Geldmittel, obwohl ich keine Ahnung habe, wie sie sich finanzieren. Während des Vietnamkrieges waren sie sehr aktiv, wahrscheinlich auch schon lange davor.*«

»*Welche Ziele verfolgen sie?*« hatte Gaunt gefragt.

»*Die Welt nach ihren Vorstellungen neu zu gestalten*«, lautete Renatas Antwort. »*Allmählich ihre eigenen Leute an die Macht zu bringen und sie dann dort zu halten, beziehungsweise sie auszutauschen gegen neue Sympathisanten, wenn es an der Zeit ist. Im tiefsten Grund sind sie reaktionär, protektionistisch, fremdenfeindlich und extrem wertkonservativ. Sie glauben an das, was sie tun, obwohl sie in einer Welt leben, die sich keinen Deut um die bestehenden Gesetze schert. Irgend jemand hat einmal gesagt, daß ein Hirn dann zu einer Gefahr wird, wenn es mehr an Wissen erwirbt, als seine moralische Integrität verkraften kann. Ich glaube, daß das für die von* ›*Alices Spiegel*‹ *zutrifft. Sie agieren schon so lange in ihren illegalen Labyrinthen der Macht, daß sie überhaupt nicht mehr zwischen Gut und Böse, zwischen Gerechtigkeit und Ungerechtigkeit unterscheiden können.*«

Gaunt gelangte überraschend schnell aus dem heruntergekommenen Teil Washingtons, in dem sich Mannys Pfandleihe befand, zu der gepflegten Umgebung um den Dupont Circle mit ihren viktorianischen Herrenhäusern und den schwarzen Eisentoren. Der Regen der vorhergehenden Nacht hatte Straßen und Gehsteige abgewaschen und damit den Kontrast zwischen den verwahrlosten Slums und den alten Patrizierhäusern in der Stadtmitte noch schockierender gemacht. Es blieb eine verwunderliche Tatsache städtischen Alltags, daß ein solch rapider und allgemeiner Verfall direkt neben derartig vornehmen Bezirken stattfinden konnte, unter den Augen der Polizeistreifen und großenteils friedlich.

Er nahm die New Hampshire Avenue bis zur M Street und fuhr über die Brücke nach Georgetown hinein.

Lillehammer wohnte in einem großen Stadthaus klassischen Stils, von wo aus man einen Blick über Dumbarton Oaks, das US Naval Observatory und das Haus des Vizepräsidenten hatte. Dieser Abschnitt der S Street, der letzten Straße vor dem großzügig angelegten Park, ähnelte eher einer Straße in den Außenbezirken einer Kleinstadt, kurz ehe die Stadtregion in eine üppige Landschaft übergeht. Hier gab es keine Autos, und um diese Tageszeit, kurz vor Einbruch der Dunkelheit, auch keine Fußgänger.

Allmählich wurde die Luft recht kühl. Gaunt fuhr mit seinem Leihwagen langsam und geräuschlos an Lillehammers Haus vorbei; er sah, daß die Lichter brannten und einen amerikanischen Kombi auf der mit Granit ausgelegten Auffahrt beleuchteten. Auf einem Parkplatz an der Ecke stellte er seinen Wagen ab und ging zu Fuß zurück.

Das Haus lag ein Stück weit von der Straße nach hinten versetzt. Es war aus weißem Stein gebaut; Wagenauffahrt und Vorderfront waren mit Säulen geschmückt und ließen die vier Stockwerke größer und prächtiger erscheinen, als sie tatsächlich waren. Eingerahmt wurde es von einem Paar stattlicher Birnbäume, die den Blick auf den Eingang konzentrierten, der dadurch noch effektvoller aussah.

Die halbkreisförmige Auffahrt führte in steilem Bogen nach oben. Der schwere, erdige Geruch der hereinbrechenden Nacht erinnerte Gaunt erneut an jene lang zurückliegenden Jagdausflüge mit seinem Vater. Er stieg die Stufen hinauf und klopfte an die mit Schnitzereien verzierte Holztür, die schwarzglänzend lackiert war.

Es dauerte lange, ehe die Tür geöffnet wurde. Als dies schließlich geschah, erblickte er einen großen, schlanken Mann mit geröteten Wangen, dunklen Augenbrauen und stechenden blauen Augen, die ihn mit einer Mischung aus Neugierde und einstudierter Gelassenheit betrachteten. Der Mann trug dunkelblaue Jeans und ein weißes Button-down-Hemd, dessen Ärmel er über die Unterarme hinaufgekrempelt hatte.

»Ja, bitte?«

»William Lillehammer?«

Lillehammer nickte. »Womit kann ich dienen?«

Gaunt stellte sich vor. Er bemerkte an Lillehammers Auftreten eine rigorose militärische Ausbildung und paßte seine Sprache dementsprechend an, indem er klare, präzise Sätze formulierte. »Ich hoffe, Sie können etwas Zeit für mich erübrigen. Ich habe eine weite Anfahrt hinter mir, um mit Ihnen über Senator Bane und die Vendetta seines Ausschusses gegen *Tomkins Industries* und insbesondere Nicholas Linnear zu sprechen.«

Lillehammers Brauen hoben sich unmerklich. »Von Banes Motiven mal abgesehen: Wie kommen Sie zu der Auffassung, ich könne wegen einer Anhörung im Kongreß behilflich sein? Ich habe keinerlei Verbindungen zum Parlament.«

»Die müssen Sie aber haben«, sagte Gaunt und machte sich selbst Mut, indem er die rechte Hand um den Griff des Achtunddreißigers schloß, den er unter der Jacke schön in den Hosenbund gesteckt hatte. »Sie gehören doch zu ›*Alices Spiegel*‹, nicht wahr?«

In dem nachfolgenden Schweigen meinte Gaunt, den durch die Wipfel der Birnbäume rauschenden Wind und das entfernte Brummen des Verkehrs auf der Wisconsin Avenue hören zu können.

»Wie bitte?« Lillehammer blinzelte, als strahle Gaunt ihn mit einem grellen Scheinwerfer an.

»Ich denke, Sie verstehen mich«, sagte Gaunt und umklammerte seine Waffe noch fester.

Lillehammers klare blaue Augen waren wie Röntgenstrahlen, die Gaunts Gesicht absuchten, als forschten sie nach einer Schwachstelle. »Ja, in der Tat«, sagte Lillehammer abrupt. Er lächelte und trat einen Schritt in den Eingang zurück. »Wollen Sie nicht hereinkommen?«

Seine Miene verriet keinerlei Anzeichen von Streß; der ganze

Mann strahlte nicht die geringste Anspannung aus, während er Gaunt an der sich nach oben windenden Treppe aus poliertem Marmor vorbei und einen mit einem Teppich ausgelegten Flur entlang führte, an dessen Wänden Drucke hübsch anzusehender, sehr maskuliner Szenen von Fuchsjagden und anderen reiterlichen Aktivitäten hingen.

Renata hatte ihm gesagt, daß Lillehammer allein lebte, und Gaunt konnte auch keinerlei Hinweise auf die Gegenwart einer Frau finden, weder von der Farbgebung noch vom Stil her. Das bewegliche Mobiliar war massiv, aus Leder, Velours und Metall gefertigt, teilweise überzogen mit schweren Baumwollstoffen mit farbenprächtigen Mustern, die auf eine impressionistische Weise Tierhäute imitierten.

Vom Arbeitszimmer aus, in das er geführt wurde, hatte man einen Blick auf den kleinen, gepflegten und mit Nadelhölzern bestandenen Garten hinter dem Haus. Der Raum wurde nach oben durch eine hohe Decke begrenzt, war mit breiten, dunkelgrünen Holzpaneelen verkleidet und wurde unterbrochen von dekorativen Stützpfeilerimitationen aus Holz, die dunkelbeige angemalt waren. Die Decke war leicht gewölbt und mit schneckenförmigen Reliefverzierungen geschmückt.

Lillehammer schritt an zwei Ledersofas vorbei zu einer mit Spiegeln ausgelegten Barnische.

»Einen Drink?«

»Ein Bier wäre nicht schlecht«, sagte Gaunt.

Lillehammer bückte sich und holte aus einem kleinen Kühlschrank unter der Bar eine bernsteinfarbene Flasche. Er öffnete den Verschluß und goß das Bier sorgfältig in ein schräg gehaltenes Pilsglas. Dann machte er für sich einen Whiskey Soda in einem riesigen, altmodischen Glas zurecht.

Er kam zurück zu Gaunt, der noch immer stand, gab ihm sein Bier und begab sich anschließend hinter seinen goldüberzogenen Schreibsekretär, wo er sich in einen hochlehnigen Sessel setzte.

Gaunt, sich selbst überlassen, betrachtete den ihm am nächsten stehenden Stuhl, eine ziemlich unbequem aussehende Angelegenheit aus geschmiedeter Bronze und breiten, geflochtenen, honigfarbenen Lederriemen. So beschloß er, lieber stehenzubleiben.

Der Raum hatte einen Teppichboden und war auch sonst gemütlich. Beleuchtet wurde er durch eine Reihe von Wandlampen mit

Kupferschirmen, die dem Ganzen eine absolut heimelige, altmodische Atmosphäre verliehen.

Lillehammer setzte sein Glas auf seiner vergilbten Schreibunterlage ab und sagte in onkelhaftem Ton: »Mein lieber Freund, jetzt sollten Sie mir aber wirklich mal erzählen, wie um alles in der Welt Sie auf *›Alices Spiegel›* gekommen sind.«

Gaunt überlegte, wog in Gedanken ab, ob er gegen die von Lillehammer gewählte Verteidigungstaktik ankämpfen sollte, gegen diese recht interessante Technik, den Vorgang der Befragung einfach umzudrehen. Oder ob es besser wäre, sie rüde abzubiegen und ihm gleich an die Gurgel zu springen.

Schließlich stellte Gaunt selbst sein Glas ab. »Hören wir doch mit dem Unsinn auf, ja?« sagte er. »Sie gehören zum *›Spiegel‹*. Woher ich das weiß, ist für die Situation unwichtig.«

»Aber selbstverständlich ist das wichtig«, entgegnete Lillehammer nachdrücklich. »Im Verlauf meiner ziemlich turbulenten Karriere habe ich mir durchaus eine gehörige Portion an Feinden gemacht. Was wir in dieser Stadt alle tun, früher oder später.« Er lachte leise, als ziehe er Gaunt ins Vertrauen. »Und wenn es einer meiner Feinde ist, der wilde Geschichten über mich erzählt, dann wüßte ich ganz gerne, wer das ist, um die Sache ins reine zu bringen.« Er breitete weit die Arme aus. »Sie werden mir doch nicht die Chance mißgönnen wollen, diese Anschuldigung zu widerlegen, oder?«

Gaunt sah das Aufblitzen des Metalls in Lillehammers linker Hand zu spät. Mit der Rechten riß er gerade den Achtunddreißiger aus dem Hosenbund, als ihn die erste Kugel aus der kleine Pistole vom Kaliber fünfundzwanzig in die Stirn traf. Er spürte nichts weiter, als habe ihm eine Frau ins Gesicht geschlagen, blinzelte und konnte sich nicht mehr erinnern, warum sich seine Hand um den Griff eines Revolvers gelegt hatte.

Dann blickte er in strahlend blaue Augen, die gleichgültig, fast stoisch dreinsahen – eindeutig die Mimik eines Helden, und fühlte sich an die Bronzestatue das braven Soldaten erinnert, der über dem Vietnam Denkmal thronte. Er wußte, daß er sie erst kürzlich gesehen hatte, daß er mit jemandem dort gewesen war. Mit wem? Es hatte geregnet, und auch jetzt lag kalter Regen auf seinem Gesicht.

Eine weitere Detonation erregte seine Aufmerksamkeit, und sein Kopf wurde nach hinten gerissen. Er fiel auf ein Knie, als gebe der

Boden unter seinen Füßen plötzlich auf heimtückische Weise nach. Kalter Regen. Ob der Boden vereist war?

Hinter dem einen Auge pochte es. Mehr spürte er nicht, einen leichten Kopfschmerz, eher sogar eine kleine Euphorie, aber er konnte nicht mehr sehen. Das war sonderbar. Sein Vater hatte ihn nie bei Dunkelheit mit auf die Jagd genommen. »Viel zu riskant!« Dad hatte ihm andauernd Vorträge darüber gehalten, wie gefährlich Feuerwaffen waren und wie vorsichtig man mit ihnen umgehen mußte: »Sogar wenn du dir sicher bist, daß sie nicht geladen sind, und ganz besonders dann«, hatte er immer gesagt, »denn genau da wirst du leichtsinnig.«

Wo bin ich? fragte sich Gaunt. Im Wald in der Nacht. Wo ist Dad? Er versuchte zu rufen, aber kein Laut kam aus seinem Mund. Es gab einen erneuten lauten Knall aus ganz kurzer Entfernung, und er wurde umgerissen. Der Gestank von Kordit in seiner Nase vermischte sich mit der schweren, erdigen Süße des Waldbodens im Herbst, der das letzte seines lehmigen Aromas verströmte, ehe der erste Frost des Winters alles in Schlaf versetzte, das Rotwild und die Wachteln, die Zedern und die Lerchen, die Ahornbäume und die...

Peng!

»Gott im Himmel, Mann, jeder muß die Chance haben, sich gegen einen Angriff zu verteidigen«, sagte Lillehammer, als er sich über Gaunts auf dem Boden ausgestreckten Körper beugte, wo Bier und Blut ein undefinierbares Gemisch bildeten. »So ist es nun mal Brauch in Amerika.«

Montmartre. Der Hügel der Märtyrer. Seine Pfarrkirche, St. Pierre de Montmartre, liegt direkt nördlich des Place du Tertre, einst die Freiluftbühne für die gefeiertsten Künstler von Paris. Jetzt wurde er von jenem Typus von Straßenmädchen heimgesucht, für die der Anblick eines Touristenbusses das gleiche ist wie Honig für einen Bären.

Von außen betrachtet, gab St. Pierre nicht besonders viel her und wirkte auf alle Fälle im Vergleich zu seinem direkten Nachbarn, der berühmten Sacre Coeur, unbedeutend. Im Innern war das allerdings etwas anderes, wie Nicholas wußte. Die Kirche war auf den Ruinen eines schönen römischen Tempels aus dem siebten Jahrhundert erbaut worden. Ursprünglich ein Kloster der Benediktinerinnen, hatten Brände einen mehrfachen Wiederaufbau nötig gemacht, bis die Nonnen schließlich den Hügel weiter nach unten gezogen waren und damit die Kirche für Gottesdienste der Pfarrei freigaben.

Nicholas erspähte noch jemanden dicht bei den Schatten, die die Kirche warf, und als die Gestalt ihren Kopf in seine Richtung drehte, erkannte er Okamis Gesicht. Er fragte sich, ob er überwacht wurde und von wie vielen Personen. Doch der Drang, sich Okami zu nähern, überwog jeden Sinn für Vorsicht.

Er ging bergauf und benutzte eine Gruppe deutscher Touristen als Schutz, die sich darum stritten, wer als erster sein Porträt malen lassen durfte. Erst in der letzten Sekunde, als er schon ganz nahe an der Fassade von St. Pierre war, verließ er seine Deckung und rannte zu Okami hin.

Mit drei langen Sprüngen erreichte er ihn und hielt ihn fest.

»Okami-san…«

Okami schnitt eine Grimasse, wirbelte mit unerwarteter Kraft herum, riß sich los und rannte auf den Place du Tertre, wo er unverzüglich vom Touristenstrom und den vielen geschäftigen Amateurmalern aufgesogen wurde, die unermüdlich ihre dubiosen Kunstwerke feilboten. Ein fröhlicher Nigerianer versuchte Nicholas einen drei-Meter-Ballon mit einem pinkfarbenen »I love Paris« auf der wursthautähnlichen Hülle zu verkaufen. Nicholas lief weiter.

Er schaute zu der Position hin, die einzunehmen er Celeste gebeten hatte, den Hügel hinauf zur Butte de Montmartre. Dort sah er sie stehen und in die Richtung deuten, die Okami eingeschlagen hatte.

Nicholas drehte sich um, sah Okami kurz in der Menge auftauchen und stürzte ihm nach. Er kämpfte sich durch die Massen der Japaner und Deutschen und an einer Reihe von Stadtrundfahrtsbussen vorbei. Okami verschwand um die Ecke zur Rue Cortot. Nicholas folgte ihm, sah ihn um eine weitere Ecke biegen und von dort aus auf die breitere Rue des Saules zulaufen. Als er ebenfalls dort anlangte, erfaßte er mit einem schnellen Blick, daß diese ausschließlich aus Fluchten von Treppen bestand, die nach unten führten.

Okami rannte abwärts, und Nicholas hinter ihm her. Die Treppen waren in einzelne Fluchten mit breiten Absätzen unterteilt. Auf beiden Seiten erhoben sich niedrige Apartmenthäuser aus weißem Stein und folgten dem steilen Abhang von der Butte bis zu der breiten Rue Caulaincourt mit ihren gut besuchten Geschäften, dem dichten Verkehr und der Métro-Station. Nicholas war sich darüber im klaren, daß er Okami erwischen mußte, ehe dieser im großstädtischen Dschungel untertauchte, wo weder ein Fußabdruck noch sonst eine Fährte von ihm übrigbleiben würde.

Ihrer beider Schuhe klapperten auf den Steinstufen und hallten von den Häuserwänden wider. Ein aufgescheuchter Taubenschwarm wurde beim nachmittäglichen Mahl gestört und erhob sich wie eine einzige mächtige, schwarze Schwinge in die Luft.

Nicholas öffnete sein *tanjian*-Auge und hörte den geräuschlosen Takt gegen die *kokoro*-Membran schlagen, der aus Gedanken Taten machte und psychische Impulse Wirklichkeit werden ließ.

Während er die Treppe hinunterraste, hatte er den Blick fest auf die fliehende Gestalt vor sich gerichtet. Gleichzeitig suchte sein *tanjian*-Auge die Umgebung nach der Falle ab, von der er die ganze Zeit wußte, daß sie vorhanden war und ihn erwartete.

Wie schon des öfteren, seit er es zum erstenmal erblickt hatte, überschattete das Bild des Messulethe, wie dieser sich in Venedig bückte und seinen Hut aufhob, seine Gedanken und schob sich vor sein Bewußtsein wie eine Wolke vor die Sonne. Was war an jenem Bild nur falsch? Irgend etwas störte, irgend etwas gehörte nicht hin, als handle es sich um einen Film und nicht um die Wirklichkeit.

Er landete auf einem der Treppenabsätze und nahm mit einem einzigen Sprung die nächsten Stufen. Die Entfernung zu Okami verkürzte sich. Unter sich konnte er die breite Rue Caulaincourt sehen, die sich stoßweise vorwärts bewegenden Busse, die verstopften Fahrspuren, das dichte Gewimmel von Fußgängern. Dort drunten lag die Stadt mit ihrem Labyrinth von Fluchtwegen.

Wie ein Affe hüpfte Okami an einem Liebespaar vorbei, das seine Umarmung unterbrach und ihm nachschaute.

Falls es Okami war. Selbst wenn Okami im Besitz von *koryoku* sein sollte, war er doch zu alt, um sich mit solcher Geschwindigkeit und Behendigkeit zu bewegen.

In diesem Augenblick strauchelte Okami. Er war, direkt vor Nicholas, gerade zur Hälfte die Treppe hinabgeeilt, da fiel er hin, überschlug sich und rollte bis zum nächsten Absatz hinunter.

Nicholas spurtete los, so schnell er konnte, und nahm die nächste Treppe mit einem gewaltigen Sprung. Er landete neben Okamis ausgestreckt daliegender Gestalt, bückte sich, um ihn umzudrehen, und erkannte, daß an Okamis Kieferpartie entlang eine deutlich sichtbare Linie verlief, eine Unebenheit auf der Haut, als sei das Gesicht mit einer Lage irgendeines fremden Gewebes überzogen.

Mit dem Finger tastete er forschend daran herum und spürte die Klebrigkeit von Mastixgummi. Er drückte hinein und sah, daß sich die Haut in einer völlig unnatürlichen Weise in Falten legte und einen ihm unbekannten Unterkiefer freigab. Da wußte er, daß er hier kein menschliches Gewebe, sondern eine ganz neue Form von Acrylharz vor sich hatte, das aus einer Silikon-Polycarbonat-Mischung von der Art hergestellt wurde, wie sie die Forschungs- und Entwicklungsabteilung seiner eigenen Firma für das *Chi*-Projekt erfunden hatte.

Unvermittelt prallte das Bild des Messulethe, das er die ganze Zeit über im Kopf mit sich herumgetragen hatte, mit der Gegenwart zusammen: Falsch an dem Bild in Venedig war gewesen, daß sich der Messulethe gebückt hatte, um seinen Hut aufzuheben – *und daß ihm dabei kein Blut in die Wangen gestiegen war*. Selbstverständlich nicht. Denn damals hatte er, so wie jetzt, eine Maske getragen.

Es war der Schock dieses Zusammentreffens von tatsächlichem Anblick und im Gedächtnis gespeicherten Bild, der Nicholas' Reaktionszeit verlängerte. Der reglose Körper rollte plötzlich zur Seite, und Nicholas starrte in die Maske von Okamis Gesicht. Die Lippen waren halb geöffnet und bildeten ein kleines »o«.

Sein *tanjian*-Auge öffnete sich, und er wußte, was als nächstes geschehen würde, sah die List, erkannte sie als die Falle, spürte seine Kiefer aufeinanderschlagen und begann zu reagieren.

Wusch!

Zu spät. Selbst ein Augenblick war zu lang gewesen. Als seine Muskeln auf die Gefahr reagierten, war der Minipfeil bereits aus nächster Nähe unterwegs.

Er traf Nicholas in den Hals, und sofort spürte er, wie sich seine Kehle zuschnürte. Nicholas schlug zu, doch ein Teil von ihm kämpfte bereits mit der Lähmung seines vegetativen Nervensystems, und so lag fast keine Kraft in seinem Schlag.

Die Gestalt vor ihm drehte sich erneut und riß Nicholas die Beine weg, so daß er vornüber stürzte. Zwar versuchte er, seinen Fall zu vermeiden, doch irgendwie hatten seine Gliedmaßen aufgehört, den Befehlen des Gehirns zu gehorchen.

Für die Dauer eines Herzschlags war die Herrschaft über den Verstand alles, was ihm noch geblieben war, während sich das Gift in seinem Nervensystem ausbreitete. Dann wurde ihm auch diese entzogen.

Er spürte die Sonne wie ein Gewicht auf seinem Rücken. Ihr Licht strömte als schwindelerregendes Zusammenspiel von Regenbogenfarben an ihm vorbei und erstarb dann, als ihm jegliches Bewußtsein schwand.

Sechs Affen

Tokio
Frühjahr 1947

»*Omertà*, das Gesetz des Schweigens«, sagte Mikio Okami. »Wenn Sie diese sizilianische Eigenheit nicht verstehen, dann verstehen Sie gar nichts.«

Colonel Denis Linnear schloß die Augen und spürte, wie ihm langsam ein Schweißtropfen über die Wange rann. Mit einem leisen *plopp* fiel er in das dampfende Wasser, in dem er und Okami bis zum Hals saßen.

»Es ist schon merkwürdig, einen Japaner über alte sizilianische Gesetze sprechen zu hören.«

Okami inhalierte genüßlich den mit Essenzen versetzten Dampf, der vom Wasser aufstieg. Er begriff sehr gut, daß der Oberst einen *yakuza oyabun* meinte und das Wort »Japaner« lediglich deshalb benutzte, weil er kein *iteki* war, kein ungebildeter westlicher Barbar, wie von Okami zunächst vermutet worden war, als seine Schwester darauf bestanden hatte, daß sie beide sich kennenlernten. Sie war ganz verrückt nach diesem Mann. Sie ist närrisch, dachte Okami, denn er ist ein Abendländer; und sie ist noch närrischer, weil er verheiratet ist; und die größte Narretei ergibt sich daraus, daß er glücklich verheiratet ist.

»Mein Studium dieser besonderen sizilianischen Familien datiert einige Zeit zurück.« Die tief von innen heraus aufwallenden Hitzeschübe trieben auch ihm den Schweiß auf die Stirn. »Die Logik dabei ist ganz simpel: Diese Menschen haben einen Weg gefunden, internationale Grenzen nach Belieben zu passieren. Wir werden das gleiche tun müssen, falls wir in der neuen Welt überleben wollen, die Japan und Amerika gemeinsam erbauen werden. Bei den *yakuza* hat es sich bisher immer um eine streng nationale Organisation gehandelt. So wie das Land, in dem wir leben, haben wir von der Welt draußen nichts mitbekommen.«

»*Omertà* und *kyokyaku*«, sagte der Colonel, als sei er allein. Manche glaubten, daß die *kyokyaku* – eine Truppe tapferer Männer, die im 17. Jahrhundert während des Tokugawa Shogunats aufgestellt worden war – den legendären *yakuza*-Ehrenkodex unter Dieben beeinflußt hatten. Als die Gesellschaft insgesamt immer korrupter wurde, griff das auch auf die *kyokyaku* über, bis sie selbst in dem Schattenreich zwischen Glücksspiel und Prostitution untergingen.

Kein Wunder, dachte der Colonel, daß die Mafia Okami faszinierte.

»Ich spreche von *omertà*, weil sie eine Notwendigkeit ist«, sagte Okami. »Weil ich eine Bedrohung für meine Welt wahrnehme und es an mir ist, etwas dagegen zu tun.«

Der Oberst war ein großer, schlanker Mann, gut aussehend und autoritätsheischend, mit stechenden blauen Augen. Er bewegte sich ein wenig in dem heißen Wasser. Leise Echos aus den anderen Bädern in dem *furo* bildeten fast rhythmische Kontrapunkte zu ihrer Unterhaltung. »Da gibt es doch andere, ältere, als Sie es sind, die diese Last auf sich nehmen könnten.«

Wieder war Okami von dem Colonel beeindruckt. Er hatte das japanische Wort für »älter« benutzt, dabei aber »mächtiger« gemeint. Seine Schwester hatte recht: Colonel Linnear kannte sich in japanischer Sitte fast so gut aus wie ein Japaner.

»In jeder anderen Gesellschaft könnte das richtig sein«, gab Okami zu. »Aber die *yakuza* sind ein Buch mit sieben Siegeln. Die Alten sind – eh – verkalkt in ihrem Denken. Sie betrachten die Vergangenheit als Zukunft. Ich hingegen sehe die Zukunft als Gegenwart.« Er hob kurz die Hand aus dem Wasser, um sich zu kratzen. »Ich glaube, daß Sie und ich uns in dieser Hinsicht ähnlich sind, Linnear-san.«

Der Oberst öffnete die Augen und neigte leicht den Kopf zu Okami hin. »Sehr freundlich von Ihnen, Okami-san.«

Okami lächelte in sich hinein. »Freundlich«, wenn er »klug« meinte. »Aber wir sind einander auch in anderer Beziehung ähnlich«, sagte er. »Wir sind beide Männer von Ehre. Nach meiner Erfahrung ist so etwas bei Abendländern selten. Das ist ein Potential, das nicht hoch genug geschätzt werden kann.«

»In Wort und Tat, Okami-san.«

»So ist es.« Er weiß also Bescheid, dachte Okami, und sein Puls beschleunigte sich. In Japan bedeuteten Worte so gut wie nichts. Die Taten zählten, nichts sonst.

»Ich kann nachempfinden, wie Sie sich gefühlt haben müssen, als Kisoko darauf bestand, daß wir einander kennenlernten.« Der Oberst machte eine Pause, um seine Worte wirken zu lassen. »Besonders wegen meiner Position innerhalb des Hauptquartiers der Besatzungsmacht.«

»Sie haben Douglas MacArthurs Ohr.«

»Und besonders angesichts der Gefühle, die Ihre Schwester mir gegenüber hegt.«

Okami bemühte sich nach Kräften, nicht laut hinauszulachen. Wie liebte er doch die Art, in der dieser Mann Unterhaltungen inszenierte! Er staunte darüber, wieviel Vergnügen ihm die Gesellschaft des Colonel bereitete. Noch vor zwei Monaten hätte ihn diese Vorstellung gründlichst irritiert. Doch nun war er dankbar für seine Fähigkeit, Veränderungen zu akzeptieren – bei sich und bei anderen.

»Sie hatten allen Grund, mich von Anfang an zu hassen«, sagte Oberst Linnear. »Und vielleicht taten Sie das auch. Gott weiß, ich hätte Sie dafür nicht tadeln können.«

Okami sagte nichts darauf. Wie ein guter Schachspieler suchte er vorwegzunehmen, welche Züge der Colonel zu tun beabsichtigte.

»Doch jetzt haben wir ein gewisses Maß an beiderseitigem Verständnis erreicht. Wir kennen das, was wir vom andern brauchen, und daher haben wir auch gelernt, einander zu respektieren. Geben und nehmen, Okami-san, das ist die Dynamik jeder erfolgreichen Beziehung.«

»Die *yakuza* und das Militär der Vereinigten Staaten«, erwiderte Okami. »Hat diese Allianz für Sie keinen ironischen Beigeschmack?«

Ein feines Lächeln zeigte sich in dem sonnengebräunten Gesicht des Colonel. »Hören Sie, Okami-san: Ich bin der festen Überzeugung, daß die menschliche Rasse eine unendliche Fähigkeit hat, schreckliche Ereignisse, unaussprechliche Taten und fatale Allianzen zu rationalisieren. Was jeder für sich selbst bestimmen muß, ist eine äußerste Grenze, die er niemals überschreiten darf.«

Okami sah in jene strahlend blauen Augen. »Was mich anbetrifft«, sagte er, »so bin ich einem Ehrenkodex verpflichtet, der in seiner Unbedingtheit dem *bushido*, dem Kodex der Samurai, nicht nachsteht. Alles, was diesem Kodex nicht widerspricht, ist erlaubt.«

Der Oberst lachte. »Jetzt klingen Sie wie ein Sizilianer.«

Auch Okami gestattete sich nun ein Lächeln. »Dann kehren wir also zum Thema John Leonard zurück, auch als Johnny Leonforte bekannt.«

»Und damit, offensichtlich, auch zu ihrer geliebten *omertà*.« Linnear streckte einen Finger in die Luft. »Dieser Mister Leonforte betätigt sich auf jedem nur möglichen Markt für alle nur vorstellbaren Schmuggelwaren: nicht nur US Armeematerial, sondern auch russische Waffen, Medikamente und Drogen. Das eigentliche Problem besteht darin, daß nicht ein einziger, den wir mit dem Zeug gefaßt haben, den Mund aufmachen will, wer eigentlich dahintersteckt. Hinter Leonforte.«

Okami nickte. »Auch *yakuza kobun* sind für ihn tätig. Er benutzt *yakuza* Fußsoldaten, die enttäuscht sind über unser Bündnis mit der Besatzungsmacht, um seine Konterbande zu lagern und zu verteilen. Mysteriöserweise geben auch sie ihn nicht preis. Aber ich habe einen Namen herausgefunden – Leon Waxman. Doch das ist auch schon alles; es ist nur ein Name. Ich bin nicht in der Lage gewesen, mehr über ihn herauszukriegen. Es sieht so aus, als werde er gedeckt.«

»Von Leonforte?«

Okami zuckte mit den Schultern und der Colonel seufzte und schloß wieder die Augen. »Irgend jemand«, sagte er, »wird sich mit Johnny Leonforte unterhalten müssen.«

Um die Wahrheit zu sagen, war das, was Okami an der gegenwärtigen Situation am meisten störte, die Tatsache, daß Straßen-*yakuza* ihren Eid verrieten und sich an einen *iteki* verkauften. Welch seltsame Macht mußte Johnny Leonforte besitzen, daß Elemente der japanischen Unterwelt ihre Loyalität vergaßen?

Dies war die zentrale Frage, mit der sich Okami herumquälte, während er zu einem Besuch bei dem Captain der Militärpolizei fuhr. Natürlich war der Colonel viel zu bekannt, um Leonforte mehr als einen offiziellen Besuch abstatten zu können, und sie waren beide der Meinung, daß dies mehr Probleme schaffen als lösen würde. Außerdem war das Beste an der Allianz zwischen Okami und Colonel Linnear, daß kein Mensch glauben würde, daß eine solche existierte. Leonforte mit einem weiteren Kriminellen zu konfrontieren, konnte durchaus Informationen aus ihm herauslocken, die er jemandem in der Position des Colonel um keinen Preis der Welt anvertrauen durfte.

Captain Jonathan Leonard verbrachte einen großen Teil seiner Freizeit in dem kleinen, vollgestopften Apartment einer Frau, mit der er schlief, einer Army-Krankenschwester namens Faith Sawhill mit schmaler Taille und wachsamen Augen. Sie hatte die Beine eines Models und wußte sie auch herzuzeigen. Einen Fronteinsatz hatte sie nie erlebt, sondern war statt dessen einem General zugeteilt worden, der unter chronischen Magengeschwüren litt und sie mit der Inbrunst eines religiösen Eiferers begehrte.

Auf Grund seiner Kenntnis der Sizilianer bezweifelte Okami, daß Leonforte seine Angebetete in seine geschäftlichen Transaktionen einweihte. Andererseits aber hatten Leonfortes magische Kräfte in ihrer Wohnung ihren Ausgangspunkt, so daß es doch irgendwie eine Berührung zwischen Geschäft und Vergnügen geben mußte.

All dies ging Okami durch den Kopf, als er unter der offenen Tür von Faith Sawhills unordentlicher Wohnung stand. Sie gab gerade Leonforte ein Abschiedsküßchen und ging zum Dienst bei ihrem General. Als sie vorüberhuschte, roch Okami Sandelholz. Sie schenkte ihm ein breites Lächeln mit weißen Zähnen, und schon war sie verschwunden; ihre Absätze klackten die Treppe hinab.

»Mikio Okami?«

»*Hai.*« Okami verbeugte sich leicht und registrierte aus den Augenwinkeln, daß Leonforte die Verbeugung nicht erwiderte. Na ja, dergleichen Behandlung durch die Eroberer war man ja gewohnt. Alle persönliche Bitterkeit war in den Nachwehen des Krieges aus ihm herausgebrannt worden. Er hatte den Krieg gehaßt und gegen ihn angekämpft, so lange Haß noch ein wichtiges Gefühl für ihn gewesen war. Schließlich hatte er doch mitgemacht, einfach als Patriot: Er liebte sein Land, auch wenn es auf Grund von Entscheidungen handelte, die kurzsichtig waren und von Kriegslüsternheit zeugten. Doch er war nicht zum Kriegsverbrecher geworden und war jetzt doppelt froh, daß Kisoko ihn dem Colonel vorgestellt hatte. Okami hatte noch ein paar alte Rechnungen offenstehen, und Denis Linnear war für ihn der Weg, um diese Schulden zu begleichen.

»Kommen Sie rein«, sagte Leonforte. »Das hier ist Vincent Alba.« Er machte eine ausholende Armbewegung in Richtung eines Individuums mit faltenreichem Gesicht und den dunklen, dicht beieinanderliegenden Augen eines Raubtiers, mit kurzgeschnittenem Haar und großen, behaarten Händen. Während Leonforte seine MP-Uniform trug, steckte Alba in ziviler Kleidung, und zwar in einem gutsitzenden teuren, leichten Seidenanzug.

»Fühlen Sie sich wie zu Hause, legen Sie die Füße hoch, was

auch immer Sie wollen«, sagte Leonforte. Er war groß, schlank und gutaussehend auf jene braungebrannte, mediterrane Weise, mit dichtem schwarzem Haar, militärisch kurz geschnitten. Okami konnte es sich lang und in Locken über Stirn und Nacken fallend vorstellen wie bei einem römischen Senator.

Okami setzte sich auf die Kante eines gebogenen Zweiersofas. Leonforte ging zu einem kleinen Tisch mit heruntergeklappten Seitenteilen an der Wand. »Wie wär's mit einem Anisette? Einem *Sambuca* vielleicht? Ich habe sogar frische Kaffeebohnen dazu.« Er drehte sich zu Okami um. »Kennen Sie die italienische Sitte des *Sambuca*-Trinkens? Nein? Dann müssen Sie es mal probieren.«

Okami nahm die durchsichtige Flüssigkeit in Empfang, auf der obenauf zwei dunkle Kaffeebohnen schwammen. Ihm fiel auf, daß Alba sich nicht rührte. Weder bat er um einen Drink, noch erhielt er einen. Leonforte behandelte ihn in der Tat so, als sei er gar nicht anwesend.

»Auf Ihr Wohl«, sagte Leonforte und stieß sein Glas gegen das Okamis. Er trank die Hälfte in einem Zug. »Wie schmeckt es Ihnen? Gut, was? Besser als *sake*, habe ich recht?«

Okami mochte diese erste Kostprobe eines Likörs überhaupt nicht, aber er machte gute Miene zum bösen Spiel, zwang seinen Gaumen, nicht zu revoltieren, und brachte sogar ein Lächeln zustande. »Ganz ausgezeichnet«, sagte er. »Darf ich noch einen haben?«

Während Leonforte Okami noch einen Likör eingoß, sah dieser sich im Zimmer um. Jede verfügbare waagerechte Fläche war mit Bücherstapeln bedeckt, die meisten davon medizinischen Inhalts, dazwischen aber auch dicke Wälzer über internationales Recht, Ökonomie und philosophische Theorien von Nietzsche über Kant bis Sokrates. Er überlegte, ob in dieser Zweierbeziehung Faith Sawhill für all das Lesen zuständig war.

Leonforte gab Okami sein Glas zurück, setzte sich in einen übergroßen Sessel und legte die Beine übereinander. »Was kann ich für Sie tun? Ich gestehe, daß ich nicht sonderlich überrascht war, als ich Ihren Telefonanruf erhielt. Ihr Typen wollt doch andauernd etwas von mir haben.« Er zwinkerte mit den Augen. »Ich habe oft genug die Augen zugedrückt, wenn euere Schlägertrupps ringsum abkassierten. So lange ich auf meine Kosten komme, was kümmert es mich da, was ihr tut?« Er stellte sein Glas auf eine alte Kiste, die als Couchtisch diente. »Worum geht's denn dieses Mal? Glücksspiel? Bordelle? Oder möchten Sie vielleicht auch unter meinen wohltätigen Schutz gestellt werden, damit Sie sich eine Konkurrenzfamilie vom Leib schaffen können? Heutzutage passiert ja dergleichen Scheiße so oft, daß ich mit dem Zählen gar nicht mehr mitkomme.«

Er lachte. »Um die Wahrheit zu sagen, gefällt mir das am besten – ihr Typen mit euren Hoheitsgebieten, wenn ihr euch gegenseitig kaltmacht. Das schafft dann mehr Spielraum für mich.«

»Ich verstehe Ihre Freude«, sagte Okami. »Das muß doch für Sie ganz wie zu Hause sein, nicht wahr, Mr. Leonforte?«

Leonforte zeigte fast keine Reaktion. Hätte Okami nicht eigens darauf geachtet, hätte er das kurze Zucken des linken Auges nicht bemerkt. »Warum haben Sie mich so genannt?«

»Dachten Sie, ich komme hierher, ohne vorher meine Hausaufgaben zu machen?«

»Es gibt solche Hausaufgaben und solche.« Zum ersten Mal warf er Vincent Alba einen Blick zu, der sich wie eine bedrohliche Standuhr neben einem Kunstdruck mit einer römischen Schlachtenszene aufgebaut hatte. »Ich glaube, daß ich bei Leuten, die sich die Mühe machen, Sachen über mich rauszufinden, aufpassen muß; die könnten gefährlich werden.« Er nahm sein Glas wieder in die Hand, und ohne direkt hinzusehen bemerkte Okami, daß Alba seine Positur leicht verändert hatte. »Ich reagiere schnell und instinktiv auf Gefahr, wenn Sie wissen, was ich meine, Okami. Ich fackele nicht lange herum. Auf die Weise brauche ich mir keine Gedanken über eine Kugel in meinem eigenen Bauch zu machen.«

»Sie haben sich absolut verständlich ausgedrückt«, sagte Okami. Demonstrativ gelassen trank er seinen *sambuca* aus. »Der schmeckt wirklich recht gut.«

»Schön, daß Sie Italienisches zu schätzen wissen«, entgegnete Leonforte kurz. »Und jetzt sagen Sie mir, was zum Teufel Sie eigentlich wollen.«

»In Ordnung.« Okami stellte sein Glas hin. »Ich schlage Ihnen einen Handel vor. Ich habe einen ganz guten Überblick über die Waren, mit denen Sie Geschäfte machen« – er hielt eine Hand hoch – »bitte, versuchen Sie nicht erst, etwas zu bestreiten. In meinen Männern habe ich ein Verteilernetz par excellence. Meine Leute kennen jede Hinterhofgasse in Tokio. Ich weiß, wo Sie mit Ihren Waren die höchsten Preise erzielen würden – und wo es reine Zeitverschwendung wäre, sie anzubieten. Kurzum, wir könnten ein hervorragendes Team bilden.«

Leonforte stieß ein hartes Gelächter aus. »Hast du das gehört, Vinnie? Ich soll einem rotznäsigen Kanaken was von meinem Kuchen abgeben.« Er sprang mit solcher Heftigkeit auf, daß die Gläser auf der Kiste wackelten. »Wer zum Geier glaubst du, daß du bist, du Schlitzauge? Du meinst, du kannst hier einfach so reinspazieren, meinen *sambuca* saufen und dann ein Stück von meinem Kuchen verlangen? Wenn wir zu Hause in den Staaten wären, würde ich dich jetzt durchpeitschen lassen. Aber weil ich in einem fremden Land bin, muß ich mir etwas Zurückhaltung auferlegen, stimmt's, Vinnie? Und ob es stimmt!« Er zeigte zur Tür. »Also mach, daß du hier Leine ziehst, und sei froh, daß du noch lebst!«

»Der andere, Vincent Alba, ist sein Leibwächter«, sagte Okami. »Das steht einwandfrei fest.«

»Die scheinen ja ein schönes Pärchen zu sein, die beiden«, meinte der Colonel. Er steckte seine Pfeife in einen Lederbeutel und stopfte Tabak hinein. Liebevoll umschlossen die Finger den aufgerauhten Pfeifenkopf. Die Pfeife war eine Art Talisman. Anfang 1945 hatte sie sogar ihm und seiner Einheit in Singapur das Leben gerettet; weil er gerade nach ihr gesucht hatte, hielt er seine Soldaten davon ab, auf eine offene Fläche vorzurücken, die gleich darauf vom Feind unter Artilleriebeschuß genommen wurde. »Bei dem Vokabular, das er benutzt, wird er auch zweifellos einen Leibwächter brauchen.«

Die beiden Männer saßen in einem überfüllten Hinterzimmer eines Lokals abseits der Ginza. Die Bar hatte bis zum frühen Morgen offen, wurde legal betrieben und war damit ein sicherer Treffpunkt für sie beide. Allerdings trafen sie sich immer nur nachts, und sie betraten und verließen das Lokal durch den Lieferanteneingang von einer schmutzigen, menschenleeren Gasse aus. Der Eigentümer bediente sie höchstpersönlich. Der Colonel hatte seinem Etablissement die Konzession erhalten, nachdem ein berüchtigter Schwarzmarkthändler dort festgenommen worden war und die Militärpolizei gedroht hatte, es zu schließen. Stets zukunftsorientiert, hatte er in der Bar genau das gesehen, was sie dann auch geworden war: ein sicherer Ort für ihn, von wo aus er ungestört agieren konnte.

»Ich muß etwas dagegen unternehmen, daß er sich in unsere Angelegenheiten einmischt, indem er Leute aus den niederen *yakuza*-Rängen rekrutiert«, sagte Okami. »Die Tatsache, daß er mich beinahe mit Gewalt aus der Wohnung warf, als ich ihm einen Handel anbot, macht mich stutzig.«

»Zu Recht«, bestätigte der Oberst. »Er ist gewiß nicht dumm. So wie das aussieht, würde ich sagen, daß er bereits mit jemandem einen Deal hat.«

Okami betrachtete den Colonel lange. Geräusche von klirrenden Gläsern, leise Stimmen und ein einmaliges betrunkenes Auflachen drangen zu ihnen. Der Besitzer kam herein und ersetzte wortlos ihre leeren Bierkrüge durch volle.

Schließlich meinte Okami: »Wenn das der Fall ist, dann haben wir beide ein ernstes Problem vor uns. Für Sie bedeutet das, daß Leonforte so gut wie unangreifbar ist. Für mich heißt es, daß meine Welt plötzlich außer Kontrolle gerät. Leonforte hat ein Abkommen mit einem anderen *oyabun*, und ich hätte mittlerweile davon wissen müssen. Daß ich das nicht tue, bedeutet: Es gibt einen *yakuza*-Boß, der geheime Verträge mit Ausländern abschließt.«

»So wie Sie.«

Die Antwort Denis Linnears stellte keinen Tadel dar, sondern erinnerte nur daran, daß niemand im Besitz absoluter Macht war, auch wenn das manchmal den Anschein haben mochte.

Der Colonel drehte leicht den Kopf, und die Andeutung eines Lächelns erschien und verschwand wieder im Lampenlicht. »Es ist irgend etwas geschehen, Okami-san. Irgendwo haben wir einen Nerv getroffen.«

»Was meinen Sie damit?«

»Ich bin heute in Willoughbys Büro bestellt worden«, berichtete der Colonel. Generalmajor Charles Willoughby war, zusammen mit Colonel Linnear, einer der einflußreichsten Gehilfen MacArthurs. Außerdem war er der Chef von G-2, der Nachrichtenabteilung der Besatzungsmacht, und dem Oberst ein beständiger Stachel im Fleisch. »Man hat mir mehr oder weniger eine aufs Dach gegeben.«

Okami behielt den Colonel scharf im Auge. Dieser schien entspannt zu sein, fast in sich versunken. Okami nahm dies als ein sehr gutes Zeichen.

»Offensichtlich haben Willoughbys Leute Wind von den Nachforschungen bekommen, die ich seit einiger Zeit anstelle. Gott sei Dank hat er keine Ahnung von Ihrer Rolle dabei.«

»Ich verhalte mich auch außerordentlich vorsichtig«, sagte Okami.

Seit drei Monaten versuchten er und der Oberst herauszubekommen, warum gewisse Offiziere in Schlüsselpositionen der früheren kaiserlichen Armee und Marine nicht in den Anklageschriften der Kriegsverbrechertribunale aufgetaucht waren. Okami persönlich hatte diese Offiziere gegenüber dem Colonel als Personen identifiziert, deren Fanatismus und Machtfülle sie dazu verleitet hatte, ganz kalkuliert Greueltaten zu begehen, die jetzt schärfste Bestrafung verlangten.

Der Oberst wiederum hatte die Namen dieser Offiziere dem Büro des Adjutanten des Generals vorgelegt, zusammen mit der Dokumentation der einzelnen Verbrechen, die Okami zusammengetragen hatte. Doch bis heute hatte Linnear keine zufriedenstellende Antwort auf seine zahlreichen Nachfragen erhalten. Hier wurde eindeutig von einer bestimmten Seite aus gemauert.

»Willoughby hat lautstark sein Erstaunen darüber ausgedrückt, warum ich, bei all dem, was sich auf meinem Tisch ansammelt, mir die Zeit nehme, um – sozusagen – auf Gespenster Jagd zu machen, wie er es charakterisierte. ›Wenn Sie sich auf Ihrem Posten langweilen‹, sagte er zu mir, ›dann werde ich Ihnen mit dem allergrößten Vergnügen ein Empfehlungsschreiben für jeden beliebigen anderen Job ausstellen, der Ihren Ansprüchen genügt.‹« Die blauen Augen des Colonel sahen frostig drein. »Ich bemerkte, wie vorsichtig er mir gegenüber war. Zu keinem Zeitpunkt erwähnte er den Inhalt meiner Nachforschungen, oder das ihn letzteres vielleicht persönlich interessiert hätte.«

Der Colonel klopfte die erkalteten Tabakreste aus seiner Pfeife und begann, sie von neuem zu füllen. »Also habe ich mich gefragt, wie es mir gelungen war, Willoughby auf die Zehen zu treten, während ich nach Ihren Kriegsverbrechern suchte.« Er riß ein Streichholz an. »Selbstverständlich muß es sich um jemanden mit überdurchschnittlicher Befehlsgewalt handeln, der diese Offiziere für tabu erklären und ihre Namen aus den Akten des Generals wieder verschwinden lassen kann.« Er steckte sich die Pfeife in den Mund und sog den aromatischen Tabakrauch ein. Als sie zu seiner Zufriedenheit brannte, fuhr er fort: »Nach der Zusammenkunft ließ ich ihm Kopien des Beweismaterials, das Sie besorgt hatten, durch Boten zukommen. Dem Boten befahl ich, darauf zu bestehen, daß Willoughby persönlich den Erhalt des versiegelten Päckchens bestätigte. Jetzt habe ich seine Unterschrift.«

»Willoughby wird die Informationen nicht verwenden«, sagte Okami.

»Dann habe ich meine Antwort«, erwiderte der Colonel. »Dann weiß ich, daß er diese Männer aus Gründen der eigenen Sicherheit unter seine Obhut genommen hat. Da müssen gar keine finsteren Motive dahinterstecken. Vielleicht hatten sie Zugang zu geheimem Material, das MacArthur nicht vor einem öffentlichen Tribunal ausgebreitet haben möchte.«

»Die Gerechtigkeit muß ihren Lauf nehmen.« Okamis Miene war steinhart. »Ich will und werde meine Rache bekommen, Linnear-san. Dies ist ein wesentlicher Bestandteil unseres Abkommens.«

»Das verstehe ich voll und ganz«, sagte der Colonel.

Doch später in der Nacht, auf dem Heimweg durch das vom Krieg arg in Mitleidenschaft gezogene Tokio, kamen Okami Zweifel. Es bestand die Möglichkeit, daß der Colonel und Willoughby aus demselben Holz geschnitzt waren. Schließlich waren sie beide Abendländer, und wer konnte denen schon trauen? Okami schüttelte den Kopf. Es war ein gefahrvoller Weg. Er wußte, daß ein Teil von ihm noch immer so dachte, wie es dieser andere *oyabun* tat.

Manchmal, so wie jetzt, kam sich Okami eindeutig schizophren vor. In seinem Herzen wußte er, wie gehandelt werden mußte. Sie hatten es nun mit einer neuen Welt zu tun; dafür hatte der Krieg im Pazifik gesorgt. Wenn ihn der Krieg überhaupt etwas gelehrt hatte, dann die Erkenntnis, daß sich Japan in den kommenden Jahrzehnten keinesfalls mehr ausschließlich auf sich selbst verlassen konnte. Der Krieg hatte sein Land auf dem falschen Fuß erwischt; es hatte sich selbst zerstört und die eigene Bevölkerung vernichtet. Schuld war Japans Tradition der Isolierung. *Es lag an unserem mangelnden Verständnis der Abendländer, besonders der Amerikaner, das uns die Niederlage beschert hat, dachte er. Wir haben ihre Stärke unterschätzt, ihr Potential nicht berücksichtigt und ihre Entschlossenheit falsch gedeutet. Wir können es uns kein zweites Mal erlauben, den gleichen Fehler wieder zu begehen.*

Seine eigene Entschlossenheit, in den kommenden Jahrzehnten gute Geschäfte zu machen, war seine Motivation für sein Bündnis mit dem Colonel. Und es war nun mal so, daß er den Mann mochte. Diese Hingezogenheit zu einem Ausländer war für ihn etwas ungewohntes, da er sich, wie die weitaus meisten seiner Landsleute, von den anderen Gesellschaften und Kulturen außerhalb Asiens völlig abgeschnitten vorkam.

So war es merkwürdig für ihn, den Japaner, bei dem Colonel Verständnis für Shintoismus, für Zen, für den Konfuzianismus und die Unzahl von kriegerischen Idealen und Philosophien zu finden, die alle zusammen japanische Wertvorstellungen ausmachten. Sehr merkwürdig, dachte er und sah hinaus in den natriumgelben Schein des nächtlichen Tokio.

Nein, entschied er, der Colonel ist vertrauenswürdig. Dennoch störte ihn, daß dieser bereit war, Willoughby das Recht eines Zweifels einzuräumen. Um fair zu sein, mußte man allerdings zugestehen, daß es für Okami in seiner Position leichter war, eine Verschwörung zu riechen, als für den Oberst. Okami hatte selbst schon aus bitterer Erfahrung die Lehre gezogen, daß man meist erst als Allerletzter mitbekommt, wenn im eigenen Haus das Chaos ausgebrochen ist.

Damals, vor fünf Jahren, hatte Okami seine jugendliche Unbekümmertheit abgelegt. Sein Vater war von seinem eigenen Bruder verraten worden, der sich an eine andere Familie verkauft hatte, die scharf auf das lukrative Okami-Territorium im Herzen des Geschäftsviertels von Tokio gewesen war. Okamis Vater war von dieser rivalisierenden Familie umgebracht worden, als er allein in seinem Bett lag; Okamis Mutter war an diesem Tag zu ihrer eigenen, bettlägerigen Mutter in die Gegend von Hiroshima gefahren. Auf Grund detaillierter Informationen, die ihnen Okamis Onkel geliefert hatte, waren diese Männer unter Umgehung der Wachen ins Haus eingedrungen und hatten Okamis Vater ihre Schwerter in den Unterleib gebohrt.

Bei der Beerdigung war Okami zwischen seiner Mutter und seinem Onkel gestanden und außer sich vor Kummer gewesen. Zwei Wochen später saß er mit seiner Freundin in einer Nachtbar und konnte zufällig die betrunkene Unterhaltung einer großen Gruppe junger *yakuza oyabun* mithören. Es stellte sich heraus, daß zwei von ihnen diejenigen waren, die seinen Vater ermordet hatten, und zur Erheiterung ihrer Kumpane erzählten sie ausführlich, wie es ihnen gelungen war, ungesehen das Haus zu betreten und wieder zu verlassen.

Am nächsten Morgen nahm Okami das *katana* seines Vaters und verbarg es unter seinem langen Regenmantel. Er begab sich zu dem Haus, von wo aus sein Onkel seine Geschäfte tätigte, und bat vorgelassen zu werden. Nach etwa einer Viertelstunde führte man ihn hinein. Sein Onkel schien sich gerade in der Vorstellung zu sonnen, wie sich durch seine Heimtücke sein Geld und sein Prestige minütlich vermehrten. Er lächelte übers ganze Gesicht, als er seinen Neffen den *yakuza*-Totschlägern vorstellte, die bei ihm waren. Stets einem aufwendigen Lebensstil zugeneigt, umgab sich sein Onkel gern mit Gesellschaft. In seinen Vorstellungen war er der feudalen Vergangenheit seines Landes zugetan, als noch eine elitäre Kriegerkaste das Land regiert und über die gewöhnlichen Sterblichen geherrscht hatte.

Wie es die Sitte verlangte, verbeugte sich Okami vor den Männern, die standen, während sein Onkel hinter seinem massiven hölzernen Schreibtisch saß und ihm die Rechte, Handfläche nach oben, hinstreckte. Okami richtete sich wieder auf, und der Onkel fragte ihn, warum er gekommen sei.

Sofort trat Okami einen Schritt vor. Den Regenmantel hatte er bereits zuvor aufgeknöpft. Mit einem Satz sprang er auf den Schreibtisch und zog das Schwert seines Vaters. Ehe noch einer der entsetzten Leibwächter reagieren konnte, schwang er das *katana*, zog es mit aller Kraft schräg nach unten durch und trennte seinem Onkel sauber den Kopf vom Rumpf.

Ein Blutstrahl schoß aus dem Stumpf und erwischte zwei der Leibwächter, als diese endlich reagierten. Der kopflose Körper seines Onkels zuckte noch einige Male. Der Kopf lag verkehrt herum auf der blutbespritzten Tischplatte, die Augen ungläubig aufgerissen, die fragende Miene maskenhaft eingefroren.

Okami rammte einem Leibwächter den Griff des *katana* in die Nase und hieb, aus der Drehung heraus, einem zweiten die Klinge in die Schulter. Eine Pistole fiel auf den Boden, und der Mann heulte vor Schmerz auf, brach zusammen und versuchte vergebens, den Blutstrom zu stillen.

Zwei andere waren noch übrig. Sie hatten Schwerter gezogen. Eine Feuerwaffe zu benutzen, kam nun nicht mehr in Frage. Jeder, der Okami auf so unehrenhafte Weise beseitigt hätte, wäre sofort ehrlos und von den *yakuza* ausgestoßen worden. Einmal draußen aus diesem eng geknüpften Netz der Gemeinschaft hätte er nirgendwohin gehen können. Er hätte die einzigen Menschen verloren, die ihn akzeptierten.

Okami täuschte rechts an und sprang links vom Tisch; dabei zog er die Beine unter den Körper und schlug rechts zu, als er an dem dritten Leibwächter vorbeifegte. Die Schwertklinge fuhr dem Mann über die Brust und legte Haut, Gewebe und Knochen frei. Sein *katana* entfiel gefühllosen Händen.

Bei der Landung auf dem Boden verspürte Okami jäh ein taubes Gefühl. Er drehte sich zu dem vierten Mann um, und als jetzt der Schmerz durch seinen Körper raste, wußte er, daß er verwundet war. Er unterdrückte den Schmerz, wehrte einen zweiten Schlag des Mannes ab, trat diesem gegen das Knie, und als er einknickte, unterlief er dessen Abwehr, um näher an ihn heranzukommen. Dann stieß er ihm den Schwertgriff ins rechte Ohr, machte einen Satz zurück, wobei er seine Klinge vorstieß, und spürte, wie die Schwertspitze ins Fleisch fuhr und wieder heraus. Kopfüber stürzte der vierte Leibwächter zu Boden.

So wurde Mikio Okami *oyabun* des Okami-Clans.

Er besaß die Geistesgegenwart, beim Verlassen des Büros noch den Kopf seines Onkels an dem klebrigen Haar zu packen und ihn mitzunehmen. Sechs Wochen lang hing dieser dann an einem Lederriemen im Hof von Okamis Haus. Jeder, den er in dieser Zeit herbeizitierte – die Unterbosse seiner eigenen Familie genauso wie die *oyabun* anderer Tokioter Clans – mußte auf dem Weg zu ihm daran vorübergehen.

Der letzte *oyabun*, den Okami zu sich bestellte, war Seizo Yamauchi gewesen, ein stiernackiger Mann mit langem Gesicht und einem Schmollmund. Er verbreitete eine selbstgerechte Aura um sich und bejammerte ständig den Verlust der alten Werte bei den neu eingetretenen *yakuza*-Rekruten. Gleichzeitig war er ein Wucherer, wie er im Buche stand, der die alten Leute in seinem Bezirk ausquetschte, die ihn in steigender Zahl um Hilfe ersuchten, da das Gespenst des Krieges über das Land fiel und die Wehrpflicht ihnen ihre Söhne wegnahm, von denen sie abhingen.

Die beiden *oyabun*, die Okami in der Bar belauscht hatte, waren aus dem Yamauchi-Clan.

Seizo Yamauchi überquerte den Hof und betrachtete lange mit starrer Miene den verschrumpelten, verkrusteten Kopf von Okamis Onkel. Mißbilligend schüttelte er dann sein Haupt, als konfrontiere man ihn mit dem Werk eines Anarchisten.

»Gräßliche Zeiten!« sagte er zu Okami, nachdem sie das Ritual der gegenseitigen Vorstellung beendet hatten.

»Wie recht Sie haben«, antwortete Okami und griff nach *hibachi*, um Tee für seinen Gast zu bereiten. Er konnte die auf dem alten

Mann lastende Anspannung wie den Druckanstieg in einem fahrenden Lift spüren und hatte zu tun, um seine eigene Nervosität im Zaum zu halten. Der Weg, der vor ihm lag, war lang und konnte höchst unangenehme Überraschungen für ihn bereithalten.

Keiner der beiden sagte ein Wort, ehe die Teeblätter in die Tassen gegeben, heißes Wasser darüber gegossen und das Gebräu mit dem Bambusbesen grün aufgeschäumt worden war. Okami sah zu, wie Yamauchi die Tasse an den Mund führte; erst dann griff er zu seiner eigenen. Yamauchi erkannte mit wohlwollendem Nicken die guten Manieren des Jüngeren an.

»Ich habe aus folgendem Grund um dieses Treffen gebeten«, sagte Okami im freundlichsten Ton. »Nachdem den Verräter im Okami-Clan sein gerechtes Schicksal ereilt hat, strebe ich ein Bündnis mit der Yamauchi-Familie an.« Er schenkte ihnen beiden Tee nach. »Die Zeiten sind in der Tat gräßlich. Es wird Krieg geben. Ich spüre das so, wie ein alter Mann bevorstehendes Regenwetter spürt – in meinen Knochen. Wir müssen uns jetzt mehr denn je zusammenschließen, unsere Streitigkeiten über Einflußgebiete aufgeben und Rache vergessen. Um des Überlebens willen, Yamauchi-san.«

Er stellte seine Tasse hin. »Und noch aus einem anderen Grund, wenn ich offen sprechen darf.« Der Ältere nickte und begann sich zu entspannen. »Ich bin noch jung. Vielleicht bin ich auch – wie zweifellos manche glauben werden – zu unerfahren, um *oyabun* einer so großen Familien wie der meinen zu werden. Da ich aber nur auf die Umstände reagiert habe, wird man mir vielleicht diesen unvermittelten Aufstieg in der Hierarchie verzeihen. Dennoch ist mir meine prekäre Lage durchaus bewußt, und nach reiflicher Überlegung habe ich erkannt, daß es zu meinem Vorteil wäre, wenn ich einen Mentor hätte, jemanden, der älter und klüger ist als ich und den ich um seinen geschätzten Rat bitten könnte. Zum Ausgleich für den dadurch entstehenden Aufwand an Zeit und Mühen wäre ich bereit, vom Reichtum der Okami etwas abzugeben. Wie gefällt Ihnen diese Idee, Yamauchi-san?«

Yamauchi tat so, als müsse er sich das Angebot erst gründlich durch den Kopf gehen lassen, doch Okami konnte eine Erleichterung bei ihm wahrnehmen, als sei die Sonne hinter einer Wolke hervorgekommen.

Schließlich sagte Yamauchi: »Was Sie vorschlagen, ist verdienstvoll. Es beweist mir, daß Sie trotz der Forschheit Ihrer Jugend, die einige *oyabun* verurteilen, doch eine Weisheit an den Tag legen, wie sie anderen aus Ihrer Familie fehlte.« Dann nickte er. »Ich akzeptiere Ihren Vorschlag.«

»Ausgezeichnet«, sagte Okami. »Und um unsere Übereinkunft zu besiegeln, bitte ich Sie nur darum, die beiden Mörder meines Vaters zu finden und persönlich zu töten.«

Yamauchi sagte lange nichts. Er bewegte sich nicht und rührte auch den Rest seines Tees nicht an, der in der Tasse kalt wurde. Dann sagte er langsam: »Ich habe nun genug Tee getrunken. Bitte, holen Sie eine Flasche *Napoleon*-Cognac, damit wir ganz privat auf diese historische Union der Familie Yamauchi mit der Familie Okami anstoßen können.«

Drei Nächte später begrüßte Okami Mitsuba Yamauchi im Hinterzimmer der gleichen Nachtbar, die dem Colonel als sicheres Haus diente. Mitsuba war einer von Seizos Unterbossen und einer seiner beiden wichtigsten Projektleiter und Terminüberwacher. Außerdem war er Seizos Neffe.

Mitsuba war wachsam, so wie es Okami an seiner Stelle auch gewesen wäre. Er war ein dünner Mann, ohne Taille und mit den langen Beinen eines Spinnentiers. Dazu besaß er die nervöse Angewohnheit, sich andauernd mit dem Daumen seitlich über den Unterkiefer zu streichen. Seine Gesichtszüge waren großflächig und wurden von einem dicklippigen Mund beherrscht, der für Freund und Feind gleichermaßen ein scheinbar stets aufrichtiges Lächeln zeigte.

Nach der zeremoniellen Begrüßung knöpfte Mitsuba sein Jackett auf und setzte sich gemütlich an den kleinen Tisch Okami gegenüber. Dabei sah Okami den Griff eines Achtunddreißigers aus dem Hosenbund lugen. Vorne im Lokal trieben sich zwei von Mitsubas Fußsoldaten herum und lagen auf der Lauer wie Jagdhunde, die man Witterung von der Beute hatte aufnehmen lassen. Okami war allein, und zwar mit Absicht.

Eine halbe Stunde lang tranken beide Männer edlen Schwarzmarkt-Scotch und tauschten höfliche Banalitäten aus. Nur gedämpft drang der Lärm von der Bar vorne zu ihnen durch. Ein Radio spielte einen flotten amerikanischen Popsong, und ein paar Betrunkene sangen einige Takte falsch mit, bis sie die Melodie vollständig verloren.

Schließlich fragte Okami: »Wie ist denn Ihre Meinung bezüglich der geplanten Fusion zwischen meiner Familie und Ihrer?«

»Sie haben eine interessante Art, etwas auszudrücken, was längst Tatsache ist«, antwortete Mitsuba.

Okami nickte weise, wenn auch etwas bedrückt. »Auch ich dachte, dies sei der Fall«, sagte er. »Bis heute, als mir das da überbracht wurde.« Er erhob sich, ging zum hinteren Teil des Zimmers und schaltete einen 16-mm-Projektor ein. »Ich würde Sie bitten, sich diesen Film erst in seiner ganzen Länge anzusehen, Mitsuba-san, und mir dann Ihre Meinung dazu zu sagen.«

Der Film lief bereits ab, als Okami zurück zu seinem Sitzplatz ging. Aus den Augenwinkeln überwachte er Mitsubas Reaktionen auf die körnigen, doch absolut klaren Schwarzweißbilder, die mit professionellem Können Seizo Yamauchi zeigten, wie er zwei Mitglieder seines eigenen Clans erschoß. Es handelte sich dabei um die Männer, die Okamis Vater ermordet hatten.

Der unheimliche Film lief aus. Okami stand kurz auf, um den Projektor abzuschalten. Dann goß er für beide Scotch nach.

»Woher...?« Mitsuba mußte sich erst räuspern. Er trank die Hälfte seines Whiskys, ehe er fortfuhr. »Woher haben Sie dieses Dokument?«

»Von einer meiner Quellen in der *tokko*.« Das war die berüchtigte »Gedankenpolizei«, deren Macht sogar von den *yakuza* gefürchtet wurden.

»Das heißt, die Polizei hat bereits dieses Beweisstück gegen Seizo-san?«

Okami registrierte, daß er nicht von »meinem Onkel« gesprochen hatte. Er sagte nichts und wollte abwarten, in welche Richtung dieser Stich in den Hintern Mitsuba springen lassen würde.

»Das wird zu einem Chaos unter den Leuten führen«, sagte Mitsuba mehr zu sich selbst. »Wenn Seizo-san weg ist...« Er blickte Okami direkt an. »Darf ich Ihnen etwas gestehen, Okami-san? Ich bin schon seit einiger Zeit enttäuscht von Seizo-sans langfristiger – eh – Planung. Ich habe sogar heftig gegen einige seiner jüngsten Entscheidungen opponiert.« Sein Blick hielt dem Okamis stand, und beide wußten, daß Mitsuba die Anordnung zur Ermordung von Okamis Vater meinte.

»Ich weiß das, was Sie soeben sagten, zu schätzen«, entgegnete Okami. »Vielleicht läßt sich doch noch etwas von der Allianz zwischen unseren beiden Familien retten.« Dann stand er auf und zeigte damit an, daß das Gespräch beendet war.

Eine Stunde später lief das gleiche Szenario noch einmal mit Katsuodo Kozo ab, einem naßforschen Wichtigtuer, Seizos zweitem Vertrauten. Kozo war von ruppigem, aufbrausendem Naturell, das ihm genausoviele Feinde verschaffte wie sein klarsichtiger, analytischer Verstand Bewunderer. Im Gegensatz zu Mitsuba war er allein gekommen.

Während der Film gezeigt wurde, saß er still und schweigsam da und nahm Okamis Vorführung ohne Kommentar in sich auf. Als Okami fertig war, sagte er: »Sie wissen, daß die beiden Männer, die Seizo-san erschoß, für den Tod Ihres Vaters verantwortlich sind.«

»Sie waren die Waffe, soviel ist richtig«, meinte Okami mit einigem Nachdruck. »Aber es war Seizo-san, der diese Waffe zur Anwendung brachte.«

Kozo dachte darüber nach. »Ich glaube nicht, das Seizo-san zu dieser Vergeltungsmaßnahme gegriffen hätte, wenn sie nicht eine Bedingung für die Allianz gewesen wäre.«

»Alte Schulden müssen beglichen werden«, sagte Okami, »ehe neue Bündnisse vollzogen werden können.«

Kozo legte die gestreckten Finger beider Hände gegeneinander und betrachtete sie angestrengt. »Es scheint, als habe Seizo-san sich gründlich verrechnet.« Er rutschte etwas auf seinem Sitz nach vorn. »Ich kann nicht für Mitsuba sprechen, aber ich persönlich glaube, daß der beste Kurs für die Yamauchi-Familie darin besteht, daß sie sich einen Weg parallel zu dem der Okami-Familie sucht.«

Gut gesagt, dachte Okami. »Es wird in den kommenden Wochen einen nicht geringen Aufruhr bei den Yamauchi geben«, prophezeite er. »Einige werden sich erheben, die heftig die von Ihnen vertretene Philosophie bekämpfen. Dieser Aufruhr könnte sich auf andere Familien ausbreiten. Es könnte sogar zu Absprachen zwischen den *oyabun* kommen, um zum eigenen Schutz zu intervenieren. Ich hielte dies nicht für den besten Kurs für die Yamauchi. Er würde sich auf jeden Fall für denjenigen als gefährlich erweisen, der an die Macht strebt.«

Er beugte sich vor und goß ihnen beiden Whisky nach. »Die Yamauchi-Familie hat die Richtung verloren. Ich wünsche mir, sie möge die einstige Stabilität wiedererlangen. Im Moment halte ich sie für eine Gefahr nicht nur für die Okamis, sondern für alle Familien. Bleiben Sie daher versichert, daß ich alles in meiner Macht Stehende unternehmen werde, um dafür zu sorgen, daß diese Stabilität wiederhergestellt wird und erhalten bleibt.«

Okami erkannte, daß Kozo genau verstand, was er vorschlug. Er hob sein Glas zu einem Trinkspruch nach Art der Abendländer. »Auf die Stabilität«, sagte er mit der Andeutung eines Lächelns.

Auf Grund eines anonymen Hinweises entdeckte die Polizei die Leichen von Seizo Yamauchi und seinem Neffen Mitsuba im Wohnzimmer von Mitsubas Haus. Aus der Lage der Leichen und den Winkeln der Einschußöffnungen in beiden Körpern war klar, daß die beiden Streit miteinander gehabt hatten. Und sollte es eine oder zwei geringfügige Widersprüchlichkeiten in dieser Theorie gegeben haben, so war die Polizei nur allzu bereit gewesen, diese zu übersehen. Schließlich bestand die Hauptsache darin, daß es wieder zwei *yakuza* weniger gab, die Kopfzerbrechen bereiten konnten. Vielleicht brachten sie sich ja alle gegenseitig um – und der Traum jedes Polizisten würde Wirklichkeit werden.

In den folgenden Wochen wurden auch noch die Leichen verschiedener Yamauchi-Fußsoldaten und Unterbosse gefunden, bis Katsuodo Kozo alle seine Feinde ausgemerzt und seine Macht gefestigt hatte. Wie von Okami vorhergesagt, machte das Ausmaß des Blutvergießens die anderen *oyabun* nervös, und es gab Gespräche über gemeinsame Maßnahmen, um die Ordnung bei den Yamauchi wiederherzustellen. Okami hielt Wort und beschützte den Frieden und Kozo, indem er die anderen *oyabun* im Zaum hielt, bis Kozo alles unter Kontrolle hatte.

Das Endergebnis stärkte nicht nur Kozos Position in der Unterwelt, sondern festigte auch die von Okami. Von da an betrachteten sie ihn immer häufiger als Visionär, der die Familien durch die schwierigen Zeiten hindurchsteuern konnte.

Dies war der Beginn von Okamis Aufstieg zum Kaisho, dem geheimnisvollen Oberbefehlshaber, dem *oyabun* aller *oyabun*.

Es ergab sich, daß General Willoughby einen Adjutanten hatte, der die Aufmerksamkeit von Okamis Leuten erregte. Dies geschah deshalb, weil dieser Offizier eine Vorliebe für junge Männer hatte, und die Unterwelt, in die hinabzutauchen er zur Befriedigung seines speziellen Bedürfnisses gezwungen war, gehörte zum Territorium von Okamis Familie.

Sein Name war Jack Donnough. Er sah jung und gut aus, hatte sandfarbenes Haar, eine hohe Stirn und grüne Augen. Schmallippig und im Dienst arbeitswütig, war er nach Okamis Quellen während seiner nächtlichen Beutezüge das genaue Gegenteil eines anständigen Offiziers.

Okami durchstreifte gerade das abendliche Tokio, als ihm der Gedanke kam, er könne Verwendung für Donnough haben. Er gab seinem Fahrer ein neues Ziel an und ließ ihn Richtung Shinjuku fahren, wo die entsprechenden Etablissements wie die Pilze unter einem Baum gediehen.

Die Besitzerin von *Das Eiserne Tor* komplimentierte ihn hinein und verbeugte sich dabei so oft und so tief, daß sich ihr schließlich im Kopf alles drehte. Sie war eine zierliche Frau in einem schwarzorangenen Kimono. Die Haare hatte sie kunstvoll drapiert im Stil der alten Geishas; lange Perlmuttnadeln hielten die Frisur zusammen. Trotz seiner Falten erinnerte ihr Gesicht auf elegante Art an die Zeit, als sie selbst noch schön und begehrenswert gewesen war.

Jack Donnough sei in der Tat gerade dabei, seine duftende Wiese zu mähen, erklärte sie ohne Umschweife und zeigte zu einem Zimmer im ersten Stock des rückwärtigen Teils. Okami fand es interessant, daß Amerikaner aus der sexuellen Beziehung zwischen Männern ein so striktes Tabu machten. In Japan war das seit Jahrhunderten ein allgemein akzeptierter Bestandteil des Lebens.

Merkwürdigerweise bestehe Donnough immer auf diesem einen Zimmer, erzählte die Besitzerin. Sie wisse auch nicht warum, aber Okami wußte es, nachdem er kurz den Grundriß des Hauses und seine Umgebung inspiziert hatte. Das Fenster von Donnoughs Liebesnest zeigte auf eine dunkle Gasse hinaus, in der man im Fall einer Polizeirazzia oder anderer Störungen leicht untertauchen konnte.

Okami ging in *Das Eiserne Tor* zurück und wollte gerade die Treppe hinaufgehen, als er die Armeekrankenschwester hereinkommen sah, Faith Sawhill, die er anläßlich seines Besuches bei Johnny Leonforte getroffen hatte.

Schnell trat er ins Halbdunkel des zur Küche führenden Flures und beobachtete, wie sie sich zielstrebig zur Treppe begab und hinaufstieg. Er fand es bemerkenswert, daß sie hierher kam, und noch bemerkenswerter, daß sie sich in den Räumlichkeiten offensichtlich auskannte.

Okami fragte die Besitzerin, ob sie etwas über die Amerikanerin wisse.

»Sie schaut von Zeit zu Zeit herein«, sagte sie unter angestrengtem Nachdenken. »Vielleicht jedes dritte oder vierte Mal, wenn Donnough da ist. Sie kommt nie, wenn er nicht da ist. Von dem, was sie dort drinnen mit den beiden Männern treibt, habe ich keine Ahnung.« Sie zuckte mit den Schultern. »Als sie zum erstenmal kam, sagte ich Donnough, daß ich dafür mehr verlangen müsse. Er zahlte, ohne zu fragen.«

Neugierig geworden, stieg Okami geräuschlos hinter Faith Sawhill die Stufen hinauf.

Am Ende des Flurs blieb er stehen und überlegte seinen nächsten Schritt. Aus einem Impuls heraus legte er das Ohr an die Tür, die bei diesem Etablissement dünn genug war.

»Sind Sie sicher, daß wir ungestört reden können?« drang Faith Sawhills Stimme durch die Tür.

»Habe ich doch gesagt«, antwortete eine männliche Stimme, zweifellos die von Donnough. »Er spricht kein Englisch.«

»Mich ekelt das alles an.«

»Was?« fragte Donnough eisig. »Sex zwischen Männern, oder daß Sie das Laufmädchen für Alba spielen müssen?«

»Sie sind ganz schön kaltschnäuzig für einen, der ein so gefährliches Spiel spielt«, sagte die Amerikanerin. »Wenn Willoughby herausfindet, was Sie treiben...«

»Wird er nicht«, erwiderte Donnough kurzangebunden. »Der kleine Faschist ist zu sehr damit beschäftigt, die Hirne seiner japanischen Colonels und Generale zu beackern. Er will sie zu Spionen machen.« Donnough lachte laut auf. »Tja, vermutlich ist es im Moment für ausgewachsene Kriegsverbrecher schwer, ordentliche Arbeit zu kriegen.«

»Die Leute gehören hinter Gitter«, sagte Faith Sawhill. »Ich weiß von einigen der Greuel, für die sie verantwortlich sind.«

»Willoughby ebenfalls, da kann ich Sie beruhigen«, gab Donnough zurück. »Trotzdem hat er keine Schwierigkeiten, nachts ruhig zu schlafen, weil er nämlich nur die Kommunisten im Kopf hat. Seine Idee ist, diese Japs-Offiziere als Kernmannschaft für einen neuen militärischen Generalstab eines wiederbewaffneten Japan auszubilden. ›Die Sowjets‹, so sagt er immer, ›sind keinen Steinwurf weit weg.‹«

Okami hörte das Rauschen seines eigenen Blutes im Kopf. Sein Herz pochte, und sein Mund war ausgetrocknet. Worüber war er da nur gestolpert? Er hatte recht gehabt wegen Willoughby. Aber was transportierte die Sawhill als »Laufmädchen« – wie Donnough sich ausgedrückt hatte – zwischen ihm und Alba hin und her? Und warum Alba, und nicht sein Boß Johnny Leonforte?

»Ich komme zu spät«, sagte die Frau. »Geben Sie mir das Zeug.«

Ihre Stimme wurde unvermittelt lauter, und erschreckt erkannte Okami, daß sie jetzt näher bei der Tür stand.

»Da ist es«, sagte Donnough. »Der neueste Furz über Willoughbys Fünfzehnergruppe. Damit dürfte Alba einige Zeit lang beschäftigt sein.«

Okami vernahm ein Rascheln, verließ seinen Horchposten an der Tür und sprintete den Flur entlang. Er rannte bereits schnell die Treppe hinab, als er hörte, wie die Tür geöffnet wurde und Stöckelschuhe den Korridor über ihm entlang staksten.

Okami saß schon auf einer schwarzlackierten Sitzbank und erwartete Faith Sawhill, als sie die Treppe herunterkam.

»Miss Sawhill«, sagte er, lächelte sie an und erhob sich, als sie bei ihm angelangt war.

Faith Sawhill drehte sich nach ihm um. Ihre kühlen, dunkelblauen Augen taxierten ihn, als sei er eine interessante Handtasche in einem Schaufenster.

»Und Sie sind Mikio Okami. Ich erinnere mich an Sie.«

»Wie schön«, sagte Okami. »Was halten Sie davon, wenn wir beide irgendwohin auf einen Drink gehen?«

»Das ist leider völlig ausgeschlossen«, antwortete Faith stirnrunzelnd. Sie klemmte sich einen großen braunen Umschlag, den sie in der Hand gehalten hatte, unter den Arm. »Ich bin bereits zu spät dran. Jonathan mag es nicht, wenn man ihn warten läßt.«

»Sie meinen nicht etwa Vincent Alba?« fragte Okami.

Faith schien zum ersten Mal ein wenig erschrocken zu sein. »Na gut, unter diesen Umständen kann ich, glaube ich, eine oder zwei Minuten erübrigen.«

Okami führte sie zu einem *akachochin* ein Stück weiter die Straße hinab. Dessen rote Laterne baumelte fröhlich in der Finsternis. Drinnen war es so laut und verräuchert, daß sie nicht bis zum anderen Ende des langen, schmalen Raums blicken konnten. Unbeeindruckt von dem Lärm drängelte sich Okami zum Tresen durch, bestellte zwei Scotch, ohne Faith erst lange nach ihren Wünschen zu fragen, und bugsierte sie dann zu einer leeren Nische im hinteren Teil des Lokals.

»Sie und Alba haben da eine hübsche kleine Erpressung laufen«, begann Okami, kaum daß sie Platz genommen hatten.

»Wie bitte?«

»Vielleicht schlafen Sie ja auch hinter Johnnys Rücken miteinander.«

Faith lachte. »Yeah, und vielleicht besteht auch der Mond aus grünem Käse.« Sie lachte wieder. »Der Kerl ist ein Affe.«

»Ein Affe, für den Sie arbeiten«, warf Okami ein.

Faith wandte ihm den Kopf zu. Ihre dunkelblauen Augen hatten manchmal die unheimliche Fähigkeit, den Farbton der Umgebung; im Moment zeigten sie die unbeständige Durchsichtigkeit von Rauch. Sie lächelte. »Entweder sind Sie Hellseher, oder Sie haben gute Ohren.«

»Was hat er, das Johnny nicht hat?«

»Alba? Der ist absolut loyal, ein guter Befehlsempfänger«. Faith nahm ihr Glas in die Hand und trank einen Schluck Whisky. »Johnny dagegen ist ein unberechenbarer Hitzkopf. Die Strategien, die er sich ausdenkt, stehen nicht immer im Einklang mit der Wirklichkeit.«

»Dann ist Vincent Alba also sein Aufpasser?«

Sie nickte. »So könnte man auch sagen.«

Die nächsten Minuten verbrachte Okami damit, die Frau zu studieren. Sie war ausnehmend hübsch, hatte ein ovales Gesicht, einen blassen Teint, Katzenaugen und einen schwungvollen Mund, der ihn an eine Geisha erinnerte, die er einst gekannt hatte und an die er noch immer des öfteren denken mußte. Außerdem verstand es Faith Sawhill, eine Unterhaltung zu führen, und vor allem diese Eigenschaft war es, die sie so faszinierend machte.

»Für wen arbeitet Alba?«

»Im Moment ist es vorteilhafter für Sie, wenn Sie's nicht wissen«, entgegnete Faith so ernst, daß Okami erst einmal schwieg.

»Vielleicht sollte ich diese Fragen Major Donnough stellen.«

Es sprach für Faith, daß sie nicht einmal mit der Wimper zuckte. »Ich sehe, worauf diese Unterhaltung hinausläuft«, sagte sie und hob eine Augenbraue. »Muß ich davon ausgehen, daß Vincent und ich einen neuen Partner haben?«

»Ginge das so einfach?«

Sie zuckte mit den Schultern. »Andere Länder, andere Sitten.« Er sah sie erstaunt an, und sie ergänzte: »Das ist Ihr Land, und folglich sind wir im Nachteil. Sollten Sie außerdem Donnough hochgehen lassen, kann man uns allesamt in der Pfeife rauchen. Meine Entscheidung ist ganz einfach: Zwei Drittel aus dem Topf sind besser als gar nichts.«

Okami dachte kurz nach. »Was macht Alba mit den Informationen über Willoughbys Kriegsverbrecher?«

»Nichts, von dem ich etwas wüßte«, sagte Faith. »Er schickt das Zeug einfach zurück in die Staaten.«

»Und Sie beide haben keine Ahnung, wozu es benutzt wird?«

»Nein. Keine.«

Okami erkannte, daß ihm die bisherige Fragerei nichts einbrachte. »Was wäre, wenn ich Vincent Alba eine Pistole an den Kopf hielte, während ich ihm diese Fragen stelle?«

Faith schnaubte verächtlich, und ihre Augen wurden dunkel. »Herr im Himmel, ihr Dreckschweine seid doch alle gleich, wie? Alles geht immer nur mit Waffengewalt.«

Okami stellte fest, daß ihn der abfällige Ton in ihrer Stimme traf. »Lassen sie mich mal sehen, was Donnough Ihnen übergeben hat.«

Faith schaute ihn seltsam an, als nehme sie ihn zum ersten Mal wahr. »Ich sehe, daß ich keine andere Wahl habe.«

Schnell überflog er die Geheimdienstberichte, die Donnough kopiert hatte. Willoughby war tüchtig gewesen. Generalleutnant Arisue, ehemaliger Leiter des militärischen Geheimdienstes des Generalstabs, und mehrere seiner Offiziere waren bereits in die Historikergruppe des G-2 Stabes eingegliedert worden, wo sie Willoughby mit aktuellen Berichten über sowjetische Truppenbewegungen im Fernen Osten versorgten und andere Geheimdienstberichte auswerteten. Oberst Takushiro Hattori, früher Chef der Ersten Abteilung der dem Generalstab unterstellten Kampfdivision, war jetzt mit der Entmilitarisierung der japanischen Streitkräfte beauftragt. Dies alles war aus zwei Gründen erschreckend: Ein Kriegsverbrecher hatte die Aufgabe, andere Kriegsverbrecher aufzuspüren, und – sollte Willoughbys Plan für eine Wiederbewaffnung Japans Wirklichkeit werden – Hattori wäre zuständig für die Wiederaufrüstung der Armee.

Welch eine Niedertracht! dachte Okami. Es bedurfte einiger Konzentration, daß er nicht vor Wut bebte. Diese Männer, die er jetzt wie eine Revue in einem Tanzpalast vor sich aufgereiht sah, waren in den Stand perverser Respektabilität erhoben worden, anstatt zu den Qualen der finstersten Hölle verurteilt zu werden, die sie verdient hätten.

»Sie scheinen ein bißchen verkrampft, Mr. Okami«, sagte Faith. »Vielleicht sollte ich uns noch einmal zwei Whisky bestellen.«

Okami unterdrückte seinen persönlichen Haß und begann die größeren Implikationen dieses Berichts abzuwägen: Von welchem möglichen Nutzen waren diese Unterlagen für Vincent Albas Boß in den Vereinigten Staaten? Wer auch immer es sein mochte, er war sicher ein *capo* der Mafia. Und warum sollte es für diesen interessant sein, daß Teile der US Army in ihrem Geheimdienst Kriegsverbrecher beschäftigten?

Die beiden Scotch kamen, und Okami kippte den seinen auf einen Zug hinunter. Es war ihm nunmehr gleichgültig, was Faith Sawhill von ihm dachte. Die Enthüllungen von Donnoughs Bericht hatten sie unbedeutend werden lassen. Trotz ihrer Schönheit und Cleverness war sie nur eine Frau, deren Rolle in dem Spiel er bereits kannte. Sie war eine untergeordnete Statistin wie Johnny Leonforte auch und letztlich weiter nichts als – wie hatte Donnough sie genannt? – ein Laufmädchen. Okami und Colonel Linnear hatten sich gefragt, ob jemand Leonforte schützte, und jetzt hatten sie die Antwort: Vincent Albas mysteriöser *capo* saß in den Vereinigten Staaten.

Er hob den Blick. »Nun sagen Sie mir, Miss Sawhill, was ist denn eigentlich Ihre Rolle bei alldem? Die Mafia ist doch ein reines Männerspiel.«

»Und bei Männerspielen kennen Sie sich ja bestens aus, Mr. Okami, nicht wahr?« Sie lächelte ihn dabei so süß an, als sei er ihr Liebhaber. Dann senkte sie kurz den Blick, ehe sie fortfuhr. »Der Grund ist der, daß ich eine ruhelose Natur habe. Ich bin eine gute Amerikanerin. Als solche bin ich hierher gekommen, um nach besten Kräften meinem Vaterland zu dienen.«

»Und dabei haben Sie sich zufällig in die falschen Leute verliebt«, sagte er skeptisch.

»Ich habe mich in den falschen Mann verliebt.« Traurigkeit und Bedauern überzogen ihr Gesicht. »Ich gebe ja zu, blöd gewesen zu sein, daß ich mich in Johnny mit seiner besessenen Energie und seinen verrückten Träumen verknallt habe.« Sie hob eine Hand und ließ sie wieder auf ihren Schoß fallen. »Warum es passiert ist? Das sind die Nachwehen des Krieges... oder vielleicht ist es diese Stadt Tokio, die so seltsam und fremdartig und kaputt ist. Das alles hat mich irgendwie – aufgesogen.« Wieder dieses entwaffnende Lächeln. »Sehen Sie, ich bin nun mal neugierig wie eine Katze.

Sogar Vincent und Johnny konnten ihre Arbeit nicht lange vor mir verbergen. Als Vincent es herausfand, wollte er mich gleich hinauswerfen, aber« – das Lächeln wurde breiter – »ich habe meinen Oberschenkel an den von Johnny gedrückt, und der hat mich bleiben lassen. So bin ich in die Sache reingeschlittert.«

Okami stellte sich die Frage, ob er ihr glauben konnte. Dann wurde ihm klar, daß dies gar keine Rolle spielte. Nur das von Willoughby entwendete geheime Material war von Bedeutung.

Er stand auf und behielt den Bericht in der Hand. »Ich werde eine Kopie davon machen. Bis morgen früh haben Sie ihn zurück.«

Faith sah bekümmert drein. »Vincent kriegt einen Anfall.«

»Soll er«, sagte Okami. »Er gewöhnt sich besser daran, einen neuen Partner zu haben.«

»Dieser Bericht ist von unschätzbarem Wert«, sagte Okami. »Das ist genau die Waffe, die ich für meine Rache brauche.«

Während sie durch den Ueno Park spazierten, studierte Oberst Linnear die Papiere. Er gab nicht zu erkennen, daß er die Schnapsflasche bemerkte, die Okami bei sich trug und aus der er von Zeit zu Zeit einen Schluck nahm. Okami war überhaupt nicht im Bett gewesen. Seit er Faith Sawhill verlassen hatte, hatte er getrunken und war jetzt betrunken. Seine Euphorie stieg von Schritt zu Schritt, denn jetzt sah er einen Weg, wie er diejenigen vernichten konnte, die er am meisten haßte.

Es war früher Morgen, und vom Sumida stiegen Nebel auf. Ein kobaltblauer Himmel tauchte hinter dem verblassenden Nachthimmel auf wie ein junges Rotkehlchen aus seiner Eierschale. Die Yoshino Kirschbäume präsentierten sich mit einer Überfülle rosaweißer Blüten.

Die Luft war von einem Duft erfüllt, den Okami immer wieder mit seiner Kindheit in Verbindung brachte. Er hatte damals sehr wenig von seinem Vater gesehen, aber jedes Jahr im Frühjahr wurden er und sein Bruder von ihm zum Betrachten der Kirschblüte mit in den Ueno Park genommen. Das süße, ätherische Aroma erinnerte ihn daran, wie er die Hand seines Vaters gehalten hatte. Sie war schwielig, trocken und tröstlich gewesen. Er hatte sich glücklich neben der großen Gestalt gefühlt, die ihn überragte.

»Schaut euch die Kirschblüten über euren Köpfen an«, hörte er die Stimme seines Vaters in beinahe andächtigem Ton flüstern. »Sie blühen so schnell auf, und dann, wenn sie am allerschönsten sind, fallen sie zur Erde und sterben. Das ist der Grund, warum wir sie so verehren – weil alle Menschen wie diese Blüten sind. Wir haben deren Schönheit in uns selbst, wir sind eins mit ihnen. *Shizen* – Natur – ist ein Wort, das wir von den Chinesen übernahmen, weil wir in unserer Sprache kein eigenes Wort dafür hatten. Warum haben wir es überhaupt gebraucht? Sind Mensch und Natur nicht ein und dasselbe?«

Jahre später, als Okami in der Mordnacht zum Haus seines Vaters gerufen worden war, hatte er sich neben das Bett gekniet und auf das Eintreffen seiner Mutter gewartet. Keinen der Männer seines Vaters hatte er ins Schlafzimmer eingelassen, aber er konnte sie nicht davon abhalten, überall im Haus und auf dem Grundstück auszuschwärmen und ihn zu bewachen. Später würde er sich einen nach dem anderen von jenen vornehmen, die ihre Pflichten gegenüber seinem Vater vernachlässigt hatten. Doch in diesem Augenblick hatte er nur den Kopf gesenkt, die kalte Hand seines Vaters in die seine genommen und – völlig außerhalb der Jahreszeit – den süßen Duft der Kirschblüten auf dem Höhepunkt ihres kurzen, strahlenden Lebens gerochen.

Jetzt, da er wieder im Ueno Park spazierenging, inhalierte Okami tief dieses wunderbare Aroma, das viele Erinnerungen, das den ganzen Kosmos in seinem Duft beinhaltete. Er sah zu dem Colonel hinüber, der die Berichte wieder und wieder durchging, meistens ohne Kommentar.

»Wenn Sie dieses Material direkt zu MacArthur bringen…«, begann Okami.

Der Oberst sah ruckartig hoch. »Was läßt Sie glauben, daß er nicht bereits über Willoughbys Pläne informiert ist?«

Darauf wußte Okami keine Antwort.

»Hier zwischen den Kirschbäumen«, sagte der Colonel leise, »müssen wir uns die Zeit nehmen, dieses Bild in Ruhe zu betrachten.« Er atmete ein paarmal tief ein, und Okami wurde wieder daran erinnert, warum er diesen Mann aus dem Abendland so mochte.

»Ich weiß, wessen diese Männer fähig sind«, fuhr Linnear in dem gleichen besänftigenden Ton fort. »Ich weiß, daß sie den Befehl zur Ermordung Ihres Bruders gaben.«

»Er war Pazifist«, sagte Okami mit erstickter Stimme. »*Er* war der Tapfere, nicht ich. *Er* hat das laut ausgesprochen, was ich in meinem Herzen fühlte, aber nie laut sagte.«

»Vielleicht war er auch ein bißchen unklug«, meinte der Colonel. »Das waren keine Zeiten, wo man laut seine Meinung sagte, wenn sie gegen die Mehrheit gerichtet war.«

»Nein, nein, verstehen Sie doch: Er ist sich selbst treu geblieben. Er war ein Held.« Die Bitterkeit in Okamis Stimme wirkte wie ein Spritzer Gift in einem Pokal voller Wein. »Und ich war derjenige, der die Auszeichnungen bekam – was für ein Witz! Denn ich habe das, was ich tat, nur aus Angst um mein Leben getan. Mein Kompaniechef hätte mich von hinten erschossen, hätte ich die Befehle nicht ausgeführt. Aber ich hätte das riskieren müssen.«

Und vielleicht weil er betrunken war, fügte er hinzu: »Wollen Sie mich denn nicht fragen, *warum* ich einen Schuß in den Rücken hätte riskieren sollen?«

Der Oberst blieb stehen und nahm Okami die leere Schnapsflasche aus der Hand. »Ich weiß, warum«, sagte er. »Aus Gründen von Ruhm und Ehre. *Ach, würden wir doch nur wie die Kirschblüten im Frühling fallen – so rein und strahlend!*«

Bei dieser Rezitation eines Gedichts, das ein Kamikazepilot kurz vor seinem Todesflug geschrieben hatte, begann Okami zu weinen. Er war betrunken, und unter Freunden war dies verzeihlich, ja sogar notwendig. Der ungeheure seelische Druck, jegliches Gefühl immer bei sich behalten zu müssen, machte eine regelmäßige Austreibung böser Geister erforderlich.

»General MacArthur kann doch unmöglich stillschweigend dulden, was Willoughby da plant«, sagte Okami dann und wischte sich die Augen. Die kühle, frische Luft vertrieb seine Betrunkenheit entgegen seinem Willen. »Die Wiederbewaffnung Japans wäre eine diplomatische Katastrophe für Ihr Land und eine wirtschaftliche für meines. Wenn Japan keinen Weg findet, ein wirtschaftliches Fundament für eine friedliche Warenproduktion zu schaffen, dann wird es für uns überhaupt keine Zukunft geben.«

»Dem stimme ich zu«, sagte der Colonel. »Und MacArthur ebenfalls, wie ich glaube.« Er verschränkte die Arme hinter dem Rükken und klatschte die Hände rhythmisch gegeneinander. »Aber wir haben noch immer keine Ahnung davon, wohin diese Informationen geschleust werden oder wer Zugang zu ihnen hat. Wer ist jetzt unser Feind, Okami-san? Ich kann ihn nicht sehen. Können Sie es? Und ich habe den wachsenden Verdacht, daß er mächtig ist – und daß wir es vielleicht mit einer Legion von Feinden zu tun haben.«

»Wir haben jetzt nicht die Zeit für solche... Betrachtungen.« In seinem Zustand spuckte er das letzte Wort richtiggehend aus. »Sie müssen zu MacArthur...«

Der Oberst schüttelte den Kopf. »Nein, hören Sie mir zu, mein Freund. Wir müssen zwar das Szenario entschärfen, das Willoughby im Kopf hat, aber wir müssen dabei umsichtig zu Werke gehen. MacArthur verabscheut jede Zwietracht zwischen seinen Leuten. Er hat seine eigenen Probleme mit dem Präsidenten und den Alliierten, und er ist argwöhnisch auf der Hut vor allem, was sich in einer negativen Publicity niederschlagen könnte. Außerdem müssen wir eine Vorstellung von der Schlachtordnung bekommen, die gegen uns aufmarschiert. Jetzt sagen Sie mir mal, Okami-san: Würden Sie etwa Ihr *katana* ziehen, wenn Sie taub, stumm und blind wären?«

»Das würde ich tun, wenn ich es müßte«, entgegnete Okami düster. Seine Seele brannte von den letzten Auswirkungen des Alkohols und seinem Bedürfnis nach Rache.

Der Colonel blieb stehen und sah Okami direkt an. Sie standen unter einem alten Kirschbaum. Unter dem himmlischen Duft der herabhängenden Zweige fühlten sie sich wie Götter auf dem Gipfel des Fudschijama, die das Schicksal der Sterblichen tief unter sich diskutierten.

»Sie sind kein Selbstmörder. Das weiß ich genau«, sagte er scharf. Dann schüttelte er wieder den Kopf. »Wir haben Alba und seinen *capo* in den Staaten, die sich auf Kosten anderer hier einnisten, nicht nur im amerikanischen Schwarzmarkt, sondern auch bei Ihren eigenen *yakuza*. Die Mafia und die *yakuza* zusammen in einem Bett ist eine entmutigende Vorstellung. *Das* ist unser Hauptproblem. Willoughbys Pläne sind bloß Teil eines größeren Bildes, und dieses müssen wir zunächst erkennen, ehe wir wissen, in welche Richtung wir uns weiterbewegen.«

»Ich vermute, es ist an der Zeit, daß ich Alba einen Besuch abstatte.«

»Nein«, sagte der Colonel. »Ich glaube, das wäre ein Fehler. Bis jetzt können wir noch nicht sagen, wer unser Freund und wer unser Feind ist.« Sie nahmen ihren Spaziergang wieder auf. Die Sonne fiel warm auf ihre Schultern, und die frühe Morgenbrise hatte nachgelassen. Der Colonel mußte aufhören zu sprechen, als sie an zwei Soldaten vorbeigingen. Ein kleiner Junge kam zu ihm hergerannt; in den Armen hielt er einen Haufen Kirschblüten, die er von der Wiese aufgelesen hatte. Dann warf er die Arme hoch, und die Blüten schwebten wie Schneeflocken durch die Luft. Sein Lachen schallte durch den Park, während er wieder davontrippelte.

»Das im Augenblick Klügste ist, sich Johnny Leonforte vorzunehmen«, fuhr der Oberst fort, als die Luft wieder rein war. »Nach alldem, was Sie herausgefunden haben, ist er das schwächste Glied in dieser Kette. Und wenn das zutrifft, ist er auch am einfachsten zu knacken.«

»Möglicherweise muß man Gewalt anwenden.«

Der Oberst setzte eine ernste, feierliche Miene auf. »Okami-san, es ist für uns überlebensnotwendig, daß wir wissen, womit wir konfrontiert werden. Die Zukunft Ihres Landes, vielleicht auch die des meinigen, steht auf der Kippe.«

Okami wählte Zeit und Ort mit großer Sorgfalt aus. Drei Tage lang beschattete er Johnny Leonforte, um eine Vorstellung von seiner alltäglichen Routine zu bekommen. Schließlich beschloß er, ihn auf dem Weg zu Faith Sawhills Wohnung abzupassen.

Wie Okami herausgefunden hatte, pflegte Leonforte sich die Abende zumeist freizuhalten, da dies die Zeit war, in der er seine lukrativsten Geschäfte tätigte. Aus dem Schatten auf der anderen Straßenseite heraus beobachtete Okami, wie Leonforte in seinem Jeep angefahren kam.

Er faßte noch einmal kurz an den flachen Griff seines *wakizashi*, eines langen, leicht gebogenen Messers, das er dicht am Bauch trug, und überquerte dann schnell die Straße.

»Johnny!« rief er und kam auf Leonforte zu.

Der drehte den Kopf so schnell, daß Okami die Halswirbelsäule knacken hörte.

Leonfortes Augen verengten sich. »Du! Habe ich dir nicht gesagt…!«

Okamis Rechte schoß heraus und versetzte Leonforte einen kräftigen Schlag gegen den Solarplexus, dort, wo unter der Muskulatur die wichtigsten Nervenstränge zusammenlaufen.

»Aaagh!«

Leonforte klang, als werde er geknebelt. Er kippte nach vorn, hielt sich aber mit einer Hand an der Rückenlehne fest, während er mit der anderen nach seiner Offizierspistole tastete. Gleichmütig packte ihn Okami am Oberarm und drückte fest auf eine Stelle an der Unterseite dicht bei der Schulter. Leonfortes gesamte rechte Körperhälfte wurde gefühllos.

Dann zerrte Okami ihn aus dem Jeep und trieb ihn in eine enge, windige Gasse, die seitlich an Sawhills Apartmenthaus vorbeiführte. Er lehnte ihn gegen die schmutzige Betonwand und schlug Leonforte mehrmals ins aufgequollene Gesicht, bis dessen Blick wieder klarer zu werden begann.

»Tut mir leid, daß es so weit kommen mußte«, sagte Okami und rammte ihm das Knie hart in die Leiste.

Leonforte begann jetzt ernsthaft zu würgen. Okami trat geschwind zur Seite, um nichts abzubekommen, dann schleppte er Leonforte gnadenlos weiter in die Gasse und von seinem eigenen Erbrochenen weg.

»Ich will wissen, was gespielt wird.«

»Scher dich zum Teufel!«

Okami schlug ihm so fest seitlich gegen den Kopf, daß er das Splittern eines Kieferknochens hörte. Leonforte stöhnte auf und schüttelte den Kopf. Tränen standen ihm in den Augen. »Dafür bringe ich dich um!« stieß er zwischen blutenden Zähnen hervor.

»Du scheinst ja ganz wild darauf zu sein«, sagte Okami. Dann klatschte er Leonforte dessen Fünfundvierziger in die Hand, trat einen Schritt zurück und umfaßte den Griff seines *wakizashi*. »Da, nimm.«

Trotz der Prügel war Leonforte schnell. Mit einer raschen Bewegung hob er die Waffe und wollte abdrücken. Doch Okami war bereits dicht an ihn herangetreten, und die scharfe Spitze seiner Klinge stach in die Haut an Leonfortes Hals.

»Na, komm schon«, flüsterte Okami, »drück doch ab.«

Leonforte sah Okami träge an wie jemand, der gerade aus einem Traum erwacht. »Was...«, er schluckte schwer. »Was willst du?«

»Du sagst mir jetzt, welches Spiel Vincent Alba spielt.«

Leonforte blinzelte. »Vinnie? Was soll das heißen? Der ist bloß ein blöder Leibwächter.«

»O nein. Er soll aufpassen, daß du dich nicht in die Nesseln setzt.«

»Du hast sie doch nicht alle, Mann!« Doch Okami konnte sehen, wie er nachdachte. Leonforte mochte ein unbeherrschter Hitzkopf sein, aber er war sicher nicht dumm.

»Dann spinnt Jack Donnough ebenfalls, weil ich es von dem gehört habe.«

»Madonna!« rief Leonforte. Dann fing er an zu lachen. Sein ganzer Körper schüttelte sich, die Augen tränten und er spuckte Blut, schien sich aber nicht darum zu kümmern. Er rang nach Luft, als ihn die Schmerzen der Schläge übermannten, doch sein Gelächter sprudelte deshalb nur umso hektischer aus ihm heraus. Es wurde immer lauter und heftiger, bis es kurz davorstand, hysterisch zu klingen.

Sollte Faith Sawhill vom Anblick Okamis überrascht gewesen sein, so ließ sie es sich jedenfalls äußerlich nicht anmerken.

»Mr. Okami, wollen Sie nicht eintreten?« sagte sie lächelnd und machte die Tür zu ihrem Apartment auf.

Okami trat ein und drückte die Tür hinter sich ins Schloß. Faith Sawhill trug noch ihre Militäruniform. Okami warf einen Blick auf die Rangabzeichen eines Majors auf ihren Schulterstücken und staunte über ihren Dienstgrad. Aber schließlich war alles an dieser Frau erstaunlich.

»Hätten Sie Lust auf einen Drink?« fragte Faith und schritt zu dem Klapptischchen. »Ich weiß nicht, in welcher Verfassung Sie sind, aber ich habe einen verdammt schweren Tag hinter mir.« Ihre starken Hände gingen flink an die Arbeit. »Um sechs Uhr früh begann das Magengeschwür des Generals zu bluten, und jetzt kommen vermutlich auch noch Amöben mit ins Spiel. Sein ganzer Bauch ist eine einzige Katastrophe.«

Sie gab ihm einen Scotch, stieß mit ihm an und trank dann einen Schluck. Anschließend kuschelte sie sich auf das Zweiersofa und streifte die Schuhe ab.

Ihm fiel ihre sexuelle Anziehungskraft auf und die Art und Weise, wie sie sie gezielt einsetzte. Er konzentrierte sich und fragte: »Wo ist der Boß? Wo ist Alba?«

Faith betrachtete ihn gleichmütig. »Weggegangen.«

»Dann warte ich«, sagte Okami und stellte sein Glas ab. Das kalte Eis ließ ihn frösteln. »Drunten bin ich Johnny über den Weg gelaufen. Er sah gar nicht gut aus.«

Faith setzte sich kerzengerade auf. »Was haben Sie mit ihm gemacht?«

Entdeckte er da nicht die Farbe der Angst in ihren schönen Augen? »Ich habe getan, was ich tun mußte. Außerdem hat Johnny richtig um einen Kampf gebettelt.«

Faith stand auf und warf einen Blick über seine Schulter zur Tür.

»Ich hoffe bei Gott, daß Sie ihn getötet haben. Denn falls er noch einen Funken Leben in sich hat...«

Da flog die Tür auf, und Johnny Leonforte stürzte blut- und schweißüberströmt ins Zimmer, die Fünfundvierziger im Anschlag.

»Okami, du Scheißkerl, jetzt bringe ich dich um!«

Okami schaltete das Denken aus und ließ seinen Körper auf den tief verwurzelten Überlebensinstinkt reagieren. In dem Zustand des Nicht-Bewußtseins, das die Substanz seiner Kampfkunstausbildung ausmachte, warf er sich mit einem Hechtsprung hinter das Sofa, vor dem Faith stand und Leonforte ansah.

»Johnny...«

»Halts Maul!« brüllte dieser. »Was treibt ihr beiden da miteinander? Heckt ihr was gegen mich aus, so wie du das mit dem Scheißspion Alba getan hast? Oder seid ihr gerade bei einem flotten Zweier?«

»Sei doch nicht albern.«

Das war der falsche Satz.

»Egal, jedenfalls geht es auf meine Kosten!« Wie ein Wahnsinniger spuckte er Worte und Speichel aus. »Aus dem Weg, Faith, oder ich niete dich gleich mit um!«

Zu spät versuchte sie, ihn zu besänftigen. »Johnny, nun sei doch mal vernünftig... zwischen Okami und mir ist gar nichts. Beruhige dich doch...«

»Ich beruhige mich erst«, fauchte Leonforte und drückte ab, »wenn die Hölle zufriert.«

Detonationen – eine – zwei – drei! – zerfetzten die Lehne des Sofas, gerade als Okami Faith zu Boden zog. Eine Kugel fuhr ihr in den linken Oberschenkel.

»Ah!« stöhnte sie durch vor Schmerz und Panik zusammengepreßten Zähnen.

Okami wälzte sich über sie hinweg, kroch das Sofa entlang und sah schnell hinter seiner unzulänglichen Deckung hervor. Leonforte stand breitbeinig da, die Arme in klassischer Schießhaltung vor den Körper gestreckt. Er drückte erneut ab, und die Kugel pfiff so dicht an Okamis linkem Ohr vorbei, daß es wehtat.

»Ich weiß, wo ihr steckt, ihr Scheißer, und ich werde euch das Hirn wegpusten!«

Okami hegte keinen Zweifel daran, daß Leonforte seine Drohung wahrmachen würde. Er hatte noch nie über den Tod nachgedacht, war aber nun gezwungen, ihm ins Antlitz zu sehen. Und was er da sah, war ihm gleichgültig. Er spürte das Blut in den Adern pochen und den starken Muskel seines Herzens sich zusammenziehen und wieder ausdehnen. Sein Leben lag in seiner Hand, und er wollte es nicht wegwerfen. So beschloß er, sich nie wieder in eine solche Position der Schwäche bringen zu lassen, sollte er lebendig aus dieser Lage herauskommen.

»So, jetzt seid ihr dran!«

Okami machte sich bereit zum Sprung, denn ein weiteres Ausharren hinter dem Sofa bedeutete den sicheren Tod.

In diesem Augenblick hörte er eine zornige Stimme. Schüsse krachten, aber keine Kugel drang durch die Rückenlehne des Sofas.

Er riskierte einen zweiten Blick und sah zu seinem Erstaunen, wie Leonforte den Griff seiner Pistole auf den blutigen Schädel von Vincent Alba schmetterte. Zwei Schüsse hatte er bereits auf Alba abgefeuert, und jetzt prügelte er ihn vollends zu Boden.

Okami verließ seine Deckung, sprang um das Sofaende herum und warf sich in schrägem Winkel dorthin, wo Leonforte stand. Wie er es sich gedacht hatte, registrierte dieser die Bewegung aus den Augenwinkeln, doch sein Blutdurst verlangsamte seine Reaktion. In der Annahme, Okami würde direkt auf ihn losgehen, feuerte er zwei Schüsse in seine Richtung ab.

Okami blieb genügend Zeit, seinen Kurs von schräg hinten abzuändern, doch schon sah er wie Leonforte die Fünfundvierziger herumriß – und da wußte er, daß er nur eine einzige Chance hatte. Das *wakizashi* hielt er in der Hand und waagerecht gegen Leonforte gerichtet.

Er fuhr damit Leonforte durchs Gesicht und stieß es ihm anschließend in die Brust, gerade als dieser zum dritten Mal feuerte. Okami spürte den Aufprall, als die Klinge auf Leonfortes Rippen stieß und dann dazwischen hindurchglitt.

Mit weit aufgerissenen Augen begann Leonforte zu schwanken. Er riß den Mund auf, vielleicht um noch ein letztes Schimpfwort hervorzustoßen, doch seine Augäpfel rollten bereits nach oben, und die Beine verloren ihre Kraft. Er stolperte über die bullige Gestalt seines letzten Opfers. Eine Hand rutschte dabei über Albas dunkelrotes Gesicht, dann fiel er nach hinten und gegen den Tisch mit den Getränken, von dem die Flaschen in alle Richtungen flogen.

Der kühle, scharfe Geruch hochprozentiger Getränke vermischte sich mit der penetranten Süße des Todes. Blutbeschmiert und mit dem Messer in der Hand stand Okami da und starrte auf Leonforte hinab. Er versuchte, so etwas wie Reue oder Gewissensbisse zu empfinden, schaffte es aber nicht.

So wandte er sich ab und Faith zu, die halb unter dem umgekippten Sofa begraben lag. Okami legte sein *wakizashi* zur Seite und hob das Sofa hoch.

»Wieviel Blut...?«

Sie meinte mit ihrer Frage, wieviel Blut sie verloren hatte. Er ging in die Küche, fand ein dünnes Handtuch, kam zurück, kniete sich neben sie und band ihr den Oberschenkel direkt über der Wunde ab.

»Nicht genug«, sagte er. Er meinte damit, nicht genug, um zu sterben.

»Ich kann mein Bein nicht spüren.«

»Ist das nicht zu erwarten?«

Sie sah zu ihm auf. »Ich weiß es nicht. Das ist nicht mein Gebiet.« Sie versuchte ein Lachen. »Während des ganzen Krieges habe ich nicht eine einzige Verwundung gesehen.«

»Ein schöner Krieg«, kommentierte Okami.

»Johnny?«

»Ist tot«, sagte Okami. »Aber vorher hat er noch Alba umgebracht.«

»O Gott«, flüsterte sie. Ihre Augen schlossen sich und die Lippen zitterten. »Ich muß nachdenken.« Plötzlich machte sie die Augen wieder auf, und sie kamen ihm so rot vor wie das Blut, das in der ganzen Wohnung verspritzt war.

Sie fuhr sich mit der Zunge über die Lippen. »Ich möchte, daß Sie mich an einen bestimmten Ort bringen«, sagte sie.

»Ich weiß, wo das Militärkrankenhaus ist.«

»Nein, nicht dahin.« Sie zögerte einen Augenblick, aber als er nichts darauf erwiderte, fügte sie hinzu: »Ich weiß nicht, ob ich Ihnen trauen kann.«

»Nun, ich glaube, daß Sie keine andere Wahl haben«, sagte Okami. »Wir müssen beide von hier verschwinden, ehe die Polizei oder die MP kommt.«

Er verstaute sein Messer im Hosenbund und hob sie mit beiden Armen hoch. Sie war überraschend leicht.

Sie zeigte ihm den Weg zum Nebenausgang, der in die Gasse

hinausführte, in die er Leonforte getrieben hatte. Diese Maßnahme erwies sich als richtig, denn von den Schatten aus, in die sie eintauchten, konnte er bereits die roten und blauen Blinklichter der Streifenwagen und MP-Jeeps sehen.

Okami machte kehrt und rannte in die entgegengesetzte Richtung, bis er auf eine Straße stieß, in die er nach links einbog. Er eilte zu seinem Auto, schloß auf und verfrachtete Faith ins Innere. Ihr schmerzvolles Aufstöhnen versuchte er zu ignorieren. Dann setzte er sich hinters Steuer, ließ den Motor an, und weg waren sie.

Sie bat ihn, sich westlich zu halten in Richtung auf die Lagerhäuser, die diesen Teil des Sumida säumten. Das Viertel war heruntergekommen, was sowohl auf Vernachlässigung als auch auf die Verwüstungen des Krieges zurückzuführen war. Weit weg von hier wurde Tokio wieder aufgebaut, doch in diesem Bezirk waren die alten Vorkriegsgemäuer noch intakt und verrotteten entlang des schläfrig dahinziehenden Flusses.

Mit vor Schmerz und Schock geschwächter Stimme dirigierte sie ihn in eine schmale Straße, die als Sackgasse am Wasser endete. Sehr zu seiner Überraschung entdeckte Okami ein anscheinend privates Wohnhaus, das von zwei langgestreckten Lagerhäusern eingekeilt wurde.

»Dort halten Sie«, flüsterte Faith und deutete zu einer Stelle vor dem Wohnhaus. »Setzten Sie mich jetzt hier ab.«

Okami stoppte und ließ den Motor weiterlaufen. Durch das Fenster betrachtete er das Gebäude und sah dann wieder Faith an. Sie war auf dem Rücksitz zusammengesunken und hatte die Augen fast geschlossen.

»Sie haben eine Menge Blut verloren, Miss Sawhill«, sagte er. »Wenn ich Ihnen nicht hineinhelfe, werden Sie's allein kaum schaffen.«

»Sie haben Ihre Samariterpflicht schon erfüllt.« Sie kämpfte sich in Sitzhaltung hoch, kippte aber unmittelbar darauf wieder gegen die Tür. Mit der Hand versuchte sie den Türgriff zu betätigen.

Okami stieg aus, öffnete ihr die Tür und hob sie sanft aus dem Wagen.

»Sie dürfen hier nicht gesehen werden«, flüsterte Faith. Ihr Kopf rollte gegen seine Schulter, und er sah, daß sie hektisch und flach atmete. Er wußte, daß er sie auf der Stelle ins Haus schaffen mußte. »Es ist gefährlich...«

Okami brachte sie an die Haustür und trat mehrmals kurz und kräftig mit der Fußspitze dagegen. Es gab einen Lärm wie von einer Kesselpauke, und da bemerkte er, daß die Tür aus Metall war, wahrscheinlich aus Stahl.

Unverzüglich wurde geöffnet, woraus er den Eindruck gewann, daß man mit ziemlicher Sicherheit ihr Kommen beobachtet hatte. Eine zierliche Japanerin von höchstens achtzehn Jahren nahm sie beide in Empfang.

Sie deutete eine flüchtige Verbeugung an und befahl dann »Hier entlang bitte«, in der knappen, schrecklich effizienten Art einer Ärztin oder Krankenschwester.

Es ging einen langen, mit Kirschbaumholz verschalten Korridor entlang. An dessen Ende kamen sie in einen Raum, der wie ein hell erleuchteter OP aussah, wenn auch bescheiden ausgestattet. Ein Arzt in steriler Kleidung wartete bereits. Er wies Okami an, Faith auf den Tisch zu legen und dann wieder gehen.

»Anako wird Ihnen zeigen, wo Sie warten können«, sagte der Chirurg und begann, Faith für einen Eingriff vorzubereiten. »Sobald ich kann, komme ich dann zu Ihnen.«

Die junge Frau namens Anako geleitete ihn in das Zimmer neben dem Operationssaal, das als Bibliothek eingerichtet war. Die Wände waren mit Bücherregalen vollgestellt. Von der Mitte der sechs Meter hohen gewölbten Decke hing ein Kristallüster herab, und ein saphirblauer Perserteppich lag auf dem Fußboden. Die Sitzmöbel – zwei einander gegenüberstehende übergroße Sofas und zwei Sessel mit Fußschemeln – waren bequem und aus Leder. Zwischen den Sofas standen ein Couchtisch aus Bronze und Glas, und auf dessen Platte eine kleine Uhr. In einer Ecke gab es einen französischen Sekretär der makellos auf Hochglanz poliert war und auf dessen Abstellflächen sich keinerlei Gegenstände befanden. Okami war schon in Museen gewesen, bei denen die ausgestellten Objekte wesentlich verstaubter gewirkt hatten.

Neugierig trat er an die Bücherregale. Es überraschte ihn erheblich zu entdecken, daß fast alle Bände in japanischer Sprache verfaßt waren, ausgenommen eine beeindruckende Kollektion über historische Kriegsführung in Englisch und Französisch. An anderer Stelle standen zahlreiche geschichtliche Werke sowie Bücher über Gartenbau, doch der größte Teil der Bibliothek war philosophischen Texten gewidmet, die sogar für Okami unbekannt waren und ihm obskur vorkamen, obwohl er, dank seiner Kampfkunstausbildung, auf diesem Gebiet belesen war.

Er nahm einen dieser Titel aus dem Regal, setzte sich in einen Sessel und las eine Weile. Das Zimmer wurde nur von dem Lüster und mehreren verstreut angebrachten Lampen mit grünen Schirmen beleuchtet. Die dicken Vorhänge vor den hohen Fenstern waren ganz zugezogen worden; als er aufstand und einen kurz zur Seite schob, blickte er auf eine zugemauerte Fensteröffnung.

Faiths Warnung vor drohender Gefahr ließ ihn übergangslos nervös werden. Er legte das Buch auf den Sessel, ging zur Tür und öffnete sie. Der Flur war fast völlig dunkel und so still, daß er das gedämpfte Ticken der Uhr aus der Bibliothek hinter sich hören konnte.

Am Ende des Korridors auf seiner Seite gab es drei Räume. Zwei hatte er bereits besichtigt: den OP und die Bibliothek. Jetzt ging er hinüber zur anderen Wand und legte das Ohr gegen die dritte Tür. Es war nichts zu hören.

Er griff nach dem Türknauf, drehte ihn und drückte die Tür nach innen auf. Der Raum, in dem er sich wiederfand, war eher klein und vermittelte eine Atmosphäre von Anonymität wie das Wartezimmer eines Arztes: Teppichboden und zwei Stahlstiche an den weißen Wänden, die Segelschiffe der Jahrhundertwende abbildeten; ein Schreibtisch, drei Stühle, das war's.

Okami ging zu dem Stuhl, der am nächsten beim Schreibtisch stand, weil er darüber Faith Sawhills blutbefleckte Uniform hängen sah. Von dieser Stelle aus bemerkte er eine weitere Tür, die nach seiner Meinung direkt in den Operationssaal führen mußte.

Er beugte sich über den Stuhl und betrachtete eine Zeitlang die Uniform. Dann durchsuchte er sie sorgfältig, fand aber nichts außer einem graumattierten Stift, der an der Innentasche der Jacke steckte, in der sich auch eine kurze Einkaufsliste mit verschiedenen Vermerken befand.

Als er vorsichtig den Stift zurücksteckte, kam ihm irgend etwas daran seltsam vor. Er war dicker als ein normales Schreibgerät, und bei näherem Betrachten fiel ihm jetzt auf, daß er aus einem ihm nicht bekannten Material gefertigt war.

Er nahm ihn wieder aus der Tasche, drehte ihn hin und her und untersuchte ihn. Nach einem Druck auf den Knopf am Ende klickte unter einen Schreibspitze heraus. Dann entdeckte er eine Reihe von höckerartigen Ausbuchtungen auf der übergroßen Klemmspange.

Er drückte auf die oberste, hörte ein kaum wahrnehmbares Jaulen und hielt den Stift ans Ohr. Irgend etwas lief im Innern ab. Er drückte den zweiten Knopf und hörte das Jaulen erneut. Der dritte Knopf stoppte das singende Geräusch, und langsam begriff er. Mit zunehmender Erregung drückte er auf den vierten, woraufhin Faith Sawhills Stimme aus dem Stift ertönte, der offensichtlich gleichzeitig ein Miniatur-Aufnahmegerät war.

»Bericht aus Tokio. Siebzehnter April. Wir haben eine Hauptader geheimer Informationen angezapft. Donnough erweist sich als mustergültige Quelle, siehe beiliegenden Mikropunkt. Dummerweise bin ich in eine verzwickte Lage geraten. Ein *yakuza oyabun* namens Mikio Okami weiß mehr über unsere Operation als gut ist. Ich habe ihm eine Partnerschaft angeboten, was im Augenblick die beste aus einer Reihe unangenehmer Alternativen ist.«

Nach einer kurzen Pause begann ihre Stimme.

»Ich sagte ihm, Vincent sei hier, um auf Johnny aufzupassen, was soweit der Wahrheit entspricht. Er hat keine Ahnung, daß er auch auf mich aufpassen soll. Das weiß ja auch Johnny nicht, aber der weiß sowieso nicht allzu viel, oder? Aber so wolltet ihr es ja haben, weil sich Johnny ohnehin nur um Johnny kümmert.«

Wieder eine kurze Pause.

»Okami glaubt, daß Vincent hier den Laden schmeißt, was zwar komisch klingt, aber aus unserer Sicht hilfreich ist. Ich glaube nicht, daß Okami weiß, mit wem er es hier zu tun hat, und das ist tröstlich. Aber er ist gerissen und zäh – und ich glaube, daß er selbst irgendeinen amerikanischen Rückhalt hat, was beunruhigend ist. Ich muß ihn aushorchen, aber so, daß er glaubt, daß er *mich* aushorcht. Wird zwar nicht einfach sein, aber keine Sorge, ich schaffe das schon.«

Stille, während die restliche Länge des dünnen Aufnahmedrahts ablief. Das war alles gewesen, aber soweit es Okami betraf, war es mehr als genug. Wie unverzeihlich dumm von ihm, Faith Sawhill zu unterschätzen! Sie war eine Frau, und nur als solche hatte er sie gesehen und sie einfach nicht für voll genommen. Diesen Fehler würde er kein zweites Mal machen!

Er spulte den Aufnahmedraht bis zu der Stelle zurück, wo er seiner Schätzung nach begonnen hatte ihn abzuhören, und steckte dann das Gerät wieder an seinen Platz. Geräuschlos verließ er das Zimmer, überquerte den Flur und ging in die Bibliothek.

Dort setzte er sich hin und legte das entnommene Buch aufgeschlagen und ungelesen auf die Knie. Ganz spontan hatte er zunächst Faith Sawhill einen Dämpfer verpassen wollen, aber jetzt sah er sofort die Unsinnigkeit einer solch überstürzten Tat ein.

Sollte der Willoughby-Plan Wirklichkeit werden, würden sie alle untergehen, insbesondere Japan, das so dringend eine Atempause brauchte, um wirtschaftlich wieder auf die Beine zu kommen und sich ein Fundament für den Aufstieg aus den Trümmern der Niederlage zu bauen.

Sogar der Colonel wäre bei einem solchen Weltuntergangsszenario, wie es Willoughby vorbereitete, hilflos. Eine Wiederbewaffnung war so ungefähr das Allerletzte, was Japan brauchte, um seine Wunden zu heilen und die Zukunft zu meistern. Es zur Speerspitze Amerikas gegen die Kommunisten im pazifischen Raum zu machen würde bedeuten, daß Japan in den kommenden Jahrzehnten nach der Pfeife Amerikas zu tanzen hätte. Und das war völlig unannehmbar.

Mit einem tiefen Gefühl des Unbehagens wurde Okami klar, daß sich Klugheit und Umsicht des Colonel als richtig erwiesen hatten. Okami stand nun vor der Chance seines Lebens. Was auch immer Faith ihrem bislang noch unbekannten Auftraggeber mitteilen mochte, sie würde ihn trotzdem zum Partner auf dem hiesigen Schwarzmarkt machen. Jetzt, da er wußte, was sie von ihm wollte, konnte er sich entsprechend wappnen. Er wußte auch, daß er den Colonel um jeden Preis vor ihr schützen mußte, da ihr Auftraggeber ihn auf jeden Fall als Feind betrachten und sein Bestes tun würde, um ihn auszuschalten.

Das bedeutete: er mußte Faith entweder ausmanövrieren, oder – ein erregender Gedanke – mit ihr eine Art Waffenstillstand schließen. Denn Okami wußte, daß ihr Auftraggeber in den Vereinigten Staaten den Schlüssel in seiner Hand hielt, um Willoughbys Pläne für eine Wiederbewaffnung Japans und die Wiedereinsetzung der grausamsten Kriegsverbrecher in ihre alten Machtpositionen zu stoppen. Nicht nur, daß der geheimnisvolle Unbekannte im Besitz streng vertraulicher Unterlagen war, die Willoughby den Garaus machen konnten. Mit seinen hochkarätigen Kontakten auf Grund seiner einzigartigen Machtposition in Washington war er sicherlich auch in der Lage, all jene in der Armee und im amerikanischen Senat auszuschalten, die mit Willoughby sympathisierten.

Außerdem wußte Okami um die technische Beschaffenheit von Faith Sawhills Berichten. Instinktiv begriff er, daß dies seine größte

Trumpfkarte war. Denn früher oder später würden er oder der Colonel in der Lage sein, die Drahtaufnahmen und Mikropunkte von Tokio aus zurück zu ihrem Bestimmungsort in den Vereinigten Staaten zu verfolgen und so schließlich herausbekommen, wer ihr Feind war.

In diesem Augenblick ging die Tür der Bibliothek auf, und der Arzt betrat den Raum. »Sie kommt wieder in Ordnung«, sagte er. »Allerdings wird ein kleines Hinken unvermeidlich sein, da ein Nerv beschädigt wurde.« Dann lächelte er. »Würden Sie bitte mitkommen? Sie möchte Sie unbedingt sehen.«

Faith Sawhill lag auf dem Tisch, als sei sie tot. Okami sah auf sie hinab und ihm fiel auf, wie blaß sie aussah. Sie machte die Augen auf, und erstaunt bemerkte er, daß sie so dunkel wie seine eigenen waren.

»Sie sind ja noch immer da.«

»Bis jetzt verlief mein Aufenthalt hier ohne Zwischenfälle.«

Sie leckte sich die trockenen Lippen, und ohne sich erst bitten zu lassen, brachte er ihr ein Glas Wasser, hob ihren Kopf an, schob ihr einen Strohhalm, den er daneben gefunden hatte, zwischen die Lippen und sah zu, wie sie trank.

Als sie genug hatte, dankte sie ihm. »Sind Sie hier jemandem begegnet?« fragte sie deutlich besorgt. Ihre Stimme war heiser und noch immer schwach.

»Nur dem Chirurgen, und natürlich Anako. Ich saß ganz allein in der Bibliothek.«

Faith nickte, und ihre Miene schien sich zu entspannen. Dann fixierte sie ihn. »Ich bin bereit, Ihnen das Bündnis zu garantieren, das Johnny nicht mit Ihnen eingehen wollte.«

Okami betrachtete sie eine Zeitlang aufmerksam. »Womit habe ich dieses Glück verdient?«

»Ich möchte Sie lieber zum Partner als zum Feind haben.« Sie schenkte ihm ein winziges Lächeln. »Außerdem haben Sie mir einen großen Gefallen getan, indem Sie Johnny aus dem Weg räumten. Vincent sagte mir, daß er immer unberechenbarer wurde.« Wieder leckte sie sich die Lippen. »Für Frauen hatte er sowieso nur Verachtung übrig.«

»Da wäre ich ein viel besserer Partner«, sagte er. »Ich unterschätze die Frauen nur.«

Faith versuchte zu lachen.

»Meinen Sie es diesmal wirklich so?« fragte er. »Damals, in dem *akachochin*, haben Sie es zwar gesagt, aber wir beide wußten, daß Sie es nicht ernst meinten.«

»Diesmal schon.« Ihre Hand suchte die seine. »Also, was sagen Sie dazu? Schlagen Sie ein! Wir könnten uns gegenseitig enorm helfen. Jetzt, wo Vincent weg ist, brauche ich da draußen jede Hilfe, die ich kriegen kann. Wer weiß, wann Ersatz kommen wird. Und bis dahin könnten Sie ohnehin von Vincents Kontakten profitieren.«

Er tat so, als überlegte er sich die Sache. Dann sagte er schließlich: »Kennen Sie die Geschichte von den sechs Affen?«

»Ich glaube nicht.«

Er überging ihren ratlosen Gesichtsausdruck. »Es war einmal ein alter Mann. Er war sehr weise, und im Verlauf seines langen Lebens suchten viele Menschen seinen Rat. Das Interessante dabei war, daß ihm beinahe jeder, der zu ihm kam, die gleiche Frage stellte. ›Wie‹, so fragten die Ratsuchenden, ›erkenne ich mich selbst?‹

Darauf gab der alte Mann immer die gleiche Antwort. Er holte einen merkwürdigen Käfig aus Bambus hervor. Er war rechteckig und wies sechs Fenster auf. Im Innern des Käfigs befand sich ein Affe. ›Suchen Sie sich ein Fenster aus‹, riet er seinen Besuchern, ›und dann rufen Sie den Affen. Beobachten Sie genau seine Reaktion. Sie wird Ihr Inneres exakt widerspiegeln.‹«

Lange hörte man nur das Geräusch ihres Atems, ergänzt von dem der medizinischen Apparaturen.

»Und das soll ich kapieren?«

Er zuckte mit den Schultern. »Ja und nein. Es ist ein Zen-Rätsel. Und die haben die Funktion, zum Nachdenken und zur Meditation zu führen.«

Faith verzog das Gesicht und dachte nach. »Ich glaube, ich verstehe es«, sagte sie. »Der Affe reagiert unterschiedlich je nach persönlicher Einstellung und Stimmlage dessen, der ihn ruft.«

»Sie haben es erfaßt.«

Faith sah ihn an. »Welcher der sechs Affen sind denn Sie?«

»Das herauszufinden überlasse ich Ihnen«, entgegnete Okami und lächelte knapp.

Er ergriff ihre Hand und legte sie in seine. Die ihre war warm und trocken und ließ ihn plötzlich an seinen Vater denken. »Bis es soweit ist, Miss Sawhill, sollten wir grünen Tee trinken, um diesen Pakt ordentlich zu besiegeln.«

»Sie werden Ihre Entscheidung nicht bereuen.« Die dunklen Augen lächelten ihn an. »Partner.«

Drittes Buch

Endlose Wahrheiten

So spricht der Herbstwind:
für mich gibt es keine Götter;
es gibt keine Buddhas.

Masaoka Shiki

1

Tokio / Washington

Naohiro Ushiba, *daijin* des MITI, hatte gehört, daß Tomoo Kozo gelegentlich »der verrückte *oyabun*« genannt wurde. Viele Geschichten rankten sich um ihn. Eine war die, daß sein Penis vollständig mit *irizumi* bedeckt sei, jenen kunstvoll verschlungenen Tätowierungen, die alle *yakuza* irgendwo auf der Haut trugen. Die *iruzimi* wurden, jahrhundertealter Tradition folgend, mit in farbiger Tinte getauchten scharfen Bambusspitzen eingeritzt. Es hieß, daß die dabei zu erduldenden Schmerzen fürchterlich seien.

Ushiba studierte Kozos Gesicht und sagte: »Von dem Augenblick an, wo Sie sich eigenmächtig dazu entschlossen haben, Nicholas Linnears Frau beschatten zu lassen, befinden wir uns auf gefährlichem Kurs.«

Kozo nahm einen Zug aus seiner Zigarette und betrachtete seinerseits aus winzig kleinen schwarzen Augen Ushibas Gesicht. »Es war ein kluger Schachzug. Linnear hatte sich in Luft aufgelöst – auf Okamis Geheiß. Hätten wir denn gar nichts unternehmen sollen, um ihn nicht aus den Augen zu verlieren?«

»Wie wäre es mit Nangi gewesen?«

Kozo schüttelte den Kopf. »Die Verbindung ist schon immer über Linnears Frau gelaufen. Und glauben Sie mir, von dem Moment an, in dem Okami in sein Leben trat, hat Linnear sich Tanzan Nangi nicht mehr anvertraut. Wie hätte er das auch tun können? Bei seinem offen zur Schau getragenen Haß auf die *yakuza*: Wie hätte er da Nangi klarmachen können, daß er im Begriff stand, der Lakai des Kaisho zu werden?«

Ushiba zündete sich eine Zigarette an und schritt zusammen mit dem ruhelosen Kozo um dessen kleinen Fischteich herum. »Sie können vielleicht den anderen *oyabun* aus dem Inneren Zirkel etwas vormachen, aber mir nicht. Nach meiner Meinung haben Sie diesen Angriff auf Okami nur deshalb inszeniert, um Linnear persönlich herauszufordern.« Für Ushiba war Aggressivität nach außen oft befriedigender als Selbstbeherrschung. Außerdem: Falls Kozo tatsächlich nicht ganz zuverlässig war, konnte er ihn vielleicht so weit provozieren, daß er seine Motive enthüllte, warum er den Kaisho stürzen wollte. »Da liege ich doch richtig, nicht wahr? Das war doch genau die Art von aberwitziger Herausforderung, der Sie einfach nicht widerstehen können.«

»Was für ein Unfug!« Kozo ging um seinen Teich herum wie ein Raubtier in einem Käfig. »Sie kennen die von Okami ausgehenden Gefahren genauso gut wie ich. Das sind wir doch alles wieder und wieder durchgegangen! Für den Kaisho ist einfach kein Platz mehr! Die Macht, die er ausübte, ist zu gefährlich, um sie in den Händen eines einzigen Mannes zu belassen. Oder einfacher ausgedrückt: Der Kaisho wurde durch die *godaishu* ersetzt. Unser weltumspannendes Netz wird weitaus effizienter funktionieren und mit weitaus mehr Kontrollmöglichkeiten versehen sein, als wenn nur ein einzelner Mann an der Spitze steht.« Er blies Rauch hinauf zum Oberlicht. »Alle Argumente Okamis gegen die *godaishu* sind mittlerweile zerfallen wie Kirschblüten im Regen. Okami hätte seine Demission als Kaisho vorhersehen und Pläne für seinen letztendlichen Einzug in die Geschichte unseres Bundes machen müssen. *Ich* hätte das auf jeden Fall getan.«

»Aber ohne Okamis intime Kenntnis der Mafia wären die *godaishu* nie zustande gekommen. *Er*, nicht Sie oder ich, ist deren wahrer Vater.«

»Umso schlimmer für ihn, daß er sich gegen uns gewandt hat«, meinte Kozo schulterzuckend. »Das ist eben sein Karma. Er hat sich seinen Weg selbst ausgesucht, keiner hat ihn dazu gedrängt.«

»Sie haben allerdings tatkräftig nachgeholfen.«

Wieder zuckte Kozo mit den Schultern. »Ich war einmal Okamis bester Vertrauter und Verbündeter, wie jeder weiß. Aber als er einen anderen Weg einschlug, habe ich das bemerkt und bin mißtrauisch geworden. Und mein Mißtrauen hat sich bestätigt. Schließlich habe ich ihn dann mit Zähnen und Klauen bekämpft – warum auch nicht? Er glaubte nicht an die *godaishu*. Er verriet sie, verriet unser Vertrauen in ihn als Kaisho und schloß ein eigenes Abkommen mit Dominic Goldoni. Wir können jetzt die Scherben einsammeln.«

»Er und ich haben mit den Amerikanern immer die besten Geschäfte gemacht, aber ich muß zugeben, daß er sie besser verstand als ich.«

»Das wird sich bald ändern«, sagte Kozo. »Ich strenge mich sehr an, die *iteki* zu begreifen.«

»Da sehen Sie nun, was ich vorhin mit Herausforderung meinte«, erklärte Ushiba. »Sie können ihr einfach nicht widerstehen. Aber Ihre unbedingte Entschlossenheit, Linnear zu erledigen, ist sinnlos, schlimmer noch – sie ist ausgesprochen gefährlich.«

»Sinnlos ist sie nicht«, widersprach Kozo. »Meinen Aktivitäten liegen einige erstaunliche Informationen zugrunde. Linnear ist nämlich Nishiki, jener mysteriöse Mittelsmann, der Dominic Goldoni und Okami mit geheimem Material versorgte.«

»Lachhaft!« sagte Ushiba. »Linnear ist ein solcher Moralist, daß er...«

»Die Geschichte Japans lehrt uns doch, daß öffentlich zur Schau gestellte Rechtschaffenheit der sicherste Zufluchtsort für Korruption ist, *neh*?« Er lächelte. »Denken Sie es zu Ende, Ushiba-san. Linnear ist sowohl von seiner Einstellung als auch von seinem Sachverstand her sehr wohl in der Lage, uns allesamt zu vernichten.«

»Aber das ist doch nur ein Teil der Wahrheit, stimmt's?« fragte Ushiba schlau.

»*Daijin*, Sie werden mich nicht zu einer persönlichen Beichte überreden.« Kozo schüttelte den Kopf. »Sehen Sie her: Indem wir uns jetzt Okami vorknöpfen, schlagen wir zwei Fliegen mit einer Klappe. Wir waren alle der Meinung, daß die Zeit des Kaisho abgelaufen sei. Und dadurch, daß wir ihn absichtlich herausfinden ließen, daß seine Tage gezählt sind, trieben wir ihn in eine Ecke. Er mußte auf das Versprechen des Colonel zurückgreifen, daß sein Sohn Linnear ihm zu Hilfe eilen würde. Linnear befolgte die Anweisung seines Vaters, und so sind wir jetzt in der Lage, uns Zeit und Ort der Konfrontation aussuchen zu können. Nach meiner Überzeugung besteht für uns die einzige Möglichkeit, Linnear auszuschalten, darin, daß *wir* das Schlachtfeld aussuchen. Wie uns Sun Tzu lehrt, wird uns das zu unserem Vorteil gereichen.«

»Uns? Sie meinen *sich*.« Ushiba betrachtete ihn lange. »Ich habe die ganze Zeit recht gehabt. Sie sind *tatsächlich* hinter Nicholas Linnear her.«

Kozo lachte. »*Daijin*, es kommt noch viel besser: Ich werde ihn nämlich auch kriegen!«

»Es ist mir zu Ohren gekommen, daß Sie sich ein paar außerdienstliche Aktivitäten leisten.«

Die Schwarze Dame dehnte und streckte sich, um die Spannung

zwischen den Schulterblättern abzubauen. Dann ließ er die Knöchel in den behandschuhten Händen knacken. »Sie kosten der Regierung der Vereinigten Staaten von Amerika Geld, das auszugeben sie sich nicht leisten kann. Nennen Sie mir einen Grund.«

»Sie kennen den Grund«, antwortete Lillehammer. »Dominic Goldoni wurde vor unserer Nase kaltgemacht.« Und da die Schwarze Dame unerbittlich schwieg, fühlte er sich gezwungen, völlig unnötigerweise hinzuzufügen: »Und das noch unter dem Schutz des WITSEC-Programms, Herrgottnochmal!«

»Goldoni hat ja ›unter dem Schutz des WITSEC-Programms‹ seine Geschäfte weitergeführt, oder? Was also haben Sie denn erwartet?«

Lillehammer sah zu, wie sich die Schwarze Dame durch die Überreste eines doppelten Bacon-Cheeseburgers mit Jumbo-Pommes durcharbeitete. Warum mußten sie nur jedesmal in einen Hamburgerschuppen zum Essen gehen?

»Ich nehme an, wir werden nicht zulassen, daß der oder die Täter ungeschoren davonkommen.«

Diese Diskussion inmitten eines Tumults aus Kindern, Malochern und Leuten, die die Zeit totschlagen mußten, bis der Schalter für die Pferdewetten auf der anderen Straßenseite wieder aufmachte, hatte etwas Surreales an sich.

Die Schwarze Dame schob den Pappteller beiseite und fand es gar nicht lustig. »Ich brauche noch ein Cola.« Abrupt stand er auf und durchquerte das rotgelbe Plastikrestaurant. Er trug einen in England geschneiderten Tweedanzug mit einer handgearbeiteten Weste aus Rehleder. Die Krawatte allerdings, mit ihrem schreienden Dessin, war typisch amerikanisch.

Bei der Rückkehr hielt er einen riesigen Pappbecher in der Hand. »Kommen Sie mir nicht komisch. Ich habe mir diese Fotos von Goldoni genau angesehen. Daher weiß ich, daß Do Duc den Goldoni-Hit ausgeführt hat. Und ich weiß auch, wie scharf Sie darauf sind, ihm die Eier durch einen Fleischwolf zu drehen.« Die Schwarze Dame saugte an einem Stück Cheeseburger zwischen den Zähnen. »Aber ich erteile Ihnen hiermit den Befehl, das gefälligst zu unterlassen.«

Lillehammer saß reglos da. Er überlegte, ob dies der Augenblick war, einen Trennstrich zu ziehen, nachdem der Granitblock, von dem er über die Jahre hinweg ein Bestandteil gewesen war, Risse zu zeigen und in zwei Teile zu zerfallen begann. »Dafür brauche ich allerdings ein sehr gutes Argument«, sagte er ruhig.

Die Schwarze Dame legte das Gesicht in sorgenschwere Falten. »Was meinen Sie? Ob ich mir noch einen Eisbecher hole?«

»Hier? Das Eis schmeckt nach Plastik, wie alles andere auch.«

»Wirklich? Ist mir nie aufgefallen.« Er hob die Schultern und strich sich über den Bauch. »Na gut, dann hinterlassen wir der Bedienung ein Zeichen unserer Anerkennung für einen sauberen Tisch.« Er holte etwas Kleingeld aus der Tasche und legte es auf die Plastiktischplatte. Beim Aufstehen sagte er gleichmütig: »Ihr persönlicher Groll hilft uns im Moment wirklich nicht weiter. Sie stören damit höchstens unsere Operationen – oder Sie gehen dabei drauf. Ich will Ihre Zusicherung haben: Vergessen Sie Do Duc und konzentrieren Sie sich auf Ihre momentanen Aufgaben. Und daran mangelt es ja, weiß Gott, nicht.«

Lillehammer drehte sich um und betrachtete einen kleinen Jungen, der sich das ganze Gesicht mit Eiskrem beschmiert hatte. »Sie haben mein Wort«, sagte er. »Ich werde Do Duc nicht jagen. Sind Sie jetzt zufrieden?«

»Ich möchte, daß Sie ein Auge auf Davis Munch haben. Bane erzählte mir, daß sein Sonderermittler mit diesem Harley Gaunt gesehen wurde, kurz ehe Gaunt bei Ihnen zu Hause auftauchte. Bane leidet vielleicht unter Verfolgungswahn, aber er ist nicht blöd.«

Die Schwarze Dame strich dem kleinen Jungen über den Kopf, als sie an ihm vorbeigingen. Draußen neigte er sich mit einer für ihn untypischen, gönnerhaften Geste zu Lillehammer hin. »Das Nachdenken über Rache ist die Mutter von Zorn und Wahnsinn«, sagte er. »Es ist zu Ihrem Vorteil, wenn Sie das stets bedenken.«

Manny Mannheim beäugte gerade den dicken, prall gefüllten Umschlag, als die Ladenklingel ertönte. Hastig drehte er sich um und verstaute das Kuvert in dem Regal neben der abgesägten Schrotflinte, die er dort schußbereit aufbewahrte. Er spähte durch einen Schlitz im Maschendrahtnetz und erkannte eine große Gestalt, die den Laden betrat.

Der Mann hatte einen dunklen Tweedmantel mit hochgeschlagenem Kragen an und nahm nicht sofort Notiz von ihm. Statt dessen ließ er sich ausgiebig Zeit, die größeren Pfandobjekte zu studieren, die bei Manny an den Wänden hingen oder die er auf dem verstaubten Holzfußboden aufgereiht hatte: funkelnde Elektrogitarren, ein kompletter Satz von *Louis Vuitton* Koffern, ein grün und silbern lackiertes Mountainbike, zwei blaßgrüne chinesische Vasen, eine glänzende schwarz- und cremefarbene *Harley Davidson Softail* mit einem Autogramm von Johnny Cash und einer Widmung für jemanden namens Ferdie Francis.

Da der Mann keine Eile an den Tag legte, hatte auch Manny eine Weile Zeit, ihn einzuschätzen. Und im Verlauf dieser Tätigkeit wurde er immer nervöser. Das heißt, in Wirklichkeit war er bereits in dem Augenblick nervös geworden, in dem Harley Gaunt ein zweitesmal bei ihm vorbeigeschaut und ihm den dicken Umschlag mit Anweisungen in die Hand gedrückt hatte, was damit zu geschehen habe, sollte er sich nicht innerhalb von vierundzwanzig Stunden wieder bei Manny melden.

Das war vor zwei Tagen gewesen, und so mußte Manny annehmen, daß seinem Freund etwas zugestoßen war. Er wagte es nicht, darüber nachzudenken, was mit Gaunt geschehen sein könnte, aber nachts träumte er allerlei Diesbezügliches.

Der Mann, der Mannys Pfandleihe betreten hatte, war breitschultrig, umständlich und furchteinflößend. Während er sich hierhin und dorthin begab, jeden Gegenstand einer genauen Prüfung unterzog und sich so immer näher zu Manny hinter seinem Schutzgitter vorarbeitete, konnte dieser die Narben in seinem Gesicht sehen, die einmal gebrochene Nase und die listigen Augen, die jeden Kratzer und Defekt wahrnahmen, wenn sie etwas genau betrachteten.

Gott im Himmel, worauf hat sich Harley da nur eingelassen? Hat man ihn möglicherweise umgebracht? überlegte Manny. Neugierde und Entsetzen fochten in seinem Innern einen Kampf miteinander aus. Wie oft schon hatte er den Umschlag in die Hand genommen, nachdem die vierundzwanzig Stunden verstrichen waren! Unzählige Male. Manchmal, wenn die Neugierde die Oberhand über die Vernunft gewann, hatte er beschlossen, ihn aufzuschlitzen. Aber im letzten Augenblick hatte ihm entweder der Mut gefehlt, oder er war wieder vernünftig geworden.

Heute aber hatte er jeden Kunden, der in seine Leihanstalt gekommen war, mit enervierender Konzentration genauestens betrachtet, weil er heute morgen mit der grauenhaften Idee aufgewacht war: Was ist, wenn irgend jemand Harley bis zur Pfandleihe gefolgt war und wußte, daß er Manny den Umschlag gegeben hatte?

Der Mann hob die Schultern und ließ sie wieder fallen, während er mit den Händen über die *Louis Vuitton* Koffer fuhr. Er warf einen schnellen Blick zur Ladentür und dann wieder zurück zu Manny, der wie angewurzelt in seinem Käfig stand. Die dicken, schwieligen Finger drehten den Überseekoffer um, der groß genug war, um einen Menschen aufzunehmen, wenn dieser sich etwas zusammenkrümmte. Er öffnete den Verschluß, hob den Deckel und besichtigte das Innere mit einer Sorgfalt, die Manny höchst irritierend fand.

Mannys erster Gedanke war gewesen, den Umschlag zu verbrennen. Damit wäre er den Beweis für Gaunts Besuch bei ihm los gewesen und hätte gleichzeitig damit die Verantwortung abgeschüttelt, die sein Freund ihm gegen seinen Willen aufgebürdet hatte. Als es soweit war, hatte er aber noch nicht einmal das Streichholz anzünden können. Vielleicht war er doch kein so großer moralischer Feigling, wie er immer geglaubt hatte. Dennoch: Wie er sah, daß der Mann den Überseekoffer wieder hinstellte, auf das Motorrad zuging und sich damit dem Käfig näherte, kam Manny zu der Überzeugung, einen schweren Fehler begangen zu haben.

Wie aber hätte er seinen einzigen wahren Freund im Stich lassen können? Seine Freundschaft mit Gaunt, so unstet sie auch gewesen war, hatte ihm stets viel bedeutet. Bei ihnen beiden handelte es sich um jene Art von Freunden, die – obwohl sie sich über lange Zeiträume hinweg nicht sahen – unverzüglich eine Unterhaltung wieder aufnehmen konnten, als seien dazwischen nicht Jahre verstrichen. Solche Menschen gab es nicht viele im Leben, besonders nicht in Mannys Leben, das ohnehin nur wenige Höhepunkte zu verzeichnen hatte.

Der Mann in dem Tweedmantel räusperte sich, und Manny fuhr erschrocken zusammen. Automatisch tastete seine Rechte nach dem Kolben der abgesägten Schrotflinte. Sein Finger krümmte sich um den Abzug.

»Ja, bitte?« sagte Manny und mochte seine quieksende Stimme überhaupt nicht.

»Nichts«, sagte der Mann und sah zu ihm hin. »Nur... wieviel wollen Sie denn für die Maschine da haben?«

»Zwölftausend«, sagte Manny. »Das ist ein Klassiker...«

»Eine Softail«, beendete der Mann den Satz für ihn. »Yeah, ich weiß.« Er steckte die Hände in die Manteltaschen und wandte sich Manny zu. »Bleiben Sie immerzu nur in Ihrem Käfig da drinnen?«

Manny packte das blanke Entsetzen. Der Mann war eindeutig überhaupt nicht an der Harley Davidson interessiert und war es auch nie gewesen. Er war hier, um den von Gaunt hinterlassenen Umschlag an sich zu nehmen und dabei Manny umzubringen.

»Haben Sie gehört, was ich gesagt habe?«

Manny zitterte am ganzen Leib und versuchte, seine am Gaumen klebende Zunge frei zu bekommen. »Oh...!« war alles, was er herausbekam.

»Was ist?«

»Ich hatte – im Lauf der Zeit, äh, Sie wissen schon, manchmal Probleme mit Kunden«, stotterte Manny. »Und aus diesem Grund...«

Der Mann trat einen Schritt auf ihn zu. »Haben Sie dort hinten eine Knarre?«

»Kommen Sie nicht näher!« sagte Manny und versuchte vergeblich, die Speichelproduktion in seinem Mund wieder in Gang zu setzen.

Der Mann betrachtete die abgesägte Schrotflinte, die auf ihn gerichtet war. »Werden Sie das Ding benutzen, wenn ich Sie frage, ob Sie für die Softail auch fünfzehn bar auf die Kralle nehmen würden?«

»Hah?« Manny blinzelte und schluckte schwer.

»Ich will die *Softail* haben«, sagte der Mann, nahm die Hände aus den Taschen und streckte sie aus. In der einen hielt er ein Bündel zusammengerollter Geldscheine. »Wollen Sie sie verkaufen oder mich erschießen?«

Manny spürte sein Herz in der Kehle. Seine Sinnesorgane schienen nichts mehr wahrzunehmen. Die psychische Vorwegnahme eines seiner Ansicht nach unabänderlichen Geschehensablaufes blockierte ihn völlig.

»Na, komm schon, Junge«, sagte der Mann. »Ich weiß, du hast gesagt, daß du mal Probleme mit deiner Kundschaft hattest, aber gib mir 'ne Chance, ja? Ich will doch bloß diese scheiß *Softail* kaufen.«

Manny fuhr sich mit seiner riesigen Hand übers Gesicht. Jesus Christus, dachte er, jetzt bin ich völlig übergeschnappt. Ich sehe schon Gespenster aus der Wand kommen. Wenn dieser Mantel- und Degenscheiß so weitergeht, dann krieg ich bald 'nen Herzinfarkt oder 'nen Nervenzusammenbruch. Er legte die Flinte beiseite. Seine Muskeln waren so verkrampft, daß er sich mit beiden Händen am Ladentisch festhalten mußte, um nicht zu Boden zu stürzen. Außerdem verspürte er einen starken Drang zum Urinieren.

Der Mann schwang das Bündel Geldscheine über dem Kopf. »Wie wär's, wenn du jetzt mal mit den Motorradschlüsseln rüberkommst, und dann bringen wir das Geschäft ruckzuck hinter uns?«

Manny machte die Tür zu seinem Käfig auf und trat hinaus. »Haben Sie einen Führerschein?«

»Klar«, sagte der Fremde und legte Manny die freie Hand auf den Rücken.

Das war der Augenblick, in dem Manny erkannte, daß er ein toter Mann war. Es war ein Augenblick, wie man ihn nur in Träumen erfährt, wenn schicksalsschwere Vorgänge um einen herum ablaufen, während man selbst nur zusehen kann und absolut unfähig ist, in das Geschehen einzugreifen. In einer Art makabrer Todesangst gefroren seine Gedanken ein: Warum bloß bin ich aus meinem Käfig herausgegangen? überlegte er. Warum habe ich meine Flinte weggelegt? Warum habe ich nicht auf meinen Instinkt gehört? Handlungsunfähig beobachtete er, wie der Mann seine Brieftasche herausholte, das Bündel Geldscheine auf den Sattel der *Softail* legte, seinen Führerschein entnahm und ihn Manny hinstreckte.

Manny stand wie erstarrt da. Sein Herz rumorte in seiner Brust wie ein wildgewordener U-Bahnzug, und das Atmen fiel ihm erheblich schwer.

»Was'n los mit dir?« sagte der Mann. »Willste nich verkaufen? Wieviel Leute spazieren denn jeden Tag so bei dir herein und bieten fünfzehn bar Kralle für die *Softail*?«

Mit einer eckigen Bewegung nahm Manny den Führerschein entgegen. Irgendwie rutschte er ihm durch die Finger, und wie im Traum bückte er sich und hob ihn wieder auf. Dann holte er die Formulare und füllte sie mechanisch wie ein Zombie aus. Er hörte kaum, was der Mann sagte. Mac Divine stand als Name in dem Führerschein. Er quittierte den Empfang der Fünfzehntausend, ohne selbst nachzuzählen. Divine hatte sie ihm sorgfältig direkt vor die Nase hingeblättert.

»Mann, mein Nachbar scheißt sich in die Hosen, wenn er dieses Baby in meiner Auffahrt stehen sieht«, sagte Divine und grinste. »Seit drei Jahren sucht der schon nach einem solchen Ding.«

Zärtlich wie ein Vater seinen Sohn nahm er die Harley in Empfang und schob sie zum Laden hinaus. Manny lehnte sich gegen die Tür und schnaufte schwer. Er war klatschnaß vor Schweiß. Dann ging er eilends in seinen Käfig zurück, schlüpfte in seinen Mantel und versteckte den dicken Umschlag darunter. Anschließend verließ er sein Geschäft, verschloß die Tür, zog die Stahljalousien herunter und sicherte sie mit Vorhängeschlössern. Zwar war es erst drei Uhr nachmittags, doch ihm reichte es für heute.

Mit weichen Knien ging er zu seiner Bank, deponierte seine Tageseinnahmen, einschließlich des Betrags von Mac Divine, im Nachtsafe und machte sich dann daran, das zu tun, was er schon am Morgen hätte tun sollen: Gaunts Anweisungen zu befolgen.

Das Schlagen der Glocke hallte tief in seinem Innern wieder. Es war, als spreche eine krächzende Stimme in den frühen Morgenstunden zu ihm, wenn die Sinne noch benebelt sind von einer melancholischen Benommenheit, die selbst wiederum Ergebnis eines wilden Ausbruchs gefährlicher Emotionen ist, dessen Energien sich verbraucht haben.

Das Schlagen dauerte an wie der Rhythmus eines pochenden Herzens, oder wie eine Predigt, wie ein vorgetragener Text, dessen einzelne Wörter aber so wenig unterscheidbar waren wie die einzelnen Vögel in einem Schwarm von Sperlingen nach Sonnenuntergang.

Sollte er am Leben sein, so wußte er jedenfalls noch nicht, auf welcher Ebene sich dieses Leben abspielte. Seine Gedanken brodelten so chaotisch wie das flüssige Magma des Universums. Sie schienen ein absolutes Eigenleben zu führen, jenseits aller Begrenzungen durch Gehirn oder Körper, und wie stecknadelkopfgroße Irrlichter in der kosmischen Nacht umherzuschweben.

Keine Vergangenheit, keine Gegenwart bereicherte diese Gedanken, und dieses Fehlen eines Zusammenhangs machte alle Logik so flüchtig und vergänglich wie ein Traumgespinst. Es gab keine Anzeichen von Atem, von Blutdruck oder einer Notwendigkeit der Bewegung. Wie konnte es Bewegung geben ohne Gehirn oder Körper, die die Gedanken verdichteten und ihnen Substanz verliehen?

Doch das Schlagen der Glocke dauerte an, nicht als Geräusch, denn er besaß keine Ohren zum Hören, sondern als pulsierender Rhythmus, als atonale Stimme, die weder zu einem Menschen noch zu einer Maschine gehörte. Das hieß, daß es doch irgendwo in der Leere einen Zusammenhang gab.

Licht, ein Schatten auf der Seele. Also existierte er als menschliches Wesen.

Er war in ein Gehäuse aus Metall hineingeboren worden. Es schien sich irgendwo unter der Erde zu befinden, in einem großen, kegelförmigen Raum, von gleißendem, hellblauem Licht erleuchtet und durchdrungen von den scharfen Echos industrieller Produktionsabläufe. Er inhalierte den Geruch von Metall, heiß und untypisch, dann wieder kühl und ölig – aber wenigstens atmete er.

Seine Augen lernten es wieder, den Blick auf einen Punkt zu konzentrieren, und sahen, wie an verschiedenen vollautomatisierten Stationen Arme, Beine, Füße und Hände, Rümpfe, hydraulische Finger und Infrarotaugen gefertigt wurden. Langsam wurden vor seinem noch verschwommenen Blick perfekte Bestien geformt. Ihm kam es vor, als sei er Zeuge eines Schöpfungsaktes, irgendwo zwischen dem Geist Gottes und der Schmiede des Vulkanus.

Vielleicht befand er sich aber auch nur in einer Roboterfabrik, was ihn zu der begründeten Vermutung bezüglich seiner momentanen Umgebung führte: Er war nicht tot, er war in Tokio. Wie um alles in der Welt hatte ihn der Messulethe hierher gebracht? Im Laderaum eines Flugzeugs, versteckt unter illegalem Frachtgut – er wußte es nicht.

Es gab keine menschlichen Wesen außer ihm, nur die präzisen Bewegungen von Metallzylindern im Halbschatten; das bienenstockartige Summen von Motoren und Maschinen; den Rhythmus von zehntausend körperlosen Seelen; die fröhlichen Arien des Lebens, das aus Stahl, Titan, hochverdichteten Plastikmaterialien, Silikonchips und Glasfaserkabeln geschaffen wurde.

Er atmete tief durch und genoß dieses Gefühl als weiteren Beweis dafür, daß er tatsächlich am Leben war. Die klimatisierte, dreifach gefilterte Luft war sauberer als irgendwo auf dem Land, übermittelte aber nichtsdestoweniger den schlechten Geruch der Automaten. Sie schien statisch aufgeladen zu sein wie eine Wolke kurz vor dem Ausbruch des Gewitters; weit hinten zuckten grelle Blitze eines Wetterleuchtens ungeduldig wie die Pranken eines aufgeregten Raubtiers durch die Luft.

Abrupt wurde das Licht- und Tonsperrfeuer von einer intensiven, beunruhigenden Gleichgewichtsstörung in seinem Innern abgelöst, und die Welt reduzierte sich auf einen grauen Punkt. Zitternd schlossen sich seine Lider.

Ein stechender Schmerz holte ihn ruckartig ins Bewußtsein zurück.

»Wach auf! Du hast jetzt genug geschlafen!«

Die Stimme klang merkwürdig vertraut.

Er erschrak, und ein kalter Schauer lief ihm über den Rücken, als er erkannte, daß dies sein eigenes Gesicht war, das sich über ihn beugte. Seine eigenen Lippen kräuselten sich zu einem Lächeln, seine eigenen Augen zwinkerten ihm freudig zu.

»Willkommen in deinem neuen Leben.« Seine eigene Stimme erreichte sein Gehör wie eine Halluzination. »Es wird nur kurz sein. Aber ich verspreche dir – dafür wird es voller Überraschungen stecken.«

Nicholas schwanden die Sinne.

2

Montauk / Washington / Tokio

Croaker beobachtete Margarite, wie sie sich unter der Dusche einseifte. Zwar konnte er nur eine undeutliche Silhouette erkennen, dennoch war er nicht imstande, den Blick von ihr zu wenden. Sie befanden sich in einem heruntergekommenen Motel in Montauk in einem gemeinsamen Zimmer, weil sie darauf bestanden hatte, nicht allein schlafen zu wollen. Was fürchtete sie wohl am meisten: Roberts drohende Rückkehr oder die ihres Mannes?

Kaum war sie ins Bad gegangen, hatte er die Gegend vor dem Fenster überprüft: ölverschmierter Asphalt; nur wenige geparkte Autos dort, wo sich im Sommer ein Meer aus lackiertem Metall und Chrom erstreckte; auf der anderen Straßenseite jene absonderliche Art von Schnellimbißlokalen, die es nur im East End gab, mit dem geschmacklosen, rotgelben Plastikschild *CHICKEN & SEAFOOD, warme Küche bis Mitternacht*, von frostige fluoreszierendem Leuchten erhellt, dazu eine *Bud Light* Reklame, die ihre grelle Neonfarbe in die Dunkelheit schickte.

Diese Beleuchtung hatte ihm geholfen, den Gorilla auszumachen, einen stämmigen Burschen mit ausdruckslosem ovalem Gesicht, der gerade das Lokal verließ. Beinahe einhändig balancierte er in einer Schachtel zwei Kaffees und ein paar Sandwiches. Die freie Hand hing locker an der Seite, wie man es ihm beigebracht hatte, bereit, schnell eine Waffe zu ziehen oder sonst etwas zu tun, was nötig war.

Croaker sah ihm zu, wie er in einen schwarzen *Ford Taurus* einstieg, der vor dem Schnellimbiß geparkt war. Beim kurzen Aufflackern der Innenbeleuchtung erhaschte Croaker einen Blick auf den zweiten Gorilla.

Er war sich ziemlich sicher, daß es sich bei den beiden um Tony DeCamillos Leute handelte, was ihn nicht sonderlich überraschte. Es war sicher nicht allzu schwierig gewesen, ihn und Margarite ausfindig zu machen, schon gar nicht für einen Mann mit Tonys Möglichkeiten. Denn schließlich waren sie mit Margarites *Lexus* und einem bekannten Kennzeichen unterwegs. Croaker wußte, daß es unter solchen Umständen so gut wie unmöglich war, einen Aufenthaltsort längere Zeit geheimzuhalten.

Als Margarite die Badezimmertür ein Stück weit öffnete, unterbrach Croaker seine Betrachtung des *Taurus* und seiner grobschlächtigen Insassen. Das Bad war ohnedies überhitzt, und da es keine Möglichkeit gab, den Thermostat herunterzudrehen, machte es der Dampf von der Dusche gänzlich unerträglich. Ein Geruch nach Schimmel und Meeresbrandung hing wie Staub in der Luft. Die Gorillas unternahmen sicherlich so lange nichts, bis Tony D eintraf, und das dürfte erst am nächsten Morgen der Fall sein. So lange hatte Croaker Zeit sich zu überlegen, wie er das Zusammentreffen so gestalten konnte, daß niemand zu Schaden kam.

Der Anblick von Margarites sich hin und her bewegender Silhouette verschaffte ihm die Gewißheit, daß es noch andere Dinge gab, mit denen er sich in der ihm verbleibenden Zeit beschäftigen konnte. Er spürte, daß er sich erst noch an die neuen Realitäten gewöhnen mußte, die darin bestanden, daß Margarite, nicht Tony D, Dominic Goldonis Imperium geerbt hatte, mit allen dazugehörigen Konsequenzen. Sie hielt die Macht der Schattenwelt der Goldonis in ihren Händen, in der Gouverneure, Polizeipräsidenten und Kongreßabgeordnete das taten, was sie ihnen befahl.

Jetzt begriff er, wie Dominic Goldoni sie allesamt ausmanövriert hatte, das FBI und seine Feinde. Er hatte hochwichtige Informationen an WITSEC weitergegeben, jawohl; hatte die Personen um und unter sich getäuscht und glauben lassen, sie würden ihm dabei helfen, sein eigenes Reich auseinanderzureißen und aufzulösen. Aber er hätte dem FBI nichts von sich selbst preisgegeben oder davon, wie er seine Geschäfte führte. Auch zog er sich keineswegs zu jenem bequemen Leben zurück, das sie in Marine on St. Croix für ihn entworfen und eingerichtet hatten. Und was die Leonfortes, seine Feinde, anging, so hatten diese Tony D fest im Visier – und damit das falsche Ziel.

Wenn Croaker ehrlich war – und er glaubte, daß diese Nacht eine Nacht der letzten Wahrheiten werden würde –, dann löste Margarites Intelligenz bei ihm sowohl Angst als auch Begeisterung und Stolz aus. Noch nie hatte er einen Menschen wie sie getroffen, ja, er hatte sich noch nicht einmal vorstellen können, daß es eine solche Persönlichkeit geben könnte. Vielleicht lag darin eine Schwäche von ihm; er war sich dessen nicht sicher. Doch das Zusammensein mit ihr hatte bei ihm eindeutig die tiefgreifende Wirkung einer unheimlichen Begegnung der dritten Art. Für seine Art zu leben hatte Margarite den Stellenwert eines wunderbaren *Alien*, eines außerirdischen Wesens.

In eine Badetuch gehüllt, tauchte sie aus dem Badezimmer wieder auf. Sie schien keinerlei Hemmungen zu haben. »Sie kennen meine Seele«, hatte sie gesagt, als sie sich vor ihm ausgezogen hatte. »Warum sollte ich dann meinen Körper vor Ihnen verstecken?« Und dann hatte sie gelacht. »Tony hat immer darauf bestanden, daß wir die Lichter ausmachten, wenn wir uns liebten.«

Vielleicht hat dieser Scheißkerl Tony auch nur praktisch gedacht, überlegte Croaker. Er wollte wohl das Resultat seiner brutalen Handarbeit nicht selbst sehen, diese überall auf der Haut verstreuten Striemen und Blutergüsse.

Als er sie jetzt so anblickte, war Croaker der Meinung, diese Frau auf eine Weise lieben zu können, wie das weder bei Gelda noch bei Alix möglich gewesen war. Doch sofort mißtraute er seinem Gefühl wieder. Am Anfang einer Affäre neigen Männer nur allzu leicht dazu, Liebe und Lust miteinander zu verwechseln und sich einzureden, sie verspürten eine Regung des Herzens, wenn sich die Regungen bei ihnen in Wahrheit in etwas tieferen Regionen abspielten.

Manche Leute behaupteten, daß für Männer die Schönheit ihrer Partnerin das Begehrenswerte sei, für Frauen dagegen Macht und Stärke ihrer männlichen Zielpersonen. Wie vielen Männern war Croaker während seiner Zeit in der Mordkommission nicht begegnet, die von starken Frauen eingeschüchtert gewesen waren! Offensichtlich war da ein fast instinktiver Reflexmechanismus am Werk. Und es hatte ihn schon immer die Tatsache interessiert, daß er dieses Reiz-Reaktionsschema nie bei sich selbst wahrgenommen hatte. Wahrhaft mächtige und starke Frauen waren so selten, so kostbar, daß sie auf ihn wie ein Aphrodisiakum wirkten. Auch dies konnte eine Erklärung für die Gefühle darstellen, die jetzt in ihm aufstiegen.

Die Nacht und Margarite.

»Was sehen Sie mich so an?« Ihre Augen schimmerten in dem feuchten Glanz der Badezimmerbeleuchtung und schienen so frei von jeglicher Falschheit oder Hinterlist zu sein, daß Croaker ganz kurz glauben konnte, ihre heutigen Gespräche hätten nie stattgefunden und Margarite sei nichts anderes als eine mißhandelte Hausfrau, schön, begehrenswert und einsam, die Schutz und Sicherheit brauchte. Dann wäre alles ganz einfach gewesen, und all seine Entscheidungen wären ohne die Licht- und Schattenseiten einer weitaus komplizierteren Wirklichkeit vorweggenommen.

Er räusperte sich und wollte an ihr vorbei ins Bad gehen.

»Ich muß unter die Dusche«, sagte er mit belegter Stimme.

Sie streckte die Hände aus, nahm ihn in die Arme, und er konnte den zarten Duft von Seife und frisch gewaschener Haut riechen.

»Viel zu früh«, sagte sie, »um unter die Dusche zu gehen.«

Sie hob eine Schulter an, und das Badetuch löste sich von ihrem Körper. Durch sein Hemd hindurch spürte er ihre feuchte Haut.

»Du riechst wie ein Tier«, flüsterte sie und zog seinen Kopf zu sich herab.

Ihre Lippen öffneten sich unter dem sanften und leidenschaftlichen Druck der seinen, und ihre kleine Zunge fuhr über seine Zähne. Eigentlich sollte ich nein sagen, dachte er, sie wegstoßen, und zwar jetzt gleich und in diesem Augenblick, dem einzigen, in dem es noch möglich wäre. Statt dessen legte er die Arme um sie.

Ein kehliges Stöhnen entrang sich ihr. Sie hängte sich an ihn, ihre Beine bewegten sich aufwärts, und die nackten Knöchel verschränkten sich hinter seinem Gesäß. Das Bett schien weit weg und plötzlich überflüssig zu sein. Ihre Brüste preßten sich fest gegen ihn, Hitzewellen strömten durch ihren Körper.

Als sich ihre Lippen kurz voneinander lösten, sagte er: »Tony…«

»Tony will ich nicht«, keuchte Margarite, und ihre Hände nestelten an seinem Hosengürtel. »Ich will dich.«

Er besaß die nötige Geistesgegenwart, um zu wissen, daß er sanft mit ihr sein mußte, gleichgültig, wie leidenschaftlich sie selbst werden mochte. Instinktiv ahnte er, wie wichtig das war, denn er wußte auch, daß Robert mit ihr zusammengewesen war. Robert, der ihren Bruder verstümmelte und ermordete – und der ihr das eigene Leben zurückgegeben hatte.

Sie strampelte mit den Fersen, und seine Hose rutschte zu Boden. Dann zerrte sie an den Hemdknöpfen herum. Seine Arme begannen unter ihrem Gewicht zu schmerzen, als sich sein Blut und seine Kraft in der Zone unterhalb seiner Taille zu stauen anfingen.

Er drückte sie von sich weg, legte sie auf den Fußboden und kniete sich über sie. Einen langen Augenblick sah er in ihre sehr großen, glänzenden Augen und erkannte dort ihre unverhüllte Nacktheit: ihr Verlangen nach ihm, ihr Bedürfnis nach Robert, ihr Glücksgefühl darüber, daß sie an der Schwelle ihres Imperiums stand – all das konzentriert in einem einzigen sich verändernden Bewegungsablauf, der so komplex, so unbegreiflich und göttlich war, daß er plötzlich glaubte, darin ertrinken zu müssen. Jetzt das Überirdische und Übersinnliche noch mit in das Geschehen einbeziehen zu müssen, schien ihm doch über seinen Verstand zu gehen, und so versuchte er, sich dem heftigen Pochen seines Blutes hinzugeben.

Er senkte den Kopf auf ihre Brüste herab. Licht aus dem Badezimmer streifte die Spitzen und beließ die weichen Krümmungen und sanft abfallenden Täler im geheimnisvollen Dunkel. Seltsamer Duft stieg von ihrem Körper auf. Er atmete ihn wie Weihrauch ein, während er ihre steifen dunklen Brustwarzen leckte, ihren Nabel umkreiste und mit den Lippen in der Mitte der leichten Wölbung ihres Bauchs nach unten glitt.

Sie stöhnte tief auf, packte seinen Kopf an den Schläfen, und ihre Finger streichelten und liebkosten ihn, als seine Zunge sie zwischen den Schenkeln berührte. Unwillkürlich zog sie die Beine an und spreizte weit die Oberschenkel. Er konnte ihren stoßweisen Atem hören, was ihn am meisten erregte. Ihr Keuchen war das einzige Geräusch im Zimmer, rhythmisch, zutiefst erotisch, fast wie ein Schluchzen, das sich ihrem innersten Wesen entrang.

»O Gott, o Gott, o Gott...!« Ein Sprechgesang im Dunkeln, während ihr Kopf vor- und zurückwippte, während sich ihre Muskeln anspannten, während sie ihr Becken seinen Lippen und seiner Zunge entgegenhob; dann ein Zucken in unkontrollierten Bewegungen, die Beine fest um seinen Rücken geschlossen in dem Versuch, ihn noch näher an sich heranzuziehen, wenn...

Als dann die Muskelkontraktionen kamen, waren sie so intensiv, daß sich ihr ganzer Unterleib vom Boden wegbog. Ihre Leidenschaft entfaltete sich wie eine Blume, ihr Schweiß vermischte sich mit anderen, intimeren Düften. Und danach das Nachbeben, ein abgerissenes Keuchen, gedämpft durch den übers Gesicht geworfenen Arm.

Dann kniete sie sich selbst vor ihn hin, und ihre schweren Brüste hingen so köstlich und reizvoll herab, daß er sie in die Hände nahm. Sie legte ihre Hand über seine künstliche und küßte ihn lange. Schließlich senkte sich ihr Kopf ein Stück weit, ihr Mund streichelte seine Brustwarzen, und tiefer und tiefer hinab glitt sie, knabbernd und saugend, bis diese unglaubliche, feuchte Wärme ihres Mundes ihn ganz umschloß.

Doch fast augenblicklich zog er sie, so sanft er konnte, von dort wieder weg. Er wußte um die blauen Flecken und was sie bedeuteten, und so konnte er es nicht ertragen, sie in dieser Stellung zu sehen, über ihn gebeugt, unterwürfig. Um ihretwillen wollte er es anders haben; um seinetwillen auch.

Er legte sich auf den Rücken, zog sie über sich, bis er eine andere Art von Feuchtigkeit verspürte, die ihn umfing. Sie bog sich zurück, streckte die Brust vor, ritt auf ihm, zuerst etwas verlegen, doch dann mit zunehmender Ekstase in dieser für sie unvertrauten Stellung.

Für ihn war das Gefühl, sie so auf sich zu haben, während er gleichzeitig in ihr war, unbeschreiblich. Er umfaßte ihre Brüste, sah zu ihr hinauf, trank diesen Anblick in sich hinein – wie das Licht über eine Wange fiel und die Flächen des Gesichts erglühen ließ, aus ihr einen anderen Menschen machte als den, den er bei Sonnenschein wahrgenommen hatte, einen stärkeren und einen schwächeren zugleich, wie sie sich auf diese Weise in eine Verkörperung all jener Geheimnisse verwandelte, die sie so sorgsam in ihrem Innern hütete.

Geräuschvoll atmete sie aus, nahm seine Hände von ihren Brüsten und breitete seine Arme auf dem Boden aus. Gleichzeitig preßte sie ihren Körper gegen den seinen, als wolle sie ihn festnageln, während ihre Hüften sich hoben und niedersenkten.

Die Augen hatte sie weit offen, und ihr Gesicht war jetzt ganz nah bei seinem. Er liebkoste sie mit der Zunge, und sie flüsterte mit einer Art Ehrfurcht, die ihre Stimme heiser machte: »Ich glaube, es ist schon wieder so weit. Ich kann nicht... Es ist so...« Ihre Augen schlossen sich, die Finger strichen zärtlich über seinen Hals, und ganz hinten aus ihrer Kehle kamen leise Geräusche, während sie sich heftig auf ihm bewegte.

»Bitte«, keuchte sie. »Bitte...«

Er konnte sich ebenfalls nicht länger zurückhalten und wollte es auch nicht. So gab er sich seiner eigenen Lust hin, und all seine Kraft versammelte sich an einem Punkt und entlud sich schließlich wie ein aufgestauter Fluß, der über die Felsen der Schlucht hinabstürzt.

Sie krochen aufs Bett, schliefen in verschwitzter Erschöpftheit, einer mit dem anderen verschlungen, ohne Anfang, ohne Ende, eins.

Fahles Tageslicht öffnete ihre Augen.

»Mein tapferer Polizist!« Margarite lächelte und küßte ihn zärtlich. Langsam lösten sie sich voneinander, als wollten sie nicht die Aura zerstören, die sie wie die Nacht und die Dunkelheit vor den Launen des Schicksals und den harten Entscheidungen des wirklichen Lebens beschützt hatte.

Sie duschten gemeinsam, und Margarite sagte: »Ich rede mir die ganze Zeit ein, daß diese Nacht nichts weiter als ein einmaliger Spaß war, ein Hunger, den man endlich stillen wollte.«

»Und das glaubst du?«

»Nein«, antwortete sie und spülte Seife vom Körper, »aber ich wünschte, ich täte es. Es würde die Zukunft um so vieles einfacher machen.«

Sie wollte gerade die Dusche verlassen, als er sie in den Arm nahm und ihr Gesicht zu sich drehte. Seine lebendige Hand aus Fleisch und Blut bedeckte einen großen, schwarzblau unterlaufenen Fleck auf ihrem Oberschenkel. Sie betrachtete kurz seinen Handrücken, ehe sie seine biomechanische Hand zwischen die ihren nahm und sie gegen ihre Brüste drückte.

Sie hatten nichts außer ihren alten Kleidungsstücken zum Anziehen. Croakers Hemdknöpfe lagen auf dem Fußboden verstreut, Zeugnis davon, daß die Leidenschaft der vergangenen Nacht kein Traum gewesen war.

»Wir werden doch irgendwo in diesem Ort Jeans und Hemden kaufen können«, sagte Margarite.

Croaker sah ihr zu, wie sie sich anzog. »Du kehrst niemals wieder nach Hause zurück, nicht wahr?«

Sie sah ihn an. »Wie könnte ich das? Die alte Margarite ist tot.«

»Ich schätze, das einzige Problem dabei ist nur, daß Tony das nicht weiß, und du wirst ihn nie davon überzeugen können, daß das die Wahrheit ist.«

»Zerbrich dir nicht den Kopf wegen Tony«, sagte Margarite und stieg zuerst mit dem einen, dann mit dem anderen Fuß in ihre Schuhe.

»Ich glaube, keiner von uns beiden hat mehr eine Wahl«, sagte er. »Zwei seiner Gorillas haben die Nacht auf der anderen Straßenseite verbracht.«

Margarite durchquerte mit klackenden Absätzen das Zimmer, um einen Blick aus dem Fenster zu werfen.

»Der schwarze *Taurus* links von dem *Chicken & Seafood* Lokal.«

»Yeah«, sagte sie. »Und ein *Lincoln Town Car* steht jetzt auch noch bei ihnen.« Sie drehte sich zu ihm um. »Falls du soweit bist, können wir gehen.«

Draußen blies ihnen eine feuchtkühle Brise vom Wasser her über den Rücken und fuhr Margarite ins noch nasse Haar. Als sie sich anschickten, die verlassene Straße zu überqueren, öffneten sich die Vordertüren des *Taurus*, und die beiden Gorillas, die Croaker am Vorabend entdeckt hatte, stiegen aus. Es gefiel ihm zu sehen, daß ihre Kleidung genauso zerknautscht war wie die seine und daß die beiden nicht halb so erholt waren wie er.

Derjenige, der den Kaffee und die Sandwiches gekauft hatte, ging zum Lincoln und öffnete die Hintertür. Tony DeCamillo sprang heraus. Er stellte sich mit leicht gespreizten Beinen hin, zog die Manschetten nach vorn, beäugte Margarite und Croaker – und dann kamen sie zu dritt auf sie zu.

Croaker hatte das unheimliche, fast surreale Gefühl, sich direkt in einem Wildwestfilm zu befinden, kurz vor der finalen Schießerei auf dem Höhepunkt einer wilden und verworrenen Handlung um Haß und Rache.

Als sie die Straße zur Hälfte überquert hatten, machten die beiden Gorillas eine Bewegung, doch Tony D drehte sich um, legte ihnen seine Hände auf die Brust und sagte leise etwas zu ihnen. Beide blieben stehen und begnügten sich damit, mit locker an den Seiten baumelnden Händen Croaker anzustarren. Er vermutete, daß sie ihm die Schuld für ihre lange, unbequeme Nacht gaben.

Auf der anderen Straßenseite drehte sich Margarite zu Croaker um und sagte zu ihm das, was vermutlich auch Tony zu seinen Leuten gesagt hatte: »Bleib da. Ich will das allein mit Tony ausmachen.«

Es war nicht so sehr die Tapferkeit, die sie antrieb, vermutete Margarite, als sie und Tony aufeinander zugingen, sondern ihre praktische Veranlagung. Sie wußte, daß es das Schlimmste gewesen wäre, sie alle auf einmal miteinander zu konfrontieren – auf der einen Seite Tony mit seinen Leibwächtern, auf der anderen sie mit Croaker. Dann wäre die Situation nach männlichen Kriterien eingestuft worden, wäre zur reinen Macho-Angelegenheit verkommen mit zwangsläufigen Gewalttätigkeiten. Und das wollte sie nicht zulassen.

»Babe«, sagte Tony, und seine dunklen Augen glitten von ihrem Gesicht zu Croaker. »Du hast die Nacht mit diesem Heini da verbracht?«

»Warum sollte das dich etwas angehen?«

»Herrgott im Himmel! Weil du verflucht noch mal meine Frau bist! Deshalb!«

Nicht etwa, »weil wir miteinander verheiratet sind«! Der Unterschied sagte alles über ihr Verhältnis zueinander aus.

»Dann sieh *mich* an und nicht ihn!« sagte Margarite scharf.

Sein Blick schweifte zu ihr zurück. »Ich habe Probleme, die gelöst werden müssen.«

»Dann werden wir sie eben lösen.«

»Du bist mir davongerannt. Du hast das Kind versteckt...«

»Francine!« Sie verlor beinahe die Beherrschung und erhob ihre Stimme so laut, daß selbst die Leibwächter sie hören konnten. »Der Name unserer Tochter ist Francine.«

»Yeah, yeah.« Er schob die Lippen vor. »Ich finde es heraus, wo du sie versteckt hast. Glaubst du, das schaffe ich nicht?«

Margarite konnte sich nur wundern über die Veränderungen, die mit ihrem Bewußtsein vor sich gingen. Die Nachdrücklichkeit seiner gewohnten Einschüchterungsversuche bestätigten sie nur in ihrer Entschlossenheit.

»Oh, daran zweifle ich überhaupt nicht«, sagte sie. »Aber bis du sie gefunden hast, habe ich sie schon woanders untergebracht. Und so werde ich das immer wieder tun.« Sie schüttelte den Kopf. »Es ist völlig egal, was du jetzt denkst und dir überlegst, Tony, du kriegst sie niemals. Und damit du es nur weißt: Je mehr du es versuchst, desto mehr wird sie dich hassen, und dann hast du alles verloren.«

Ein kurzes Schweigen. Sie konnte ihn atmen hören und überlegte, wie hoch sein Blutdruck wohl hinaufgeschossen sein mochte. Hinter sich registrierte sie beginnenden Verkehrslärm und, näher bei sich, ein scharfes Kratzen auf dem Asphalt, als Croaker unbehaglich von einem Fuß auf den anderen wechselte.

Tony beugte sich vor, so daß sein Gesicht ganz nahe an ihrem war. Er hatte übermäßig viel Eau de Cologne aufgetragen und war nicht rasiert. Sie freute sich, Beweise für die Hast zu sehen, mit der er die Reise hierher angetreten hatte.

Als er wieder den Mund aufmachte, war sein Ton leiser und versöhnlicher. Sie hatte es jetzt mit Tony dem Sanften zu tun. »Ich glaube, du ziehst hier eine ganz blödsinnige Schau ab, Babe. Ich weiß noch nicht, was das Ganze soll, aber du blamierst mich vor den Jungs und läßt mich dumm aussehen. Bei all den jüngsten

Vorfällen und den Gerüchten, die Leonfortes würden zum Schlag ausholen, muß ich dir sagen, daß die Moral unserer Truppe irgendwie auf der Kippe steht. Ich brauche dich zu Hause, Babe. Dein Platz ist an meiner Seite.«

»Der einzige, der hier eine Schau abzieht, bist du, Tony«, gab Margarite zurück. »Tony der Macho, Tony der Zartfühlende. Und schon hast du dein Pulver verschossen. Du bist erledigt. Mehr hast du nicht zu bieten. Erst heute habe ich es fertiggebracht mich der Tatsache zu stellen, daß das für mich auch nicht annähernd genug ist, was du bisher geboten hast. Und jetzt ist für dich der Zeitpunkt gekommen, den Realitäten ins Auge zu sehen.«

Er sah sie schräg an und wußte nicht, was er von diesem sonderbaren Wesen halten sollte.

»Laß diesen Scheiß!« sagte er drohend. »Es läuft doch alles darauf hinaus, daß du mich nicht als deinen Feind gebrauchen kannst.«

»Aber, Tony, ich will doch gar nicht, daß wir Feinde sind. Tatsache ist nur, daß wir uns nie mehr auf der Ebene begegnen können, auf der wir einmal zusammengelebt haben.«

»Aber genau das und nur das will ich, und ich werde Himmel und Hölle in Bewegung setzen, bis ich es erreicht habe!« Er klang jetzt wie ein bockiges Kind.

»Ich werde mich nicht von dir scheiden lassen. Also zerbrich dir deshalb nicht den Kopf«, sagte Margarite. »Zumindest für den Augenblick gibt es einen zwingenden Grund, dich nicht zu verlassen – weil wir einander nämlich brauchen. Darauf hat Dominic ja gebaut, daß du nämlich meine Tarnung bist. Ohne dich als männliches Aushängeschild kann ich Dominics Arbeit nicht erfolgreich weiterführen. Und ohne mich kommst du nicht an Doms Kontakte. Innerhalb eines halben Jahres, allerhöchstens, wird die Familie dich fallenlassen, und dann bist du ein Aussätziger.«

»Zum Teufel damit – ich bin kein Aussätziger!«

Sie sagte nichts, da sie wußte, daß er Zeit brauchen würde, um die Wahrheit zu verdauen, um einen Weg zu finden, das alles für sich schmackhaft zu machen, um sein Gesicht zu wahren.

»Ach, scheiß drauf!« sagte er schließlich. »In Wahrheit habe ich schon die ganze Zeit Probleme mit gewissen Gruppen von *La Famiglia*. Mit den Infantes, mit den Dellarcos. Ich bin es zwar gewohnt, mit Streitigkeiten innerhalb einer Firma fertigzuwerden, wenn es darum geht, einem Klienten seinen Arsch zu retten. Aber das hier ist ein völlig anderes Spiel. Diese elenden Makkaronifresser...«

Beide lachten sie, zum ersten Mal, seit sehr langer Zeit.

»Yeah«, sagte Margarite, »diese elenden Makkaronifresser können einen ganz schön auf Trab halten, sobald sie aus der Reihe tanzen.«

»Vielleicht brauchen wir einander tatsächlich.« Aber seine dunklen Augen waren wachsam. »Kommst du jetzt mit nach Hause?«

»Noch nicht«, sagte sie. »Da ist erst noch einiges zu regeln.«

»Mit ihm?« Er deutete mit dem Kinn zu Croaker hin.

»Er gehört dazu.«

»Ach, Scheiße, Babe, was soll das! Ich habe ihn überprüfen und durchleuchten lassen. Dein Freund ist keiner vom FBI.«

»Weiß ich. Er hat's mir gesagt. Er ist ein Ex-Cop. New York Police Department, war bei der Mordkommission. Ist sogar eine kleine Berühmtheit in den Annalen der Stadt.«

»Herr im Himmel, Babe, ich hoffe, du weißt, was du da tust.«

Ihr Herzschlag schlug einen Salto. »Ich hoffe es auch.«

»Das ist so ein Heini von der Sorte, vor denen mich dein Bruder andauernd gewarnt hat.« Er streckte die Hand aus, berührte sie schon fast, überlegte es sich offenbar aber anders. Dann ließ er die Hände wieder locker an den Seiten baumeln. »Sei bitte äußerst vorsichtig mit diesem Mann.«

»Mach dir keine Sorgen.«

»Was kann ich bloß tun? Irgend etwas bei der Geschichte zwischen dir und diesem Exbullen verursacht, daß sich mir die Haare im Genick aufstellen. Du weißt schon, was ich meine. Es ist wie damals, wo ich einfach spürte, daß Warner Brothers diesen Eddie Mentor bei einem siebenstelligen Vertrag bescheißen würde. Ich habe damals Eddie seine Million gerettet, aber hier...«, er schüttelte den Kopf, »... hier fällt mir gar nichts ein.«

»Ich kann schon selbst auf mich aufpassen.«

»Yeah. Das hast du ja klar und deutlich gesagt.«

Margarite wollte antworten: Vielen Dank, aber es war noch nicht soweit. Die Verletzungen, die er ihr zugefügt hatte, waren noch zu stark. Mit einem jähen Stich in der Brust erkannte sie, daß – traurig für ihn – die Zeit für ein Dankeschön vielleicht nie kommen würde.

»Wegen der Familien«, fuhr sie fort. »Die Infantes haben einen Sohn, Joey, der um Kate herumschleicht, der jüngsten Tochter der

Dellarcos. Die beiden haben sich ineinander verliebt. Sprich mal mit den Familien und sieh zu, daß du die Heirat zustande bringst.«

»Heilige Jungfrau!« rief Tony aus. »Die beiden *capos* werden sich gegenseitig umbringen – wenn sie nicht zuerst mich umbringen.«

»Diese Heirat wäre das Beste für alle«, sagte Margarite. »Du wirst sehen, die Liebe der Kinder wird den Graben zuschütten. Innerhalb von sechs Wochen werden die beiden Familien die besten Freunde sein.« Sie sah ihm direkt ins Gesicht. »Dom hätte das getan.«

Sie wollte sich gerade zum Gehen wenden, als er fragte: »Was ist mit dem Kind?«

Margarite sah ihn lange an. »Laß sie in Ruhe, Tony. Francie ist krank. Sie hat Bulimie, und wir – du und ich – sind daran schuld. Was wir beide einander angetan haben, ist nicht im luftleeren Raum geschehen. Unser kleines Psychodrama hatte für Francie absolut schwerwiegende Auswirkungen. Sie leidet noch unter den Brandwunden unserer Ausbrüche, und ich vermute stark, daß sie mal Urlaub von uns beiden braucht.«

»Yeah, na gut...« Er ließ den Kopf hängen. »Scheiße.«

Margarite nickte. »Das faßt es gut zusammen.«

Croaker beobachtete, wie sie ihren Mann stehenließ. Sie warf keinen Blick zurück, aber Tony D sah ihr fast bis zu dem Punkt nach, wo sie bei Croaker anlangte. Dann machte er auf dem Absatz kehrt, bellte ein scharfes Kommando und kehrte wieder in den dunklen Komfort des *Lincoln Town Car* zurück. Die Motoren wurden angelassen.

Croaker räusperte sich. »Wie ist es gelaufen?«

»Es lief eben«, sagte Margarite. »Mehr kann ich dazu nicht sagen.« Sie schien müde zu sein, ausgelaugt von der gespielten Forschheit, mit der sie federnden Schrittes auf Tony zugegangen war.

»Gehen wir frühstücken«, sagte er und führte sie die Straße hinab. »Bis wir gepackt haben, müßte *White's Drugs and Department Store* dort drüben offen sein.«

Sie nickte wortlos.

Croaker betrachtete sie aufmerksam und fragte sich, welche Wirkung Tony auf sie gehabt hatte. Ihm fiel jener seltsame Augenblick wieder ein, als die beiden angefangen hatten zusammen zu lachen – was ihm so fehl am Platz erschienen war. Er war bestürzt, als er feststellte, daß er unbedingt wissen wollte, woher diese neuerliche Vertrautheit zwischen ihnen gekommen war. Es drängte ihn, sie danach zu fragen, aber er wußte, daß er das nicht tun konnte, und ihre Schweigsamkeit während des gesamten Frühstücks sagte ihm, daß sie es ihm auch nicht sagen würde.

Sie kamen mit der Pendelmaschine um sechzehn Uhr in Washington an. Wie versprochen, holte Lillehammer sie am Flughafen ab. Er sah wie frisch gebadet aus, als komme er gerade aus seiner Sauna, und sehr gepflegt in einem kohlschwarzen Anzug mit gestärktem weißem Hemd. Dazu trug er eine Krawatte mit Zielscheibenmuster.

»Guten Flug gehabt?« fragte er, und seine stechend blauen Augen musterten bereits Margarite.

»Es waren interessante zwei Tage«, erwiderte Croaker. »Das ist Margarite Goldoni DeCamillo.«

»Sehr erfreut«, sagte Lillehammer und stellte sich selbst vor. »Schrecklich, die Sache mit Ihrem Bruder.«

»Ich verstehe«, sagte Margarite. »Ein Schönheitsfleck in Ihrer Akte.«

»Überhaupt nicht.« Lillehammer zuckte nicht einmal mit der Wimper. »Alle bei uns in der Abteilung, die Dominic kannten, haben ihn letztlich bewundert. Weil er das tat, was er getan hat: Er hat einen Schlußstrich gezogen, hat Namen genannt und dabei sein Leben aufs Spiel gesetzt. Dazu braucht man echten Mut, und als ehemaliger Soldat habe ich ihn deshalb persönlich respektiert.«

Eine interessante Rede, in der Tat; sogar eine gute, dachte Croaker. Aber er glaubte nicht, daß Margarite sich dadurch hatte täuschen lassen.

»Na schön, vielen Dank«, meinte sie zuckersüß.

Nachdem so genügend Artigkeiten ausgetauscht waren, dirigierte Lillehammer sie durch den überfüllten Terminal und hinaus zum Gehsteig, wo eine große Limousine mit regierungsamtlichem Kennzeichen und laufendem Motor auf sie wartete. Das sonore Brummen des Motors und das unverkennbare Geräusch der Türen beim Zuschlagen bestärkte Croaker in der Annahme, daß der Wagen eine kugelsichere Ausstattung hatte.

»Ich möchte nicht so tun, als könnte ich nachvollziehen, wie schwer Ihnen eine Zustimmung zu diesem Treffen fiel, Mrs. DeCamillo«, begann Lillehammer anscheinend aufrichtig. »Doch mein

Kollege hier ist der Meinung, daß Sie für uns die einzige Spur sind, die uns zu dem Mann hinführen kann, der Ihren Bruder ermordete. Und glauben Sie mir, wir sind außerordentlich scharf darauf, ihn zu kriegen.«

»Warum?«

»Wie bitte?« Lillehammer rutschte auf seinem Sitz umher.

»Ich fragte, warum, Mr. Lillehammer.« Margarite sah ihn offen an. »Warum ist es so wichtig, daß Sie Dominics Killer finden? Könnte es vielleicht bloß eine Angelegenheit von Stolz sein, eine Art von – wie soll ich es ausdrücken – selbstlosem Engagement einem Mann gegenüber, den zu bewundern und zu respektieren Sie gelernt haben, während Sie ihn gleichzeitig ans Kreuz schlugen?«

Croaker wandte ein ziemliches Maß an Energie auf, um ein Lächeln zu unterdrücken, aber Lillehammer war rot geworden.

»Herr im Himmel – entschuldigen Sie vielmals, Ma'am«, sagte er und kampfte um Selbstbeherrschung, »aber Ihr Bruder kontrollierte das gesamte Baugeschäft, die Verpackung von Fleisch und landwirtschaftlichen Produkten, die private Straßenreinigung, dazu Glücksspiel, Prostitution und weiß Gott was noch alles an der Ostküste. Ohne ein Okay von Dominic Goldoni konnte der Bürgermeister von New York noch nicht einmal zum Scheißen gehen – wenn Sie mir meine drastische Ausdrucksweise verzeihen. Deshalb glaube ich eigentlich nicht, daß die Attitüde moralischer Rechtschaffenheit die für Sie angemessene Haltung im Umgang mit uns ist. Auch wenn ich jetzt eine Beleidigung riskiere – aber Ihr Bruder starb wegen seiner Schandtaten. *Wir* haben mit seinem Tod nicht das geringste zu tun.«

Croaker sagte kein Wort. Er beobachtete Margarite, die sich auf die Lippe biß und dann eine Hand vors Gesicht schlug.

Das Auto hielt an, und sie stiegen aus. Offensichtlich befanden sie sich in Washington, aber Croaker hatte keine Ahnung, wo. Lillehammer führte sie über den Nebeneingang in ein monumentales Gebäude aus Granit und Kalksteinen, eines von so vielen in der ganzen Stadt, daß deren bloße Anzahl schon den merkwürdigen Effekt einer Abstumpfung gegenüber diesen imposanten, großartigen Bauwerken hervorrief.

Bei dem uniformierten Wächter zeigte er einen laminierten Ausweis vor und erbat Besucherausweise für seine Gäste. Niemand sonst begleitete sie zum Aufzug, der sie von der hallenden Marmorlobby zu einem anonymen, von Neonröhren beleuchteten Raum am Ende eines öden Flurs brachte. Von irgendwoher kamen Geräusche wie von holzfressenden Käfern und von Menschen, deren Fingernägel auf Computertastaturen klickten. Zu sehen war aber niemand.

In dem würfelförmigen Raum standen ein Metalltisch und sechs Stühle mit kerzengeraden Lehnen; auf dem Tisch ein Behälter für gekühltes Wasser, ein Stapel linierter Notizblöcke und ein Bündel Bleistifte; ein kleines Fenster wies auf einen verrußten, lichtlosen Schacht hinaus.

»Na, wunderbar!« sagte Margarite und sah Croaker an, nicht Lillehammer. »Das ist ja fast wie im Gefängnis.«

Sie ging zum Tisch hinüber, wo sie eine Menge Schwarzweißfotos vom Tatort fand: Dominic Goldoni und seine zeitweilige Geliebte Ginnie Morris.

»Kein schöner Anblick, stimmt's?« sagte Lillehammer.

»Leider mußte ich diese Bilder ansehen, bis mir die Augen weh taten.«

O Gott, durchfuhr es Croaker – er wußte, was Lillehammer vorhatte. Sicher wollte er Margarite mit den Fotos von dem Verbrechen erneut einen Schock versetzen für den Fall, daß sich inzwischen ihre Meinung über eine Zusammenarbeit mit den Bundesbehörden verändert haben sollte.

Margarite schien ihn nicht gehört zu haben. Sie besah sich das Beweismaterial und nahm mechanisch jedes einzelne Foto in die Hand. Croaker sah, wie sie eines von Ginnie Morris betrachtete. Das waren jene Bilder, die er ihr zuvor nicht gezeigt hatte, wo der Fotograf Nahaufnahmen von dem unheimlichen, leiterförmigen Muster von Schnitten gemacht hatte, auf denen die blutige Feder der weißen Elster lag. Margarite stand so lange Zeit reglos da, daß Lillehammer sich Sorgen zu machen begann.

Er ging zum Wasserkühler, goß sich einen Pappbecher voll ein und setzte sich an den Tisch neben Margarite.

»Vielleicht ist es einfacher, wenn wir uns alle hinsetzen«, schlug er vor. Als sie Platz genommen hatten, holte er Notizblock und Bleistift und fuhr fort. »Mein Kollege hat mich über das Wichtigste dessen informiert, was bis kurz vor den Morden geschah. Dennoch möchte ich die Einzelheiten lieber direkt von Ihnen hören.« Er holte einen Taschenkassettenrecorder heraus. »Haben Sie etwas dagegen, daß ich Ihre Aussagen aufnehme?«

Margarite schüttelte den Kopf.

»Hätten Sie etwas dagegen Ihr Einverständnis laut und auf Band zu bestätigen?«

Sie tat es und begann dann ihr Zusammentreffen mit dem Mann zu schildern, den sie als Robert kannte. Ihr Bericht war sehr knapp und nüchtern, ohne jenes tiefe, gefühlsmäßige Engagement, das sichtbar geworden war, als sie Croaker von den Vorfällen erzählt hatte. Für ihn klang ihre Stimme beängstigend monoton, als sei sie selbst irgendwie abwesend. Lillehammer, ganz vertieft in die bizarren Ereignisse, die zu den Morden geführt hatten, fiel offensichtlich nichts auf. Aber er kannte Margarite ja auch nicht so gut wie Croaker.

Als sie fertig war, sah Lillehammer auf ein paar Notizen, die er sich gemacht hatte, und stellte eine Reihe Fragen, die Margarite im gleichen Tonfall beantwortete.

Lillehammer war zufriedengestellt und sagte: »Ich möchte Sie jetzt um etwas außergewöhnlich Schwieriges bitten. Und aller Wahrscheinlichkeit nach wird es auch genauso gefährlich sein. Aber von dem wenigen ausgehend, was wir selbst herausgefunden haben, und auf Grund dessen, was Sie uns hier erzählten, bin ich davon überzeugt – mein Kollege ebenfalls –, daß die einzige Möglichkeit, diesen ungewöhnlich gerissenen Mörder zu fangen, darin besteht, daß wir Sie als Köder benutzen.«

»Einen Moment mal«, sagte Croaker, noch ehe Margarite eine Chance hatte zu antworten. »Ich habe nie meine Zustimmung zu einer solch idiotischen Idee gegeben.«

»Mhm.« Lillehammer schien diesem Ausbruch ein gebührendes Maß an Nachdenken zu widmen. »Aber das deckt sich ganz und gar nicht mit dem Eindruck, den ich von Ihrem Anruf hatte.« Er tippte auf das Bandgerät bei seinem Ellbogen. »Ich habe das Gespräch aufgezeichnet. Soll ich es für die Dame mal abspielen?«

»Was immer ich damals gemeint haben könnte, ist im Augenblick nicht relevant«, sagte Croaker. »Eine Unschuldige einem solchen Risiko auszusetzen, ist für mich völlig unannehmbar.«

Lillehammer sah ihn erstaunt an. »Wollen Sie mir gerade erzählen, Sie hätten während Ihrer Dienstzeit bei der New Yorker Polizei diese Taktik nie angewandt?«

Croaker riskierte einen schnellen Blick in Margarites Richtung. Sie hielt den Blick gesenkt und sah auf den Berg von Brutalitäten, den Lillehammer für sie zum Ansehen ausgebreitet hatte, auf die

Bilder mit den grausigen Überresten ihres Bruders und seiner Geliebten. Er konnte sich gut vorstellen, welcher Kampf der Gefühle in ihrem Innern ablief: Ekel gegenüber dem, was Robert angerichtet hatte; Hingezogenheit zu dem, was er für ihr neues Selbstverständnis bedeutete. Croaker beneidete sie nicht.

»Ich kann nicht behaupten, ich hätte nie einen anderen Menschen als Köder benutzt«, sagte er schließlich. »Aber ich hatte dabei immer ein ungutes Gefühl, und wenn ich's tat, dann war ich immer – und immer nur ich – als Aufpasser zur Stelle.«

»Ich glaube, ich sollte das mal für die Dame übersetzen«, sagte Lillehammer. »Ein Aufpasser in diesem Zusammenhang ist der Profi, der als Rückendeckung für den Köder fungiert und dafür sorgt, daß ihm kein Leid geschieht, während die Falle über der Beute zuschnappt.«

Margarite schien seine Worte noch immer nicht zu hören.

Lillehammer sah Croaker an. »Sie werden sicher zugeben, daß diese Taktik eine hohe Erfolgsquote hat.«

»Wenn die Umstände entsprechend ausweglos sind«, sagte Croaker widerwillig. »Wenn wir mit dem Rücken zur Wand standen.« Es war ihm egal, in welche Position Lillehammer ihn hineinmanövrierte.

Dieser breitete die Arme aus. »Na also?«

»Ein lebensgefährliches Risiko«, sagte Croaker hitzig. »Das ist es, wovon wir gerade sprechen.«

»Hört auf damit!«

Margarites laute und schrille Stimme brachte sie beide zum Schweigen.

»Hört auf, ihr beiden!« Sie sah von einem zum andern. »Ihr redet über mich, als ob ich gar nicht da wäre, als ob ich eine Ware wäre, über die man feilschen könnte.« Abrupt stand sie auf. »Ich muß mal an die frische Luft, Lew.«

»Ich verstehe«, sagte Croaker. Beide Männer standen auf. »Deine weitere Beteiligung an der Angelegenheit hätte nicht zur Sprache kommen dürfen.«

»Ach wo! Mr. Lillehammer hat ein gutes Argument vorgebracht.«

Croaker war völlig verblüfft. »Du ziehst doch nicht etwa ernsthaft in Erwägung...«

»Vielleicht tu ich das. Ich habe dir gesagt, daß ich mir sicher bin, daß Robert mir nichts antun wird. Aber sollte es doch geschehen, dann war das meine freie Entscheidung und nicht die von euch oder vom FBI.«

»Einverstanden«, sagte Lillehammer. »Mehr kann ich nicht von Ihnen verlangen.« Er verabschiedete Croaker mit einem kurzen Kopfnicken, während er die Tür für sie aufhielt. Dabei lächelte er, und die Narben in seinen Mundwinkeln wirkten wie Graffiti. »Vielen Dank, daß Sie soviel Zeit geopfert haben, Mrs. DeCamillo.«

Im Flur drehte sie sich um und lächelte süß zu ihm zurück. »Übrigens war das falsch, Mr. Lillehammer, was Sie vorhin behauptet hatten. Sie und Ihresgleichen haben *sehr viel* mit dem Tod meines Bruders zu tun. Gäbe es keine voreingenommenen, rassistischen Bullen, gäbe es auch keine Notwendigkeit für Menschen wie Dominic Goldoni. Und gäbe es keine Bullen, die unbedingt gekauft werden wollen, dann hätten Dominic Goldonis Geschäfte nie so floriert. Und gäbe es keine Bullen, die scharf darauf sind, sich einen Namen zu machen, wäre er nie zu diesem Zeitpunkt und auf diese Weise gestorben.«

Als das Alarmsignal in Nangis Ohr ihn mit einem hohen Pfeifton aufschreckte, hatte er noch fest geschlafen. Er öffnete die Augen und sah nur finstere Nacht um sich. Vorsichtig richtete er sich auf und tastete nach seinem Gehstock. Nangi war in einem Polstersessel in seinem Wohnzimmer eingenickt. Beim Aufstehen rutschte der Stapel von Papieren, die er gelesen hatte, von seinen Knien auf den Teppich zu seinen Füßen und zerstreute sich dort. Ungeachtet der Schmerzen in seinem Bein bückte er sich, um die Blätter aufzuheben. Informationen und Zahlen über *Avalon Ltd.* waren darauf sauber in Spalten, Grafiken und tabellarischen Steuerauszügen aufgeführt. Oberflächlich betrachtet, gab das Material nicht viel her.

Es hatte einer Menge Laufereien und gegenseitiger Gefälligkeiten bedurft, um auch nur dieses bißchen zu erhalten. *Avalon Ltd.* war, als Firma in Privatbesitz, nicht verpflichtet, ihr Geschäftsgebaren offenzulegen.

Er schob die Papiere zusammen, stützte sich auf den Drachenkopf seines Stocks und stand auf. Dann legte er die Unterlagen beiseite, ging in den Flur und nahm seinen Tweedmantel.

Draußen im Auto stellte er das Heizgebläse an und sah zu, wie der Reif langsam von der Windschutzscheibe verschwand. Er hatte erst gar nicht versucht, seinen Fahrer zu wecken. Das Jaulen in seinem Ohr veränderte seine Tonhöhe, und Nangi fuhr aus der Ausfahrt seines Grundstücks heraus. Wieder veränderte sich der Ton, und Nangi beschleunigte und ließ sich von dem Miniaturempfänger in seinem Ohr leiten.

Nicht daß die Informationen, die er erhalten hatte, in jeder Beziehung nutzlos gewesen wären, überlegte er, als er in einen der breiten nächtlichen Boulevards von Tokio einbog. Zwar tätigte *Avalon Ltd.* jede Menge Geschäfte, aber dessenungeachtet erwirtschaftete die Firma keinen Gewinn. Und welches Unternehmen konnte sich schon eine solche Bilanz über längere Zeit hinweg erlauben? Es sei denn, es handelte sich um eine Scheinfirma, die hauptsächlich zu dem Zweck betrieben wurde, um Kapital von einer Quelle zur nächsten zu schleusen.

Der Glanz von pink- und silberfarbenen Neonlichtern fiel von allen Seiten auf seinen Wagen und lackierte die Gesichter jener wenigen Fußgänger bunt, die noch immer unterwegs waren. In der Hauptsache waren es Touristen, die die Schaufensterauslagen mit ihren futuristischen elektronischen Gags oder alte Kimonos betrachteten und dabei versuchten, so viel von dieser verwirrenden Metropolis in sich aufzunehmen, wie sie in kürzest möglicher Zeit nur konnten. Warum sollten sie da an Schlaf denken?

Während des Fahrens stellte Nangi gründliche Überlegungen an. Von der Annahme ausgehen, daß Avalon Ltd. nicht die Firma war, als die sie sich ausgab, lautete die brennendste Frage nicht: Was war *Avalon Ltd.* wirklich? sondern: Warum dirigierte man ihn dorthin? Der geheimnisvolle Mann, der sich als Vincent Tinhs Bruder ausgegeben hatte und von dem die Leiche abgeholt worden war, hatte Avalon Ltd. als seine Heimatadresse genannt. Warum? Warum hatte er nicht irgendeine frei erfundene Firma erwähnt, so daß alle diesbezüglichen Ermittlungen in einer Sackgasse gelandet wären? Nangi hätte das an seiner Stelle mit Sicherheit getan. Warum dieser Mann nicht.

Die Gesichter von Models im Teenageralter und von Popstars mit platinblonden Haaren auf riesigen Reklameflächen priesen Softdrinks oder Kosmetika an. Ihre gigantische Präsenz brach die Wirklichkeit entzwei und fügte sie auf gänzlich neue Weise wieder zusammen.

Der Ton in seinem Ohr veränderte sich erneut. Nangi verließ

den Boulevard und bog in ein Gewirr von Straßen ein, die immer enger, dunkler und schmutziger wurden. Müll und Unrat lagen in den Gassen umher, und gelbe Hunde, auffällig wegen ihrer übermäßig hervorstehenden Rippen, pirschten durch die furchteinflößende Dunkelheit auf der Suche nach Aas und Abfällen.

Irgend jemand wollte, daß Nangi den Tod von Tinh mit *Avalon Ltd.* in Verbindung brachte, wollte Nangi in eine bestimmte Richtung locken. War es die richtige – oder nur eine falsche Fährte, um die wahren Umstände von Tinhs Ermordung zu verwischen?

Nangi hatte das Fenster herabgefahren und konnte den Fluß riechen, jene Geruchsmischung aus Salz und Verfall in einem Stadtviertel, das seine Blütezeit schon längst hinter sich hatte und schon lange unter der Erde verschüttet lag. Anonyme Betonhäuser, innerhalb einer Woche hochgezogen oder abgerissen, machten Lagerhäusern mit glatten Mauern Platz, die wie unheilverheißende Ungeheuer unter der Mondsichel schlummerten. Die schweren Baugeräte eines bizarren Maschinenparks kauerten wie träge Bestien unter ihren provisorischen Schutzunterständen, errichtet aus einem eisernen Gerippe von Trägern und Streben.

Zu viele Fragen ohne Antworten, dachte Nangi, und mir bleibt nur ein Weg, und noch dazu ein höchst ungewisser, um dieses Rätsel zu lösen. Das Signal in seinem Ohr wurde schriller, und er verlangsamte seine Fahrt auf Schrittempo. Schon lange vorher hatte er die Scheinwerfer gelöscht und die Straßenbeleuchtung oder die Lichter seiner Umgebung benutzt, um langsam dahinschleichen zu können.

Durch eine Häuserlücke hindurch erblickte er den Sumida. Das Mondlicht schimmerte auf der gekräuselten Wasseroberfläche und tanzte auf den kleinen Wellen, die ein Boot erzeugt hatte.

Schon war er an der Lücke vorbeigefahren, und der schimmernde Anblick verlor sich in Finsternis und stinkender Verwesung. Der Signalton in seinem Ohr hatte sich zu einem eintönigen Jaulen verändert und Nangi ließ den Wagen ausrollen und hielt an. Weiter unten sah er die Scheinwerfer eines älteren Autos erlöschen. Es parkte vor einem Gebäude, das ein zwischen zwei riesige Lagerhallen gequetschtes Wohnhaus zu sein schien.

Nangi beobachtete aus der Stille und der Dunkelheit heraus, wie Seiko ausstieg, die Stufen zur Haustür hinaufeilte und dort hastig an die Tür klopfte. Diese wurde fast augenblicklich von einer alten Frau im traditionellen Kimono geöffnet. Die dunklen Haare hatte sie kunstvoll hochgesteckt, und lange Nadeln hielten die Frisur zusammen. Seiko warf einen schnellen, verstohlenen Blick um sich, trat über die Schwelle, und die Tür schloß sich hinter ihr.

Nangi nahm den Mini-Empfänger aus dem Ohr, öffnete den Drachenkopf seines Stockes und ließ ihn in das hohle Innere gleiten. Die andere Hälfte des Systems, der Sender, befand sich in einer der filigranen Gravuren des kleinen silbernen Pillendöschens, welches Nangi auf der Rückfahrt von Justines Beerdigung Seiko gegeben hatte.

Weshalb hatte er Verdacht geschöpft? Es wäre nicht richtig von ihm gewesen, ihre Motive nur deshalb in Zweifel zu ziehen, weil sie so lange Zeit in Vietnam gelebt und eine stürmische Affäre mit einem vietnamesischen Wertpapierhändler gehabt hatte. Und genauso falsch wäre es gewesen, hätte sich Nangi jenem japanischen Vorurteil gegenüber den anderen, sogenannten »minderwertigen« Kulturen Asiens angeschlossen, die die Japaner in kriegerischen Zeiten zu unterwerfen getrachtet hatten.

Doch entsprach es der Wahrheit, daß diese Vorurteile tief in der japanischen Psyche verankert waren. Japanfans und -kritiker gleichermaßen sahen diese Voreingenommenheit als eine kulturell bedingte an. Nangi allerdings vermutete, daß sie mehr aus der Notlage einer rohstoffarmen Inselnation entsprang, für deren Menschen der Gedanke schrecklich war, in ihrer Existenz fast vollständig von anderen Gesellschaftsgruppen auf dem asiatischen Kontinent abhängig zu sein.

Es schmerzte Nangi annehmen zu müssen, er hege vielleicht intolerante Auffassungen, auch wenn er verstand, daß eine solche Schwäche seine eigene Menschlichkeit nur bestätigte.

Jedenfalls hatte er Seikos Exgeliebten überprüfen lassen und hatte dabei einige höchst irritierende Goldkörnchen in Informationen ausgegraben. Zum Beispiel stand der Mann in dem Verdacht, an der Hang Seng, der Börse von Hongkong, ein höchst raffiniertes Betrugsmanöver inszeniert zu haben, das seiner Kundschaft Profite in der Größenordnung von jeweils zehn Millionen Dollar einbrachte, wovon er sich mit einer angemessenen Provision selbst die Taschen füllte. Weitere Ermittlungen ergaben, daß diese Kundschaft aus einem Netzwerk von Holdings bestand, von denen Nangi auf Grund eigener Kontakte wußte, daß sie im Besitz von *yakuza* waren. Bei anderer Gelegenheit hatte derselbe Vietnamese für Klienten in verschiedenen japanischen Ministerien einen Riesengewinn gemacht, als ein allgemein favorisiertes Immobilienpapier merkwürdigerweise und unter nicht geklärten Umständen eine rasante Talfahrt hinlegte.

Seiko war vielleicht völlig unschuldig und uninformiert über das, was ihr Liebhaber geschäftlich getrieben hatte. Doch Nangi konnte nicht umhin sich zu fragen, ob sie auch nicht gewußt hatte, was für eine Art Mensch er war. Seiner Erfahrung nach waren Frauen scharfsinniger in der Beurteilung von Charakteren, als Männer ihnen das zugestehen wollten. Selbst unter Berücksichtigung der Tatsache, daß sie vielleicht blind vor Liebe gewesen war, konnte er sich doch nicht mit der Idee anfreunden, daß eine so offensichtlich kluge Frau taub und blind gewesen sei.

Und während er absolut bereit war, bei Seiko im Zweifel für die Angeklagte einzutreten, insbesondere um Nicholas willen, so wußte er doch im Innersten seines Herzens, daß er sie irgendwie auf die Probe stellen und ihr eine Bewährungszeit auferlegen mußte, nach deren Ablauf er etwas unternehmen wollte. Und mit dem Peilsender hatte er etwas unternommen, hatte er seinen Verdacht aus seiner Bernsteinummantelung bloßer Theorie herausgeholt, wohin er zeitweise weggeschlossen worden war.

Dennoch hätte er vielleicht sein Mißtrauen endgültig abgebaut, wäre sie nicht gar so geschickt gewesen. Die Arbeit, die sie für die Firma verrichtete, war unbestreitbar erstklassig, und ihre speziellen Kenntnisse der Verhältnisse in Vietnam – und besonders der in Saigon – hatten sich als unschätzbar wertvoll erwiesen.

Doch dann hatte sie sich an Nicholas herangemacht. Vielleicht konnte sie selbst nichts dafür. Wie Nangi beobachtet hatte, war sie eine junge Frau mit einem starken erotischen Interesse. Aber ihr unsensibles Verhalten gegenüber Justine – und damit auch gegenüber Nicholas – ließ auf einen gewissen dunklen Zug in ihrem Charakter schließen. Auch die äußeren Umstände erregten wieder seinen Argwohn. Nicholas bedeutete für Seiko den Schlüssel zu *Sato International*. Die geschäftliche Expansion in Vietnam war ausschließlich seine Idee, und sie wußte das.

Mit der erhellenden Optik nachträglicher Betrachtungsweise mußte Nangi anerkennen, wie clever die Frau war. Sie hatte gespürt, daß Nicholas Ehe problematisch war, hatte sich diese Probleme planmäßig zunutze gemacht und sich selbst immer stärker in seine Psyche gedrängt.

Und nach Nicholas' Verschwinden hatte sie sich übergangslos in

Nangis Leben eingeschlichen. Nicht nur, daß er ihr gegenüber keinen Haß empfand; er mußte außerdem feststellen, daß er voller Bewunderung für sie war. Einen so außergewöhnlichen, machiavellistischen Kopf wie Seiko fand man viel zu selten. Die Frage war, was er mit ihr anfangen sollte, nachdem sie nun nackt und entlarvt vor ihm stand. Sollte er sie aus seinem Umfeld verbannen – oder sie wie eine Schlange an seine Brust drücken?

»Lüg mich nicht an, Lew«, sagte Margarite. »Erzähle mir nicht, du hättest nicht auch an die Möglichkeit gedacht, mich als Köder für Robert zu benutzen, seit ich dir von allem erzählt habe, was geschehen ist.«

»Über eine derartig riskante Sache nachzudenken und dann dementsprechend zu handeln, sind zwei verschiedene Dinge«, antwortete er.

Sie nickte. »Das stimmt. Aber riskante Sachen gehören doch zu eurem Handwerkszeug, oder etwa nicht?«

Da Leugnen keinen Sinn hatte, hielt er den Mund. Sie saßen gerade an einem Tisch im *Terrazza*, einem italienischen Restaurant in der King Street, die im Old Town Viertel von Alexandria lag. Der Dienstwagen hatte sie zu einem Hotel in der Nähe gebracht, wo Lillehammer Zimmer für sie reserviert hatte. Der Fahrer sagte, daß er ihnen während ihres Aufenthalts in Washington zur Verfügung stehe, doch aus verständlichen Gründen behagte Margarite dieses Arrangement nicht, und so hatte Croaker ihn entlassen. Margarite wollte italienisch essen gehen, und die Dame an der Hotelrezeption hatte ihnen das *Terrazza* empfohlen. Daraufhin waren sie mit dem Taxi nach Alexandria gefahren.

Croaker, der ihr an dem kleinen Tisch gegenüber saß, lächelte plötzlich.

»Was ist so komisch?«

»Weiß ich auch nicht«, sagte er und brach ein Stück von dem knusprigen Brot ab. »Ich mußte gerade daran denken, wie gut mir das gefiel, wie du das Gespräch mit Lillehammer beendet hast.«

»Ehe wir miteinander weitermachen, ehe ich mich irgendwie darauf einlasse, mein Leben in deine Hand zu legen, muß ich erst von dir wissen, auf welcher Seite du stehst und welche Verpflichtungen und Rücksichtnahmen bei dir eine Rolle spielen. Bist du Lillehammer irgend etwas schuldig?«

Der Kellner kam an den Tisch, vermutlich, um die Bestellung aufzunehmen, und Croaker sah auf seine Speisekarte. Doch Margarite scheuchte den jungen Mann davon. Offensichtlich wollte sie jetzt nicht abgelenkt werden.

»Lew, es ist besser, du denkst das jetzt durch.«

»Ich arbeite für ihn«, sagte Croaker. »Er rechnet fest mit mir bei der Aufklärung dieses Falles.«

Margarites Blick ließ ihn nicht los. »Dann will ich dir jetzt mal was sagen: Das FBI hatte Dom erlaubt, während des WITSEC-Programms seine Organisation weiterhin über Tony zu führen. Das war von Anfang an ein Teil der Abmachung.« Sie zog die Augenbrauen hoch. »Hörst du mir überhaupt zu? Gut. Diese FBI-Figuren sind korrupter und käuflicher als irgendwer von der Städtischen Polizei oder Justiz, mit denen Dom zu tun hatte. Das kommt daher, weil diese Mistkerle näher an der Macht sind, näher an der wirklichen Macht. So sieht es nämlich in dieser Stadt aus!«

»Ein hübscher Gedanke«, sagte Croaker.

»Leute wie Lillehammer sind anders, Lew. Die üben persönlich genug Macht aus, um jeden schmutzigen Trick zu unterlaufen. Du hast ja selbst ein bißchen was von dem erlebt, dessen er fähig ist, aber ich frage mich, ob du die Ebenen seiner psychologischen Spielchen wirklich siehst. Zum Beispiel dieser Raum da, diese Gefängniszelle... Ich weiß, der hat uns nur deswegen dort hingeführt, um mich einzuschüchtern und mir zu demonstrieren, wer hier das Sagen hat. Bei mir war es Dom, der mich vor Leuten warnte, die komplizierte Psychospielchen spielen, und jetzt bin ich es, die dich vor denen warnt.«

»Ich habe keinen Zweifel, daß dein Bruder damit richtig lag«, sagte Croaker. Er fand es erstaunlich, einen wie starken Einfluß ein Toter auf das Leben von ihnen beiden ausübte. Allmählich fing er an, Respekt vor Dominic Goldoni zu bekommen und es zu bedauern, daß er nie Gelegenheit gehabt hatte, ihn persönlich kennenzulernen.

»Über Lillehammer weiß ich einiges, und einiges mehr kann ich vermuten«, sagte er. »Er war Kriegsgefangener in Vietnam. Hast du die Narben um seinen Mund herum gesehen? Er hat mir gegenüber Andeutungen gemacht, wie er dazugekommen ist. Man hatte ihn gefoltert. Was wissen wir schon, wie lange er unter Druck stand und wie die Umstände seiner Flucht waren?« Er schüttelte den Kopf. »Ich glaube, daß solche Männer anschließend keinen leichten Weg vor sich haben. Bei denen ist irgend etwas im Innern kaputtgemacht worden. Der Feind hat vielleicht gar nicht das bekommen, was er haben wollte. Lillehammer behauptet, er habe nie etwas preisgegeben. Aber aus solchen Torturen tauchst du als völlig veränderter Mensch wieder auf. Soldaten, die ich kenne und die ähnliches mitgemacht haben, scheinen einen grundlegenden Teil ihrer normalen Urteilsfähigkeit verloren zu haben.«

Croaker brach noch mehr Brot ab, da ihm aber der Appetit vergangen war, wußte er nicht, was er damit tun sollte, und so verformte er es mit seinen Titan- und Polycarbonatfingern zu einer Plastik. »Möglicherweise macht man es sich zu einfach, wenn man sagt, daß sich bei solchen Menschen Loyalität in Mittäterschaft verwandelt, aber das könnte nichtsdestoweniger stimmen. Das Opfer tappt unabsichtlich in die Falle, indem es den Zeitraum, in welchem sein Bewußtsein attackiert wurde, abzuschirmen und auszugrenzen versucht, bis schließlich auch alle anderen Teile der Wirklichkeit verdreht werden, nur um jene Fiktion aufrechtzuerhalten, die es sich von jener Zeit zusammengebastelt hat. So sind letztlich das Opfer und seine Folterer zu Verbündeten geworden, weil sie beide ursächlich diese Fiktion geschaffen haben.«

»Es ist völlig klar, daß er Robert unbedingt kriegen will«, sagte Margarite. »Robert ist zwar über mich an Dom herangekommen. Aber woher wußte Robert, daß Dom mich anrufen würde und genau zu welchem Zeitpunkt?«

»Vielleicht ein Insiderjob. Lillehammer erzählte mir, daß er seinen eigenen Leuten nicht trauen könne und daß er wegen Dominics Ermordung ein Loch irgendwo im FBI vermute.« Croaker schloß die Augen. »Aber seitdem hat er nie wieder seinen Verdacht im Hinblick auf eine undichte Stelle erwähnt.« Er riß die Augen auf. »Was wäre, wenn er Robert kennt?«

Margarite schüttelte bereits den Kopf. »Das ergibt keinen Sinn. Würde er Robert kennen, würde er doch selbst hinter ihm herjagen. Dann wüßte er Bescheid über Roberts Gewohnheiten, wüßte, wo er sich gerne herumgetrieben hat, mit wem er beisammen war – und schon hätte er ihn sich geschnappt.«

»Nicht, wenn er Robert schon seit langem nicht mehr gesehen hat«, sagte Croaker. »Wie zum Beispiel seit der Zeit in Vietnam.«

»Was?«

»Du hast mir gesagt, Robert sehe asiatisch aus, nicht japanisch oder chinesisch, sondern eher wie eine Mischung mit kupferner

Hautfarbe, fast polynesisch. Damit hättest du einen Vietnamesen beschreiben können.« Croaker nickte vor sich hin. »Ja«, meinte er bedächtig. »Das ergäbe auf eine verdrehte Weise schon einen Sinn.« Er klopfte mit einem Finger auf den Tisch. »Wer hat Lillehammer gefoltert, der Vietcong? Vermutlich. Hätte Robert dazugehören können? Als guter Soldat weiß Lillehammer, welches Risiko er eingehen würde, wenn er Robert persönlich jagte. Falls Robert auch nur einen flüchtigen Blick auf ihn erhaschen könnte, dann würde er wie der Blitz in einem so tiefen Loch verschwinden, daß er ihn nie mehr findet. *Mich* aber kennt Robert nicht. Ein Expolizist, Detective bei der Mordkommission, FBI-bewährt – ich wäre für den Job perfekt.«

Margarite schien sich krampfhaft beherrschen zu müssen. »Ich mag diesen Lillehammer nicht.«

Jetzt konnte auch Croaker die Ausstrahlung ihrer Anspannung spüren. »Aber das hat doch nicht bloß etwas mit Lillehammer zu tun«, sagte er.

»Nein. Es hat mit etwas zu tun, das ich dort in seiner Gefängniszelle gesehen habe.« Sie schauderte. »Du hattest mir keine Fotos von dem gezeigt, was Robert mit Ginnie angestellt hatte, und so war ich total ahnungslos.«

»Ich sah keine Notwendigkeit.«

Sie nickte. »Das verstehe ich. Aber nachdem ich sie jetzt gesehen habe, weiß ich auch, daß es hier in Washington jemanden gibt, den wir unbedingt aufsuchen müssen. Jemand, der über diese Wunden Bescheid weiß, die Robert ihr beigebracht hat.« Mit leeren Augen sah sie ihn an. »Verstehst du, Lew, Ginnies Tod war Teil eines sehr alten Rituals. Ich selbst weiß darüber nicht viel, aber ich kenne eine Frau, die mehr weiß. Und ich denke mir, wenn sie dir alles erzählt, was sie weiß, dann sind wir schon so dicht an Robert dran, daß wir seinen Atem im Gesicht spüren können.«

Davis Munch, Sonderermittler des Pentagon und an Senator Rance Banes Untersuchungsausschuß ausgeliehen, sah im Moment ganz und gar nicht so aus, wie Gaunt ihn gegenüber Manny Mannheim beschrieben hatte.

»Falls ich das innerhalb der nächsten vierundzwanzig Stunden nicht wieder abhole«, hatte Gaunt am späten Nachmittag zu Manny in dessen Pfandleihe gesagt, wo er auf seinem Weg zu Lillehammers Haus noch einmal vorbeigeschaut hatte, »dann bringst du diesen Umschlag zu einem Mann namens Davis Munch. Der soll das an Nicholas Linnear bei meiner Firma in Tokio weiterleiten.«

»Scheiße«, hatte Manny geantwortet und bereits Angst um seinen Freund verspürt, »ich erledigte das schon für dich, Harl... falls ich es überhaupt erledigen muß, was ich nicht hoffen will.«

»Hör zu, Manny«, hatte Gaunt gesagt. »Munch ist von der DIA, einer der geheimen Krisenfeuerwehren des Pentagon. Der weiß dann schon, was er zu tun hat. Ich kann nicht riskieren, daß dieses Zeug mit normaler Post befördert oder von irgend jemand anderem geöffnet wird als von Nicholas oder – falls das nicht geht – von Tanzan Nangi. Versprich mir, daß du keinen Blödsinn damit anstellst! Du bringst das direkt zu Munch! Der findet dann schon einen Weg, zum Beispiel per amtlichem Kurier, um es nach Tokio zu schaffen.«

»*Falls* dir etwas zustößt.«

»Versprich's mir, Manny!«

Manny hatte es versprochen. Weswegen er jetzt auch mitten in der Nacht auf einer verregneten Straße in Washington stand und sein Gesicht aus dem Widerschein der zuckenden Rotlichter von einem halben Dutzend Streifenwagen heraushielt, die einen Teil der Straße absperrten.

Eine sich schnell nähernde Sirene heulte, und aus dem Schatten heraus sah Manny, wie ein Sanitätswagen durch die Polizeisperre geschleust wurde und mit quietschenden Reifen neben der Leiche zum Stillstand kam.

Was für eine Menge Blut! Manny fröstelte und vergrub sich in seinen gefütterten Mantel. Lieber Gott im Himmel, worauf hat sich Harl da bloß eingelassen?

Er hatte Davis Munch zu Hause angerufen, dabei die Nummer benutzt, die Gaunt ihm gegeben hatte, und eine Nachricht auf dem Anrufbeantworter hinterlassen. Das hätte er vielleicht nicht tun sollen; vielleicht wurde Munchs Telefon angezapft. Aber von wem? Munch war doch von der DIA, dem Geheimdienst des Verteidigungsministeriums. Wer um Himmels willen würde denn einen von *denen* anzapfen? Manny schüttelte den Kopf, während er die Sanitäter bei ihrer Arbeit beobachtete. Selbst aus dieser Entfernung konnte er mit Sicherheit sagen, daß ihre Anwesenheit sinnlos war. Munch war tot, mit einem Gewehr durch den Kopf geschossen; Manny preßte fest die Augen zu.

Er hatte Munchs Nummer gewählt, woraufhin sich der Anrufbeantworter zuschaltete. Gaunt hatte Manny davor gewarnt, seine eigene Telefonnummer zu nennen, auch wenn er mit Munch persönlich sprechen sollte. So hatte Manny auf dem Band eine Nachricht mit der Nummer eines öffentlichen Telefons in dem Lokal im Erdgeschoß seines Wohnhauses hinterlassen. Dort hatte er dann zu Abend gegessen, sich ein Bier nach dem anderen bestellt und darauf gewartet, daß das Telefon läutete.

»Du erwähnst ihm gegenüber den Boxer mit den Goldenen Boxhandschuhen«, hatte Gaunt gesagt. »Dann weiß er, von wem du sprichst.«

Gaunt hatte recht gehabt. Nach dem Abendessen hatte Munch sich gemeldet. Es wurden keine Namen genannt. Munch hatte sich einverstanden erklärt, Manny in der Nähe des FBI-Hauptquartiers in der 9th Street zu treffen, und zwar auf dem Gelände des früheren *Lone Star Beef House.* In den siebziger Jahren hatte das FBI die Leitung des Lokals – immerhin eine Oben-ohne-Bar – übernehmen müssen, nachdem man es von einem besonders geschäftstüchtigen Angehörigen des Transportministeriums beschlagnahmt hatte, der es wiederum selbst mit Hilfe von hinterzogenen Geldern erworben hatte.

Was war das nur für eine Gewehrmunition, die den Hinterkopf eines Menschen wie eine auf dem Boden aufschlagende Melone zerplatzen ließ? fragte sich Manny und sah, wie die Sanitäter den Leichensack holten, während eine Gruppe von Geheimdienstagenten Munch von allen erdenklichen Blickwinkeln aus fotografierten. Zwei von ihnen knieten sich bei diesem Regen sogar hin und machten Nahaufnahmen.

Manny spürte wieder, wie ihm sein Mageninhalt bis in die Kehle heraufstieg. Er schluckte, atmete tief die feuchte Luft ein, den Regen, irgend etwas, nur um sich nicht übergeben zu müssen. Dann schloß er erneut die Augen, konnte aber nicht das Bild verdrängen, wie Munchs Gehirn drei Meter weit hinter dem Kopf verspritzte. Er selbst hatte sich noch im dunklen Schatten aufgehalten, als der Aufprall der Kugel Munch gegen die Hausfront geschleudert hatte, war auf der anderen Straßenseite gestanden und hatte gewartet.

Worauf? Darauf, daß der Tod an ihm vorüberging, wie sich herausstellte. Zwischen seinem Lokal und dem Ort ihrer Verabredung hatte es einen Brand in einem Gebäude gegeben, und das Taxi war im Verkehr, in abgesperrten Straßen und verstopften Umleitungen steckengeblieben. Zum Schluß war Manny vorzeitig ausgestiegen und hatte die letzte Strecke halb im Laufschritt zurückgelegt. Dennoch war er fünfzehn Minuten zu spät gekommen.

In der Zwischenzeit waren die Schlapphüte mit ihrer Spurensicherung am Tatort fertig und überließen den Toten den Sanitätern. Gleich darauf wurde Munch in den schimmernden Leichensack eingepackt. Da drin ist man sicherer, dachte Manny, als heute abend auf der Straße.

Der Brand hatte ihm das Leben gerettet. Er wandte sich ab. Mit Munchs Tod war der Grund für seine Anwesenheit hier hinfällig geworden. Oder doch nicht? Er drückte den Umschlag unter seinem Mantel fester an die Brust.

Entschlossen eilte er nach Hause, hielt sich dort aber nur so lange auf, wie er brauchte, um eine Reisetasche zu packen und ein Bündel Hundertdollarscheine unter den Fußbodenbrettern seines Schlafzimmers herauszuholen. Vergaß er etwas? Den Reisepaß! Nach einer hektischen und schweißtreibenden Suche von einer Viertelstunde Dauer hatte er ihn gefunden. Er befand sich noch immer in der Innentasche des billigen Bordcase, das ihm die Reisegesellschaft bei seinem letztjährigen Ausflug nach Israel spendiert hatte. Er stopfte ein paar persönliche Gegenstände hinein und verließ die Wohnung. Nach dem, was Davis Munch widerfahren war, fühlte er sich dort nicht mehr wohl und auch sonstwo in Washington nicht.

Die Nacht verbrachte er auf dem Washingtoner International Airport, wo er sein Spiegelbild in dem getönten Schaufensterglas geschlossener Schmuckgeschäfte betrachtete und seine überreizten Nerven, so gut es ging, beruhigte.

Margarite und Croaker kamen genau um Mitternacht an. Das Gebäude im Stil eines südstaatlichen Herrenhauses lag wie eine Krähe im prächtigen Federkleid oben auf einem Hügel hingekauert, von dem es in dieser smaragdgrünen Landschaft viele gab. Croaker ließ das Wagenfenster herab und inhalierte den Duft von Pferden und Heu. Sie befanden sich in Potomac, Maryland, mitten in einer Jagdgegend.

Er beugte sich vor, holte einen Fünfzigdollarschein heraus und gab ihn dem Taxifahrer. »Sie warten hier auf uns«, sagte er.

»Yes, Sir«, nickte der Taxifahrer. »Überhaupt kein Problem.« Er verschränkte die Arme vor der Brust, räkelte sich in seinen Sitz und war im Nu eingeschlafen.

Auf dem Abstellplatz seitlich des Hauses konnte Croaker sechs oder sieben geparkte Autos erkennen: *Jaguar, Rolls Royce,* große *BMW* Limousinen. Sollte es dazugehörige Chauffeure geben, so hatte man sie offensichtlich nicht sich selbst überlassen und der herbstlichen Kühle.

»Wem gehört das Haus?« fragte er.

Margarite blickte weiter in die wolkenlose Nacht hinaus. Die Mondsichel, blaß wie Butter, schwamm am Himmel wie ein Geisterschiff. Margarite bewegte sich kaum, sie schien niedergedrückt von finsteren Gedanken, die sie unweigerlich immer dann überfielen, wenn sie hierher zurückkehrte.

»Margarite?«

»Pssst«, flüsterte sie. »Sprich nicht und bewege dich nicht, sonst muß ich an das denken, was als nächstes auf uns zukommt. Vielleicht ist es unvermeidlich, so wie auf eine Sekunde eine andere folgt. Aber jetzt im Augenblick will ich nur von uns beiden allein in der Nacht träumen.«

Croaker roch sie und die Pferde. Überraschenderweise gelang es ihm ohne Schwierigkeiten, sich Margarite so vorzustellen – mit dem kräftigen Pferdegeruch nach Moschus und den Muskeln an ihren Schenkeln, wie sie einen Fuß aus einem Steigbügel nahm und schwungvoll aus einem weichen Ledersattel glitt. Er glaubte undeutliche, geisterhafte Geräusche in der Nacht wahrzunehmen: das Quietschen von Leder, das Klingen von Metall gegen Metall, das leise Schnauben des Tieres. Dann blinzelte er mit den Augen, und nur das schwere, rhythmische Atmen des Fahrers und das Knistern des sich langsam abkühlenden Motors drangen an sein Ohr.

»Als ich jünger war«, flüsterte Margarite mit trockenen Lippen, »bin ich hier immer zum Reiten gegangen.«

Er sah sie an, konzentrierte sich dabei wie im Endspiel eines Schachturniers und fragte sich, auf Grund welches halluzinatorischen Vorgangs ihm eine flüchtige akustische Wahrnehmung aus einer anderen Zeit, aus einer anderen Welt möglich gewesen war.

Margarite beugte sich vor und lehnte sich gegen die Tür, als sei sie völlig erschöpft oder habe sich mit dem bevorstehenden Furchtbaren abgefunden. Dann öffnete sie die Tür und stieg aus. Croaker folgte ihr und hörte das Knirschen ihrer Absätze auf dem feinkörnigen Kies, der im Mondlicht milchweiß leuchtete.

Bei dem Haus handelte es sich um ein klassizistisches Gebäude aus rötlichbraunen Ziegelsteinen. Die Fenster waren hübsch eingefaßt von dunkelbraunen Fensterläden, und der imposante Vordereingang wurde von einem halbkreisförmigen Oberlicht aus Buntglas und mit fächerförmig auseinanderstrebenden Sprossen gekrönt, das mindestens hundert Jahre alt sein mußte. Die weit ausholende Auffahrt hinter ihnen säumten gestutzte Kirschbäume. Näher am Haupthaus ragten Magnolien und Hemlocktannen mit halbkreisförmigen Zweigen dem Schieferdach entgegen. Neben den Backsteinstufen zum Portal hinauf gab es Blumenrabatten, die jetzt kahl waren und auf deren schwarze Erde man strohfarbenen Kompost gestreut hatte. Ein leichter Wind fuhr durch die Reihen dunkelgrüner Hinoki-Zwergzypressen, die sie auf beiden Seiten begleiteten, während sie die Stufen hinaufstiegen.

Dabei suchte Croaker mit den Augen die Umgebung ab. Er war schon beim Verlassen des Restaurants in Alexandria auf der Hut gewesen, da es ihnen von der Empfangsdame im Hotel empfohlen worden war, die folglich wußte, wo sie hingingen. Offenbar hatte Margarite den gleichen Gedanken gehegt, denn sie hatte darauf bestanden, daß sie erst ein Stück weit zu Fuß gingen, ehe sie sich ein zufällig vorbeifahrendes Taxi nahmen. Den Fahrer dirigierte sie dann in immer größer werdenden Kreisen durch die Gegend, denn sie wollte nicht, daß irgend jemand herausbekam, wohin sie fuhren.

Vor der geschnitzten Holztür drehte sich Margarite um und sagte zu Croaker: »Ich möchte eines klarstellen, Lew. Ich bin für nichts verantwortlich, was hier vor sich geht. Dieser Ort ist mehr als nur ein privates Grundstück mit einem Haus darauf.«

Er betrachtete sie und versuchte das Ausmaß der seltsamen Veränderung auszuloten, die seit dem Augenblick mit ihr vorgegangen war, wo sie die auf Lillehammers armseligem Bürotisch ausgebreiteten Bilder von Ginnie Morris gesehen hatte.

Sie faßte ihn sanft am Handgelenk, versuchte ein Lächeln und betätigte dann den Türklopfer aus Messing. Gleich darauf wurde die Tür aufgemacht, und eine schöne Frau in schwarzen Baumwollhosen, cremefarbener Seidenbluse und besticktem schwarzem Bolerojäckchen stand vor ihnen. Das Outfit hätte selbst einem nicht einmal halb so alten Model auf dem Laufsteg gut gestanden und betonte die schlanke, schmalhüftige Figur.

»Margarite! Gott sei Dank, daß du da bist!«

Das Lächeln der Frau, metallisch wie das Knistern des Taximotors vor dem Haus, veranlaßte Croaker, sie genauer zu betrachten. Sie hatte Fältchen im Gesicht, vor allem in den Augen- und Mundwinkeln und entlang der Oberlippe, und er konnte ihr die Bürde der Jahre ansehen, wenn auch nicht so deutlich, wie das sicher bei anderen Frauen der Fall gewesen wäre. Vielleicht kam das von den ungebrochen funkelnden himmelblauen Augen, doch auch diese vermochten das Alter nicht vollständig zu kaschieren.

Allein auf Grund dieses Lächeln erkannte Croaker, daß diese Frau gefährlich war. Und wie ein Pistolenschuß überkam ihn die Erkenntnis, warum Margarite vor ihrer Rückkehr an diesen Ort einen solchen Widerwillen und solche Angst verspürt hatte.

»Komm herein, Darling«, sagte die Frau und schloß die Tür hinter ihnen. Sie umarmte Margarite und küßte sie auf beide Wangen, wie es Europäer tun. »Wie schön, dich zu sehen. Anscheinend ist nichts mehr so, wie es einmal war, seit Dom starb. Trotz größter Anstrengungen, meine Beziehungen spielen zu lassen, sogar beim Senator von Minnesota, bei dem ich noch eine Menge guthabe, renne ich dauernd gegen eine Mauer, wenn ich versuche herauszubekommen, was mit Dom passierte.«

»Ich glaube, da könnten wir uns gegenseitig behilflich sein«, entgegnete Margarite knapp.

»Darling, das ist die beste Nachricht seit Wochen«, erwiderte Renata. »Wenn es jemand weiß, dann du. Dom hat stets in den allerhöchsten Tönen von dir gesprochen.«

Sie hielt Margarite auf Armeslänge von sich und runzelte die Stirn. Croaker sah weitere Falten auftauchen wie eine mit unsichtbarer Tinte geschriebene und unter Infrarotlicht sichtbar gemachte Schrift.

»Aber, meine Liebe, du bist heute mit einem Fremden gekommen. Wo ist denn Anthony?«

Margarite wandte sich Croaker zu, und er konnte aus ihrem Blick erkennen, welchen Kampf sie mit sich ausfocht. Der Seelenschmerz beschattete ihre Augen wie dunkle Farbkleckse, die das Werk eines Malers beschmutzen.

»Das ist Lew Croaker«, sagte sie. »Lew, darf ich dir meine Stiefmutter Renata Loti vorstellen?«

Renata lächelte liebenswürdig und streckte eine erstaunlich feste Hand aus, die Croakers Hand herzlich schüttelte. »Treten Sie doch ein. Meine Tochter ist zu freundlich«, sagte sie. »Mich kennt man mittlerweile unter vielen Namen. Renata Loti ist derjenige, der in Washington bekannt ist und der mir am meisten nützt. Doch in der Vergangenheit war ich als Faith Goldoni bekannt. Den Namen werden Sie kennen, nicht wahr, Mr. Croaker?«

Sie ist Dominic Goldonis Mutter, dachte Croaker wie gelähmt. *Gütiger Gott!*

Sie bot ihnen nicht an, die Mäntel abzulegen, sondern drehte sich gleich um und führte sie einen langen Gang entlang, der mit Paneelen aus Birnbaumholz verkleidet war. Croaker bemerkte, daß sie leicht hinkte, aber er konnte aus der Art, wie sie sich bewegte, erkennen, daß sie das nicht als ein Handikap betrachtete. Im Gegenteil; sie hatte sich so daran gewöhnt, daß ihr Schritt zwar nicht völlig normal aussah, aber doch wie ein individuelles Merkmal zu ihr zu gehören schien. Sie gingen an Doppeltüren vorbei, hinter denen gedämpft die Geräusche einer gesetzten Gesellschaft zu hören war.

»Wir haben heute eine Menge Gäste im Haus«, sagte sie, »aber wie ich meine Tochter kenne, ziehen wir uns wohl besser etwas zurück.«

Sie betraten eine aromatisch duftende Anrichte und gingen dann durch die geräumige, gekachelte Nirosta-Küche, in der es nach frischem Salbei, Olivenöl und Rotwein roch. Ein junger Koch mit weißer Schürze und Kochmütze schenkte ihnen kaum Beachtung und arbeitete weiter an seinem Birnenkuchen.

Renata nahm eine pelzgefütterte schwarze Vinyljacke von einem Holzhaken und legte sie sich um die Schultern. Die hintere Tür führte zu einem kleinen Kräutergarten hinaus. Links davon stand eine Loggia aus Holz und Backsteinen, zu der sie ihre Gäste dirigierte. Dichte Glyzinien und Rebstöcke schützten sie vor der Kühle der klaren Novembernacht.

Der Geruch von Hefe aus der Küche wurde bald durch das strenge Aroma von Pferden, Heu und Mist abgelöst. Renata griff nach einem Lichtschalter, schaltete die Beleuchtung ein und öffnete eine breite Tür in die Stallungen.

Pferde schnaubten und stampften, und Croaker wurde an seine halluzinatorische Phase im Taxi erinnert, wo er heimlich Margarites Erinnerungen gelauscht hatte.

Große, glänzende braune Pferdeaugen betrachteten sie voller Erregung und Mißtrauen. Einige Tiere wieherten durchdringend, bis sie sich an die neuen Gerüche gewöhnt hatten.

Croaker studierte sorgfältig seine Umgebung, wie er es immer tat, und nahm die Details in sich auf. »Merkwürdig«, sagte er. »Dort hängt eine Waffe.«

Renata warf einen Blick auf den Revolver, der in seinem alten, verkratzten Lederhalfter an der hinteren Wand hing. »Das ist ein Colt«, erklärte sie. »Ich pflege ihn sorgfältig. Den habe ich gekauft, als ich diese Ställe einrichtete. Nur ein paar Kilometer von hier entfernt sah ich mal ein Pferd mit einem gebrochenen Bein, das über eine Stunde lang leiden mußte, bis jemand eine Waffe aufgetrieben hatte, um es aus seiner Qual zu erlösen. Als ich mich entschlossen hatte zu reiten, schwor ich mir, daß nie eines meiner Tiere so würde leiden müssen.«

Croaker studierte sie eine Weile und versuchte, die Informationen, die sie über sich mitgeteilt hatte, mit der eleganten äußeren Erscheinung der Frau in Einklang zu bringen. »Ehrlich gesagt, haben Sie mich total überrascht«, sagte er dann.

»Ja?«

»Ich hatte den Eindruck – und ich glaube, das FBI auch –, daß Faith Goldoni vor einiger Zeit starb. Mit eigenen Augen habe ich die Kopie des Totenscheins in den Akten gesehen, die man mir zum Fall Goldoni gab.«

»Daran zweifle ich überhaupt nicht«, sagte Renata. »Ich bin tatsächlich vor ein paar Jahren verstorben. Das heißt, Faith Goldoni starb. Damals wurde Renata Loti geboren und zog hierher in Rufweite des Capitol Hill, wo sie am besten Gutes tun konnte.« Sie lehnte sich gegen eine Pferdebox und entwirrte fachmännisch ein Stück Zaumzeug. »Natürlich ist das Annehmen einer anderen Identität für mich nichts Neues. Während des Zweiten Weltkrieges habe ich in der US-Armee unter dem Namen Faith Sawhill gedient.«

Croaker schüttelte den Kopf. »Angenommen, Sie sprechen die Wahrheit: Warum lassen Sie mich das alles wissen? Wenn sogar das FBI, mit dem ich zusammenarbeite, nicht weiß, wer Sie sind, warum gehen Sie dann das Risiko ein, es mir zu erzählen?«

»Erstens gehören Sie nicht zum FBI«, sagte Renata Loti. »Zweitens weiß ich, wer *Sie* sind.« Ihre bohrenden blauen Augen wanderten von Croaker zu Margarite. »Drittens hat Sie meine Tochter mit hierher gebracht.« Sie erzeugte ein merkwürdig gutturales Geräusch ganz hinten in der Kehle, das die Pferde die Ohren spitzen ließ. »Und das tut sie noch nicht mal mit ihrem Ehemann.«

Offensichtlich hatte Margarite genug von dieser Unterhaltung, denn sie zog ein steifes, zusammengefaltetes Stück Papier heraus. Während sie es Renata gab, sah Croaker, daß es eines der Fotos war, die er ihr gegeben hatte.

Renata nahm es in Empfang und warf ihrer Stieftochter einen Blick zu, als sei sie wegen des außerordentlichen Charakters ihres Besuches bereits alarmiert.

»Ginnie Morris«, sagte Margarite hölzern. »Ihre Leiche wurde im selben Haus wie Dom gefunden. In ihre Stirn war ein senkrechter Halbmond eingeritzt.«

»Guter Gott«, keuchte Renata Loti. »Kein Wunder, daß ihr zu mir gekommen seid.« Jetzt lehnte sie sich nicht länger lässig gegen die Box, sondern hielt das zusammengefaltete Foto mit vor Anspannung weißen Fingern.

»Ich nehme an, Sie wissen, wer Ginnie Morris war«, sagte Croaker, für den Renatas Nicken nur eine formelle Bestätigung darstellte.

»Ich glaube nicht, daß mein Sohn Geheimnisse vor mir hatte«, sagte Renata in einem Ton, der erkennen ließ, welche Bürde die Anteilnahme am Leben eines anderen Menschen für sie bedeutete. »Er war in jeder Hinsicht ein außergewöhnlicher Mann.« Ihr Blick schweifte unstet zu Croaker. »Auch wenn Sie sich inzwischen eine gegenteilige Meinung gebildet haben sollten, so war er doch ein Mensch, für den das Wort Treue immer groß geschrieben wurde. Was seine kleinen sexuellen Sünden anging, so konnte er einfach nichts dafür.« Sie verzog den Mund zu einem dünnen Lächeln. »Wer von uns kann da schon etwas dagegen tun?«

Croaker beobachtete sie so, wie er in seiner Ausbildung gelernt hatte, einen potentiellen Verdächtigen zu beobachten. Er spürte, wie ihn ein ganz besonderes Frösteln überlief, als sei es denkbar, daß Renata wußte, daß er und Margarite miteinander schliefen.

»Da gibt's mehr«, fuhr Margarite leise fort, »als nur dieses eingeritzte Zeichen auf der Stirn.«

Renata faltete das Foto auseinander und studierte den ganz sicherlich unangenehmen Anblick eines weiblichen Torso, der an sieben senkrecht gleichmäßig verteilten Stellen horizontale Schnitte aufwies. Im untersten, siebten Schnitt steckte die Feder der seltenen weißen Elster.

»Kommt Ihnen irgend etwas auf dem Bild bekannt vor?« fragte Croaker.

Renata hatte den Blick nicht von dem Foto gewandt. Croaker versuchte, etwas aus ihrer Miene herauszulesen, aber ihr Gesichtsausdruck blieb unverändert. Die Pferde schüttelten die Köpfe in der zunehmend spannungsgeladenen Atmosphäre. Vielleicht witterten sie einen aufkommenden Sturm.

»Die Seelenleiter«, sagte Renata schließlich.

»Wie bitte?« fragte Croaker nach und beugte sich vor, um sie besser verstehen zu können.

»Das hier ist Teil des Rituals eines Volkes, die als Messulethe bekannt sind«, sagte Renata. »Psycho-Magier, älter noch als die chinesische Kultur. Einige halten sie für Kykladen, Seefahrer, Abkömmlinge der Titanen, andere…«

Sie hob die Schultern und deutete auf die Fotografie. »Sehen Sie, hier sind sieben Schnitte. Im Sagengut der Messulethe gibt es den Glauben, daß die menschliche Seele im Leben und im Jenseits sieben Stufen durchlaufen muß. Der Messulethe-Priester wendet die Seelenleiter beispielsweise oft bei sehr kranken Menschen an, indem er auf dem Körper untereinander sieben Schnitte anbringt; so hilft er der Seele, ihre Reise fortzusetzen.«

Sie feuchtete sich die Lippen an, das bisher einzige Anzeichen dafür, daß sie in irgendeiner Weise erschüttert war. »In Zeiten extremer Not – wie zum Beispiel bei einer Dürre und wenn sie glauben, daß die kosmische Ordnung gestört ist – wird oft ein Tier auf diese Weise geopfert, um das Gleichgewicht wiederherzustellen.«

»Das heißt, wir haben es hier mit einer Art Voodoo-Ritual zu tun?«

Renatas Lippen kräuselten sich zu einem ironischen Lächeln. »Hier handelt es sich um *ngoh-meih-yuht*«, sagte sie kurzangebunden. »Das ist eine Formulierung aus einem obskuren chinesischen Dialekt und bedeutet wörtlich übersetzt ›Halbmond‹. Womit das hier natürlich nichts zu tun hat. Es ist auch nahezu gleichbedeutend mit einem anderen Wort, *gim*, was eine Art zweischneidiges Schwert bezeichnet. Das *gim* ist das Symbol des Messulethe-Priesters: ein vertikaler Halbmond, mit Waid blau eingefärbt.«

Croaker hörte mit wachsender Faszination zu und fragte: »Woher um alles in der Welt haben Sie Ihr Wissen von diesem Volk?«

»Wenn man in Venedig lebt, Mr. Croaker«, meinte Renata schulterzuckend, »wenn man so lange Zeit losgelöst und in einem Zwischenstadium zwischen Meer und Land existiert, in einer Lagune voller Nebel und Magie, dann verspürt man den Drang, den Anfang der Dinge zu erforschen. Besonders wenn man nicht Venezianerin von Geburt ist und an jedem Tag seines Lebens an diese Tatsache erinnert wird.« Sie sah Margarite nicht an, doch Croaker hatte das Gefühl, daß Renatas Erwiderung eher an ihre Stieftochter gerichtet war.

»Man könnte auch sagen, daß ich von Natur aus einen Sammeltrieb in mir habe. Ich sammle Wissen.« Ihre Augen waren dunkel geworden. »Außerdem habe ich die Mythen dieser Anfänge einer Kultur im Hinblick auf meinen verstorbenen Mann erforscht, Margarites Vater. Er war Venezianer. In ihm, in Margarites leiblicher Mutter und damit auch in Margarite floß und fließt das Blut der Ureinwohner der Kykladen, – jedenfalls behaupten sie es.« Sie zuckte mit den Schultern und konnte sogar dieser absolut nichtssagenden Geste noch den Anschein einer versteckten Bedeutung beifügen. »Man kann sagen, daß viele antike Kulturen beanspruchen, die Gründer Venedigs zu sein, sogar die letzten Überlebenden von Troja, die vor dem Zorn der Brüder Menelaos und Agamemnon und ihrer achäischen Armada flohen.«

Bei aller Faszination beobachtete Croaker Margarite ganz genau. Er bemerkte, wie sie ihr Gesicht mehr und mehr im Dunkeln hielt, während Renata sprach, und ihm kam es so vor, als wären sich die beiden der langen Geschichte eines psychologischen Konflikts bewußt, in welchem ihre Charaktere mit Wucht aufeinandergeprallt waren. Ob es deshalb Margarite so schwergefallen war, hierher zurückzukehren?

»Ich nehme nicht an, daß Sie je davon gehört haben«, erklärte Renata weiter, »aber im Hochland von Nordvietnam und Südchina leben Bergstämme, die man unter dem Sammelbegriff ›die Nung‹ zusammenfaßt. Diese Nung praktizieren *ngoh-meih-yuht* nach Art der Messulethe. An sich sind sie weder Kopfjäger noch Kannibalen, aber nach ihrer Überzeugung wohnt die seelische Substanz von Mensch und Tier gleichermaßen in deren intakten Knochen. Bei Durchführung der richtigen Rituale und Gebete könne man mit Hilfe dieser Knochensubstanz zu transzendentaler Erleuchtung, Energie und Weisheit gelangen.«

Renatas Art des Sprechens konnte die fantastischste Geschichte noch glaubwürdig klingen lassen. Croaker nahm jedoch nicht an, daß sie über dieses Thema oft mit anderen Menschen redete.

»Die Nung-Priester glauben, daß *ngoh-meih-yuht* der einzig wahre Weg ins Nirwana sei. Es gibt Menschen, die in diesem Volksglauben eine alte Methode zur Ausübung von Macht sehen, die sich auch auf die moderne Welt übertragen läßt.« Sie wandte den Kopf eine Zeitlang ab, und es schien Croaker, als starre sie durch die Stallmauern hindurch zu einem anderen Ort hin und in eine andere Zeit.

»Wie dieser Mann, der Dominic und Ginnie tötete.«

Renata nickte.

»Ich wäre Ihnen sehr verbunden, wenn Sie mir ein paar Einzelheiten geben könnten«, sagte er. »Zum Beispiel, welche Bedeutung die Feder der weißen Elster hat.«

»Sie haben also schon ein bißchen herumgeforscht.« Sie wechselte von einem Fuß auf den andern, als fühle sie sich plötzlich unbehaglich. Der Hengst neben ihr stampfte und wieherte; vielleicht nahm er instinktiv die Andeutungen des Bösen wahr. »Ich soll Ihnen etwas über die Feder sagen?« fragte sie dann. »Nun, da ich einmal damit angefangen habe, werde ich vermutlich auch weitermachen müssen.« Sie wandte den Kopf in Croakers Richtung, und er spürte die Intensität ihres Blickes.

Was mag Margarite gerade denken? fragte sich Croaker und sah, wie sich Schatten spinnwebgleich über ihre Wangen legten. Sie mußte Bescheid gewußt haben. Sie hat mich ja hierher gebracht. Sie wußte von dem Moment an Bescheid, wo sie die sieben Schnitte und die Feder der weißen Elster sah. *Vielleicht ist es so unvermeidlich, wie auf eine Sekunde eine andere folgt*, hatte sie geflüstert, kurz ehe sie ins Haus gegangen waren.

»Beim *ngoh-meih-yuht*«, fuhr Renata fort, »hat die weiße Elster einen einzigartigen Status. Sie müssen verstehen, daß in jeder Kultur der Welt das Fliegen und der Flug zu den größten schamanischen Kräften gehören. Der Vogel ist ein Symbol... nicht nur des Fluges, sondern auch der Verwandlung eines Menschen in einen Gott.«

Croaker überlegte kurz. Seine Erfahrungen mit Nicholas hatten ihn dazu gebracht, auch an das Fantastischste zu glauben. So wußte er aus erster Hand, daß hinter der Fassade des Normalen noch eine weitere, selten erspähte und oft mißverstandene Wirklichkeit existierte. Außerdem spürte er, intuitiv wie ein Navigator die Strömung, einen Zusammenhang zwischen dem was sie sagte, und der höchst beunruhigenden Aura am Tatort. Diese sonderbare Form des Doppeltsehens, wie es manchmal auch eine Migräne begleitet, widerfuhr ihm jetzt, wo das vormals Unerklärliche plötzlich einen Kontext und eine Bedeutung erhielt.

»Was hat diese Geschichte von der Verwandlung mit Ginnie Morris zu tun?« fragte er.

»Gar nichts«, sagte Renata. »Die Feder ist – wie soll ich sagen – eher eine Unterschrift.«

»Eine Unterschrift?«

»Ja.« Renata nickte. »Die weiße Elster ist wegen des Vollziehers des Rituals bedeutsam, nicht wegen des Opfers.«

Croaker trat einen Schritt vor, und das Herz klopfte ihm heftig. »Sie meinen, daß diese Feder Ihnen sagen kann, wer den Mord beging?«

»Genau«, sagte Renata. »Man weiß, daß die Nung-Priester sich anläßlich des Aufnahmerituals in den Stamm Tiere als Geist-Verwandte wählen. Ich glaube nicht, daß sich heutzutage noch einer die weiße Elster aussuchen würde.« Sie wandte sich ab und bearbeitete ihre Unterlippe mit den kleinen weißen Zähnen.

»Wenn Sie wissen, wer Ihren Sohn ermordete, müssen Sie mir das sagen.«

Renata strich mit ihren Fingern über die Stirn, als wische sie eine Haarsträhne beiseite. »Bei den Nung ist die weiße Elster ein Vogel, dem außergewöhnliche Kräfte innewohnen. Sie ist ein Tier, durch das Gott zu den Priestern spricht. Ja, sie ist selbst göttlich. Derjenige, der ihre Federn benutzt...«

Das Schweigen schien sie wie eine frisch geteerte Straße zu überrollen, klebrig vor bösen Vorzeichen. Croaker setzte gerade an, um etwas zu sagen, besann sich aber nach einem Blick auf Margarite eines besseren. Sie verhielt sich stumm und hatte die Augen halb geschlossen, als schütze sie sich gegen ein grelles Licht, das sie blendete.

Renata holte tief Luft und schien sich zu konzentrieren. »Wie ich schon sagte, ist die weiße Elster ein Vogel von einzigartiger Macht. Wenn man sie aber sozusagen als seinen Schutzgeist nimmt, ist das schlichtweg katastrophal. Man beschwört damit die Vernichtung durch die Götter herauf.« Ihre Nasenlöcher weiteten sich ganz kurz, als inhaliere sie einen neuen Geruch. »In der Geschichte der Nung wurden alljene, die in der weißen Elster die Stimme Gottes suchten...«

»Sie wurden wahnsinnig?« beendete er den Satz für sie.

Wieder erschien dieses sonderbare Lächeln auf ihrem Gesicht. »Nein, das Ergebnis dieser Sünde war nicht Wahnsinn. Es war etwas viel Schlimmeres«, sagte Renata. Sie drehte sich so, daß der

Hengst sie sehen und riechen konnte, legte ihm die Hand auf den Widerrist und streichelte ihn gleichmäßig.

»Was kann denn noch schlimmer als Wahnsinn sein?« überlegte Croaker laut.

»Hören Sie zu. Das alles hat eine eigene Logik«, erläuterte Renata und richtete ihre Aufmerksamkeit dabei weiter auf das Pferd, als könne sie mit ihrer Handbewegung auf dem Rist des Tieres die Furcht vor drohendem Unheil in Gelassenheit verwandeln. »Diejenigen, die gottgleich sein wollen, werden langsam lebendig gehäutet, indem sie Schicht um Schicht ihrer Menschlichkeit beraubt werden, ihrer Fähigkeit, Gefühle zu empfinden, und der Möglichkeit, von der sie umgebenden Welt beeinflußt zu werden. Sie gleiten allmählich in eine Schattenwelt hinüber, in der sie zwar Einfluß auf ihre Umgebung nehmen können, selbst aber in keiner Weise von ihr berührt werden. Sie gleichen wandelnden Toten.« Düster betrachtete sie Croaker. »Dort stoßen wir auf den Ursprung aller Zombies, Vampire und dem ganzen Rest der Bezeichnungen, die die Menschen den Untoten gegeben haben.«

Renatas Augen glichen bunten Edelsteinen, durch die Croaker glaubte, einen flüchtigen Blick auf Schattenspiele in einer anderen Welt zu erhaschen. »Derjenige, der diese Morde beging, ist kein normaler Mensch.« Sie zögerte einen winzigen Moment. »Und deshalb wird man ihn mit normalen Methoden auch nicht aufspüren.«

»Ich muß mehr tun, als ihn nur aufzuspüren«, sagte Croaker. »Ich muß seinem Treiben ein Ende setzen.«

»Das ist vielleicht unmöglich.«

»Damit kann ich mich nicht abfinden.«

Ein ironisches Lächeln umspielte Renatas Lippen. »Sie haben diesen Menschen noch nicht kennengelernt. Sie und Margarite und ich, wir ernähren uns vom Fleisch von Tieren und dem Getreide aus der Erde. Dieser Mensch ist völlig anders, kann ich Ihnen versichern. Er holt sich seine Nahrung eher aus geistigen, nichtmateriellen Quellen.«

»Aber er ist sterblich.«

Renata gab nicht sofort eine Antwort. Schließlich sagte sie: »Wenn Sie ihm eine Kugel in den Kopf oder ein Messer ins Herz jagen, stirbt er. In diesem Sinn ist er sterblich, jawohl. Aber er ist auch ein Messulethe, und wenn Sie ihn nicht gleich beim ersten Angriff töten, begeben Sie sich selbst in tödliche Gefahr.«

»Sie meinen, in verwundetem Zustand reagiert und funktioniert er besser als ich?«

»Ich meine, daß Sie stets an das denken sollten, was ich Ihnen über die weiße Elster und ihre Kräfte erzählt haben.« Renata ließ kurz den Blick auf das Foto mit der Seelenleiter fallen. Dann sah sie wieder auf und hielt den Kopf schief. »Sie scheinen gar nicht skeptisch zu sein.«

Croaker schüttelte den Kopf. »Bin ich auch nicht.« Er dachte an Nicholas und ergänzte: »Ich habe einen Freund, der eine ähnliche Kontrolle über seinen Körper hat.«

Er bemerkte, daß Renata ihn nun mit unverhohlenem Interesse betrachtete. Sie hatte aufgehört, das Pferd zu streicheln.

»Wie heißt der Mann, an den Sie denken?« wollte Croaker wissen.

»Er benutzt viele Namen«, sagte sie. »Warten Sie mal – in diesem Land hat er sich Donald Truc und Robert Ashuto genannt.«

Robert, durchfuhr es Croaker, und er warf einen Blick zu Margarite hin. Doch die hielt ihren Kopf gesenkt und verbarg das Gesicht hinter einem Schleier aus Haaren und dunklen Schatten.

Renata machte eine Bewegung. »Seine vietnamesische Mutter gab ihm den Namen Do Duc. Dann nahm er den japanischen Familiennamen Fujiru an, als er aus Saigon floh. Dort hatte er seinen Arbeitgeber ermordet, einen französischen Waffenhändler, bei dem er mehr oder weniger aufgewachsen war. Seinen wirklichen Familiennamen kennt nur die liebe Gott, und sein Vater ist vollkommen unbekannt. Vielleicht entspringt es bloß Do Ducs Wunschgedanken, in seinem Vater einen Japaner zu sehen.«

Croaker brauchte einige Zeit, um all das zu verdauen. »Darf ich fragen, woher Sie Ihr Wissen über diesen Mann haben?«

»Er war ein Freund von Michael Leonforte in Vietnam. Die haben sich dort drüben, zusammen mit einem Dritten namens Rock, auf ziemlich üble Geschäfte eingelassen.« Sie machte eine abwehrende Handbewegung. »Aber jetzt fragen Sie mich bitte nicht, woher ich meine ganzen Informationen über die Leonfortes habe. Das sind sehr vertrauliche Dinge.«

»Aber wie Sie selbst sagten, wissen Sie, wer ich bin, und Sie wissen auch, daß Margarite mir so weit vertraut, daß sie mich zu Ihnen gebracht hat.«

Renata nickte. »Stimmt alles, Mr. Croaker. Doch andererseits unterstehen Sie William Justice Lillehammer.«

»Na und?«

Renata rieb die Hände gegeneinander, um die Haare loszuwerden, die von dem Fell des Pferdes daran haften geblieben war. Sie sah Croaker geradewegs an. »Ich frage mich, wie weit ich Ihnen vertrauen *sollte.*«

»Wollen Sie damit andeuten, daß Lillehammer private Spielchen treibt, zu denen ich keinen Zugang habe?«

»Warum sollte ich so etwas andeuten? Sie wissen es ja bereits.«

»Ich habe Vermutungen, was nicht das gleiche ist«, sagte Croaker. Dann meinte er schulterzuckend: »Egal. Was auch immer Lillehammers Ziele sind, ich stecke schon zu tief drin, als daß ich jetzt kehrtmachen könnte. Außerdem muß ich jetzt auch an Margarite denken.«

»Margarite ist eine verheiratete Frau«, sagte Renata knapp.

»Sie haben das Adjektiv ›glücklich‹ vergessen.«

Renata zuckte mit keiner Wimper. »Habe ich in der Tat, nicht wahr?«

Hier schien ein wunderlicher Wettkampf abzulaufen, wer den größten Dickkopf hatte, aber Croaker war nicht in der Lage, dessen Ausgangspunkt ausfindig zu machen. Welche Rolle spielte wohl die ältere der beiden Frauen, abgesehen von der Rolle der fürsorglichen Mutter?

Croakers Intuition riet ihm, vorsichtig zu sein, da dieses unschätzbar wertvolle Gespräch sonst vorzeitig zu Ende gehen konnte. »Margarite braucht Tony D«, sagte er. »Ich würde sie deshalb auch nicht von dem abhalten, was sie tun muß.«

Jetzt zuckte Renata doch mit einer Wimper, und er wußte, daß er einen wichtigen Punkt gemacht hatte.

»Warum gehen wir nicht nach draußen?« fragte Renata.

Der blasse Mond hing an einem nebel- und dunstfreien Himmel. Zwar hatte der Wind aufgefrischt, doch sie waren im Rebenschatten der Loggia vor ihm geschützt. Davor fiel das Mondlicht wie ein Vorhang aus silbriger Spitze herab. Sie standen alle sehr dich beieinander.

»Der Tod meines Sohnes hat Margarites Schicksal besiegelt«, sagte Renata. »Do Duc ermordete ihn, und das geschah mit Sicherheit auf Befehl von Caesare Leonforte. Aber warum sich Caesare ausgerechnet Do Duc ausgesucht hat, dafür gibt es einen Grund. Er wollte Dominic nicht nur tot sehen, sondern er wollte das haben, was in Dominics Kopf gespeichert war.«

Jetzt bewegte Margarite ihren Kopf so, daß ihr Gesicht vom Mondlicht beschienen wurde, und Croaker sah, daß sie stumm vor sich hin geweint hatte. Ihr Schmerz versetzte ihm einen Stich ins Herz.

»Soll das heißen, daß Dominic gefoltert wurde, ehe man ihn tötete?«

Renata nickte langsam und sah dabei Margarite an. »Daran kann es kaum Zweifel geben. Die Frage ist nur, wie lange mein Sohn Do Ducs Folter ausgehalten hat, ohne etwas preiszugeben.«

»Sie kennen diesen Mann besser als wir«, sagte Croaker. »Sie...«

»Ihr könnt getrost davon ausgehen, daß all das, was immer Robert von Dom erfahren wollte, er auch erfahren hat.« Margarite schien die einzelnen Wörter förmlich herauszupressen.

Renata war bleich geworden, und Croaker bemerkte, daß sie all ihre Kraft einsetzte, um ihr Gleichgewicht zu behalten. Doch dann faßte sie sich und stellte schließlich fest: »Du bist ihm begegnet.«

»Ja.«

Croaker fand es interessant, daß Margarite weder ins Detail ging noch daß Renata sie bat, es zu tun. Nach einer sehr langen Zeit, in der nur die im Stall stampfenden Pferde zu Bewegungen oder zum Atmen fähig schienen, wandte Renata sich an Croaker: »Wenn das zutrifft, müssen wir das Schlimmste annehmen. Mr. Croaker, Sie müssen so schnell wie möglich nach Tokio.«

»Warum? Was gibt es dort so Dringendes?« Er sah von der vielsagenden Miene der einen Frau ins verschlossene Gesicht der anderen. »Ist Dominics Informationsquelle in Tokio?«

Renata nickte steif.

Erneut dachte er an Nicholas, wie er es immer wieder seit dem Beweis für den dämonischen Ritualmord an Dominic Goldoni getan hatte. Nicholas wäre bestimmt imstande, ihm zu helfen, wenn er nach Tokio kam. Sein Herz tat einen Satz bei dem Gedanken, daß er seinen Freund wiedersehen würde.

»Ich werde das alles wohl an Lillehammer weitergeben müssen.«

»Das hielte ich für absolut unklug«, sagte Renata bestimmt. »Es ist unwahrscheinlich, daß er Ihre Aufgeschlossenheit und Ihr Verständnis aufbringen würde.«

»Richtig, aber ich brauche auf jeden Fall einen Paß, Geld und Rückendeckung. Ohne Lillehammers Unterstützung bin ich in einem fremden Land wie Japan total aufgeschmissen.«

»Ich kann Ihnen alles bieten, was Sie benötigen«, warf Renata so atemlos ein, daß Croaker sofort begriff, wie wichtig diese Veränderung in seinem Status für sie sein mußte. »Und außerdem kann ich Sie vor ihm schützen.«

»Vor wem? Vor Do Duc? Nach all dem, was Sie mir bisher an Informationen gegeben haben, glaube ich, daß ich selbst auf mich aufpassen kann.«

Renata schüttelte den Kopf. »Ich sprach gerade von Will Lillehammer.«

Sie holte eine zusammengerollte Ausgabe der *Washington Post* vom selben Tag unter ihrer Jacke hervor und gab sie ihm.

MANAGER DES COMPUTERRIESEN ERSCHOSSEN AUFGEFUNDEN, lautete die Schlagzeile, und direkt darunter befand sich ein Foto von Harley Gaunt, dem Spitzenmann von Nicholas in den Vereinigten Staaten. Einer hochkarätigen, ungenannten Quelle innerhalb der Regierung zufolge, las Croaker mit wachsendem Entsetzen, waren Gaunt, Nicholas und *Sato-Tomkin* Gegenstand von Untersuchungen und Verhören durch Senator Rance Banes Komitee. Ebenfalls dem Bericht zufolge, habe sich Gaunt entschlossen, mit dem Ausschuß zusammenzuarbeiten. So hatte offenbar die Ermordung des Kronzeugen die ganze Untersuchung erst richtig angeheizt. Nicholas Linnear sei aus Tokio vorgeladen worden, um ernstliche, doch nicht weiter präzisierte Anschuldigungen wegen diverser Verfehlungen zu entkräften. Er habe sich jedoch geweigert, der Aufforderung nachzukommen. Und Gaunt, ein Mann mit vermutlich intimen Kenntnissen aller *Sato-Tomkin* Geschäftsinterna, die vor dem Ausschuß auszubreiten er willens gewesen wäre, war jetzt tot. Die von weiteren, namentlich nicht genannten hochrangigen Regierungsvertretern gezogenen Schlußfolgerungen waren klar: Linnear stand unter dem Verdacht, von seinem Refugium im bösen Japan aus den Befehl erteilt zu haben, Gaunt mundtot zu machen.

Croaker hob den Blick, sah Renata an und sah das Mondlicht in ihren Augen schimmern. Was war es, was er darin lesen konnte: heimliche Befriedigung? Mitleidslosigkeit?

Renata holte tief Luft, ehe sie sagte: »Am Abend vor seiner Ermordung kam Mr. Gaunt zu mir. Ich gab ihm gewisse Informationen über einen Mann... belastendes Material. Der Mann war Will Lillehammer. Aber ich hätte...« Zum ersten Mal knickte ihre Kontenance ein, zeigte ihre unnahbare Fassade Risse. »Ich hätte mir nie träumen lassen, daß Gaunt dabei zu Tode kommen würde.«

»Sie hatten dieses belastende Material in Ihrem Besitz und haben es nicht selbst verwendet? Warum nicht?«

»Ich hatte den Eindruck, ich könnte Mr. Gaunt von Nutzen sein. Er schien vor Verzweiflung außer sich, und offenbar sah er in mir die Rettung.«

Es trat eine kurze Pause ein. Croaker studierte Renatas körperliches Erscheinungsbild wie ein Kardiologe einen Patienten in der Intensivstation. »Können Sie mir sagen, warum Gaunt gerade zu Ihnen kam?«

»Man hatte mich empfohlen«, antwortete Renata. »Sie wissen ja selbst, wie die Spielregeln in dieser Stadt sind. Beziehungen und Kontakte bedeuten alles, und der liebe Gott bewahre Sie davor, daß Sie aus Naivität oder Dummheit beides mit Freundschaft verwechseln. Ich habe also Mr. Gaunt erzählt, daß Lillehammer insgeheim für Senator Banes Ausschuß arbeitet. Dies schien der Anhaltspunkt zu sein, nach dem Mr. Gaunt suchte. Als Munition gab ich ihm...«

»Da hätten Sie ihm gleich eine ganze Haubitze mitgeben müssen.« Croaker betrachtete sie, als sei sie eine Kobra, die sich gerade aus einem Weidenkorb schlängelte. »Bei dem Arsenal, das Sie zur Verfügung haben, hätten Sie sich Lillehammer selbst vorknöpfen sollen.«

»Wenn ich nur hinter Lillehammer her wäre, dann hätte ich das auch getan, das kann ich Ihnen versprechen«, sagte Renata. »Aber meine Feindschaft reicht in viel tiefere Schichten.«

»Das heißt, Sie haben Gaunt benutzt, um...«

»Hört auf damit!« Margarite fuhr dazwischen, noch ehe Renata antworten konnte. Sie funkelte Croaker wütend an. »Ich habe dich nicht hierher mitgenommen, damit ihr beiden einander zerfleischt.« Und leise fuhr sie fort, so daß nur er es hören konnte: »Wir haben doch alle unsere privaten Motive, Lew, oder?« Ihre goldbraunen Augen leuchteten sanft im Mondschein. »Nun mach mal einen Punkt«, flüsterte sie. »Auch Bullen sind doch nicht immun gegen Gefühle, oder?«

»Sie täten gut daran, auf sie zu hören«, sagte Renata. »Aus ihr spricht die Weisheit ihrer Vorfahren.« Sie lächelte, beinahe schüchtern, und Croaker vermeinte, sie vor seinem geistigen Auge als die faszinierende junge Frau sehen zu können, die sie mit zwanzig gewesen sein mußte.

Renata berührte ihn am Arm und sagte so leise, daß sogar das Flüstern der Bäume lauter war: »Ich nenne Ihnen jetzt das letzte Geheimnis, das mein Sohn mir hinterließ – nämlich die Identität des Mannes, dessen Wissen die Grundlage seiner Macht bildete, der die Quelle all seines geheimen Materials war.« Sie beugte sich noch dichter an ihn heran und legte ihm die Lippen ans Ohr. »Sogar Margarite weiß es nicht. Ich habe zwar Dominic versprochen, niemals weiterzugeben, was er mir anvertraute, aber jetzt zwingen mich die Ereignisse, seinen Namen auszusprechen. Es ist Mikio Okami, der Kaisho, das Oberhaupt aller *oyabun* der japanischen *yakuza*.«

3

Tokio / Washington

Do Duc streifte sich die Maske aus Silikon und Polycarbonat über den Kopf und fühlte sich, als würden gleichzeitig Fleisch und Blut, Haut und Knochen über ein Gesicht gestülpt, das sonst nur aus Rauch und Träumen bestand. Mit einem Wort: Er fühlte sich sicher.

Ich will Gefühle spüren, sagte er zu sich selbst.

Denn die Fähigkeit zu fühlen war es gewesen, was Ao, der Nung-Schamane, ihm während der langen, anstrengenden Aufnahmezeremonie in den Bergen Vietnams schließlich weggenommen hatte. Allerdings war sich der junge Do Duc damals dieser Tatsache nicht bewußt. Doch selbst wenn er es gewesen wäre – ob er sich wohl dagegen gewehrt hätte angesichts der glitzernden neuen Welt, die Ao ihm dafür anbot? Es spielte keine Rolle. Dem jungen Do Duc hätte sich diese im Kern metaphysische Frage zu jenem Zeitpunkt nie gestellt.

Doch jetzt waren es Gefühle, die er so begierig aus seinen Opfern herauszusaugen versuchte, als letztes aus der verstorbenen Ginnie Morris, und zuvor aus Margarite Goldoni DeCamillo. Aber selbst er mußte sich in einem Anflug von Selbstkritik eingestehen, daß Margarite anders gewesen war. Er konnte sie nicht töten – konnte es nicht tun, weil er es nicht tun wollte. Denn zum erstenmal hatte Do Duc eine der fundamentalen Wahrheiten der Natur verstanden, obgleich er sie in diesem ganz speziellen Fall nur auf Margarite bezogen begriff: daß ein menschliches Wesen zu töten auf irgendeine mysteriöse Weise dazu führte, die eigene Seele um ein gleichwertiges Stück ärmer zu machen.

Oftmals in den Tagen, seit er sie wieder freigelassen hatte, war es ihm vorgekommen, als wäre sie ganz nah bei ihm – als könne er ihre weiche Haut, das betörende Aroma ihres Körpers unter den Armen, in den Kniekehlen, in den korallenroten Falten zwischen ihren Schenkeln spüren. Zuerst hatte er sich einreden wollen, daß diese Verbindung zwischen ihnen beiden wegen dem bestand, was er – ohne ihr Wissen – von ihr gestohlen hatte und jetzt in seinem Innern weggeschlossen aufbewahrte wie eine Auster, die die in ihrem Fleisch wachsende Perle beschützt.

Und wie bei einer Perle beflügelte der schimmernde Glanz dessen, was er aus ihr herausgeholt hatte, seine Fantasie in Bezug auf das, was zwischen ihnen beiden geschehen war.

Weder wilde Bestien noch Geisterbeschwörungen jagten ihm Angst ein; die wachsende Einsicht in seine Verbindung mit Margarite tat es. Zum einen, weil er nicht mehr allein im Universum war; zum anderen, weil er oft mit einer solchen Intensität an sie dachte, daß er alles andere vergaß. Dergleichen seine Existenz berührende Teilbereiche der Wirklichkeit bedeuteten für ihn etwas völlig Fremdes, genauso grotesk und furchterregend, wie es seine magischen Kräfte für andere Menschen waren.

Seine Hände griffen nach oben und korrigierten den Sitz der Maske, bis sie perfekt anlag. Den Klebstoff hatte er selbst zusammengemischt. Er verband die Polymerenschicht mit solcher Vollkommenheit mit seinem Gesicht, daß er beim Betasten der Maske das Gefühl hatte, seine eigene Haut zu berühren. Und genau so sollte es sein. Welchen Sinn hätte eine Maske, wenn sie den Träger nicht verwandelte?

Er streckte die Zunge heraus und betrachtete sie im Spiegel. Dann fuhr er sich damit über seine Lippen – beziehungsweise über die Lippen der Maske. In jedem Fall über die Lippen von Nicholas Linnear. Er würde die Informationen, die seine Auftraggeber haben wollten, aus Linnear herausholen, und danach durfte er mit seinem Gefangenen tun, was er wollte. Welch ein Glücksfall für einen Meister des *tau-tau*! In dem Augenblick, in dem Du Doc sich über die wahre Natur Linnears klar geworden war, hatte er innerlich bei der Vorstellung gezittert, die Grenze zum Unbekannten zu überschreiten, einen Weg einzuschlagen, vor dem sich sogar der alte Ao gescheut hätte.

Do Duc würde sich auf seinen Schutzgeist verlassen, der heiligen weißen Elster, um mit ihrer Hilfe das verbotene Sechste Tor zu öffnen. Seine eigene verdammte Seele wollte er ablegen und sich die von Linnear anziehen, sie zuvor aus ihm heraussaugen und nur eine vertrocknete Hülle mit Do Ducs Gesicht zurücklassen.

Auf diese Weise konnte er seine eigene Vergangenheit auslöschen.

Doch diese Gedanken seines Triumphes erwiesen sich als kurzlebig in dem Moment, in dem sich Margarites gespenstische Anwesenheit wieder einstellte. Er fiel auf die Knie. »O Buddha, hilf mir«, flüsterte er mit Lippen, die nicht die seinen waren. Was sollte er bloß tun? All seine Macht, seine Magie waren wirkungslos, wenn es darum ging, die Erinnerung an sie zu verbannen. Doch es war mehr als nur Erinnerung. Eine Lokomotive unbekannter Bauart hatte ihn überrollt.

Sein Verlangen nach dieser Frau überschritt die Grenzen von Lust oder Begierde. Allein *diese* Erkenntnis bestürzte ihn und machte ihn wütend. Der zornige Gedanke daran, daß seine einmalige Außenseiterposition erschüttert worden war, wurde von etwas viel Entsetzlicherem abgelöst: von der immer stärker werdenden Ahnung, daß er Margarite brauchte wie die Luft zum Atem.

Zeit, den Platz vor dem Spiegel zu verlassen. Er kämpfte sich auf die Beine und sammelte alle seine Kräfte, um den schillernden Schleier, mit dem Margarite seine Seele umhüllte, zu verscheuchen. Auf stocksteifen Beinen schritt er zu dem Metallkäfig hinüber, den er innerhalb der Roboterfabrik aufgestellt hatte.

Kaum hatte er die Tür aufgeschlossen und war hineingetreten, als auch schon die Ausstrahlungen von Nicholas Linnears träumendem Gehirn sein Bewußtsein wie Lianen umrankten.

Do Duc schaltete die Halogen-Punktscheinwerfer an, richtete sie auf Nicholas' Gesicht und schlug ihm hart auf die eine Backe, dann auf die andere. Kein Wunder, daß er immer wieder ohnmächtig wird und träumt, dachte Do Duc. Die Giftmenge, die Do Duc ihm in Paris injiziert hatte, hätte für eine ganze Herde von Wasserbüffeln ausgereicht. Doch bei der Stärke von Nicholas' Willen war Do Duc der Meinung gewesen, keine andere Wahl zu haben. In einem solchen Fall war eine Überdosierung besser als das Gegenteil.

Er betastete Nicholas' Stirn und Wangen mit den Fingerspitzen und überprüfte den Sitz von dessen Maske. Es war in der Tat erstaunlich, was Computer heutzutage fertigbrachten. Eine Reihe von Fotos wurden zu einem Hologramm extrapoliert, dieses dreidimensionale Bild anschließend reduziert auf eine komplexe Formel aus Nullen und Einsen und in einen Computer gefüttert, dessen Software aus dieser Formel in der virtuellen Wirklichkeit ein Replikat des Originals schuf, woraus dann eine Maske gefertigt wurde – dem Gehirn eines Computers entsprungen wie die voll erblühte Athene aus dem Kopf des Zeus.

Der Sitz war perfekt, der Klebstoff hielt wunderbar. Die Maske hatte Poren, Haarfollikel, Hautunreinheiten, braune Flecken, alles, was dazugehört. Gewebestruktur und Tastgefühl waren so echt, daß selbst eine Geliebte ins Zweifeln geraten würde, ob es sich um Haut handelte oder nicht. So lange die Versiegelung intakt war, konnte man damit schwimmen, duschen oder lieben. Ganz wie mit normaler Haut.

Nicholas' Augen öffneten sich zögernd, erfaßten allmählich die Umgebung, und Do Duc stellte den Spiegel so hinter sich, daß sein Gefangener sein eigenes Gesicht darin erblicken konnte.

In dem Augenblick, in dem Nicholas' dunkle Augen ihn fixierten, verspürte Do Duc einen beunruhigenden Anfall von Übelkeit und Schwindel. Er grub dem Gefangenen seine Finger in die Oberarmmuskeln, um sich selbst davor zu bewahren, auf die Knie zu fallen. Alles, was er riechen konnte, war der Duft Margarites, als sei sie ein Tier, in dessen Winterfell er sein Gesicht vergraben hatte. Die Vision von ihr verzehrte seine Kraft, und er knirschte mit den Zähnen. Schließlich half die mentale Disziplin, die Ao ihn gelehrt hatte, und so verbannte er ihr aufdringliches Abbild aus seinem Hirn, verwandelte es in einen Baum im Wald seines Bewußtseins. Hätte ihm jemand in diesem Moment eine Klinge in die Brust gerammt, wäre das für ihn weniger schmerzhaft gewesen. Er kam sich wie eine Kreatur vor, die in einen Spiegel blickt, nur um darin zu entdecken, daß sie zu einem verwesenden Leichnam geworden ist.

Von Grauen geschüttelt, sagte er mit Nicholas' Stimme und Nicholas' Gesicht: »Nachdem du jetzt begriffen hast, daß du lebst, wird es Zeit, daß du erkennst, wer du geworden bist.« Er rutschte einen halben Meter zur Seite, um Nicholas den Blick auf sein Spiegelbild in der mit Hilfe des Computers hergestellten Maske aus Silikonpolycarbonat freizugeben.

Nicholas' Reaktion bestand in krampfartigen Zuckungen, als habe Do Duc ihm einen elektrischen Draht an den Hoden angeschlossen. Die Muskelkontraktionen unter dem Griff seiner Hände beruhigten Do Duc, bestätigten ihm die Position, die er sich im Universum geschaffen hatte, spritzten vorübergehend schwarze Tinte auf das faszinierende Frauenantlitz, das für seine Angst verantwortlich war.

Er neigte sein Gesicht Nicholas so weit zu, daß es wie ein mächtiger Götze am Rand von dessen Gesichtsfeld auftauchte.

»Schau hin, wer du geworden bist.« Sein Flüstern hallte wie der durchdringende Schrei eines Falken über den Baumwipfeln wider. »Ist es nicht unglaublich? Aber glaube es ruhig. Du bist ich, und ich bin du.«

Er roch den Schweiß, der sich auf Nicholas' Stirn bildete, wie ein Parfum und spürte, wie seine eigenen Hände davon schlüpfrig wurden. Do Duc legte sein Ohr auf den warmen Brustkorb seines Opfers und hörte das Flattern des Herzschlags wie die Flügel eines wilden, gefangenen Vogels, der damit gegen eine Glasscheibe schlägt. Dieser Laut wärmte ihn wie der erste Sonnenstrahl der Frühlingssonne nach einem langen, kalten Winter.

Dann verlor Nicholas wieder das Bewußtsein, und Do Duc war allein mit den Robotern. Die schwarze Tinte floß wie schmelzender Schnee in der Sonne von Margarites Abbild und zeigte sie ihm näher bei sich, als er es für möglich gehalten hätte.

Er erinnerte sich an eine Geschichte, die ihm seine Mutter erzählt hatte, als er noch ein kleiner Junge gewesen war:

Ein junger Bauer traf die Frau seiner Träume und verliebte sich in sie, die ein Mädchen von überirdischer Schönheit war, ein Waisenkind aus dem Nachbardorf. Beide heirateten und lebten ein Leben voller Freude und Harmonie, bis sie eines Winters erkrankte und trotz der verzweifelten Bemühungen des Bauern starb. Er begrub sie persönlich unter einem Kirschbaum, dessen nackte, kahle Zweige in einen wolkenlosen Himmel aufragten.

Der Bauer war so von Schmerz überwältigt, daß er die Gewißheit verspürte, ohne seine geliebte Frau sterben zu müssen. Die Dunkelheit brach herein, und er ignorierte das Flehen seiner Freunde und der Familie und kauerte sich neben dem frisch ausgehobenen Grab seiner Frau nieder. Er konnte es nicht ertragen, sie verlassen zu müssen, und weinte bitterliche Tränen die ganze finstere Nacht lang.

Dann, in jener Stunde zartester Morgenröte kurz vor dem eigentlichen Tagesanbruch, wo die Welt nur aus Stille und Dunst besteht, vernahm er ein leises Geräusch vom Waldrand her. Gleich darauf sah er aus den dunklen Nebelschwaden einen prachtvollen roten Fuchs auftauchen.

Das Fell des Fuchses war ganz mit glänzendem Rauhreif überzogen, und er war so grazil, so geheimnisvoll und gebieterisch, daß der Bauer einen Augenblick lang sein Elend vergaß und aufhörte zu weinen. Ganz plötzlich aber erinnerte ihn die übernatürliche

Schönheit des Fuchses wieder so schmerzlich an seine Frau, daß er erneut in Tränen ausbrach.

Der Fuchs setzte sich mit gekreuzten Vorderpfoten wie ein Mensch hin, blickte dem Bauern direkt in die Augen und fragte ihn nach dem Grund seines Weinens.

Der Bauer, der in seiner Kindheit viele Geschichten über die Zauberkräfte der Füchse in dieser Gegend gehört hatte, erzählte ihm alles.

»Du sprichst von deiner Frau, als sei sie die Liebe in Person gewesen«, sagte der Fuchs.

»Und das war sie auch«, erwiderte der Bauer seufzend. »Mit ihr starb die Liebe, und ohne Liebe kann ich nicht weiterleben.«

»Liebe ist überall rings um dich herum«, versicherte ihm der Fuchs, doch der Bauer schüttelte nur bekümmert den Kopf.

»Für mich nicht.«

»Dann muß dir deine Frau zurückgegeben werden«, sagte der Fuchs, »damit du alles über die Liebe lernst, was es zu lernen gibt.«

»Aber das ist doch unmöglich«, zweifelte der Bauer.

Der Fuchs hob seine Vorderpfote, als erteile er einen sonderbaren Segen. »Schlafe jetzt«, sagte er. »Bald kommt die Morgendämmerung, und mit ihr deine Frau.«

Auf das Drängen des Fuchses hin legte der Bauer seinen Kopf auf die Arme in der Gewißheit, sowieso nicht schlafen zu können. Doch seltsam: Kaum hatte er die Augen zugemacht, fiel er schon in einen tiefen, traumlosen Schlummer.

Er erwachte mit dem Sonnenschein eines neuen Tages, dessen Strahlen durch die Zweige des Kirschbaums fielen, unter dem er seine Frau begraben hatte.

Der Bauer blinzelte, setzte sich mit einem Ruck auf, und sein Herz klopfte wie wild in seiner Brust. Er war allein, der Fuchs verschwunden. Hatte er dessen Anwesenheit nur geträumt und das fantastische Gespräch mit ihm ebenfalls? So mußte es wohl sein, dachte er, während er sich aufrappelte und Blätter und Zweige von Hose und Hemd klopfte.

Dann spürte er sie, nicht neben sich, sondern in seinem Innern. Seine geliebte Frau lebte! Er hatte den Fuchs nicht geträumt! Er war tatsächlich dagewesen und hatte seinen Zauber wirken lassen.

Der Bauer spürte, wie der Geist seiner Frau sich in seinem Innern bewegte, und er war außer sich vor Freude und erwartete voller Glück eine Art von Intimität, die unvorstellbar schöner sein würde als die zu jener Zeit, wo sie noch aus Fleisch und Blut gewesen war. Wie wunderbar würde das Leben jetzt werden, wo ihre gemeinsame Liebe in seinem Innern eingeschlossen war und nie mehr vergehen würde!

Doch noch im selben Monat fand die Familie den Bauern tot auf. Er lag zusammengesunken über dem Grab seiner Frau. Mit blutleeren Fäusten umklammerte er ein Jagdmesser, das er sich selbst in den Leib gestoßen hatte. Seltsamerweise war die Erde auf dem Grab von heftigen, tiefen Schlägen aufgewühlt.

Die örtliche Polizei stand vor einem Rätsel. Sie kam zu dem Schluß, daß der Bauer in den letzten Augenblicken, ehe er sich das Leben nahm, versucht haben mußte, die Leiche seiner Frau auszugraben. Sie nahmen außerdem an, daß der Kummer den Bauern zum Wahnsinn getrieben hatte, und voller Anteilnahme begruben sie ihn neben seiner geliebten Frau, ehe sie sich wieder anderen und dringlicheren Geschäften zuwandten.

In den folgenden Monaten besuchten Verwandte einmal wöchentlich das Grab, hinterließen kleine Geschenke und verrichteten Gebete, aber ansonsten blieb der Ort verwaist – bis auf die Vollmondnächte, in denen ein Fuchs aus dem nahegelegenen, verschneiten Dunkel des Waldes auftauchte und mit ernster und wissender Miene das steinerne Grabmal umschritt.

Und vielleicht war der Fuchs der einzige, der die Wahrheit kannte: daß der Bauer nämlich mehr über die Liebe herausgefunden hatte, als er je hatte wissen wollen. Jemanden zu lieben war etwas ganz anderes, als wenn sich die geliebte Person andauernd durch die eigenen Gedanken und Erinnerungen schlich wie ein Gespenst in der Nacht. Einen Haushalt miteinander zu teilen war etwas völlig anderes, als ein gemeinsames Bewußtsein zu haben, in dem es keine Geheimnisse, keine Rückzugsmöglichkeit und niemals Schweigen gab, weil ja immer zwei anwesend waren.

Schweigen und die hohlen Geräusche der Arbeitsroboter, das immer gleiche Klicken, Quietschen und Summen Tag und Nacht in einer die Sinne abstumpfenden Folge waren zum gegenwärtigen Zeitpunkt Do Ducs einzige Begleiter.

Warum hatte er sich an diese unwahrscheinliche Erzählung gerade jetzt erinnert? Welchen Schrecken hatte sie ihm als Kind eingejagt! Hinterher hatte er nächtelang nicht einschlafen können, weil er sich vorstellte, wie sich im Schlaf jemand, den er vielleicht liebte, wie ein Dämon in sein Inneres schlich. In seiner Verzweiflung war er dann oft bei dem Franzosen ins Bett gekrochen, und es war ihm gleichgültig gewesen, ob dieser gerade allein schlief oder weibliche Gesellschaft hatte. Der Franzose hatte es Do Duc gestattet, sich an ihn zu kuscheln, wo er sich sicher fühlte, und hatte nie ein Wort darüber verloren.

Warum ging ich damals nicht zu meiner Mutter? fragte sich Do Duc im diffusen Licht dieser Fabrik für numerisch gesteuerte Werkzeugmaschinen. *Warum ging ich zu dem Franzosen?* Er starrte in sein eigenes Gesicht, das jetzt das von Nicholas war, ehe er sich die nächste und wichtigste Frage stellte: *Warum brachte ich ausgerechnet die Person um, bei der ich…*

Er wandte sich von seinem Opfer ab, umklammerte blindlings die Gitterstäbe des Käfigs und preßte die Stirn so lange gegen das Metall, bis grelle Sterne des Schmerzes hinter seinen Augen explodierten.

Ob er es aussprechen konnte, nur für sich selbst? Wie sollte das gehen? Bewies nicht die Geschichte von der Frau des Bauern, welch tödliche Gefahr dies in sich barg? Bewiesen das nicht auch all die schweren, blutigen Lektionen, die er in seiner Jugend gelernt hatte?

Liebe war Tod.

Jawohl. Aber er liebte Margarite.

Na also. Er hatte *es* über die Lippen gebracht, und wahrscheinlich hatte er sich damit endgültig selbst zum Untergang verdammt. Unwillkürlich stöhnte er auf.

Draußen vor dem Käfig wurden ölglänzende Körper zusammenmontiert, Gliedmaßen getestet und in die mit Flüssigkeit geschmierten Gleitlager der Gelenkpfannen eingepaßt. Infrarotaugen glotzten in die Unendlichkeit, jenseits von Zeit und Raum hinaus in eine andere Wirklichkeit, in der es weder Schmerz noch Angst gab. Und auch keine Liebe.

Nicholas – verdammt sei seine Seele in alle Ewigkeit! – war ohne Bewußtsein und bemerkte nichts von Do Ducs furchtbaren Ängsten, von seinem Gefühl hilflosen Ausgeliefertseins an die Margarite in seinem Innern. Wie die Frau des Bauern weigerte sich ihr Wesen, ihn trotz räumlicher und zeitlicher Distanz loszulassen. Mit zähen Krallen hielt sie ihn fest in seinem Innern umklammert, grub sich durch den Morast seiner Vergangenheit, betrachtete schrägen Blickes seine Sünden – und liebte ihn dennoch.

Er hielt es nicht aus.

Verzweifelt warf er den Kopf nach hinten und stieß einen wilden, unartikulierten Schrei voller Schmerz und Qual aus. Draußen vor dem Käfig wurden indessen stählerne Sklaven mit der Regelmäßigkeit eines Uhrwerks in die Welt gesetzt.

Dann packte er Nicholas an den Schultern und versuchte, ihn wachzurütteln. Als er damit nichts erreichte, beugte er sich hinab und biß ihm brutal in das Fleisch des Oberarms. Nicholas' Körper zuckte, er machte die Augen auf und sah einen zitternden Lichtbogen aus diamantblauem Licht.

»Aufwachen!« sagte Do Duc. »Zeit zu sterben.«

»Dieser Saukerl Munch!« fluchte Lillehammer.

»Heben Sie sich Ihren Zorn für jemanden auf, der ihn spüren kann.«

Mühsam unterdrückte Lillehammer ein Frösteln. Die Klimaanlage lief auf vollen Touren, weswegen es in dem Raum kalt wie in der arktischen Tundra war. Lillehammer, der die Hitze und Feuchtigkeit Südostasiens vermißte, hatte das Gefühl, daß seine Lippen während dieses Gesprächs blau anliefen.

Die Schwarze Dame lehnte sich im Drehstuhl zurück und zupfte die Manschetten des orange und blau gestreiften *Turnbull & Asser* Hemdes so zurecht, daß sie einen halben Zoll breit aus den Ärmeln des Kaschmir-Blazers hervorschauten. »Ich habe schon seit Ewigkeiten nicht mehr den Abzug eines Präzisionsgewehrs durchgezogen. Erzählen Sie mir, wie fühlt es sich an?«

Herr im Himmel, man sah sogar kleine Wölkchen der Atemluft aufsteigen. Sie spiegelten sich in rostfreiem Stahl, dem in diesem Zimmer vorherrschenden Werkstoff, so daß Lillehammer glauben konnte, sich im Kühlraum einer Leichenhalle zu befinden.

»Es war himmlisch.«

Die Schwarze Dame lächelte. »Ich hatte eine Wette mit mir selbst abgeschlossen. Ich wußte, daß Sie genau das sagen würden.«

Tische, Stühle, Lampen aus poliertem Stahl, dazu Wände mit weißglänzend lackierter Nirosta-Verkleidung, eine Farbe, die Lillehammer Zahnschmerzen bereitete. Oder lag dies an seinen eigenen heimlichen Plänen, die ihn wie ein Krebs von innen her auffraßen?

Er schlief nie mehr als eine Stunde zusammenhängend. Der enorme Streß, eine Operation durchzuführen, die von seinen Vorgesetzten ausdrücklich verboten worden war, lastete schwer auf ihm.

»Sie hätten warten sollen.«

»Was?« Lillehammer beugte sich vor.

Die Schwarze Dame sah ihn direkt an. »Hätten Sie gewartet, hätten Sie beide erledigen können.«

»Wenn ich gewartet hätte«, entgegnete Lillehammer, »hätte ich Munch nicht erwischt. Irgend etwas hatte ihn zappelig werden lassen. Eine halbe Minute länger, und er wäre abgehauen. Und Sie kennen ja Typen wie Munch: Wenn die erst mal abgetaucht sind, bedarf es eines ganz schönen Aufwands, um sie zu erledigen. Also bin ich auf Nummer Sicher gegangen und habe ihn neutralisiert.«

»Ich mag keine ungelösten Probleme«, sagte die Schwarze Dame, »und genau ein solches haben wir jetzt. Was zum Teufel hatten denn die beiden Leute, die für Sie arbeiten, gestern mitten in der Nacht bei Renata Loti zu suchen?«

»Wie viele Beschatter hatten wir auf sie angesetzt?«

Die Schwarze Dame lachte. »Nur den einen, den Sie dazu abkommandierten. Aber er erstattet auch mir Bericht.« Wieder lachte er. »Nicht, daß ich Ihnen nicht trauen würde – verstehen Sie mich nicht falsch. Aber ich kann durchaus nachvollziehen, daß Ihnen ein... Geschöpf wie Do Duc Fujiru unter die Haut geht.«

»Falls Sie der Meinung sind, ich hätte meine professionelle Distanz und Objektivität verloren...«

»Noch nicht«, sagte die Schwarze Dame scharf. »Sie haben während der ganzen Zeit in Vietnam einen kühlen Kopf bewahrt. Aber das war, ehe man Sie in den Käfig steckte, nicht wahr?« Seine kalten Augen funkelten. »Sie wollen offenbar diesen Do Duc ein für allemal abservieren, Will. Aber nehmen Sie meinen Rat an und preschen Sie nicht ungestüm drauflos, jetzt, wo Sie so dicht dran sind. Ich will nicht runter in unser Leichenschauhaus gehen und Ihre Leiche in einen Reißverschlußsack stecken müssen.«

»Jawohl, Sir.«

»Ich möchte, daß Sie mal rüber zu Renata Lori fahren und nachsehen, was Ihre Leute mit ihr angestellt haben.«

»Da ist für mich äußerste Vorsicht angesagt. Die Loti hat eine Menge einflußreicher Freunde auf dem Hill.«

»Richtig. Aber Sie ist kein Freund von Rance Bane, was bedeutet, daß sie in letzter Zeit ihre Hörner ein bißchen einziehen mußte.

Trotzdem muß ich zugestehen, daß sie für eine Frau eine verdammt gute Vermittlerin unter den altgedienten Parlamentariern ist. Sie hat aus so vielen Pattsituationen Kompromißvorlagen gemacht, daß alle, die dabei waren, nur so gestaunt haben.« Die Schwarze Dame hob eine Hand und ließ sie auf die stählerne Tischplatte fallen. »Sie werden schon wissen, was Sie zu tun haben. Setzen Sie ein bißchen Diplomatie oder sonst was ein. Aber passen Sie auf: Die ist gerissen wie der Teufel in Person.«

Lillehammer nickte. »Noch mal zurück zu Davis Munch«, sagte er. »Nachdem jetzt der Kronzeuge des Untersuchungsausschusses tot aufgefunden und auch Munch umgenietet wurde, ist Senator Bane wie eine Rakete hochgegangen. Das könnte in diesem Stadium gefährlich werden. Falls er eine seiner konkurrenzlosen öffentlichen Darbietungen inszeniert, dann wird das so sein, als ob sich ein Pit-Bull-Terrier unseren besten Teppich zum Scheißen aussucht. Vielleicht sollte ich...«

»Rance Bane überlassen Sie mir«, sagte die Schwarze Dame eisig. »Alles, was der jemals gegen einen anderen verwandt hat, hat er von mir gekriegt. Ich habe ihn aufgebaut, habe Wahlen für ihn gekauft, Kontakte für ihn hergestellt, ihn in einflußreiche Positionen manövriert und sichergestellt, daß ihn die ›good old boys‹ auf dem Hill zu einem der ihren machten, ehe ich ihn auf sie hetzte wie einen tollwütigen Hund. Und jetzt wissen sie nicht, ob sie mit dem Schwanz wedeln oder in die Hosen scheißen sollen, wenn er das Zimmer betritt.« Er schüttelte den Kopf. »Rance Bane ist mein Werk, also überlassen Sie ihn gefälligst mir. Staub zu Staub, nicht wahr, Will?«

»Dennoch – Bane könnte durchdrehen und wie eine wildgewordene Kanone durch die Gegend ballern. Warum schmeiße ich ihn nicht einfach aus irgendeinem Fenster?«

Die Schwarze Dame sah ihn kühl an. »Manchmal glaube ich wahrhaftig, Will, daß der Krieg das einzige ist, was Sie glücklich macht.« Er klopfte mit einem Finger seitlich gegen seine Nase. »Keine Angst. Sie brauchen über Rance Bane nicht mit Ihrem silbernen Hämmerchen die Höchststrafe zu verhängen, Euer Ehren. Ich habe ihn auf der Basis von Angst, Voreingenommenheit und Dummheit aufgebaut. Auf Grund dieser Eigenschaften kam er an die Macht, und wegen ihnen wird er auch stürzen, das kann ich Ihnen versprechen. Aber erst dann, wenn er für uns nicht mehr nützlich ist.« Er verzog das Gesicht. »Wir werden doch einen

Bauern nicht vorzeitig opfern, was?« Er lachte noch immer über seinen eigenen Scherz, während Lillehammer schon das Zimmer verließ.

Draußen vor dem hermetisch gegen elektronische Lauschangriffe abgeschirmten Raum saß Vesper in einem ihrer vielen neu erworbenen Winterkostüme. Das, welches sie heute anhatte, war ein hochmodisches von *Armani* aus weinroter Kammgarnwolle mit weißen Nadelstreifen. Sie ist die Sekretärin mit der absolut besten Garderobe von ganz Washington, dachte Lillehammer. Logo – was sonst sollte sie schon mit ihrer Zeit anfangen? Obgleich sie für alle Reisetermine, für die Waffenausstattung der Agenten, die Geldzuweisungen und die Herstellung gefälschter Dokumente für ›*Alices Spiegel*‹ zuständig war, obgleich sie sogar wußte, wo sich jeder Agent zu jedem beliebigen Zeitpunkt tags- oder nachtsüber aufhielt, wäre Lillehammer bereit gewesen, ein Jahresgehalt zu verwetten, daß sie von dem, was hier ablief, keine Ahnung hatte. Wie denn auch? Die Schwarze Dame war ein solcher Sicherheitsfanatiker, daß er noch nicht einmal seinem Arsch Bescheid sagte, wenn es Zeit zum Scheißen war.

Lillehammer betrachtete eine Weile genüßlich Vespers lange, schlanke Beine, während sie an ihrem Computerterminal seine Sondervergütungen in das bürokratische Labyrinth einarbeitete, das sich in pulsierenden grünen Symbolen auf ihrem Bildschirm darstellte. Ihren eher merkwürdigen Namen habe sie ihrem Vater zu verdanken, hatte sie ihm einmal erzählt, der ein großer Ian Fleming Verehrer gewesen sei. ›Vesper‹ war der Name der ersten großen Liebe von James Bond.

Vespers kornblumenblaue Augen betrachteten Lillehammer mit kühler Zurückhaltung, während ihre langen, korallenrot lackierten Fingernägel über die Tastatur tanzten. Ihr üppiges, hellblondes Haar fiel über eine pfirsichfarbene Wange herab. Nach der winterlichen Kahlheit im Heiligtum der Schwarzen Dame bedeutete es eine Erlösung, ein wenig Zeit in ihrem Büro zu verbringen, das man in den weichen Farben des amerikanischen Westens gestrichen hatte. Und was noch besser war: Die Raumtemperatur reichte aus, um Säugetiere am Leben zu erhalten.

Vespers Zeigefinger drückte auf die Eingabetaste, und mit leisem Stirnrunzeln sagte sie: »Oh, Mist! Ich kann das Geld nicht abbuchen, weil die Software in der Buchhaltung einen Rückstand meldet. Die mit ihrem verdammten altmodischen System! Wenn wir jetzt on-line mit dem *Hive*-Computer verbunden wären, dann hätten Sie Ihre Prämien blitzschnell.«

›Bonus‹, ›Prämie‹, ›Sondervergütung‹ waren die verharmlosenden Umschreibungen für Schmutzarbeitszulagen; Extragelder, die ›*Alices Spiegel*‹ für erfolgreiche Exekutionen spendierte. Die Schwarze Dame, die sonst das hehre Banner der Moral hochhielt, verteidigte diese eher söldnerhafte Sitte mit dem Hinweis, daß Gefahrenzulagen auch in vielen Industriezweigen gängige Praxis seien. Warum dann nicht auch in dieser Branche? Außerdem werde dadurch gewährleistet, daß sich jeder Agent des ›*Spiegel*‹ beständig in Topform hielt und sein Bestes gab.

»Kein Problem. Ich kann warten.«

»Übrigens, ich glaube, er kriegt wieder seine Periode.«

Lillehammer schaltete sofort innerlich um und hörte genauestens zu.

»Heute morgen war die Paranoia in diesem Büro wieder ganz schön dicht. Er telefonierte mit irgend jemandem namens Loti.«

»Renata Loti?« fragte Lillehammer und wunderte sich, daß die Schwarze Dame es nicht erwähnt hatte. Und schon hatte er die Antenne des Argwohns ausgefahren.

»Mhm, das war der Name«, sagte Vesper. »Ich würde sagen, die Unterhaltung war alles andere als freundlich.«

Es war nicht das erstemal, daß Vesper ihm Informationen aus dem Allerheiligsten zusteckte. Allesamt waren sie Gold wert gewesen und hatten ihm den Respekt seines rätselhaften Vorgesetzten verschafft.

»Eigentlich war es zum Schluß bloß noch ein fürchterliches Geschrei. Ich weiß nicht weswegen, aber ich habe irgend etwas im Zusammenhang mit einem Douglas Moon mitgehört, und dann fiel das Wort Erpressung. Da ist er dann an die Decke gegangen.«

Lillehammer meinte, ohnmächtig werden zu müssen. Renata Loti wußte über ihn und Doug Bescheid? Allmächtiger! Instinktiv fuhr er sich mit der Hand an die Backe und spürte noch einmal den raschen, berauschenden Schwall des Blutes. Er riß die Hand wieder zurück, als habe er sich an seiner eigenen Haut verbrannt. Aber woher konnte sie davon wissen? Dabei war er doch so vorsichtig gewesen, trotz Dougs dauernder Beschwerden, daß seine ausgeklügelten Sicherheitsvorkehrungen jegliches Gefühl von Spontaneität kaputtmachten, das sie sonst bei ihren Treffen hätten haben können. Eine homosexuelle Affäre war für einen Geheimagenten schlimm genug, denn die möglichen Konsequenzen für Erpressungen waren ohne Zahl. Auf der anderen Seite waren da aber all jene Dinge, die er und Doug miteinander trieben. Wer, außer den Beteiligten, konnte schon ein solch radikales sexuelles Verhalten verstehen oder gar gutheißen? Wie war das bloß passiert?

Und dann dachte er voller Wut: *Dieses Arschloch von Doug hat die Nase voll und hat mich verpfiffen!*

»Ist ja auch egal«, plauderte Vesper munter weiter. »Jedenfalls habe ich den Eindruck, er will, daß wegen ihr etwas unternommen wird.«

»Ich weiß nicht recht.« Selbsterhaltungstrieb und gesunder Menschenverstand kämpften miteinander in seiner Brust.

»Wenn da zur Explosion kommt, dann fliegen die Trümmer ganz schön weit. Sie hat Freunde an höchster Stelle.«

»Tatsächlich? Da staune ich aber. Was waren doch gleich wieder seine Worte, nachdem er den Hörer niedergeknallt hatte? ›Irgendwo wartet ein hübscher kleiner Unfall auf die Dame.‹«

Lillehammer verspürte plötzlich ein Bedürfnis nach frischer Luft. »Wie geht's denn so mit meiner Prämie voran?« fragte er voller Unschuld.

Vesper warf einen schnellen Blick auf ihren Bildschirm und strahlte ihn an: »Na endlich! Die Buchhaltung hat ihren Rückstand aufgearbeitet. Ihre Schecks sind schon unterwegs.«

Gleich darauf wurden die ausgefüllten Schecks durch einen Schlitz im Drucker ausgespuckt. Vesper lächelte ihn süß an, während sie sie ihm gab, und Lillehammer stolperte damit hinaus in den gedämpften, anonymen Korridor, der aus dem riesigen und grotesken Bürokomplex hinausführte.

Nangi stand vor dem Wohnhaus, das zwischen zwei riesigen Lagerhäusern eingeklemmt war. Diese Gegend nahe beim Sumida sah bei Tageslicht ganz anders aus. Lachende Kinder spielten dort, wo in der Nacht die räudigen und irgendwie bedrohlichen Hunde rastlos umhergestreift waren. Der unaufhörliche Geräuschpegel von Betriebsamkeit verbarg das Schlimmste der deprimierenden Schäbigkeit dieses Viertels – oder ließ sie zumindest in einem anderen Licht erscheinen.

Eine junge Frau öffnete auf sein Klopfen hin die Tür. Sie war untersetzt und von eher schlichter Erscheinung, mit einer dichten Mähne schwarzen Haares, das sie modisch, aber für sie unvorteilhaft gestylt trug.

»Ja, bitte?« fragte sie und spähte durch den Türspalt.

Nangi verbeugte sich und übergab ihr seine Visitenkarte, eine aus einem Dutzend verschiedenartiger, die er sich in regelmäßigen Abständen anfertigen ließ. Diese Art von überraschenden Besuchen, heimlich und inkognito, waren im Verlauf der Jahre zu einem Bestandteil seines Lebens geworden. Er hatte herausgefunden, daß man sehr oft dann an wertvolle Informationen herankam, wenn man sich hinter der Maske einer anderen, erfundenen Identität verbarg.

Es war in der Tat erstaunlich, dachte Nangi, während er auf einen Bescheid von der jungen Frau wartete. Was manche Menschen dem Tanzan Nangi, dem Aufsichtsratsvorsitzenden eines großen *keiretsu*, nie anvertraut hätten, das taten sie bereitwillig gegenüber einem Futtermittelvertreter, einem Betriebsingenieur, einem Metallvorarbeiter – gegenüber jemandem, bei dem sie sich überlegen fühlen konnten.

An diesem Morgen war er Seizo Abe, Vertreter des Wohnungsbauministeriums, der angeblich alle mehr als zwanzig Jahre alten Gebäude in dem Viertel zu erfassen hatte. Diese Legende war nur allzu glaubhaft und verschaffte ihm nahezu sofortigen Einlaß ins Haus.

Er wurde in ein kleines ovales Foyer geführt, das von einer zentralen Treppe und einem Leuchter aus Kristall dominiert wurde. Kräftiges Braun und üppige Grüntöne herrschten vor. Auf einer gestreiften Marmorkonsole stand eine Schale mit frischen Blumen, zu dieser Jahreszeit zweifellos aus dem Gewächshaus. Die junge Frau nahm seine Schuhe und führte ihn einen mit Kirschbaumholz verkleideten Gang entlang. Nach rechts gab eine Schiebetür den Blick frei in eine Bibliothek mit bis zur Decke reichenden Bücherregalen und einem weiteren Kristalleuchter, einer kleineren Ausgabe von dem im Foyer.

Die junge Frau bedeutete ihm einzutreten. Auf dem Boden lag ein abgewetzter Teppich wie eine erschöpfte Memsahib. Links stand ein Paar Ohrensessel gegenüber von einer samtüberzogenen Couch. In der anderen Raumhälfte stellte ein Glasschrank an der Wand einen prächtigen Torso mit einer Samurai-Rüstung des frühen siebzehnten Jahrhunderts zur Schau. Die Vitrine stand neben einem französischen Sekretär aus Wurzelholz, so daß die Person, die auf dem Stuhl am Schreibtisch Platz nahm, einen ungehinderten Blick darauf hatte.

Allein gelassen, sah sich Nangi im Zimmer um. Augenscheinlich war dies der Raum eines Gelehrten, eines systematischen, belesenen Kopfes, der die Rolle jedes einzelnen Elementes im Leben für sich genau definiert hatte.

»Anhand deiner Karte sehe ich, daß du den Beruf gewechselt hast.«

Nangi zuckte zusammen, als er die sanfte weibliche Stimme links von sich vernahm. Er drehte sich um.

»Wie bitte?«

»Und keineswegs zum Besseren, möchte ich hinzufügen.«

Er beugte sich vor, die Stirn vor Konzentration in Falten gelegt. Diese Stimme kannte er, aber er war sich sicher, daß er sie schon lange Zeit nicht mehr gehört hatte.

»Na, worauf wartest du denn noch?« fragte die weibliche Stimme. »Ich habe Tee vorbereiten lassen.«

Nangi hinkte auf die Ohrensessel zu und sah, daß der ihm am nächsten stehende von einer zierlichen, doch vornehm aussehenden Frau mit blasser, durchsichtiger Haut, schwach ausgeprägten Backenknochen und schwarzen, funkelnden Mandelaugen besetzt war. Nur weil er sie kannte, konnte er mit einiger Sicherheit sagen, daß sie Anfang der Siebzig war.

»Kisoko!« rief er erstaunt aus. »Du bist die allerletzte, die ich hier anzutreffen erwartete.«

»Ich habe oft entdeckt, daß die reale Welt jener aus *Alice im Wunderland* täuschend ähnlich sein kann.« Es gab ein Geraschel von schwerer Brokatseide, als sie ihren Arm ausstreckte, und der weite Ärmel ihres Kimonos glitt bis an ihr zerbrechliches Kinn hinauf. Rosa, weiße und korallenrote Kirschblüten waren über Brust und Oberarm des Kimonos verstreut, bunt durcheinandergewirbelt von dem indigofarbenen Wind der Fantasie des Künstlers.

Kisoko besaß noch immer jede Unze jenes Charmes, den sie vor zehn Jahren schon ausgestrahlt hatte. Nangi verspürte den gleichen Stich sehnsüchtigen Verlangens, der ihn schon damals bei ihrem ersten Zusammentreffen durchzuckt hatte. Wie sehr hatte er sich gewünscht, sie in der großartigen Blüte ihrer Jugend kennengelernt zu haben! Der geschwungene Mund mit den vollen Lippen, der voller eigentümlicher Verheißung war; der schmelzende, unschuldsvolle Blick; Präzision und Sparsamkeit der Bewegung, die eine deutlich wahrnehmbare Grazie und Intelligenz ausstrahlten – alles war noch so, wie er es in Erinnerung hatte. Doch der größte Reiz dieses leicht asymmetrischen Gesichtes bestand in seiner feinen Andeutung von Nachsicht, Geduld und, noch tiefer verborgen, Heiligkeit. Oft hatte sich Nangi, wenn er sich frühmorgens im Bett umdrehte und das Licht durch die Gardinen fiel, Kisoko als katholische Nonne vorgestellt – eine heimliche Fantasie vergangener Jahre, die so sündhaft und verboten war, daß sie schon wieder unsäglich köstlich wurde.

»Kisoko«, sagte er, den Kopf voller Erinnerungen, »ich habe gehört, daß Mikio Okami vermißt wird. Weißt du etwas über dieses rätselhafte Verschwinden?«

Diese strahlenden, pechschwarzen Augen sahen zu ihm auf. »Ich habe keine Nachrichten von meinem Bruder«, entgegnete sie knapp. »Wenn du dich jetzt erst einmal setzen könntest, würde ich uns Tee eingießen.«

Er nahm in dem Sessel zu ihrer Linken Platz und sah hypnotisiert zu, wie sie den grünen Tee aufgoß. Nachdem sie beide eine Tasse getrunken hatten, fuhr sie fort: »Ich weiß nicht, ob mein Bruder lebt oder tot ist. Ich weiß nur, daß seine Feinde etwas gegen ihn unternommen haben. Was als nächstes passieren wird, kann ich auch nicht sagen.«

Sie stellte ihre Tasse auf die Seite, legte den Zeigefinger auf die Visitenkarte, die Nangi der jungen Frau übergeben hatte, und schob sie quer über die polierte Ebenholztischplatte zu ihm hin.

Die Fingerspitze noch auf der Karte, sagte sie: »Du bist unter einem anderen Namen und unter einem eindeutig falschen Vorwand zu mir gekommen. Sag mir, Nangi-san, was ich davon halten soll?«

»Ich wußte nicht, wessen Haus dies war, Kisoko. Du weißt, wie ich vorgehe. Mein eigener Name ist zu bekannt, um in gewissen Situationen die Wahrheit zu erfahren.«

Kisoko betrachtete ihn eine Weile. Nangi hörte das Rasseln und Ticken einer Messinguhr und das Ächzen von Holzbalken über ihren Köpfen. Doch kein Laut von draußen drang durch die Wände der Bibliothek. Es war, als existiere die Welt nicht und als gehe das Leben nur hier, zwischen ihnen beiden, weiter.

»Und welche Wahrheit erwartest du unter der Tarnung eines Seizo Abe zu erfahren?«

Seit er Kisoko wiedererkannt hatte, fragte sich Nangi, was er davon halten sollte, daß Seiko ins Haus der Schwester Mikio Okamis gegangen war. Vielleicht war es falsch, Seiko zu verdächtigen? Vielleicht traf ihr Kontakt mit Vietnamesen zweifelhaften Rufes nur zufällig mit Vincent Tinhs Verrat und seiner anschließenden Ermordung zusammen? Wie auch immer: Auf Grund ihrer gemeinsamen Vergangenheit verdächtigte er Kisoko nicht des Doppelspiels; er konnte es einfach nicht.

»Ich bin heute morgen hierhergekommen, weil ich mir Gedanken über eine meiner Angestellten mache, über Seiko Ito«, sagte er schließlich. »Beschämt gestehe ich, daß ich ihr gestern nacht bis zu diesem Haus gefolgt bin. Sie hat Kummer und steckt vielleicht in Schwierigkeiten. Ich wollte ihr nur helfen, falls ich dazu in der Lage bin.«

»Ohne daß sie davon weiß?«

»Ich fürchte, sie würde es nicht gut aufnehmen, wenn sie es wüßte.«

»Ich verstehe.« Kisokos Finger klopfte auf Seizo Abes Visitenkarte, als sei diese von tatsächlicher Bedeutung. Nangi konnte mitverfolgen, wie sie in ihrem Kopf etwas Schwieriges hin und her wälzte.

»Kisoko, ich möchte noch einmal unterstreichen, daß meine Anteilnahme an Seikos Wohlergehen aufrichtig ist.«

Kisoko nickte.

»Sie ist in der Zwischenzeit eine zunehmend wichtige Mitarbeiterin geworden. Es bietet sich gerade die Gelegenheit an, sie nach Saigon zu schicken, damit sie sich dort in eigenverantwortlicher Position um meine Angelegenheit kümmert. Jetzt wirst du auch verstehen, daß ich mir absolut sicher sein muß, daß ich mich auf sie verlassen kann.«

Kisoko lachte. »Aber das sind ja wunderbare Nachrichten, Nangi-san, und aus meiner Sicht ist es für sie das Allerbeste.« Sie seufzte. »Ein so trauriges Geschöpf. Aber so talentiert! Sie sucht mich auf, weil sie glaubt, daß sie mir helfen kann, was auch zutrifft. Aber ich helfe auch ihr. Sie hat ein gutes Herz, Nangi-san, aber ich befürchte, daß ihr Herz sie schon oft verraten hat.«

»Dann hast du sie also unter deine Fittiche genommen?«

Irgendwo im Haus läutete ein Telefon. Kisoko machte keine Anstalten, an einen Apparat zu gehen. Gleich darauf hatte es aufgehört zu läuten.

»Ach, doch nicht so was Formelles«, sagte Kisoko. »Das würde

Seiko nie akzeptieren.« Sie zuckte mit den Schultern. »Ich vermute, daß sie sich daran gewöhnt hat, allein zu sein und ihr Leben vor anderen abzuschirmen.« Sie lächelte matt. »In dieser Hinsicht unterscheidet sie sich nicht besonders vom Rest von uns, *neh, Nangi-san*?« Zögernd schüttelte sie den Kopf. »Das Beste, was ich tun konnte, war ihr ein Arrangement anzubieten. Sie gibt mir Tips zur Geldanlage, und ich biete ihr ein emotionales Fundament, wie sie es gerade braucht.« Kisoko lächelte dünn und mißbilligend. »Sie hat keine Familie, verstehst du. Niemand, an den sie sich wenden kann, außer an mich.« Sie hob die Schultern und ließ sie wieder fallen. »Ich glaube, daß dies ein faires und nützliches Abkommen ist.« Entschlossen warf sie den Kopf zurück. »Habe ich damit deine Bedenken zerstreut?«

Nangi nickte. »Die Wahrheit ist ganz anders als das, was ich mir eingebildet habe. Offen gestanden, bin ich sehr erleichtert.«

»Gut. Nach meiner Meinung wird Seiko unter ihrer neuen Verantwortung aufblühen. Saigon wird ihr guttun.«

»Dann schicke ich sie auch hin«, sagte Nangi.

Die Schiebetür zur Bibliothek wurde aufgeschoben. Nangi wandte sich um und sah einen breitschultrigen Mann in einem Rollstuhl. Brustkorb, Arme und Schultern waren muskelbepackt und steckten in einem enganliegenden Polohemd. Er betrachtete Nangi mit sanften braunen Augen. Irgend etwas Unausgesprochenes, vielleicht Traurigkeit, bildete den nachdenklichen, nach innen gerichteten Grundzug seines langen, schönen Gesichts.

»Telefon für dich«, sagte er zu Kisoko mit tiefer, wohltönender Stimme.

Kisoko erläuterte: »Tanzan Nangi, darf ich dir meinen Sohn Ken vorstellen?«

Ken studierte Nangis Stock, als handle es sich dabei um einen geschriebenen Satz, dessen grammatikalische Struktur es zu analysieren gelte. Dann senkte er abrupt den Kopf.

»Dein Sohn?« Nangi legte den Kopf schräg. »Ich habe nie gewußt, daß du ein Kind hast.«

Kisoko lächelte so strahlend, daß er vermeinte, das Eis in der Gefriertruhe in der Küche schmelzen zu hören. »Ken lebte nicht bei mir, als wir... uns kannten. Er war auswärts auf einer Schule. Ich sah damals keinen Grund, ihn zu erwähnen.«

Damit hatte sie selbstverständlich recht. Nangi hatte schließlich ein Verhältnis mit *ihr* gehabt, nicht mit ihrer Familie.

Als sie aufstand, raschelte die Seide, und sie fuhr flüchtig mit ihrer Hand über die seine. »Ich muß diesen Anruf entgegennehmen. Bin gleich wieder da.«

Nangi und Ken blieben zurück und beäugten einander wachsam wie Sumo-Ringer kurz vor dem Kampf. Taktvoll vermied es Nangi, Kens gelähmte Beine anzusehen oder sich das empfundene Mitleid anmerken zu lassen.

»Es ist schon lange her, seit ich Ihre Mutter zum letztenmal gesehen habe.«

»Ich weiß.«

Nangi blickte sich demonstrativ um. »Das ist ein schönes Haus.«

»Mutter hat es geerbt.«

Ken sagte dies mit einem unterdrückten Zorn, der Nangi aufhorchen ließ. »Da hat sie aber Glück gehabt«, murmelte er.

»So, meinen Sie?«

Nangi störte die Distanz zwischen ihnen, und so hinkte er über den Teppich zu Ken hin, der reglos wie ein Eisklotz in seinem Rollstuhl saß. »Also, ich wollte damit nur sagen…«

Irgend etwas schien mit Kens Gesicht vorzugehen. Er schielte neugierig zu Nangi hinauf, als habe dieser gerade seine Hautfarbe oder sein Geschlecht gewechselt. Den auf seinen Stock gestützten Nangi betrachtend, entgegnete er: »Mutter hat mir das nie gesagt. Tut es sehr weh?«

Mehr als dieses Stichwort brauchte Nangi nicht. »Manchmal. Aber sonst kann man es ganz gut aushalten.«

Ken schien ausgiebig darüber nachzudenken. »Wissen Sie, ich habe immer von Ihnen geträumt. Ja, das ist wahr! Ich habe mir immer eingebildet, ich würde Sie hassen. Aber jetzt, da ich Sie kennengelernt habe, scheint dieser Haß wie weggeblasen.«

»Ich weiß das zu schätzen«, sagte Nangi. »Ich habe Ihre Mutter vielleicht verletzt, aber ich habe nie aufgehört, sie zu lieben.«

»Vielleicht ist es so«, meinte Ken. »Sie waren der zweite Mann, in den sie unsterblich verliebt gewesen war und der ihr weh getan hatte. Kann sein, daß es keiner mit Absicht tat.« Er zuckte mit den Schultern, und seine Muskeln traten deutlich hervor. »Karma, *neh, Nangi-san*? Meine Mutter löste bei Männern immer bestimmte Reaktionen aus. Die konnten dann genauso wenig dafür wie sie.« Er schloß die Augen. »Sie ist noch immer so schön.« Er machte die Augen wieder auf. »Ich möchte Ihnen gern etwas zeigen.«

Nangi nickte, und sie verließen die Bibliothek und kamen an einer Hintertreppe vorbei. Ken öffnete eine schmale Tür, deren modernes Design in diesem Haus fehl am Platz zu sein schien. Sie betraten eine kleine Aufzugkabine, und Ken drückte einen Knopf mit der Markierung ›3‹.

Nachdem der Lift zum Stillstand gekommen war, öffnete Ken die Tür und führte Nangi einen mit einem Teppich ausgelegten Flur entlang. Die Wandtapeten schmückte ein Muster aus kopfgroßen Pfingstrosen, umrankt von Arabesken aus dornigen Regengewächsen. Ein Geruch von Stahl und Öl lag in der Luft.

Ken machte eine weitere Tür auf und rollte mit seinem Stuhl hindurch. Nangi folgte und fand sich in einem *dojo* wieder, einem Kampfkunst-Trainingsraum. Er war fensterlos, und das Licht fiel lediglich durch ein Oberlicht in der Mitte der hohen Decke herein. Entlang der vier Wände, von den *tatami*-Matten des Fußbodens aus gemessen vielleicht einen guten Meter hoch, war die erstaunlichste Sammlung von Hieb-, Stich- und Wurfwaffen aufgereiht, die Nangi je zu Gesicht bekommen hatte. Vom übergroßen *dai-katana*, der traditionellen Waffe der Samurai, bis zu einer Reihe normal großer Schwerter, den *katana*. Außerdem gab es *wakazishi*, jene langen Messer, die – unter anderem – dazu benutzt wurden, um *seppuku* zu begehen, den rituellen Selbstmord. Dazu alte eiserne Kriegslanzen, die *manri-kigusari*, mit rasiermesserscharfen Schneiden, sowie Waffen mit Ketten und Eisendornen, außerdem alle Arten von *shuriken*, den kleinen gezackten Projektilen, die bevorzugt von den *ninja* eingesetzt wurden.

Ken saß in seinem Rollstuhl am Rand der Matten. »Ich glaube, eines von diesen wird Ihnen besonders gefallen. Es stammt aus dem frühen siebzehnten Jahrhundert.«

Nangi, der wußte, daß man mit dem Rollstuhl nicht über die Reisstrohmatten fahren konnte, überlegte, ob er nicht einfach sagen sollte, er sei nicht interessiert. Doch argwöhnte er, daß Ken dies als fürchterlichen Gesichtsverlust auffassen würde.

Ken verdrehte seinen Rumpf, ohne die Beine zu bewegen. Mit einer Mischung aus Faszination und Entsetzen beobachtete Nangi, wie sich Ken aus dem Rollstuhl zog und seine lahmen Beine auf den *tatami* arrangierte. Mit Hilfe seiner kräftigen Schultern und Arme kroch er auf groteske Art über den Boden. Auf bestrumpften Füßen humpelte Nangi hinterher.

Ken erreichte die Wand, wo eine Reihe von silbern leuchtenden handgearbeiteten *katana* in lackierten Lederscheiden hing. Andächtig betrachtete Ken mit seinen tiefbraunen Augen seine Sammlung. Dann nahm er eines der Schwerter von der Wand, ganz langsam, zog liebevoll die Klinge heraus und hielt sie ins Licht. Der Stahl war so fein geschliffen, daß die eigentliche Schneide kaum sichtbar wurde. Die Klinge zitterte leicht und sah überhaupt nicht wie ein fester Gegenstand aus, sondern glich eher einem Strom fließenden Lichtes, glühend vor Tatendrang und rätselhaft wie ein Zen-*koan*.

»Es ist schon sonderbar«, sagte er. »Als mein Körper noch intakt war, habe ich mir aus Waffen gar nichts gemacht. Erst danach fingen sie an, mir etwas zu bedeuten.«

Ehrfürchtig steckte er das Schwert in die Scheide zurück und übergab beides Nangi, der es wie ein Museumskurator genauestens inspizierte.

Eindeutig befriedigt von Nangis Gründlichkeit, sagte Ken: »Ich wußte irgendwie, daß Sie die Kunst eines Schwertmachers zu schätzen wissen.«

»Diese alten Meister waren halb Künstler, halb Zen-Philosophen.« Nangis Blick folgte dem Licht, das wie der Dunst über einem zugefrorenen See über die Klinge huschte. Er hob die Spitze an, und das Licht strömte bis zum Heft hinab. »Das *katana* ist die Verkörperung des Künstlers und des Kunstwerks, des höheren und des niederen Ichs, von Liebe und Willen im Gegensatz zu Gewohnheit und Erinnerung.« Er hieb mit der Klinge durch die Luft, als durchschneide er einen Körper. »Der Weg, um die Vergangenheit mit der Gegenwart zu versöhnen.«

Kens zärtliches und glückseliges Lächeln ließ ihn eher wie einen kleinen Jungen aussehen als wie einen Mann in den Vierzigern, der er sein mußte. Offenbar war er nun rundum zufrieden.

»Die Zeit scheint in diesem Haus stillzustehen«, sagte er, während er mit fast rituelle Ehrfurcht das *katana* wieder von Nangi entgegennahm. Er ergriff das kostbare Schwert und runzelte die Stirn, als erinnere er sich an einen schlimmen Traum aus jüngster Zeit.

»Nangi-san«, sagte er und hob den Kopf, »Sie sind wegen Seiko Ito hergekommen.«

»Ja, richtig.«

Ken nickte. »Ich mache mir Sorgen wegen ihr. Sie ist eine Frau mit einem starken Willen und, wie ich glaube, einem Hang zum Selbstzerstörerischen.«

Nangi sah Ken aufmerksam an. »Was bringt Sie zu dieser Annahme?«

»Sie wissen, daß Seiko sich die Schuld am Tod ihres Bruders gibt?«

»Davon hatte ich keine Ahnung.«

»Sie schleppt ein schreckliches Geheimnis mit sich herum. Er war geistig zurückgeblieben und lebte bei ihr. Einmal ließ sie ihn unbeaufsichtigt im Bad, während sie mit ihrem Freund im Bett lag, der gerade nach einem dreimonatigen Aufenthalt aus Vietnam zurückgekehrt war. Ihr Bruder rutschte unters Wasser und ertrank.«

Nangi verspürte eine unerklärliche Hitze, als sei Seikos Schande auch irgendwie die seine geworden.

»Das war vor sechs Jahren«, fuhr Ken fort, »und nach meiner Meinung ist sie seitdem nicht mehr die gleiche.«

»In welche Richtung, glauben Sie, hat sie sich verändert?«

»In vielerlei Hinsicht«, meinte Ken schulterzuckend. »So fing sie beispielsweise damit an, sich mit gefährlichen Leuten abzugeben.«

»Inwiefern gefährlich?«

»Leute, die nicht der richtige Umgang für sie sind. Die des Geldes wegen alles tun, die auch ein Verbrechen begehen können.«

Nangi stand reglos da und lauschte dem Singen seines Blutes in den Adern. »Ist das alles wahr?«

Ken nickte betrübt. »Ich frage mich, ob ich Seiko verrate, wenn ich Ihnen das alles erzähle.«

»Vielleicht retten Sie sie damit«, sagte Nangi. »Können Sie mir irgendwelche Namen nennen?«

Kens dunkelbraune Augen blickten zu Nangi auf. »Einen Mann hat sie mal erwähnt. Masamoto Sowieso…«

»Masamoto Goei?« fragte Nangi, dem das Herz nahezu stehenblieb.

Ken schnippte mit dem Finger. »Ja. So heißt er. Kennen Sie ihn?«

Goei war der Teamleiter für das *Chi*-Projekt, der ihn wegen des Neuralnetz-Klons angesprochen hatte. Als Experte für Programmiersprachen hätte er in der Lage sein sollen, das Gerät in der Zwischenzeit vollständig zu analysieren. Und dennoch wartete Nangi noch immer auf seinen Abschlußbericht. Jetzt schien es einen guten Grund für Goeis Säumigkeit zu geben.

Nangi schmerzten die Augen. Er spürte hämmernde Kopfschmerzen nahen. Unter erheblicher Anstrengung nahm er sich zusammen. »Sagen Sie mir, Ken, weiß Ihre Mutter etwas von Seikos… Umgang?«

Ken lächelte ironisch. »Sie kennen doch meine Mutter. Sie nimmt nur das wahr, was sie wahrnehmen will. Der ganze Rest« – er zuckte mit den Schultern – »existiert für sie einfach nicht.«

Nangi nickte. Ja, bis zu einem gewissen Punkt beschrieb das Kisoko zutreffend. »Ich denke, ich gehe jetzt mal lieber wieder nach unten. Sie wird sich vermutlich schon fragen, wo ich geblieben bin.« Er sah zu Ken hinunter und empfand Mitleid mit ihm trotz seines festen Willens, diese suspekte Gefühlsregung für sich zu behalten. »Vielen Dank für die Information«, sagte er. »Ich tue, was ich kann, um Seiko zu helfen.«

Ken nickte wortlos. Er betrachtete das über seinen Oberschenkeln liegende *katana*. Vielleicht hatte er bereits vergessen, daß Nangi überhaupt hier gewesen war.

Nangi ließ ihn dort zurück, wo er inmitten seiner nutzlosen Waffen weiterträumte.

Drunten in der Bibliothek wartete Kisoko, getreu wie eine pflichtbewußte Ehefrau, auf ihn. »Ken respektiert dich. Das *dojo* zeigt er ganz selten einmal jemandem. Das ist sein ganz persönlicher Raum. Sogar ich gehe so gut wie nie dorthin.«

»Er tut mir leid.«

»Ach.« Sie wandte sich kurz von ihm ab und schob die inzwischen erkalteten Teetassen hin und her. »Er hat sich gut mit seiner Behinderung abgefunden. Vor allem du wirst nachvollziehen können, welche Energie dazugehört.«

»Ja.« Er wartete ab, doch sie schien nicht in der Lage zu sein, weiterzusprechen. Unvermittelt tat auch sie ihm leid, daß sie sich einer heimatlosen Waise wie Seiko annahm und versuchte, aus ihr etwas zu machen, was diese offensichtlich gar nicht war. Wahrscheinlich brauchte sie einfach ein körperlich gesundes Kind, auch wenn dieses im Gefühlsbereich lädiert war. Im menschlichen Herzen ist die Hoffnung auf eine Wendung zum Guten eben fest verankert.

Kisoko stand jetzt ganz nahe bei ihm und flüsterte: »Du hast mir gefehlt. Mein Herz wünscht sich...« Dann sah sie wieder kurz weg. »Ach was, ich darf mich nicht schon wieder erniedrigen. Einmal leiden war genug.«

»Kisoko...«

Sie hob einen Arm wie zur Abwehr, doch als seine Finger ihre Schulter ergriffen, spürte er sofort das Gewicht ihres Körpers an dem seinen. Er hatte sie damals zurückgewiesen. Sie hatte unbedingt heiraten wollen, wozu er sich nicht imstande gesehen hatte. Von ganzem Herzen hatte sie sich die Ehe gewünscht, aber er hatte es sich nicht vorstellen können, weder mit ihr noch mit irgendeiner anderen. Er gehörte zu jenen seltenen Männern, welche die unwirtliche Stille und absolute Ruhe einer einzelgängerischen Existenz einer dauerhaften Partnerschaft vorzogen. Nach seiner Ansicht war sein Leben ohnedies schon kompliziert genug, auch ohne daß eine Frau fester Bestandteil davon war.

Andererseits gab es auch Augenblicke wie diesen, wo er den Weg, den er gewählt hatte, zutiefst bereute.

»Wenn ich dir weh getan habe«, sagte er, »dann habe ich damit mir genauso weh getan.«

Sie weinte. Langsam rannen ihr stumme Tränen aus den Augenwinkeln.

»Warum heule ich bloß deinetwegen!« hauchte sie. Und sofort schüttelte sie den Kopf. »Ich heule ja gar nicht wegen dir oder wegen mir – sondern aus Liebe. Nur aus Liebe.«

Irgendwann in ihrer Jugend war sie einmal sehr verletzt worden, wie er bruchstückweise aus ihren Unterhaltungen und Gesprächen im Bett erfahren hatte. Auch aus gewissen Reaktionen ihrerseits auf sein Verhalten in bestimmten intimen Situationen konnte er entsprechende Schlüsse ziehen. Für ihn stand fest, daß sie von daher noch eine tief sitzende Verwundung mit sich herumtrug.

Er hatte es für ungeheuer mutig gehalten, daß sie es nach dieser ersten Katastrophe noch einmal mit der Liebe versuchte, trotz all der Jahre, die verstrichen waren. Und daß er einen Pfeil in ihre verwundbarste Stelle geschossen hatte, war unverzeihlich. Doch hatte er sie damals viel zu sehr geliebt, um ihr nicht unverzüglich die Wahrheit zu sagen, sobald er sie selbst erkannt hatte. Aber bei dem Versuch, ihren Schmerz so gering wie möglich zu halten, hatte er die Sünde der Kälte begangen und sie wie Luft behandelt. Damals hatte er in einem glatten Schnitt die beste Handlungsweise gesehen. Erst später hatte er seine Entscheidung bedauert, als sie kein privates Wort mehr mit ihm redete und in der Öffentlichkeit demonstrativ den Blick von ihm abwandte und in eine andere Richtung sah.

»Ach, Kisoko, ich liebe dich noch immer sehr«, sagte er und drückte seine Wange gegen die ihre. »Aber wie schnell wäre aus dieser Liebe Bitterkeit und Groll geworden, wenn wir geheiratet hätten. In meinem Leben ist es für mich unmöglich, einem anderen dauernd Rechenschaft über meine Entscheidungen geben zu müssen.«

Sie legte den Arm auf seine Schultern und fuhr ihm mit den Fingernägeln zärtlich über den Nacken. »Was mußt du für ein einsames Leben führen.« Dabei drückte sie ihn noch fester an sich. »Das gilt für uns beide.«

»Wenn ich dir damals nachgegeben hätte, wäre auch das zerstört worden, was wir einst an Schönem und Gemeinsamem hatten. So haben wir uns auf diese Weise wenigstens eine Erinnerung bewahrt.«

Sie machte die Augen zu. »Hättest du mir das doch vor Jahren schon gesagt!«

»Ja«, war alles, was ihm als Antwort einfiel.

Dann ließ sie den Arm fallen und schob ihn von sich weg, als sei es für sie wichtig zu zeigen, daß sie allein und ohne ihn auf beiden Füßen stehen konnte. Sie tupfte sich das Gesicht ab. »Ist es nicht komisch, wie blind man vom Weinen wird?«

Stumm geleitete sie ihn durch den holzgetäfelten Flur zurück, aber noch immer lastete in beunruhigender Weise ein Gewicht auf ihm, wenn sie dicht bei ihm stand. Er fühlte sich in einem Strudel von Gefühlen gefangen und fragte sich, ob er sich in einem geschützten Hafen befand oder als nächstes hinaus in die reißende Strömung gerissen werden würde.

Erneut nahm ihn die wunderbare Stille dieses Hauses gefangen, der Schutz und die Sicherheit, die diese Wände vor der Welt draußen boten. Er überlegte, ob sich Okami vielleicht hier aufhielte, hoffte es aber nicht. Dieser Ort wäre für seine Feinde sehr einfach zu erraten gewesen. Allein der Gedanke aber, Kisoko könne in Gefahr sein, war Nangi unerträglich. Er besänftigte sich selbst mit dem Argument, daß sie sich stets von der Welt ihres Bruders völlig ferngehalten hatte, und es schien keinen vernünftigen Grund für die Annahme zu geben, warum sich daran etwas geändert haben sollte.

Allmählich registrierte er einen stärker werdenden Schmerz in seinem Körper, als habe er sich eine Muskel- oder Sehnenzerrung zugezogen. Das Stechen, halb körperlich, halb seelisch, löste bei ihm Appetit auf kochend heißen Tee, ein Klümpchen klebrigen Reis auf einem Eßstäbchen aufgespießt, eine Illustrierte oder sonst irgend etwas ganz Gewöhnliches aus, um sich von den heftigen Gefühlsaufwallungen ablenken zu können, die dieses Abschiednehmen bei ihm hervorrief.

»Meine Neugierde hat uns wieder zusammengeführt«, sagte er,

als sie im Foyer standen. »Ich gehe davon aus, daß dahinter ein tieferer Sinn steckt.«

Kisoko sah ihn mit verträumter Miene an. »Lebst du noch immer im gleichen Haus?«

»Ja.«

»Ich erinnere mich an den Garten dahinter. Macht dir das Stutzen deines *shishigashira*-Ahorns noch immer solchen Spaß?«

»Ich fürchte, daß das eine unausrottbare Leidenschaft von mir ist.«

Ihre strahlenden Augen hielten die seinen fest. »Hier gibt es auch so einen Ahorn, den ich vor fünf Jahren gepflanzt habe. Und der braucht ganz dringend deine Pflege.«

»Tut mir leid, er ist nicht da.«

»Wo steckt er denn?«

»Verzeihung – wer, sagten Sie, ist am Apparat?«

»Croaker. Lew Croaker. Ich rufe aus den USA an und möchte Nicholas Linnear sprechen.«

Schweigen. Dann diese fürchterlich steife Stimme, die auf Grund der Entfernung und der elektronischen Verzerrung so blechern klang: »Kann ich Linnear-san etwas ausrichten?«

»Ich möchte ihn gern... ich muß ihn sofort persönlich sprechen. Es ist wichtig, verdammt noch mal!«

»Bitte, hinterlassen Sie mir eine Nachricht für ihn.«

Croaker preßte die gespreizten Fingerspitzen gegen seine Stirn. Er hatte sich geschworen, nicht die Nerven zu verlieren. Aber diese verfluchten Japaner mit ihrer zeremoniellen Höflichkeit konnten einen zum Wahnsinn treiben, wenn etwas dringend war und sofort erledigt werden mußte.

»Dann muß ich mit jemandem sprechen«, sagte er langsam und deutlich, »der mir weiterhelfen kann.«

»Einen Augenblick, bitte.«

Croaker betrachtete die *Washington Post* vom Vortag, die er vor der Tür seines Hotelzimmers gefunden hatte und von der ihn das Foto von Harley Gaunt anstarrte. Das Foto des verstorbenen Harley Gaunt. Armer Teufel. Croaker hatte ihn nie persönlich kennengelernt, aber er erinnerte sich, mit welcher Sympathie Nicholas stets von ihm gesprochen hatte.

Er sah auf seine Armbanduhr. Wie spät war es wohl in Japan? Vielleicht kurz nach fünfzehn Uhr?

»Ja? Mr. Croaker, kann ich Ihnen helfen?«

»Das hoffe ich inständig«, sagte Croaker. »Ich bin ein Freund von Nicholas Linnear. Können Sie mir sagen, wo er sich aufhält? Ich muß ihn sprechen. Es ist dringend.«

»Ich fürchte, da kann ich Ihnen nicht weiterhelfen.«

»Mit wem spreche ich jetzt?«

»Ich bin Seiko Ito, Linnear-sans Assistentin.«

»Und Sie können mich nicht mit ihm verbinden? Wissen Sie, wer ich bin?«

»Ja, Mr. Croaker, das weiß ich.« Es trat eine Pause ein. »Es ist nur so, daß niemand weiß, wo er sich im Augenblick befindet. Wir machen uns alle große Sorgen.«

Croaker stöhnte leise auf. *O Gott!*

»Wie steht's mit Nangi? Kann ich Tanzan Nangi sprechen?«

»Nangi-san befindet sich leider gerade in einer Besprechung. Er hat strikte Anweisung gegeben, nicht gestört zu werden. Können Sie mir Ihre Nummer hinterlassen, damit ich...«

»Vergessen Sie's«, gab Croaker barsch zurück. Er sah hoch, sah Margarite beim Hotelfenster stehen; das Licht der Halogenlampen von der Straße fiel durch die Ritzen der Jalousie und erzeugte ein Streifenmuster. Das ganze Zimmer war voller langgezogener Lichtdreiecke, die wie Mondschein auf dem Wasser wirkten. »Bitte, geben Sie an Nangi eine Nachricht weiter. Sagen Sie ihm, daß Lew Croaker nach Tokio unterwegs ist. Ich werde morgen um sechzehn Uhr in Narita eintreffen und will ihn sprechen, sobald ich in der Stadt bin. Kapiert?«

»Wie bitte?«

Croaker massierte seine Stirn. »Richten Sie es ihm einfach aus, ja?«

»Ja. Ich werde es Nangi-san ausrichten, sobald seine Besprechung...«

Doch Croaker hatte bereits aufgelegt. Er stand auf und ging zu Margarite hinüber. Er berührte sie, und sie erschauerte.

»Ich kann ihn spüren«, flüsterte sie durchdringend, »als sei er hier bei uns im Zimmer.« Sie wandte ihm den Kopf zu, und das Natriumlicht brachte ihre Augen zum Glühen. »Nein, nein. Nimm mich in deine Arme. Halte mich ganz fest. Ich weiß nicht, ob mir heiß oder kalt ist.« Sie legte den Kopf auf seine Schulter. »Er ist in mir drinnen, Lew, und es gibt nur eine Möglichkeit, ihn da wieder rauszukriegen.«

Ein Taxi fegte vorbei. Ein Mann und eine Frau kamen um die Ecke, die Schultern gegen den Wind hochgestemmt, und gingen schnell in den Hoteleingang direkt unter ihrem Fenster. Mit eingeschaltetem Rotlicht, aber ohne Sirene, fuhr ein Streifenwagen vorüber. In der Luft umherschwebende Staubteilchen verfärbten sich rot und verschwanden dann wieder.

»Ich muß ihn wiedersehen.«

Platanen mit kahlen Zweigen wuchsen aus vergitterten Aussparungen im Gehsteig wie gespenstische Überbleibsel eines längst vergangenen Sommers. Croaker betrachtete sie starren Blickes, weil er ganz offensichtlich nicht ertrug, was sie da gerade sagte.

»Ich werde Lillehammer mein endgültiges Einverständnis zu seinem Plan mitteilen. Und werde mich als Köder anbieten. Wir beide spielen dann Lockvogel und Aufpasser, du und ich.«

In den Armen verspürte er ein leichtes Zittern. »Ich wollte, du würdest dir das noch einmal überlegen.«

»Ach, Lew, was hätte das für einen Sinn? Das, was geschehen ist, kann nicht mehr rückgängig gemacht werden. Ich kann diese seltsame Verbindung, die zwischen Robert und mir besteht, nicht auf andere Weise lösen.«

»Er wird wissen, was du tust«, meinte er. »Das hat Faith doch gesagt. Ich kann mir nicht vorstellen, was geschieht, wenn er dich wiedersieht.«

»Du wirst ihn töten.«

»Mein Auftrag lautet, ihn festzunehmen.«

Er spürte, wie sich ihr Kopf vor- und rückwärts bewegte. »Nein. Du wirst ihn töten. Oder er bringt dich um.« Sie drehte sich in seinen Armen und sah ihm ins Gesicht. »Das sind die einzigen Möglichkeiten.«

Er sah auf sie hinab und versuchte, einen Blick in ihr Inneres zu werfen. »So einfach ist das Leben nicht.«

»Dieses schon. Und er ist es auch.«

Er akzeptierte ihre Einschätzung, und dabei wurde ihm klar, daß er damit auch ihr zwiespältiges Verhältnis zu Do Duc akzeptierte.

»Auf jeden Fall sind wir morgen in Japan, und dann werden wir ja sehen.«

Schweigen und das Summen der Heizung. Irgend etwas, vielleicht nur ein Windstoß, rüttelte an der Fensterscheibe, und er spürte, wie sie verkrampfte, schnell über die Schulter sah und dann aufseufzte. Vor Erleichterung oder aus Enttäuschung? fragte er sich.

»Sag mir eines«, begann sie. »Warum hast du die Hilfe meiner Stiefmutter angenommen?«

»Das ist doch das, was du wolltest, oder nicht?«

»Ja, aber für mich ist es wichtig zu wissen, warum du akzeptiert hast.«

Direkt unter dem Fenster knatterten Flaggen und verhedderten sich, Insignien von Macht und Herrschaft, unerklärlich, was sie in der Nacht bewirken sollten.

»Falls du jetzt eine rationale Antwort hören willst, kann ich dir keine geben. Alles, was ich dir im Augenblick sagen kann, ist, daß ich gegenwärtig keinem Menschen traue. Ich hatte schon die ganze Zeit das Gefühl, daß Lillehammer mich belügt – oder mir doch zumindest nicht alles über diesen Fall erzählt. Wie ich dir schon sagte, habe ich es ihm keine Minute lang abgenommen, daß er jemanden von außerhalb seiner Dienststelle braucht, der die Arbeit vor Ort erledigt. Ein Mann seiner Position, der keine Leute zur Verfügung hat, denen er vertrauen und auf die er sich im Notfall verlassen kann? Sehr unwahrscheinlich.«

»Aber meiner Stiefmutter glaubst du?«

»Ich glaube, was sie mir erzählt hat, ja.«

»Da höre ich noch ein ›aber‹ heraus.«

Er lächelte in die Dunkelheit. »Es würde mich nicht überraschen herauszufinden, daß auch sie ihre eigenen Pläne verfolgt.«

»Warum überhaupt hinter Do Duc herjagen? Warum verschwinden wir nicht einfach und vergessen ihn und Lillehammer, und meine Stiefmutter dazu?«

Er sah, wie ihr Blick seine Augen suchte, und erkannte, daß das nicht die Augen einer verheirateten Frau waren. Wer immer der Gebieter ihres Herzens wurde – er würde der glücklichste Mann der Welt sein.

»Dafür gibt es so viele Gründe, daß ich nicht einmal damit anfangen könnte, sie aufzuzählen«, sagte er. »Ich habe Lillehammers Angebot angenommen, obwohl ich wußte, daß etwas ganz anderes dahintersteckte. Aber, wie Lillehammer ganz richtig vermutet hatte, ich war gefrustet von meinem Dasein als Bootsverleiher auf Marco Island. Ich hatte zu saufen begonnen und war faul geworden. Da mußte ich etwas dagegen unternehmen.« Er hörte sie atmen wie ein Tier im Dschungel. »Lillehammer und der Mord an

Dominic faszinierten mich. Es war nicht nur die Tatsache, daß er umgebracht wurde, sondern *wie* man den Mord ausgeführt hatte. Ich wollte alle Rätsel lösen: Wer hat deinen Bruder getötet und warum? Wer ist Lillehammer, und wieso ist er so versessen darauf, Do Duc zu kriegen? Und dann, wie du mir gesagt hast, nahm die Geschichte immer größere Dimensionen an und zog immer weitere kreise, wie Wellen in einem Teich.« Einen kurzen Augenblick lang hatte sie eine Krone aus Dornenranken im Haar. Die schiefen Dreiecke aus Licht bewegten sich, als seien sie lebendig, aber es waren nur Scheinwerfer, die ab und zu auftauchten und mit unbekannten Absichten wie Spione im Dunkeln wieder verschwanden. »Und dann bist noch du da. Selbst nach allem, was ich dir gerade sagte, könnte ich noch einfach aussteigen und verduften. Aber du kannst es nicht, und das lasse ich nicht zu.«

»Dann hatte ich also recht.«

Sein Lächeln wurde breiter. »Ja. Alle hundert Jahre einmal gelingt es einem Gefühl, sich sogar durch das dicke Fell eines Detectives einen Weg zu bahnen.«

Sie bewegte sich in seinen Armen, um es sich behaglicher zu machen. Dann legte sie die Arme um seinen Hals, seufzte und barg die Stirn an seiner Brust.

»Ich bin müde«, sagte sie. »Nie zuvor habe ich erfahren, wieviel Kraft eine Machtposition kosten kann.«

»Das steckt schon in dem Wort drin«, sagte Croaker. »Macht macht müde. So nahe, wie ihr beide euch standet, bezweifle ich, daß Dominic zugelassen hätte, daß du auch diese Seite kennenlernst.«

»Er war so lange an der Macht«, sagte sie, »daß mir schleierhaft ist, wie er das verkraftet hat.«

Croaker durchschaute sie und wußte, was sie eigentlich meinte: daß sie selbst keine Vorstellung davon hatte, wie *sie* den alleinigen Umgang mit der Macht verkraften würde. Vielleicht verzichtete sie ja darauf. Vielleicht war das aber auch nur Wunschdenken.

»Ich rufe jetzt mal lieber Lillehammer an und sage ihm, daß du einverstanden bist«, sagte Croaker. »Schließlich soll er ja nicht noch zu guter Letzt Verdacht schöpfen.« Er nahm den Hörer in die Hand. »Er wird begeistert sein, da bin ich mir sicher.«

Er wählte eine Nummer, hörte das hohle Rauschen, kurz bevor abgehoben wurde, nannte seinen Kodenamen und wurde gebeten zu warten. Die Verbindung wurde abrupt geschaltet, und Croaker hörte das leise Klicken der Magnetschalter, als sich das Abhörschutzsystem zuschaltete. Dann drang durch die Wellenfronten des ganzen elektronischen Schnickschnacks hindurch Lillehammers Stimme an sein Ohr.

»Wir sind dabei«, sagte Croaker in den Hörer. »Sie ist einverstanden, das Programm durchzuziehen.«

»Super«, sagte Lillehammer. »Was brauchen Sie alles?«

»Reisedokumente«, antwortete Lillehammer. »Wir fliegen nach Tokio.«

»Nach Tokio?«

»Richtig. Genau dort ist er.« Er gab Lillehammer die Einzelheiten des Fluges durch. »Erledigen Sie das für uns«, schloß er.

»Ich lasse alles, was Sie brauchen, innerhalb der nächsten drei Stunden per Boten in Ihr Hotel bringen. Ich nehme an, daß Sie sich im Moment dort aufhalten.«

»Mhm, prima«, sagte Croaker. »Und noch was, Captain Ahab: Wir müssen uns noch mal kurz vor dem Abflug auf dem Flughafen treffen.«

»*Roger.*«

Er legte auf und spürte, wie ihm der Schweiß ausbrach. *Jetzt ist es wirklich und wahrhaftig soweit*, dachte er. *Es gibt kein Zurück mehr.* Er drehte sich um und sah, daß Margarite ihn aus dem Halbdunkel heraus beobachtete.

»Was wird er alles unternehmen, um uns am Schluß doch noch reinzulegen?« fragte sie.

»Ich hoffe, ich werde ihm keine Chance geben, einen solchen Versuch zu starten.«

Er ging quer durchs Zimmer zu ihr hin. Wie sehr ihn dieses Telefongespräch angewidert hatte. Unschlüssig stellte er sich vor sie hin, und mit einer schlichten Geste hob sie den Arm und schob ihm eine Haarsträhne aus der Stirn.

»Sag mir eines«, bat er nach einer Weile. »Was läuft da zwischen dir und Faith ab?«

»Du weißt gar nichts von ihr«, erklärte sie kategorisch, »und deswegen hast du auch kein Recht, diese Frage zu stellen.«

»Glaubst du nicht, daß die Beziehung, die wir beide miteinander haben, mir dieses Recht gibt?«

Margarite sah zu ihm auf, öffnete den Mund und wollte etwas erwidern, verzichtete dann aber darauf. Die Straße hinter ihrem Rücken war völlig verlassen, breit, windgepeitscht, von feierlichem Ernst mit den düsteren, rechteckigen Gebäuden, die zum Gedenken an irgend etwas errichtet worden waren und vielleicht geheimnisvolle Wesen beherbergten.

Ohne Vorankündigung begannen ihre Schultern zu beben, und er vermutete, daß sie weinte. Ein ersticktes Luftschnappen verriet ihm, daß er falsch lag; sie lachte.

»Der liebe Gott spielt mir diesen Streich bestimmt wegen meiner Sünden«, sagte sie und lachte weiter. »Da bin ich mit einem widerwärtigen Sizilianer verheiratet, der trotzdem für mich unentbehrlich ist; da soll ich die Geschäfte meines Bruders hinter dem männlichen Aushängeschild meines Ehemanns weiterführen, und gleichzeitig habe ich mich hoffnungslos in einen ehemaligen Bullen verliebt, der fürs FBI arbeitet.« Ihr Gelächter hatte einen bitteren, schneidenden Unterton. »Was soll da nur aus mir werden?«

Welche Antwort konnte er ihr geben? Welche Antwort wäre ihm selbst die liebste gewesen?

Das Leben war so voller unklarer Alternativen und Wendungen in die falsche Richtung, daß er sich diesen Augenblick ganz anders wünschte: mit einer eindeutigen Entscheidungsmöglichkeit und einem für sie beide vertretbaren Risiko. Aber gab es überhaupt so etwas wie Gewißheit? Die Antwort war einfach: Das gab es nicht.

Sie straffte die Arme, und die Hände in seinem Nacken zogen sein Gesicht nach unten, bis seine Lippen die ihren bedeckten. Sie schmeckten salzig, und da wußte er, daß sie im Dunkeln stumm vor sich hin geweint hatte wie zuvor bei Faith im Stall.

»Du willst also wissen, was zwischen mir und meiner Stiefmutter abläuft«, flüsterte Margarite und wendete ihr Gesicht ab. »In Ordnung. Dann werde ich es dir jetzt erzählen. Ich habe sie im Verdacht. Und zwar in welchem Verdacht? Daß sie etwas getan hat, was in ihren Augen eine rein geschäftliche Entscheidung gewesen sein dürfte. Als mein Vater nicht mehr in der Lage war, seine Geschäfte zu führen und damit zu einer Belastung geworden war, hat sie ihn umgebracht.«

Croaker spürte das Pochen ihres Herzens in seiner Brust, als sei es sein eigenes. Er hielt ihren Blick lange aus.

»Umgebracht.« In dieser Situation klang das Wort obszön und fehl am Platz, obwohl er es im Verlauf seiner Berufstätigkeit so oft benutzt hatte, daß er gegenüber seiner Wirkung abgehärtet war. »Im Sinne von ermordet?«

»Ja.«

»Hast du Beweise dafür?«

Sie lächelte durch ihre Tränen hindurch. »Mein Detective, ununterbrochen im Dienst.«

»Ich kann auch nichts dafür. So sehe ich nun mal die Welt.«

»Eines Tages hätte ich sehr gerne, daß du meine Stiefmutter wirklich kennenlernst.«

Ihre Stimme hatte ein besonderes Timbre, und Croaker erkannte daraus, daß ihre Antwort eine Art Anerkennung seiner eigenen Weltanschauung darstellte.

»Dann wird das auch mit Sicherheit so kommen.«

So, wie er sie gerade festhielt, konnte er es sich nicht vorstellen, sie jemals zu verlassen. Aber es war wohl nur ein Wunschtraum, dessen vorstellbares Ende ihm bereits jetzt beim Atmen Schmerzen bereitete.

Ihr volles Haar streifte seine Wange. »Halt mich noch fester.«

Er tat es, und ihr Duft und ihr Atem wurden intensiver. Autos brausten draußen vorbei, eines, zwei, und dann lag die Straße wieder in monumentaler Stille da.

4

Tokio

Mäuse, die über Eisenbahnschienen rannten.

Nangi lag in der Dunkelheit des engen Raumes und dachte nach.

Seiko und Goei.

Verraten in der Heimat und in der Fremde. Herr Jesus! Er und Nicholas waren erledigt.

Die Mäuse liefen wieder umher. Er widmete seine Aufmerksamkeit von neuem den Lauten, die durch die dünne Wand des Containers drangen, und versuchte, ihnen einen Sinn zu geben. Sie erinnerten ihn an die Geräusche, die er als Kind oft vernommen hatte, wenn die Mäuse über die Eisenbahngeleise vor seinem Haus gerannt waren. Die Laute aus der Finsternis, die er jetzt hörte, kamen ihm genauso rätselhaft vor. Keine Mäuse natürlich. Es klang wie ein statisches Knistern aus einem altertümlichen Radioapparat, wie das Piepsen und Krächzen von automatischen Geräten, die sich in einem unverständlichen Kauderwelsch leise miteinander unterhielten.

Stundenlang war er Seiko durch ganz Tokio gefolgt, ehe er zu dem Schluß kam, daß sie und Goei viel zu raffiniert oder zu routiniert waren, um sich persönlich miteinander zu treffen.

Danach hatte er seine Überwachung ganz auf Goei konzentriert. Bei Sonnenuntergang, nach Arbeitsschluß, war Goei hierher in den Nakagin Büroturm im Neon-Dschungel der Ginza gegangen. Das Gebäude bestand aus zusammenmontierten Bürocontainern, etwa drei mal vier Meter groß, die einzeln per Lastwagen transportiert werden konnten. Die Zusammensetzung des Gebäudes wechselte ständig, da Mieter kamen und gingen und so mit ihren Containern das Bauwerk vergrößerten oder verkleinerten.

Um seine Gedanken von der Ungeheuerlichkeit von Seikos Verrat abzulenken, ging er zum tausendsten Mal jedes Detail des Materials durch, das ihm der Amerikaner Manny Mannheim an diesem Morgen hatte zukommen lassen. Aber der Gedanke an Mannheim ließ erneut ein Gefühl von Traurigkeit aufkommen –

wegen des Todes von Harley Gaunt. Gaunt war ein erstklassiger Geschäftsführer gewesen, pfiffig und engagiert zugleich. Er hatte begriffen, woran Nicholas und Nangi arbeiteten, und hatte sich rückhaltlos in das riskante Geschäft von Produktion und Innovation für die Zukunft gestürzt. Sie würden ihn schmerzlich vermissen.

Die Enthüllungen in Gaunts Unterlagen waren Legion. Die alarmierendste Erkenntnis war dabei die, daß sich die US-Regierung – hier gleichbedeutend mit Senator Rance Banes gottverdammten Untersuchungsausschuß – auf dem asiatischen Schwarzmarkt einen sogenannten *Chi*-Klon besorgt und aus dessen Konstruktionsprinzip geschlossen hatte, daß bei diesem Gerät die *Hive*-Technologie der Firma *Hyrotech* benutzt wurde. Zusammen mit den Kopien der verschlüsselten Faxe, die von *Satos* Büro in Tokio nach Saigon gegangen waren, bedeutete dies, daß die Amerikaner ihrer Meinung nach konkrete Beweise hatten, die *Sato-Tomkin* mit dem Diebstahl von *Hive*-Technologie in Verbindung brachten. Und da es sich beim *Hive* um die Hardware handelte, die von der amerikanischen Regierung zum Einsatz in allen Behörden – die Geheimdienste eingeschlossen – ausgewählt worden war, konnte man diesen Diebstahl als Landesverrat bewerten.

Jetzt wurde alles klar. Die *Hive*-Technologie, die Nicholas mit Recht auf jeden Fall hatte erwerben wollen, war alleiniges Eigentum der Firma *Hyrotech*, einem amerikanischen Unternehmen, mit dem Nicholas über einen Kauf verhandelt hatte.

Kein Wunder, daß die amerikanische Regierung diese Fusion auf Eis gelegt hatte. Nicholas hatte auch damit recht gehabt. Die Amerikaner wollten das Blut von *Sato International* sehen und versuchten es deshalb zunächst bei der verwundbarsten Stelle: bei *Sato-Tomkin*, der amerikanischen Tochterfirma des *keiretsu*. Natürlich war es so, daß sich Nicholas, Nangi und *Sato International* keine Verfehlungen hatten zuschulden kommen lassen. Dieses Schwein Vincent Tinh war es gewesen, dem Nangi ohnehin nie über den Weg getraut hatte und der ihnen das alles eingebrockt hatte.

Natürlich hatte Tinh das nicht ganz allein durchführen können. Er mußte sich mit jemandem aus der Zentrale abgesprochen haben, um die bahnbrechende Technologie der neutralen Vernetzung des *Hive*-Computers zu stehlen. Danach hatte Tinh seine Fachkenntnisse, seine Kontakte und – am ärgerlichsten von allem – *Satos* Kapital und betriebliche Möglichkeiten dazu benutzt, um sich einen fertig montierten Prototyp des ohne Software betriebenen *Chi* zu besorgen.

Jemand von ganz oben innerhalb des *Chi*-Projekts hatte ihm dabei geholfen. Selbstverständlich verdächtigten die Amerikaner Nicholas dieser Tat. Er war der für den *Chi* Verantwortliche. Und für viele wurde er in dem Augenblick zum Verräter, in dem er *Tomkin Industries* mit *Sato International* fusionieren wollte. Um alles noch viel schlimmer zu machen, hatte er *Sato-Tomkins* Büro in New York verlassen und war nach Tokio übersiedelt.

Nangi hatte jetzt allen Grund, sein kurzsichtiges Beharren darauf zu beklagen, daß Nicholas in Tokio bleiben und mithelfen solle, die japanischen Führungskräfte des Konzerns darin zu unterweisen, wie in den Vereinigten Staaten Wirtschaft und Regierung funktionierten und wie man erfolgreich mit amerikanischen Geschäftspartnern verhandelte. Nicholas hatte möglicherweise mit seinem üblichen Weitblick die Ereignisse vorausgesehen und deshalb in die Staaten zurückkehren wollen, um für eine gemeinsame Sache zwischen den Wirtschaftsmächten Japan und Amerika einzutreten, damit beide zukünftig an einem Strang ziehen könnten.

Aber laut Gaunt gab es innerhalb der amerikanischen Regierung Elemente, die ihr eigenes Süppchen kochten. Angeblich nannten sie sich ›Die Ritter‹, und sie seien schon eine ganze Zeitlang am Werk. Der Mann, den Gaunt aufgesucht und der ihn höchstwahrscheinlich auch umgebracht hatte, wäre ein Mann namens William Justice Lillehammer gewesen.

Dieser Mann klang auf merkwürdige Weise vertraut in Nangis Ohren. Wo hatte er ihn zuvor schon gehört? Hatte nicht Okami ihn einmal erwähnt? Aber in welchem Zusammenhang? Er zermarterte sein Hirn, konnte sich aber nicht mehr an den Kontext der Unterhaltung erinnern.

Ein acht-Millimeter-Videoband, das Gaunt mitgeschickt hatte, steckte in Nangis Brusttasche. Er hatte es sich bereits einmal angesehen, wartete aber ungeduldig darauf, bis er es noch einmal Bild für Bild studieren konnte.

Die Geräusche wirkten wie kleine Detonationen oder Eruptionen in schwarzer Finsternis und unterbrachen die nächtliche Stille der Büroräume. Nangi korrigierte seine Körperhaltung, so daß er sein Ohr dichter an das elektronische Abhörgerät heranbringen konnte. Unbewußt legte er eine Hand auf sein schmerzendes Bein und rieb es, um es zu wärmen und die Blutzirkulation anzuregen. Er roch

Plastik und irgend etwas Unbestimmbares. Um nicht niesen zu müssen, hielt er sich die Nase zu.

Welche Ironie! dachte Nangi. Nicholas, der Held, wird in Japan gefürchtet und in Amerika verleumdet. Wo würde *Sato International* ohne ihn heute wohl stehen? fragte er sich. Ganz bestimmt nicht kurz vor dem Durchbruch in der Computer- und Telekommunikationstechnologie, womit der *keiretsu* zu einem von Japans drei größten Konzernen der neunziger Jahre werden konnte. Falls das Unternehmen überlebte. Auf Grund der Drohungen von Minister Ushiba und auf Grund dessen, was Nangi jetzt über die brisanten Anschuldigungen und Beweise wußte, die Harley Gaunt hatte schicken lassen, bezweifelte er ernsthaft, daß ihr Konzern noch lange existieren würde.

Es sei denn, er fand heraus, wer für die Weitergabe der *Chi*-Technologie verantwortlich war. Vincent Tinh, den Drahtzieher, hatte zweifellos der Tod aus der Hand eines seiner zahlreichen zwielichtigen Feinde ereilt. Glücklicherweise hatte Nangi einen hervorragenden Privatdetektiv gefunden, sofort engagiert, und unverzüglich nach Saigon geschickt. Er sollte das Ausmaß von Tinhs dunklen Machenschaften herausbekommen, und auch wer ihn getötet hatte. Der gesamte *Sato Saigon* Komplex trat im Moment auf der Stelle, während Nangi angestrengt nach einem Ersatz für Tinh suchte. Obwohl es da – wie er schon zu Kisoko gesagt hatte – natürlich jemanden gab, der automatisch nachrücken könnte.

Nämlich Seiko.

Doch Seiko hatte für Tinh gearbeitet und tat ihr Bestes, um den *keiretsu* zu zerstören.

Das elektronische Piepsen von der anderen Seite der Containerwand kam jetzt in regelmäßigen Schüben. Mit einem Teil seines Gehirns hatte sich Nangi dem vor ihm liegenden Problem gewidmet, und jetzt stellte er schnelle Berechnungen an, während er gleichzeitig den Blick auf die Leuchtanzeige seiner Armbanduhr gerichtet hielt. Woran erinnerten ihn diese periodisch wiederkehrenden Geräusche am meisten? Er zerquälte sein Hirn. Richtig. Es klang wie eine telemetrische Installation. Oder wie kodierte Faxe, die in den Äther gefunkt wurden.

Er legte seine flache Hand gegen die dünne Wand und dachte: Wenn ich da mit der Faust dagegen drücke, breche ich bestimmt zur anderen Seite durch.

Wer war wohl in dem Container auf der anderen Seite der

Wand? Goei war es nicht. Der war nur ein paar Minuten geblieben und dann wieder gegangen. Exakt sieben Minuten, nachdem er aus dem Gebäude verschwunden war, hatten die Mäuse begonnen, über die Eisenbahngleise zu rennen.

Nangi nahm das Ohr vom Abhörgerät und schob sich von der Wand weg. Unter einigen Schwierigkeiten erhob er sich, ignorierte die Schmerzen in seinem Bein und hinkte aus dem Bürocontainer hinaus. Er war sorgfältig darauf bedacht, beim Hinausgehen das Schloß hinter sich einrasten zu lassen.

Dann humpelte er ein Stück weit den schmalen Korridor entlang, der nur von einer einzigen Leuchtstoffröhre erhellt wurde. Als er vor der Tür des Büros stand, das Goei verlassen hatte, streifte er sich die Handschuhe über.

Er spürte seinen Herzschlag und den leicht erhöhten Puls. Mehrmals atmete er tief durch und beruhigte sich. Dann schob er ein dünnes Instrument aus Metall mit einem Haken am Ende in das Schloß in der Mitte des Drehknaufs und untersuchte den Sperrmechanismus. Eine nach der anderen ertastete er die Konturen der Arretierstifte. Seine linke Hand lag auf dem Knauf und spürte, wie der Widerstand nachgab. Geräuschlos und schnell drehte er den Knauf.

Die Tür öffnete sich einen Spaltbreit. Lautlos glitt Nangi in den Container und schloß die Tür sofort wieder, damit sich der Lichtpegel des Raumes nicht veränderte.

Es stellte sich heraus, daß seine Vorsicht unbegründet war. In dem Büro war kein Mensch. Und eigentlich war es überhaupt kein Büro, sondern nur ein kahler Raum mit lediglich einem Faxgerät und einem Telefonhauptanschluß, die beide dokumentierten, daß der Container benutzt wurde.

Nangi stützte sich auf seinen Stock, beugte sich zu dem Faxgerät nieder und nahm die Papierblätter aus der Ablage. Im Schein einer Lampe mit schwarzem Schirm drehte er sie um. Sie waren leer. Er hielt sie näher ans Licht, und da sah er das Glitzern der Metallstreifen, die in einem erkennbaren Muster auf das Papier gedruckt waren.

Ein Kode.

Er faltete die Blätter zusammen, steckte sie in seine Tasche und betrachtete das im Halbdunkel stehende Faxgerät.

Die Mäuse hatten aufgehört, über die Geleise zu laufen.

Die Übertragung war beendet.

Das Schlagen der Glocke kam von nirgendwoher aus der bienenstockgleichen Roboterfabrik. Blaue Lichtbogen spannten sich über den Zementboden im Käfig, über rostfreien Stahl und feingliedrige, kupferummantelte Einzelaggregate – ein kaltes Feuer, das den Schleier der Bewußtlosigkeit zerriß.

Dennoch machte Nicholas die Augen nicht auf. Statt dessen hielt er seine Atmung tief, langsam und regelmäßig, so, als sei sein Gehirn noch vollständig im Theta-Zustand.

Er lauschte der Glocke, die von ganz weit her schlug, wie aus einem anderen Universum. Und inmitten des Chaos, das ihn direkt jenseits seiner geschlossenen Augenlider erwartete, klammerte er sich an diesen tiefen, rhythmischen Ton wie ein Ertrinkender, der nach jedem Stück Treibgut greift, damit er nicht untergeht und hinabsinkt in die endgültige Stille der Tiefe. Es war kein bewußt gefaßter Entschluß, sondern eine Reaktion auf primitiver Ebene in seinem Innersten, auf der Ebene des Nicht-Denkens, die aufzusuchen er in seiner Ausbildung gelernt hatte.

Sogar am Rande des Todes war es da. Und nichts außerdem.

Das Schlagen einer nicht vorhandenen Glocke.

Sobald er sich auf etwas anderes konzentrierte, würde ihn augenblicklich der Schmerz überwältigen und ihn in einen Abgrund der Verzweiflung stürzen. Die Gestalt mit seinem Gesicht hatte mit qualvoller Langsamkeit seinem Körper Stiche mit etwas zugefügt, das sich wie lange Nadeln anfühlte, die sich wie flüssiges Feuer oder schwarzes Gift in sein Fleisch bohrten. Tiefer und immer tiefer stießen sie in seine Schmerzzentren.

Allerdings handelte es sich bei diesen langen Klingen und stählernen Klauen nicht um reale Marterinstrumente. Sie entsprangen dem Bewußtsein des Messulethe und beschworen die dunkle Seite von *tau-tau* herauf, nämlich *kshira*. Noch niemals zuvor hatte sich Nicholas so sehr nach *koryoku* gesehnt, nach der Kraft der Erleuchtung und dem Weg zu *shuken*, jenem Reich, in dem *akshara* und *kshira* harmonisch in einem einzigen Bewußtsein zusammengeführt wurden. Ganz eindeutig hatte die dunkle Seite die Seele des Messulethe in Besitz genommen.

Mit den Schmerzen nahm auch die Ironie des Schicksals zu: Nicholas erkannte, daß er das, was der Messulethe von ihm haben wollte, diesem gar nicht geben konnte, selbst wenn er überhaupt keinen Widerstandsgeist mehr hätte.

Es gab ein Bindeglied zwischen Okami und dem amerikanischen

Mafia-Don Dominic Goldoni, einen anonymen Mittelsmann mit dem Kodenamen Nishiki, der geheimes und diskriminierendes Material, über Freunde und Feinde gleichermaßen, an die beiden Männer weitergab. Irgendwie hatte sich bei dem Messulethe die Vorstellung festgesetzt, Nicholas sei Nishiki.

Wäre er dazu in der Lage gewesen, hätte Nicholas darüber lachen können, doch rings um ihn herum war nur Tod. Tod nicht als körperlicher Tod; das war es nicht, was der Messulethe plante. Tod als eine Form geistigen Zusammenbruchs, als mentaler Zerfall, hervorgerufen durch eine Folge von Schockwellen, so lange, bis die Synapsen des Gehirns sie nicht mehr verkrafteten. Der Tausch der Gesichter war nur die erste Runde gewesen. Als zweites Mittel hatte der Messulethe in einer psychokinetischen Übertragung Nicholas die glühenden Nadeln hineingestoßen. Nicholas' eigene Psyche befand sich in einem Schockzustand der räumlichen und seelischen Orientierungslosigkeit, gelähmt in der Finsternis, unfähig des Zugriffs auf *akshara,* jener Abwehrmechanismen von *kokoro,* dem Herzen des Universums. Seine Seele blieb stumm, paralysiert, abgeschnitten von jeder Möglichkeit zur Flucht. Genau diesen Zustand hatte der Messulethe gewissenhaft vorbereitet und erfolgreich herbeigeführt.

Ausgenommen das Schlagen der Glocke, deren Echos die aufschreienden Synapsen seines Bewußtseins entlangdröhnten, die ein glitzerndes Spinnennetz endloser Schmerzen bildeten.

Wäre nicht dieses klangvolle und gleichmäßige Schlagen der Glocke gewesen, wäre sein Bewußtsein bereits zerstört worden, und er hätte den Verstand verloren. Die Funktionstüchtigkeit seines Geistes hing für ihn nur noch von einem identifizierbaren Klang ab, an den er sich am Rand eines unvorstellbaren Abgrunds mit aller Macht klammerte.

Er wußte, was das Schlagen der Glocke bedeutete. Und er war zumindest in der Lage, so viel Energie aufzubauen, um einen Gedanken mit dem nächsten verknüpfen zu können, wie ein kleines Kind, das die Denkfähigkeit ganz neu erlernte und es schaffen mußte, Denken und Handeln miteinander in Einklang zu bringen. Der durch Schock und Lähmung bewirkte Schleier über dem Bewußtsein war noch vorhanden, aber darunter hatte es sich für einen ganz kurzen Augenblick regen können.

Angesichts seiner psychischen Blockierung öffnete er sein *tanjian*-Auge, sah damit die Farbe des Glockenschlags, ein durchsichtiges Grün wie das der Hügel von Nara im Frühling – und dann spürte er sie nahe bei sich.

Celeste.

Celeste mit der ungeminderten und unverfälschten Kraft ihres Bewußtseins. Das war der Plan, der von ihnen gemeinsam in Paris ausgeheckt worden war, nachdem Nicholas die Falle des Messulethe gerochen hatte. Sie hatte noch versucht, es ihm auszureden, hatte ihn richtiggehend angefleht, doch nicht etwas so Fürchterliches zu tun: nämlich geradewegs in den Hinterhalt hineinzuspazieren. Aber was hätte er sonst für eine Wahl gehabt? Hätte er seines Vaters Eid und seine Schuld gegenüber Okami einfach ignorieren können? Ein anderer, dessen Seele so vor Grauen getränkt war, daß er seine eigene Identität vergaß, hätte es vielleicht fertiggebracht und wäre davongerannt. Für Nicholas war das unmöglich. Er konnte nicht zurück, nur vorwärts und durch das Feuer hindurch, das unausweichlich auf ihn wartete. Nicht in Paris, das war ihm klar, sondern in Tokio, wohin ihn sein Feind irgendwie bringen würde.

»Aber ich ziehe nicht unbewaffnet los«, hatte er Celeste erklärt, kurz bevor sie sich zum Montmartre aufgemacht hatten. »Sie selbst werden meine Geheimwaffe sein.«

Zunächst hatte sie ihn fragend angesehen. Danach dämmerte ihr langsam, was er damit meinte, und in ihrer Miene spiegelte sich wachsendes Entsetzen.

»Nein«, hatte sie gesagt, »das meinen Sie doch nicht im Ernst. Mein Bewußtsein ist dafür nicht ausgebildet. Um der Liebe Christi willen! Ich habe Angst vor dem, was in mir steckt!«

Daraufhin hatte Nicholas sein *tanjian*-Auge geöffnet, sie mit dem Schutzmantel seiner eigenen Psyche eingehüllt und ihr den Weg gezeigt, den Pfad von *akshara*, mit dessen Hilfe sie sich psychisch mit ihm verbinden und den einmal hergestellten Kontakt aufrechterhalten konnte.

»Aber wird der Messulethe diese Verbindung nicht spüren?«

»Nein«, hatte er gesagt. »Ich zeige Ihnen nur den Weg zu *akshara*. Dann kommt alles von mir, und mehr wird er auch nicht mitbekommen – nur *akshara* und meine Anstrengungen, ihn aufzuhalten. Sie mit Ihrem untrainierten Bewußtsein gehen ganz in der psychischen Maske meiner Abwehr auf. Aber denken Sie daran, sobald er mich in seiner Gewalt hat, müssen Sie nach Tokio fliegen. Mit Ihrer Gabe werden Sie mich dort finden. Und mir helfen.«

Die einzige Gefahr, von der er ihr gar nicht erst etwas erzählt hatte, bestand darin, daß sie aus irgendeinem Grund den psychischen Kontakt, den er jetzt mit ihr herstellte, verlieren konnte. Er wußte nicht, ob sie in einem solchen Fall die Disziplin aufbringen würde, ihn wieder herzustellen. Um das zu tun, würde sie sich mit ihrer eigenen Angst konfrontieren müssen, würde sich in diese Angst hineinversenken müssen, durch sie hindurchgehen und erst beim Heraustreten auf der anderen Seite ihr Bewußtsein erforschen können, wie sie seine Psyche wiederfinden konnte.

Und genau das bedeutete das Schlagen der Glocke in seinem Innern. Es war seine einzige Verbindung zu geistiger Normalität, zu einem funktionierenden Verstand in dem gigantischen Sog, der von dem Hinterhalt des Messulethe ausging.

Celeste.

Sie war hier, irgendwo in diesem wahnwitzigen Kosmos aus Magie und Robotern, wo Gesichter abgehäutet und wieder aufgesetzt wurden, als handle es sich um Einwickelpapier und rohes Fleisch.

Er unternahm einen neuen Anlauf und erschöpfte seine Kräfte fast bei dem Versuch, sich der Verbindung zwischen ihnen beiden zu vergewissern, den psychischen Faden zu finden, der ihn vielleicht hier herauszog.

Daher war er auch nicht auf jenen Ausbruch psychischer Energie vorbereitet, der ihn zurück in eine völlige Lähmung warf. Mit herabhängendem Unterkiefer saß er da wie eine in Bernstein eingeschlossene Fliege, im Käfig eingesperrt und – im übertragenen Sinn – bis zur Unkenntlichkeit zerschlagen und mit Blut überströmt. Er hatte Do Ducs Gesicht, und sein Inquisitor beugte sich über ihn, drückte ihm die Daumen auf die Augenlider, zuerst ganz sacht, dann immer fester, als der rituelle Gesang die Membran von *kokoro* in Schwingungen versetzte, als die Beschwörungsformeln das materialisierten, was noch Augenblicke zuvor nur ein Teil jener transparenten metaphysischen Welt gewesen war, die eine Wirklichkeit einhüllte, wie sie die meisten Menschen kennen.

Do Duc drückte jetzt sehr stark auf Nicholas' Augäpfel und öffnete eine weitere Tür des sechsfachen Torbogens zu *kokoro*. Es handelte sich dabei um ein Tor, das Jahrhunderte hindurch verschlossen und auch für jene verboten geblieben war, die nach den Messulethe kamen und sich deren dunkle und todbringende Geheimnisse angeeignet hatten. Es war das Sechste Tor, das einzige, das mit Zaubersprüchen und Beschwörungsformeln versiegelt war, die zu verletzen nicht einmal Zarathustra gewagt hätte.

Allerdings hatte sich auch nicht einmal Zarathustra die weiße Elster als Schutzgeist ausgesucht, die Botin der Götter und den Herold ihres endgültigen Untergangs. Und die weiße Elster war es auch, die Do Duc jetzt anrief, indem sie die Worte intonierte, die er aus Ao herausgepreßt hatte, nachdem der Schamane der Nung sich törichterweise geweigert hatte, sie ihm preiszugeben. Was waren schon die Warnungen eines alten Mannes, den das Alter in ein ängstliches Weib verwandelt hatte, verglichen mit der Macht, die er sich mit der Anrufung der weißen Elster zugänglich machen würde!

Und so wurde das Sechste Tor geöffnet, und Do Duc wurde vollständig von der bösen Strahlung und der furchterregenden Asymmetrie eingehüllt, die vor ihm lagen. Er machte einen Schritt darauf zu und hörte den heiseren Schrei der weißen Elster so klar und deutlich, als sei er wieder daheim in der Bergwildnis bei den Nung.

Er konnte das, was vor ihm lag, erst dann erkennen, als die weiße Elster seine Schulter mit kraftvollen Klauen packte und es ihm ins Ohr sagte. Dann verstand er.

Er sah die Asymmetrie als das, was sie war: als eine neue Wirklichkeit, die sich jenseits des metaphysischen Kokons erstreckte, in den die konkrete, materielle Welt gehüllt war.

Und jetzt griff er danach, machte sie sich zunutze und stieß sie wie ein Schwert vom Himmel in das Bewußtsein seines Opfers.

Nicholas wurde von dieser plötzlichen Eruption an psychischer Energie gelähmt. Intuitiv erfaßte er, was damit bezweckt werden sollte. Er hatte sich geirrt. Der Tausch der Gesichter war nicht nur wegen der Schockwirkung vorgenommen worden. Der Messulethe hatte etwas weitaus Grauenhafteres im Sinn.

Der Druck auf seine Augen wurde so intensiv, daß Nicholas' Schmerzrezeptoren die Reizleitungen vollständig blockierten; sein gesamtes Gesicht wurde taub. Gleich darauf durchbohrte ihn eine furchtbare Strahlung, und da wußte er, was als nächstes geschehen würde.

Es war nicht nur sein Gesicht, das der Messulethe haben wollte. Es war sein ganzes Wesen, seine Substanz, die durch diese physisch-metaphysische Kraft, die in seinen Körper eindrang, herausgesaugt werden sollte. Und dann bliebe nichts mehr von ihm übrig; ein Rauchwölkchen vielleicht und eine tote Hülle, die für jeden, der sie fand, wie der Körper des Messulethe aussehen würde.

Jetzt, während die Strahlung durch die brutal auf seine Augen gedrückten Daumen in ihn hineinströmte, sammelte er sein letztes Quentchen Kraft. Er öffnete sein *tanjian*-Auge und begann den glänzenden Faden aufzuspulen, jene von Celeste ihm hingeworfene Rettungsleine, die letzte Reserve psychischer Energie, die er bitter benötigte.

Doch plötzlich hielt er entsetzt und verzweifelt inne.

Das Schlagen der Glocke, das reine, grüne, durchsichtige Licht war verschwunden.

»Letzte Anweisungen?«

»Dieser Mann da – dieser Robert«, sagte Lillehammer. »Sie schnappen ihn sich und schaffen ihn zu mir.«

»Aus Japan?« fragte Croaker. »Was ist mit den Formalitäten?«

»Wenn meine Leute eine Sache in die Hand nehmen, gibt es keine Formalitäten.«

Der Raum stank nach abgestandenem Zigarettenrauch und nach Angstschweiß wie eine Verhörzelle. Doch sie befanden sich in einem kleinen Lagercontainer der Fluggesellschaft auf dem Washington International Airport, den Lillehammer einfach beschlagnahmt hatte.

»Ich bringe ihn also hierher«, wiederholte Croaker sicherheitshalber, um Verständnisfehler auszuschließen.

»Richtig.« Lillehammer warf ihm einen kurzen Blick zu. »Der Bote hat Ihnen alles gebracht, was Sie brauchen?«

»Dienstausweis, Reisepässe, Geld in Yen und Dollar, Tickets und die Hotelreservierungen in Tokio. Alles.«

»Wie steht's mit Ihrer Bewaffnung?«

Einmal Soldat, immer Soldat, dachte Croaker. »Das überlassen Sie ruhig mir«, sagte er, hob seine Hand aus Titan und Polycarbonat und ließ die nadelgleichen Nägel gegen die Handfläche klikken.

Lillehammer nickte. »Das wär's dann also.«

»Ich denke schon.« Croaker machte kehrt, drehte sich aber noch einmal um, als habe er es sich anders überlegt. »Ganz kurz nur noch eines: Warum haben Sie mir nicht gesagt, daß Sie wußten, wer Dominic Goldoni umgebracht hat?«

Lillehammer, ganz der Coole, zuckte mit keiner Wimper. »Mit wem haben Sie gesprochen?« fragte er ruhig.

Die Luft in dem Abstellraum war ziemlich übel. Wahrscheinlich funktioniert der Ventilator nicht, vermutete Croaker.

»Das spielt keine Rolle.« Er trat dicht vor Lillehammer hin. »Haben Sie mich für einen zahnlosen Alten gehalten, der alle seine Kontakte einschlafen ließ?«

»Nichts von alldem betrifft Sie. Ich weiß gar nicht, was in Sie gefahren ist.«

Croaker trat noch einen Schritt näher heran und deutete mit dem Finger auf Lillehammers Mund. »Sagen Sie, war das Do Duc, der Sie so zugerichtet hat? *Das* ist es doch, was eigentlich hinter allem steckt, stimmt's?«

»Jetzt reicht's aber«, entgegnete Lillehammer kurzangebunden. »Halten Sie die Klappe und gehen Sie an Ihre Arbeit. Versuchen Sie nicht, mich anzumachen.«

»Vor Ihnen habe ich keine Angst«, sagte Croaker.

»Dann sind Sie dumm.«

»Dumm nicht«, gab Croaker zurück. »Nur auf der Hut.« Er grinste Lillehammer zynisch an. »Schon mal was vom Rückwärtsgehen gehört? Nein? Wir haben das die ganze Zeit über bei der New Yorker Polizei praktiziert. Wir mußten das tun, denn sonst hätte man mit großer Wahrscheinlichkeit plötzlich ein Messer im Rükken gehabt. Nicht von den Kriminellen, hinter denen wir damals her waren oder die wir in den Knast gebracht hatten, sondern von irgendeinem aus der Antikorruptionsabteilung oder von einem Arschloch von Dienststellenleiter, oder irgendeinem dienstgeilen und radfahrenden Arschkriecher, oder von Staatsanwälten, die ein politisches Hühnchen rupfen wollten – jedenfalls von all denen, für die und mit denen man arbeitete. Da hat man doch ganz selbstverständlich seine eigenen Sicherheitsvorkehrungen getroffen, und zwar nach allen Seiten und mit allen Mitteln. Und das Eine kann ich Ihnen versprechen: Die besonders hundsgemeinen Tricks, um dieses Messer vom eigenen Rücken fernzuhalten, die vergißt man nie.«

Lillehammer hob beide Hände. »Kommen Sie, gehen wir nicht weiter auf diesen Abgrund zu, ja?« Er sah zur Seite. »Ach, Scheiße!« Und drehte ruckartig den Kopf wieder zurück. »Okay. Schauen Sie, Sie müssen diesen Sauhund für mich finden. Ich habe Sie nicht belogen. Ich kenne ihn tatsächlich, von Vietnam her. Er gehörte zu den Dreien, die mich in einen Käfig steckten und mich dann bearbeiteten und, yeah, *das* da getan haben.« Mit einem Zeigefinger strich er sich über die Oberlippe.

»Einer dieser Sauhunde war ein übergeschnapptes Arschloch namens Michael Leonforte. Der war desertiert und hatte sich in Laos bei den Einheimischen niedergelassen. Ich wurde von meiner Einheit losgeschickt, ihn zurückzuholen, dabei aber geschnappt. Leonforte führte damals eine Gruppe von Nung, Angehörige eines chinesischen Bergstamms. Dann nahm er noch zwei Neue auf, einen Irren namens Rock und unseren Freund Do Duc.«

Lillehammer schien jetzt von einer manischen Energie der Erinnerung gepackt und ging erregt auf und ab. »Während die anderen zusahen, wurde ich von diesem Rock bearbeitet. Er hat mir dauernd Fragen gestellt, und ich habe sie nicht beantwortet.« Jetzt wich er Croakers Blick aus. »Sie kennen ja selbst die entsprechenden Prozeduren.« Er zuckte mit den Schultern.

»Egal. Jedenfalls gab es damals noch keine Hubschraubereinheiten und keine Luftkavallerie, niemanden, der mich rausgeholt hätte. Also haben sie mich schön zerschnippelt, mich dann ordentlich verpackt und als Warnung an meine Leute zurückgeschickt. Eine sehr beschissene Warnung.« Er stieß heftig die Luft aus. »Das ist zwar schon lange her, aber ich habe es nie vergessen.« Als ob es ihn frieren würde, stampfte er mit den Füßen auf den Boden.

»Dann wird dieser Dominic kaltgemacht, und ich werfe einen Blick auf die ganze Sauerei und weiß sofort, wer das war. Nämlich dieses Schwein von Do Duc, den Michael Leonfortes Bruder angeheuert hatte, dieser Caesare, Goldonis Rivale.«

»Was steckt eigentlich wirklich hinter der Vendetta zwischen den Goldonis und den Leonfortes?«

»Um das zu wissen, müßte ich Mitglied der Mafia sein. Die *omertà*, verstehen Sie? Auf jeden Fall lag es nahe, Do Duc auszuwählen. Seine Loyalität gegenüber den Leonfortes geht bis auf Vietnam zurück.«

Lillehammer stellte das Hin- und Hergehen ein, blieb stehen und sah Croaker an. »Dieser komische blaue Halbmond, den Do Duc der kleinen Morris in die Stirn geschnitten hat, war eine Tätowierung, die alle von Leonfortes Nung getragen hatten. Und jetzt habe ich Nummer Zwei an der Angel, aber noch nicht in Sichtweite. Und dazu brauche ich Sie, denn ich weiß, daß mich Do Duc keine Meile weit an sich rankommen läßt. Der riecht mich schon von weitem, so sicher, wie wir beide hier stehen. Der hat Instinkte wie ein Tier.«

»Warum haben Sie mir das alles nicht von Anfang an erzählt?«

»Daß es um etwas Persönliches geht? Hätten Sie denn dann mitgemacht?«

»Ich bin vielleicht Ihr Ishmael, aber Do Duc ist mit Sicherheit Ihr Weißer Wal.« Croaker ließ seine Zähne blitzen. »Nein. Ich hätte nicht mitgemacht.«

»Na bitte. Und dieses Risiko konnte ich nicht eingehen.«

Croaker wartete noch einen Augenblick. »Und das war jetzt alles?«

»Das war die ganze Scheiße«, knurrte Lillehammer. Er sah auf seine Uhr und öffnete dann die Tür. »Aber jetzt müssen Sie sich ganz schön beeilen«, sagte er, »wenn Sie Ihren Flieger noch erwischen wollen.«

Die Strahlung überfiel ihn wie ein Schleier vom Himmel. Es war, als sehe er zu, wie er bei lebendigem Leib aufgefressen wurde. Jeder Muskel in Nicholas' Körper war vor Schmerz und Angst angespannt. Die Maske von der anderen Seite der Zeit legte sich über ihn. Gleich würde sie anfangen, sein innerstes Wesen in Scheiben zu schneiden, als sei es ein Stück Fleisch auf der blutigen Arbeitsplatte eines Metzgers.

In höchster Erregung suchte er nach Celeste, nach dem glänzenden Faden, mit dessen Hilfe er vielleicht noch dem Tod entgehen konnte, der jetzt wie ein radioaktiver Regen auf ihn herabfiel, Haut, Fleisch und Knochen durchdrang und ihn von innen heraus zersetzte und auflöste.

Wo war Sie nur? Was war geschehen? Die psychische Verbindung war unterbrochen worden, und das, was er als Einziges gefürchtet hatte, war eingetreten: Sie war nun nicht in der Lage, den Kontakt zu ihm wieder herzustellen. Ohne die von ihr ausgehende Kraft war er am Ende, und das wußte er.

Die immer tiefer in ihn eindringende Strahlung brachte ein unsymmetrisches Pulsieren mit sich, das den natürlichen Rhythmus seines Körpers völlig durcheinander brachte. Und begleitet wurde es von glühenden Runenzeichen einer unverständlichen Sprache, als schreibe sein Körper mit Hilfe seiner eigenen Sekrete etwas auf. Der grauenhafte, ungleichmäßige Rhythmus wurde stärker, und im gleichen Maße sein eigener schwächer. Nur noch Augenblicke, und er würde nicht mehr denken können, würde seine psychische Substanz, sein Leben verlieren.

Da ließ der Druck nach.

Er spürte, wie er von den Augenhöhlen weggenommen wurde. Sofort ließ auch die Strahlung nach, und der Strom unverständlicher Wörter verschwamm zu einem undeutlichen Brei. Im gleichen Augenblick ging sein *tanjian*-Auge auf. Befreit von der Lähmung, die es ergriffen hatte, fiel sein Blick direkt und ohne Umwege auf *kokoro*, brachte dessen Membran zum Schwingen, weckte die Energie des Denkens, die sich gleich in Taten umwandeln würde.

Nicholas öffnete seine Augen und sah zunächst nur undeutlich das zu einer Grimasse verzerrte Gesicht, das sein eigenes war. Der Körper des Messulethe war nach hinten gebogen. Mit den Händen hatte er sich an den Hals gefaßt. Er wurde rückwärts an die Gitterstäbe des Käfigs geschleudert, und als sich Nicholas zu bewegen begann, erblickte er das Funkeln eines Stahldrahts, der dem Messulethe fest um den Hals geschlungen war und der ihm tief ins Fleisch schnitt.

Wie ein wiederbelebter Toter stand er von seinem Stuhl auf. Seine Arme und Beine gehorchten in schnellen, ruckartigen Bewegungen. Die Muskeln zuckten heftig unter seiner Anstrengung, die Koordination zwischen Gehirn und Muskeln wieder in Gang zu bringen. Zwar waren die Synapsen des Gehirns noch lädiert, doch sein restlicher Körper war schmerzfrei. Die körperliche Verbindung mit dem Messulethe war unterbrochen.

Der Mann mit seinem Gesicht stieß einen Schrei aus. Seine Hände ließen die improvisierte Garrotte los, fuhren wild durch die Gitterstäbe und ergriffen Haare und Fleisch.

Celeste schrie auf.

Celeste!

Und in einem Sekundenbruchteil begriff Nicholas, was geschehen war. Aus der Vorahnung dessen heraus, was als nächstes geschehen würde, hatte er selbst die Initiative ergriffen, und seine eigene, körperliche Aktion, sein Entschluß den Messulethe anzugreifen, hatten Celestes untrainiertes Bewußtsein veranlaßt, die psychische Verbindung zu unterbrechen.

Der Messulethe hielt ihren Kopf in seinen Händen und rammte ihre Stirn gegen die Stahlstäbe des Käfigs. Celeste taumelte zurück, lockerte damit den Griff an der blitzenden Garrotte, und der Messulethe befreite sich daraus. Er wickelte sich das blutige Ding von seinem Hals und warf es weg.

Celeste lag auf dem Boden, direkt vor dem Käfig. War sie bei Bewußtsein, oder...?

Nicholas kam es vor, als wate er durch Wasser. Seine Gedanken arbeiteten erschreckend langsam, und jedesmal, wenn er zwei Gedanken miteinander verknüpfen wollte, verspürte er einen qualvollen Schmerzschub.

Um ihn herum erhob sich jäh ein Wind und brachte die Hitze eines lodernden Hochofens mit sich. Nicholas wurde zurückgeschleudert und krachte kopfüber in den Stuhl, auf dem er gesessen hatte und der dabei in Stücke brach. Mit der Schläfe prallte er gegen die Metallstäbe auf der anderen Käfigseite und war momentan wie betäubt.

Nichts funktionierte mehr.

Und der Mann mit seinem Gesicht kam auf ihn zu.

Da begann, tief in seinem Innern, die Glocke zu schlagen, und das reine, grüne Licht ergoß sich über ihn.

Er öffnete sein *tanjian*-Auge.

Dann stimmte er sich auf *kokoro* ein und begann mit der Litanei von *akshara*, wie Kansatsu sie ihn gelehrt hatte, Kansatsu, sein *tau-tau sensei* und unversöhnlicher Feind.

Doch die Hitze stieg erneut an. Er roch den Geruch weißglühender Schlacken, und seine Haare sträubten sich auf der Haut. Unter der Attacke des Messulethe wurde das Schlagen der Glocke schwächer, schwand das durchsichtige Licht, seine Verbindung zu Celeste, seine Geheimwaffe.

Akshara, alles, was Kansatsu ihn gelehrt hatte, erwies sich als nutzlos. Der Mann mit seinem Gesicht durchschritt mit zwei Schritten den Käfig und riß Nicholas auf die Füße.

Und mit blitzartiger Erkenntnis begriff Nicholas. Er ließ die Litanei sein, gab all die Lektionen von *akshara* preis, die er so eifrig gelernt hatte, und lauschte statt dessen ausschließlich dem Schlagen seiner inneren Glocke.

Nicholas' Erstarrung löste sich, und im Licht der Strahlung, die von seinem *tanjian*-Auge ausging, brach er den Griff seines Feindes auf. Schnell setzte er einen *atemi* an, den der Messulethe mit Leichtigkeit abwehrte. Daraufhin gab Nicholas auch die Aikido-Techniken auf, nahm Angriffsstellung ein und schlug dem Messulethe die Außenkante seines Unterarms in die rechte Hüfte. Dieser konterte mit einem entsetzlich schnellen *kite*, streifte mit einem Schlag Nicholas an der Schulter und schlug sofort erneut zu.

Diesmal hatte sich Nicholas so weit abgeduckt, daß er mit einem Knie den Boden berührte. Rasch fing er den Schlag mit der schwieligen Kante seiner linken Hand ab, richtete sich auf, packte den ausgestreckten Arm des Messulethe und riß ihn mit Schwung in einem solchen Bogen vom Körper weg, daß die Knochen brechen würden.

Der Messulethe jedoch bewegte sich mit erstaunlicher Geschwindigkeit und drehte sich mit seinem Rumpf so in den Angriff hinein, daß er die unnatürliche Armposition unterlaufen konnte. Gleichzeitig zielte er mit einem bösartigen *kite* auf Nicholas' Nieren, der wiederum einen Vorwärtsfußtritt gegen die Leisten des Messulethe richtete. Da beide Techniken fast im selben Augenblick ausgeführt wurden, gingen beide Männer zu Boden. Doch Nicholas rollte sich ab, winkelte seine Fingerspitzen nach unten ab, traf den Messulethe und schlug einen kurzen *twan ch'uan* nach dessen Stirn.

Sein eigener Kopf federte zurück, doch befand er sich bereits im schraubstockartigen Griff der kräftigen Beine des Messulethe. Mit dessen Knie im Magen versuchte er, sich wegzudrehen und fing dabei einen neuerlichen *kite* auf den Unterkiefer ein.

Er sackte zurück. Der Messulethe stützte sich auf ein Knie und trat Nicholas mit dem anderen Fuß in die Achselhöhle, während er ihm gleichzeitig den ausgestreckten Arm zu verdrehen versuchte. Nicholas spürte, wie seine Sinne bis an die Schmerzgrenze belastet wurden, und seine Linke fuhr tastend unter seinen Körper. Seine Finger krallten sich um ein gebrochenes Stuhlbein, das er dem Messulethe seitlich gegen den Kopf schlug, genau über dem Ohr.

Der Messulethe schwankte und lockerte den Griff, mit dem er Nicholas hielt. Nicholas war bereits hochgekommen, streifte ihn mit einem Fußstoß, fiel auf ihn und wußte, daß nur Sekunden blieben, um ihn zu töten, nur Augenblicke, bevor die überlegene Psyche des Messulethe wieder zur Geltung kommen konnte. Er benutzte für einen *atemi* den Handballen, um damit den Nasenknorpel zu zertrümmern und direkt ins Gehirn zu treiben. Dies war ein unweigerlich tödlicher Schlag, für den das Bewußtsein absolut ausbalanciert sein mußte, der Organismus sich in Lebensgefahr befinden und der Entschluß unumstößlich sein mußte, denn einmal angesetzt, gab es kein zurück mehr. Der Tod war das einzig mögliche Resultat.

Nicholas war sich sicher, über die nötige Entschlußkraft zu verfügen; war davon überzeugt, daß dieses Individuum vernichtet werden mußte, daß es keine Alternative gab, daß ohne diesen einmaligen Angriff sein eigenes Risiko ins Unerträgliche steigen würde.

Doch der Schlag kam nie an. Sein Handballen stoppte vielleicht einen Zentimeter vor dem Ziel und blieb in der Luft hängen. Dann begannen sich die Muskeln seines Handgelenks und seines Unterarms zu verkrampfen, als hätte er sie in glühende Kohlen getaucht.

Nicholas, tief im Zustand des Bewußt-Nichtbewußten, wehrte den Messulethe weiterhin mit dem Oberkörper ab, während gleichzeitig sein linkes Bein unkontrolliert und wie im Reflex zustieß. Mit seiner Schuhspitze erwischte er einen Punkt an der Hüfte seines Gegners wo die Beugemuskeln einen wichtigen Nervenknoten für den Unterkörper abdecken.

Der Messulethe stürzte, und während seine Konzentration sich verlagerte, wurde damit die betäubende Kraft seiner Psyche aufgehoben. Nicholas schlug mit voller Kraft mit der Handkante gegen den Punkt zwischen und direkt über den Augen, einer zentralen Stelle auf dem Hauptwahrnehmungsmeridian. Die Augen des Messulethe begannen zu schielen, und Nicholas konnte den fast totalen Rückzug von dessen Psyche spüren, während sein Feind kurz vor der Bewußtlosigkeit stand. Doch er spürte auch, wie sich das mächtige Bewußtsein des Messulethe noch immer wand und wehrte und versuchte, die zeitweilige Lähmung zu durchbrechen. Er wußte, daß ihm nur noch wenige Augenblicke zum Handeln blieben, warf sich der Länge nach über die betäubte Gestalt, riß ihr den Schlüssel vom Gürtel, stürzte zum Eingang und schloß auf.

Ein Sperrfeuer von Nadeln fuhr schmerzvoll in sein Bewußtsein, als sich der Messulethe mit atemberaubender Geschwindigkeit erholte und mit seiner psychischen Kraft zuschlug, um Nicholas am Verlassen des Käfigs zu hindern. Nicholas stolperte, fiel auf ein Knie und stürzte beinahe in Celestes Schoß. Sie schlang den Arm um seine Taille, und gemeinsam humpelten sie unbeholfen von dem Käfig weg. Voller Angst warf Celeste einen Blick zurück, doch der Messulethe lag noch immer auf dem Boden. Hatte Nicholas ihn getötet? Sie trieb zur Eile an und drängte weiter.

Einmal schlug Nicholas schwer hin und riß sie beide zu Boden.

Celeste schrie auf, schürfte sich beim Dahinschlittern beide Hände blutig und spürte nicht nur, wie all die Leiden ihre Nervenbahnen entlangkrochen, die Nicholas durchgemacht hatte, sondern fühlte auch die Gefahr, die hinter ihnen drohte: die Hitze auf Grund heftiger elektrischer Entladungen, deren Wellen sich über den Stahlbetonboden ausbreiteten, ein dicht über dem Boden liegender Nebel mit Form und Substanz, der tödliche Rhythmus des Messulethe, der nach ihnen griff.

Unter lautem Stöhnen zerrte sie Nicholas wieder auf die Beine, schob ihn weiter und hielt ihn in Bewegung. Dabei war dieses *Ding* so dicht an ihr Bewußtsein herangekommen, daß sie schon seine sengende Hitze wie die einer hell lodernden Flamme verspürte. Panische Furcht ergriff sie. Dennoch trieb sie Nicholas weiter vorwärts und hinaus aus dem Beton-Bienenstock der Roboterfabrik mit den sich drehenden blauen Lichtbogen, dem Geruch von heißem Metall und geschmolzenem Plastik. Dabei wurde die unheimliche Präsenz in ihrem Bewußtsein immer stärker und versuchte, ihre Gliedmaßen mit Blei zu füllen, während sie an Reihen polierter Stahlköpfe vorbeistolperten, die auf klotzige, nichtmenschliche Schultern montiert wurden. Augen mit Infrarotoptiken starrten unverwandt und reglos vor sich hin, als die rennenden Schatten auf sie fielen und wieder verschwanden. Weiter voran trieb sie ihn in diesem kalten Schmelztiegel, wo Automaten weitere Automaten erschufen, wo sich das Wunder der Schöpfung auf eine noch vor Jahrzehnten unvorstellbare Weise jede Minute des Tages und der Nacht erneut vollzog.

Runter! Die Stimme in ihrem Kopf verwirrte sie. *Runter, sofort*!

Und schon schlug Nicholas ihr von hinten in die Kniekehlen, woraufhin sie blitzschnell zu Boden ging. Sie spürte ihn, seinen über sie gebreiteten Körper, und auch die große Hitze spürte sie, die wie ein gebündelter Energiestrahl die Rückseiten ihrer Beine dort hinauffuhr, wo sie entblößt waren.

Ein Krachen wie von einem Donnerschlag, und sie wimmerte leise. Die Druckwellen ließen den Fußboden erzittern, und dann zog Nicholas sie auf die Füße und schleppte sie an einem Wandabschnitt vorbei, wo sie mit großen Augen eine ovale Delle anstarrte, als habe jemand mit einer Riesenfaust dagegen geschlagen.

Nicholas riß sie mit sich und um das Ende einer Trennwand herum. Das Licht wurde schwächer. Sie befanden sich jetzt in einem Korridor, und vor sich sah sie zwei stählerne Türflügel. Nicholas warf sich mit voller Wucht dagegen und stieß sie mit der Schulter auf.

Sie fanden sich in einem ausgedehnten Servicebereich wieder. So schnell sie konnten rannten sie die lange Rampe hinauf, durch eine weitere Metalltür hindurch und auf eine Beladeplattform, die bis auf einen Schwerlaster verlassen dalag.

Nicholas riß die Fahrertür auf und rutschte hinters Steuer. Er suchte unter den Bodenmatten und über der Sonnenblende nach den Schlüsseln. Da er sie nicht fand, nahm er einen auf dem Boden des Führerhauses liegenden Schraubendreher und brach damit die Lenksäule auf.

Celeste sah ihm zu, wie er den Lastwagen kurzschloß, und spürte, wie ihr Magen rebellierte. Es war einfach schrecklich, das Gesicht des Messulethe zu sehen und – da sie ja geistig mit ihm verbunden war – zu wissen, daß darunter Nicholas' Gesicht lag. Trotz dieses Wissens hatte sie geglaubt, ohnmächtig zu werden, als er seine Augen aus diesem Gesicht heraus auf sie gerichtet hatte, aus einem Gesicht heraus, das sie fürchtete wie kein anderes.

»Nicholas!«

Sie schüttelte ihn, und er stöhnte auf. Seine auf das Lenkrad gesunkene Stirn hob sich, seine Finger nahmen ihre Arbeit an den Kabeln wieder auf.

Am ganzen Leib zitternd sah Celeste hoch. Am Rand ihres Bewußtseins lauerte jenes schreckliche Gefühl, als beschnuppere ein wildes Tier auf obszöne Weise ihre innersten Gedanken. Sie spürte, wie sich wieder diese Hitze aufbaute und die Rampe entlang auf sie zuraste. Wortlos schrie sie auf, und nur noch ihr Entsetzen bekämpfte ihre Übelkeit.

Der Motor sprang bellend an, und der Erschöpfung nahe sank Nicholas auf dem Sitz zusammen.

»Celeste, du mußt fahren.«

»Aber ich habe doch noch nie...«

»Setz dich hinters Steuer!«

Er rutschte zur Seite und machte ihr Platz. Sie versuchte sich zurechtzufinden und tastete mit den Füßen nach den Pedalen.

Celeste ließ den Motor genau in dem Augenblick aufheulen, als die Metalltüren mit einer solchen Gewalt aufflogen, daß der eine Flügel aus den Angeln gerissen wurde. Sie drückte sich fest gegen die Rückenlehne, würgte krachend den Rückwärtsgang hinein, jagte den Lastwagen mit quietschenden Reifen aus der Ladebucht heraus, fuhr einen weiten Bogen und hörte hinter sich ein Fauchen. Steif blieb sie hinter dem Lenkrad sitzen und verwehrte es sich, einen Blick zurückzuwerfen.

Dann schaltete sie brutal in den ersten, ließ erneut den Motor aufheulen, schob den zweiten zu früh hinein, woraufhin das Getriebe protestierend krachte, trat dann das Gaspedal durch – und sie waren auf der Straße.

»Falsche Seite!« schrie Nicholas. »Linksverkehr!«

Eine Kompressorfanfare ertönte so nahe, daß Celeste zusammenzuckte, während sie wie wahnsinnig am Steuer kurbelte, um einem Sattelschlepper auszuweichen, der ihnen direkt entgegenkam. Celestes Ausweichmanöver geriet zu knapp. Metall kreischte gegen Metall, Lackstreifen wischten vorbei, und es gab ein Rumpeln wie bei einem Erdbeben, als die Seiten der beiden Lastwagen ein-, zweimal gegeneinanderschlugen.

Und dann war es vorüber. Nicholas lag in sich zusammengesunken neben ihr, und der Laster brüllte wie ein verwundetes Tier, als sie ihn immer stärker beschleunigte und den Ort des Todes immer weiter hinter sich ließ.

5

Tokio

Die Gestalten mit ihren gekrümmten Rücken, brutal miteinander ringend wie Leviathan und der Teufel, bewegten sich zunächst nur als körnige Silhouetten, bis sie von einer einzigen Beleuchtungsquelle genügend ausgeleuchtet wurden, einer schirmlosen Studiolampe, die ein grellweißes Licht verbreitete.

Nangi sog hörbar den Atem ein, als die wahre Natur dessen, was die beiden Männer miteinander trieben, offenkundig wurde. Obwohl er einer Kultur angehörte, in der das traditionelle Tabu des Abendlandes gegenüber der Homosexualität nicht existierte, war er dennoch schockiert. Nicht weil er die beiden nackt zusammen sah, sondern wegen dem, was sie miteinander anstellten.

Das also war William Justice Lillehammer, der ältere von beiden, der größere. Der junge Blonde, kraftvoll und ernsthaft bei der Sache wie ein Schauspielschüler der Stanislawski-Schule, mit einem erstaunlich geschmeidigen Körper, schien für diese Art hemmungsloser und gewagter Hingabe wie geschaffen.

Nangi beugte sich vor und spulte mit der Fernbedienung des Videorecorders den Film bis zu einer bestimmten Bildfolge zurück. Er hatte sich das acht-Millimeter-Band, das Manny Mannheim ihm im Auftrag des verstorbenen Harley Gaunt übermittelt hatte, bereits mehrmals angesehen. Jetzt aber machte er sich Notizen.

Das Telefon läutete.

»*Moshi.*«

»Nangi-san, mir ist es gelungen, die Telefonnummer zu identifizieren, die Sie mir gaben.«

Jisaku Shindo war am Apparat, der Privatdetektiv, den Nangi engagiert hatte. Die Rede war von jener Nummer, die Nangi von dem gespenstischen Faxgerät abgeschrieben hatte, das er in dem von Masamoto Goei und Seiko angemieteten Bürocontainer in der Ginza entdeckt hatte.

»Es ist eine Nummer hier aus Saigon«, sagte Shindo. »Der Anschluß liegt in einem Bürogebäude, direkt gegenüber Ihrem eigenen Bürokomplex.«

»Wem gehört sie?« fragte Nangi.

»Einer Firma, die – wie sich herausgestellt hat – nicht existiert.« Nangi hörte, wie der Privatdetektiv die Seiten seines Notizbuches durchblätterte. »Es sieht so aus, als habe dieser Vincent Tinh jeden Monat die Miete bezahlt.«

Nangi schloß kurz die Augen.

»Nangi-san? Da wäre noch etwas.«

»Ich höre.«

»Gut. Ein Freund von mir arbeitet in der Dienststelle des Leichenbeschauers, und so konnte ich einen Blick in den Autopsiebericht der Leiche Tinhs werfen. Zwar wurde der Körper von Schwefelsäure zersetzt, genau wie es Ihnen Van Kiet erzählte. Aber sie haben aus dem Leichnam auch fünfundzwanzig Kugeln herausgeholt.«

»Fünfundzwanzig?«

»Richtig. Dem Kaliber der Kugeln und der Art der Wunden nach zu schließen würde ich sagen, er stand auf der falschen Seite eines Hochleistungs-MG's. Ich würde auf eine Armeewaffe tippen, aber da muß ich noch genauer nachforschen.«

Guter Gott, dachte Nangi.

»Und da ist noch etwas«, fuhr Shindo fort. »Der Freund eines Freundes hatte gerade Dienst, als die Leiche abgeholt wurde. Er behauptet, der Mann sei Japaner gewesen. Und schwört außerdem, es habe sich um einen *yakuza* gehandelt.»

Nangis Gedanken überschlugen sich. »Woher will er das wissen?«

»Der kleine Finger der linken Hand des Mannes«, sagte Shindo. »Da fehlte das oberste Glied.«

Die *yakuza* schnitten sich oft auf diese Weise ein Stück Finger ab, um ihrem *oyabun* damit Treue zu geloben, oder als Sühne für eine begangene Verfehlung und erneute Bestätigung ihrer Unterwürfigkeit.

»Gute Arbeit!«

»Vielen Dank. Ich habe meine Kontakte spielen lassen und für morgen früh einen Gesprächstermin bei Inspektor Van Kiet bekommen. Ich möchte herausfinden, auf welche Weise man diese Leute am besten überreden kann. Die sind alle korrupt bis zum Gehtnichtmehr.«

»Sie schaffen das bestimmt. Halten Sie mich auf dem laufenden.«

»Wie immer.«

Nangi legte auf und lehnte sich auf der Couch in seinem Arbeitszimmer zurück. Das Haus war ganz still, so wie er es am liebsten hatte. Doch ganz unvermittelt sehnte er sich nach Geräuschen – nach Rockmusik aus dem Radio, nach der Stimme einer Frau. Seine Gedanken kehrten immer wieder zu einem Punkt zurück, den sie wie ein Dunstschleier umkreisten: Kisoko.

Doch jetzt war keine Zeit dafür. Morgen kam Croaker mit weiß Gott welchen Neuigkeiten an. Und Nangi wußte, daß er bis dahin noch eine Menge zu erledigen hatte.

Während ein Teil seines Gehirns das analysierte, was Shindo ihm mitgeteilt hatte, betrachtete er sich gleichzeitig noch einmal einen bestimmten Abschnitt des Videobands in Zeitlupe. Dieses Mal allerdings ignorierte er die Hauptattraktion, die beiden sich auf so absonderliche Weise paarenden Körper. Statt dessen betrachtete er genau die obere rechte Ecke des Bildausschnitts, wo er das schnelle Zucken einer Bewegung registriert hatte.

Er sah sie auftauchen und verschwinden und wiederkehren, wie den an die Wand geworfenen Schatten einer Kerzenflamme, und schaltete auf digitale Vergrößerung. Die Bilder wurden sofort scharf, und alle Spuren von Verschwommenheit und Bewegungsunschärfe – eine Folge der Aufnahme bei geringem Licht – verschwanden.

Plötzlich sah sich Nangi mit einem Gesicht konfrontiert.

Das Gesicht war leicht vom Objektiv der Videokamera abgewandt und beobachtete gelassen die dargebotene Sexualakrobatik, als handle es sich um ein Tennismatch.

Nangi drückte die Taste für ein digitales Standbild und betrachtete das Gesicht lange. Zwar lag es teilweise im Schatten, doch eigentümlicherweise halfen genau diese abgedunkelten Partien, die einzelnen Gesichtszüge zu definieren.

Das Merkwürdige war, daß er das Gesicht wiedererkannte.

Und dies bildete den Auslöser für sein Gedächtnis. Jetzt erinnerte er sich daran, daß es Okami gewesen war, der den Namen von William Justice Lillehammer erwähnt hatte.

Jetzt konnte sich Nangi wieder an die Unterhaltung entsinnen, als habe sie erst gestern stattgefunden und nicht schon vor zwei Jahren. Okami war gerade auf einem seiner seltenen Besuche in Tokio gewesen. Nangi erinnerte sich auch an den Ort – am Meiji-Schrein.

Es war Frühjahr gewesen, und Natur und Menschen hatten die düsteren Farben des Winters abgelegt. Die Luft war geschwängert vom berauschenden Duft knospender Blumen.

»Ich stehe am Rand eines tiefen Abgrunds«, hatte Okami zu ihm gesagt. »Ich muß mich entscheiden, entweder so weiterzuleben wie bisher und irgendwann zu sterben, oder einen großen Sprung ins Ungewisse zu tun.«

»Brauchen Sie Hilfe, Okami-san?«

»Nein, nein.« Es kam Nangi seltsam vor, wie Okamis damalige Erregung nun im Nachhinein an Bedeutung gewann. »Ich möchte Sie da überhaupt nicht mit hineinziehen. Jedenfalls nicht auf konkrete Art. Aber ich bitte Sie um Ihren Rat.«

»Jederzeit«, hatte Nangi gesagt.

»Da gibt es einen Mann, mit dem zu verhandeln ich von Elementen meines Beraterzirkels gedrängt werde, und an diesem Mann stört mich vieles. Doch obwohl ich ein ganz eindeutiges Gefühl von drohendem Unheil habe, spüre ich dennoch, daß ich diesen Weg einschlagen muß. Ich weiß, daß es der falsche ist, Nangi-san, aber ich muß diesen Versuch unternehmen, um die anderen *oyabun* zu besänftigen, wenn es überhaupt noch Frieden zwischen den Familien geben soll. Ich will nicht, daß unter meiner Führung der große Krieg ausbricht.«

Okami war stehengeblieben, um einigen spielenden und im Gras von sich hinträumenden Kindern zuzusehen. Wer weiß, was in diesem Augenblick in seinem Kopf vor sich gegangen war? Vielleicht hatte er, genau wie Nangi, gerade über den schrecklichen Preis nachgedacht, den man für das Erwachsensein bezahlte.

»Dieser Mann, der Lillehammer heißt, arbeitet für jemanden, der Ihnen, glaube ich, bekannt ist, und so dachte ich mir, wir sollten uns einmal treffen.«

Dann waren sie weitergegangen, hatten die Kinder ihrem Spiel überlassen, waren dahinschlendernden Liebespaaren begegnet, die Händchen hielten, sich liebevoll ansahen und den Segen des Sonnenscheins genossen.

»Er heißt Leon Waxman.«

»Ja. Den kenne ich«, hatte Nangi gesagt. »Wir sind einander hier in Tokio einige Jahre nach dem Beginn der Besatzung begegnet. Warten Sie, das war wahrscheinlich siebenundvierzig oder achtundvierzig. Auf jeden Fall habe ich ihn im Krankenhaus getroffen. Ich hatte damals für das Bauministerium gearbeitet, glaube ich, und das Krankenhaus war noch vom Krieg her beschädigt gewesen. Sie hatten mich mit ein paar Fachleuten losgeschickt, um festzustellen, was getan werden mußte.«

»Waxman war Amerikaner, aber zur Genesung in einem japanischen Krankenhaus.«

»Ganz recht«, hatte Nangi bestätigt. »Das Krankenhaus war auf Neurochirurgie spezialisiert. Und weil er eine ziemlich schwere Verwundung hatte, waren bei ihm vermutlich eine ganze Reihe entsprechender Operationen durchgeführt worden.«

»Welchen Eindruck hatten Sie damals von dem Mann?«

»Einen sehr zwiespältigen«, hatte Nangi geantwortet. »Er schien zwei Persönlichkeiten zu besitzen. Eine helle und aufgeweckte und eine fürchterlich mißtrauische und dunkle. Die Krankenschwestern, mit denen ich sprach, erzählten mir, daß er unter so schlimmen Alpträumen und so heftigen Ausbrüchen von Nachtschweiß litte, daß sie ihn gewohnheitsmäßig nach dem Abendessen mit Medikamenten ruhigstellen mußten.«

»Sind Sie nach seiner Entlassung mit ihm in Verbindung geblieben?«

»Ja. Einerseits war er ganz scharf auf Kontakte in Tokio; andererseits hat er mir bei meinem Aufstieg innerhalb des MITI sehr geholfen.«

»Wie hat er das bewerkstelligt?«

Mit der Sonne waren auch die Liebespaare verschwunden, und die beiden Männer befanden sich jetzt in einer Gegend des Parks, die von Punks bevölkert wurde, die pinkfarbene und grüne Irokesenfrisuren, schwarze Lederjacken und Sonnenbrillen mit runden, schwarzen Gläsern trugen; Kawasaki-Motorräder mit viel Chrom standen umher. Sie rissen derbe Witze über Passanten und ließen die Motoren aufheulen. Rockmusik dröhnte dazu aus Radiorekordern.

»Augenscheinlich hatte er schon zum damaligen Zeitpunkt nützliche Kontakte gehabt«, sagte Nangi. »Er war beim Militär Verbindungsoffizier zu unseren Behörden gewesen und hatte von daher viel mit Angehörigen der verschiedenen Ministerien zu tun, besonders mit denen vom Wirtschaftsministerium, aus dem dann ja das MITI hervorging. Da er unbedingt Kontaktadressen aus der Geschäftswelt haben wollte, haben wir uns gegenseitig mit Gefälligkeiten geholfen. Ich erinnere mich, wie beeindruckt ich von seinem Verständnis japanischen Wesens war.«

»Er wollte also Geschäftsmann werden?«

»Offenbar.«

»Schön. Jetzt ist er allerdings in einer ganz anderen Branche tätig«, sagte Okami. »Er ist der Kopf einer geheimen Organisation, die sich tief inmitten der amerikanischen Bundesbürokratie eingenistet hat.«

Sie waren nun in einem Teil des Parks angekommen, in dem Bauarbeiten durchgeführt wurden. Die Punker hatten sie hinter sich gelassen, und zumindest für den Augenblick waren sie allein. Bäume mit blassen Knospen und mit in Sackleinen verschnürten Wurzelballen lehnten schräg gegen einen Eisenzaun und warteten darauf, eingepflanzt zu werden.

»Mir ist klar, warum ihn diese Art von Leben angezogen hat«, sagte Nangi. »Waxman beeindruckte mich stets als jemand, der selbst in schwarzen Schatten noch Umrisse und Konturen erkennen konnte. Außerdem fand ich, daß Geschäfte zu machen ihn auf Dauer anödete, obwohl er ein Talent dafür hatte. Es war ihm zu einfach. ›Das ist ja wie Karpfenstechen in einer Badewanne‹, sagte er einmal zu mir.«

»Waxmans Netz ist so gut getarnt«, fuhr Okami nach einer kurzen Pause fort, »daß noch nicht einmal der amerikanische Kongreß etwas davon gehört hat.«

»Das kann gut oder schlecht sein«, lautete Nangis Kommentar.

»Es kommt noch besser«, meinte Okami. In Gedanken versunken legte er die Hände auf den Rücken und die Stirn in Falten. »Waxman hat sich an die Spitze einer losen Vereinigung von Männern gestellt, die sich selbst *›Alices Spiegel‹* nennen.«

»*›Alices Spiegel‹*? Davon habe ich noch nie gehört.«

»Das überrascht mich nicht, denn das hat so gut wie niemand«, sagte Okami. »Diese Männer streben Macht und die Kontrolle über die Politik der Regierung an, einschließlich der Wirtschaftspolitik. Das heißt, wir sprechen hier über einen höchst gefährlichen Mann.«

Okami blieb stehen, sah Nangi ins Gesicht, und dieser wußte, daß jetzt der entscheidende Augenblick gekommen war.

»Waxman steht für mich am Ende dieses speziellen Weges«, sagte Okami. »Sollte er sich als nicht vertrauenswürdig erweisen, dann befürchte ich, daß ich meinen großen Sprung ins Ungewisse tun muß. Ich entschuldige mich dafür, daß ich Sie in diese lebenswichtige Entscheidung mit hineinziehe, Nangi-san, aber ich habe sonst niemanden, dem ich vertrauen kann.«

»Ich erinnere mich an Waxman als an einen gerissenen Menschen«, hatte Nangi darauf geantwortet, bei jenem letzten Mal, als er Okami gesehen hatte, sieben Monate vor dessen abruptem Verschwinden. »Vielleicht gerissener, als ihm selbst guttut.«

»Was meinen Sie damit?«

»Nur das, was ich sagte. Seine Intelligenz macht ihn zu rastlos. Und solchen Menschen kann ich persönlich nie voll vertrauen.«

Jetzt, während Nangi auf das digital vergrößerte Standbild des Videobandes starrte, wußte er, daß er das Gesicht des Mannes betrachtete, den er so viele Jahre lang nicht gesehen hatte und der mit kühler Distanz die grotesken sexuellen Darbietungen eines seiner Agenten beobachtete: Leon Waxman.

Tomoo Kozo legte eine Hand über seinen Mund, als müsse er sich selbst daran hindern, seinen Haß auf Nicholas Linnear laut hinauszuschreien. Er stand nackt vor einem mannsgroßen Spiegel und betrachtete seinen Körper, dessen Tätowierungen wie Sequenzen eines Films wirkten. Die mehrfarbigen *irizumi* erzählten eine Geschichte von Verlust, Rache und Tod, die für Kozos Denkweise die drei Eckpfeiler seines Ehrbegriffs darstellten.

Verlust, Rache und Tod waren das Einzige, worum Kozos Gedanken im Augenblick kreisten. Er sah hinab auf den Phönix, der mit seinen Schwingen Kozos Penis umfing. Der grimmige Kopf des Vogels war auf die Eichel tätowiert. Wenn Kozos Penis anschwoll, wuchs der Phönix mit und breitete seine seltsamen Flügel aus.

Verlust, Rache und Tod bestimmten nicht nur Kozos Ehrbegriff, sondern auch sein Verhältnis zu Nicholas Linnear. Die beiden hatten sich allerdings nie getroffen. Nicholas wußte vielleicht noch nicht einmal von Kozos Existenz, doch Kozo kannte Nicholas, und zwar genau.

Trotz der Lügen, die er Minister Ushiba erzählt hatte, hatte Kozo den weißen Toyota mit voller Absicht auf Justine Linnear und ihren Geliebten angesetzt. Jawohl, Kozo hatte schon in dem Augenblick, in dem Rick Millar in Narita gelandet war, dessen Identität gekannt, lange vor Ushiba oder den anderen *oyabun* aus dem Beraterzirkel des Kaisho. Und deswegen war Nicholas Linnears Frau jetzt tot.

Verlust.

Katsuodo Kozo, Tomoos Vater, hatte einst beim Aufstieg Mikio Okamis eine Rolle gespielt, doch Okami hatte ihn übertroffen. Ganz klar – Okami hatte ja den Colonel.

Die japanische Vergötterung des Colonel Linnear ekelte Kozo gründlich an. Sogar viele *oyabun* schätzten ihn noch immer wegen dem, was sie als seine Verdienste um das Wohlergehen der Clans während der Anfangsjahre der Besatzung betrachteten. Kozo hegte keine Zweifel, daß der Oberst in seiner Denkungsart mehr Japaner als Abendländer gewesen war. Und genau dies hatte, seiner Meinung nach, den Colonel zu einem solch gefährlichen Individuum gemacht. Und das war es auch gewesen, was Katsuodo Kozo das Leben gekostet hatte.

Kozo glaubte, daß es Oberst Linnear persönlich gewesen war, der seinen Vater getötet hatte; seinen Vater, dessen Leiche man im Sumida treibend und ohne jeden Kratzer aufgefunden hatte. Doch Katsuodo konnte nicht schwimmen, und der Colonel wußte das. An einem glühend heißen Nachmittag im Sommer, wo sich der Schweiß auf der Haut wie Regen in den Baumwipfeln sammelte, hatte Kozo die beiden darüber sprechen hören.

Eine Woche später fischte man die Leiche Katsuodos aus dem Sumida, und Kozo hatte seinen Vater verloren.

Ein unersetzlicher Verlust.

Erst Jahre später gewann Kozo Klarheit über die wahre Natur und den Zusammenhang des schrecklichen Vorfalls. Schon gleich von Anfang an hatten sich Katsuodo und Okami wegen der *yakuza*-Strategie in den Haaren gelegen. Okami war für ein Arrangement mit den Amerikanern gewesen, besonders seit sich die Besatzungsmacht immer öfter an die *yakuza* wandte, damit diese halfen, von kommunistischen Provokateuren geschürte Unruhen niederzuschlagen. Es sah viel besser aus, wenn japanische Gangster japanischen Arbeitern die Köpfe einschlugen, als wenn das amerikanische Militär diese Arbeit besorgt hätte. Doch Katsuodo hatte vehement gegen jede Zusammenarbeit mit den Amerikanern argumentiert. Er lehnte es ab, sich für amerikanische Zwecke einspannen zu lassen, selbst wenn es um die angeblich so patriotische Ausmerzung der Kommunisten auf japanischem Boden ging.

Die Meinungsverschiedenheiten zwischen den beiden *oyabun* eskalierten schließlich zu einem offenen Krieg. Bis dann eines Tages Katsuodos Leichnam im Sumida entdeckt wurde. Da man an ihm keinerlei Zeichen von Gewaltanwendung fand, konnten auch keine Vorwürfe erhoben werden, konnte es auch keine Rache geben. Okami und der Oberst ließen ihren Einfluß und ihre Beziehungen spielen, und die Ordnung war wieder hergestellt.

Doch nichts konnte Tomoo Kozos Leben zu dem machen, was es zuvor gewesen war, und er vergaß auch nichts. In echt japanischer Manier suchte er sich Okami als seinen Mentor aus, lernte unter seiner Anleitung und wurde ein echter und loyaler Freund. Im gleichen Maß, wie Okami sich nach oben diente, festigte auch Kozo seine Macht. Und als Okami der Kaisho geworden war, präsentierte sich Kozo als sein ergebenster und lautstärkster Anhänger. Bei der Inthronisationszeremonie hatte er neben Okami gestanden. Doch auf Grund seiner Nachforschungen über die Begleitumstände von Katsuodos Tod hatte er gleichzeitig ihn und seine Beziehung zu Colonel Linnear die ganze Zeit über gehaßt.

Der Colonel starb, ehe Kozo seine Rache ausführen konnte. Damit blieb nur der Sohn übrig. Doch der war ein *ninja* und von daher ein mächtiger Gegner. Sogar die *oyabun* fürchteten ihn. Und dann war da noch das Andenken des Colonel, diese allgemeine Ehrerbietung seinen Verdiensten gegenüber, gegen die Kozo nichts ausrichten konnte. Also wartete er einfach ab, bis seine Zeit kam, geduldig wie eine Spinne, deren kompliziertes Netz zwar regelmäßig von Wind, Regen und Frost zerstört wird, die es aber nichtsdestoweniger immer wieder von neuem spinnt.

Rache.

Kozo verließ den Spiegel und begann sich methodisch anzukleiden. Es war an der Zeit, Do Duc aufzusuchen.

Zeit, sich der Ehre zu besinnen. Zeit, das Feld des Todes zu bestellen.

Mit aschfahler Haut lag Nicholas zwischen den abgefallenen, leuchtend roten Ahornblättern wie in einem Bett aus Feuer.

Celeste kniete über ihm. »Das Haus – *dein* Haus, nicht wahr? – ist nur noch dreißig Meter weit weg, hinter den Bäumen.«

Mit vor Schmerzen verschleierten Augen sah er sie an, als sei sie eine Fremde. Celestes Herz setzte einen Schlag aus. Was hatte der Messulethe nur mit ihm gemacht? Warum hatte sie so lange zugewartet, ehe sie etwas unternahm? Sie kannte die Antwort. Die schreckliche Furcht, die sie in dem Augenblick ergriffen hatte, in dem Nicholas die psychische Verbindung zwischen ihnen beiden hergestellt hatte, war jenseits von allem, was ihr bisher widerfahren war. In ihrem Bewußtsein lauerte seitdem die dunkle Gewißheit, daß es hinter der Welt, die sie mit ihren Augen sehen und mit den Ohren hören konnte, noch eine zweite, feinstoffliche Welt gab, in die sie mit ihrem Bewußtsein in Phasen extremer Belastung oder im Traum eindringen konnte. Daß sie eine so direkte Verbindung zu dieser Welt hatte, war für ihre Nerven unerträglich belastend gewesen. Und jetzt bekam sie vorgeführt, wie die Auswirkungen ihrer Furcht aussahen.

»Ach, Nicholas!«

Sie beugte sich über ihn und drückte zärtlich ihre Lippen auf die seinen. Er stöhnte, und sie zuckte zurück aus Angst, ihm vielleicht weh zu tun.

Nicholas lag neben dem Sockel einer steinernen Schale voll Wasser, das aus einer unterirdischen Quelle zu sprudeln schien. In den Stein war ein einziges *kanji*-Schriftzeichen eingraviert, und obenauf lag eine Schöpfkelle aus Bambus.

Mit einem heiseren Flüstern bat Nicholas um einen Schluck Wasser. Celeste schöpfte mit der Kelle von dem kalten, klaren Naß, hob seinen Kopf an und setzte ihm den Schöpfer an die Lippen.

Langsam und geräuschvoll schlürfte er mit geschlossenen Augen von dem Wasser, als sei es das für seine Welt bestimmende Element. Er stützte sich mit einer Hand auf dem Teppich aus Laub auf und setzte sich dann aufrecht hin.

»Endlich daheim«, sagte er. »Habe ich dich hierherdirigiert?«

»Du erinnerst dich nicht mehr?«

»Nein.«

Sie legte ihre Hand gegen seine Wange. »Nicholas, wie schwer bist du verletzt?«

»Ich weiß es nicht.« Er sah sich um. »Hier, an dieser Stelle, haben Justine und ich unsere Tochter begraben. Dieses winzige, unschuldige Ding – sie hatte keine Lebenschance.«

Er ließ den Kopf hängen. Celeste zog ihn in ihre Arme und wiegte ihn sanft hin und her, während er leise schluchzte.

»Es geht schon wieder«, sagte er nach einer Weile. »Das war vor sehr langer Zeit. Eigentlich in einem anderen Leben.«

Celeste biß sich auf die Lippen. »Nicholas, ich habe Angst.« Sie sahen einander an. »Ich glaube, daß es der Messulethe zum Schluß gespürt hat. Ich glaube, er hat herausgefunden, wer ich bin und wie ich dir geholfen habe.«

Es war die Wahrheit. Durch den Nebel aus Schmerzen und Schock hindurch erkannte Nicholas, daß er sie nicht länger mehr auf diese Weise beschützen konnte. Er hatte sie benutzt, und jetzt mußten sie beide den Preis dafür bezahlen. Es war ein höchst riskantes Spiel gewesen, den eigenen Kopf in die Schlinge des Messulethe zu stecken, aber in gewisser Weise hatte es sich ausgezahlt. Nach seinem Verhör wußte er, daß der Messulethe keinen Zugang zu Okami hatte. Sonst wäre ihm klar gewesen, daß Nicholas nicht Nishiki war, das Bindeglied zwischen Okami und Dominic Goldoni.

Das bedeutete, daß Okami lebte und sich höchstwahrscheinlich versteckt hielt.

»Nicholas.«

Er sah nach oben und in Celestes Augen, und unvermittelt spürte er, wie ihre Seele sich aus ihrer Hülle löste und ihn mit Wärme und Licht umfing. Sie legte ihre Hände auf seinen Körper, zaghaft zuerst, dann immer fester, als ihre Wahrnehmung ihrer eigenen inneren Kraft stärker wurde. Über diese körperliche Berührung floß die Kraft von ihr zu ihm, lud ihn auf und wurde zu einem Licht, das die Tiefen der Dunkelheit ausleuchtete.

»Du hast die Hände und das Bewußtsein eines Geistheilers«, sagte er mit aufgesprungenen Lippen.

Instinktiv begann er mit der stillen Beschwörung von *akshara*. Doch abrupt hörte er wieder auf.

»Was ist los?« fragte Celeste. Sie hatte den Umschwung in seinem Innern wahrgenommen. »Für mich ist das alles so neu. Habe ich etwas falsch gemacht?«

Er schüttelte den Kopf. »Nein, es liegt an mir. Dieser Teil des *tau-tau, akshara,* ist mir von einer gewissen Person beigebracht worden. Ich habe ihm viele Jahr lang vertraut, aber schließlich hat es sich herausgestellt, daß er mein Feind war. Er selbst hatte beides erlernt, *akshara* und dessen dunkles Gegenstück, *kshira*. Ohne *koryoku,* den Weg der Erleuchtung, und ohne *shuken*, den Schutzmantel um die wiederhergestellte Einheit, hatte diese dunkle Seite ihn genauso zum Bösen geführt, wie sie es mit dem Messulethe getan hat.«

Mit einer Geste bat Nicholas um mehr Wasser, und sie führte ihm die Schöpfkelle an den Mund. Schweigend trank er. Der feuchte Geruch nach Gras und Erde hing in der Luft. Vögel huschten in den Zweigen umher und riefen einander mit lieblichem Gezwitscher. Das Grundstück lag so weit von der kurvenreichen Straße entfernt, daß kein Verkehrslärm zu hören war.

Celeste wollte nicht mehr an den Alptraum zurückdenken, in welchem sie einen Lastwagen zunächst auf der Schnellstraße und dann, im Linksverkehr, auf tückischen, sich dahinschlängelnden Landstraßen gefahren hatte, an Verkehrszeichen vorbei, die sie nicht lesen konnte, mit krachender Schaltung und einem reglos zusammengesunkenen Nicholas auf dem Beifahrersitz.

»Dieser Mann, mein *sensei*, hat mich alles gelehrt, was ich über *tau-tau* weiß«, fuhr Nicholas fort, nachdem er seinen Durst gestillt hatte. »Als ich bemerkte, wie unwirksam das alles gegen den Messulethe war, begann ich mich zu wundern. Und dann, in dem Käfig, zwischen Wachsein und Bewußtlosigkeit, hat mein fantasierendes Hirn das Bild dieses Mannes heraufbeschworen, und ich sah ihn, *ich sah ihn wirklich*, Celeste, wie er mich betrog. Er brachte mir nur *die* Dinge bei, die er mir beibringen wollte.«

Irgend etwas raschelte im Unterholz hinter den entlaubten Bäumen, und beide drehten sie die Köpfe. Doch es war nur ein kleines Tier, das nach heruntergefallenen Nüssen suchte.

Nicholas veränderte seine Lage so, daß er sich gegen das steinerne Wasserbecken lehnen konnte, als beziehe er aus der Berührung mit ihm neue Kraft. »Dieser Mann war ungewöhnlich clever«, sagte er nach einer Weile. »Ich nahm seine Unterweisungen für bare Münze, sogar dann noch, als ich ihn durchschaut hatte. Und jetzt staune ich darüber, wie ich so naiv sein konnte.« Er sah sie an. »Celeste, ich glaube, daß das, was er mir gezeigt hat, nicht nur *akshara* war. Jetzt bin ich der Meinung, daß es sich um eine unvollständige Kombination aus *akshara* und *kshira* handelte. Und was wäre, wenn diese dunkle Seite des *tau-tau* bereits begonnen hätte, mich zu verändern?«

Celeste wischte ihm sein dunkles, nasses Haar aus der Stirn und küßte ihn sanft. »Ich bin mir sicher, daß es nicht so ist«, sagte sie beruhigend. »Die Auswirkungen dessen, was du in diesem Käfig mit dem Messulethe durchgemacht hast, kannst du nicht mit einem Achselzucken abtun.«

Er erkannte, was sie damit ausdrücken wollte. Der Schock der Drogen und des Verhörs hatten ihn für paranoide Wahnvorstellungen anfällig gemacht. Aber sie hatte unrecht. Er wurde das schreckliche Gefühl nicht los, daß Kansatsu ihn irgendwie auf eine schlimme Art hereingelegt hatte. War es nicht so gewesen, daß Kansatsu ihm einmal erzählt hatte, daß er – Nicholas – ihn viele Male droben im Hodaka-Gebirge aufgesucht habe, obwohl Nicholas wußte, daß dies nur einmal der Fall gewesen war.

Die Zeit ist wie das Meer, hatte Kansatsu gesagt. *Da gibt es Gezeiten, Unterströmungen, Strudel und Wirbel, die sich alle an bestimmten Stellen überlagern. Sie erschaffen dadurch ein Chaos an Ereignissen, das sie in unablässigen Wellen vor sich hertreiben, bis sie sich an einer felsigen Küste brechen.*

Nicholas hatte zu jener Zeit erst damit begonnen, mentale Reisen über die Zeitdimension hinaus zu unternehmen. Jetzt verstand er besser, wovon Kansatsu damals gesprochen hatte. Wenn Kansatsu in der Lage gewesen war, bestimmte Augenblicke innerhalb der Zeit zu erleben und wiederzuerleben, dann hatte er auch leicht seinen eigenen Tod durch Nicholas' Hand vorhersehen können. Dann hatte er auch dessen Unausweichlichkeit gesehen und sich, da er ihn als sein Karma akzeptierte, daran gemacht, den Keim seiner Rache zu säen, indem er in Nicholas' Kopf eine Art Zeitbombe deponierte. Das Problem, dem sich Nicholas im Augenblick gegenüber sah, war die Entfernung dieses Sprengsatzes.

Es gab einen Weg – doch dieser war so gefährlich, so voller unbekannter Fallgruben, daß er nicht wußte, ob er es wagen sollte, ihn zu beschreiten. Er fragte sich, ob er eine andere Wahl hatte.

Genau in dieser Sekunde hörten die Vögel auf zu singen. In jäher Erkenntnis sahen sich Nicholas und Celeste an, denn sie wußten beide, daß er jetzt kam.

Der Messulethe.

»Tot?«

»Leider. Es war tragisch. Ein Autounfall.«

»Herr im Himmel! Justine ist tot!«

Lew Croaker sah Nangi ins Gesicht. Er sah älter aus, müder und mit mehr Falten, als Croaker ihn in Erinnerung hatte.

»Weiß es Nicholas schon?«

Nangi schüttelte den Kopf. »Wie Sie ja mitbekommen haben, besteht seit einiger Zeit keine Verbindung mehr zu ihm.«

Croaker setzte sich, und Margarite legte ihm eine Hand auf die

Schulter. Er hatte ihr während des Herflugs alles über Nicholas und Justine erzählt. Sie sahen zwar beide müde aus, waren es aber nicht in dem erwarteten Ausmaß. Margarite hatte ganz unten in ihrem Kosmetikkoffer noch eine Schlaftablette gefunden, die sie sich beide teilten. So hatten sie sechs Stunden lang tief geschlafen.

Jetzt befanden sie sich im Wohnraum von Nicholas' Haus außerhalb von Tokio. Massive Kreuzbalken aus Zedernholz trugen die Decke, und das späte Herbstlicht ergoß sich durch die außergewöhnlich großen Fensterscheiben in das geräumige Zimmer. Dick gepolsterte Couches und übergroße Sessel füllten die *tatami*-Fläche in der Mitte, die zwei Stufen tiefer als der sie umgebende Holzbodenbereich lag. An den Wänden hingen ein Sortiment westlicher Kunstwerke und Textilien in leuchtenden Farben aus Frankreich und Italien. Das Haus roch nach geöltem Holz und Rosmarin.

Nangi hielt das für den besten Ort, um sich zu treffen. Als Seiko ihm die Nachricht überbrachte, war er zunächst zornig geworden, weil sie eine wichtige Besprechung unterbrochen hatte. Doch schnell hatte er seinen Ärger unterdrückt und nachgedacht. Seiko hatte ihm Croakers Botschaft mündlich weitergegeben, und nach gründlicher Befragung Seikos hatte er vermutet, daß diese Reise aus einem wirklich dringenden Anlaß erfolgt war.

Angesichts seiner eigenen gegenwärtigen Lage – und der von *Sato International* – hatte er nicht gewollt, daß irgend jemand von Croakers Anwesenheit in Tokio erfuhr. Damit war ein Treffen in seinem Büro genauso ausgeschlossen wie bei ihm zu Hause. Außerdem hatte er auch nicht das Risiko eingehen wollen, sich mit ihnen an einem so öffentlichen Ort wie einer Hotelhalle zu verabreden.

Seit Justines Tod hatte Nicholas' Haus leergestanden. Nur die Putzfrau kam ab und zu. Nangi hatte die Schlüssel, und die abgelegene Lage machte das Haus zu einem idealen Treffpunkt. Also war er mit seinem Wagen zum Flughafen gefahren, hatte Croaker und seine Begleiterin persönlich abgeholt und sie direkt hierhergebracht.

Doch zuvor hatte er sich noch Seikos entledigt. Sie war die einzige im Büro, die von Croakers Ankunft wußte, und er wollte sie nicht in Tokio haben, während er sich mit ihm traf.

So hatte er sie nach Vietnam abkommandiert, wo sie vorübergehend die Geschäftsstelle von *Sato Saigon* leiten sollte. Zwar hatte er ihr Jisaku Shindos Namen gegeben, ihn aber als Fertigungsberater vorgestellt, der bei der Integration des neuen Überseebüros in die Hauptgeschäftsstelle behilflich sein sollte. Sie war angewiesen worden, Shindo in jeder möglichen Weise zu unterstützen.

Die Idee, ihr ein solches Maß an Freiheiten zu gewähren, war riskant, aber Nangi war Risiken gewohnt. Er rief Shindo an und unterrichtete ihn, daß sie unterwegs wäre und im Verdacht stünde, gegen das Unternehmen zu arbeiten. Mehr konnte er seiner Meinung nach im Augenblick nicht tun. Er hatte keinen echten Beweis für ihre Untreue, nur Vermutungen, und übereilt wollte er nichts unternehmen. Außerdem war Seiko nicht so wichtig wie jene Personen, an die sie ihre Informationen weitergab. Falls sie überhaupt schuldig war. Vielleicht führte sie diese neue Freiheit ja ins Verderben. Dann würde Shindo zugegen sein, um ihren Sturz zu bezeugen.

Mit Goei, dem Leiter des *Chi*-Projekts, war es eine andere Geschichte. Er hatte sich mit dem chiffrierten Fax sein eigenes Grab geschaufelt, und obwohl Nangis Leute noch mit dessen Entschlüsselung beschäftigt waren, hatte er keine Zweifel mehr an seiner Schuld. Unter idealen Bedingungen hätte ihn Nangi an Ort und Stelle belassen und Tag und Nacht unter Observierung gestellt. Doch diesen Luxus konnte er sich momentan nicht erlauben. Er wußte, daß er in dem Augenblick, in dem er Goei den Behörden übergab, zumindest Senator Rance Banes Anschuldigungen gegen Nicholas und *Sato-Tomkin* entkräften und, mit etwas Glück, die ganze Kampagne zu Fall bringen konnte. Goei war schließlich derjenige gewesen, der die Technologie des *Chi*-Projekts an Vincent Tinh in Saigon weitergegeben hatte, nicht Nicholas. Und da Goei nunmehr direkt mit Tinh in Verbindung gebracht werden konnte, der sich als illoyal erwiesen hatte, würde man den *keiretsu* selbst rehabilitieren können.

Also hatte er Goei verhaften lassen und Seiko mit ihrem neuem Auftrag weggeschickt.

Sie schien sich riesig zu freuen – aber auch irgendwie erleichtert zu sein, was ihn beunruhigte. Er hatte sie an diesem Morgen gebeten, nur das Nötigste in einen kleinen Koffer zu packen und sie dann mit dem Versprechen ins Flugzeug nach Saigon gesetzt, den Rest ihrer Sachen baldmöglichst nachzusenden. Sie hatte nicht protestiert, denn schließlich verstand sie ja besser als jeder andere die Notlage, die durch Vincent Tinhs Tod entstanden war. Alle seine Bedenken, weil er sie hatte ziehen lassen, waren mit Croakers Eintreffen und dessen anschließenden Enthüllungen über die Vorkommnisse in den Vereinigten Staaten zerstreut worden.

Nangi hörte konzentriert zu, während Croaker erzählte, wie man ihn mit der Aufklärung des Mordes an Dominic Goldoni betraut hatte; wie in ihm immer stärker der Verdacht aufstieg, daß hinter Lillehammer mehr steckte, als es den Anschein hatte; wie ihm klargeworden war, daß Lillehammer aus privaten Gründen den vietnamesischen Mörder Do Duc Fujiru unbedingt zur Strecke bringen wollte. Croaker selbst nahm mit Interesse zur Kenntnis, daß Nangi bereits über Harley Gaunts Tod und dessen Nachwirkungen Bescheid wußte. Aber er überraschte Nangi mit der Mitteilung, welche Beziehung es zwischen Margarite und ihrer Stiefmutter Renata Loti gab und wie das Verhältnis zu ihrem Bruder Dominic ausgesehen hatte, der ihr das Vermächtnis hinterließ, sein Imperium weiterzuführen.

Als Croaker seinen Bericht damit schloß, daß nach Margarites Verdacht der Krieg zwischen den Leonfortes und den Goldonis weitaus mehr wäre als nur eine einfache Blutfehde zwischen zwei Mafiafamilien, wandte sich Nangi direkt an Margarite: »Sie äußerten gegenüber Croaker, Ihr Bruder habe Ihnen die geheimen Unterlagen zugänglich gemacht, die er über hochrangige Persönlichkeiten in der Regierung und in der Polizei gesammelt hatte. Woher kamen diese Informationen?«

»Von einer geheimen Quelle«, sagte Margarite. »Ihr Name ist Nishiki.« In jäher Nervosität stand sie von ihrem Sitz auf und schritt erregt auf den *tatami*-Matten hin und her.

»Hat Ihnen Ihr Bruder je gestattet, diesen Nishiki zu treffen?« fragte Nangi.

»Nein. Ich... eh – mein Eindruck war, daß Dom selbst ihn nie getroffen hatte. Er war nichts weiter als eine unbekannte Stimme. Aber meine Stiefmutter weiß, wer es ist. Sie hat uns hierhergeschickt, um ihn vor Do Duc zu schützen.«

»Das hat Croaker-san schon gesagt.« Nangi sah Margarite Goldoni DeCamillo scharf an und überlegte, ob er ihr trauen konnte. Zwar glaubte er Lew Croaker, Nicholas' engstem Freund im Westen, doch das war auch alles, was er sich an rückhaltlosem Vertrauen gestattete. »Hat Ihnen Ihre Stiefmutter einen Namen genannt?«

»Ja«, sagte sie. »Wir sollen einen Mann namens Mikio Okami aufsuchen.«

Nangi stand eine Weile reglos da. »Okami ist der Kaisho, der Kopf aller *oyabun* der *yakuza*«, erklärte er. »Aber seine Feinde gehen bereits gegen ihn vor. Im Moment wird er vermißt. Und Sie wollen mir jetzt erzählen, er selbst sei Nishiki, Dominic Goldonis Informant?«

»Faith schien daran keine Zweifel zu haben«, sagte Margarite. »Aber was ist, wenn er schon tot ist?«

»Der Gedanke war mir auch schon gekommen«, bestätigte Nangi. »Aber dann habe ich ein paar Mosaiksteinchen zusammengesetzt. Was die Anschuldigungen gegen Nicholas und *Sato-Tomkin* angeht, so habe ich die Verräter innerhalb unserer Firma gefunden. Einer von ihnen, Vincent Tinh, wurde letzte Woche in Saigon ermordet. Es sieht ganz danach aus, als habe er seine Finger in allem gehabt, was es so an illegalen Geschäften gibt. Wer aber hat ihn ermordet? Die Polizei in Saigon war wenig hilfreich. Seltsam ist nur, daß seine Leiche von einem Mann abgeholt wurde, der behauptete, Tinhs Bruder zu sein. Tinh hatte jedoch keinerlei Familie. Alles, was dieser Mann sagte, war, daß er bei einem Unternehmen namens *Avalon* angestellt sei.

Diesbezüglich habe ich einige Nachforschungen in die Wege geleitet. *Avalon Ltd.* gibt zwar vor, einen solchen Mann nicht zu kennen, aber trotzdem handelt es sich um eine höchst seltsame Firma, deren Funktion es zu sein scheint, Geld über internationale Grenzen zu verschieben. Ich habe weiterhin herausbekommen, daß der Mann, der Tinhs Leiche abholte, Japaner und Angehöriger der *yakuza* war. Und damit scheint klar zu sein, daß man mich mit Absicht mit der Nase auf *Avalon* gestoßen hatte.

All das führt mich zu dem Schluß, daß Mikio Okami lebt und sich versteckt hält und daß er insgeheim Hinweise bezüglich seiner Feinde an die gibt, die ihm am besten helfen können.

Sehen Sie, Mitglieder von Okamis innerem Beraterzirkel hatten ihn gegen seinen Willen gezwungen, ein Bündnis mit einem Mann namens Leon Waxman einzugehen, einem Mann, den ich vor vielen Jahren in Tokio kennenlernte und der seitdem zum Hauptakteur im Schattentheater von Washington avancierte.

Nach meiner Meinung hat Okami sich gewehrt. Ich erzählte ihm, daß ich Waxman für nicht vertrauenswürdig hielte. Daraufhin hatte Okami insgeheim die *godaishu* aufgegeben und war ein neues

Bündnis eingegangen, das er schon jahrelang im Verborgenen vorbereitet hatte – das mit Ihrem Bruder, Mrs. Goldoni. Und wegen dieses Bündnisses wurde Dominic ermordet und Okami gezwungen, sich zu verstecken.«

»Aber ist er in Sicherheit?« fragte Margarite.

Nangi sah sie an. »Selbst wenn er das ist«, antwortete er, »so hat sich doch eine solche Macht gegen ihn formiert, daß ich mich frage, wie lange er noch überleben kann.«

6

Washington / Tokio

Als Faith Goldoni ihre Haustür aufmachte, lächelte Lillehammer und sagte: »Ich bin Will Lillehammer, Mrs. Loti. Sehr erfreut, Sie endlich kennenzulernen. Darf ich hereinkommen?«

Faith betrachtete die auf ihr Herz gerichtete Pistolenmündung und erwiderte: »Aber natürlich.«

Während sie ihn durch das prachtvolle Foyer und in den Flur führte, stellte er fest: »Es ist niemand sonst zu Hause, Mrs. Loti. Ich habe mich vergewissert.«

»Ganz bestimmt haben Sie das.«

Er schubste sie weiter. »In die Küche und dann zur Hintertür hinaus.«

Ohne daß er etwas sagte, wußte sie nun, daß es zu den Stallungen ging. Und wußte auch, was das bedeutete. Irgendwie wunderte sie sich, daß dieser Augenblick nicht schon vor einiger Zeit eingetreten war. Es war noch gar nicht so lange her, daß ihr Lillehammers Liebhaber Douglas Moon das Videoband verkauft hatte. Beim Betrachten desselben hatte sie Johnny Leonforte als den Mann erkannt, der die beiden beobachtete. Zwar sah er sehr verändert aus – kein Wunder nach so langer Zeit und mit dem verunstalteten Gesicht –, aber es war einwandfrei der Mann, mit dem sie ein Verhältnis gehabt hatte, und im selben Augenblick, in dem sie den Film sah, hatte sie auch gewußt, wer er war. Ihre Affäre lag zwar zeitlich weit weg von der Gegenwart, nicht aber räumlich. In jenen Tagen in Tokio während der Besatzungszeit waren die Weichen für all das gestellt worden, was danach kam. Dieser Zeitraum war wie mit einem Laser in ihr Gedächtnis eingebrannt.

Wie lange wußte Johnny schon, wer sie war? Sie lebte nicht im Verborgenen, wie er das tun mußte, und obwohl sie sich in Los Angeles von einem plastischen Chirurgen hatte operieren lassen, während sie auf die Maßanfertigung ihrer Reitstiefel warten mußte, war sie dennoch Faith Goldoni geblieben. Johnny hätte sie jedenfalls wiedererkannt.

Johnny lebte!

Zuerst war ihr das unbegreiflich gewesen. Aber wenn sie selbst trotz aller Widrigkeiten überlebt hatte – warum dann nicht auch Johnny?

»Öffnen Sie die Tür!«

Sie tat es und roch den strengen Geruch von Pferden, Stallmist und Silofutter. Die Tiere drehten die Köpfe in ihre Richtung und schnaubten.

»Keine Angst«, sagte Lillehammer. »Ich werde Sie nicht erschießen. Das würde zu viele Fragen aufwerfen.« Sie drehte sich um und lehnte sich mit dem Rücken gegen eine der Boxen. »Sie werden von einem der Pferde einen Tritt an den Kopf kriegen.« Er machte eine Geste zu den Tieren hin.

Faith spürte das Zaumzeug in ihrem Rücken und bewegte sich etwas, um den Druck zu verringern. »Das glaubt kein Mensch«, sagte sie. »Dazu bin ich eine viel zu gute Reiterin.« Nicht nur, um den Druck zu verringern bewegte sie sich, sondern auch, um mit der linken Hand an das metallbeschlagene Lederzeug heranzukommen.

»Man wird es glauben müssen«, meinte Lillehammer und kam näher an sie und die Pferde heran, »weil so nämlich der Befund des Leichenbeschauers lautet. Ihr Körper wird keine anderen Verletzungen aufweisen. Keinerlei Anzeichen von Manipulationen.« Er grinste. »Glauben Sie mir. Ich bin ein Meister in diesen Dingen.«

»Warum tun Sie das?« Sie erwartete keine Antwort auf die Frage, sondern wollte ihn nur in Sicherheit wiegen.

»Das da ist ein großer Hengst.« Er fuchtelte mit der Pistole. »Machen Sie die Tür zu dieser Box auf.«

Genau darauf hatte Faith gewartet. Mit der Rechten öffnete sie die Tür der Box, nahm gleichzeitig mit der Linken das Zaumzeug vom Haken und schlug es mit Schwung aus dem Handgelenk Lillehammer gegen den Kopf. Die Wirkung war die eines Peitschenhiebs; das dicke Leder und die Metallbeschläge trafen ihn seitlich an Gesicht und Hals, so daß er blutete.

Er brüllte auf, taumelte und traf mit einem Fußstoß Faith am Hüftknochen. Mit einem Aufschrei fiel sie auf ein Knie. Die in Panik geratenden Pferde donnerten mit den Hufen gegen ihre Boxen, wieherten und rissen Augen und Nüstern auf; sie witterten Faiths Angst und Schmerzen.

»Du Miststück!« fluchte Lillehammer, befreite sich von dem Zaumzeug und griff nach ihr.

Er stand direkt vor der offenen Boxentür, und unter Aufbietung aller Kräfte rammte Faith ihm ihre Schulter in die Knie. Lillehammer verlor das Gleichgewicht und stürzte rückwärts in die Box zu dem verängstigten Hengst.

Er prallte dem Tier mit solcher Gewalt gegen die Seite, daß es hochstieg und mit den Vorderhufen wild durch die Luft wirbelte; dabei erwischte es Lillehammer voll mit den Hufen, als dieser sich gerade erheben wollte. Er stürzte gegen die Seitenwand, der Lärm und die Konfusion steigerten die Panik des Hengstes, und er trommelte wild auf die Kreatur ein, die ihn angegriffen hatte.

Faith stand auf und roch Blut.

»Oh, Mr. Dominic«, redete sie auf ihr Pferd ein. »Mein armes, armes, verängstigtes Baby.«

Mit noch immer rollenden Augen registrierte der Hengst den Ton der vertrauten Stimme. Er dreht den prächtigen Kopf und sah sie mit dem linken Auge an. Sie sprach weiter mit einschmeichelnder Stimme zu ihm, und schließlich hielt er die Beine ruhig, schnaubte und schüttelte den Kopf. Genau wie sie kümmerte auch er sich nicht um den Blutgeruch.

Sie ging zu der offenen Boxentür und streichelte die Stelle direkt über seiner Nase. Dann steckte sie ihm einen Zuckerwürfel ins Maul. Das Tier beruhigte sich, und erst jetzt warf sie einen Blick nach links und betrachtete den neben der Boxenwand liegenden blutüberströmten Körper. William Justice Lillehammer war offensichtlich tot.

»Oh, Mr. Dominic«, flüsterte sie, schmiegte sich an den Hengst und küßte ihn. »Jetzt ist alles wieder gut.«

»Ich fürchte, da bist du ein bißchen voreilig.«

Sie erkannte die Stimme, drehte sich um und erblickte den Mann, den sie auf Moons Amateurvideo entdeckt hatte. Er sah jetzt tatsächlich abstoßend aus und schien im wirklichen Leben dem Johnny Leonforte, den sie gekannt hatte, weniger ähnlich zu sein als dem auf dem Videoband. Welche Ironie, dachte sie. Er hätte im Restaurant oder in der Oper auf dem Platz neben ihr sitzen können, ohne daß sie ihn je erkannt hätte. Es sei denn, sie hätte ihn zufällig in dem Augenblick betrachtet, in dem die Lichter gedämpft wurden, und die Gesichtszüge des Mannes, der er einst gewesen war, wären in den Schatten des Zwielichts so hervorgetreten wie auf dem Video – halb Realität, halb Erinnerung.

»Hallo, Johnny«, sagte sie. »Du hast dich ganz schön verändert, seit ich dich das letzte Mal sah.«

»Das haben wir beide«, sagte er. »Und es war ein harter und schmerzhafter Prozeß.«

»Zumindest für einen von uns.«

Johnny Leonforte versuchte zu lächeln, doch die Nerven seiner einen Gesichtshälfte schienen nicht zu funktionieren, so daß das Ergebnis eine grotesk verzerrte Grimasse war.

»Dein Freund Okami hat mich ganz schön zugerichtet«, sagte er, »aber einen zähen Burschen wie mich bringt man nicht so leicht um.« Er trat unruhig auf der Stelle, als der Hengst sich bewegte. »Ich wäre dir echt dankbar, Faith, wenn du langsam aus der Box herauskommen würdest. Da ich gerade aus der ersten Reihe mitgekriegt habe, auf wie gutem Fuß du mit diesen Viechern stehst, begreife ich, welchen Fehler Will dadurch beging, daß er glaubte, er könne dich so ausmanövrieren.« Er bewegte sich noch immer nervös. »Und außerdem wollen wir doch nicht, daß du Wills Waffe in die Hand bekommst, oder?«

Faith, der dieser Gedanke auch schon gekommen war, antwortete: »Mr. Dominic ist noch immer sehr aufgeregt. Ich glaube, es ist am besten, wenn ich hier bei ihm stehenbleibe.«

Johnny holte eine 357er Magnum heraus. »Wohin soll ich ihm eine Kugel verpassen, Faith? Vielleicht direkt unters rechte Ohr?« Er zielt auf den Kopf des Hengstes.

Faith hörte auf, das Tier zu tätscheln, und trat aus der Box. »In Ordnung«, sagte sie. »Und was jetzt?«

»Mach die Boxentür zu«, sagte Johnny. »Wir wollen nicht gestört werden.«

Sie tat wie geheißen, entfernte sich von dem Hengst und ging die Reihe der Boxen entlang.

»Was hast du vor?«

»Ich will Fehler vermeiden«, sagte sie. »Nicht, daß du dich plötzlich doch noch entschließt, Mr. Dominic zu erschießen.«

Johnny zog eine Grimasse. »Hat seinen Namen nach deinem sehr unfein ums Leben gekommenen Sohn, was, Faith? Große Villa, Stall, Pferde, mehr Geld und Macht, als du brauchst. Mein Gott, was führst du für ein Leben!«

Sie sah ihn stumm an.

»Das ist mein Leben, das du hier lebst, du verdammtes Rabenaas!« Die Wildheit seines Ausbruchs ließ sie zusammenzucken. Sie sah all

die Wut und den Neid, die sich über die Jahre bei ihm aufgestaut hatten und die jetzt über die Dämme schwappten.

»Du hast mir alles weggenommen! Du und dieses schlitzäugige Schwein von Okami. Fein hast du dir das alles ausgedacht! Eine echte Goldoni, die sich als Jane Sawhill maskierte. Und ich hab's geschluckt! Du hast mit den Titten und dem Arsch gewackelt, und ich bin drauf reingefallen!«

»Tut weh, was?« sagte Faith. »Wenn man sieht, daß man letztlich auch nichts weiter war als bloß ein Mann – wie der ganze Rest von euch, den ich gekannt habe. Ich habe bereitwillig die Beine breit gemacht, dieses Stückchen Männlichkeit von dir in den Mund genommen, und alles, was ich wollte, kam ganz automatisch und so einfach wie ein ›Sesam, öffne dich!‹«

»Ich bring dich um!«

»Jetzt klingst du wieder ganz so wie der alte Johnny Leonforte, den ich einmal kannte«, sagte sie und entfernte sich noch weiter von ihm. »Nicht wie die Schwarze Dame, die die machtigsten Männer Washingtons aufs Kreuz gelegt hat. Da wir gerade über Macht und Einfluß reden: Wie viele Präsidenten konntest du eigentlich manipulieren? Das muß man sich mal vorstellen! Ein sizilianischer Totschläger wie du spielst den großen Macher!« Sie lachte. »Warum haßt du mich, Johnny? Dabei habe ich dir den größten Gefallen deines Lebens getan. Du bist schon als der geborene Intrigant auf die Welt gekommen. Denk doch nur daran, wie sehr dich die Geschäftemacherei angeödet hatte. Wolltest du mir nicht sogar einreden, daß ich als deine hauptamtliche Buchhalterin arbeiten solle? Erinnerst du dich?«

»Du hast mir mein *Leben* weggenommen, Faith! Schau dir mein Gesicht an! Ich war mal ein gutaussehender Mann – dann mußte ich meinen Namen ändern und so viele Operationen durchmachen, daß ich sie schon nicht mehr zählen kann. Unter Schmerzen, verstehst du! Danach mußte ich mich selbst aus dem Verkehr ziehen und mich verstecken, ja, untertauchen. Aber ohne Haus, ohne Familie, ohne die Bewunderung der Reichen und Vornehmen, ohne all die Dinge, die ich mir schon immer für mein Leben gewünscht hatte. Das alles hast du mir genommen!« Johnny war hochrot im Gesicht, und sie glaubte, jede seiner bösartigen Regungen so klar erkennen zu können, als seien sie Maden, die auf seiner Haut entlangkrochen. Er ging mit hochgezogenen Schultern auf sie zu, als wolle er sich gegen die Wörter schützen, die sie ihm wie Messer entgegenschleuderte.

Wieder lachte sie, und eine grausame Schärfe mischte sich in den Klang ihrer Stimme. »Nichts hat sich verändert, Johnny. Ich führe noch immer deine Bücher!«

»Nein! Du und Okami und Dominic wolltet mich aus dem Geschäft boxen!«

»Du hast dir schlechte Freunde ausgesucht, als du beschlossen hattest, jeden gegen jeden auszuspielen. Für das FBI warst du die Schwarze Dame und hast den Superspion im Regierungsauftrag gespielt, den Helden für Volk und Vaterland. Aber insgeheim hast du ›*Alices Spiegel*‹ für deine eigenen Zwecke eingespannt. Du hast handverlesene Mafiosi über deinen Neffen Caesare eingeschleust und sie in den Familien nach oben befördert, bis sie Dons wurden und nur ihm und dir verpflichtet waren. Du warst ein Held *und* ein Gauner in einer ganz und gar unchristlichen Verpackung.«

Sie war am Ende der hinteren Stallmauer angelangt und schob sich nach links, so daß sie ihm mit dem Körper die Sicht auf das verwehrte, was dort hing. »Und jetzt machst du das gleiche noch mal mit den *godaishu*. Du hast ›*Alices Spiegel*‹ mit den *godaishu* verknüpft, um das FBI zu unterminieren, um Vorschriften und Gesetze zu umgehen und deine Organisation auf die Weltwirtschaft auszudehnen. Bloß – was du dir diesmal vorgenommen hast, ist eine Nummer zu groß für dich. Diese Typen von den *godaishu* scheren sich einen Dreck um dich. Nimmst du vielleicht an, du und Caesare, ihr würdet deren Partner bleiben? Da muß ich dich leider desillusionieren. Die haben euch ausgenutzt. Du und Caesare, ihr wart weiter nichts als ihre Eintrittskarte in die für sie nicht zugänglichen Regionen Amerikas.«

Mit dem Rücken streifte sie gegen das weiche, abgeschabte Leder – ein tröstliches Gefühl. »Stell dir das doch nur vor: die Mafia und die Regierung im Bündnis miteinander. Für die japanischen *yakuza* ein unwiderstehlicher Gedanke.« Sie schob die rechte Hand ein Stück höher und spürte das Leder unter ihren Fingern. »Und was hast denn du geglaubt, was die *godaishu* mit dir und Caesare tun würden, nachdem sie sich erst einmal gemütlich hier eingerichtet haben?«

»Für einen solchen Fall habe ich Vorkehrungen getroffen«, sagte Johnny. »Ich wurde mit Geheimmaterial versorgt über eine einflußreiche Quelle mit dem Kodenamen…« Er pausierte, fuhr dann aber fort: »Warum soll ich es dir nicht sagen? Du wirst sowieso nichts mehr damit anfangen können. Denn du wirst bald tot sein.« Er versuchte ein Lächeln, und Faith lief es kalt über den Rücken. »Mein Informant hat den Kodenamen Nishiki. Sein Material ermöglichte mir eine militärische Karriere und brachte mich an die Spitze von ›Alices Spiegel‹.«

»Du Idiot«, sagte Faith. »Nishiki ist Mikio Okami. Er hat dir nur das Material weitergegeben, das er und Dominic dir mit Absicht überlassen wollten.«

»Nein! Das stimmt nicht! Du verlogene Kanaille!«

Bis der Magnum in Schußposition war, hatte Faiths Hand den alten Revolver schon aus dem abgewetzten Lederhalfter gezogen, jenen Colt, den sie für den Fall bereithielt, daß sich ein Pferd ein Bein brach.

Sie roch das Öl und spürte die Griffschalen aus Hickory fest in der Hand liegen. Mit einer einzigen flüssigen Bewegung legte sie an und feuerte einmal, zweimal. Der Gestank von Kordit stieg ihr in die Nase, als der Revolver in ihrer Hand zurückschlug.

Später würde sie sich an Johnny Leonfortes erstaunten Gesichtsausdruck erinnern, an das langgestreckte O seines Mundes, mit dem er ganz wie ein kleiner Junge aussah. Er taumelte nach hinten zu den sich aufbäumenden, stampfenden und wiehernden Pferden und fiel auf die Knie. Faith schoß ihm eiskalt und überlegt in den Kopf, woraufhin er nach hinten auf den strohbedeckten Bretterboden gerissen wurde.

Sie stand jetzt über ihm. »Eigentlich ganz leicht umzubringen, dieser zähe Bursche«, sagte sie.

Nur weil du über eine außerordentliche Begabung verfügst, hatte Kansatsu gesagt, *heißt das noch lange nicht, daß du auch in der Lage bist, diese Begabung umfassend zu begreifen.*

Erst jetzt und in diesem Moment konnte Nicholas die volle Ironie jener Worte ermessen.

Dieser Moment – einer von vielen, die im Lauf seines Lebens wahrscheinlich immer wiedergekehrt waren wie die Wellen in einem See, die sich kreisförmig nach außen bewegen und in ihrem Gefolge alles beeinträchtigen; dieser Moment – der so unausweichlich war wie ein erneutes Luftholen...

Wie hatte doch Seiko, beinahe mit Panik im Blick, am Flughafen Narita zu ihm gesagt, im allerletzten Augenblick, ehe er nach Venedig geflogen war? *Sie werden sich ganz bestimmt verändern – so sehr, daß Sie niemand mehr wiederkennt.*

Ja. Genau das geschah jetzt, in diesem Moment.

Celestes Herz klopfte schnell bei dem Gedanken an den sich annähernden Messulethe; sie hielt Nicholas' Hand, aber er konnte es nicht spüren. Alle seine Sinne waren nach innen gekehrt, um diesen einen großen Sprung blinden Glaubens zu wagen. Er mußte alles loswerden, was Kansatsu ihn gelehrt hatte, mußte einfach nur vertrauen – nicht auf seine Ausbildung, nicht denen, die ihn ausgebildet hatten, sei es guten Glaubens oder in böser Absicht gewesen, sondern nur auf seine ihm angeborene Begabung.

Er wandte *haragei* an, um sich auf seine Mitte zu konzentrieren und Atmung und Puls fast auf Null zu reduzieren. Die Farbe wich aus seinem Gesicht, doch Celeste sagte kein Wort, obwohl ihr Herzschlag schier aussetzte. Er hatte sie vorgewarnt.

Blut und Energie sammelten sich in *hara,* dem Zentrum aller dem Körper innewohnenden Kräfte, als er sich wieder zurückversetzte in jenen Augenblick im Käfig, wo er und der Messulethe körperlich miteinander verbunden gewesen waren; wo der Messulethe die heilige weiße Elster angerufen und die Öffnung des Sechsten Tors erzwungen hatte.

Nicholas hatte die Beschwörungsformel in sich aufgenommen, und mit Hilfe von *haragei* rief er sie sich nun ins Gedächtnis zurück und sprach die sonderbaren Silben genau so aus, wie es der Messulethe in der Roboterfabrik getan hatte. Die Flügel schwangen auf, und gänzlich befreit von *tau-tau* trat Nicholas durch das verbotene Sechste Tor.

»O Gott im Himmel! Er ist hier!«

»Margarite!«

Sie rannte schon durch den Flur, riß die Haustür auf und verschwand im Freien, noch ehe Croaker sich von seiner Überraschung erholt hatte; hastig lief er ihr nach.

Dreißig Meter weiter weg sah er durch die Bäume hindurch die andere Frau, die wie aus dem Erdboden gewachsen dastand und der auf sie zurennenden Margarite entgegensah. Beim Näherkommen konnte er ihre Gesichtszüge erkennen. Das dichte rote Haar, das ovale Gesicht mit den hübschen, aggressiven Zügen – und da sagte ihm sein Instinkt, wer diese Frau sein mußte.

»Celeste!«

Er hörte Margarite den Namen der Frau rufen, und gleich darauf sah er, wie die beiden Schwestern sich umarmten.

Zweifellos war Celeste jene Schwester, über die sie Andeutungen gemacht hatte. Als er bei ihnen anlangte, hielten die beiden einander unter Tränen noch immer in den Armen.

»Lew«, sagte Margarite, »meine Schwester Celeste begleitet deinen Freund Nicholas.«

»Nick! Wo ist er?«

Und jetzt konnte er die Verzweiflung in ihrem Blick sehen, während sie sich die Tränen von den Wangen wischte.

»Nick und Do Duc...«

»Wo?«

»Lew«, sagte Margarite, »ich werde dich begleiten.«

»Nein!« rief Celeste. »Du hast keine Ahnung, wessen der Messulethe fähig ist und was er mit Nick gemacht hat!«

»Und du hast keine Ahnung, was er mit mir gemacht hat«, gab Margarite ruhig zurück. »Celeste, er hat Dom ermordet.«

»O Gott!« Es war eher ein leises Wimmern, aber Croaker sträubten sich die Nackenhaare. Celeste packte ihre Schwester. »Um so mehr Grund, dich da rauszuhalten.«

Margarite schüttelte den Kopf. »Mir wird er nichts tun. Es gibt da etwas Unausgesprochenes, das erledigt werden muß.« Sie sah entschlossen in das hübsche Gesicht ihrer Schwester. »Verstehst du, was ich meine?«

Croaker registrierte eine feine Veränderung des Lichts, und es lief ihm kalt den Rücken hinunter. Er sah, daß Celeste nickte. Dann sagte sie: »Wenn du es tun mußt... die beiden sind maskiert. Es war Do Ducs Werk. Er hat Nicholas' Gesicht, und Nicholas hat seines. Ich glaube, daß sich Do Duc auf eine makabre Art in Nicholas verwandeln will.«

»Los, komm«, sagte Croaker zu Margarite, und Celeste zeigte in die Richtung, die die beiden Männer eingeschlagen hatten. »Celeste, in Nicks Haus ist ein Mann namens Tanzan Nangi!« rief er zurück. »Er ist ein Freund. Sie können ihm unbedingt vertrauen. Bleiben Sie bei ihm.«

Celeste nickte unsicher und sah ihnen nach, wie sie auf ein kleines, kahles Ginkgowäldchen und das dahinter liegende Gelände zueilten.

Wie viele Sünden hatte er wohl schon in seinem Leben begangen? Er konnte es nicht sagen. Entweder war er mit dem Zählen nicht nachgekommen, oder er wußte nicht mehr, was eine Sünde war. Bis auf die eine.

Er hatte Ao umgebracht.

Wegen des letzten Geheimnisses, das Ao in seiner Weisheit nicht an seinen Schüler weitergeben wollte: die Beschwörungsformel, die das Sechste Tor öffnete. Ao, der ihn als heimatlosen, verängstigten Knaben bei sich aufgenommen und ihn zu einem Zeitpunkt akzeptiert hatte, als die anderen Stammesältesten der Nung dies wahrscheinlich nicht getan hätten. Ao, der ihn unterrichtet, ihn in die Magie der Messulethe eingeführt und in die seit Ewigkeiten wirkenden Kräfte eingeweiht hatte.

Vielleicht, dachte Do Duc, während er durch den Wald rannte und Nicholas verfolgte, war es ihm damals schon klar gewesen, daß er auf diese einzigartige, unverzeihliche Weise sündigen würde. Wie sonst wäre es zu erklären, daß er sich die geheiligte weiße Elster als Geistesverwandte und Schutzgeist ausgesucht hatte? War auch Ao damals schon klar gewesen, wie für ihn die Zukunft aussehen würde? Do Duc sah wieder Aos Gesicht vor sich, auf dem sich Erstaunen ausbreitete, weil sich sein Schüler die weiße Elster ausgesucht hatte. Vielleicht hatte ihm der Wind in jenem Moment den Geruch seines eigenen Todes zugetragen. Vielleicht hatte es die weiße Elster ihm ins Ohr geflüstert.

Ao, der ihn geliebt hatte, war jetzt zu Staub geworden.

Do Duc hatte das, was er unbedingt haben wollte, aus Aos träumendem Bewußtsein herausgeholt, hatte danach Aos leblose Hülle zum Fluß hinuntergetragen, hatte ihm die Augen geschlossen und den Kopf unter Wasser gedrückt. Mehr hatte er nicht zu tun brauchen. Er hatte gegen jeglichen moralischen Kodex der Nung verstoßen. Er war gewaltsam in das Bewußtsein ihres obersten Schamanen eingedrungen und hatte sich damit selbst zum Todeskandidaten gemacht. Also hatte er Ao umbringen müssen.

Und in dem Augenblick, in dem Aos Seele den alten Körper verließ, hatte sich die geheiligte weiße Elster auf Do Ducs Schulter niedergelassen und zum ersten Mal zu ihm gesprochen.

Dann hatte er Aos Körper in die schmutzigbraune Strömung hinausgeschoben. Augenblicklich war am anderen Ufer Bewegung entstanden; zwei Krokodile glitten ins Wasser und schwammen direkt auf ihn zu.

Beinahe gleichzeitig kamen sie bei dem Körper an und rissen große Fleischfetzen aus der Leiche. Das Wasser begann zu schäumen und seine Farbe zu verändern. Und während die Bestien fraßen, tat Do Duc, wie ihm die weiße Elster geheißen hatte, und beteiligte sich an dem Festschmaus.

Der Himmel war völlig klar gewesen, erinnerte er sich. Und die Luft so frisch und rein – wie beim allerersten Luftholen nach dem Herausgleiten aus dem Geburtskanal.

Während er die kleine, grasbewachsene Anhöhe hinaufhastete, spürte er ein Gewicht auf der Schulter und hörte, wie die weiße Elster wieder mit ihm sprach und ihm zuflüsterte, welchen Weg Nicholas eingeschlagen hatte.

Oben angekommen sah er, daß der Hügel auf der anderen Seite zu einem See hin abfiel. Am jenseitigen Ufer fühlte sich ein Kranichpaar offensichtlich gestört, erhob sich von der glasigen Wasseroberfläche und stieg flügelschlagend in den Himmel.

In diesem Augenblick bebten Do Ducs Nasenlöcher… unsicher drehte er sich nach dorthin um, von wo er gekommen war. Er roch Margarite. Nicht ihren Körper, sondern ihre Seele, die der seinen nahe war und immer näher kam.

Wie ein in die Ecke getriebenes Tier ging er in die Hocke und zog den Kopf ein. Sein Inneres wurde von äußerster Verzweiflung und von einer Liebe zerrissen, die ihm wie das blutige Messer eines Metzgers vorkam, das seinen Körper aufschlitzte.

Dann sah er sie, wie sie durch das kleine Wäldchen mit den hohen Ginkgos gerannt kam, wie sie ihn erblickte, stehen blieb, ganz ohne Furcht, und ihn damit selbst in Angst und Schrecken versetzte.

»Margarite«, flüsterte er.

Er zitterte, als sie näher kam. »Ich möchte«, sagte er.

»Ich möchte…«

»Ich weiß, was du möchtest«, sagte Margarite. Sie war so schön, wie sie da von den hohen Bäumen umrahmt wurde und wie sich das Licht der untergehenden Sonne in ihren Augen brach. »Ich habe es immer gewußt.«

»Du bist die Einzige…«

Sein Atem kam stoßweise, und es drängte ihn, sich die Maske abzureißen, damit sie sein wahres Gesicht sehen konnte. Doch mit oder ohne Maske – es spielte keine Rolle. Vor ihren Augen war er nackt, wie er es auch die ganze Zeit über gewesen war, in der sie sich unterwegs nach Minnesota befunden hatten, in jenen Tagen und Nächten, von denen er sich gewünscht hatte, daß sie nie zu Ende gingen.

Sie sah ihn an und durch ihn hindurch bis auf den Grund seiner Seele und zuckte weder zurück noch wandte sie den Blick ab. Die Maske, die er bei allen Frauen getragen hatte, war von ihr von Anfang an klar durchschaut worden. Und das Erstaunliche war, daß jener Wesenskern, der den jungen Do Duc von früher einmal ausgemacht hatte – früher, vor all den Leichen und Beschwörungen und der Sünde –, daß dieser Kern unter ihrem Blick nicht verkümmerte und verschwand.

»In dem Augenblick, in dem ich dir begegnet bin, wußte ich, daß du mein Ende sein wirst«, sagte er. »Ich sah dich an und wußte irgendwo tief in meinem Innern, das ich nicht mehr der sein konnte, der ich mein ganzes Leben lang gewesen war.« Er fing an, seine Selbstbeherrschung zu verlieren. Die Gefühle, gegen die er ankämpfte, waren so erstickend, als atme er Wasser ein. »Ich habe gelernt, mit Leichtigkeit zu töten. Aber der Gedanke, dir weh zu tun, ist für mich unerträglich. Lieber bringe ich mich selbst um.«

»Ich weiß. Denn ein Teil von uns beiden ist auch im anderen lebendig.«

Er bewegte sich auf sie zu, kam näher, schwankte, hin- und hergerissen zwischen dem alten und dem neugeborenen Do Duc, diesem erst halb ausgeformten, furchterregenden Ding in seinem Innern, das mit dem alten Do Duc um Macht und Oberherrschaft kämpfte. »Zuerst dachte ich, ich wollte dich unterwerfen, damit du genauso Angst vor mir hast, wie alle anderen auch Angst vor mir haben. Aber du hast mich besiegt, hast mich erledigt, hast meine Rüstung durchlöchert, und jetzt haben sie mich umzingelt, die bellenden Hunde, die mich zerfleischen werden.«

»So braucht es nicht zu kommen.« Sie streckte ihm eine Hand entgegen. »Jetzt ist es vorbei. Ich kann dich beschützen und dich retten. Wenn du mit mir kämst…«

Blitzartig wurde ihm die Hoffnungslosigkeit seiner Situation bewußt, und er erkannte, daß Margarite für ihn unerreichbar war, daß er nie wieder dieses unaussprechliche Gefühl erfahren würde, das er gerade jetzt verspürte. Wie eine Schlange wollte er zustoßen und sich auf sie stürzen – doch da traf ihn frontal ein furchtbarer Stoß. Er stöhnte auf, und Margarite stieß einen lauten Schrei aus.

»Nein! Warte! Ich kann…«

Er stürzte zu Boden, Schmutz in Augen und Nase, überschlug sich, und ein schweres Gewicht zermalmte ihn abwechselnd und gab ihn wieder frei. Margarites Nähe blendete ihn. Er wollte ihren Namen rufen, nach ihr greifen, ihr sagen, daß... Hätte er doch ihre Hand gehalten, ihre Berührung gespürt in jenem einzigartigen Moment, in dem alles andere für ihn an Bedeutung verloren hatte und nur sie wichtig war. Wie ein im Scheinwerferlicht eines heranrasenden Autos gebanntes Wild befand er sich zur falschen Zeit am falschen Ort.

Ober vielleicht auch nicht. Vielleicht war das ja *sein* Moment, *der* Augenblick, in dem es zwischen Leben und Tod zu wählen galt. Aber wie konnte er eine solche Entscheidung fällen? Das Leben war nichts weiter als ein verzweifelter Kampf, um jene zügellosen Emotionen in Schach zu halten, von denen er wußte, daß sie ihn vernichten würden. Und der Tod war für einen Messulethe etwas Unvorstellbares.

Er schrie auf, als sich spitze Nadeln in sein Fleisch bohrten, erblickte eine mechanische Hand, deren feingliedrige Metallfinger in stählernen Spitzen endeten. Mit einem zweiten Aufschrei riß er sich los, trat einmal, zweimal mit dem Fuß zu, hörte ein tiefes Stöhnen, sah den kräftigen Körper zu Boden gehen und rammte seinen Ellbogen in den Magen des Mannes. Taumelnd wich er ein wenig zurück und wollte sich erneut auf den Angreifer stürzen, während sein Bewußtsein nach Margarite suchte.

Doch wie er bereits erkannt hatte, war der Augenblick für alle Zeiten vorbei.

Aus dem Nirgendwo tauchte der Mann mit seinem Gesicht auf und versetzte ihm einen Schlag in die Nähe der Halsschlagader. Blindlings und aus dem Instinkt heraus konterte er mit einem Hieb gegen das Nervenzentrum direkt unterhalb des Brustbeins.

Beide Männer schwankten und rutschten den Abhang hinab ins Wasser. An diesem Teil des Sees war das Ufer sehr steil, führte aber zu einem schmalen seichten Streifen, etwa einen guten halben Meter breit. Von da aus fiel das Seeufer allerdings nochmals schroff ab, so daß sie beide unvermittelt im tiefen Wasser lagen.

Nicholas, von Do Ducs Hieb noch halb gelähmt, zielte sofort nach dessen Kopf. Er wußte, daß er einen tödlichen Schlag anbringen mußte, doch das Wasser behinderte sie beide, verlangsamte ihre Bewegungen und vereitelte einen klassischen *atemi* gegen sensible Körperpunkte.

So verstärkte Nicholas seinen Griff um Do Ducs Kopf und drückte mit dem Ballen einer Hand gegen die Stelle, an der wichtige Nervenmeridiane zusammenlaufen. Mit aller Kraft preßte er seine Hand gegen Oberlippe und Nase des Gegners.

Ineinander verkrallt und mit wild um sich stoßenden Beinen trieben sie immer weiter auf den See hinaus. Licht und Dunkelheit, Luft und Wasser wechselten einander ab, bis sie sich schließlich in einer nassen, kalten und immer finsterer werdenden Dämmerwelt zwischen Himmel und Erde wiederfanden.

Do Duc wurde schwindlig, denn der Druck auf sein Gesicht nahm zu. Er schlug erneut gegen Nicholas' Brustbein und setzte selbst einen Griff an, während sich ihre Körper drehten und unter der silbernen Oberfläche des Sees verschwanden.

Sie kämpften gegeneinander, kämpften um Atemluft und Sauerstoff, doch die extremen Anstrengungen und die Kälte des Wassers forderten ihren Tribut. Zwar schlugen sie mit den Beinen um sich, konnten sich aber nicht länger in der Schwebe halten, sondern sanken nach unten in die Kälte, in die unnatürliche Nacht, ineinander verkrallt. Irgendwohin trieben sie, aber Do Duc konnte nicht feststellen, wohin. Er konzentrierte sich völlig auf seinen Griff, mit dem er Nicholas die Luftröhre zudrückte.

Nicholas' Hände stießen gegen seinen Körper, Do Duc fühlte auch Schmerzen, aber unter Aufbietung seiner letzten psychischen Kräfte gelang es ihm, alles abzublocken und seine ganze Energie auf den Druck zu richten, den er auf den Hals von Nicholas ausübte.

Beim Abwärtssinken spürte er, wie es in seinen Ohren sauste, aber dafür hatte er keine Zeit. Sein Bewußtsein war mit einem roten Schimmern ausgefüllt, mit der Magie der Messulethe und dem einen Gedanken, daß er wieder aus dieser Finsternis heraus und nach oben gelangen mußte, zurück zu Margarite, die am nahen Ufer auf ihn wartete.

Nicholas wußte, daß er ertrank. Eigentlich ertranken sie alle beide, aber er bezweifelte, daß sich der Messulethe darüber im klaren war. Er konnte die Konzentration von Do Ducs Bewußtsein wie einen dunklen Stern spüren, der eine anormale Schwerkraft besaß und tödliche Strahlen aussandte.

Er hatte den Messulethe mit voller Absicht hierher zum See gelockt, denn er wußte, was in dessen Tiefe verborgen lag, was er vor vielen Jahren dort hineingeworfen hatte, als er und Justine gerade ihr gemeinsames Leben begonnen hatten, voller Liebe und Hoffnung.

Ganz verschwommen nur, wie durch einen Schleier aus Träumen, hatte sein zermartertes Bewußtsein in der Roboterfabrik die geistig-seelischen Zusammenbrüche des Messulethe wahrgenommen. Er konnte sein Schluchzen in der Form von Echos hören und das Bild der Frau beinahe deutlich sehen, die in seinen Gedanken kursierte. Und jetzt geschah das gleiche wieder, nur stärker, als sei aus dem Bild dieser Frau ein Wesen aus Fleisch und Blut geworden. Zum erstenmal konnte er all die verworrenen und unterdrückten Gefühle wahrnehmen, die sich wie Schlangen durch das Bewußtsein des Messulethe wanden.

Eigentlich war Nicholas entschlossen gewesen, von jener Kraft Gebrauch zu machen, die er hinter dem Sechsten Tor gefunden hatte. Mit einem Feuerball psychischer Energie hatte er den Messulethe vernichten wollen. Doch als sie dann aufeinandergetroffen waren, hatte er alles gespürt: wie es in dessen Seelenlandschaft lichterloh brannte, wie dort überall Trümmer und Wrackteile wie nach einer Katastrophe umherlagen.

Daraufhin hatte er gezögert. Mitleid hatte vorübergehend sein glühendes Verlangen nach Rache überwogen. Und für dieses Zögern bezahlte er jetzt.

Er richtete den Blick nach innen, öffnete sein *tanjian*-Auge, durchschritt das Sechste Tor, bereit, nun endgültig alle Kräfte aufzubieten, um sich von diesem Dämon loszureißen und ihn zu vernichten. Aber hinter dem Tor stieß er auf den innersten Kern des Messulethe, der an gleicher Stelle auf ihn wartete, und das einzige, was beide tun konnten, war, dem anderen den Zugang zu blockieren.

Patt.

Immer tiefer sanken sie, und während einer ihrer langsamen Umdrehungen erkannte Nicholas undeutlich die bucklige Silhouette des Seegrundes. Er betete, daß er sich nicht verrechnet hatte, denn jetzt kam seine letzte Überlebenschance, die einzige Chance, das Wasser aus Nase und Hals fernzuhalten, es daran zu hindern, seine Lungen zu füllen.

Und da lag es vor ihm.

Im fahlen Licht glänzend wie ein Finger Gottes, ragte die Spitze des Samurai-Schwertes aus dem Schlamm, das ihm sein Vater, der

Colonel, geschenkt hatte. *Iss-hogai* war es getauft worden, ›*Für das Leben*‹.

Seine Augäpfel rollten nach oben, und am Rand seines Gesichtsfeldes flackerte die Finsternis. Er schlug mit den Beinen aus und stieß sie beide auf die lange, scharfe Klinge zu, die er damals in den See geschleudert hatte, weil er glaubte, sie nie mehr zu benötigen. Der schwere Griff war zuerst auf dem Grund des Sees aufgetroffen, hatte sich im weichen Schlick eingegraben, und jetzt lag das Schwert vor ihnen, die Klinge schräg nach oben gerichtet.

Do Duc spürte Nicholas' Schwäche und verstärkte seinen Griff. Nicholas glaubte nicht mehr, daß er die Kraft haben würde, um die letzten zwei Meter zurückzulegen, die ihn noch von der Schwertspitze trennten. Er griff nach oben und krallte sich in Do Ducs Gesicht fest – in *seinem* Gesicht. Mit den Fingerspitzen tastete er nach dem Rand der Maske, fand ihn auch, grub die Fingernägel in den Klebstoff, löste ein winziges Stückchen und brach so die Versiegelung auf. Das Seewasser weichte den Kleber auf, und er konnte ein weiteres Stück der Maske vom Gesicht des Messulethe zerren. Dabei verschob sich die Maske so, daß das Acrylharz Do Duc über Mund und Nase rutschte und sich ihm über die Augen legte. Der Messulethe reagierte mit einer Ausweichbewegung, und als er dies tat, holte Nicholas mit den Beinen zu einem kraftvollen Scherenschlag aus.

Sie rollten um die eigene Achse, und kurzzeitig kam Nicholas der Schwertspitze gefährlich nahe. Das Drehmoment seines Beinstoßes rollte sie noch einmal herum – und dann lag der Rücken des Messulethe über der Klinge.

Wieder schlug Nicholas mit den Beinen aus und stieß damit beide Körper nach unten auf den Boden zu. Dann war es soweit. Im Gesicht des Messulethe spiegelte sich kein Ausdruck wider, den Nicholas hätte erkennen können, da es hinter der grotesk verschobenen Maske lag. Doch die Spitze der langen Klinge des *dai-katana* bohrte sich in den Rücken des Messulethe und drang durch seinen Körper hindurch.

Do Duc strampelte und schlug mit den Beinen um sich. Seine Muskeln verkrampften sich, und Wolken von Blut trieben wie Kinderdrachen in der Sommerbrise nach oben.

Nicholas drückte den Körper seines Feindes immer noch nach unten, und die Schwertklinge stieß noch weiter durch ihn hindurch, als sei sie lebendig und verzehre sich danach, Fleisch und

Knochen zu zerreißen. Er spürte, wie der Druck gegen seine eigene Luftröhre nachließ und wie ihm vor Sauerstoffmangel schwindlig wurde. Unverzüglich ließ er los und strebte der Oberfläche zu.

Aber er kam nicht von der Stelle.

Entsetzt warf er einen Blick nach unten und sah die Hand des Messulethe, die seinen linken Knöchel fest umklammert hielt. Um den tödlichen Griff aufbrechen zu können, versuchte er, seinen Körper nach unten zu biegen, aber der Winkel war so groß, daß er schon seine ganze Kraft benötigte, um nur an die Finger des Messulethe zu kommen. Sie reichte nicht mehr aus, um sich zu befreien.

So schwebte er im Wasser, kraftlos, starrte in das heimtückisch grinsende Gesicht und auf den blauen Halbmond, der auf die Innenseite des kräftigen Handgelenks tätowiert war, und in sein Bewußtsein wehten die letzten, bruchstückhaften Erinnerungen seines Feindes…

…der Fluß im Dschungel; Sonnenlicht, durch das dreifache Laubdach gefiltert; Hitze; ein schwarzer Leopard, der sibyllinische Verheißungen und Drohungen flüstert… ein alter Mann, das Gesicht verwittert; der blauweiße, aufgedunsene Unterleib… Krokodile, die in der Sonnenglut faul mit den Schwänzen schlagen und die Kiefer zum Fressen aufreißen… der Geschmack eines menschlichen Gehirns… eine weiße Elster, die einen Triumphgeschrei ausstößt, während sie weißglühend aufstieg und einer kupfernen Sonne entgegenfliegt…

Nicholas schwebte im Wasser des kleinen Sees und starb langsam zusammen mit dem Messulethe, dessen verfallendes Bewußtsein inbrünstige Gedanken absonderte wie Blasen, die zum Dach dieses nassen Friedhofs hinaufstiegen.

…beschwörende Anrufungen der Erde und der Luft… und eine schöne, dunkelhaarige Frau mit Bernsteinaugen… Margarite, ich möchte dir sagen… so großartig in deiner schrecklichen Schönheit… möchte dir sagen, daß ich… wie Circe… daß ich… sogar noch mächtiger als gim, *als der blaue Halbmond, als all die alten Rituale der Messulethe… ich kann dich nicht berühren… das ist alles, was von mir übrig ist… in diesem einen Moment… ich liebe…*

Und dann war Nicholas allein in der totalen Ruhe und Stille der Tiefe.

Die Zeit war offenbar zum Stillstand gekommen. Sogar sein Herzschlag schien nur noch schwach zu flackern. Sein Blut verwandelt sich in Eis… Doch plötzlich, durch die Finsternis des Beinahe-Todes hindurch, spürte er eine Wasserströmung an seiner kalten Wange. Mühsam wandte er den Kopf, meinte, eine Gestalt aus dem Dämmerlicht auftauchen zu sehen, sah einen Mann näherkommen, die Backen aufgeblasen, um die Luft in den Lungen zu halten...

Luft!

Er blinzelte mit den Augenlidern. Es war Croaker, der schnell und zielstrebig angeschwommen kam. Wie zum Gruß hatte er die Hand ausgestreckt, die biomechanische Hand aus rostfreiem Stahl, Titan und Polycarbonat, die Ersatzhand für jene, die er verloren hatte, als er Nicholas zu Hilfe geeilt war. Nicholas hatte es sich nie verziehen, daß er der Grund für diese Entstellung seines Freundes gewesen war, auch dann nicht, als Croaker selbst ihm schon längst verziehen hatte. Und jetzt war dieser Croaker hier und streckte ihm die Hand entgegen. Nicholas wollte sie in die seine nehmen, in Freundschaft, bereit, sich schließlich selbst zu verzeihen.

Hinter einem trüben Schleier hervor sah er zu, wie Croakers Hand die Finger des Messulethe ergriffen, sie einen nach dem anderen nach hinten bogen, wie sie die Knöchel brach und den Todesgriff löste.

Croaker packte Nicholas um die Hüfte, stieß sie beide mit mächtigen Fußstößen nach oben durch Schichten zunehmend heller werdenden Lichtes hindurch, hinaus aus der eisigen Nacht, hinaus aus dem Friedhof, hinauf an die Oberfläche und in das letzte Licht des Tages.

Epilog

Neujahrstag

Ach! Wie schön,
ein Kind zu sein
am Neujahrstag!
Issa

Tokio

Mit ohrenbetäubendem Dröhnen startete ein 747 Jumbo, hob ab und hinterließ eine aschgraue Wolke, die wie durchsichtige Verbandgaze in der Luft hing. Durch sie hindurch betrachtet, nahm die aufgedunsene Sonne die Farbe getrockneten Blutes an.

»Das eine kann ich dir klipp und klar sagen«, erklärte Margarite in der Abfertigungshalle. Mit ihren Bernsteinaugen sah sie Croaker an. »Sollte ich dich nie wiedersehen, dann trockne ich aus, werde welk und runzlig und sterbe.«

»Vielleicht bist du wirklich die Sirene Circe, für die Do Duc dich gehalten hat.« Er lächelte und versuchte, locker und gelöst über das Thema zu sprechen, doch sie drehte ihren Kopf weg.

»Ich habe es gespürt, als er starb«, flüsterte sie. »Ich habe gespürt, wie er meinen Namen rief.«

»Warum hat er das getan, Margarite – warum hat er Dom und all die anderen umgebracht?«

»Ich glaube, er konnte nichts anderes«, antwortete sie. »Für ihn war Leben gleich Tod. Darüber hinaus gab es nichts. Er hat einfach nur versucht, zu überleben.«

»Armer Teufel.«

»Ich frage mich«, fuhr sie fort, »was mit mir geschehen wäre, wenn du und Nicholas es zugelassen hättet, daß er mich in seine Gewalt bekommt.«

»Wer weiß?« sagte Croaker. »Aber ich persönlich vermute, daß er das nicht einmal selbst wissen wollte. Er mußte uns provozieren, weil es für ihn keinen anderen Ausweg gab. Mit seiner Feststellung, daß die Hunde ihn bereits umzingeln würden, hatte er ja recht.«

Sie wandte sich ihm wieder zu, und aus ihrem Blick konnte er entnehmen, daß sie das Thema Do Duc endgültig begraben wollte.

»Das, was ich vorhin sagte, habe ich auch so gemeint.«

»Weiß ich«, erklärte Croaker. »Aber ich weiß auch, wohin du jetzt gehst. Nämlich zurück zu Tony D...« Er hielt kurz inne, als wolle er nicht weitersprechen. »Es würde mir helfen, wenn du mir verraten könntest, wie man mit Nishiki Kontakt aufnimmt.«

Margarite schüttelte den Kopf. »Das war Doms einziges Vermächtnis und ist gleichbedeutend mit dem Fortbestand seiner Macht und seines Imperiums. Und beides werde ich nicht gefährden, noch nicht einmal dir zuliebe.« Sie lächelte ihn traurig an. »Geschäft ist Geschäft«, sagte sie, nahm sein Gesicht in beide Hände und küßte ihn fest auf die Lippen. Er ließ es lange genug geschehen, um ihre Tränen zu schmecken.

»Komm bald nach Hause«, sagte sie, als sie sich endlich losriß. »Francie hat bestimmt schon Sehnsucht nach dir.« Sie hob ihre Reisetasche vom Boden auf. »Gehst du mit mir bis zum Flugsteig?«

Er sah sie an. »Ich bin schon so weit mitgekommen, wie ich konnte, Margarite. Und das ist weiter, als ich es je für möglich gehalten hätte.«

Sie nickte und drehte sich um. Gleich darauf warf sie noch einmal einen Blick über die Schulter zu ihm zurück. »Wann kommst du nach Hause?«

»Wenn das hier alles vorbei ist«, sagte er. »Sobald ich kann.«

»Und dann?«

»Das werden wir wohl dem Schicksal überlassen müssen, wie?«

Einen Augenblick lang schien sie unschlüssig zu sein, dann lächelte sie. »Zumindest für den Moment, leider.«

»Ich hätte es nie fortwerfen dürfen«, sagte Nicholas. »Das war ein Akt der Überheblichkeit, ein Schlag ins Gesicht meines Vaters.«

Hinter ihm, an der Wand des Wohnraums, hing *Iss-hogai*, das prachtvolle *dai-katana*, in einem provisorischen Lederfutteral. Eine neue, handgefertigte Scheide, lackiert und aus getrockneter Mantahaut mit silbernen Beschlägen, war gerade in Arbeit; sie wurde von einem Neunzigjährigen, den Nicholas seit einiger Zeit kannte, nach traditionellen Verfahren hergestellt.

»Ohne das Schwert war das Haus wohl nicht vollständig«, sagte Croaker. Eine Zeitlang schwiegen sie. Er sah von dem Schwert zu den zwei Holzblöcken, die Nicholas selbst angefertigt hatte, um die beiden Masken Do Ducs darüber zu streifen. Zuerst war es ihm absurd vorgekommen, daß Nicholas diese grausigen Erinnerungsstücke an den Mann behalten wollte, der ihn beinahe umgebracht hätte. Aber wie er von Margarite gelernt hatte, war nichts im Leben nur schwarz oder nur weiß. Das Böse hatte, genau wie das Gute, viele Gesichter.

Schließlich fragte er: »Bist du schon am Grab gewesen?«

Nicholas wußte, daß er Justines Grab meinte. »Noch nicht«, sagte er. »Es wird noch eine Weile dauern, ehe ich mich an den Gedanken gewöhnen kann, daß sie tot ist. Ich will nicht eher hingehen, bevor ich nicht mit ihr und mit mir im reinen bin.« Er legte die Hände zusammen. »Noch immer ist ein Teil ihrer Ausstrahlung hier und geistert ruhelos umher. Jeden Morgen, wenn ich aufwache und mit meinem Training beginne, spüre ich sie. Ich glaube, Lew, sie muß sich erst noch von diesem Ort hier befreien.«

Croaker nickte, weil er verstand. »Laß dir Zeit, Nicholas«, sagte er und seufzte aus tiefstem Herzen. »Wenigstens mußt du dich jetzt nicht mehr gegen Senator Bane zur Wehr setzen. Mit dem Tod der Schwarzen Dame zerbrach auch das Fundament seiner Macht. Faith Goldoni hatte überhaupt keine Schwierigkeiten, diejenigen, die ihn gefürchtet hatten, zum Überlaufen in die Reihen seiner Feinde zu bewegen, wo sie ihn jetzt kräftig an den Pranger stellen.«

»Aber es gibt noch immer die *godaishu*«, sagte Nicholas. »Und mir schwant, daß wir trotz allem, was wir erreicht haben, lediglich die Oberfläche ankratzen konnten. Wo ist Okami? Was geschah mit ihm? Nangi ist fest davon überzeugt, daß er noch lebt. Dann existiert auch mit Sicherheit noch die Drohung gegen ihn. Und in diesem Fall gibt es ein paar schwierige Fragen, die er zu beantworten hat.«

Draußen war die Erde schneebedeckt. Morgen war Neujahr, der Tag der Erneuerung, an dem alles möglich war.

»Ganz gerne wüßte ich«, sagte Croaker, »was Okami und Dominic Goldoni langfristig eigentlich vorhatten.«

»Wir brauchen nur lange genug in diesem Labyrinth umherzusuchen«, entgegnete Nicholas.

»Falls wir überhaupt dazu kommen.«

»Ich werde mit Tetsuo Akinaga, Akira Chosa und Tomoo Kozo beginnen, den drei *oyabun* aus dem inneren Zirkel. Einer von denen ist für die Pläne hinsichtlich der Ermordung Okamis verantwortlich. Und dann haben wir noch *Avalon Ltd.*. Die sind Lieferanten für alle Arten von Kriegsmaterial, das man sich ausdenken kann. Chinesische und russische Waffen zu kaufen ist ja relativ einfach. Aber sie kommen auch an amerikanische F-15 Jäger ran.«

»Waxman, die Schwarze Dame, hätte ihnen den Zugang verschaffen können«, meinte Croaker.

Nicholas nickte. »Stimmt. Ich hoffe bloß, daß er als *einziger* dazu in der Lage war.«

Croaker schenkte sich Kaffee aus einer Thermoskanne ein. »Was glaubst du, warum Dominic zu Do Duc sagte, daß du Nishiki wärst?«

Nicholas zuckte mit den Schultern. »Da kann man nur raten. Vielleicht hatte Okami Dominic eingeredet, ich sei Nishiki, für den Fall der Katastrophe, die dann ja tatsächlich eintrat. Okami wußte, daß ich der einzige war, der Do Duc stoppen konnte.«

Er sah zum Fenster hinaus auf den tiefen Schnee. Winterliche Stille und Schweigen hatten sich verstohlen über das Land gelegt wie ein Nebel, der die Sterne verdunkelt.

»Was mir im Augenblick am meisten Kopfzerbrechen bereitet, ist TORCH Three-Fifteen, das Kodewort, das ich in der *Avalon* Software in Paris versteckt fand.«

»Ich denke schon die ganze Zeit darüber nach, seit du es zum ersten Mal erwähnt hast«, sagte Croaker. »Und ich möchte fast dar auf wetten, daß das irgendeine Art von Versuchswaffe ist, die sie in die Finger kriegen wollen. Ich werde das nachchecken.«

Nicholas schwieg eine Weile. »Ich gebe zu, daß das die wahrscheinlichste Möglichkeit ist«, sagte er. »Aber da gibt es noch eine, die wir nicht übersehen dürfen.« Nachdenklich legte er die Fingerspitzen gegeneinander. »Was, wenn drei-fünfzehn keine Nummer, sondern ein Termin ist? Das wäre dann in zweieinhalb Monaten, von heute an gerechnet. Die Iden des März.«

Bedauernd schüttelte Nicholas den Kopf. »Wenn doch nur Okami hier wäre. Ich habe es im Gefühl, daß er uns sagen könnte, was drei-fünfzehn bedeutet.«

»Nangi nimmt offenbar an, daß Okami für uns Hinweise auszustreuen versucht, denen wir folgen sollen.«

»Richtig. Zum Beispiel *Avalon.* Und dann ist da noch dieser internationale Waffenhändler, Timothy Delacroix, den Harley Gaunt in dem Material erwähnte, das Manny Mannheim rüberschickte. Harley zufolge behauptete Delacroix, *Sato* sei einer seiner Lieferanten. Was bedeutet, daß der verstorbene Vincent Tinh dahinter steckte.«

Die beiden Männer sahen einander an, und der Blick den sie austauschten, beinhaltete diesmal nur Erinnerungen.

»Hast du Margarite zum Flugzeug gebracht?« fragte Nicholas.

»Gestern abend.«

»Bist du dir sicher, daß es das Richtige war?«

»Ganz und gar nicht.« Croaker grinste ihn an, aber es war ein mühsames Grinsen. »Ich kann sie nicht so einfach aus meinem Leben hinausspazieren lassen, Nick. Aber was hätte ich denn sonst tun sollen? Ich bin Polizist, Herrgottnochmal! Und habe mich immer auf der richtigen Seite des Gesetzes bewegt.«

»Weißt du denn so genau, daß sie auf der falschen Seite steht?«

Croaker sah seinen Freund erstaunt an. »Wovon redest du da?«

»Das ist eine ganz tolle Frau, Lew.«

»Das ist eine ganz verdammte Mafiosa, Junge.«

Nicholas verschränkte die Finger ineinander und sagte leise: »Mikio Okami ist der Kaisho aller *yakuza*. Noch vor einem Monat hätte ich ihn mit dem größten Vergnügen hinter Gitter gebracht, wenn ich nur den Ansatz einer Möglichkeit dazu gehabt hätte. Jetzt bin ich mir dessen überhaupt nicht mehr sicher.« Er ließ den Blick von der verschneiten Szenerie draußen zu der trostlosen Miene seines Freundes wandern. »Ich möchte dich mal was fragen, Lew. Ist Margarite eine amoralische Person?«

»Ich – eh...« Croaker hielt inne, weil er nicht wußte, was er antworten sollte. In welcher grauen, unscheinbaren Landschaft hielt sich die Wahrheit verborgen?

»Wir alle tragen Masken«, fuhr Nicholas fort, »um das zu verbergen, was für uns am wichtigsten ist.«

Eine erneute Stille trat ein, in der die beiden Männer das gedämpfte Knirschen von Tritten vor dem Haus hörten. Nicholas machte eine Bewegung und sagte: »Du weißt, was du als nächstes tun mußt.«

»Yeah. Nangi und Faith Goldoni sind der festen Überzeugung, daß Okami und Nishiki ein und dieselbe Person sind. Trifft das zu, dann wird Margarite wissen, wie sie mit ihm Kontakt aufnehmen kann. Selbst der indirekte Weg, den er mit Dominic Goldoni vereinbart hatte, wird besser sein als das, was wir im Moment haben, nämlich gar nichts.«

Croaker schwenkte seinen Kaffee in der Keramiktasse. »Was ist, wenn sie falsch liegen? Wenn Okami nicht Nishiki ist?«

»Um das herauszubekommen, müssen wir vor allem Okami finden. Bist du dabei?«

Croaker studierte seine biomechanische Hand, als habe er sie noch nie zuvor gesehen. Er wußte, was diese Frage für ihn bedeutete: Margarite so lange nachzuspionieren, bis er das ausgeklügelte System von Vorsichtsmaßnahmen zurückverfolgen konnte bis zur Quelle, bis zu Nishiki. »Ich liebe sie, Nick. Aber wir kennen beide die Regeln. Wir wissen, wer wir sind und welche Wege wir eingeschlagen haben.« Er sah seinem Freund in die dunklen Augen. »Es ist nicht einfach, aber es ist alles, was jeder von uns beiden hat.«

Die Haustür wurde geöffnet und danach wieder leise geschlossen. Croaker stand auf und ging zur Küche. »Dinner in einer Stunde?«

»Prima«, sagte Nicholas und griff nach seinem Anorak. »Abzuspülen und aufzuräumen brauchst du nicht. Sashiko kommt morgen schon in aller Frühe.«

Celeste wartete im Flur auf ihn. Stumm sah sie zu, wie er seine Stiefel anzog. Dann verschränkte sie ihre Finger mit den seinen, und sie gingen hinaus in die Dämmerung.

Überall lagen blaue Schatten. Unter einer Zeder mit ihrer Schneehaube und dem kupferfarbenen Winterkleid sah er Kaninchenspuren, und dann das kurze Aufblitzen eines Fells, ein Tier, das schnell ins Unterholz davonhuschte.

Sie schritten durch die gespenstischen Ginkgobäume, den kleinen Hügel hinauf und dann hinunter zum See. Er war fast zur Gänze zugefroren. Das Eis schimmerte wie gefärbtes Glas.

»Im Frühjahr tauche ich mal hinunter«, sagte Nicholas.

»Hast du Angst, daß er nicht mehr da ist?«

»Nein. Aber seine Seele braucht Gesellschaft. Zu Lebzeiten hatte er nie welche.«

Celeste drückte seine Hand. »Dieser Mensch war ein kaltblütiger Killer. Ich kann deine Einstellung ihm gegenüber nicht begreifen. Und die meiner Schwester auch nicht.«

»Dann kann ich es dir auch nicht erklären.«

»Das konnte auch sie nicht.«

Sie kehrten um und stiegen wieder den Hügel hinauf. Von dort aus sahen sie bis ans jenseitige Ufer, bis zu den Häusern, die zusammengedrängt dastanden, als wollten sie sich gegenseitig wärmen. Ein Hund bellte, und einige Leute waren damit beschäftigt, die Bäume kugelförmig zurechtzustutzen. Die Japaner, hatte Celeste während ihres kurzen Aufenthalts in diesem Land gelernt, überließen nichts dem Zufall.

»Was ist mit *koryoku*, der Kraft der Erleuchtung?« fragte Celeste. »Hältst du sie noch immer für so wichtig?«

»Ich habe vor, Okami danach zu fragen, sobald ich ihn treffe«, sagte Nicholas. »Doch, ja, ich glaube, sie ist wichtiger denn je.«

Die ganze Zeit hatte er an die Fähigkeit gedacht, die er hinter dem Sechsten Tor gefunden hatte. Vielleicht fühlte er sich deswegen Do Duc so nahe. Do Duc hatte Nicholas und Margarite etwas sehr Kostbares vermittelt, das in der Lage gewesen war, sowohl ihr als auch sein Leben zu verändern. Die Kraft jenseits des Sechsten Tores war ihm insgesamt noch immer ein Rätsel. Was sie zu bedeuten hatte, konnte Nicholas zwar nicht formulieren, aber sicher war, daß er, wie Seiko vorhergesagt hatte, nicht mehr derselbe zu sein schien.

Er unterbrach seinen Gedankengang und sah Celeste an. »Warum bist du nicht zusammen mit deiner Schwester abgereist?«

»Wir sind zwei verschiedene Typen von Goldonis«, antwortete Celeste. »Ich muß zuerst Okami finden. Vorher ist meine Verpflichtung ihm gegenüber nicht beendet, und meine Seele findet keine Ruhe.« Ein Windstoß vom See her fuhr in ihre Haare, als sie den Kopf schüttelte. »Außerdem könnte ich nie in Amerika leben. Mir würden das Wasser und das Licht fehlen – die Atmosphäre Venedigs, die allgegenwärtige Bedeutung seiner Geschichte. Jetzt im Winter werden die ganzen schönen Farben durch die Wolken und den Regen stumpf erscheinen – bis zu dem märchenhaften Augenblick am späten Nachmittag, wenn ein kräftiger Sonnenstrahl durchbricht und die *piazze* in byzantinisches Gold verwandelt.« Geistesabwesend schweifte ihr Blick in die Ferne. »Bald ist Karneval, und dann kommt auch wieder die Zeit der Masken.«

Schweigend begaben sie sich langsam zum Haus zurück.

»Ich weiß, daß du dich über mich ärgerst«, meinte Celeste nach einige Zeit.

»Ach ja?«

»Ja. Du denkst, ich hätte dir schon von Anfang an sagen sollen, daß ich eine Goldoni bin. Aber sicher hättest du mir dann nicht vertraut, Nicholas. Okami, der deinen Charakter kennt, hatte mir geraten, meine wahre Identität vor dir zu verbergen.«

Sie blieben unter dem Vordach stehen, um den Schnee von ihren Stiefeln zu stampfen. Nicholas öffnete die Haustür, und sie zogen ihre Stiefel aus.

»Bitte, sei nicht böse mit mir«, bat sie. »Das tut viel zu weh.«

Schatten in der Nacht. Die Bambusstäbe schnitten den Mondschein in Scheiben, der auf den auf einem Futon ruhenden Nicholas fiel. Schon seit Stunden wollte er schlafen, aber sein Körper verweigerte sich ihm; er vibrierte vor Glut und Leidenschaft, vor Sehnsucht nach der Frau im angrenzenden Schlafraum.

Sollte er aufstehen, hinübergehen und sich zu ihr legen? Er wußte, daß sie sich das wünschte – daß sie beide es sich wünschten. Doch er fühlte sich wie gelähmt.

Bilder von Justine geisterten durch sein Bewußtsein. Nicht weil es ihm jemand gesagt hätte, sondern weil er es ganz einfach spürte wie Moos, das auf einem Felsen schon zu lange ohne Sonnenlicht vegetierte, wußte er, daß sie gestorben war, weil er nicht dagewesen war, um sie zu beschützen. Und wenn sie sich in den letzten Jahren auseinander gelebt hatten, wenn ihre Liebe tatsächlich nicht fähig gewesen war, zu überleben – dann wußte er, daß auch dies sein Werk war. Seines und das Japans.

Er vernahm ein leises Geräusch, als die *shoji* zu seinem Schlafzimmer, die Schiebewand aus Reispapier, langsam aufgeschoben wurde. Leichtfüßig und geräuschlos betrat ein Schatten den Raum. Der Schatten wich den Segmenten des Mondscheins aus und schob sich in den dunklen Ecken näher.

Für kurze Zeit blieb er reglos stehen und betrachtete ihn. Wie ein Gespenst legte die Gestalt dann den Kimono ab und glitt mit einem leisen Seufzer unter die Futondecke. Nicholas roch den Duft Celestes, der genauso aufregend war, wie er ihn von Venedig und Paris her in Erinnerung hatte. Damals hatte er gewußt, daß er sie – was auch immer zukünftig geschehen mochte – stets so wie in diesem ersten elektrisierenden Augenblick in Erinnerung behalten würde, maskiert in der *schola cantorum* der Kirche von San Belisario, eingehüllt in Rätsel und Macht, Venedigs Attribute.

»Ich kann nicht sein wie sie.«

»Nichts wünsche ich mir mehr, als daß du es nicht bist«, sagte Nicholas.

»Meinst du das ehrlich?«

»Schau in mein Inneres.«

»Bei dir will ich das nicht tun – niemals.«

Das war eines der Dinge, die er so an ihr liebte. »Wenn ich dich ansehe, sehe ich nur dich.«

Wieder seufzte sie, aber dieses Mal deswegen, weil er sie in seine Arme genommen hatte. Seine Lippen begegneten den ihren, und er stellte fest, daß sie bebten, als sie sich öffneten, als ihre Zunge mit der seinen zu spielen begann. Und dann geschah alles wie von selbst. Ihre Körper verschmolzen, als seien sie füreinander geschaffen.

Im Morgengrauen stand Nicholas auf. Zwar wollte er seinen Platz an Celestes Seite eigentlich nicht verlassen, doch Körper und Geist brauchten Bewegung. Es war Neujahrstag. Draußen fiel erneut Schnee, geräuschlos und in den dicken Flocken, und nur die großen Bäume ganz nahe beim Haus waren in dem Treiben noch zu erkennen.

Nicholas meditierte und empfand zum ersten Mal wieder Frieden, seit Nangi ihm von Justines Tod berichtet hatte. Tief atmete er durch, ein und wieder aus, ein und wieder aus. *Prana.* Er wußte, sie hatte nichts gegen Celestes Anwesenheit und hätte die Verbindung sicher begrüßt, wenn sie noch gelebt hätte. Wo wäre sie dann jetzt in diesem Fall? Was würde sie glücklich machen? Einatmen, ausatmen. Das war das Traurigste an der Geschichte, dachte er, daß er den Kontakt mit all dem verloren hatte, wovon sie glücklich geworden wäre.

Ein Teil seines Bewußtseins registrierte, daß die *shoji* leise zurückgeschoben wurde, doch er schenkte dem keine Aufmerksamkeit. An Feiertagen kam Sashiko immer sehr früh, verrichtete ihre Arbeit und ging dann gegen Mittag, um sich ihrer eigenen Familie zu widmen.

Ein Schrank wurde aufgemacht, und sie entnahm ihre Reinigungsgeräte. Eins, zwei – die Frau machte winzige Schritte, und Nicholas verdrehte seinen Oberkörper nach links, als ihm eine Stimme im Kopf etwas zuflüsterte. Eine Gestalt flog auf ihn zu, und er benutzte deren eigenen Schwung, um sie über die Schulter und zu Boden zu werfen.

Die Gestalt landete flach auf dem Rücken. Die Perücke war davongeflogen; der Kimono hatte sich geöffnet, und bösartig funkelte die Klinge des *wakizashi.* Sofort erkannte er ihn. Tomoo Kozos Visage hatte er auf den Fotos gesehen, die Celeste ihm in Venedig gezeigt hatte.

Nicholas befand sich im Nachteil, da er mit gekreuzten Beinen dasaß, und schon hatte Kozo die Reichweite seiner Arme unterlaufen, und die Spitze des langen Messers war nur Zentimeter von Nicholas' Kehle entfernt. Der starre Glanz des Hasses im Blick des *oyabun* verriet Nicholas, daß er keine Wahl hatte.

Er versteifte seine Finger zu einem tödlichen Stoß, trieb die Spitzen in die weiche Stelle direkt unter Kozos Brustbein und bohrte sie durch Haut und Fleisch bis zu dem heißen, pulsierenden Herzen.

Während das Leben Tomoo Kozo verließ, schaute er in dessen Gesicht und lauschte angestrengt auf ungewöhnliche Geräusche innerhalb des Hauses. Dann suchte er nach der Stimme in seinem Kopf, doch er wußte, daß Justine – falls es Justines Stimme gewesen war – zum letzten Mal gesprochen hatte.

Seine angestrengte Wachsamkeit entspannte sich. Aber nicht für lange, wie er wußte. Es hatte also bereits begonnen. Der innere Zirkel des Kaisho griff ihn nun an. Aber er lebte noch. Und irgendwo war auch Mikio Okami noch am Leben – seine Bürde, seine Zielperson – und zog die Fäden in einem noch unbekannten Marionettenspiel.

Nicholas atmete ein und atmete aus.

Wieder einmal war der Tod so nahe an ihn herangekommen, daß er seinen besonderen Geschmack im Mund hatte spüren können. Bedeckt mit dem Blut eines anderen Menschen, ging er hinaus in die Schweigsamkeit des Schnees, ließ sie in sein Bewußtsein dringen, neigte den Kopf und begrüßte den Neujahrstag mit einem Gebet.

Danksagung

Dank an alle vom Hotel Montalembert, Paris, und vom Gritti Palace, Venedig, für ihre umfassende Hilfe.

Dank an Rosalind Andrews für ihre sachkundigen Informationen zum WITSEC-Zeugenschutzprogramm.

Nicholas Linnears Flugreisen wurden von Bob Kunikoff vom Mark Allen Travel Reisebüro, New York City, zusammengestellt.

Mein ganz besonderer Dank gilt Victoria für ihre klugen Ratschläge und ihre fachkundige Redaktionsarbeit.